C000272823

STALLER UND DER UNHEIMLICHE FREMDE

Bisher in diesem Verlag erschienen:

Staller und der Schwarze Kreis

Staller und die Rache der Spieler

Staller und die toten Witwen

Staller und die Höllenhunde

Staller und der schnelle Tod

Mike Staller schreibt bei Facebook unter:

Michael „Mike" Staller

Chris Krause

STALLER UND DER UNHEIMLICHE FREMDE

Mike Stallers sechster Fall

Impressum:

© 2017 Chris Krause

Autor: Chris Krause

Verlag: tredition GmbH, Hamburg

ISBN

978-3-7439-6077-0 (Paperback)

978-3-7439-6078-7 (Hardcover)

978-3-7439-6079-4 (e-Book)

Printed in Germany

Das Werk, einschließlich seiner Teile, ist urheberrechtlich geschützt. Jede Verwertung ist ohne Zustimmung des Verlages und des Autors unzulässig. Dies gilt insbesondere für die elektronische oder sonstige Vervielfältigung, Übersetzung, Verbreitung und öffentliche Zugänglichmachung.

Bibliografische Information der Deutschen Nationalbibliothek: Die Deutsche Nationalbibliothek verzeichnet diese Publikation in der Deutschen Nationalbibliografie; detaillierte bibliografische Daten sind im Internet über http://dnb.d-nb.de abrufbar

Sein Blick huschte durch den Flur der unbekannten Wohnung wie ein Suchscheinwerfer durch die Nacht. Das kleine Sideboard mit allerlei Gegenständen darauf – eine Schale für Schlüssel, einige Briefumschläge und diverse Reklamezettel – er brauchte nur Sekunden, um es als Bild in seiner Gedankenbibliothek abzulegen. Während seine Augen als Nächstes die Garderobe scannten, speicherte sein erstaunliches Hirn die bisherigen Daten zuverlässig. Jetzt würde er zu jedem beliebigen Zeitpunkt sämtliche Objekte im Raum und ihre genaue Position zueinander aufrufen können. Das war wichtig. So konnte er unbesorgt Dinge in die Hand nehmen, mit sich herumtragen und trotzdem den ursprünglichen Zustand exakt wiederherstellen.

Seine Hand strich über die gefütterte Lederjacke mit dem künstlichen Pelzkragen und ein kleiner Schauer lief ihm über den Rücken, als er sich vorstellte, dass seine Auserwählte in diesem Kleidungsstück steckte. Er hatte sie schon darin gesehen. Gut sah sie aus. Ein bisschen sportlich, aber nicht zu lässig. Gerade richtig für ihn.

Er drückte seine Nase in den Kragen und atmete tief ein. Ein Hauch ihres Parfüms war zu erahnen. Frisch, ein wenig zitronig und mit einer Anmutung von Holz. Angenehm und nicht zu üppig aufgetragen. Genau so, wie er es liebte. Mit geschlossenen Augen trat er einen Schritt zurück und gönnte sich einen Moment der Träumerei. Er rief ihr Gesicht auf und vertiefte sich in ihre grün-braunen Augen mit den kleinen, bernsteinfarbenen Reflexen. Andere hätten ihr Gesicht als durchschnittlich bezeichnet, aber für ihn war es wunderschön. Die schmale Form, das Grübchen am Kinn und die schlanken Brauen hatten es ihm angetan. Eine minimal zu große Nase und die relativ schmalen Lippen machten ihre Erscheinung zu etwas Besonderem. Auch die glatten, braunen Haare, die ihr immer so viel Kummer machten, weil sie dazu neigten einfach nur herunterzuhängen, passten in sein Bild der idealen Frau. Die unnatürliche und gleichförmige Schönheit der Models auf den Titelseiten der Illustrierten verachtete er.

Mit ein wenig Bedauern verschob er diese Vorstellung zurück in sein inneres Archiv. Jetzt stand er in ihrer Wohnung und es gab so viel zu entdecken. Das verlangte seine volle Aufmerksamkeit. Mit einem eigentümlichen Gefühl von Spannung und Vorfreude öffnete er die nächste Tür. Ah, die Küche! Ganz in schlichtem Hellgrau gehalten und – wie nicht anders zu erwarten – picobello aufgeräumt. Lediglich ein benutzter Kaffeebecher auf der Spüle zeugte davon, dass hier ein Mensch lebte.

Er hob den Becher an den Mund und ließ den letzten noch darin befindlichen Tropfen gegen seine Zungenspitze rinnen. Kalt war er natürlich und mit einem Rest von Süße. Auch die fettarme Milch, die sie so gern in ihrem Kaffee mochte, schmeckte er heraus. Außerdem bildete er sich ein, dass der Becherrand minimal von einem Lippenpflegestift klebte. Den benutzte sie regelmäßig, wie er wusste. Gut, vielleicht hatte sie empfindliche Haut. Außerdem setzten spätherbstliche Kälte und trockene Heizungsluft diesem empfindlichen Körperteil gerade besonders zu. Gedankenverloren leckte er über den Rand des Bechers und stellte sich vor, dass er so den Kontakt zu ihren Lippen herstellte. Wie sie sich wohl anfühlten? Nun, er würde es herausfinden. Nicht heute. Aber bald.

* * *

„Und bitte!"

Der Kameramann machte eine kreisende Bewegung mit der Hand über seinem Kopf und presste sein Auge an den Sucher. Er hatte die Tür zu dem Altbau groß eingestellt und filmte, wie sie geöffnet wurde. Im Eingang erschien Thomas Bombach mit ernstem Gesichtsausdruck und schritt die drei Treppenstufen herab. Dann blieb er stehen und sprach direkt in die Kamera.

„Genau hier, in der Straße Am Weiher in Hamburg-Eimsbüttel hat am 11. November gegen 15 Uhr die achtjährige Laura gestanden. Sie wollte nur die Straße überqueren, um sich mit ihrer Freundin auf dem Spielplatz zu treffen. Dort ist sie jedoch nie angekommen. Die Kriminalpolizei benötigt jetzt dringend Ihre Hilfe."

An dieser Stelle machte der Kommissar eine kleine Pause, die der Kameramann nutzte, um ganz dicht an das Gesicht des Sprechers heranzuzoomen.

„Wer hat das Mädchen an diesem Tag in der Nähe des Spielplatzes gesehen? Laura trug eine dunkelblaue, eng anliegende Jeans und eine ziemlich dicke Daunenjacke in einem auffälligen rosa Farbton. Vermutlich hatte sie die Kapuze übergezogen, sodass man möglicherweise ihre halblangen, blonden Haare nicht sehen konnte. Außerdem war sie mit dunkelbraunen, knöchelhohen Fellstiefeln und roten Handschuhen bekleidet. Wenn Sie gesehen haben, dass irgendjemand mit dem Kind gesprochen hat oder es in ein Auto gestiegen ist, dann melden Sie sich bitte unter der eingeblendeten Telefonnummer oder bei jeder Polizeidienststelle. Bitte helfen Sie den Eltern von Laura, die vor Sorge um ihre Tochter fast verrückt werden."

Der Kameramann wartete noch zwei Sekunden und durchschnitt dann mit seiner linken Hand die Luft von oben nach unten.

„Danke!" Mehr hatte er nicht zu sagen.

„Eddy möchte mit seinen ausführlichen Erläuterungen zum Ausdruck bringen, dass er dein Gestammel sauber aufgenommen hat, Bommel!"

Polizeireporter Mike Staller, der schräg hinter dem Kameramann gestanden und die Arbeiten lediglich beobachtet hatte, trat nun vor und klopfte seinem Freund auf die Schulter. „Für deine Verhältnisse war das ganz ordentlich! Du klingst zwar immer schwer nach Hans Albers, aber den Dialekt werde ich in diesem Leben nicht mehr aus dir rauskriegen."

„Wir klären ja auch Verbrechen auf und legen keinen Wert darauf unser Gesicht in jede Kamera zu halten", knurrte der Kommissar und rieb sich die klammen Finger. „Ob man hier irgendwo einen Kaffee bekommt?"

„Sicher, um die Ecke ist eine Bäckerei. Eddy, kommt ihr nach, wenn ihr hier fertig seid?"

Der Kameramann nickte nur, während der Tonassistent bereits Mikrofon und Kabel in einer Kiste verstaute.

„Du lässt auch weitgehend arbeiten, was?", frotzelte Bombach.

„Du kennst doch Eddy. Es ist etwas ermüdend mit ihm eine Unterhaltung zu führen, weil er einfach die Zähne nicht auseinanderbekommt, aber auf seinem Gebiet ist er ein Vollprofi. Er dreht noch ein paar Zwischenschnitte und Bilder vom Spielplatz – mehr ist hier sowieso nicht zu tun. Komm, ich möchte auch aus dem Wind heraus."

Der Reporter drehte sich noch einmal um und schätzte den Abstand von der Haustür bis zum Spielplatz ab.

„Keine zwanzig Meter Luftlinie. Eine enge Straße mit unzähligen Wohnungen und entsprechend vielen Fenstern zum Park. Ständiger Autoverkehr, weil jeder, der hier parken will, erst dreimal um den Block fahren muss. Irgendjemand muss einfach etwas gesehen haben." Seine Miene war bitterernst geworden.

„Die Kollegen haben schon alle umliegenden Häuser abgeklappert. Ein solcher Fall geht allen ganz besonders an die Nieren. Aber das Ergebnis war: nichts. Kein Mensch hat etwas gesehen, niemandem ist jemand aufgefallen. Als ob sich ein Loch im Boden aufgetan und das Mädchen verschluckt hätte."

„Wenn es überhaupt irgendeine Chance gibt, dann werden die Zuschauer von "KM" helfen können. Irgendwelche Reaktionen hat es bisher auf alle unserer Fahndungen gegeben."

Mike Staller arbeitete als Reporter bei der Sendung "KM - Das Kriminalmagazin". Zweimal pro Woche, immer mittwochs und sonntags, ging es darin eine Stunde lang rund um das Thema Kriminalität mit all seinen Facetten. Vom Mordfall bis zum Handtaschenraub, von Drogendealern bis zu Trickbetrügern und von Aufklärungsbeiträgen bis zu Fahndungsaufrufen reichte die Palette der Themen bei dieser äußerst erfolgreichen Sendung. Vielleicht lag ihr Geheimnis darin, dass früher oder später jeder Mensch in irgendeiner Form mit Kriminalität in Berührung kam.

Bombach stieß die Tür zur Bäckerei auf und sog genussvoll die olfaktorische Mischung aus Kaffee und frischen Backwaren ein.

„Hier ist es schön, hier will ich bleiben", befand er und beäugte interessiert die appetitliche Auslage, bevor er sich für ein Franzbrötchen und eine Vanilleschnecke entschied. Staller, der sich auf einen schlichten Kaffee beschränkte, zog missbilligend eine Augenbraue hoch.

„Du hast doch unter Garantie bereits üppig gefrühstückt. Solltest du als baldiger Zwillingspapa nicht auf deine Figur achten?"

Der Kommissar winkte kopfschüttelnd ab.

„Co-Schwangerschaft. Da kann man nichts machen. Manche Menschen sind so. Mit der Geburt geht das wieder weg."

„So, so", kommentierte Staller und gab sich keinerlei Mühe den Zweifel in seiner Stimme zu unterdrücken. „Geht es Gaby denn weiterhin gut?"

Bombach nickte lediglich, denn größere Teile der Vanilleschnecke steckten in seinem Mund und machten eine gesprochene Kommunikation zeitweise unmöglich.

„Ein bisschen Rückenschmerzen hat sie", stellte er fest, als er wieder halbwegs verständlich reden konnte. „Und Schwierigkeiten beim Zuschnüren der Schuhe. Aber das ist alles ganz normal. Ihre Ärztin ist sehr zufrieden mit ihr."

Der Kommissar hatte seine anfängliche Besorgnis wegen der doppelten Vaterschaft mittlerweile überwunden und fieberte der Ankunft seiner beiden Söhne nunmehr mit großer Vorfreude entgegen.

„Du solltest jede durchschlafene Nacht ab sofort genießen", schmunzelte Staller. „Es könnte für längere Zeit die letzte gewesen sein." Obwohl seine Tochter bereits fast erwachsen war, erinnerte sich der Reporter noch gut an die Babyzeit und allnächtliche Störungen durch kräftiges Geschrei.

„Ein paar Wochen dürfte es schon noch dauern. Aber genau weiß man das natürlich nie, da hast du recht."

Staller stibitzte ein Eckchen von Bommels Franzbrötchen und überhörte dessen Protestgeheul.

„Was glaubst du, was passiert ist?", fragte er mit ernster Miene.

„Da gibt es wohl nicht viele Möglichkeiten, oder?" Bombach blickte grimmig auf die Tischdekoration in Form eines kleinen Plastikschlittens mit bunten Geschenkkartons darauf. „Wenn Laura einen Bekannten getroffen hätte oder zu einer anderen Freundin gegangen wäre, dann müsste sie sich längst gemeldet haben oder zurück sein. Ein Verkehrsunfall bleibt hier keinesfalls unbemerkt. Theoretisch kann sie natürlich fortgelaufen sein, aber das erscheint mir unwahrscheinlich. Das Elternhaus wirkt völlig intakt. Also bleibt nur ..." Er brach mutlos mitten im Satz ab.

„ ... ein Verbrechen", ergänzte Staller und schüttelte frustriert den Kopf. „Wobei das einen Bekannten als Täter natürlich nicht ausschließt. Hast du die Eltern in diese Richtung befragt?"

„Natürlich. Und wie du dir denken kannst, schließen sie diese Möglichkeit kategorisch aus. Das ist ganz normal. Kein Mensch stellt sich vor, dass der gute Onkel Otmar, der bei den Familienfeiern immer so langweilige Anekdoten erzählt, auf kleine Mädchen steht und seine Nichte entführt."

„Obwohl das immer wieder vorkommt", warf Staller ein.

„Natürlich! Aber niemand will das wahrhaben. In diesem Fall ist es allerdings auch nicht besonders wahrscheinlich. Zumindest wohnen keine näheren Verwandten der Familie in Hamburg."

„Es könnte allerdings auch ein Bekannter in Frage kommen."

„Klar. Oder eben jemand, der das Kind allein gesehen und die Gunst der Stunde ausgenutzt hat. Weiß der Geier, was er ihr erzählt hat. Mit einem Lolli wird er es nicht geschafft haben. Die Eltern haben sie sehr ausführlich vor Fremden gewarnt. Laura wusste Bescheid, dass sie nie mit jemandem mitgehen durfte."

„Wollen wir hoffen, dass irgendjemand sie und ihren Entführer gesehen hat und sich nach dem Fahndungsaufruf meldet. Mit viel Glück bekommen wir eine Beschreibung. Dann können wir nur beten, dass wir schnell genug herausfinden, wo sie versteckt gehalten wird."

„Und dass sie noch lebt", fügte der Kommissar düster hinzu.

* * *

Den Kühlschrank hatte er sich für den Abschluss seiner Untersuchung der Küche aufgehoben. In den übrigen Schränken hatte es wenig zu sehen gegeben. Der Haushalt war zweckmäßig und übersichtlich ausgestattet. Man merkte, dass hier nur eine Person lebte. Kochen schien nicht zu ihren Leidenschaften zu gehören, aber das war okay für ihn. An die Fähigkeiten seiner Mutter in der Küche würde sie sowieso nie heranreichen können.

Auch die Vorratshaltung bewies, dass die Wohnungsbesitzerin Essen als Notwendigkeit und nicht als Genuss begriff. Grundnahrungsmittel waren in geringem Umfang vorhanden, eine Schale mit Obst stand auf dem kleinen Küchentisch und ein schmales Gewürzbord an der Wand legte den Schluss nahe, dass zumindest gelegentlich in dieser Küche auch eine warme Mahlzeit zubereitet wurde.

Jetzt also zum Kühlschrank! Es handelte sich um ein Kombigerät mit einer kleineren Extratür für den Gefrierschrank. Diese öffnete er zuerst und zog die oberste der drei Schubladen vorsichtig auf. Drei kleine Pakete Brot, ein Gefrierbeutel mit Toastscheiben und ein Beutel mit Salatkräutern. Gelangweilt schob er die Lade wieder hinein und öffnete die nächste. Hier fand er verschiedene Plastikdosen mit bunten Deckeln vor, die mit Klebeetiketten versehen waren. So lernte er, dass sie offensichtlich Kürbissuppe, Hühnerfrikassee und Süßkartoffelcurry mochte und übriggebliebene Portionen einfror. Das gefiel ihm. Sparsamkeit war eine Tugend, die er sehr schätzte. Leider war sie in der heutigen Zeit seltener geworden. Aber bei seiner Auserwählten hatte er damit gerechnet. Sie durfte ja nicht anders als perfekt sein.

Die letzte Schublade enthielt drei Fertigpizzen, die ihm ein kritisches Stirnrunzeln abnötigten, und zwei Beutel mit Tiefkühlgemüse. Daneben lag noch ein Beutel mit Eiswürfeln. Insgesamt lauter Dinge, mit denen zu rechnen war. Auch wenn für seinen Geschmack die Pizzen zu sehr in Richtung Fastfood deuteten. Das würde sie sich abgewöhnen müssen.

Vom eigentlichen Kühlschrank erhoffte er sich mehr und öffnete erwartungsvoll die Tür. Wie vermutet, störte kein Fleck die makellosen Einlegeböden. Reinlichkeit war ebenfalls eine Tugend, die er schätzte und voraussetzte. An dieser Stelle hatte er allerdings nicht mit einer Enttäuschung gerechnet.

Angesichts der Tatsache, dass der Kühlschrank recht groß war, ließ sich der Inhalt ziemlich gut überschauen. Wasser, fettarme Milch und eine Flasche Sekt in der Tür. Er nahm die Milch heraus, schraubte den Plastikverschluss ab und trank einen Schluck direkt aus der Packung. Er schmeckte frisch und unverdorben.

Während er den Tetrapack in einer Hand hielt, musterte er die übrigen Fächer der Tür. Vier Eier, laut Stempel ziemlich frisch, eine Tube Senf, mittelscharf, halbvoll und sauber aufgerollt. Das war gut. Eine Tubenquetscherin wäre inakzeptabel. Ein sehr kleines Glas mit Sahnemeerrettich. Der oberste Teil schien schon etwas eingetrocknet. Okay, den brauchte man so selten, das ließ er durchgehen. Ein angebrochenes Glas Gewürzgurken aus dem Spreewald. Eine gute Wahl.

Er stellte die Milch zurück. Ohne darüber nachzudenken, drehte er sie genau so, wie sie vorher gestanden hatte, mit dem Verschluss nach vorn. Solche Dinge erledigte sein Hirn automatisch. Es wäre auch kein Problem gewesen, den ganzen Inhalt herauszunehmen und nachher exakt an den gleichen Platz zurückzustellen. Aber so viel war nicht im Kühlschrank, dass das erforderlich gewesen wäre.

Es war zu erkennen, dass die Besitzerin der Lebensmittel zumindest keiner allzu strengen Ernährungsphilosophie anhing. Es gab abgepackten Aufschnitt und Käse, fettarme Produkte und einen Becher Sahne, sowie Vollmilchjoghurt. Ein Glas mit offensichtlich selbstgemachter Marmelade erregte seine Neugier und er nahm es in die Hand. Auf dem verschnörkelten Klebeetikett stand in einer kunstvollen Handschrift "Erdbeer-Rhabarber 2017". Nicht ihre Handschrift, wie er anhand der beschrifteten Essensreste im Tiefkühlfach nachweisen konnte. Wer mochte ihr selbstgemachte Konfitüre schenken? Ihre Mutter oder gar eine Oma? Oder doch eine Freundin? Auf jeden Fall eine Frau, dessen war er sich sicher. Gedankenverloren schraubte er den Deckel auf und stieß seinen kleinen Finger in die Öffnung. Die Konsistenz war perfekt. Ganz vorsichtig führte er eine kleine Probe der Marmelade an seine Zungenspitze und leckte zunächst vorsichtig. Ja, da war eine erfahrene Köchin am Werk gewesen. Jetzt lutschte er den gesamten Finger ab und analysierte das Geschmackserlebnis. Fruchtig-süß mit einer wohldosierten Säure durch den Rhabarber. Offensichtlich mit einem Zuckerverhältnis von 1:1 hergestellt, ganz wie früher. Keine modernen Gelier- oder künstliche Verdickungsmittel. Er nickte beifällig. Vielleicht konnte er sie ermuntern zumindest das Kochen von Marmelade zu erlernen. Die Aromen erinnerten ihn an seine Kindheit.

Die Untersuchung des Gemüsefachs bildete den Abschluss seiner Recherchen im Kühlschrank. Missbilligend betrachtete er die drei Tomaten. Sie gehörten an einen Ort mit Zimmertemperatur. Das gab einen Minuspunkt. Außerdem machte die eine Zitrone, die dort lag, einen arg verschrumpelten Eindruck. Eine Salatgurke, wenige Möhren und eine rote Paprika komplettierten das Angebot. Ein bisschen mehr frisches Gemüse hätte es schon sein dürfen. Aber vielleicht war ja heute ihr Einkaufstag. Er beschloss, nicht vorschnell zu urteilen.

Während er ans Fenster trat und einen beiläufigen Blick auf die Straße warf, zog er ein erstes Resümee. Bisher hatte er nichts entdeckt, was für ihn als Ausschlusskriterium gelten würde. Sein Eindruck von ihr war im Großen und Ganzen bestätigt worden. Sie war allein, ordentlich, gut organisiert und im Wesentlichen normal. Natürlich überraschte ihn das nicht. Seine Menschenkenntnis war ausgezeichnet und sein Instinkt noch besser ausgeprägt. Wenn er sie erwählte, dann war sie es auch wert.

Sollte er sich noch ein großes Vergnügen gönnen? Er schaute auf seine Armbanduhr. Zeitlich sprach nichts dagegen. Sie würde noch mehrere Stunden arbeiten und er selbst hatte ebenfalls noch Luft, bevor er seinen Job antreten musste. Warum also nicht?

Es kostete ihn ein wenig Überwindung hinter die übrigen Türen jeweils nur einen kurzen Blick zu werfen, sodass er die Aufteilung der kleinen Wohnung verinnerlichen konnte. Gerade das Badezimmer war mit Sicherheit ein Ort außerordentlich aufschlussreicher Erfahrungen. Welche Produkte und Hilfsmittel eine Frau zur Körperpflege benutzte, sagte sehr viel über sie aus. Außerdem erregte ihn die Vorstellung, dass sie in diesem Raum oft nackt stehen würde. Aber trotzdem riss er seinen Blick nach vielleicht drei Sekunden los. Er hatte den Ort jetzt millimetergenau abgespeichert. Für den Moment musste das reichen.

Auch das Wohnzimmer überflog er nur. Er würde an einem anderen Tag jede Schublade öffnen und jedes Buch durchblättern können. Nichts drängte ihn zur Eile. Monate hatte er auf diesen Moment gewartet und hingearbeitet. Ein paar Tage spielten jetzt überhaupt keine Rolle mehr. Er öffnete die letzte Tür und blieb mit geschlossenen Augen im Eingang stehen. Diesen Moment wollte er sehr bewusst Schritt für Schritt genießen.

Nach einer Weile sog er langsam und tief die Luft in seine Lungen. Jede Wohnung besaß ihren ureigenen Geruch, der teilweise von dem Gebäude, hauptsächlich aber von seinem Bewohner stammte. Sein Elternhaus beispielsweise roch immer zuerst ein wenig nach Sägespänen, weil sein Vater im Keller eigentlich ständig mit irgendwelchem Holz bastelte. Darüber mischte sich der Duft nach Grüner Seife, die seine Mutter regelmäßig zum Putzen benutzte. Wenn man ganz genau hinroch, erahnte man immer noch einen Hauch von Moder von dem Kamin, in den es vor vielen Jahren hineingeregnet hatte. Die Feuchtigkeit war lange beseitigt, die beschädigten Stellen ausgebessert und renoviert, aber so ganz verschwand der Geruch nicht wieder.

Hier im Schlafzimmer der Frau dominierten zwei Düfte. Der eine war eine Mischung aus Waschmittel und Weichspüler, mit denen sie offensichtlich konsequent ihre Kleidung reinigte. Die Werbung würde den Geruch vermutlich als "frühlingsfrisch" vermarkten. Er bestand aus ziemlich aufdringlichen Blütennoten, die sich Mühe gaben jede individuelle Duftnuance zu zerstören. Aber seine feine Nase nahm eine zweite Komponente wahr, die er eindeutig der Frau zuordnen konnte. Schließlich hatte er oft genug so dicht bei ihr gestanden, dass er diesen Hauch wiedererkannte. Es war ihr ganz individueller Körpergeruch. Er hätte ihn nicht genau beschreiben, aber jederzeit identifizieren können. Besonders natürlich, wenn es geeignetes Trägermaterial gab, in dem er sich festsetzen konnte. Und was war dafür besser geeignet als ein Bett oder die Nachtwäsche?

Er war gespannt, was sie zum Schlafen trug. War sie der Typ für ein neckisches Nachthemd? Eher nicht. Eine verfrorene Anhängerin langer Pyjamas? Auch das hielt er für unwahrscheinlich, aber möglich. Einzig ausschließen wollte er nur, dass sie nackt schlief. Das passte nicht zu ihr und würde ihn enttäuschen. Aber alle Spekulation war müßig, denn gleich würde er es wissen. Da im Bad keine Nachtwäsche gelegen hatte, musste sie im Bett sein, wo sie im Übrigen auch hingehörte.

Was für eine Schlafstatt es wohl sein würde? Da er die Augen immer noch geschlossen hielt, konnte er diese Frage noch nicht beantworten. Er hob die Hände und klatschte sie zusammen, während er aufmerksam lauschte. Allzu groß war der Raum nicht und viele freie Flächen gab es ebenfalls nicht. Dann hätte er mehr Hall gehört. Vermutlich schluckte ein großer Kleiderschrank den Schall und dicke Vorhänge sorgten für angenehme Verdunkelung bei Nacht. Der Schein der Straßenlaternen würde auch hier im dritten Stock sicher noch störend sein, könnte er ungehindert ins Zimmer dringen. Außerdem gehörte Hamburg zu den Großstädten, in denen es immer hell war. Außer vielleicht bei einem flächendeckenden Stromausfall.

Nachdem er bestimmt fünf Minuten so gestanden und geschnüffelt und gelauscht hatte, öffnete er ganz langsam die Augen. Sofort überlagerte der visuelle Reiz alle andern Sinne. Das Bettgestell war aus schwarzem Metall und verfügte über filigrane Muster an Kopf- und Fußteil. Es war überraschend schmal und war ganz sicher nicht für die dauerhafte Benutzung durch zwei Personen geeignet. Dafür war das Bettzeug akkurat hergerichtet, mit glatt gezogenen Ecken und einem Zierkissen über dem Kopfkissen. Das Muster bestand aus breiten, unregelmäßigen Blockstreifen in unterschiedlichen Grüntönen und erweckte Assoziationen an einen Dschungel.

Gegenüber dem Fußende stand wie erwartet ein großer, dreitüriger Schrank, dessen Mittelteil verspiegelt war. Die bodenlangen Vorhänge waren aus einem dicken, dunkelbraunen Stoff und für den Tag geöffnet. Überraschend fand er die zwei hohen, aber schlanken Bücherregale. Bücher im Schlafzimmer? Las sie möglicherweise gern abends im Bett? Aber der ganze Staub! Er wäre nie auf die Idee gekommen seine Lektüre im Schlafzimmer aufzubewahren. Offensichtlich sorgte sie aber für regelmäßige Reinigung, denn das Regal wirkte durchaus sauber und staubfrei.

Mit diesen Eindrücken trat er zwei Schritte in den Raum hinein, was bedeutete, dass er schon fast an das Bett stieß. Befriedigt nahm er zur Kenntnis, dass nirgendwo auf dem Boden Kleidung herumlag. Er hasste diese Unart. Vielleicht, weil seine Schwester stets ihre Klamotten dort fallengelassen hatte, wo sie sie ausgezogen hatte. Ihr Zimmer war auch heute noch ein Mittelding zwischen Abstellkammer und Wäscherei. Jedes Wochenende, wenn er seine Familie besuchte, stieß ihm diese Unordnung sauer auf. Getragene Kleidung gehörte in einen Wäschesack und saubere in den Schrank. So einfach war das.

Mit ausgestreckten Händen strich er sanft über die Bettdecke. Solide, glatte, angenehme Baumwolle. Nicht so ein neumodischer Kram wie Satin, Kunstfaser oder unsägliches Seersucker. Sie schien seine Vorliebe für schlichte, praktische und bewährte Dinge zu teilen.

Aufgeregt trat er einen Schritt nach rechts und beugte sich über das Kopfkissen. Abermals schloss er die Augen und sog bedächtig die Luft ein. Ja, man roch, dass sie hier geschlafen hatte. Der Waschmittelduft war schon fast verflogen. Er schätzte, dass das Bettzeug bereits mindestens eine Woche aufgezogen war. Das war völlig in Ordnung. Wenn man, wie es sich gehörte, frisch gesäubert zu Bett ging, dann reichte es durchaus, die Bettwäsche alle zwei Wochen zu wechseln.

Ganz langsam griff er nach der Bettdecke und zog sie zurück. Eine kleine Falte im Laken zeigte, dass hier ihr Körperschwerpunkt ruhte, wenn sie schlief. Er deckte das Bett vollständig auf und runzelte die Stirn. Keine Nachtwäsche? Schlief sie etwa doch nackt? Wie konnte er sich so täuschen? Gedankenverloren hob er das Kopfkissen auf, um es an sein Gesicht zu drücken. Dann musste er lachen. Sorgfältig gefaltet lag darunter ein T-Shirt. Er nahm es in die Hand und roch kurz daran. Ja, das war SIE. Er ließ das Kissen fallen und hielt das Shirt mit beiden Händen an den Schultern, sodass es sich voll entfaltete. Es handelte sich um eine lange Version, die ihr etwa über den halben Oberschenkel reichen dürfte. Er presste es so an sein Gesicht, dass seine Nase die Stelle zwischen ihren Brüsten berührte.

Hier war der Geruch am intensivsten, nicht etwa unter der Achsel. Das fand er zumindest. Er spürte, wie er wie von einem Strudel fortgerissen wurde und verlor sich für einen Moment in Fantasien, die er unter keinen Umständen jemals einem Menschen mitteilen würde. Dann brauchte er seine ganze Beherrschung, um wieder in die Realität zurückzukehren.

Ein Blick auf die Uhr verriet ihm, dass immer noch genügend Zeit war, obwohl er sich ein wenig verschätzt hatte. Wie konnte es sein, dass er bereits eine halbe Stunde in ihrem Schlafzimmer zugebracht hatte? Sein Leben bestand aus Akkuratesse und Disziplin, deswegen machten ihm die gelegentlichen Aussetzer ein wenig Angst. Aber es war ja nichts passiert. Er hatte die Dinge im Griff. Nun würde er sich etwas sputen.

Eilig legte er seine Kleidung ab, beginnend bei dem dunklen Basecap mit dem breiten Schirm. Dunkler, weiter Hoodie, Sneaker, die Jeans samt Socken, T-Shirt und schließlich die Boxershorts. Alles landete sorgfältig gefaltet auf dem Stuhl neben dem Bett. Als er schließlich nackt dastand und sich im Spiegel des Kleiderschranks betrachtete, stellte er fest, dass er erregt war. Ein Schauer der Vorfreude lief über seinen Rücken und er schlug probehalber mit der Faust auf das Kopfkissen, um es aufzuschütteln. Dann schlüpfte er unter die Decke und legte sich ihr Schlaf-Shirt über das Gesicht. Während er langsam und regelmäßig ihren Duft einatmete, spürte er die aufkommende Wärme unter der dicken Daunendecke. Die kleine Falte des Lakens in seinem Rücken drückte ein wenig, aber wenn er sich vorstellte, dass sie normalerweise ihren Körper berührte, dann empfand er den Druck fast als angenehm.

Zehn Minuten würde er sich geben. Dann wurde es Zeit aufzubrechen. Er würde noch andere Gelegenheiten haben. Geduld war eine seiner Stärken. Für den Moment reichte es ihm, ihr auf diese Weise so nah zu sein, wie es nur ein wahrer Liebhaber konnte.

* * *

„Hallo und guten Abend! Willkommen bei "KM - Das Kriminalmagazin". Neben vielen anderen Themen geht es heute um das mysteriöse Verschwinden der kleinen Laura. Helfen Sie uns bitte diesen tragischen Fall aufzuklären!"

Sonja Delft beherrschte die Kunst, jedem Zuschauer das Gefühl zu geben, dass sie ihn direkt ansprechen würde. Ihr ernster, aber trotzdem freundlicher Blick war direkt in die Kamera gerichtet. Immer wenn sich das Logo von "KM" aufgebaut hatte und dann – wie von einem Schuss getroffen – zersplitterte und dahinter den Blick ins Studio freigab, zeigte die Moderatorin höchste Präsenz und zwang die Zuschauer in ihren Bann. Diese Kunst war praktisch nicht zu erlernen, sondern ein Geschenk, das nicht viele Menschen besaßen.

Mike Staller saß in seinem Büro und beobachtete, wie das Bild von Sonja durch den Einspieler abgelöst wurde, der die Themen des Tages anriss. Er hörte seine eigene Stimme, die sachlich, aber engagiert die ersten drei Themen bis zur Werbung skizzierte. Diese Teaser – mundgerechte Appetithäppchen – sollten die Zuschauer bei der Stange halten, selbst wenn sie das erste Thema möglicherweise weniger interessierte. Das Konzept ging meistens auf, wobei die heutige Sendung mit der Fahndung nach Laura aufgemacht wurde. Ein Thema, das größtmögliche Aufmerksamkeit garantierte. Die uralte Fernsehweisheit, dass Kinder und Tierbabys immer funktionierten, galt auch heute noch, obwohl sich das Sehverhalten der Menschen teilweise gravierend verändert hatte.

Ein weiterer Grund, warum der Fall des verschwundenen Mädchens ganz zu Anfang gezeigt wurde, war die Tatsache, dass mit etwas Glück schon im Laufe der Sendung eine erste Rückmeldung über die Reaktion der Zuschauer gegeben werden konnte. Das schaffte Zuschauerbindung und setzte "KM" in ein positives Licht.

Spontan entschloss sich Staller, dem intern "Deppenzentrale" genannten Kommunikationsraum einen Besuch abzustatten. Die abwertende Bezeichnung war entstanden, weil für jeden sinnvollen und hilfreichen Anruf zehn weitere eingingen, bei denen die Person am anderen Ende der Leitung entweder betrunken, psychisch labil oder nur auf einen vermeintlichen Spaß aus war.

Neuerdings gab es neben der Möglichkeit anzurufen auch Kontakte über die üblichen sozialen Medien. Das hatte die Rate der nützlichen Meldungen allerdings nicht gerade erhöht. Die Anonymität des Internets trug im Gegenteil dazu bei, dass sich noch mehr Idioten ermutigt fühlten komplett sinnfreie Statements abzugeben. Aber ein einziger Hinweis, der half ein Verbrechen aufzuklären, wog alle diese Zumutungen natürlich auf.

Auch in der Deppenzentrale lief über den Hauskanal die aktuelle Sendung, wenn auch sehr leise. Fünf Studenten waren damit beschäftigt Anrufe entgegenzunehmen, Mails auszuwerten und bei Twitter und Facebook dafür zu sorgen, dass Hassbotschaften und Falschinformationen so schnell wie möglich entfernt wurden.

Der Fahndungsaufruf endete mit einem Foto der kleinen Laura. Dann nannte Sonja die Telefonnummer und die anderen Kommunikationswege, die darüber hinaus auch eingeblendet wurden. Erfahrungsgemäß würde das Telefon jetzt recht schnell anfangen zu klingeln, wobei relevante Meldungen in der Regel erst nach frühestens fünf Minuten eingingen und oft auch erst weit nach Ablauf der Sendezeit eintrafen. Die Spaßanrufer hingegen wählten sofort.

Wie auf Kommando setzte das Klingeln ein. Gleichzeitig gerieten die Computerbildschirme in Bewegung und bildeten die ersten Nachrichten ab. Der Reporter blickte einem der Studenten über die Schulter und las die eintrudelnden Postings bei Facebook mit.

„Wer tut so was???"

Ja, genau das war die Frage. Schade, dass Birgit Nachname sie nicht beantworten konnte.

„Armes Mädchen, ich werde für sie beten!"

Das schadete sicherlich nicht, brachte sie allerdings leider auch nicht weiter.

„Das waren bestimmt diese arabischen Kinderficker, Dreckspack! Warum lassen wir die alle rein???"

Der Reporter zuckte zusammen, obwohl er natürlich mit derartigen Reaktionen gerechnet hatte. Die Volksseele kochte und ließ ihren Unmut ungefiltert in die Welt hinaus, wo immer ihr die Möglichkeit dazu geboten wurde. Zufrieden registrierte Staller, dass der Student routiniert und sekundenschnell den unreflektierten Gedankenmüll entsorgte. Rechten Idioten eine Plattform zu bieten lag gewiss nicht in der Intention von "KM".

Auf dem Bildschirm war wieder Sonja zu sehen, die einen neuen Beitrag ankündigte. Dabei handelte es sich quasi um einen Klassiker: Trickbetrug über das Internet. Was vor Jahren einmal mit angeblichen nigerianischen

Diplomaten begonnen hatte, die riesige Gewinne versprachen, wenn man ihnen etwas Geld zur Verfügung stellte, wurde inzwischen fast monatlich abgewandelt. Ausländische Lotteriegewinne, angebliche Käufe in Onlineshops und Rechnungen über die Nutzung von Pornoseiten – die Cyberkriminellen dachten sich immer neue Wege und Szenarien aus, um ohne großen Aufwand an Geld zu kommen. Millionenfach versandte Mails überschwemmten die elektronischen Briefkästen der Nation und ein Rücklauf von 0,1 Prozent lohnte bereits den Aufwand. Die jeweils neuesten Maschen dieser Betrüger fasste "KM" einmal im Monat zusammen und brachte damit das Geschäftsmodell für kurze Zeit zum Stocken. Dann entstand eine neue Tarngeschichte und das Spiel begann von vorn. Einerseits war das ermüdend, weil es ein Kampf gegen Windmühlen war, aber andererseits füllte es regelmäßig die Sendezeit und wurde vom Publikum als hilfreich empfunden.

Jetzt kündigte Sonja Delft die Werbung an und verabschiedete sich mit ihrem bezaubernden Lächeln. Als Abschluss des ersten Teils der Sendung lief jetzt der Teaser für die nächsten Themen. Dann folgten das animierte Logo und die Einblendung "gleich geht es weiter". Von da an übernahm der Sender.

Staller suchte sich einen freien Platz vor einem Telefon. Die ersten Anrufe mit Substanz gingen meist während der Werbung ein. Er war zwar nicht verpflichtet mit den Zuschauern zu sprechen, aber er hatte die Erfahrung gemacht, dass der gelegentliche Kontakt sinnvoll war. Erstens war sein Name bekannt, weil er die Sendung auch jahrelang moderiert hatte, und die Menschen neigten dazu mit ihm eher ernsthaft zu sprechen. Und zweitens erhielt er oft eine ganz direkte Rückmeldung zur Sendung, die ihm half, die Sichtweise des Publikums zu verstehen.

Der rote, blinkende Punkt an der Telefonanlage zeigte an, dass mehr Anrufer in der Leitung waren, als die Studenten aktuell annehmen konnten. Er nahm den Hörer und drückte auf den entsprechenden Knopf.

„KM – Das Kriminalmagazin, guten Abend! Mein Name ist Michael Staller, was kann ich für Sie tun?"

Am anderen Ende war zunächst nur ein angestrengtes Atmen zu hören. Oft waren die Menschen überrascht, dass einer der führenden Köpfe der Sendung persönlich am Apparat war.

„Hallo? Ist da die Kriminalsendung?"

Oh je. Offensichtlich war sein Gesprächspartner schwerhörig. Der brüchigen Stimme nach handelte es sich um einen Mann weit jenseits des Rentenalters.

„Hier ist KM – Das Kriminalmagazin". Staller erhob die Stimme deutlich und warf gleichzeitig einen entschuldigenden Blick in die Runde. „Mit wem spreche ich, bitte?"

„Hier ist Berger, Alfred Berger". Die Stimme verebbte kraftlos.

„Worum geht es denn, Herr Berger?" Instinktiv hatte Staller die Lautstärke noch einmal angehoben, in der irrigen Hoffnung, dadurch dem Anrufer Kraft übertragen zu können.

„Ich habe es gesehen", verkündete der Oldie, dem es unmöglich zu sein schien, mehr als einen Satz herauszubringen. Vielleicht litt er an einer Lungenkrankheit?

„Was haben Sie gesehen, Herr Berger?" Staller röhrte jetzt geradezu in den Hörer. Aber sein Anrufer schwieg, zumindest für den Moment. „Herr Berger?"

Ein pfeifender Atemzug bewies zumindest, dass der alte Mann noch am Leben war und beabsichtigte das Telefonat weiterzuführen.

„Das Mädchen!", rang er sich schließlich ab.

„Sie haben die kleine Laura gesehen? Wann war das denn?" Bange Sekunden verstrichen.

„Vor ihrem Haus."

Gut, das war zwar nicht die Antwort auf die Frage, aber immerhin wusste Staller jetzt, dass dieser Anruf nicht vollständig sinnlos war.

„Haben Sie Laura an dem Tag gesehen, als sie verschwunden ist? Am Nachmittag des 11. November?"

Zur Abwechslung erklang ein bellender Husten. Als er verebbte, holte der Anrufer tief Luft und brachte einen unerwartet langen Monolog über die Lippen.

„Sie stand auf der Treppe. Plötzlich wurde sie von dem Auto verdeckt. Das dauerte einen Moment. Und als das Auto wegfuhr, hatte sie sich in einen Hund verwandelt."

Stallers Freude über die sprudelnden Informationen bekam durch den letzten Satz einen enormen Dämpfer. Hatte er es hier doch mit einem Spinner zu tun? Oder zumindest mit einem Menschen, der die Grenze zur Senilität schon weit überschritten hatte?

„Entschuldigen Sie, Herr Berger. Habe ich das richtig verstanden, dass sie glauben, das Mädchen hätte sich in einen Hund verwandelt?" Der Student am Computer neben Staller drehte den Kopf und prustete los. Mit dem Finger machte er eine kreisende Bewegung über der Stirn. Staller zuckte mit den Schultern.

„So ein braun-weißer mit langem Fell. Wie Lassie!"

„Aber Menschen können sich doch nicht in Hunde verwandeln, Herr Berger. Das müssen Sie doch wissen!"

„Ja, aber es war doch so! Erst stand sie da in ihrer dicken, rosa Jacke und als das Auto weg war, war sie dieser Hund mit der Leine."

Staller schloss die Augen und rieb seine Stirn. Einen Versuch wollte er dem alten Mann noch geben, bevor er ihn endgültig als Zeitverschwendung betrachtete. Immerhin hatte er ganz offensichtlich Laura gesehen, wenn er die Jacke so genau beschreiben konnte. Oder hatte er diese Information aus dem Fahndungsaufruf?

„Konnten Sie denn sehen, ob jemand mit dem Hund weggegangen ist, Herr Berger?"

Ein abermaliger Hustenanfall unterbrach das eh schon stockende Gespräch erneut. Der Mann röchelte wirklich erbärmlich. Es klang schon eher nach einem Lungenemphysem.

„Der Hund ist alleine weggelaufen. Er hat dabei die Leine hinter sich hergezogen."

Das klang einerseits merkwürdig, gehörte aber nicht zu der Art von Details, die man sich ausmalte, wenn man eine Geschichte erfand. Der Reporter wusste wirklich nicht, wo er seinen Anrufer einordnen sollte.

„Wo waren Sie denn, als Sie diese Beobachtungen gemacht haben?"

„Auf der anderen Straßenseite. Da, wo der Spielplatz ist. Ich gehe gern ein paar Schritte, aber ich muss oft Pause machen. Dann setze ich mich auf meinen Rollator und ruhe mich aus." Auch diese Erklärung kam stockend, unterbrochen von quälendem Husten.

„Darf ich fragen, wie alt Sie sind, Herr Berger?"

„82, mein Junge. Ich höre ein bisschen schlecht, aber gucken kann ich noch sehr gut. Ich merke schon, dass Sie denken, ich wäre ein alter Sack, der nicht mehr weiß, was er sagt. Aber ich bin noch ganz klar im Kopf!"

„Nicht doch, Herr Berger! Aber wir müssen natürlich ein paar Nachfragen stellen, das verstehen Sie sicher! Können Sie mir denn etwas über den Wagen sagen, der das Mädchen verdeckt hat?"

„Das war so eine Art Lieferwagen. Weiß oder hellbeige."

„Hatte er vielleicht eine Aufschrift? Ein Handwerksbetrieb oder etwas Ähnliches?

Der Mann schien einen Moment zu überlegen.

„Nein, nicht dass ich wüsste. Und die Nummer habe ich mir natürlich auch nicht angeschaut."

Logisch denken konnte er immerhin. Staller wurde aus dem seltsamen Anrufer einfach nicht schlau.

„Sie verstehen sicher, dass es komisch klingt, wenn Sie sagen, dass sich das Mädchen in einen Hund verwandelt hat. Haben Sie vielleicht irgendeine Erklärung dafür?"

„Nein, tut mir leid. Ich habe nur geschildert, was ich gesehen habe. Den Rest müsst ihr machen, nicht wahr?"

„Das war auch sehr richtig von Ihnen. Darf ich mir Ihre Nummer aufschreiben, falls die Polizei noch Nachfragen an Sie hat, Herr Berger?"

„Sicher, mein Junge! Ich freue mich immer über ein bisschen Abwechslung."

Staller notierte schnell die Nummer von seinem Display.

„Danke für Ihre Mithilfe, Herr Berger. Ich wünsche Ihnen noch einen schönen Abend!"

Staller legte schnell den Hörer auf und betrachtete versonnen seine Notizen, die er während des Anrufs gemacht hatte.

„Was war das denn für ein Spinner? Das Mädchen soll sich in einen Hund verwandelt haben? Was hat der denn genommen?"

„Der Gute war schon etwas älter. Aber ob es wirklich ein Spinner war? Ich kann das nicht richtig einschätzen."

Das war absolut ungewöhnlich. Normalerweise lebte der Reporter davon, dass er Menschen blitzartig und sehr zuverlässig beurteilen konnte. Das half ihm bei seinen Recherchen enorm. Aber bei Berger war sein Instinkt überfordert. Der Mann hatte sich Details gemerkt, die ungewöhnlich genau beobachtet waren, wie die Leine, die der Hund hinter sich hergezogen hatte. Hätte er sich die ganze Geschichte nur ausgedacht, um sich wichtig zu machen, dann wäre diese Einzelheit völlig unnötig gewesen.

Andererseits war es ja nun völlig unmöglich, dass sich Laura in Lassie verwandelt hatte. Was blieb also Verwertbares übrig? Möglicherweise ein heller Transporter, der vermutlich exakt zum Zeitpunkt, als Laura das Haus verließ, vor dem Eingang hielt. Leider war die Beschreibung so vage, dass sie keinen geeigneten Ansatzpunkt bot. Es sei denn, jemand konnte weitere Angaben zu dem Fahrzeug machen.

Staller entschied, dass er diese Information für eine erste Rückmeldung noch während der Sendung nutzen konnte. Nach einer kurzen Frage an die Studenten stand fest, dass ansonsten noch keine vielversprechenden Hinweise eingegangen waren. Also kritzelte er hastig einige Worte auf eine Moderationskarte und warf einen Blick auf die Uhr. Gut, die zweite Werbung würde in wenigen Minuten beginnen. Er würde es gerade noch rechtzeitig ins Studio schaffen.

„Wir sind gleich zurück – vielleicht schon mit ersten Neuigkeiten zum Fall der kleinen Laura - und auf jeden Fall mit diesem Thema!"

Sonja Delft lächelte noch in die Kamera, bis das Rotlicht erlosch, dann konnte sie sicher sein, dass der letzte Teaser lief und die Kollegen aus dem Sender für die Werbung übernahmen. Auf den fragenden Blick der Maskenbildnerin hinter der Kulisse schüttelte die Moderatorin den Kopf. So heiß war es heute nun wirklich nicht und sie hatte nicht das Gefühl noch mehr Puder zu brauchen. Aus reiner Gewohnheit blätterte sie die restlichen Moderationskarten noch einmal durch, obwohl ihr der Ablauf durchaus präsent war. Dann nahm sie einen kleinen Schluck Wasser und wollte gerade eine Nachfrage an die Regie stellen, als Staller mit raumgreifendem Schritt ins Studio eilte.

„Was gibt es denn?", erkundigte sie sich und schenkte ihm ein strahlendes Lächeln.

„Mehr Schatten als Licht", brummte der Reporter und drückte ihr die Karte in die Hand. „Ein alter Mann mit Rollator will gesehen haben, dass genau in dem Moment, als Laura aus der Haustür trat, ein heller Transporter vor dem Eingang hielt. Dadurch wurde dem Zeugen der weitere Blick auf das Mädchen verdeckt. Dann verschwand der Wagen und Laura war ebenfalls nicht mehr zu sehen. Leider konnte der Mann den Transporter nicht näher beschreiben. Aber vielleicht sollten wir an der Stelle noch einmal nachhaken."

„Das ist doch nicht so schlecht", urteilte Sonja.

„Der Zeuge ist 82 Jahre alt, schwerhörig und behauptet nur, dass er gut sehen kann. Wer weiß, ob das alles Hand und Fuß hat. Aber andere Hinweise gibt es bisher nicht." Staller verschwieg den Teil mit der Verwandlung von Laura in einen Hund lieber.

„Gut. Ich erkläre die Sache mit dem Wagen und dann fragen wir einfach mal nach, ob der auch anderen Leuten aufgefallen ist. Vielleicht meldet sich ja noch jemand, der genauere Angaben machen kann. Danke, Mike!" Wieder strahlte sie, als ob in ihrem Gesicht ein Scheinwerfer angeknipst worden wäre. Wenn sie ihn so anlächelte, dann bekam Staller regelmäßig wacklige Knie, nur um sich Sekunden später genau darüber zu ärgern. Die Unsicherheit, die ihn in diesen Situationen überfiel, trieb ihn beinahe in den Wahnsinn, zumal er sich einbildete, dass niemand außer ihm selber diese erkannte. Zu Unrecht, übrigens. Heute rettete ihn die Stimme der Regisseurin aus dem Studiolautsprecher.

„Eine Minute bis re-entry!"

Staller nickte Sonja aufmunternd zu und hob seinen Daumen.

„Bis gleich!" Dann verschwand er eilig in der Kulisse. Er hatte gerade sachte die Studiotür hinter sich geschlossen, als die Musik einsetzte, mit der der letzte Teil der Sendung begann. Der nächste Bildschirm befand sich in der Garderobe. Staller trat ein und drehte sofort den Ton an. Er traf genau den richtigen Zeitpunkt. Sonja hatte die erneute Begrüßung abgeschlossen und drehte sich in die zweite Kamera, die sie in Großaufnahme zeigte.

„Im Fall der verschwundenen Laura aus Hamburg-Eimsbüttel gibt es einen ersten Hinweis. Ein heller, möglicherweise weißer Transporter stand genau zu dem Zeitpunkt vor dem Haus, als Laura durch die Tür trat. Unmittelbar darauf verschwand der Wagen. Es ist nicht auszuschließen, dass das Mädchen darin entführt wurde. Leider wissen wir noch keine Einzelheiten über Fahrzeugtyp, Kennzeichen oder den Fahrer beziehungsweise die Fahrerin. Wenn Ihnen also am 11. November gegen 15 Uhr in der Straße Am Weiher oder in unmittelbarer Nähe ein solches Fahrzeug aufgefallen ist, dann melden Sie sich doch bitte. Die Kontaktmöglichkeiten werden gleich eingeblendet."

Als Profi hatte Sonja natürlich bedacht, dass sie gerade einen ungeplanten Eingriff in den Ablauf der Sendung vorgenommen hatte, und unterstützte die Regie mit diesem Hinweis. In diesem Fall war das allerdings unnötig, denn die Bildmischerin, eine erfahrene Mitarbeiterin der ersten Stunde, hatte die entsprechende Grafik bereits aufgerufen und punktgenau eingeblendet. Zeitgleich rief die Regisseurin das Laufband ebenfalls auf, bis sie bemerkte, dass es bereits lief. Die beiden Frauen grinsten sich an und simulierten high five. Dann konzentrierten sie sich wieder auf die Monitore.

Staller nickte zufrieden und verließ die Garderobe. Wieder einmal war es gelungen eine Sendung trotz aktueller Ereignisse pannenfrei über die Bildschirme zu bringen. Der Rest war Formsache. Ein letzter Beitrag, der sogenannte Rausschmeißer, der das Thema Kriminalität mit einem Augenzwinkern betrachtete, die Abmoderation und ein Ausblick auf die nächste Sendung – da konnte eigentlich nichts mehr schief gehen. "KM" lief wie eine gut geölte Maschine. Das Team war motiviert und kompetent, die Abläufe waren eingespielt, aber nicht abgedroschen und die jahrelange Erfahrung half immer dann, wenn doch mal eine brenzlige Situation entstand.

In der Deppenzentrale bereitete man sich auf eine zweite Welle von Anrufen und Meinungsäußerungen vor. Nach dem Ende der Sendung nahm die Zahl der sinnbefreiten Meldungen selbst ernannter Spaßvögel noch einmal sprunghaft zu und auch die Promillezahl war uhrzeitgemäß im Steigen begriffen. Aber die Studenten an den Telefonen und Bildschirmen waren inzwischen geübt darin, die Spreu vom Weizen zu trennen. Freundlich, aber bestimmt kickten sie die Pöbler und Trunkenbolde aus der Leitung und löschten Beiträge, die nicht den Standards des Magazins entsprachen.

„Wie schaut's aus?"

Staller trat hinter den Leiter des kleinen Teams, bei dem die als relevant geltenden Meldungen und Hinweise zusammenliefen. Er arbeitete hier schon drei Jahre und finanzierte so sein Studium mit.

„So lala. Überdurchschnittliche Beteiligung, wie immer, wenn wir eine Fahndung drin haben. Qualitativ eher nicht so dolle. Am auffälligsten ist vielleicht noch eine Mail, die aber ziemlich anonym daherkommt." Er klickte eine Nachricht auf seinem Bildschirm an.

„Von anonymus123@web.de", las Staller. „Notfalls sollten wir die Daten aber rausbekommen." Er las weiter und pfiff durch die Zähne. „Gerald Pohl arbeitet in der Nähe der Wohnung von Laura. Und er hat ungefähr um die Zeit Feierabend."

„Sagt dir der Name was?"

Der Reporter nickte.

„Pohl ist wegen mehrfachen sexuellen Missbrauchs verurteilt worden und hat etliche Jahre im Knast verbracht. Seine Opfer waren alle zwischen 6 und 12 Jahre alt. Seine Strafe hat er vermutlich vor ein oder zwei Jahren abgesessen."

„Dann könnte das ja ein heißer Tipp sein."

„Könnte, ja." Staller war skeptisch. „Natürlich gilt erst einmal die Unschuldsvermutung. Und die Tatsache, dass der Hinweis anonym gegeben wird, macht die Angelegenheit nicht eben glaubwürdiger. Aber checken muss man das schon. Sonst noch was?"

„Jede Menge Leute, die zum passenden Zeitpunkt Verdächtige gesehen haben wollen. Natürlich alles südländische Typen. Aber niemand mit Kind. Außer einer Frau, aber deren Kind saß im Buggy und war somit viel zu jung."

„Vermutlich besorgte Bürger, die zwar nichts gegen Ausländer haben, aaaber ... und das muss man doch mal sagen dürfen!"

„Genau." Der Teamleiter der Zuschauerredaktion zuckte mit den Schultern. „Eimsbüttel ist zwar insgesamt ein toleranter Stadtteil, aber die Idioten sind inzwischen überall."

„Wie lange bleibt ihr heute noch dran?"

„Ich schätze, so bis 23 Uhr. Danach kommt nur noch Müll. Und wenn jemand wirklich etwas loswerden will, läuft ja der Anrufbeantworter."

„Okay." Staller sah auf die Uhr. Kurz vor halb zehn – die Sendung war beendet und Sonja war vermutlich in ihrer Garderobe. „Kannst du mich um elf noch einmal auf dem Handy anrufen für ein update?"

„Kein Problem, mach ich!" Der Student nickte bestätigend und wandte sich wieder seinem Bildschirm zu.

Staller machte sich auf den Rückweg ins Studio und zückte währenddessen sein Telefon. Der Kommissar würde auf seinen Anruf warten.

„Bommel, hat dich Hollywood schon angerufen nach deinem großartigen Auftritt im German Reality-TV?" Er hielt das Handy ein Stück von seinem Ohr weg, bis die Flut von Beschimpfungen durch Bombach abebbte. „Jetzt sei nicht so empfindlich. Willst du Ergebnisse hören?"

„Falls du es schaffst einfach unkommentiert ein paar sachliche Informationen zu übermitteln ..."

„Ja, ja, ich gebe mir Mühe. Aber ich bin hungrig. Wollen wir uns bei Mario treffen?"

Die Erwähnung von Stallers Lieblingsitaliener hob die Laune des Kommissars sofort spürbar an.

„Ich hatte zwar schon eine Kleinigkeit, aber für ein Häppchen bei Mario ist sicher noch Platz."

Dieser Satz war der pure Hohn, und zwar aus verschiedenen Gründen. Erstens war es unvorstellbar, dass Bombach nur "eine Kleinigkeit" zu sich nahm. Er war immer ein guter Esser gewesen und seit seine Frau schwanger war, hatte sein Appetit eher noch zugenommen. Wie er selbst übrigens auch. Fünf Co-Schwangerschaftskilos waren es bestimmt, die die Konturen seines Körpers erfolgreich weichzeichneten. Zweitens war es ausgeschlossen bei Mario nur ein Häppchen zu sich zu nehmen. Der gebürtige Sizilianer interpretierte seinen Beruf so, dass Qualität und Quantität gleichermaßen Zeichen seiner überbordenden Gastfreundlichkeit waren.

„Gut, dann ist es abgemacht. In einer halben Stunde?"

„Das schaffe ich. Bis gleich!"

Staller bog schwungvoll um die letzte Ecke des Korridors und öffnete die Tür zu Sonjas Garderobe praktisch zeitgleich mit seinem Anklopfen.

„Wollen wir ...", begann er und brach abrupt ab, als er bemerkte, dass die Moderatorin lediglich mit einem schmalen Slip bekleidet vor ihm stand.

„Oh, Verzeihung, ich wusste nicht ...", stammelte er verlegen und wollte auf dem Absatz wieder kehrtmachen.

„Herrgott, Mike!" Sonja schimpfte regelrecht los. „Jetzt stell dich doch nicht an wie eine jungfräuliche Klosterschülerin! Oder sehe ich so schrecklich aus?" Mit diesen Worten stellte sie sich mit halb erhobenen Händen absichtlich in eine Pose, die natürlich und verführerisch zugleich wirkte. Ihr fester Busen, nicht zu klein und nicht zu groß, streckte sich ihm entgegen und durch die Spitzenränder des Slips blitzte nacktes Fleisch. Wenn man ihre sportliche, aber nicht übermäßig muskulöse Figur dazu rechnete, dann bot sich dem Betrachter ein Anblick, der unbedingt ein zweites Hinsehen lohnte.

Staller selbst fixierte einen Punkt schräg oberhalb des großen Spiegels. Immerhin hatte er seine Flucht abgebrochen. Trotzdem brauchte er noch einige Augenblicke, bis er sich wieder gefasst hatte. Dann brachte er mit belegter Stimme sein Anliegen vor.

„Äh, ich wollte fragen, ob du noch mit auf einen Happen zu Mario kommst. Ich treffe mich dort mit Bommel, um ihm die Ergebnisse unserer Fahndung mitzuteilen."

„Klar. Wenn ich es genau betrachte, habe ich sogar ziemlichen Hunger. Und du kannst jetzt übrigens aufhören Löcher in meine Garderobenwand zu starren. Du wirst jetzt nicht mehr blind, wenn du mich anschaust." Ihre Stimme schwankte zwischen Belustigung und Resignation. Ihr Verhältnis zu Mike war schon seit langer Zeit etwas kompliziert. Sie waren erst Arbeitskollegen gewesen, hatten sich sehr gut verstanden und es war eine Freundschaft entstanden. Diese erstreckte sich auch auf Kati, Stallers praktisch erwachsene Tochter, die als Erste entdeckt hatte, dass zwischen den beiden mehr als nur Freundschaft im Spiel war. Sonja war auch bereit dieses zuzugeben. Mike hingegen, da waren sich die beiden Frauen sicher, empfand ebenfalls sehr viel für Sonja, schaffte es aber nicht, dieses auch nach außen zu tragen. Inwieweit der tragische Tod seiner Frau, der immerhin schon sieben Jahre zurücklag, dafür verantwortlich war, blieb das Ziel andauernder Spekulationen.

Staller warf probehalber einen Blick auf Sonja und registrierte dankbar, dass sie in Jeans und Pullover gehüllt war und gerade ihre Schuhe anzog. Trotz der schlichten Kleidung war ihre Wirkung immer noch umwerfend. Sie hatte das übertriebene Make-up aus der Fernsehsendung bereits entfernt und trug nur etwas Rouge und Lidschatten. Ihre Attraktivität speiste sich hauptsächlich aus ihrem offenen und freundlichen Gesicht mit den blitzenden, blauen Augen. Ihr blondes Haar hatte sie heute zu einem Pferdeschwanz zurückgebunden.

„So besser?", zog sie ihn auf und griff nach ihrer Jacke.

„Zumindest verschuldest du so weniger Verkehrsunfälle", entgegnete Staller, der die Sprache inzwischen wiedergefunden hatte. „Auf zu Mario, ich habe Hunger!"

* * *

Vivian Heber drehte mit geübtem Griff den Schlüssel herum und öffnete die Wohnungstür. Den Lichtschalter fand sie, ohne hinzusehen, und während sie der Tür mit dem Fuß einen Schubs gab, sodass sie zufiel, warf sie den Schlüsselbund auf das Sideboard. All dies waren Vorgänge, die sie so oft durchgeführt hatte, dass sie zur selbstverständlichen Routine geworden waren, über die sie überhaupt nicht mehr nachdenken musste. Ihre Sporttasche stellte sie vorübergehend mitten in den Raum und ihre Handtasche legte sie neben die Schlüssel. Ihre rote Winterjacke kam auf einen Bügel vor die Lederjacke. Die Strickmütze zog sie vom Kopf und legte sie oben auf die Garderobe. Den Versuch ihre Haare zu ordnen brach sie wegen erwiesener Erfolglosigkeit ab. Nach dem Sport hatte sie sie nur schnell halbwegs trocken geföhnt und ohne jedes Styling unter der Mütze versteckt. Über Nacht wäre jede Form von Frisur sowieso wieder abhandengekommen.

Im Bad hängte sie schnell ihr Sportzeug über den Badewannenrand. Hier würde es trocknen, bevor sie es in den Wäschekorb warf. Zweimal in der Woche ging sie direkt von der Bank ins Fitnessstudio und trainierte dort. Einmal davon war es ein Zumba-Kurs, heute hingegen hatte sie sich auf dem Laufband und an den Geräten ausgetobt. Zusammen mit dem anschließenden Saunabesuch waren dann schnell drei Stunden um und sie hatte keine Lust mehr zu kochen. Deshalb holte sie die Plastikbox mit dem fertigen Salat aus der Tasche, den sie auf dem Heimweg schnell geholt hatte. Das würde reichen.

In der Küche räumte sie noch ihren Kaffeebecher vom Morgen weg und holte sich eine Gabel aus der Schublade. Sie würde den Salat einfach direkt aus der Schale essen. Es war ja niemand da, der sich darüber beschweren konnte. Aus dem gleichen Grund schaltete sie ohne schlechtes Gewissen den Fernseher ein. Manchmal bedauerte sie es, dass sie keinen Partner hatte, mit dem sie ihr Leben teilen konnte, aber oft barg dieser Zustand ungeahnte Vorteile. Ein Sonntag in Jogginghose, zwei Stunden in der Badewanne oder eben ein Abendessen vor dem Fernseher waren nicht zu verachten. Es war so schön einfach, wenn man keine Rücksicht nehmen musste. Nur wenn sie abends mit kalten Füßen im Bett lag, dann wünschte sie sich manchmal einen Mann, an dessen Oberschenkeln sie sie wärmen konnte.

Das Fernsehprogramm konnte sie heute nicht gerade begeistern, deshalb schaltete sie die Kiste aus, sobald sie ihren Salat aufgegessen hatte. Wie es ihre Art war, brachte sie die Schale zurück in die Küche und warf sie in den Mülleimer. Die Gabel wusch sie von Hand ab und legte sie zurück in die Besteckschublade.

Unschlüssig, wie sie den Rest des Abends verbringen sollte, lief sie durch die Wohnung. In der Küche gab es nichts mehr zu tun, das Wohnzimmer war aufgeräumt und sauber und im Bad musste sie warten, bis ihre Sportklamotten trocken waren, bevor sie sie wegräumen konnte. Sie putzte ein Paar Schuhe mit schwarzer Schuhcreme und wusch sich anschließend die Hände, die komischerweise immer etwas von der Creme abbekamen. Dann schlenderte sie ins Schlafzimmer und setzte sich aufs Bett. Vielleicht sollte sie sich einfach hinlegen und noch ein wenig lesen.

Als sie sich mit hinter dem Kopf verschränkten Armen auf das Kissen sinken ließ, sog sie prüfend die Luft durch ihre Nase. Etwas störte ihr Geruchsempfinden. Vermutlich war es einfach mal wieder an der Zeit das Bettzeug zu wechseln. Im Gegensatz zu vielen anderen anfallenden Aufgaben hatte sie dafür keinen festgelegten Plan. Sie entschied nach Gefühl – oder eben nach Geruch. Heute war es offensichtlich soweit. Sie sprang auf und öffnete den Kleiderschrank. Die erste Nacht im frisch bezogenen Bett war immer etwas Besonderes. Sie würde gut schlafen.

* * *

Zu so später Stunde war das Restaurant von Mario längst nicht mehr voll besetzt. Als Staller und Sonja den Gastraum betraten, konnten sie sehen, dass Thomas Bombach bereits an dem "Familientisch" Platz genommen hatte, der besonderen Gästen und Freunden der Familie vorbehalten war und etwas abseits stand. Hier lag auch ein kariertes, etwas rustikaleres Tischtuch auf, während im übrigen Raum die Farbe Weiß in der Unterkategorie Blütenweiß dominierte. Der Kommissar war bereits mit den obligatorischen Pizzabrötchen versorgt worden und … kaute fleißig.

„Ah, Mike und die bella signorina", röhrte Mario, als ob der lange verloren geglaubte Sohn überraschend in den Schoß der Familie zurückgekehrt wäre. Dabei schaute Staller mehrmals pro Woche vorbei und war mit Sicherheit von Bombach bereits angekündigt worden. „Un momentino, isch bin gleich bei euch!"

Er balancierte mit der Eleganz eines russischen Balletttänzers eine opulente Platte mit verschiedenen Desserts durch den Raum. Seine Erscheinung stand dazu im krassen Gegensatz. Dem hochgewachsenen Mike reichte er gerade mal bis zur Brust, brachte dafür aber deutlich mehr Gewicht auf die Waage. Seine Figur war am ehesten mit einem Fass zu vergleichen. Die im Verhältnis winzigen Füße und relativ dünnen Beine trugen den Mann trotzdem ebenso schnell wie geschmeidig durch den dicht bestuhlten Raum, wobei der mächtig vorstehende Bauch je nach Bedarf elegant nach rechts, links oder nach vorn geschwenkt wurde, ohne dass das Tempo der Vorwärtsbewegung darunter litt.

„Na, konntest du es wieder nicht abwarten?" Staller schlug seinem Freund zur Begrüßung kräftig auf die Schulter. Bombach schluckte eifrig an einem großen Stück Brötchen mit Aioli und konnte momentan nicht antworten. „Ich denke, du hattest schon gegessen? Aber ich verstehe schon. Doppelt hält besser!" Grinsend faltete der Reporter seine langen Gliedmaßen auf einen Stuhl und griff ebenfalls nach einer der noch warmen Köstlichkeiten.

„Hallo Thomas!", grüßte Sonja freundlich, die den Kommissar sehr schätzte und ihn vermutlich als einziger Mensch der Welt mit seinem richtigen Vornamen anredete.

„Moin Sonja – bezaubernd wie immer! Und Mike: Hör auf, mir die Pizzabrötchen wegzufuttern!"

„Man muss auch gönnen können", befand der Reporter und langte erneut zu.

„Scusi, isch bringe gleich neue!" Mario bewegte sich nicht nur geschmeidig, sondern auch lautlos. „Wolle kleine Antipasti, schlichte Eintopfe mit pollo und bisse Nachtische?"

Eine der Regeln für besondere Gäste bestand darin, dass sie keine Speisekarte mehr zu sehen bekamen. Mario hatte immer etwas Besonderes in petto, das er lediglich pro forma zur Disposition stellte. Da dieses Experiment bisher noch nie schief gegangen war, nickten die Drei unisono, woraufhin Mario verschwand und wenig später mit einer großen Flasche Wasser, reichlich Gläsern, sowie einer Karaffe Rotwein erneut erschien. Seine Frau Gerda folgte in seinem breiten Kielwasser mit weiteren Brötchen und Aioli. Außerdem servierte sie verschiedene Öle, Oliven und grobes Meersalz.

„Da freue ich mich schon eine Stunde drauf", stöhnte Staller wohlig auf und roch probehalber an seinem Rotwein. Auch dieser fand sich mit Sicherheit nicht auf der Karte, sondern stammte aus Marios persönlichem Vorrat.

„Könntest du in Anbetracht der Tatsache, dass die zu erwartende Völlerei gleich beginnt, schon mal einen kleinen Überblick darüber geben, was bei der Fahndung herausgekommen ist?" Bombachs berufliche Neugier war größer als sein Appetit, was allerdings weniger bedeutsam schien, wenn man bedachte, dass er bereits zu Abend gegessen hatte.

„Ja." Nach dieser Antwort mampfte Staller ungerührt weiter. Nachdem der Kommissar einige Sekunden abgewartet hatte, fragte er genervt nach.

„Machst du es auch?"

„Nö."

Bombach warf einen irritierten Blick zu Sonja, die nur unmerklich mit den Schultern zuckte. Sie wusste ebenfalls nicht, was den Reporter ritt.

„Warum nicht?" Bombach klang minimal angespannt.

„Ganz einfach." Staller machte eine kleine Pause und tupfte sich den Mundwinkel mit der Serviette ab. „In spätestens drei Minuten steht der Tisch voll mit Leckereien. Dann hörst du mir eh nicht zu, weil du überflüssige Kalorien in deinen Körper schaufelst. Außerdem habe ich mit meinen Leuten verabredet, dass ich in etwa einer halben Stunde eine Auswertung der Meldungen bekomme. Das sollten wir noch abwarten."

Wie aufs Stichwort erschien Mario mit einer Platte von fast einem halben Quadratmeter. Das entsprach seiner Vorstellung von "kleine Antipasti".

„Gut, unter diesen Voraussetzungen stimme ich dir zu!". Bombach klang wieder bedeutend fröhlicher und beäugte die Köstlichkeiten gierig. Der Sizilianer hatte sich mal wieder selbst übertroffen.

„Danke, Mario! Aber wer soll das alles essen?" Sonja war zwischen Freude und Entsetzen hin- und hergerissen.

„Isse keine Problem! Viele Arbeit – viele esse! Il commissario immer gute Appetit", schmunzelte Mario und ordnete den Tisch blitzschnell so, dass jeder problemlos an die Antipasti kam. „Buon appetito!"

„Siehst du Bommel, Mario verfügt über eine ausgezeichnete Beobachtungsgabe und gesunde Menschenkenntnis."

Bombach ignorierte seinen Freund und machte sich bereits über die Platte her. Dabei ließ er in der Tat keineswegs durchscheinen, dass er bereits gegessen hatte. Und nach exakt elf Minuten hatte sich Marios Vorhersage bewahrheitet, denn mit Ausnahme von etwas Dekoration war die gesamte Vorspeise verschwunden.

„Jetzt fühle ich mich in der Lage einen kleinen Zwischenbericht abzugeben", stellte Staller zufrieden fest und trank einen Schluck Wasser.

„Ich bin ganz Ohr", antwortete Bombach, dessen Kinn von einem herabgelaufenen Tropfen Olivenöl leicht glänzte.

„Leider sind die meisten Reaktionen wenig hilfreich", beklagte Sonja, die im Auto von Mike informiert worden war.

„Zwei Dinge darfst du morgen gleich bearbeiten." Der Reporter klang wieder ganz munter. „Zum einen soll Gerald Pohl in der Nähe des Spielplatzes arbeiten und auch zur passenden Zeit Feierabend machen. Allerdings kam diese Information anonym per Mail von einer Allerweltsadresse. Keine Ahnung, wie glaubwürdig das ist, aber checken kannst du es ja mal."

Bombach zupfte nachdenklich an seinem Ohrläppchen.

„Ein verurteilter Kinderschänder vor Ort klingt ein bisschen zu einfach für meinen Geschmack. Vielleicht ist es irgendeinem selbsternannten Hilfssheriff ein Dorn im Auge, dass auch solche Menschen eine zweite Chance erhalten, nachdem sie ihre Strafe abgesessen haben."

„Aber überprüfen wirst du es trotzdem, oder?", wollte Sonja wissen.

„Natürlich. Und wenn es nur ist, um etwas auszuschließen."

„Der zweite Hinweis ist etwas weniger konkret, aber in meinen Augen trotzdem interessanter. Jemand hat einen Lieferwagen oder Transporter beobachtet, der vor dem Haus stand, als Laura rauskam. Unmittelbar danach ist er weggefahren."

Diese Nachricht elektrisierte den Kommissar förmlich.

„Das ist in der Tat hilfreich. Hat der Zeuge zufällig auf Werbeaufdrucke oder gar das Kennzeichen geachtet?", fragte er mit hoffnungsvollem Gesichtsausdruck.

„Leider nein. Also: Keine Aufschriften und keine Sicht auf das Kennzeichen. Und es gibt noch einen zweiten Pferdefuß." Staller erzählte ausführlich, wie Alfred Berger gesehen haben wollte, dass sich Laura in einen Hund verwandelt hatte.

Bombach massierte sich die Schläfen und verbarg seine Verzweiflung nur mit Mühe.

„Also ein Spinner?"

Staller wiegte bedächtig sein Haupt.

„Ich bin mir natürlich nicht sicher, aber ich denke nicht. Der Mann ist 82 Jahre alt, offensichtlich schwerhörig, aber er behauptet, gut sehen zu können. Senil wirkte er auf mich nicht. Aber selbstverständlich ist seine Interpretation dessen, was er gesehen hat, völliger Quatsch. Wir haben noch in der Sendung reagiert und nachgefragt, ob auch andere Zeugen den Transporter gesehen haben."

„Und?"

„Keine Ahnung. Ich hoffe, dass ich per Telefon gleich noch etwas dazu erfahre."

„Es kostet mich zwar etwas Überwindung das zu sagen, aber das habt ihr gut gemacht. Wenn Laura wirklich entführt worden ist, dann wäre ein Wagen vor der Tür ziemlich plausibel. So minimiert der Täter die Chance, dass er mit dem Mädchen gesehen wird."

„Warum nicht die Täterin?", fragte Sonja nach.

„Das ist natürlich nicht ausgeschlossen. Aber Frauen greifen in aller Regel nur zu solchen Mitteln, wenn sie in einer Beziehung zu dem Kind stehen. Mütter ohne Sorgerecht zum Beispiel. Das ist hier aber nicht der Fall."

Der zweite Gang unterbrach ihre Überlegungen. Mario erwartete, dass die volle Aufmerksamkeit seiner Gäste den Speisen galt, und er wurde nicht enttäuscht. Allerdings duftete die Schüssel mit Huhn in heller Soße auch zu verführerisch. Die nächsten Minuten verliefen äußerst schweigsam, wenn man die Essgeräusche ignorierte. Sonja war die Erste, die ihren Teller von sich schob und leise japste.

„Auf gar keinen Fall passt bei mir auch nur noch eine Spur von Nachtisch hinein", erklärte sie kategorisch.

„Ramazzotti", empfahl Staller. „Und eine kleine Pause. Sonst ist Mario dir einen Monat lang böse. Willst du das riskieren?"

„Ich werde fett wie ein Nilpferd!", beschwerte sich die Moderatorin.

Staller ließ seinen Blick ausführlich über ihren schlanken Körper schweifen und winkte ab. „Geht schon noch", befand er trocken und wehrte geschickt ihren Schlag mit der Stoffserviette ab. „Recht so, Bewegung ist auch eine Lösung!"

Der Kommissar, der wacker mitgehalten hatte, rülpste leise.

„Verzeihung. Das war die Currywurst von vorhin."

„Die kommt doch niemals durch all das durch, was du noch obendrauf gesetzt hast", grinste der Reporter und stieß seinen Finger spielerisch in Bombachs gewölbte Bauchdecke.

„He! Was soll das?"

Stallers Telefon vibrierte. Das kurze Gespräch war für die Tischgenossen kryptisch, denn außer einigen geknurrten Reaktionen und kürzesten Nachfragen, hörte der Reporter nur zu. Dann dankte er dem Anrufer und beendete das Telefonat.

„War das die Zuschauerredaktion?"

„Genau. Sie machen für heute Feierabend und schalten jetzt den Anrufbeantworter an."

„Lass dir doch nicht alles aus der Nase ziehen, Kerl!" Der Kommissar blickte grimmig drein. „Gibt es irgendetwas Neues?"

„Geduld ist eine Tugend", predigte Staller. „Die du offensichtlich nicht besitzt, mein eiliger Freund."

„Nun ärgere Thomas doch nicht immer", versuchte Sonja zu vermitteln.

„Aber es macht doch so viel Spaß!"

„Du kannst froh sein, dass Mario so gut gekocht hat. Das stimmt mich milde", entgegnete Bombach, der sein Wasser austrank und einen schnellen Blick auf die Uhr warf. „Darf ich dich trotzdem daran erinnern, dass mein Tag morgen wieder in der Früh beginnt und ich eine hochschwangere Frau zu Hause habe, die die ganze Nacht lautstark schnarcht?"

„Okay, du besitzt mein vollstes Mitgefühl", lachte der Reporter und wurde dann ernst. „Komplett neue Ansätze gab es nicht mehr. Aber zwei Menschen haben den Wagen vor Lauras Eingang ebenfalls gesehen. Beide bestätigen, dass er weiß gewesen sei und ohne auffällige Aufschriften. Einer ist sich ziemlich sicher, dass es sich um einen Fiat gehandelt habe."

„Damit dürfte zumindest die Existenz des Transporters belegt sein. Ein Punkt für deinen schwerhörigen Alten! Und was ist mit dem Kennzeichen?"

„Derjenige, der den Wagen für einen Fiat hält, glaubt, dass es ein Hamburger Kennzeichen war."

„Welch wundersame Fügung, wo das Auto doch in unserer schönen Hansestadt gesehen wurde", ätzte Bombach. „Das grenzt die Auswahl ja auf ein paar tausend Fahrzeuge ein!"

„Ich gebe ja zu, dass das dünn ist." Staller sah nicht besonders glücklich aus. „Der Kollege hat noch ein bisschen insistiert und herausbekommen, dass die Nummer wohl vierstellig war. Aber genauer wusste es der Zeuge wirklich nicht. Und wie glaubwürdig das ist, weißt du ja selbst."

Immer wieder waren Menschen, die irgendetwas bezeugen wollten, sich über bestimmte Details ganz sicher und mussten später einräumen, dass sie sich wohl doch getäuscht hatten. Der großgewachsene Mann mit den dunklen Haaren war am Ende klein, glatzköpfig und trug eine Mütze. Die gutaussehende jüngere Frau entpuppte sich als Großmutter und die teure, schwarze Aktentasche mit den goldenen Schlössern war in Wahrheit eine Plastiktüte. Dahinter steckte meist kein böser Wille – die Menschen wurden schlicht von ihrer Erinnerung getäuscht.

„Ja, da hast du wohl recht. Aber immerhin ist das besser als nichts. Das bedeutet also, dass ich morgen eine Unmenge Daten von den Verkehrs-überwachungskameras anfordern und sichten darf, in der vagen Hoffnung irgendeinen Hinweis zu finden."

„Und zur Abwechslung kannst du noch Herrn Pohl besuchen und aus-fragen", erinnerte Staller.

„Ich freu' mich!", seufzte Bombach. Zum Glück erschien in diesem Moment Mario mit einer beachtlichen Platte, auf der eine Dessertauswahl appetitlich angerichtet war.

„Na gut", entschied Sonja, „aber wirklich nur ein ganz kleines bisschen!"

Zwanzig Minuten später war keine Spur mehr von einem Dessert zu sehen und Sonja und Staller hatten ihren Espresso getrunken. Bombach war bereits nach Hause gefahren.

„Eine Mütze Schlaf wäre jetzt gerade richtig", gähnte der Reporter und streckte sich. Mittlerweile waren sie alleine im Lokal. Mario beschäftigte sich diskret in der Küche. Niemals hätte er seinen Lieblingsgästen zu verstehen gegeben, dass er gerne Feierabend machen würde.

„Ich werde ein Taxi nehmen", beschloss die Moderatorin.

„Soll ich dir eins rufen?"

„Nein, ich gehe die paar Schritte bis zur Ecke. Das wird mir helfen, wenigstens Teile dieser Mahlzeit zu verdauen." An der Ecke Richardstraße befand sich ein Taxistand, der nur wenige hundert Meter entfernt war. „Es sei denn, du wolltest mich noch zu einem Absacker einladen."

Staller erstarrte und sah sie entgeistert an.

„Ha! Genau diesen Gesichtsausdruck liebe ich so an dir", lachte sie und drückte ihm einen schnellen Kuss auf den Mundwinkel. „Schlaf gut!"

Immer noch fassungslos verfolgte er stumm, wie sie ihre Jacke von der Garderobe nahm, Mario einen Abschiedsgruß in die Küche rief und dann mit einem Lächeln zur Tür ging.

„Wir sehen uns morgen bei der Konferenz!"

Damit verschwand sie in der Nacht.

Der Reporter schüttelte den Kopf und schalt sich innerlich einen Narren. Dann leerte er sein Rotweinglas und verabschiedete sich ebenfalls. Sein Weg war noch kürzer als der von Sonja und nach einer Minute hatte er seine Haustür erreicht. Oben angekommen fand er die Wohnung dunkel vor. Kati, seine Tochter, schlief offensichtlich schon. Darum bemühte er sich, im Bad möglichst wenig Lärm zu machen und legte sich dann schlafen.

* * *

Am auffälligsten war der Duft nach frisch gemahlenen Kaffeebohnen. Dann folgten Aromen von Zimt, Vanille und Schokolade. Auch die frischen Backwaren dufteten verführerisch. Außerdem war es warm und im Hintergrund lief leise Musik. Es gab wirklich unangenehmere Arbeitsplätze als einen Coffeeshop, fand Enrico, der sich geschäftig hinter der Theke bemühte, die Wünsche seiner Gäste zügig zu erfüllen. Der Standort in der Innenstadt gegenüber der Thalia Buchhandlung war ideal. Die Ströme der Büroangestellten, Touristen und Einkaufsbummler rissen praktisch nicht ab, sodass permanent Betrieb herrschte. Langeweile kam niemals auf und die überwiegende Mehrheit der Kundschaft war freundlich und nett. Ein Teil kam regelmäßig – das waren die Angestellten aus der näheren Umgebung. Mit ihnen wechselte er gelegentlich ein paar Worte und von einigen wusste er neben den Namen auch, welche Kaffeespezialität sie bevorzugten und ob sie gerne einen Bagel oder ein Schokocroissant dazu aßen.

Eben öffnete sich die Tür und eine seiner Stammkundinnen betrat das Geschäft.

„Morgen Enrico!"

„Hallo Vivian! Einmal wie immer?"

„Ja, bitte."

Er nahm einen der Becher und trat an die große Maschine. Während das Mahlwerk eine genau abgemessene Portion Kaffeebohnen zerkleinerte, bereitete er die fettarme Milch vor und betätigte die Dampfdüse. Da insgesamt drei Baristi für das Wohl ihrer Kunden sorgten, war das Konzert der großen Kaffeemaschinen unüberhörbar. Stunde um Stunde ertönte das Zischen, Fauchen, Mahlen und Klopfen. Oft reichte die Schlange bis an die Tür heran, gerade zu den Zeiten, bevor die großen Büros öffneten. Jetzt war es wenige Minuten vor neun Uhr und somit Rushhour.

Kunstvoll goss er die Milch über den Espresso, verzierte den Schaum mit einer Spur Kakaopulver und drückte den Deckel auf den Becher. Dann drehte er sich um und übergab das Getränk mit einem schüchternen Lächeln seiner Besitzerin. Diese hatte in der Zwischenzeit Münzen abgezählt und auf die Schale neben den Servietten gelegt.

„Danke schön. Stimmt so!"

„Vielen Dank, Vivian. Schönen Tag noch!"

„Dir auch, Enrico. Bis morgen!"

Während er sich die feuchten Hände an seiner bodenlangen, kaffeefarbenen Schürze abwischte, sah er ihr für einen Moment hinterher. Gut sah sie heute aus. Ausgeschlafen.

„Machst du mir einen großen Latte mit Karamell to go oder möchtest du lieber noch ein bisschen über das Leben nachdenken?"

Die Stimme des ungeduldigen Kunden riss ihn aus seinen Tagträumen. Er fixierte den Sprecher, einen hochgewachsenen jungen Mann in einer figurbetonenden Daunenjacke, und schätzte ihn als Touristen ein. Hamburg war ganzjährig beliebt und entsprechend bevölkert. Seit die Elbphilharmonie eröffnet wurde, hatte dieser Trend sogar noch zugenommen.

„Entschuldigung. Auf welchen Namen bitte?" Enrico griff nach dem nächsten Becher. Wenn er bei der Arbeit war, brauchte er seine volle Konzentration fürs Geschäft. Träumereien waren hier fehl am Platz. Die Kundschaft wartete.

* * *

Es war wie immer. Kam er nur eine Viertelstunde später ins Büro, dann fand er in der Kaffeeküche unweigerlich nur einen kümmerlichen Rest Heißgetränk vor, der seinen Becher maximal einen Finger hoch füllte. Es schien ein Naturgesetz zu sein – oder eine Dienstanweisung? - dass das Nachkochen von Kaffee verboten war. Seufzend machte sich Bombach ans Werk. Seine Nacht war kurz und dazu noch mehrfach unterbrochen gewesen; er brauchte einen Koffeinschub, wenn er den heutigen Tag überstehen wollte.

Natürlich blubberte die Maschine, nachdem er sie entsprechend bestückt hatte, nur widerwillig vor sich hin. Wenn das Kochen schon nicht funktionierte, dann war an Entkalken logischerweise nicht einmal zu denken! Es war sinnlos hier zu warten, bis das Getränk fertig war. Er konnte wenigstens schon mal seinen Rechner starten, der das Arbeitstempo eines korsischen Straßenbauers im Hochsommer besaß.

Während er darauf wartete, dass der Rechenknecht ein Lebenszeichen von sich gab, forderte er schon einmal die Akte von Gerald Pohl an. Dann lehnte er sich auf seinem Bürostuhl zurück und schloss die Augen. Irgendwann im Laufe des Tages würde er auch wieder ein Gespräch mit den Eltern von Laura führen müssen und davor graute ihm. Jetzt, da er in wenigen Tagen selber Vater sein würde, war sein Verständnis für die ohnmächtige Verzweiflung dieser armen Menschen noch gewachsen. Es war ihm ein Rätsel, wie sie diese Last bisher trugen, ohne darunter zusammenzubrechen. Mit jeder Stunde, die verging, war die Chance geschrumpft, dass es eine positive Wendung geben konnte. Spätestens heute, nach den ersten Hinweisen aufgrund des Fahndungsaufrufs, war klar, dass hier ein Verbrechen vorlag. Ein reiner Unglücksfall – der auch mit dem Tod des Mädchens enden konnte – war zwar ebenfalls eine schreckliche Vorstellung, aber das Bild der Kleinen, entführt und in der Hand eines skrupellosen Kriminellen, schmerzte heftig in seinem Kopf.

Auch ohne konkrete Spuren und Hinweise sagte ihm seine lange Erfahrung als Polizist, dass hier keine Entführung mit Geldforderung vorlag.

Zwar waren die Eltern von Laura offensichtlich nicht arm, denn die Wohnung in einer der beliebtesten Ecken Eimsbüttels gehörte ihnen und besaß einen ganz erheblichen Wert, aber wenn es dem Entführer um Geld gegangen wäre, dann hätte er schon längst Kontakt aufgenommen.

Übrig blieb also nur eine Möglichkeit. Und die wollte er sich lieber nicht ausmalen.

„Na, ein kleines Nickerchen im Dienst, Bommel?"

Der Kommissar fuhr zusammen und riss die Augen auf. Der nicht ganz intakte Bürostuhl geriet in eine leichte Schieflage, blieb aber immerhin stehen.

„Kollege Plattfuß, wie stehst du so zum Thema Anklopfen? Im Übrigen habe ich nicht geschlafen, sondern nachgedacht."

„Deine Tür war offen. Ich bringe dir die Akte Pohl. Die haben sie mir im Archiv aufs Auge gedrückt."

„Ah, danke! Das ging ja überraschend schnell. Wenn du willst – ich habe gerade frischen Kaffee gekocht. Er müsste eigentlich fertig sein."

„Nehme ich gern. Bei uns ist er ständig alle. Tschüss!"

„Wem sagst du das", seufzte Bombach und blätterte durch die Akte. Die Einzelheiten des Falles überging er für den Moment und konzentrierte sich auf das Urteil. Ja, wenn Pohl sich gut geführt hatte, dann konnte er seit etwa einem Jahr auf freiem Fuß sein. Das bedeutete, dass er jetzt einige Telefonate führen musste.

Einige Minuten später war der Kommissar ein gutes Stück weiter. Er wusste nun, dass Pohl vor elf Monaten auf Bewährung entlassen worden war und verfügte über die Handynummer des Bewährungshelfers. Dieser war im Moment nicht erreichbar, deswegen hatte er auf die Mailbox gesprochen und um Rückruf gebeten. In der Zwischenzeit konnte er sich jetzt auch endlich einen Kaffee holen.

„Och nö!", zeterte er los, als er die schmale Kaffeeküche betrat. In der Kanne dümpelte ein kümmerlicher Rest, nicht viel mehr als ein guter Schluck.

* * *

„Moin!"

Staller, der in T-Shirt und Unterhose auf dem Weg ins Badezimmer war, blieb wie angewurzelt stehen. Die Tür zu Katis Zimmer hatte sich geöffnet und anstelle seiner Tochter war ein sehr unzureichend gekleideter Jüngling hervorgetreten. Oder sollte er lieber sagen: ein Jüngelchen? Jedenfalls trug die Gestalt lediglich eine ziemlich lächerlich wirkende Boxershorts, die ihr fast bis zu den Knien reichte und mit Superhelden aus verschiedenen Comics bedruckt war. Über dem Bund verteilte sich ein überschaubares, aber nicht zu übersehendes Speckröllchen, Zeichen einer Ernährung, die mehr aus Pommes und Cola statt aus Wasser und Gemüse bestand.

„Äh, moin." Staller stellte fest, dass er den Jungen ziemlich unverblümt anstarrte. „Wer bist du denn?"

„Ich bin Max." Es klang eher wie "Mäks". „Ein Freund von Kati." Das wiederum sprach er englisch "Cathy" aus.

„Aha. Ich bin Katis Vater." Seine gewohnte Eloquenz war Staller abhandengekommen. Fasziniert beobachtete er eine lange Haartolle, die dem Jungen von einem Auge zum anderen baumelte. Der übrige Schädel war auf knappe 6 Millimeter rasiert und die sogenannte Frisur vermittelte insgesamt den Eindruck, dass Max unter einem ganz dringenden Vorwand direkt aus dem Sessel des Friseurs abberufen worden war. Das etwas rundliche Gesicht beherbergte etliche Pickel und einige handverlesene Barthaare. Geschätzte 17 davon waren am Kinn zu einem kleinen Zöpfchen geflochten.

„Wenn du erst ins Bad willst – kein Problem. Ich habe Zeit." Max machte eine einladende Bewegung Richtung Badezimmertür.

„Allerdings, ja, ich … äh … muss gleich zur Arbeit." Mechanisch schritt Staller weiter und verschwand in der keramischen Abteilung. Der Blick in den Spiegel offenbarte ein Gesicht voller Unsicherheit und Fragezeichen. Während er den Wasserhahn voll aufdrehte, fragte er sich, in welchem Verhältnis Kati und dieser Max zueinander standen. Natürlich war seine Tochter mit ihren neunzehn Jahren alt genug, um mit nach Hause zu bringen, wen immer sie wollte. Aber bisher war er der Meinung gewesen, dass ihre Freunde einem bestimmten Beuteschema folgten, das so überhaupt nicht auf den heutigen Gast passte.

Die Frage beschäftigte ihn immer noch, als er mit Duschen und Rasieren fertig war. Allerdings bot sich ihm keine Gelegenheit, sie zu stellen, denn als er in die Küche ging, um sich einen Kaffee zu kochen und ein Müsli zusammenzurühren, war die Tür zu Katis Zimmer wieder verschlossen und nichts rührte sich. Das blieb auch so, bis es für ihn Zeit wurde das Haus zu verlassen. Unbefriedigt machte er sich auf den Weg und es hob seine Laune nicht gerade, dass der Arbeitstag gleich mit der von Zenzi geleiteten Konferenz beginnen würde. Helmut Zenz war der Chef vom Dienst bei "KM", der für die Themenzusammenstellung und den Ablauf der Sendung verantwortlich zeichnete. Diesen Job erledigte er mit so großer fachlicher Kompetenz, dass es bei ihm leider nicht mehr für menschliche Qualitäten gereicht hatte. Im Grunde war er ein selbstherrliches, empathieloses Arschloch – aber eben ein guter Journalist. Kollegialität und Teamgeist gingen ihm vollständig ab und er leitete die Konferenzen in einer diktatorischen, übellaunigen Art, die allen Kollegen auf die Nerven ging.

Nach einer kurzen und ereignislosen Fahrt, auf der ihm weiter viele Fragen zu Max und dessen Verhältnis zu Kati durch den Kopf gingen, parkte Staller seinen alten Pajero auf dem Gelände von "KM" und betrat das Gebäude mit seinem üblichen dynamischen Schritt. Im Redaktionsflur angekommen, steckte er den Kopf durch die Tür, hinter der Jutta Brehm, die fröhliche Sekretärin, saß.

„Hallo Jutta, mein Schatz! Ich wollte nur Bescheid sagen: Ich bin jetzt da. Irgendwelche Nachrichten für mich?"

„Moin Mike!" Bei seinem Anblick strahlte die Sekretärin über das ganze Gesicht. Jeder außer Staller wusste, dass sie heimlich in ihn verschossen war, sich aber niemals trauen würde, ihm dies zu zeigen. Sie hielt sich nämlich für zu dick, obwohl ihre weiblichen Formen vielen Männern den Kopf verdrehten. Auch Staller ließ nichts unversucht, um ihr diese Komplexe zu nehmen, hatte aber bisher keinen Erfolg gehabt.

„Eine Sache: Kommissar Bombach hat sich bereits gemeldet und um die Nummern und Kontaktdaten der gestrigen Anrufer gebeten. Die habe ich ihm gegeben. Das war doch richtig, oder?"

„Klar, super, dann muss ich das nicht mehr machen. Ich danke dir!" Er warf ihr noch eine Kusshand zu und stürmte wieder hinaus. Jutta Brehm blieb mit Blick auf die Tür sitzen und träumte einen Augenblick vor sich hin. Ein gut aussehender UND netter Mann, das war so selten heutzutage. Wenn sie ihm doch bloß ihre Gefühle preisgeben könnte ...

Mit einem Ruck riss sie sich aus diesen Gedanken los und schimpfte sich selber eine dumme Gans. Sie hatte wirklich Besseres zu tun, als hier wie ein Teenager einen Kollegen anzuhimmeln. Einen unerreichbaren Kollegen, verbesserte sie sich und warf leicht gefrustet einen begehrlichen Blick auf den Schokoriegel auf ihrem Schreibtisch.

Staller nutzte die verbliebene halbe Stunde bis zur Konferenz, indem er zwei Zeitungen überflog und seine Mails checkte. Er suchte wie immer nach neuen Themen, die er für eine der nächsten Sendungen vorschlagen konnte, aber heute hatte er kein Glück. Allerdings war die Geschichte mit dem Verschwinden von Laura noch heiß beziehungsweise sie hatte im Grunde erst begonnen. Damit würde er sich heute den Tag über beschäftigen. Es war immer gut, wenn er parallel zu Bommel eigene Recherchen anstellte. Oft nutzte er andere Quellen und Zugänge zu Menschen und erlangte auf diese Weise einen anderen Blickwinkel auf die Geschehnisse.

„Moin Mike, kommst du?" Sonja steckte ihren Kopf durch die Tür und wirkte frisch und ausgeschlafen.

„Moin Sonja. Ist es schon so weit?" Er schaute rasch auf die große Wanduhr. „Oh, tatsächlich. Ja, dann muss ich wohl!"

Gemeinsam gingen die beiden in den kleinen Konferenzraum, wo schon die meisten Kollegen eingetroffen waren. Zum Glück huschten sie noch kurz vor Zenz in den Raum, sodass der CvD keine Gelegenheit fand, sie wegen Zuspätkommens anzuranzen. Aber wie sie ihn kannten, würde er andere Wege finden.

„Tag, die Herrschaften. Können wir beginnen?" Zenz knallte einen Ordner auf den Konferenztisch und sah sich kurz um. „Wo ist Rainer?"

„Auf Recherchereise, wegen der Fälschergeschichte", entgegnete jemand und fügte halblaut hinzu: „Wo du ihn selber hingeschickt hast."

„Na gut. Also, in Kürze zu gestern: Die Sendung hat funktioniert, die Quote ist in Ordnung. Wir haben keine Zuschauer verloren, sondern uns kontinuierlich gesteigert. Die Fahndung nach dem kleinen Mädchen hat uns gutgetan, da sollten wir überlegen, wie wir ein Follow-up machen können. Mike, irgendein Vorschlag?"

Staller lehnte lässig in seinem Stuhl und machte eine vage Handbewegung.

„Wir suchen einen weißen Transporter, der zum vermeintlichen Tatzeitpunkt vor dem Haus stand. Möglicherweise wurde sie darin entführt. Der Transporter ist bestätigt, den Rest hat allerdings niemand gesehen."

Zenz trommelte unzufrieden mit einem Stift auf die Tischkante und dachte nach.

„Die Suche nach einem Auto ist nicht besonders sexy. Wir sollten uns um die Eltern kümmern. Schöne Tränendrüsennummer, einziges Kind, schreckliche Ungewissheit, furchtbare Vorahnung, vielleicht ein flehentlicher Appell an die Entführer. Das zieht immer. Haben wir sonst noch was?"

Staller, den die zynische Art des Chefs vom Dienst anekelte, entschied sich, die zweite Spur ebenfalls zu nennen. Er hielt zwar nichts von Vorverurteilungen, aber er musste den Fokus weg von den Eltern bringen.

„Wir haben außerdem eine anonyme Nachricht, dass Gerald Pohl auf freiem Fuß ist, vermutlich auf Bewährung, und in der Nähe arbeitet. Angeblich passt seine Arbeitszeit zum Zeitpunkt des Verschwindens der Kleinen."

„Pohl, der Kinderficker?" Für seine Verhältnisse wirkte Zenz geradezu glücklich.

„Ja, der." Die Wortwahl billigte er zwar nicht und sie entsprach auch nicht ganz den Tatsachen, aber der Reporter war glücklich, dass der CvD einen neuen Ansatz für die Folgegeschichte gefunden hatte.

„Wunderbar! Da müssten wir doch was draus machen können. Gehst du der Sache mal nach?"

Staller nickte bloß und tauschte einen versteckten Blick mit Sonja aus. Er sah, dass sie seine Taktik durchschaut hatte. Aber richtig glücklich sah sie nicht aus.

„Okay, du hältst mich auf dem Laufenden." Zenz wechselte das Thema. „So, wer hat neue Geschichten?"

Für Staller wenig überraschend meldete sich Isa. Die junge Freundin von Kati hatte unter seinem und Sonjas Protektorat ein dreimonatiges Praktikum bei "KM" absolviert und dieses Projekt mit der ihr eigenen Energie und Ausdauer durchgezogen. Wenn Isa sich einer Sache verschrieben hatte, dann stets mit Haut und Haaren. Halbe Kraft kannte sie nicht.

Entsprechend diesem Motto waren die drei Monate so erfolgreich verlaufen, dass man ihr – ganz ohne das Zutun von Staller – eine Weiterbeschäftigung als freie Mitarbeiterin angeboten hatte. Der Vorteil lag dabei darin, dass sie nun sogar Geld für ihre Arbeit bekam. Außerdem war ihr in Aussicht gestellt worden, dass sie die nächste Volontärin bei der Sendung werden könnte. Damit wäre ihre Ausbildung auf solide Füße gestellt. Selbst Zenz, der anfänglich größte Vorbehalte gegen die junge Frau gehegt hatte, musste einräumen, dass sie akribisch, ausdauernd und mit der nötigen Fantasie an die Arbeit heranging. Lediglich ihr häufig durchscheinendes Sendungsbewusstsein ging ihm auf die Nerven.

„Es gibt einen Selbstbehauptungskurs für Frauen, der von der Polizei durchgeführt wird." Sie ließ sich durch das Augenrollen des CvD nicht bremsen. „In einem mehrwöchigen Kurs üben die Frauen mit verschiedenen Trainern in der Halle, wie sie sich verhalten sollen, wenn sie angegriffen werden. Dabei lernen sie Techniken, um Angreifer abzuwehren und unschädlich zu machen. Bei der Abschlussprüfung geht es in freies Gelände. Dort müssen die Frauen einen vorgegebenen Weg zurücklegen und werden mehrmals überraschend angegriffen. Dafür sorgen Trainer, die ihnen bis dahin noch unbekannt sind."

Zenz dachte einen Moment nach.

„Diese Abschlussprüfung bringt natürlich starke Bilder. Hm. Was sind das für Frauen?"

„Das reicht vom ganz jungen Mädchen bis zur Rentnerin. Gefährdet sind schließlich alle."

„Dann check mal, ob du Folgendes hinbekommst: Wir brauchen drei Protagonistinnen: eine ganz junge Frau, möglichst sexy, typisches Disko- und Clubopfer. Eine dicke Mutti, die zwar kein vernünftiger Mann anmachen würde, die aber unverständlicherweise trotzdem ständig Angst davor hat, und eine toughe Oma, die ihrem Angreifer die Handtasche zwischen die Beine semmelt. Drehgenehmigungen beim Training und bei der Prüfung, Interviews mit den Protagonistinnen und einem Trainer. Schaffst du das?"

„Na klar, warum nicht!" An Selbstbewusstsein hatte es Isa noch nie gemangelt.

„Wie schnell?"

„Morgen, spätestens übermorgen bekommst du das Drehbuch mit allen Infos."

Der Chef vom Dienst nickte beifällig.

„Nehmt euch mal ein Beispiel an unserem jungen Hüpfer", mahnte er in die Runde. „Das sind Ansagen, die ich von euch auch hören möchte. Weitere Vorschläge?"

Ungefähr eine Viertelstunde wurde noch über mögliche Themen beraten und gestritten, dann löste Zenz die Konferenz in seiner üblichen harschen Art auf.

„So, genug gesabbelt. An die Arbeit, Herrschaften! Ich möchte Ergebnisse, und zwar bald. Versucht mal eure horrenden Honorare zu rechtfertigen!"

Mit diesen Worten griff er nach seinem Ordner und stürzte aus dem Raum. Er würde sich jetzt wie immer in seinem Büro verbarrikadieren, den Ablaufplan für die nächste Sendung vorbereiten und an seinem großen Whiteboard den Stand der jeweiligen Recherchen dokumentieren. Solange er keinen persönlichen Kontakt zu den Kollegen hatte, leistete er hervorragende Arbeit.

„Kommst du für einen Moment mit in mein Büro, Isa?", bat Staller.

„Sicher, gern. Willst du über mein Thema reden?"

„Nein, eigentlich nicht. Mir scheint, dass du gut vorbereitet bist. Es geht mehr um etwas Privates."

Auf dem Weg über den Flur sprachen sie natürlich doch über Isas neue Aufgabe und sie gestand, dass sie vorsorglich bereits um die entsprechenden Genehmigungen gebeten hatte. Deshalb war sie bereit, so schnell Ergebnisse zu liefern.

„Clever!" Staller nickte anerkennend und öffnete ihr die Tür zu seinem Büro. „Setz dich. Kaffee?"

„Nee, danke. Um was geht es denn? Ist was mit dir und Sonja?"

„Guter Gott, nein!" Entsetzen sprach aus seiner Reaktion. „Wann wirst du endlich deine Kupplertätigkeit einstellen?"

„An dem Tag, an dem Sonja bei dir einzieht", grinste Isa. „Du hast es also selbst in der Hand."

„Das übergehe ich jetzt einfach. Nein, es geht um Kati."

„Was ist mit ihr?"

Staller zögerte. Jetzt kam er sich gerade ziemlich blöd vor, dass er die beste Freundin seiner Tochter nach deren Liebesleben ausfragen wollte. Vorhin war ihm die Idee noch ziemlich gut erschienen. Er entschied sich für die reine Wahrheit.

„Heute Morgen bin ich in unserer Wohnung über einen Typen gestolpert, der aus ihrem Zimmer kam."

„Ich weiß ja, dass Väter von Töchtern das nicht hören wollen, aber du wirst es nicht ändern können: Mädchen mit 19 haben heute gelegentlich Sex. Und – oho! - möglicherweise sogar mal einen One-Night-Stand."

„Du hast recht." Der Reporter seufzte tief. „Das will ein Vater nicht hören. Und es geht mich ja auch nicht wirklich etwas an. Kati ist schließlich erwachsen. Es ist nur ..."

„Er war nicht gut genug für sie?" Isa klang provozierend.

„Woher weißt du ...? Ach Quatsch, darum geht es doch nicht. Er war halt nur so überhaupt nicht ihr Typ, deswegen war ich wohl so irritiert. Und ich dachte, vielleicht hat sie dir von ihm erzählt."

„So, so, nicht ihr Typ. Wer entscheidet das, du?" Sie streckte herausfordernd das Kinn vor.

„Natürlich nicht. Mensch, Isa, nun mach es mir doch nicht so schwer. Weißt du nun etwas oder nicht?" Er hatte weiterhin den Eindruck sich auf ganz dünnem Eis zu bewegen und fühlte sich dementsprechend unwohl.

„Wie sah er denn aus?"

„Mehr so der Jüngelchen-Typ. Bisschen moppelig. Frisur wie ein geplatztes Sofakissen, da wo er nicht rasiert war. Und er heißt Max."

Isa starrte ihn einen Moment an und brach dann in lautes Gelächter aus. Sie versuchte sich zu beherrschen, aber es gelang ihr nicht. Immer wenn der Lachanfall langsam zu verebben schien, sah sie in sein beunruhigtes Gesicht und kicherte wieder los. Kurz bevor ihr die Tränen kamen, sammelte sie sich schließlich und rieb sich die Augen.

„Tschuldigung, aber du müsstest dein Gesicht sehen. Großartig!" Dann riss sie sich zusammen. „Max ist ein Studienkollege von Kati. Er lebt in einer festen Beziehung, die aber nicht ganz einfach zu sein scheint. Vermutlich sind gerade wieder die Fetzen geflogen und sein Freund hat ihn rausgeschmissen. Das gibt sich vermutlich bald wieder."

„Sein Freund? Dann ist dieser Max ...?"

„Stockschwul, allerdings. Keine Chance, dass er mit deinem braven Töchterchen rumgemacht hat."

„Na, dann bin ich ja ..."

„Beruhigt? Also ehrlich, Mike, bisher hatte ich dich immer für einen coolen Dad gehalten. Ich war sogar früher ein bisschen verliebt in dich. Mach das doch jetzt nicht kaputt!"

Diese neuerliche Eröffnung trug nicht dazu bei den Reporter zu beruhigen.

„Wie bitte, du warst ...?"

„Könntest du anfangen deine Sätze auch mal wieder zu Ende zu bringen? Das ist sonst echt anstrengend. Natürlich habe ich für dich geschwärmt. Du warst der Vater, den ich mir immer gewünscht hätte: tolerant, verständnisvoll, viel unterwegs, spannender Job, gut aussehend "

„Ja, danke, ich hab's schon verstanden." Das Gespräch wurde nicht einfacher für ihn. „Tut mir leid, wenn ich uncool gewirkt habe. Aber Väter sind halt auch nur Menschen. Ich wäre dir dankbar, wenn du diese Unterhaltung Kati gegenüber nicht erwähnen würdest. Sie könnte einen falschen Eindruck bekommen."

„Von Mike, der Glucke?" Sie hob abwehrend die Hand, als sie sah, wie er tief einatmete, um etwas zu entgegnen. „Schon gut, ich sage keinen Mucks. Dafür liest du das Drehbuch von der Selbstverteidigungsgeschichte, bevor ich es Zenzi gebe, okay?"

„Deal", grinste Staller und fühlte sich zum ersten Mal, seit sie miteinander sprachen, wieder besser. „Danke dir!"

Isa stand auf und wandte sich zur Tür. Dann fiel ihr etwas ein und sie drehte sich noch einmal zu ihm um. Mit einem verschmitzten Lächeln bekannte sie: „Wenn das mit dir und Sonja nicht so gut passen würde – wer weiß? Vielleicht wäre ich immer noch ein bisschen verliebt in dich. Es ist unfassbar süß, wenn du Frauen gegenüber so hilflos bist!"

Damit verließ sie endgültig den Raum und mit ihr ging der Eindruck, dass er sich besser fühlte. Wenn ihn jetzt schon eine Zwanzigjährige aus dem Konzept brachte, dann war es Zeit irgendetwas zu verändern. Bloß was?

* * *

Die Bettwäsche mit den Einhörnern darauf wirkte glatt gezogen und ordentlich. Auf dem Kissen prangte Schnuffel, der Plüschhund, dessen eines Ohr einen Riss hatte und dem man überhaupt ansah, dass er langjähriger Begleiter eines Kindes gewesen war. Die ehemals braune Farbe war einem verwaschenen Beige gewichen. Sofern man das über ein Stofftier sagen konnte, sah es traurig aus.

In weitaus größerem Maße galt das auch für die Frau, die auf dem kleinen Stuhl vor dem bunten Holzschreibtisch saß und mit tränenblinden Augen auf das Bett starrte. Irgendwann nach dem Frühstück, das aus einer Tasse löslichen Kaffees bestanden hatte, war sie in das Kinderzimmer gewankt und hatte hier Platz genommen. Hier konnte sie am besten Kontakt halten. Hier war Laura überall präsent und das tröstete sie. Wenigstens ein bisschen. Über dem Fußende des Bettes lag ihr kleiner Bademantel, natürlich in ihrer Lieblingsfarbe rosa. Auf der Schreibtischoberfläche lag ein Blatt Papier, auf dem Laura ein selbstgemaltes Mandala begonnen hatte. Sie konnte sich stundenlang mit dieser Arbeit beschäftigen und entwarf selbstständig Muster, die sie mit einer Sorgfalt ausfüllte, die nur kleinen Mädchen zu eigen war.

Ein Stapel benutzter Papiertaschentücher war stummer Zeuge einer Trauer, die mehr und mehr Verzweiflung wich. Marion Wahlberg war eine intelligente Frau, die mitten im Leben stand. Ihr war völlig klar, welches furchtbare Schicksal ihre Kleine erlitten haben musste. Und doch überlebte tief in ihr ein winziger Hoffnungsschimmer, so irrational er auch sein mochte, der besagte, dass diese Geschichte am Ende gut ausgehen würde.

„Schatz?"

Dr. Markus Wahlberg steckte seinen Kopf durch die Kinderzimmertür. Der Vater von Laura war Ende vierzig, sah aber aus wie Anfang sechzig. Das lag in erster Linie an den tiefen Ringen unter den Augen, die von etlichen durchwachten Nächten kündeten, sowie den eingefallenen Wangen, die einer anhaltenden Appetitlosigkeit geschuldet waren.

Die Frau reagierte kaum. Nur unmerklich drehte sie den Kopf, ohne ihren Mann dabei anzusehen. Auch sie sah mit den roten Augen und der vom vielen Schnäuzen wunden Nase furchtbar aus.

„Was?"

„Willst du nicht etwas essen?"

„Nein", antwortete sie tonlos. „Wie könnte ich!"

„Wenigstens eine Tasse Brühe", bat er. „Wann hast du zuletzt etwas gegessen, vorgestern?"

„Ich habe aber keinen Hunger", beharrte sie und presste das Nachthemd ihrer Tochter ans Gesicht. Unklar war, ob sie damit ihre Tränen verbergen wollte oder ob der schwache Geruch nach Laura tröstlich war.

Dr. Wahlberg seufzte innerlich. Er verstand seine Frau nur zu gut. Schließlich war er Psychiater und Psychotherapeut und mit Krisen bestens vertraut. Neu war nur, dass er nunmehr selbst betroffen war. Und plötzlich waren alle Fachbücher, das lange Studium und die vielen Jahre Erfahrung im Beruf nichts mehr wert. Das lähmende Gewicht der unlösbaren Fragen – warum Laura? was hat sie denn getan? warum wir? - lag auf ihnen und auch auf ihrer Beziehung. Ein derart brutaler Schicksalsschlag zertrümmerte das Bild der Vorzeigefamilie mit erfolgreichem und trotzdem liebevollem Vater, hingebungsvoller und dabei beruflich engagierter Mutter, sowie behüteter und gleichzeitig eigenständiger Tochter in Splitter, die nie wieder ein Ganzes bilden würden. Übrig blieben Individuen, die mit Gott und der Welt haderten und an der nagenden Schuldfrage zu zerbrechen drohten. Diese Entwicklung machte auch vor dem professionellen Problemlöser nicht halt. Leider. Trotzdem startete er einen Versuch, die Kluft, die der Verlust zwischen ihm und seiner Frau gerissen hatte, zu überwinden.

„Marion, ich weiß, dass dein Schmerz und deine Trauer unüberwindbar erscheinen, aber du musst …" Weiter kam er nicht.

„Ach ja? Weißt du das? Natürlich, du musst es ja wissen. Schließlich bist du der große Dr. Wahlberg, Gutachter, Seelenklempner und Konfliktlöser!" Sie schrie ihre Wut hinaus. „Hier geht es aber nicht um irgendwelche gesichtslosen Fälle, hier geht es um meine Tochter!"

Er zuckte zusammen und verkniff sich den Hinweis, dass es sich bei Laura gleichermaßen auch um seine Tochter handelte. Das würde nur zu mehr Geschrei und Streit führen.

„Du hilfst Laura aber nicht, wenn du dich selbst zerstörst. Ich will dir weder deine Trauer noch deinen Zorn nehmen. Das kann ich auch gar nicht. Ich möchte nur, dass du ein bisschen Brühe zu dir nimmst, damit du nicht zusammenbrichst. Wenn du willst, könnte ich dir danach auch etwas geben, was dir ein wenig Ruhe verschaffen würde. Die könntest du gut gebrauchen, denke ich."

„Das ist deine Lösung? Eine Tasse Suppe und eine Scheißegal-Pille? Na, schönen Dank auch, da verzichte ich lieber. Und jetzt lass mich in Ruhe, ich will allein sein!"

Sein ohnehin schon hängender Kopf sackte einen weiteren Zentimeter hinab. Er hatte mit einer solchen Reaktion zwar gerechnet, aber die hasserfüllten Sätze seiner Frau trafen ihn trotzdem wie ein Peitschenhieb.

„Ich bin im Wohnzimmer, falls du etwas brauchst. Oder reden willst", murmelte er und schloss behutsam die Tür zu Lauras Zimmer. Beim Weggehen durch den Flur begleiteten ihn die stoßweisen Schluchzer seiner Frau, die nur unzureichend durch das Nachthemd gedämpft wurden. Er selbst konnte nicht weinen, wie ihm das trockene Brennen in seinen Augen verriet. War es der Fluch der Professionalität? Der Wunsch rational zu bleiben, weil diese Fähigkeit gebraucht werden würde, falls es doch noch zu Verhandlungen mit einem Entführer kam? Oder war er durch tausendfache Beschäftigung mit Leid und Elend anderer Menschen selbst emotional verkrüppelt?

Energisch schüttelte er den Kopf. Allein, dass er sich diese Fragen stellte, irritierte ihn schon. Aber er musste akzeptieren, dass er so reagierte. Selbsthass würde ihn genauso wenig weiterbringen wie Zorn auf Marion. Jeder ging mit der Situation so um, wie er konnte.

In der exklusiv ausgestatteten Küche, die zeigte, dass die Bewohner normalerweise gern und viel kochten, ignorierte er die bereitgestellten Becher mit Brühe und drückte stattdessen auf den Knopf des Kaffeevollautomaten. Das dezente Mahlgeräusch verriet, dass die Schweizer Präzisionsmaschine sein Lieblingsgetränk exakt nach seinen Vorstellungen zubereitete. Für einige Sekunden ließ er den Blick über die Küche schweifen, ohne nachzudenken. Dann fiel ihm die Front des Doppeltürenkühlschranks ins Auge. Mit kleinen Magneten waren Zeichnungen von Laura dort angebracht. Ein Pferd, offensichtlich aus einem Buch abgemalt, ein Einhorn und ein Regenbogen. Die Wirkung der Malereien war fröhlich, zuversichtlich und unbekümmert. Wie schnell so eine heile Welt doch zerbrechen und durch diesen düsteren, furchtbaren Zustand der Ungewissheit ersetzt werden konnte.

Ein Ton verkündete, dass sein Kaffee fertig war. Er griff sich den Becher und wanderte völlig abwesend ins Wohnzimmer. Er wollte nachdenken. Wenn es ihm nur nicht so unendlich schwerfallen würde.

* * *

Gerald Pohl war ein unscheinbarer Mann mittleren Alters, mittlerer Größe und durchschnittlichen Gewichts. Die Plastikhaube hatte er so hoch auf die Stirn geschoben, dass man erkennen konnte, wie sehr sein Haaransatz schon zurückgewichen sein war. Die weiße Jacke spannte ein ganz klein wenig über dem Bauch. Seine dunklen Augen blickten konzentriert und ein wenig melancholisch. Die Aufmerksamkeit war vonnöten, denn er hielt ein kurzes, scharfes Messer in der Hand, mit dem er in beeindruckendem Tempo Paprika putzte und schnitt. Ein beachtlicher Berg von Kernen und Gemüseresten belegte deutlich, dass er erstens schon recht lange mit der Aufgabe beschäftigt war und zweitens, dass hier für mehr als eine Familie gekocht wurde. Auch die gesamte Ausrüstung der Küche legte nahe, dass hier Essen für einige Hundert Hungrige zubereitet wurde. Gleich mehrere Herde mit riesigen Töpfen, etliche Meter an Arbeitsflächen und andere Gerätschaften in XXL-Ausführung fand man nur in entsprechenden Großküchen, die von Profis betrieben wurden. Auch die Zahl der Beschäftigten – im Ganzen acht – unterstrich diesen Eindruck. Alle waren in makelloses Weiß gekleidet und trugen Mützen und Einmalhandschuhe. Vorherrschendes Material in der Küche war Edelstahl.

Eine schwere, breite Metalltür wurde ein Stück geöffnet und ein Mann in normaler Alltagskleidung steckte den Kopf hinein.

„Gerald, kommst du bitte mal?"

Pohl drehte sich um, erkannte den Sprecher und nickte. Er beendete die Arbeit an der roten Paprika und legte das Messer so auf die Arbeitsplatte, dass es nicht herunterfallen oder sich jemand versehentlich daran verletzen konnte. Dann spülte er seine Finger im danebenliegenden Spülbecken kurz ab und verließ die Küche. Hinter der Tür wartete der Sprecher und begleitete Pohl durch einen kleinen Flur in einen Nebenraum.

„Besuch für dich", erklärte er und wies auf einen Tisch, an dem ein einzelner Mann mit dem Rücken zur Tür Platz genommen hatte. „Ich warte draußen."

Pohl trat an den Tisch und legte die Hände auf die Stuhlkante neben dem Besucher.

„Was kann ich für Sie tun?"

„Mein Name ist Thomas Bombach. Ich arbeite bei der Kriminalpolizei."

Der Kommissar hielt seinen Dienstausweis in der Hand und streckte ihn Pohl entgegen. Dieser warf nur einen beiläufigen Blick darauf und stieß frustriert die Luft aus.

„Was wollen Sie von mir?" Seine Stimme klang kultiviert und zurückhaltend. Er sprach gerade laut genug, um von seinem Besucher gehört zu werden. „Ich halte alle meine Auflagen ein."

„Ich weiß, Herr Pohl. Das hat mir ihr Bewährungshelfer bereits bestätigt. Bitte setzen Sie sich doch." Bombach wies auf den Stuhl neben sich. Pohl zögerte, ging dann um den Tisch und nahm dem Kommissar gegenüber Platz.

„Warum wollen Sie dann mit mir sprechen? Kripo? Ist irgendwo ein Kind verschwunden und Sie haben nichts Besseres zu tun, als kürzlich freigelassene Pädophile zu überprüfen?"

Bombach betrachtete aufmerksam sein Gesicht. Es war schwer vorstellbar, dass Pohl das Verschwinden der kleinen Laura nicht mitbekommen haben sollte. Neben dem Bericht in "KM – Das Kriminalmagazin" hatten natürlich auch alle Zeitungen die Geschichte auf den Titelseiten präsentiert.

„Sehen Sie nicht fern und lesen keine Zeitungen?", fragte er zurück.

„Für einen Fernseher habe ich kein Geld und was in den Zeitungen steht, ist sowieso alles Lüge", behauptete Pohl emotionslos. Dieser Eindruck hatte sicherlich damit zu tun, dass er damals von der Presse ziemlich stark vorverurteilt worden war. "Das Monster mit dem Hundeblick" war nur eine der Bezeichnungen gewesen, die die Presse für seine Erscheinung erfunden hatte.

„Na schön, dann erzähle ich es Ihnen. Ja, ein junges Mädchen ist verschwunden. Sie heißt Laura, ist acht Jahre alt und wohnt hier ganz in der Nähe. Zum letzten Mal wurde sie gesehen ungefähr um die Uhrzeit, zu der Sie Feierabend machen." Gespannt wartete der Kommissar auf eine Reaktion. Doch Pohls Gesicht blieb ausdruckslos. Vielleicht sackten seine traurigen Mundwinkel noch ein wenig tiefer, aber sicher war das nicht. Nach einer Weile schüttelte er den Kopf und rang sich eine Entgegnung ab.

„Und von allen 1,8 Millionen Menschen in Hamburg überprüfen Sie natürlich ausgerechnet mich."

„Nicht nur. Aber auch, ja." Bombach starrte erwartungsvoll über den Tisch. Aber Pohl wirkte keinesfalls schuldbewusst. Höchstens deprimiert.

„Vermutlich hat Ihnen ein kleines Vögelchen zugezwitschert: Oh, der Pohl ist doch gerade frei. Überprüft doch mal den blöden Kinderficker, der gehört doch sowieso aufgehängt! War es so?"

Bombach schüttelte den Kopf.

„Nein, so war es nicht."

„Aber so ähnlich! Wie sollten Sie sonst gerade auf mich kommen. Zufällig?"

„Immerhin haben Sie sich mehrfach an Kindern dieses Alters vergangen."

Pohl atmete tief ein.

„Ich habe Fehler gemacht", flüsterte er. Dann fuhr er lauter fort: „Aber ich habe dafür bezahlt! Ich habe jahrelang im Knast gesessen. Ich habe Therapien gemacht, Pillen genommen und bin von allen behandelt worden wie der letzte Dreck."

Er holte abermals Luft und den nächsten Satz schrie er förmlich heraus.

„Außerdem habe ich diese Kinder nicht angerührt! In keinem einzigen Fall!"

Der Kommissar blieb ruhig und hob lediglich die Hand.

„Sie haben die Kinder in ihre Wohnung gelockt, eingeschüchtert und gezwungen, Ihnen bei der Selbstbefriedigung zuzusehen. Selbst, wenn Sie sie nicht angerührt haben, was sich nie endgültig klären ließ, haben Sie sich schuldig gemacht."

Jetzt ließ Pohl seinen Kopf auf die Brust sinken.

„Ich habe Ihnen doch gesagt, dass ich Fehler gemacht habe. Das bestreite ich ja gar nicht. Aber ich habe meine Strafe verbüßt. Ich habe Dinge im Knast erlebt ...", er stockte, fing sich aber und fuhr dann fort. „Sie wissen doch, was im Gefängnis mit Kinderschändern passiert. Irgendwie habe ich all diese Erniedrigungen durchgestanden. Jetzt bin ich frei. Was ist mit meiner zweiten Chance?"

„Wie Sie ganz richtig sagen: Sie sind jetzt frei. Ist das nicht Chance genug?"

Es sprudelte förmlich aus Pohl heraus.

„Was ist das für eine Chance, wenn Sie kaum eine Arbeit oder eine Wohnung finden? Wenn Menschen Zettel an die Laternen kleben, auf denen sie vor Ihnen warnen? Wenn Sie jederzeit damit rechnen müssen, dass Ihnen jemand auflauert und Sie zusammenschlägt, nur damit er Ihnen anschließend ins Ohr raunt: Und jetzt verpiss dich, Kinderficker! Das nennen Sie eine faire Chance?"

„Ihre Opfer müssen auch mit ihren Erfahrungen leben. Und zwar vermutlich länger als Sie", entgegnete Bombach. „Also: Haben Sie etwas mit dem Verschwinden von Laura zu tun?"

„Nein, natürlich nicht! Aber vermutlich werden Sie es mir sowieso nicht glauben."

„Was ich glaube, spielt keine Rolle. Ich richte mich nach Fakten. Was haben Sie am 11. November nach Feierabend gemacht?"

Pohl überlegte einen Moment.

„Das war letzte Woche, nicht wahr? Ich habe wie immer um halb drei Feierabend gemacht. Dann habe ich mich umgezogen und bin zu Fuß zur U-Bahn gegangen. Zwischendurch habe ich im Penny noch ein paar Sachen eingekauft. Dann bin ich nach Hause gefahren. Dort bin ich den ganzen Abend geblieben."

„Auf welchem Weg gingen Sie zur U-Bahn?"

„Na, wie immer: Ottersbekallee, Eichenstraße und Heußweg. Kurz vor der U-Bahn Osterstraße ist der Supermarkt. Das ist der kürzeste Weg."

„Haben Sie vielleicht noch den Kassenbon?"

„Nein, warum? Den schmeiße ich immer gleich weg."

„Schade. Da wäre die Uhrzeit aufgedruckt gewesen. Das hätte möglicherweise als Alibi schon gereicht."

„Aber ich brauche kein Alibi. Ich bin unschuldig!"

„Das mag ja sein. Für mich wäre es einfacher gewesen, wenn ich Ihre Tatbeteiligung hätte ausschließen können. Sie hätten nie mehr etwas von mir gehört."

„Da bin ich mir nicht so sicher." Pohl wirkte deprimierter denn je. „Was passiert jetzt?"

Der Kommissar zuckte die Schultern.

„Was immer passiert. Ich ermittle weiter. In alle Richtungen."

„Das heißt, dass ich weiterhin verdächtig bin?"

„Nun, ausschließen kann ich es jedenfalls nicht." Bombach erhob sich.

„Auf Wiedersehen. Sie hören von mir!"

Damit verließ er den Raum. Pohl stützte den Kopf in seine Hände und starrte auf die Tischplatte. Es würde nie aufhören. Nie.

Der Kommissar hatte Pohls Chef schon vorher befragt. Dieser hatte die zeitlichen Angaben bestätigt, konnte natürlich aber nichts über den Weg aussagen, den Pohl genommen hatte. Kam dieser als Täter in Frage? Vom Timing her war es möglich. Aber so wenig, wie es klar entlastende Tatsachen gab, bestand ein hinreichender Verdacht, dass Pohl der Täter war. Genaugenommen führten keinerlei Indizien zu ihm hin, sah man von dem anonymen Hinweis ab.

Bombach trat auf die Straße und blickte sich um. Im ungemütlichen Zwielicht des Novembertages sah selbst dieses charmante Viertel trostlos und grau aus. Aber wenn er gerade einmal hier war, dann lohnte es sich vielleicht bei den Eltern von Laura vorbeizuschauen. Wenn Pohl etwas mit der Entführung zu tun hatte, dann musste er die Lage vorher ausgekundschaftet haben. Vielleicht war er den Eltern dabei aufgefallen. Es waren nur ein paar Blocks von hier.

„Hallo, Frau Wahlberg! Ich war gerade hier in der Gegend und da habe ich gedacht, ich könnte Ihnen vielleicht noch ein paar Fragen stellen. Wenn Sie sich dazu in der Lage fühlen."

Bombach beobachtete das Gesicht der vorzeitig und über die Maßen gealterten Frau und suchte nach Zeichen irgendeiner Gefühlsregung. Aber die maskenhaften Züge der Frau ließen keinerlei Rückschluss auf ihre Gemütsverfassung zu. Andererseits durfte klar sein, wie sie sich fühlen musste.

„Wissen Sie etwas Neues?", fragte sie und öffnete ihm die Tür ganz.

„Nichts Konkretes. Aber ein paar Hinweise habe ich, die ich mit Ihrer Hilfe vielleicht überprüfen kann." Er trat sich sorgfältig die Schuhe ab, die feucht und ein wenig schmutzig waren.

„Kommen Sie." Sie deutete in Richtung des Wohnzimmers und schloss die Eingangstür. Bombach, der schon hier gewesen war, trat in den großen, wohnlich eingerichteten Raum und nahm auf einem Sessel Platz. Frau Wahlberg hockte sich ihm gegenüber auf die Sofakante und presste die verschränkten Hände zwischen ihre Knie.

„Was sind das für Hinweise?" Ihre Stimme klang unbeteiligt. Mit einer fahrigen Bewegung strich sie eine Haarsträhne hinters Ohr. Eine Wäsche täte ihrer Frisur sicher gut, dachte Bombach.

„Kennen Sie jemanden, der einen weißen oder hellbeigen Transporter besitzt?"

Sie überlegte einen Moment und schüttelte dann den Kopf.

„Nein. Freunde von uns haben einen VW-Bus, aber der ist schwarz. Sonst fällt mir niemand ein. Höchstens vielleicht die Handwerker, die vor drei Monaten unser Bad renoviert haben. Die hatten einen weißen Transporter mit einer blauen Firmenwerbung drauf."

Bombach war überrascht, wie exakt sie seine Frage beantworten konnte, obwohl sie so durcheinander und erledigt zu sein schien. Aber er rief sich in Erinnerung, dass diese Frau in der Vergangenheit bereits ihre Aufgaben als Mutter und erfolgreiche, selbstständige Übersetzerin bestens koordiniert bekommen hatte – und zwar ohne den Einsatz einer permanenten fremden Kinderbetreuung.

„Danke, das war mir schon mal eine große Hilfe. Ist Ihnen hier in der Straße mal ein solcher Wagen aufgefallen – in der Nähe Ihrer Wohnung vielleicht?"

Diesmal dachte sie etwas länger nach. Dann schüttelte sie unzufrieden den Kopf.

„Ich kann es nicht genau sagen. Hier stehen so viele Autos! Mit Sicherheit war auch mal ein heller Transporter dabei. Aber an einen konkreten Anlass kann ich mich nicht erinnern. Tut mir leid!"

„Kein Problem! Ich habe noch eine zweite Frage." Der Kommissar zog ein Foto aus der Tasche und legte es auf den Glastisch zwischen ihnen. Mit den Fingerspitzen drehte er es so, dass es für sie richtig herum lag. „Ist Ihnen dieser Mann in letzter Zeit vielleicht einmal hier in der Gegend aufgefallen?"

Lange starrte sie regungslos auf das Bild von Gerald Pohl. Dann schüttelte sie den Kopf.

„Nein, den habe ich noch nie gesehen. Wer ist das? Hat er etwas mit Lauras Verschwinden zu tun?"

Bombach vermied es, die Fragen konkret zu beantworten.

„Sehen Sie, wir verfolgen jeden noch so kleinen Hinweis. Dabei sind naturgemäß viele, die ins Leere führen. Danke für Ihre Mühe! Und entschuldigen Sie nochmals die spontane Störung."

Er stand auf und wollte die Wohnung verlassen, als sie im eilig folgte und ihn an der Hand packte. Ihre Augen fixierten ihn mit überraschender Intensität.

„Sagen Sie mir bitte – gibt es überhaupt noch eine Chance für meine Tochter? Oder rechnen Sie damit, dass sie längst tot und irgendwo verscharrt ist?"

Überrascht von dieser Frage reagierte er instinktiv, indem er die Wahrheit sagte.

„Das kann Ihnen im Moment niemand beantworten, fürchte ich. Als Polizist ist für mich die Suche nach einer vermissten Person erst beendet, wenn ich sie gefunden habe. Manchmal bedeutet das tot – und manchmal lebendig. Eine eigenmächtige Tat Ihrer Tochter ohne Fremdbeteiligung würde ich mittlerweile allerdings ausschließen. Was das heißt, kann ich nicht sagen."

Sie starrte ihn weiterhin unbeirrt an. Er war sich nicht sicher, ob sie ihn überhaupt verstanden hatte. Aber schließlich wandte sie ihren Blick ab und ließ auch seine Hand los.

„Danke für Ihre Offenheit. Es ist nur … diese Ungewissheit, das Warten … es macht mich fertig. Manchmal so sehr, dass ich mir wünsche, man würde Lauras Leiche finden. Dann wüsste ich wenigstens, woran ich bin." Ihre Augen fixierten eine Stelle irgendwo in der Ferne und zwei Tränen rollten ihre Wangen hinab. Bombach tätschelte ihren Oberarm tröstend und versprach: „Sobald es etwas Neues gibt, melde ich mich bei Ihnen. Passen Sie gut auf sich auf!"

Dann verließ er die Wohnung und achtete darauf, die Tür leise hinter sich zu schließen. Er hatte das Gefühl, dass er die Trauer der Mutter nicht unterbrechen durfte. Wo war überhaupt ihr Mann? Arbeiten? Eigentlich unvorstellbar, aber der Kommissar wusste, dass jeder Mensch seine individuelle Methode hatte mit Schicksalsschlägen umzugehen.

* * *

Sein zweiter Besuch in ihrer Wohnung begann abermals mit einem prüfenden Blick durch den Flur. Er betrachtete den Raum wie ein Schachbrett, das mitten im Spiel verlassen wurde. Auf den ersten Blick hatte sich wenig verändert. An der Garderobe hing diesmal die rote Jacke, dafür fehlte die aus Leder von seinem letzten Besuch. Die Bewohnerin gehörte wohl zu den Menschen, die ungern zweimal hintereinander mit der gleichen Kleidung unterwegs waren. Außerdem war der Stapel Post und Reklame auf dem Sideboard verschwunden. Heute lag hier nur ein einzelner Briefumschlag, der bereits geöffnet worden war. Ohne zu zögern, ergriff er ihn und zog das Schreiben hervor. Ihre Hausratversicherung erhöhte die Versicherungssumme zum nächsten Jahr wie vereinbart um fünf Prozent. Er lächelte knapp. Vorsicht und Vorausschauen fand er gut.

Nach einem kurzen Blick in jeden Raum, der nur dazu diente, den Status quo wahrzunehmen und sich ein präzises Bild für seine innere Festplatte zu machen, beschäftigte er sich heute genauer mit dem Wohnzimmer.

Ein Wohnzimmer sagt jede Menge darüber aus, wie der Benutzer gern gesehen werden möchte. Dieser Raum ist mindestens so sehr für eventuelle Besucher gedacht, wie für den Besitzer selbst. Das Schlafzimmer hingegen ist extrem persönlich und bleibt nur einem winzigen Personenkreis vorbehalten. Das Bad – sofern es kein Gäste-WC gibt – ist auf den ersten Blick ähnlich öffentlich wie das Wohnzimmer, jedoch verrät das Innere der Schränke auf der anderen Seite viel Privates.

Die Besitzerin dieser Wohnung demonstrierte mit der Gestaltung des Raumes Sachlichkeit, Zielstrebigkeit und Modernität. Eine sehr gradlinige Sitzgarnitur um einen Glastisch in Metalleinfassung wurde lediglich durch zwei schlichte, einfarbige Sofakissen etwas wohnlicher gestaltet. Gleichzeitig dienten sie aber als Arm- oder Nackenstütze. Gegenüber befand sich eine halb offene, halb geschlossene Wohnwand, in die ein Flachbildfernseher harmonisch integriert war. Auch hier standen einige Bücher und etwas Geschirr offen, während weitere Gegenstände durch Schranktüren oder Schubladen den Blicken des Betrachters entzogen waren. Ein Stapel Zeitschriften beschäftigte sich mit den Themen Architektur und Literatur, wie er schnell erkannte. Zwei Orchideen in unterschiedlichen Pastelltönen milderten den herben Charme der Wohnwand etwas ab, ohne deshalb verspielt zu wirken. Ein einziges Foto in einem silbernen Rahmen zeigte die Besitzerin der Wohnung, wie sie gerade vor einer Skihütte posierte. Sie trug eine zweiteilige Kombination aus roter Jacke und schwarzer Hose, dazu einen dunklen Helm mit hochgeschobener Skibrille. Ein breites Lachen vermittelte den Eindruck, dass sie es kaum noch erwarten konnte, bei dem strahlenden Sonnenschein die Skier unterzuschnallen und den verschneiten Hang herabzugleiten.

Ein Fach wurde von einer Kompaktanlage für Musik eingenommen. Darüber befanden sich einige CDs. Vermutlich Altbestände, denn dieses Medium starb ja langsam aus. Die dazugehörigen Lautsprecher waren rechts und links auf Kopfhöhe aufgestellt und in ihren Ausmaßen ebenfalls eher klein.

Ausgelegt war der Raum mit einem kurzflorigen Wollteppich in einem sanften Blauton. Dieser wirkte warm, war aber anderseits schmutzunempfindlich und pflegeleicht.

Im ganzen Raum lag nichts herum, das irgendjemand hervorgeholt und dann liegen gelassen hätte. Selbst die Obstschale auf dem Tisch wirkte arrangiert und künstlich. Unvorstellbar, dass jemand hier mit ungewaschenem Haar auf dem Sofa lümmelte, Kekse futterte und die Wohnung vollkrümelte, während im TV eine Trash-Show lief.

Bei diesem Gedanken griff er nach der Fernbedienung und schaltete den Fernseher ein. Wenig überrascht stellte er fest, dass die ersten drei Kanäle ARD, ZDF und NDR waren. Danach folgten weitere dritte Programme, 3sat und arte. Der erste Privatsender war VOX und fand sich auf Programmplatz elf. Auch das war eine Aussage.

Entspannt warf er sich auf die Couch und registrierte befriedigt, dass sie guten Halt bot und wenig nachgab. Es handelte sich um Qualitätsware, wie auch ein vorsichtiger Strich mit der Hand über den Stoff bewies. Vivian Elisabeth Heber – so stand es auf dem Briefumschlag der Versicherung im Flur – setzte die richtigen Prioritäten im Leben: lieber wenige Dinge kaufen, aber dafür hochwertige. Unnützen Tand weglassen. Ordnung halten. Sie war wirklich die Richtige.

Mit großem Elan sprang er wieder auf und widmete sich nun den verborgenen Dingen. Sehen, wie sich jemand präsentieren will, heißt schließlich nicht verstehen, wie er wirklich ist. Der Blick hinter die Kulissen sollte ihm da mehr Aufschluss bieten. Waren die Schubladen hastig und unordentlich vollgestopft mit den Dingen, die nicht herumliegen sollten und schnell verschwinden mussten? Gab es Dinge, die nicht offen herumliegen durften, weil man sich ihrer schämen müsste? Wenn ja, welche? Und: Existierten irgendwelche dunklen Geheimnisse im Leben dieser Frau? Wobei er sich ziemlich sicher war, dass jeder Mensch etwas tief in seinem Inneren verschloss, das er niemanden sehen lassen konnte und wollte. Ihm ging es schließlich genauso. Die Frage war nur: Konnte er den Brüchen und Abgründen in der Biografie dieser Frau auf die Spur kommen, indem er ihren ganz privaten Rückzugsort genau untersuchte? Er war gespannt.

Die erste Schublade stand offensichtlich unter dem Oberthema "Finanzen". Ganz sorgfältig waren hier Kontoauszüge, Sparbücher und einige Devisen – Überbleibsel von Urlaubsreisen – aufbewahrt. Er blätterte die Auszüge durch und fügte ihr monatliches Gehalt, feste Ausgaben und Barabhebungen seinem unfehlbaren Gedankenarchiv zu. Ohne Neid zu empfinden, registrierte er quasi nebenbei, dass sie klar mehr verdiente als er. Nun gut, es war bekannt, dass Banken anständig bezahlten, sehr anständig sogar. Schön für sie, dass sie beruflich erfolgreich zu sein schien. Wichtig war es nicht. Sie ging einer geregelten Beschäftigung nach und lebte ein strukturiertes Leben. Das genügte ihm völlig.

Offensichtlich achtete sie strikt darauf, dass ihr Lebensstil nicht ihr Einkommen übertraf, denn ein Dauerauftrag am 15. jeden Monats sorgte dafür, dass ihr Geldmarktkonto regelmäßig mit einem festen Sparbetrag gefüttert wurde. Entsprechend fiel ihre eiserne Reserve ziemlich üppig aus. Es gab aber auch keine auffälligen Posten auf der Ausgabenseite. Sie kaufte Kleidung nach Qualität, aber nicht nach Label und beschränkte sich auf das Notwendige, wie er den Kartenabbuchungen entnahm. Einziger Posten von einiger Relevanz waren ihre Urlaube. Mehrmals im Jahr fuhr sie weg und gab dafür verhältnismäßig viel Geld aus. Schweiz oder Österreich im Winter zum Ski laufen, Kanaren oder Karibik für Strandurlaub und regelmäßige Kurztrips in Städte in ganz Europa. Sie kam ganz schön rum, buchte nicht unbedingt die Sonderangebote, aber sie konnte es sich definitiv leisten.

Trotzdem war er enttäuscht. Man sollte meinen, wenn man kompletten Einblick in die Finanzen eines Menschen nehmen konnte, gäbe das größtmöglichen Aufschluss über dessen Verhältnisse. Aber das empfand er hier nicht so. Vielleicht brachte ihn die nächste Schublade weiter.

Volltreffer! Die darunterliegende Schublade war bis an den Rand gefüllt. Der Inhalt bestand aus ganz altmodischen Briefen, handgeschrieben und in einzelnen Bündeln sortiert, die mit Stoffschleifen zusammengehalten wurden. Fasziniert betrachtete er die unterschiedlichen Handschriften und versuchte zu erraten, was für Menschen dort geschrieben hatten. Aber er gab schnell auf. In seinem Leben hatten derartige Briefe nie eine Rolle gespielt. Auf Spekulationen war er jedoch überhaupt nicht angewiesen. Er entschied sich für das dickste Bündel und löste die Schleife.

Fast zwanzig Briefe gehörten zu diesem Paket. Geschrieben waren sie von einem Malte, der vor einigen Jahren offenbar sehr verliebt in Vivian gewesen war. Dummerweise begann er kurz nach ihrem Kennenlernen ein Studium in München. Fernbeziehungen waren natürlich problematisch. Liebe lebte von Nähe, von Alltag, fand er. Es gehörte sich, den Tag gemeinsam zu beginnen und zu beenden. Wenigstens. Daher war er wenig überrascht, als der Ton des Briefschreibers von glühender Leidenschaft langsam, aber sicher zu langweiliger Berichterstattung wechselte. Der letzte Brief bezog sich ganz offensichtlich auf ein persönliches Gespräch oder wenigstens ein Telefonat und besagte, dass es ihm leid tue und er hoffe, dass sie anderweitig ihr Glück finden möge. Dieser Malte hatte seine Flamme also abserviert. Gut, dass nicht sie Schluss gemacht hatte! Irgendwie hätte das sein Bild von ihr zerstört. Er mochte es, wenn Frauen treu und zuverlässig zu ihrem Mann standen. So musste es doch sein!

Der nächste Stapel Briefe war offensichtlich von ihrer Mutter. Er las sie Stück für Stück sehr sorgfältig, denn das Verhältnis zu der Familie, aus der man stammt, ließ für ihn klare Rückschlüsse darauf zu, wie man mit seiner zukünftigen, eigenen Familie umgehen würde.

Das führte ihn zu einigen Gedanken über seine Herkunft. Ja, er lebte überwiegend in seiner kleinen Wohnung in Hamburg, aber sein Zuhause war immer noch das Haus seiner Eltern. Schließlich hatte er hier die glücklichsten Jahre seiner Kindheit verbracht, Erinnerungen, die ihm kostbar waren und die er tief in seinem Herzen bewahrte. Und jedes Wochenende kehrte er dorthin zurück und verbrachte Zeit mit seinen Geschwistern und seinen Eltern. Das war wichtig, denn man konnte nie genau wissen, wie lange man noch Gelegenheit dazu hatte. Sein Vater war Frührentner und konnte seinen Beruf als Tischler nicht mehr ausüben. Eine lästige, aber nicht lebensbedrohliche Lungenerkrankung hinderte ihn daran. Mutter war nie in ihrem Leben arbeiten gegangen - kein Wunder bei drei Kindern. Dafür war sie der zentrale Dreh- und Angelpunkt der Familie, der wärmende Ofen, um den sich alle scharten. Immer emsig beim Kochen, Putzen oder Aufräumen!

Auf seinen Bruder war er besonders stolz. Er hatte als Soldat bei der Bundeswehr sogar in Afghanistan gedient und dabei tapfer sein Leben für das Vaterland riskiert. Diese Eindrücke hatten ihn geprägt und wohl auch ein wenig mitgenommen, denn er befand sich seitdem in einem Zustand der Rekonvaleszenz. Eine äußerliche Verwundung war ihm zwar nicht anzusehen, aber irgendwie musste er doch Schaden genommen haben, denn ohne Grund wurde er sicherlich nicht vom Dienst freigestellt.

Die kleine Schwester war sein erklärter Liebling. Sie war ein echtes Nesthäkchen und gerade dabei ihre Schule zu beenden. Meistens war sie süß und niedlich, wünschte sich ein eigenes Pferd und liebte ihre größeren Brüder heiß und innig. Aber manchmal konnte sie auch ein echtes Biest sein. Dann ärgerte sie Ronny, seinen Bruder, und machte sich über ihn lustig. Weil sie die Kleinste war, nahm es ihr jedoch niemand lange übel.

Aber das war jetzt nicht das Thema. Was für ein Verhältnis hatte Vivian zu ihrer Familie? Er suchte die Antworten zwischen den Zeilen und prägte sich zunächst die Fakten ein. Die Mutter war offensichtlich nach Bremen gezogen, nachdem ihr Mann gestorben war. Ein trauriges Erlebnis für eine so junge Frau wie Vivian, dachte er. Offensichtlich gab es zwei weitere Töchter. Eine lebte im Ausland, die andere war der Liebe nach Süddeutschland gefolgt und hatte selber schon zwei Kinder. Der Kontakt wurde regelmäßig über die verschiedensten Kanäle gehalten. Vivians Mutter beschrieb, dass sie ihre Enkel regelmäßig über Skype sehen konnte und schwärmte von den süßen Kleinen. Es hatte den Anschein, als ob sie weiteren Enkeln nicht abgeneigt wäre, denn sie beklagte, dass die älteste Tochter, die in England lebte und arbeitete, immer noch nicht den Richtigen gefunden hatte. Darauf folgten Erkundigungen über den Status von Vivian in dieser Hinsicht. Ja, so waren Mütter halt! Seine eigene würde vor Freude über ein Enkelkind schier platzen und es vermutlich über alle Maßen verwöhnen. Aber das war ein Privileg, das einer Oma gebührte! Er bedauerte, dass er selber sich nicht mehr an seine Großeltern erinnern konnte. Aber bestimmt waren es ebenfalls ganz tolle Menschen gewesen.

Als er alle Briefe gelesen und danach wieder in der Schublade verstaut hatte – exakt in der gleichen Anordnung, wie er sie vorgefunden hatte, natürlich – machte er sich an das nächste Fach. Hier entdeckte er mehrere Fotoalben. Auch das rührte ihn ein wenig an. Im Zeitalter der digitalen Fotografie teilte man Aufnahmen über Instagram oder Dropbox und nutzte Tablet oder Rechner, um Galerien anzuzeigen. Wer ließ noch Bilder auf Papier drucken und klebte sie danach in Alben, die unheimlich viel Platz wegnahmen?

Vivian war offensichtlich so jemand und er befand, dass er es mochte. Gespannt öffnete er das erste Album und staunte. Hier hatte sich jemand viel Mühe gemacht und ihre Kindheit in Bild und Wort dokumentiert. Vom ersten Babybildchen bis zum offiziellen Konfirmationsfoto reichte die Palette und jede zweite Seite war mit Erzählungen, Anekdoten und Weisheiten aus Kindermund gefüllt. Er erfuhr, dass Vivian nach dem ersten erfolgreichen Töpfchengang mit "groß" das Ergebnis stolz der Familie präsentiert hatte. Am Esstisch. Ihre Einschulung verlief erst feierlich und dann hektisch. Auf dem einen Bild sah man das stolze Kind mit hübschem Kleid in sommerlichem Weiß, sorgfältig frisierten Zöpfen und riesengroßer Schultüte. Das nächste Foto zeigte nur noch ein Häufchen heulendes Elend. Vivian war, vielleicht durch die gewaltige Schultüte in ihrer Sicht behindert, gestolpert und der Länge nach hingeschlagen. In eine Pfütze. Mit eher schmutzigem Wasser. Frisur, Kleid und Kniestrümpfe waren nicht mehr wiederzuerkennen. Der Gesichtsausdruck ebenfalls nicht. Köstlich!

Andere Alben zeigten alte Familienfotos oder Bilder aus Urlauben. Da sie sich nicht mehr ausschließlich um Vivian drehten, blätterte er sie nur oberflächlich durch. Für ihn machte das keinen Unterschied – er würde so oder so jedes Detail wiedergeben können. Aber diese Fotos boten ihm keinen Grund irgendwelchen Gedanken nachzuhängen.

Der Rest des Schrankes bestand aus langweiligen Dingen, die er kaum eines besonderen Blickes würdigte. Er hatte sie gesehen und registriert, das genügte. Außerdem wurde es langsam Zeit, den heutigen Besuch zu beenden. Allerdings wollte er nicht verschwinden, ohne gewissermaßen seine Duftmarke gesetzt zu haben. Er verstand sich jetzt als Teil des Mikrokosmos um Vivian herum und besaß deshalb das Recht sich in gewisser Weise auch hier zu Hause zu fühlen. Also schlenderte er nochmals in die Küche und öffnete den Kühlschrank. Hier hatte sich nicht viel verändert. Er nahm das Glas Gewürzgurken in die Hand. Zwei Stück schwammen noch in dem Sud. Ja, eine Gurke wäre nett. Er öffnete den Deckel und fischte eines der zwei Exemplare heraus, was einigermaßen mühevoll war. Das Gürkchen flutschte ihm immer wieder aus den Fingern. Aber am Ende bekam er es zu fassen. Er biss etwa die Hälfte ab und genoss die scharfe Säure in seinem Mund, bevor eine leicht süßliche Nuance die Geschmackssensation wieder abmilderte. Dann verspeiste er auch den Rest und stellte das Glas zurück.

Sein nächster Weg führte ihn ins Bad. Dort würde er sich ein anderes Mal in Ruhe umschauen. Heute wollte er lediglich die Toilette benutzen. Die schlichte, weiße Klobrille gefiel ihm. Sie vermittelte einen angenehmen Eindruck von Sauberkeit, ohne vom Wesentlichen abzulenken. Schwere Holzbrillen oder gar solche, die mit Motiven versehen waren (ha, ha, Acrylbrillen mit eingearbeitetem Stacheldraht, wie komisch!), verabscheute er.

Er hob den Deckel, überlegte einen Moment und drehte sich dann um und zog seine Hose herunter. Die Diskussion Stehpinkler versus Sitzpinkler war in seinen Augen ein Relikt aus der Vergangenheit. Mit Ausnahme vielleicht zweifelhafter Toiletten in der Öffentlichkeit. Hier war er aber bei seiner Vivian und die war sauber und vertrauenswürdig. Es gab also keinerlei Grund sich nicht hinzusetzen. Außerdem konnte er sich so gut vorstellen, wie sie an seiner Stelle hier thronte. Ihre warmen, weichen Schenkel berührten den Kunststoff an der gleichen Stelle. Ihr Geschlecht lag ebenso schutzlos offen wie seines in diesem Moment …

So würde er die geplante Verrichtung nicht durchführen können. Er rief sich zur Ordnung und warf einen prüfenden Blick auf den Klorollenhalter. Gott sei Dank! Sie hatte das Toilettenpapier richtig herum eingelegt. Das freie Ende baumelte an der Vorderseite herunter und nicht fälschlicherweise nach hinten. Es war ihm immer wieder unverständlich, wie es Menschen geben konnte, die sich diesem einfachen Naturgesetz entgegenstemmten. Warum sollte man unnötig weit nach hinten und unten greifen müssen, um an das begehrte Papier heranzukommen?

Von diesem Gedanken abgelenkt, hatte er problemlos urinieren können. Nun zupfte er ein Blatt Toilettenpapier ab – dreilagig, ganz wie es sein sollte! - faltete es zweimal exakt auf Stoß. Mit diesem Viertel tupfte er sich ab und beendete seinen Aufenthalt auf der Schüssel. Nach dem Händewaschen drehte er sich noch einmal um und schloss spontan den Klodeckel. Er hatte ihn zwar anders vorgefunden, aber so gefiel es ihm besser.

* * *

„Hallo, Herr Berger! Mein Name ist Staller, wir hatten telefoniert!"

Der Reporter hatte lange gewartet, bis auf sein Läuten hin die Tür geöffnet wurde. Der Mann, der ihm schließlich gegenübertrat, ging gebeugt und stützte sich auf einen Stock. Das weiße Haar war ein bisschen zu lang für einen älteren Herrn, verlieh ihm aber eine leicht verwegene Note. Er lächelte freundlich und in seinen Augen verriet ein Funkeln einen wachen Verstand und eine Portion Humor.

„Ach, Herr Baller, kommen Sie doch rein!"

Seine Ohren waren wirklich nicht mehr die besten, entschied der Reporter und entgegnete mit erhöhter Lautstärke: „Ich heiße Staller, Michael Staller!"

„Sie müssen entschuldigen, ich höre nicht sehr gut. Ich habe ja auch ein modernes Hörgerät, aber die Dinger sind heutzutage so klein, dass sie ständig irgendwo verlorengehen. Früher, als man noch so einen richtigen Oschi hinter dem Ohr hatte ...", plapperte er munter vor sich hin und winkte mit der Hand.

„Können wir vielleicht nach draußen gehen und Sie zeigen mir, wo Sie genau gestanden haben, als Sie das mit dem Transporter und dem Hund gesehen haben?", brüllte Staller und betonte jede einzelne Silbe ausdrücklich, denn er wollte auf jeden Fall verstanden werden.

„Natürlich! Ich ziehe mir nur schnell was an. Und Sie brauchen nicht so komisch zu reden. Ich bin schwerhörig, aber nicht senil!"

Der Reporter trat in den Flur und grinste still in sich hinein, während der Oldie umständlich seinen Mantel von der Garderobe nahm. Die Antwort war sympathisch und zeugte tatsächlich von der geistigen Klarheit des Mannes.

Mit einem kurzen Blick rundum orientierte sich Staller routinemäßig. Die Wohnung war geräumig und schien altmodisch, aber bequem eingerichtet zu sein. Dafür sprach ein Sekretär, der im Flur stand und allerlei

Schlüssel und Papiere beherbergte. Außerdem stand ein Stuhl davor, der als Sitzplatz diente, um sich bequem die Schuhe anziehen zu können. Neben der Garderobe befand sich ein Schirmständer und dicht an der Tür parkte ein moderner Rollator. Eine hübsche Schale auf dem Sekretär weckte Stallers Interesse. Lag da nicht ...?

„Herr Berger? Sind das vielleicht Ihre Hörgeräte?" Er zeigte auf zwei ziemlich kleine Stöpsel, die man im Ohr verstecken konnte.

„Tatsächlich! Junger Mann, für mich hat sich Ihr Besuch schon gelohnt, vielen Dank!" Er fummelte sich die Dinger in die Ohren und schaute den Reporter erwartungsvoll an. „Sagen Sie mal was!"

„Test, eins, zwei, drei, Test, eins, eins", feixte Staller.

Berger zuckte zusammen. „Schreien Sie immer so?"

„Tut mir leid! Jetzt rede ich in normaler Lautstärke. Können Sie mich so gut verstehen?"

„Tadellos", strahlte der Oldie und wirkte gleich um Jahre jünger. „Die Dinger waren ja auch teuer genug!"

Der Reporter atmete auf. Er hatte schon befürchtet, dass er die ganze Zeit schreien und seine Sätze wiederholen musste. Mit den In-ear Hörgeräten war die Kommunikation deutlich einfacher geworden.

In der Zwischenzeit hatte sich Berger angezogen und stand an der Tür bereit.

„Wollen wir?"

Nachdem Staller ihm geholfen hatte den Rollator die drei Stufen hinunterzubugsieren, schritt der alte Mann überraschend zügig aus.

„Wissen Sie, der Rentnerporsche hier ist hauptsächlich eine Art Versicherung für mich. Ich komme noch ganz gut zurecht. Aber ich muss gelegentlich mal eine Pause einlegen. Und so habe ich meinen Sessel immer dabei!"

Sie näherten sich dem Haus, in dem die Wahlbergs wohnten, auf der gegenüberliegenden Seite der Straße. Ein relativ schmaler Gehsteig verlief hier zwischen den parkenden Autos und dem Zaun, der verhinderte, dass Kinder unaufmerksam direkt vom Spielplatz auf die Straße laufen konnten. Schräg gegenüber von der Hausnummer 31 blieb Berger stehen.

„Hier habe ich angehalten. Zum Glück laufen auf dieser Seite nicht so viele Fußgänger. Ich kann also ganz gemütlich Pause machen, ohne dass ich allen im Wege bin."

„Ist das der exakte Platz oder könnte es auch einen Meter weiter vor oder zurück gewesen sein?", erkundigte sich Staller und peilte über die parkenden Autos hinweg den Hauseingang an.

„Es müsste ziemlich genau hinkommen", entschied Berger nach einem prüfenden Blick.

„Also wurde etwa der halbe Eingang verdeckt", sinnierte Staller und deutete auf einen alten, dicken Baum gegenüber, der auf der ihnen zugewandten Seite stark bemoost war.

„Genau! Ich konnte das Kind erst sehen, als es die ersten Stufen heruntergegangen war."

„Und wo genau stand der Transporter?"

„Da, wo jetzt der dunkle BMW parkt. Genau so, mit zwei Rädern auf dem Kantstein. Davor stand noch ein Kleinwagen und dann kam der Baum."

„Könnten Sie sich so hinsetzen, wie Sie es auch an dem Tag gemacht haben, Herr Berger?"

„Sicher, junger Mann! Das Rumstehen tut mir sowieso nicht besonders gut!" Der alte Mann umkreiste sein Gefährt und ließ sich vorsichtig auf dem Brett nieder. „Ah, so ist es viel besser!"

Staller trat um Berger herum und stellte sich hinter ihn, um exakt seine Blickachse zu bekommen. Er bückte sich sogar, um auf gleicher Höhe zu sein.

„Sie sahen also den Bereich von der letzten Treppenstufe bis, sagen wir, zur Hälfte des Weges. Kommt das etwa hin?"

„Ich würde sagen: ja!"

„Der Holzverschlag für die Mülltonnen am Rande des Bürgersteigs ...?"

„War durch den Wagen verdeckt."

„Und selbst das Stück, das Sie einsehen konnten, war nicht klar zu überblicken, weil die Hecke dort davor ist."

Berger machte eine abfällige Geste mit der Hand.

„Hecke ist ein großes Wort für die paar mickrigen Zweige. Im Sommer mögen die ja etwas Schutz bieten, aber jetzt im Winter?"

Tatsächlich konnte man durch die wenigen, blätterlosen Stängel halbwegs gut hindurchsehen. Trotzdem schränkten sie den Blick ein.

In diesem Moment trat ein Mann aus dem Haus, ging drei Schritte und zog dann sein Mobiltelefon aus der Tasche. Offensichtlich bekam er gerade einen Anruf, denn er hielt das Gerät an sein Ohr und blieb stehen.

„Beschreiben Sie den Mann dort drüben, Herr Berger!", bat Staller spontan.

Der Oldie lachte gutmütig.

„Kleiner Sehtest, was? Na gut: Blaue Steppjacke, halblang und ziemlich dick gefüttert, wie es aussieht. Kapuze mit Fellrand. Dunkle Hose und beige Winterstiefel mit dicken Sohlen. Braune, lockige Haare, schlank und eher groß."

Der Reporter war beeindruckt und zeigte es auch.

„Donnerwetter, das hätte ich nicht besser machen können! Sie sehen wirklich ausgezeichnet."

„Tja, die moderne Medizin macht es möglich! Es war schon sehr viel schlechter, aber dann wurde ich an beiden Augen operiert. Grauer Star, wissen Sie? Das Ergebnis war recht erstaunlich. Plötzlich konnte ich wieder sehen wie ein junger Kerl!"

„Das freut mich für Sie! Und wie ging es dann weiter? Also nicht mit den Augen, mit Laura, meine ich."

„Sie ging weiter, bis sie von dem Transporter verdeckt wurde. Aber sie tauchte nicht wieder auf. Weder zwischen den Autos noch auf dem Bürgersteig. Es dauerte nicht lange, vielleicht eine Minute, dann fuhr der Wagen weg. Aber dahinter war nicht das kleine Mädchen zu sehen, sondern dieser Hund."

„Und Sie glauben, dass sich das Mädchen in einen Hund verwandelt hat?", fragte Staller in Erinnerung an ihr erstes Telefonat während der Sendung noch einmal nach.

Berger drehte sich zu dem Reporter um und schüttelte den Kopf.

„Quatsch! Ich habe doch keine Meise unter dem Pony!" Er lachte spitzbübisch. „Damit wollte ich nur sagen, dass ich mir die Sache nicht erklären konnte. Wie ein Zaubertrick! Das Kind verschwindet hinter dem Auto, das Auto fährt weg, dahinter ist plötzlich der Hund. Wie kann das angehen?"

Dafür besaß Staller momentan ebenfalls keine Erklärung, also zuckte er die Schultern.

„Keine Ahnung. Wir werden es hoffentlich herausfinden." Dann fiel ihm noch etwas ein. „Sie sagten, nach einer Minute fuhr der Wagen weg.

Ist denn eine Person eingestiegen oder saß die ganze Zeit jemand am Steuer?"

Der alte Mann stutzte und schien intensiv nachzudenken.

„Erinnern Sie sich nicht?", drängte der Reporter.

„Doch, aber etwas ist merkwürdig."

„Was denn?"

„Ich bin mir ganz sicher, dass niemand ins Auto gestiegen ist. Also auf der Fahrerseite. Aber ich glaube auch, dass kein Mensch am Steuer saß."

„Sind Sie da sicher?"

Berger überlegte.

„Eigentlich ja. Durch die Scheibe hätte ich ihn ja sehen müssen. Aber dann hätte der Wagen nicht wegfahren können, oder?"

„Ja, das wäre dann schon der zweite rätselhafte Punkt", räumte Staller ein. „Autonomes Fahren können wir wohl ausschließen."

Die beiden sahen sich an und wirkten gleichermaßen ratlos. Der Ortstermin hatte zwar eventuelle Zweifel an der Zuverlässigkeit von Bergers Beobachtungsgabe komplett ausräumen können, aber dafür neue Fragen aufgeworfen. Was hatte der ominöse und scheinbar fahrerlose Transporter mit Lauras Verschwinden zu tun?

„Herr Staller? Ah, dachte ich es mir doch, dass ich Sie erkannt habe!"

Der Mann, der eben noch telefonierend vor dem Haus Nummer 31 gestanden hatte, war in der Zwischenzeit über die Straße gelaufen und streckte dem Reporter die Hand entgegen.

„Hallo, Dr. Wahlberg!" Der Reporter ergriff sie und stellte die beiden Männer einander vor.

„Haben Sie schon irgendetwas herausgefunden?", fragte der Vater von Laura drängend. Ihm war anzusehen, dass seine Nerven blank lagen.

„Herr Berger hier hat beobachtet, wie Laura aus dem Haus gekommen ist. Und dann war sie mit einem Mal auf unerklärliche Weise verschwunden."

Der alte Mann wiederholte seine Erzählung sehr sorgfältig und wich dabei in keiner Einzelheit von dem bisher Erklärten ab, wie Staller befriedigt feststellte.

„Ja, aber dann muss Laura doch in diesen Transporter gestiegen sein!", behauptete Wahlberg aufgeregt. „Eine andere Erklärung kann es doch gar nicht geben!"

„Naheliegend wäre es schon", räumte der Reporter ein. „Aber es bleiben doch einige merkwürdige Aspekte, für die ich keine Lösung weiß – bis jetzt."

„Welche denn?"

„Würde Ihre Tochter denn einfach so in ein fremdes Auto steigen?"

„Nein, natürlich nicht."

„Also müsste es jemanden gegeben haben, der sie überwältigt hat, richtig? Ich bin der Meinung, dass man davon etwas gesehen oder zumindest gehört haben würde. Außerdem bleibt die Frage, wie der Fahrer hinter das Steuer gekommen ist und woher der Hund plötzlich kam."

Dr. Wahlberg rieb sich verzweifelt die Stirn und atmete hektisch.

„Vielleicht hat man sie mit Chloroform betäubt. Was den Fahrer angeht – vielleicht haben Sie ihn nur übersehen, Herr Berger. So eine Scheibe spiegelt ja auch. Und der Hund – der ist einfach zufällig gerade vorbeigelaufen. So etwas kommt vor."

Der alte Mann sah nicht wirklich überzeugt aus. Trotzdem gab er zu: „Natürlich kann ich den Fahrer übersehen haben. Es muss ja wohl so gewesen sein. Ich habe auch keine andere Erklärung."

„Leider bringt das die Polizei bisher nur unwesentlich weiter", erklärte Staller. „Es wird sehr schwer werden diesen Wagen zu finden. Dafür fehlen einfach die Details. Marke, Modell, Kennzeichen, irgendwas."

Dr. Wahlberg ließ den Kopf hängen.

„Ich verstehe. Normalerweise bin ich ja gegen flächendeckende Videoüberwachung. Aber im Moment würde ich wer weiß was dafür geben, wenn man einfach auf ein Band schauen könnte und da wäre der Transporter mit gut lesbarem Nummernschild drauf. Und der Moment, in dem meine Tochter in den Wagen steigt."

„Kommissar Bombach lässt die nächsten Verkehrskameras checken, ob ein weißer Transporter darauf zu sehen ist. Aber er kann natürlich nicht wissen, ob es der richtige Wagen ist. Das bedeutet sehr viel Recherchearbeit mit recht geringen Erfolgschancen. Aber jeder Strohhalm zählt natürlich."

„Gab es noch irgendwelche anderen Hinweise?"

Der Reporter beschloss den anonymen Verweis auf Pohl unter den Tisch fallen zu lassen. Diese Information würde zum jetzigen Zeitpunkt keinen Nutzen bringen und nur unnötig Ängste schüren.

„Nichts, was uns derzeit erkennbar weiterbringen würde. Aber das muss nicht bedeuten, dass nicht noch etwas kommt. Einige Menschen benutzen tatsächlich den ganz normalen Postweg. Das ist die eine Möglichkeit. Und dann ist es natürlich vorstellbar, dass irgendwer Laura dort erkennt, wo sie sich jetzt gerade aufhält. Das würde uns natürlich enorm helfen."

„Halten Sie mich auf dem Laufenden, Herr Staller? Ich wäre Ihnen sehr dankbar. Meine Frau … sie kommt überhaupt nicht mit der Situation zurecht. Und von mir will sie sich nicht helfen lassen."

„Natürlich, Dr. Wahlberg. Ich melde mich, wenn es etwas Neues gibt. Passen Sie gut auf sich und Ihre Frau auf!"

Der Vater von Laura nickte Berger freundlich zu und stapfte mit hochgezogenen Schultern und in den Hosentaschen vergrabenen Händen davon. Es sah nicht so aus, als ob er ein bestimmtes Ziel hatte.

„Erstaunlich gefasst, der Mann, wenn man bedenkt, dass seine Tochter entführt wurde", bemerkte Berger nachdenklich. „Ziemlich ungewöhnlich oder täusche ich mich da?"

„Sie täuschen sich nicht. Dr. Wahlberg ist Psychiater und Psychotherapeut. Er arbeitet unter anderem auch als Gutachter für die Staatsanwaltschaft und ist von daher mit dieser Situation zumindest beruflich schon mal vertraut. Außerdem hat er vermutlich gelernt, seinen inneren Zustand vom äußeren Anschein zu trennen."

„Ob das so sinnvoll ist?", fragte sich der Oldie klug.

„Gute Frage. Danke für Ihre Hilfe, Herr Berger!" Staller wollte sich schon verabschieden, da fiel ihm noch etwas ein. „Sagen Sie: An dem Tag als das Mädchen verschwand – hatten Sie da Ihre Hörgeräte drin?"

„Ja, obwohl ich es mir lieber anders gewünscht hätte. Die Kinder auf dem Spielplatz haben einen ungeheuren Lärm gemacht. Na ja, Kinder halt." Er zuckte entschuldigend die Schultern.

„Danke nochmal. Auf Wiedersehen, Herr Berger!"

* * *

Die Gegend rund um die Süderstraße und den Ausschläger Weg war geprägt durch Automobile in jeder Form. Verkehrsamt, TÜV, Autohäuser und Speditionen bestimmten das Bild des Viertels. Sehr früh am Morgen begann hier ein steter Strom von Fahrzeugen zu fließen, gespeist auch von Pendlern, die den staugefährdeten Heidenkampsweg auf ihrem Weg in die Stadt umfahren wollten. Den ganzen Tag über herrschte ständiges Kommen und Gehen, bevor gegen Abend der Staffelstab an die fleißigen Damen vom Straßenstrich übergeben wurde und zumindest Gehen nicht mehr so hoch im Kurs stand.

Der Abschleppwagen, der am frühen Nachmittag relativ langsam zweimal um den Block fuhr, fiel daher niemandem als ungewöhnlich auf. Auch nicht, als er mit Warnblinklicht und Rundumleuchte am Straßenrand anhielt und sein Fahrzeug mit den eingebauten Stützen sicherte, bevor er den hinter der Fahrerkabine angebrachten Kran ausfuhr. Im Visier hatte er einen arktisweißen Transporter, der eigentlich zu neu wirkte, um eine Panne zu haben. Aber man kannte das ja – bei all der neumodischen Elektronik konnte es immer mal passieren, dass nichts mehr ging.

Der Fahrer des Abschleppwagens trug einen dunkelroten Overall, dessen Farbe allerdings wegen der vielen Ölflecken nur zu erahnen war. Der Mann hantierte fachmännisch an den Hebeln, ohne sich dabei vom aufsteigenden Rauch seiner Zigarette, die irgendwo im dichten Gebüsch seines schwarzen Vollbartes, vermutlich im Mundwinkel, klemmte, irritieren zu lassen. Gelassen brachte er den Arm des Auslegers in Position und befestigte die Gurte an den Rädern des Transporters. Bevor er sich an die Aufgabe machte, den Wagen endgültig anzuheben, warf er seine Kippe auf das Kopfsteinpflaster der Straße und trat sie aus. Auf Knopfdruck strafften sich die Seile. Mit einem lauten Ächzen quittierte der alte Abschlepper das Gewicht des Transporters, als dieser den Kontakt zum Boden verlor. Dank der großen Erfahrung des Mannes im Overall ging der kritische Moment, in dem die Last frei über dem Boden schwebte, schnell vorüber. Sanft setzte der Wagen auf der Ladefläche auf. Der Fahrer schwenkte den Kran noch tiefer, bis er die Gurte problemlos lösen konnte. Dann sicherte er den Transporter an allen vier Rädern. Jetzt musste er nur noch den Kran in die Ausgangsposition zurückbringen und die Sicherungsstützen an den Seiten einfahren. Mit einem letzten prüfenden Blick versicherte er sich, dass er die Fahrt gefahrlos antreten konnte. Gemütlich kletterte er in das Fahrerhaus des Abschleppwagens und zündete sich eine neue Zigarette an. Die ganze Aktion hatte gerade mal gut zehn Minuten gedauert. Der Mann war zufrieden mit seiner Arbeit. Ein Knopfdruck beendete das Blinken der orangenen Warnlichter. Er startete den Motor.

Dreißig Minuten später hatte er sein Ziel erreicht und nach einer weiteren Viertelstunde stand der Transporter in der Halle einer Hinterhofwerkstatt am Rande von Hamburg. Hier würde er gewisse Veränderungen erfahren.

Der Mann im Overall schenkte sich aus seiner Thermoskanne einen Becher schwarzen Kaffee ein und fügte nach kurzem Überlegen aus einer silbernen Taschenflasche zwei großzügige Schlucke Weinbrand hinzu. Sein Tagwerk war vollbracht.

* * *

Die Sporthalle unterschied sich in einer Hinsicht überhaupt nicht von fast allen anderen Sporthallen dieser Welt: Es roch nach alten Socken und feuchten Trikots. Völlig egal, ob es gerade überhitzt und stickig war oder eiskalt und klamm – der typische Turnhallengeruch ließ sich von der vorherrschenden Jahreszeit nicht beeindrucken. Momentan war es eher kühl in der Halle, sodass sich die zehn Teilnehmer des Kurses relativ warm eingemummelt hatten. Lange Trainingshosen in bequemer Weite und dicke Kapuzenjacken bestimmten das Bild. Die Halle war bis auf zwei mit Gymnastikmatten ausgelegte Felder leer.

„Willkommen zu unserem heutigen Trainingsabend", grüßte eine Frau im Sportdress mit Polizeiwappen den Rest der Teilnehmer. „Wir haben heute einen Gast, wie euch vermutlich schon aufgefallen ist. Isa arbeitet für die Sendung "KM – Das Kriminalmagazin" und möchte in diesem Rahmen über unseren Selbstbehauptungskurs berichten. Selbstverständlich besteht keinerlei Verpflichtung dazu, dabei mitzuwirken. Wer also in diesem Filmbeitrag nicht vorkommen möchte, der sagt das bitte. Isa wird dann dafür sorgen, dass ihr auf den Bildern nicht zu erkennen seid."

Der einzige Mann in der Halle, ein großer, athletischer Typ, der ein Sweatshirt trug, auf dem "Polizei Hamburg" stand, ergriff das Wort.

„Möchtest du uns vielleicht kurz erklären, worum es bei deinem Film gehen soll, Isa?"

„Klar, gerne!" Sie schaute den anderen Frauen der Reihe nach ins Gesicht. Die jüngste Teilnehmerin war tatsächlich vermutlich noch nicht volljährig und die älteste deutlich über sechzig Jahre alt. „Ich kann aus eigener Erfahrung sagen, wie man sich fühlt, wenn einem jemand Gewalt antut. Bei mir war es eine Frau, nebenbei bemerkt. Ich war weder körperlich noch mental in der Lage mich gegen diese Vergewaltigung zu wehren. Glücklicherweise habe ich die Sache recht gut verarbeiten können. Das wird nicht allen so gehen. Aber ich habe daraufhin angefangen, sehr intensiv Kampfsport zu trainieren. Dabei ging es nicht darum – oder jedenfalls nicht nur – meine körperlichen Möglichkeiten zu erweitern. Es geht ums Selbstbewusstsein. Man muss sich trauen zuzuschlagen. Das bedeutet für die meisten Menschen mehr Überwindung, als man denkt. Und man muss das auch so effektiv beherrschen, dass man den Angreifer wirklich abwehren kann. Das werdet ihr in diesem Kurs erleben und ich möchte das gerne dokumentieren. Als Mutmacher für all die anderen Frauen. Dazu filme ich an einem Tag das Training, die Abschlussprüfung und würde gerne drei von euch interviewen."

„Hat noch jemand Fragen? An Isa oder an uns?" Der Ausbilder blickte forschend in die Runde.

„Ja, ich", meldete sich das junge Mädchen. „Trainierst du denn mit uns?"

Isa grinste. „Aber sicher. Eine muss euch doch zeigen, wie belastbar eure Trainer sind. Die können schon einen ordentlichen Tritt ab!"

Zum Beweis sprang Isa beim letzten Wort völlig unverhofft nach vorn, rotierte auf einem Bein einmal um die ganze Körperachse und ließ ihren anderen Fuß am ausgestreckten Bein wie einen Hammer in der Magengegend des Trainers landen. Dieser wurde von der Wucht des Trittes zurückgeworfen, der Atem wich deutlich hörbar aus seinen Lungen und der Mann landete mit einem lauten Krachen auf den Gymnastikmatten.

Die Teilnehmerinnen des Kurses stießen kollektiv Laute der Überraschung über diese Blitzaktion aus. Das junge Mädchen schrie sogar vor Entsetzen auf. Das Bild war in der Tat sehr eindrucksvoll gewesen, denn der Trainer, der immerhin fast doppelt so viel wog wie Isa, war regelrecht durch die Luft geflogen.

Die Ausbilderin, die die Szene interessiert beobachtet hatte, nickte Isa anerkennend zu. Dann wandte sie sich an die Kursteilnehmerinnen.

„Angenommen, es hätte sich in dieser Situation um einen realen Angreifer gehandelt, dann werdet ihr gesehen haben, dass Isa nun alle Zeit der Welt hätte, um sich in Sicherheit zu bringen."

Die Frauen waren immer noch völlig perplex, als die Trainerin zur Matte trat und ihrem Kollegen die Hand bot. Etwas kurzatmig kam dieser wieder auf die Beine und applaudierte Isa ostentativ. Dann drehte er sich der Gruppe zu und hob sein Sweatshirt an. Darunter kam ein gepolsterter Körperschutz zum Vorschein.

„Ihr seht, ernsthaft verletzen könnt ihr mich nicht. Also bitte keine falsche Zurückhaltung bei den Übungen. Wenn ihr nur halb so viel Wumms hinbekommt wie Isa eben, dann dürftet ihr euer Ziel erreichen."

„Okay", rief seine Kollegin und klatschte in die Hände. „Genug geplaudert, wir beginnen mit dem Aufwärmen. Lockeres Traben um die Halle, jede in dem Tempo, bei dem sie noch ein Lied singen könnte. Auf geht's!"

Ob es an der Motivation der Teilnehmerinnen lag oder an Isas beeindruckender Demonstration – die Gruppe setzte sich voller Elan in Bewegung. Mit den Trainern an der Spitze ging es auf die erste von fünf Runden.

„Ein toller Auftritt", meinte eine Brünette, die locker neben Isa herlief. „Haben wir uns nicht schon mal gesehen? Ich kenne dein Gesicht von irgendwoher."

Isa musterte ihre Begleiterin genauer.

„Bist du nicht mit Sonja befreundet? Du kamst mir auch schon bekannt vor. Haben wir uns vielleicht bei ihr mal getroffen?"

„Ja, stimmt! Ich bin Vivian. Du hast dich ja schon vorgestellt. Mit Nachdruck. Das würde ich auch gerne schaffen." Sie grinste anerkennend.

„Na ja, ich habe schon sehr intensiv Kampfsport betrieben. Aber ihr könnt hier auch eine ganze Menge erreichen."

„Ich bin sehr gespannt. Was ich noch sagen wollte: Das fand ich total mutig von dir, dass du so offen berichtet hast, warum du mit der Selbstverteidigung angefangen hast."

„Danke! Aber es ist nötig, dass man sich bewusst macht, wie schnell Menschen Opfer von Gewalt werden können, egal ob aus sexuellen oder anderen Motiven. Und egal, ob psychisch oder physisch. Wenn man weiß, dass man sich wehren kann, dann wird man viel weniger in problematische Situationen geraten. Und wenn doch – nun, dann kommt man auch unbeschadet wieder raus. Warum bist du hier? Hast du auch solche Erfahrungen gemacht wie ich?"

Isa zeigte wieder einmal, dass sie ihre Ziele sehr gradlinig und ohne Umwege verfolgte. Sie kam überhaupt nicht auf die Idee, dass diese Frage jemanden in Verlegenheit bringen könnte.

Vivian presste die Lippen aufeinander und dachte längere Zeit nach. Dann entschied sie sich doch noch zu antworten.

„Ja, ich hatte auch ein einschneidendes Erlebnis." Sie verstummte.

„Erzählst du mir davon?"

„Ich weiß nicht … es fällt mir schwer überhaupt daran zu denken. Schätze, ich bin mehr der Typ fürs Verdrängen."

„Auf Dauer wird dir das nicht helfen. Was hältst du davon, wenn wir anschließend noch etwas trinken gehen und du berichtest mir unter vier Augen, was dich hierher gebracht hat?" Isa witterte hier eine gute Geschichte für ihren Film und blieb freundlich, aber hartnäckig am Ball.

„Neugierig bist du ja. Du scheinst mir den richtigen Beruf gefunden zu haben!"

Vivians Gesichtsausdruck wirkte trotzdem keinesfalls ablehnend. Isas offenes Wesen und ihre kompromisslose Ehrlichkeit waren zwar nicht jedermanns Sache, nahmen aber ganz oft die Menschen gefangen. So war es auch bei Vivian.

„Danke, das reicht für den Moment!" Die Trainer beendeten die Laufrunden. Einige der Teilnehmerinnen hatten bereits rote Gesichter und schnauften heftig.

„Als Nächstes kommen Dehnübungen. Wir wollen, dass Muskeln und Sehnen geschmeidig sind und bei stärkeren Belastungen nicht gleich anfangen zu meckern. Bitte stellt euch im Kreis auf und macht die Übungen nach. Wer eine Bewegung nicht ausführen kann, versucht es bitte nicht mit Gewalt." Die Trainerin wirkte noch taufrisch und ging von Kopf bis Fuß alle Muskelgruppen durch. Speziell beim Dehnen der vorderen Oberschenkelmuskeln gab es vereinzelte Heiterkeitsausbrüche, als ausgerechnet die jüngste Teilnehmerin auf einem Bein haltsuchend durch die Gegend hopste.

„Gut, jetzt beginnen wir mit den eigentlichen Übungen." Der Trainer ergriff das Wort und stellte zufrieden fest, dass er die ungeteilte Aufmerksamkeit seiner Schülerinnen besaß. „Wir üben situationsgebunden. Das heißt, wir stellen uns Erlebnisse aus dem Alltag vor und suchen nach Möglichkeiten, wie wir darauf reagieren können. Wer von euch erinnert sich an einen Moment, in dem sie sich ausgeliefert und hilflos vorkam?"

Das junge Mädchen meldete sich schüchtern.

„Ja, Nadja, an was denkst du dabei?"

„Ich mag es überhaupt nicht, wenn auf dem Schulhof oder in der Kneipe oder im Klub ein Typ von hinten ankommt und seine Arme um mich legt. Vielleicht machen sie das nur wegen des Lärms, damit sie direkt in mein Ohr sprechen können, aber ich fühle mich dann wie gefangen."

„Sehr gutes Beispiel", fand die Trainerin. „Wir machen das gerade mal vor. Alex?"

Der Mann nahm sie von hinten in den Arm, wobei seine Hände kurz unterhalb ihrer Brüste lagen. Sein Mund berührte fast ihr Ohr.

„Ist das so richtig, Nadja?", fragte er.

„Ja, genau so!" Sie nickte eifrig.

„Okay, wer hat Vorschläge, was man jetzt machen könnte?"

Die nächsten Minuten vergingen mit verschiedenen Ideen der Teilnehmerinnen. Beginnend vom lauten "nein!", über "hau ab!" und Hilferufe spielten sie die Situation mit unterschiedlichen Lösungswegen durch. Vor- und Nachteile der einzelnen Simulationen wurden besprochen und es entstand langsam ein Bewusstsein, wie schwer es war, erst einmal zu begreifen, dass hier ein Eingriff in die Intimsphäre der Umschlossenen vorlag, gegen den sie sich mit allen Mitteln wehren durfte. Allen Frauen gemeinsam war der Hang zur Deeskalation, der Wunsch, möglichst kein Aufsehen zu erregen und die Angst, bei Widerstand schlimmere Reaktionen herauszufordern. Es dauerte eine ganze Zeit, bis sich alle beim Rollenspiel trauten, entschlossen und laut ihren Protest herauszubrüllen. Als auch Brigitte, die Rentnerin, zu ihrer eigenen Verblüffung laut „Verpiss dich!" gebrüllt hatte, bildeten die Übrigen einen Kreis um sie und applaudierten gemeinsam.

„Jetzt gehen wir noch einen Schritt weiter", ordnete die Trainerin an. „Nun geht es um körperlichen Widerstand. Wer möchte probieren, sich gegen Alex mit aller Kraft zur Wehr zu setzen? Und denkt daran: Keine Rücksicht, er ist gut geschützt. Überall übrigens!" Sie zwinkerte fröhlich.

„Los, Vivian", murmelte Isa und schubste ihre Nachbarin leicht nach vorne.

„Äh, ja, ich probiere es mal." Sie konnte ja schlecht wieder zurücktreten. „Was muss ich tun?"

„Ich werde dich genauso anfassen wie eben", erklärte Alex. „Von hinten über deine Arme und mit den Händen vor dem Körper. Dabei stehe ich ganz dicht an dir dran. Das ist sehr unangenehm für dich, vor allem, weil du verbal schon alle Register gezogen hast. Aber ich habe nicht nachgegeben und von außen ist keine Hilfe zu erwarten. Du willst dich also um jeden Preis befreien. Lass dir was einfallen, wie!"

„Okay." Vivian klang wenig überzeugt, aber sie stellte sich tapfer in Position. Alex schilderte im Voraus genau, was er tun würde und nahm die junge Frau dann eng in den Clinch. Die übrigen Teilnehmerinnen konnten an Vivians Gesicht gut ablesen, dass ihr diese Lage wirklich unangenehm war.

„Los, Mädchen, jetzt wehr dich! Tschakka! Mach ihn fertig!" Die Trainerin gab das scharfe Kommando. Ohne diese Aufforderung hätte Vivian vermutlich kreuzunglücklich weiter in seinen Armen verharrt. So nahm sie all ihren Mut zusammen und versuchte mit einem Ruck nach vorne ihre Freiheit zurückzugewinnen. Das Problem dabei war nur, dass sie im Verhältnis zu Alex zu wenig Gewicht mitbrachte, um ihn auch nur aus der Balance zu bringen. Sie verschaffte sich für eine Sekunde wenige Zentimeter Luft, dann schlossen sich seine Arme umso enger um ihren Körper. In ihren Augen blitzte Panik auf.

„Danke, das reicht!" Die Trainerin hatte die Situation genau beobachtet und reagierte schnell. Alex ebenso. Er gab Vivian frei und trat einen Schritt zurück.

„Wie hast du dich gefühlt?", fragte er und ließ die Arme sinken.

„Hilflos", räumte das Opfer ein und fügte hinzu: „Und als mein Versuch gescheitert war, bekam ich leichte Panik. Ich hatte Angst, dass jetzt etwas Schlimmes passiert."

„Das haben alle gesehen, stimmt's?" Die Trainerin blickte fragend in die Runde und erntete verständnisvolles Nicken. „Und warum? Weil du dich nicht getraut hast, Alex wehzutun. Das ist nicht dein Fehler, denn so wurde es dir immer beigebracht. Du weißt vermutlich nicht einmal, was du tun könntest. Richtig?"

Jetzt nickte nur Vivian.

„Isa, du scheinst ja über viel Erfahrung zu verfügen. Nimmst du mal Vivians Stelle ein?"

„Sicher. Gleiche Aufgabe? Er packt mich und ich versuche mich gewaltsam zu befreien?"

„Ganz genau. Alex, bitte!"

Im Wissen, dass er Isa nicht langsam auf die Aktion vorbereiten musste, sprang der Trainer an sie heran und presste ihre Arme an den Körper. Isa versteifte sich für eine Sekunde, dann setzte ihre Reaktion ein. Sie verschränkte die Hände vor ihrem Bauch und riss sie mit angewinkelten Armen nach oben. Dadurch attackierte sie seine schwächste Stelle, dort wo seine Hände sich berührten, aber nicht ergriffen. Der Klammergriff war dadurch für einen Moment gelockert. Bevor er nachfassen oder überhaupt reagieren konnte, wand sie sich um eine Vierteldrehung zur Seite und rammte ihren Ellenbogen von oben nach unten mit aller Macht in seinen Solarplexus. Er taumelte zurück, seine Arme baumelten einen Moment lang wehrlos neben seinem Körper. Diesen Augenblick nutze Isa, um sich komplett umzudrehen und ihm mit aller Macht zwischen die Beine zu treten. Abermals flog Alex auf die Matte, wo er sich scheinbar zu einem Bündel aus rot glühendem Schmerz zusammenrollte und seinen Körper mit den Armen umfing.

Die Teilnehmerinnen schrien erschreckt auf, während Isa gleichmütig einen Schritt zurücktrat und den Mann weiter abwartend beobachtete. Dieser wälzte sich noch einen Augenblick herum, dann entspannte er sich und rappelte sich hoch. „Alle Achtung! Donnerwetter, bin ich froh, dass ich auch den Tiefschutz trage. Das hätte sonst echt wehgetan!" Er schüttelte Isa anerkennend die Hand.

„Was sagt ihr spontan dazu?", erkundigte sich die Trainerin.

„War das nicht ein bisschen übertrieben?", wandte Vivian zaghaft ein. Mehrere Teilnehmerinnen nickten zustimmend. Isa runzelte die Stirn.

„Möchtest du antworten?", fragte Alex sie und grinste.

„Allerdings. Leute, macht euch die Situation noch einmal deutlich! Da kommt ein Mann und greift euch körperlich an. Ja, ganz recht, schüttelt mal nicht den Kopf! Er nutzt seine scheinbare körperliche Überlegenheit, um euch festzusetzen. Ihr habt verbal alles versucht, aber er lässt nicht von euch ab. Niemand ist zu Hilfe gekommen. Was wollt ihr tun, warten, bis er euch vergewaltigt? Ihr habt jedes Recht – jedes! - euch mit allen Mitteln zur Wehr zu setzen!"

„Genau so ist es!" Die Trainerin nickte bekräftigend. „Der Grund, warum ihr zweifelt, liegt darin, dass Frauen in unserer Gesellschaft immer noch tendenziell die Dulderinnen und damit die potenziellen Opfer sind. Der Mann, den Alex heute verkörpert hat, hat diese Behandlung absolut verdient. Und niemand wird euch dafür zur Rechenschaft ziehen. Selbst, wenn ihr dem Kerl versehentlich die Kronjuwelen verletzt hättet."

Eine eifrige Diskussion über Notwehr und Verhältnismäßigkeit entbrannte, die die Ausbilder eine ganze Zeit lang laufen ließen. Dann hob Alex abschließend die Hand und verkündete: „Ich denke, ihr habt jetzt verstanden, worum es uns geht. Ihr müsst lernen, eingeübte Verhaltensmuster zu durchbrechen. Das fällt euch offensichtlich nicht leicht und deshalb sollt ihr es üben. Da drüben liegen entsprechende Schutzpolster! Legt die bitte an und dann werden wir in Zweiergruppen ein bisschen auf den Putz hauen."

Die Frauen staffierten sich entsprechend aus, was durchaus zu Heiterkeit führte, wenn ihre Beweglichkeit eingeschränkt wurde und sie umherliefen wie sonst nur Maskottchen in Verkleidung bei Sportveranstaltungen. Dann versuchte sich abwechselnd jede Frau in Verteidigungstechniken, die Alex und seine Kollegin vormachten. Am Ende der Übungseinheit war zumindest jede Frau einmal in der Lage gewesen, aus voller Kraft eine Attacke gegen ihren Angreifer auszuführen.

„Sehr gut!", resümierte die Trainerin. „Das ist der richtige Weg und wir werden ihn weiter beschreiten. Kommt alle zusammen zur Mitte, wir beenden die Stunde mit unserem Teamschrei!"

Die Frauen bildeten einen Kreis, streckten die Fäuste in der Mitte zusammen und dann rief die Ausbilderin: „Frauen!", und die Gruppe brüllte zurück. „Power!" Dann klatschten alle ein paar Mal in die Hände und jubelten.

„Bis nächste Woche!", verabschiedete sich Alex und winkte freundlich.

„Also, was ist?", fragte Isa, als sie alleine mit Vivian unter der Dusche stand. „Gehen wir noch was trinken?"

„Überredet", antwortete diese spontan. „Ich habe heute so viele erstaunliche Dinge erlebt und erfahren, da kommt es darauf auch nicht mehr an."

„Gute Entscheidung", kommentierte Isa und drehte ihre Dusche auf eiskalt.

„Waaaah!", kreischte Vivian, die ein paar Spritzer abbekommen hatte. „Bist du wahnsinnig?"

„Frag lieber nicht meine Freunde, die würden ja sagen", grinste Isa und schloss den Wasserhahn. „Komm, beeilen wir uns. Ich habe Durst!"

Zehn Minuten später saßen die beiden Frauen bei großen Apfelschorlen in der gegenüberliegenden Gaststätte. Sie hatten einen Tisch etwas abseits in der Ecke gewählt und waren so für sich.

„Ah, das tut gut!" Isa hatte einen langen Zug genommen und wischte sich recht undamenhaft mit dem Handrücken die Lippen trocken. „Und jetzt möchte ich deine Geschichte hören!"

Vivian spielte mit den Fingern an ihrem Glas herum und schürzte die Lippen.

„Hatte ich überhaupt eingewilligt davon zu erzählen?"

„Na klar", log Isa dreist. „Aber wenn du dich erst noch sammeln musst, kann ich dir die Einzelheiten von meinem Schlüsselerlebnis erzählen." Sie wartete gar nicht erst eine Antwort ab und fuhr fort: „Vor einigen Jahren hatte ich einen etwas seltsamen Freund. Damals fand ich ihn natürlich total interessant. Er leitete Rollenspiele, stand auf S/M und war generell immer anders, als die Gesellschaft erwartete. Tabubrüche gehörten zu seinem Alltag. Er hat mich zum Beispiel mal zu Sex auf dem Friedhof überredet."

Vivian machte ein leicht angewidertes Gesicht.

„Und das hast du gemacht?"

„Ja", entgegnete Isa einfach. „Erst besaß es einen besonderen Thrill, aber am Ende war es einfach Sex im Freien. Egal. Jedenfalls hatte er eine Freundin, die sich für eine Hohepriesterin einer elitären Gruppe hielt. In Wirklichkeit war sie einfach eine Sadistin. Zu der hat er mich einmal geschleppt, weil er meinte, dass Unterwerfung für meine persönliche Entwicklung wichtig wäre."

„Und den Quatsch hast du geglaubt?"

„Ich war jung, naiv und ziemlich geflasht von dem Typen. Ja, ich bin mit ihm zu ihr hingefahren und habe mich anbinden lassen. Erst war es auch noch irgendwie spannend. Sie hat mir heißes Wachs auf die Brust getropft und mich mit einem richtigen Messer rasiert. Dann hat sich mein Freund verkrümelt und sie hat richtig losgelegt. Mit einem Strap-on in XXL. Ihr hat es ganz offensichtlich ziemlichen Spaß gemacht. Für mich war es nur schmerzhaft und erniedrigend."

Isa erzählte die Geschichte relativ beiläufig und scheinbar unbeteiligt. Vivian, die ihr mit offenem Mund zugehört hatte, schüttelte entsetzt den Kopf.

„Das kann doch nicht wahr sein! Was für ein Arsch! Hast du ihn danach wenigstens ordentlich zur Sau gemacht?"

„Dazu kam es nicht. Er war wenig später tot."

Jetzt wusste Vivian gar nicht mehr, was sie denken sollte, denn auch diese Information wurde ganz sachlich übermittelt.

„Tot? Wieso? Ich meine – hast du ihn etwa umgebracht?"

Isa stutzte einen Moment und lachte dann fröhlich.

„Umgebracht wurde er tatsächlich. Auch wenn es wie ein Unfall aussehen sollte. Aber: Nein, ich hatte damit nichts zu tun. Das wäre selbst mir als Reaktion etwas zu drastisch gewesen."

„Wie hast du es geschafft darüber hinwegzukommen?"

Isa legte den Kopf schief und starrte blicklos in die Ferne.

„Auch diese selbsternannte Hohepriesterin wurde umgebracht. Von dem gleichen Kerl. So komisch das klingt, aber das hat mir geholfen. Ich habe es als ausgleichende Gerechtigkeit empfunden und musste mich nicht damit abfinden, dass es mir scheiße geht und die Täter ungeschoren davonkommen, wie es sonst so oft bei Vergewaltigungen läuft. Deshalb konnte ich meinen Frieden mit dieser Erfahrung schließen. Und weil ich danach dafür gesorgt habe, dass mir das nie wieder passieren kann. Ich habe wie verrückt trainiert. Kampfsport, aggressive Techniken, alles. Wenn ich wollte, könnte ich heute einen Angreifer töten."

Vivian runzelte skeptisch die Stirn.

„Keine Angst", fuhr Isa fort und lächelte freundlich, „das würde ich natürlich nie tun. Trotzdem ist das Wissen, dass ich es könnte, gut für mich. Nebenbei bemerkt: Seit ich Kampfsport mache, hat mich noch nie wieder jemand blöd angemacht. Warum nicht? Weil er spürt, dass er bei mir auf

Granit beißen würde. Und deshalb sind solche Kurse, wie der, den du gerade machst, so wichtig."

„Alter Schwede", entfuhr es Vivian. „Deine Story ist ganz schön schwer verdaulich. Aber es freut mich natürlich, dass für dich keine traumatische Erinnerung hängengeblieben ist. Zumindest hat es nicht den Anschein. Kannst du dich denn wieder ohne Vorbehalte auf einen Partner einlassen?"

Isa zuckte die Schultern.

„Bisher hat sich so recht nichts Ernstes ergeben. Aber das scheint mir Zufall zu sein. Wenn der richtige Typ vor mir steht – warum nicht? Wenn er nicht spurt, trete ich ihm halt in die Eier!"

„Dass sich mit der Einstellung nichts Ernstes ergibt, leuchtet mir ein", schmunzelte Vivian. „Ich bin da leider nicht so vorbehaltlos wie du."

„Dann los, rück raus mit deiner Geschichte. Das habe ich nämlich damals auch gelernt. Man muss drüber reden und darf es nicht in sich begraben."

„Na gut." Vivian holte tief Luft. „Ich will es versuchen. Es ist ungefähr zehn Jahre her. Ich war mit einer Freundin unterwegs; wir wollten in eine Dorfdisko, irgendwo in der Heide. Wehldorf oder so, ein echtes Kaff. Aber der Laden war groß und bummvoll."

„Testosteron und Alkohol bis zur Halskrause", nickte Isa verständnisvoll. „Kenne ich auch noch."

„Genau. Der Abend verlief eigentlich ganz nett. Gute Mucke, wir haben getanzt und alle waren gut drauf. Irgendwann war es so voll, dass wir uns aus den Augen verloren hatten. Ich habe meine Freundin überall gesucht und bekam langsam Panik. Dann fiel mir ein, dass sie vielleicht zum Auto gegangen sein könnte."

„Und dann bist du rausgegangen."

„Allerdings. Ihr Wagen stand ziemlich am Rand des Parkplatzes, aber von ihr war nichts zu sehen. Als ich wieder zurück in den Laden wollte, stiegen zwei Typen aus einem aufgemotzten Golf aus. Fahren durfte garantiert keiner mehr von denen. Bevor ich ihnen aus dem Weg gehen konnte, hatten sie mich schon entdeckt."

„Bist du nicht gerannt?"

„Nein, ich dachte ja nicht, dass es so schlimm … sie haben mich erst noch ganz normal angesprochen. Ob ich vielleicht Feuer hätte."

„Das waren ja zwei ganz originelle Kameraden!" Isa rollte die Augen.

„Jedenfalls standen sie dann um mich rum und es gab keinen wirklichen Ausweg mehr. Ihre Sprüche wurden immer anzüglicher und sie haben gefragt, ob wir nicht ein bisschen Spaß haben sollten. Und dann ... haben sie mich an die Seite gezogen, wo ein paar Büsche standen. Ich wollte weglaufen oder schreien, aber sie haben an meinen Haaren gezerrt und behauptet, dass mich hier eh niemand hören würde."

„Und du warst nicht in der Verfassung, noch richtig klar zu denken, stimmt's?"

„Ich war wie paralysiert. Sie haben mich auf die Knie gezwungen und standen um mich herum. Dann haben sie ihre Reißverschlüsse geöffnet und ..." Vivian verstummte. Ihr Gesicht war eine Maske aus Schrecken und Versteinerung.

„Du musstest ihnen einen blasen?", fragte Isa sanft.

Vivian nickte.

„Es war schrecklich. Sie waren wie Tiere. Ich dachte, ich ersticke. Keine Ahnung, wie lange es gedauert hat, aber es kam mir vor wie die halbe Nacht. Vermutlich waren es nur ein paar Minuten. Als ich das Gefühl hatte, nun könnte es wirklich nicht mehr schlimmer werden, da kamen sie nacheinander in meinem Mund. Es war so ekelhaft und widerlich ... ich kann es gar nicht in Worte fassen." Vivian schüttelte sich buchstäblich und sah regelrecht krank aus.

„Schweine!", stellte Isa lakonisch fest. „Wie ging es dann weiter?"

„Sie lachten und machten ihre Hosen wieder zu. Der eine meinte noch, ich wäre gar nicht schlecht gewesen. Dann gingen sie in aller Seelenruhe weg und ließen mich an Ort und Stelle hocken."

„Und dann?"

„Ich habe mich übergeben. Immer und immer wieder. Vermutlich wollte ich auch gar nicht aufhören. Dieser ganze Schmutz sollte raus aus meinem Körper. Irgendwann hatte ich keine Kraft mehr. Dann habe ich mich zu unserem Auto geschleppt. Die ersten Meter bin ich gekrochen, so schlapp habe ich mich gefühlt. Nach einer endlosen Zeit erschien schließlich meine Freundin. Mein Gott, war ich froh sie zu sehen!"

„Was hast du ihr erzählt?"

Vivian senkte den Blick und spielte verlegen mit ihrem Bierdeckel. Nach einer längeren Pause erklärte sie tonlos: „Ich hätte wohl einen Drink zu viel gehabt und mir wäre schlecht geworden. Deshalb wäre ich zum Auto gegangen. Und ob sie mich nach Hause fahren könnte."

Isa nickte verständnisvoll.

„Du hast dich geschämt, richtig? Und hast dir selbst die Schuld gegeben. Zumindest teilweise. Stimmt doch, oder?"

Langsam hob sie den Blick. Ungläubiges Staunen stand in Vivians Augen.

„Du verstehst mich?"

„Natürlich verstehe ich dich. Du musstest so reagieren. Allerdings wird dein Verhalten deshalb nicht richtiger."

„Aber was hätte ich denn machen sollen?"

„Kennzeichen aufschreiben, Polizei anrufen, Anzeige erstatten", zählte Isa auf.

„Die hätten mir doch niemals geglaubt! Die zwei Typen hätten behauptet, dass ich freiwillig mitgemacht hätte und meine Aussage … tja, zwei gegen eine."

„Mag sein, dass die Beweisführung schwierig gewesen wäre. Aber deine Freundin hätte ausgesagt, wie sie dich vorgefunden hat und wer weiß – vielleicht hätten sich dann auch andere Frauen gemeldet. Wie groß schätzt du die Möglichkeit ein, dass das ein Einzelfall war?"

Vivian sagte nichts.

„Das ist aber völlig egal", fuhr Isa fort, „denn es geht mehr darum, was du tun kannst, damit es erst gar nicht dazu kommt. Und mit diesem Kurs bist du auf einem sehr guten und richtigen Weg."

„Das mag stimmen. Aber ich ertappe mich immer wieder dabei, dass ich in eine Art Starre verfalle, wenn ich in eine Situation gerate, in der ich an das damalige Erlebnis erinnert werde."

„Gerade deshalb musst du weiter üben. Und es schadet auch nicht, sich mit dem Vorfall so lange zu beschäftigen, bis man ihn wirklich verarbeitet hat. Sonja hat mir damals den Kontakt zu einem Psychologen verschafft, der mir ziemlich geholfen hat. Vielleicht wäre das auch ein Ansprechpartner für dich. Auf jeden Fall war es gut, dass du überhaupt davon erzählt hast. Empfindest du das auch so?" Isa konnte manchmal auch sehr einfühlsam sein.

„Ich denke schon, ja", antwortete Vivian langsam. Wobei es sehr geholfen hat, dass du quasi eine Leidensgenossin bist. Wenn du nicht zuerst deine Geschichte erzählt hättest ..."

„Wie es dazu gekommen ist, ist wurscht. Hauptsache, dass du es einmal losgeworden bist. Das bedeutet, dass du anderen Frauen damit Mut machen kannst, ihre verdrängten Erlebnisse ebenfalls zu offenbaren. Deshalb würde ich dich auch bitten, dass du deine Erzählung für meinen Film wiederholst."

Vivian hob abwehrend die Hände und wollte protestieren.

„Warte! Ich weiß, dass es dir im Moment unvorstellbar erscheint. Aber ich bitte dich, eine Nacht darüber zu schlafen, bevor du nein sagst. Es wäre wirklich wichtig für all die anderen Frauen da draußen, die das Gleiche erlebt haben wie du. Und außerdem kann ich dich anonymisieren, wenn du es möchtest. Wir zeigen dich nur von hinten oder im Gegenlicht oder immer nur ein Auge oder den Mundwinkel in Großaufnahme. Zur Not verfremden wir sogar deine Stimme. Tu mir den Gefallen und denk in Ruhe drüber nach! Ich glaube, dass es nicht nur ein Signal für die Zuschauerinnen ist, sondern dich auch persönlich weiterbringen kann."

Isa lehnte sich zurück und beobachtete die Wirkung ihrer drängenden Rede. Ihr Gegenüber wirkte immer noch ablehnend, aber auch nachdenklich. Sie hatte ihre Arbeit als Journalistin erledigt. Jetzt konnte sie nur noch hoffen, dass die Entscheidung positiv ausfallen würde.

„Okay, ich denke drüber nach. Versprochen!"

„Prima. Ruf mich morgen an, wenn du dich entschieden hast." Isa zückte voller Stolz eine ihrer nagelneuen Visitenkarten mit dem Logo von "KM". Als ständige freie Mitarbeiterin durfte sie diese einsetzen und fühlte sich prächtig dabei. „Am besten auf dem Handy. Ich freu' mich auf deinen Anruf."

„Du nimmst deinen Beruf ziemlich ernst, oder?"

„Wenn ich ehrlich bin, ist es noch gar nicht richtig mein Beruf." Isa erzählte von ihrem bisherigen Werdegang und gab zu dass sie noch keine richtige Ausbildung hinter sich hatte.

„Hey, dafür machst du das ganz schön gut!", lobte Vivian. „Außerdem erlebst du bestimmt eine Menge spannender Sachen."

„Danke! Ja, langweilig ist der Job nicht. Deswegen will ich auch unbedingt mein Volontariat machen. Danach steht mir dann die ganze Branche offen. Ich würde gern dazu beitragen Dinge zu bewegen. Was machst du denn?"

Vivian schmunzelte.

„Im Vergleich zu dir vermutlich todlangweilige Sachen. Ich arbeite in einer Bank."

„Och, Wirtschaftskriminalität ist auch spannend."

„Genau genommen ist das aber nicht unsere Kernkompetenz", lachte Vivian.

„Wollen wir's hoffen!", fügte Isa hinzu und stimmte in das fröhliche Gelächter ein.

Der Mann, der im Dunkeln vor dem Lokal ausharrte und dessen Blick nicht von dem Zweiertisch wich, registrierte, dass sich die Frauen offenbar sehr angeregt unterhielten. Gegen gelegentliche Treffen mit einer Freundin war natürlich nichts einzuwenden, sofern sie nicht überhandnahmen. Der erste Platz einer Frau hingegen befand sich an der Seite ihres Mannes. Aber er war sich sehr sicher, dass Vivian ihm da innerhalb kürzester Zeit beipflichten würde.

Das war einfach der natürliche Lauf der Dinge.

Diesen Gesetzmäßigkeiten konnte sich niemand auf Dauer entziehen.

Nicht ohne Folgen.

„Es war ein schöner Abend und es hat Spaß gemacht, sich mit dir zu unterhalten! Aber jetzt muss ich langsam nach Hause. Ich bin doch ein bisschen erledigt, merke ich gerade." Vivian trank den Rest ihrer Apfelschorle und winkte dem Kellner.

„Ich fand es auch schön", stellte Isa fest und kramte in ihrer Tasche nach Geld. „Und denk drüber nach, worüber wir gesprochen haben. Du wärst wirklich eine wunderbare Protagonistin für meinen Film."

„Schon gut, schon gut, ich hab's ja verstanden. Du bist wirklich sehr hartnäckig. Aber vielleicht ist das auch ganz gut so."

„Zusammen", erklärte Isa dem herbeigeeilten Kellner und griff nach der Rechnung.

„Danke, aber das wäre doch nicht nötig gewesen!"

„Schon klar. Aber du bist mein erstes Infogespräch", grinste Isa breit. „Ich setze dich auf Kosten der Firma ab, ha! Das Gefühl wollte ich schon immer mal kennenlernen."

„Trotzdem danke!" Vivian lächelte fröhlich und zog ihre Jacke an. „Soll ich dich mitnehmen?"

„Nein, danke. Mein Auto steht drüben auf dem Parkstreifen."

„Meins auch! Dann gehen wir halt zusammen. Ist ja auch sicherer, bei der Dunkelheit."

„Gut, dass du Scherze drüber machen kannst. Das ist der erste Schritt", betonte Isa und hielt die Kneipentür auf. „Nach dir!"

Auf ihrem Weg über die Straße begegnete den Frauen niemand. Die Gestalt, die eben noch durch das Fenster des Lokals gestarrt hatte, war verschwunden. Ein leichter Nieselregen hatte eingesetzt und die Straßenlampen zierten kleine Heiligenscheine.

* * *

Als er den Schlüssel im Schloss der Wohnungstür hörte, stand Michael Staller aus seinem Sessel auf und beschloss sich in der Küche einen Apfel zu holen. Dass er dabei durch den Flur musste und die Ankunft seiner Tochter beobachten konnte, war ein angenehmer Nebenaspekt.

„Hallo Kati!"

Sie kam allein.

„Tag Paps!" Ihr Rucksack hing lässig über einer Schulter und ihre Wangen waren von der Kälte draußen gerötet. „Wie war dein Tag?"

„Ich hatte schon spannendere und erfolgreichere. Die Suche nach einer Nadel im Heuhaufen ist weder aufregend noch motivierend. Aber sie muss ja trotzdem erledigt werden." Er gähnte. „Und bei dir?"

„Wie immer. Ich war an der Uni, hab mich mit Freunden getroffen und war beim Sprachkurs." Kati engagierte sich in der Flüchtlingsarbeit und versuchte den Neuankömmlingen die Grundbegriffe der deutschen Sprache nahezubringen. Diese Arbeit hatte sie auch dazu bewogen ein Lehramtsstudium zu beginnen. Ihre offene Art, ihre Neugier und ihre Fähigkeit auf andere Menschen einzugehen waren gute Voraussetzungen für ihre Zukunft als Lehrerin.

„Was deinen Besuch von gestern angeht ", begann Staller, der seinen Appetit auf einen Apfel vergessen hatte.

„Gut, dass du es erwähnst", unterbrach ihn seine Tochter. „Was hast du mit Max gemacht? Ihm eine Flinte unter die Nase gehalten oder so etwas?"

„Wie bitte?", stammelte Staller. „Ich habe natürlich nichts dergleichen getan. Wir sind uns auf dem Weg ins Bad in die Quere gekommen, das war alles."

„Der arme Kerl war völlig eingeschüchtert und hat sich praktisch nicht allein aus meinem Zimmer getraut. Wahrscheinlich hast du ihn angeschaut, als ob er mich entführen wollte."

„Wohl kaum. Schließlich ist er ja schwul!"

„Ach ja? Woher weißt du denn das?"

Staller erkannte seinen Fehler und bemühte sich zurückzurudern.

„Er wirkte so auf mich. Nur eine Vermutung. Ist er's?"

„Geht dich das etwas an?" Kati musterte ihn misstrauisch.

„Äh, nein. Natürlich nicht. Entschuldige bitte. Möchtest du auch einen Apfel? Ich wollte mir gerade einen holen." Seine ursprüngliche Absicht half ihm, elegant das Thema zu wechseln.

„Glaub ja nicht, dass ich das nicht merke!" Sie drohte ihm spielerisch mit der Faust.

„Was denn?" Er konnte unschuldig gucken wie ein Hundewelpe zwischen den Fetzen eines zerbissenen Kissens.

„Dass du ablenken willst! Aber ich nehme gerne einen."

„Was?"

„Einen Apfel! Und hör auf so treudoof zu gucken!"

Während er in die Küche ging, zog sie ihre Stiefel aus und hängte ihre Jacke an die Garderobe. Dann ging sie ins Wohnzimmer und nahm auf dem Sofa Platz, wo sie die Füße unter sich auf den Sitz zog.

„Bitte sehr." Staller kam aus der Küche und reichte ihr das Obst.

„Danke!" Sie biss kräftig hinein, kaute eine Weile und erklärte dann: „Max ist ein Unikollege. Er hat gerade ein bisschen Beziehungsstress und brauchte jemanden zum Reden."

„Und zum Übernachten", entfuhr es ihrem Vater.

Sie furchte die Stirn und hob theatralisch die Arme.

„Väter von Töchtern! Sie können einfach nicht loslassen!" Dann ergänzte sie etwas weniger dramatisch: „Er lebt mit seinem Freund zusammen und brauchte mal ein wenig Abstand. Da ist nichts zwischen uns. Aber selbst wenn – ich wäre dir dankbar, wenn du meine Freunde nicht wegbeißen würdest."

Staller, der gerade ein gewaltiges Stück Apfel zwischen die Zähne genommen hatte, beschränkte sich für einen Moment auf zerknirschtes Gucken. Als er wieder reden konnte, erwiderte er: „Tut mir leid. Ich war einfach überrumpelt. Und als er da so vor mir stand, in seiner … recht eigenartigen Unterhose, da sind die Pferde wohl ein bisschen mit mir durchgegangen."

Kati musste lachen.

„Ja, seine Boxer sind in der Tat gewöhnungsbedürftig. Aber sonst ist er ein feiner Kerl."

„Amen", bestätigte ihr Vater. „Alles wieder gut?"

„Ja, ja. Wie geht es übrigens Sonja?"

Er kniff skeptisch die Augen zusammen.

„Ist das deine Form von Retourkutsche?"

„Aber nicht doch!" Sie konnte ebenfalls gucken wie die Unschuld vom Lande. „Das ist eine Frage aus rein menschlichem Interesse heraus!"

* * *

Um zwei Uhr morgens herrschte auch im sonst so pulsierenden Eimsbüttel ziemliche Ruhe. Selbst der tagsüber omnipräsente Strom von Autos tröpfelte nur noch dahin. In den kleinen Wohnstraßen abseits der Hauptverkehrsadern herrschte geradezu gespenstische Stille. Die Straßenlampen warfen müde Kegel auf die schmalen Wege und die Fenster der Wohnungen waren schwarze Löcher, die ins Nichts wiesen. Kein Nachtschwärmer, der heiter schwankend den Heimweg um einige Schlangenlinien verlängerte, kein schlafloser Rentner, der seinen übermüdeten Hund zu einer Extra-Runde Gassi zwang.

Die einzige Person, die sich derzeit in der Straße Am Weiher aufhielt, war selbst für das aufmerksame Auge nicht zu bemerken, denn sie verschmolz dunkel gekleidet mit dem dicken Baumstamm gegenüber der Hausnummer 31. Der Mann beobachtete seine Umgebung genau und ließ dabei keinerlei Zeichen von Unruhe erkennen. Der kalte Nieselregen störte ihn nicht, im Gegenteil: Er sorgte zusätzlich dafür, dass die Straße menschenleer blieb.

Nach einem letzten Blick in die Runde löste sich die Gestalt von dem Baum und überquerte die Straße ohne übermäßige Eile. Das Gesicht von der breiten Krempe seiner Kapuze beschattet und wegen des Regens gesenkt, sprang der Mann leichtfüßig auf unhörbaren Gummisohlen die Treppenstufen zum Hauseingang hinauf. In der Hand hielt er bereits den Schlüssel, den er zielgerichtet ins Schloss stieß. Geräuschlos öffnete sich die Tür und der Mann verschwand im Flur.

Vor der Wohnungstür mit dem Schild "M.u.M. Wahlberg" verharrte er für einen Moment und lauschte. Irgendwo knackte ein Holzbalken und ein fast unhörbares Rauschen kam vermutlich aus den Heizungsrohren. Ansonsten lag die nächtliche Stille wie ein Leichentuch über dem Haus.

Abermals steckte der Mann den Schlüssel ins Schloss und sperrte die Tür auf. Er betrat die Diele der Wohnung und drückte die Tür unhörbar wieder zu. Dann bewegte er sich katzengleich durch die Wohnung, die dank der Straßenbeleuchtung von draußen nicht vollständig dunkel war. Trotzdem waren die Möbelstücke und Türen nur schemenhaft zu erkennen.

Wo war der richtige Ort für sein Vorhaben? Darüber hatte er sich noch keine Gedanken gemacht. Er trat an die offene Wohnzimmertür und ließ seinen Blick in die Runde schweifen. Hier war die Sicht ein wenig besser, da die großen Fenster zur Straße hin lagen. Der Raum war groß, vollgestellt und ein bisschen unübersichtlich. Unmerklich schüttelte der Mann den Kopf. Nein, das war nicht der richtige Ort.

Die angelehnte Tür zum Kinderzimmer schob er nur ein kleines Stück auf, bis er sah, dass die Frau vollständig bekleidet und mit angezogenen Beinen in dem Kinderbett lag und schlief. Die Haare waren ihr ins Gesicht gefallen, sodass man nur erahnen konnte, dass ihr Make-up vom Weinen verlaufen war. Aber ihr lautes Atmen verriet die aus dem gleichen Grund verstopfte Nase. Er betrachtete sie mitleidig. Es ging ihr offensichtlich nicht gut. Ein Wunder war das natürlich nicht.

Am Ende befand er, dass die große Kochinsel in der Mitte der Küche der beste Ort war. Blitzsauber und aufgeräumt stand sie wie ein trotziger Block inmitten des Raumes und forderte die sofortige Aufmerksamkeit des Betrachters. Wer immer die Küche betrat – er oder sie würde gar nicht anders können, als wahrzunehmen, was er dort deponieren wollte. Geschmeidig griff der Mann in seine Jacke und zog einen Plastikbeutel hervor. Mit behandschuhten Fingern zog er die Öffnung auseinander und schüttelte den Inhalt auf die Arbeitsfläche. Dann steckte er zunächst die Tüte wieder sorgfältig ein, bevor er die Gegenstände seinen Wünschen entsprechend anordnete. Er trat sogar zurück, um die Wirkung zu ergründen und arrangierte das Ensemble danach noch einmal um. So war es gut.

Zufrieden mit dem Erreichten zog er sich in die Diele zurück und öffnete die Wohnungstür. Plötzlich verharrte er in der Bewegung und dachte einen Moment nach. Es war doch noch nicht ganz richtig. Er schlich zurück zur Küche und schaltete das Deckenlicht ein. Die LED-Strahler erfüllten den Raum mit einer Helligkeit, die ihn im ersten Moment blendete. Er ließ es trotzdem so, denn durch die nur halb geöffnete Küchentür drang lediglich ein Teil des Lichts in den Flur.

Dieses Mal verließ er die Wohnung, ohne zu zögern. Aber anstatt den Schlüssel von außen aufzustecken und die Tür leise zu schließen, zog er sie mit einem festen Ruck zu. Dabei entstand ein Geräusch, das die Stille des Hausflurs wie ein rollender Donner zerriss, denn das Türblatt war groß, dick und aus massivem Holz. Ihm konnte es egal sein, ob jemand davon wach wurde. Bis dieser Mensch – wenn überhaupt! - aufgestanden und ans Fenster gegangen wäre, war er längst verschwunden. Er eilte mit sicheren Schritten die Treppe hinab, verließ das Haus, ohne sich umzublicken, und verschwand in der Nacht.

Marion Wahlberg registrierte mit Unbehagen, dass der Arm, den sie unter ihren Kopf geschoben hatte, eingeschlafen war. Aber das hatte sie nicht geweckt. Es musste ein Geräusch gewesen sein. Wo mochte es hergekommen sein? War es Markus? Gab es vielleicht Neuigkeiten von Laura?

Eben erst aufgewacht, lief ihre Gedankenmaschinerie sofort auf Hochtouren. Mit einem Seufzen setzte sie sich auf und schaltete die Nachttischlampe ein. Es war keine gute Idee gewesen, in diesem viel zu kleinen Bett liegenzubleiben. Aber jetzt würde sie sowieso nicht gleich wieder einschlafen können. Zu viele Dinge kreisten in ihrem überlasteten Hirn. Am besten stand sie auf und machte sich eine warme Milch. Vielleicht konnte dieses alte Hausmittel sie ein bisschen beruhigen. Denn ohne Schlaf würde der nächste Tag noch unerträglicher werden als der vergangene. Ein Blick auf die Uhr verriet ihr, dass sie immerhin etwas über eine Stunde geschlafen haben mochte. Dafür konnte sie schon dankbar sein.

Sie streckte sich und hörte, wie es in ihrer Wirbelsäule knackte. Wenn Laura sich morgens reckte, klang das nicht so. Ob das eine Frage des Alters war? Dafür bekam ihre Tochter morgens die Augen kaum auf und blickte minutenlang durch schmale Sehschlitze, die ihr ein leicht asiatisches Aussehen verliehen und zum Niederknien niedlich aussahen. Ob sie wohl gerade friedlich schlief? Oder …?

Bevor ihr erneut die Tränen kamen, stand sie energisch auf. Sie musste diesen Gedanken ein Ende machen oder sie würde nie mehr zur Ruhe kommen. Die warme Milch! Sie trat auf Socken in den Flur und wollte nach dem Lichtschalter tasten. Nanu? Hatte sie vergessen in der Küche das Licht zu löschen? Überrascht näherte sie sich dem Lichtschein. Sie drückte gegen die halb geöffnete Tür und trat auf die Schwelle. Dabei fiel ihr Blick automatisch auf die große Kochinsel. Normalerweise bestand diese aus einer freien, sauberen Fläche, bereit, sofort jede kulinarische Herausforderung anzunehmen. Aber jetzt lag dort etwas. Und sie hatte keinerlei Schwierigkeiten das Gesehene zu identifizieren. Ihr Puls begann zu jagen. Sie merkte nicht, dass ihre Augen fast aus den Höhlen zu treten schienen und ihre Atemfrequenz sich vervierfachte. Während ein Schmerz sich wie ein Alb auf ihre Brust zu legen schien, versagten ihre Beine langsam den Dienst. Sie sank auf die Knie, verlor aber das Arrangement auf der Kochinsel nicht aus den Augen. Ihr Verstand lehnte es ab, aus dem, was ihm die Augen meldeten, vernünftige Schlüsse zu ziehen. Für einen Moment hatte sie die Befürchtung, dass sie wahnsinnig werden würde.

Dann riss sie den Mund weit auf und sog Sauerstoff in sich hinein, als ob sie von einem langen Tauchgang gerade an die Oberfläche des Wassers gekommen wäre. Sauerstoff, der es ihrem Hirn ermöglichen würde normal zu funktionieren. Sauerstoff, der ihre Muskeln in die Lage versetzen würde ihre Gliedmaßen zu kontrollieren. Sauerstoff, das grundsätzliche Elixier menschlicher Existenz.

Am Ende war es aber nur Luft, die sie in einem markerschütternden Schrei gleich wieder ausstieß. Und als der schrille Klang in den hohen Räumen der Altbauwohnung verebbt war, endete die zu schwer geprüfte Widerstandsfähigkeit von Lauras Mutter. Anmutig sank sie zu Boden und gnädige Schwärze umfing sie.

„Marion? He, Marion, wach auf!"

Eine Hand, nicht eben sanft, in ihrem Gesicht. Das irritierende Gefühl etwas verpasst zu haben. Leichte Desorientierung und etliche Fragen. Zum Beispiel, warum sie so komisch dalag? Ihre Unterschenkel ruhten auf einem Küchenstuhl. Der harte Holzfußboden war unbequem für ihren Rücken, einzelne Wirbel wurden unangenehm gedrückt. Jetzt durchfuhr sie zu allem Überfluss noch Eiseskälte, als ob sie mit dem Gesicht direkt in eine Schneewehe gefallen wäre. Hustend versuchte sie gegen diesen Zustand zu protestieren und gewann dabei den Überblick über ihre Lage zurück.

„Was soll das, warum machst du das?", fuhr sie ihren Ehemann an, der mit einem nasskalten Lappen über ihre Wangen wischte. Sie packte seine Hand und zerrte sie fort.

„Du warst ohnmächtig", erklärte er sanft und warf den Lappen geschickt ins Spülbecken. „Geht es wieder?"

„Ohnmächtig", wiederholte sie langsam. Es klang nicht wie eine Frage. Stückweise kehrte die Erinnerung zurück. Sie war aufgewacht, in die Küche gegangen und dort, auf der Kochinsel …

Mit einem Ruck richtete sie sich auf und stieß dabei den Küchenstuhl um, der mit einem lauten Krachen auf die Dielen fiel. „Hast du gesehen, neben dem Kochfeld "

„Liegen Lauras Handschuhe und eines ihrer Mandalas, ja. Warum hast du diese Sachen dort hingelegt?"

„Aber das habe ich doch nicht! Das sind die Handschuhe, die sie an dem Tag anhatte, als sie … verschwand." Es fiel ihr immer noch schwer, von Kidnapping zu sprechen.

„Bist du sicher?" Seine Stimme klang zweifelnd. „Ich meine, sie hatte doch mehrere solcher roter Paare. Und von diesen Mandalas muss es Dutzende geben."

„Das weiß ich doch!" Sie wurde ärgerlich. Warum musste er immer alles erst hinterfragen? Konnte er ihr nicht ein einziges Mal einfach Glauben schenken? „Aber wenn ich die Sachen dort hingelegt hätte, dann würde ich mich ja wohl daran erinnern, oder?"

Er zögerte.

„Nun nicht unbedingt. Du bist in einer derartigen Ausnahmesituation, dass dein Gehirn ..."

„Nicht mehr richtig funktioniert? Willst du das sagen?" Die Worte klangen bösartig aus ihrem Mund.

„Nein, natürlich nicht. Aber extremer emotionaler Stress bewirkt manchmal ..."

„Dass man sich Dinge einbildet?"

„Zum Beispiel, ja!"

„Markus, ich habe in Lauras Bett gelegen und war eingenickt. Ein Geräusch hat mich geweckt. Ich ging in die Küche, weil ich mir eine warme Milch machen wollte. Schon im Flur konnte ich erkennen, dass das Küchenlicht brannte. Das hatte ich allerdings mit Sicherheit ausgemacht, als ich in Lauras Zimmer gegangen war. In der Tür fiel mein Blick dann auf die Kochinsel und da lagen die Handschuhe und das Bild. Und zwar so, dass man die Sachen sofort sehen musste, die Handschuhe übereinander und das Bild aufrecht daran gelehnt." Sie sprach ruhig, aber bestimmt.

Er rieb sich mit der Hand das inzwischen leicht stoppelige Kinn, was ein leises Kratzgeräusch hervorrief.

„Angenommen das stimmt, was du da sagst ..."

„Natürlich stimmt es!" Der Ärger in ihrer Stimme war schwer zu überhören.

„Schön. Aber wie ist derjenige, der die Sachen dort deponiert hat, dann hier hereingekommen?"

Marion Wahlberg öffnete den Mund, um zu antworten, stellte aber fest, dass sie keine Ahnung hatte. Also schloss sie ihn zunächst wieder und dachte nach. Dann zuckte sie die Schultern und flüsterte: „Weiß nicht. Aber es muss ja irgendwie passiert sein."

Eine Idee hatte er noch.

„Wäre es möglich, dass du geschlafwandelt bist? Vielleicht hast du die Sachen aus ihrem Schrank und dem Schreibtisch geholt, dort hingelegt und bist dann aufgewacht, hast dich erschreckt und deshalb geschrien?"

Sie schüttelte vehement den Kopf.

„Ich habe dir doch gesagt, dass das genau die Handschuhe sind, die sie an dem Tag trug. Ich erkenne sie an dem schmalen Bündchen mit dem dunkelblauen Muster. Die anderen, die sie besitzt, haben breite Bündchen im gleichen Rot wie die ganzen Handschuhe."

„Warte mal."

Er erhob sich ächzend aus der hockenden Position, in der er die ganze Zeit verharrt hatte, und ging in den Flur. Dann öffnete er die Wohnungstür und suchte Schloss und Rahmen sorgfältig ab. Er nahm sogar eine Taschenlampe von der kleinen Anrichte und leuchtete in das Schloss hinein. Allerdings brachte ihm auch diese Aktion keine neuen Erkenntnisse. Ratlos kehrte er in die Küche zurück.

„An der Tür sind für mich keinerlei Einbruchsspuren zu erkennen. Keine Kratzer am Schloss, keine Beschädigungen am Holz – nichts! Wenn also wirklich jemand die Sachen gebracht hat, hat er dann einen Schlüssel gehabt? Stand die Tür vielleicht versehentlich offen? Ist er durchs Fenster eingestiegen? Ich kann mir die Sache einfach nicht erklären!"

„Was weiß ich, man kann Schnappschlösser doch irgendwie mit Kreditkarten öffnen. Oder mit diesen komischen Geräten, die man ins Schloss steckt und die dann surren und dann geht die Tür auf!" Sie bezog ihre Kenntnisse über Einbrüche ausschließlich aus dem "Tatort", aber sie neigte wie viele Menschen dazu, öffentlich-rechtliches Fernsehen für glaubwürdig zu halten.

„Wenn du wirklich ganz sicher bist, was die Handschuhe angeht, dann müssen wir die Polizei rufen. Die Spurensicherung findet sicherlich mehr heraus als ich mit der Taschenlampe und du mit deiner Krimierfahrung."

„Jetzt, mitten in der Nacht?"

„Natürlich! Das ist ihr Job. Außerdem hat mir der Kommissar gesagt, dass ich ihn jederzeit anrufen soll, wenn irgendein Hinweis auf Laura auftaucht. Wo habe ich denn nur seine Karte?" Er blickte sich suchend um und wurde an einer Pinnwand fündig, die neben dem Kühlschrank an der Wand hing. „Beweg dich so wenig wie möglich!", riet er seiner Frau, während er die Nummer eintippte.

„Mir geht es wieder gut, wirklich!"

„Nicht deswegen. Du könntest irgendwelche Spuren verwischen!"

Das leuchtete ihr ein. Sie hob lediglich den umgefallenen Stuhl wieder auf und setzte sich drauf. Im Unterbewusstsein nahm sie wahr, dass ihr Mann nicht nur ein, sondern zwei Telefonate führte. Als er schließlich auflegte, flüsterte sie ihm abwesend zu: „Was will der Entführer damit bewirken? Geht es ihm doch um Geld?"

„Marion, das kann kein Mensch sagen. Wir müssen abwarten, ob die Polizei irgendetwas herausfindet."

„Wen hast du eigentlich noch angerufen? Immerhin ist es drei Uhr nachts."

„Michael Staller von "KM". Er hatte mir ebenfalls angeboten ihn jederzeit zu benachrichtigen, falls ich etwas von den Entführern höre."

„Die Presse? Hältst du das für eine gute Idee? Ich habe wenig Lust, mich zu alledem auch noch mit irgendwelchen Reportern rumzuschlagen."

„Staller ist in Ordnung. Sein Magazin hat die Fahndung nach Laura ausgestrahlt und er hat es anstandslos akzeptiert, dass wir in dem Beitrag nicht erwähnt werden wollen. Er wird nichts tun, was wir nicht wollen. Aber er ist ein kluger Kopf und besitzt große Erfahrung. Vielleicht kann er uns helfen."

„Ich werde auf keinen Fall mit ihm reden!"

„Das musst du doch auch nicht. Ich möchte einfach alle Möglichkeiten ausschöpfen. Mir geht Lauras Verschwinden doch genauso nahe wie dir." Er warf ihr einen ernsten, aber freundlichen Blick zu.

Sie schaute gar nicht erst hoch, sondern hob in einer hilflosen Geste die Handflächen und streckte sie ihm entgegen. „Mir egal, du machst vermutlich eh, was du willst." Dann ließ sie die Hände wieder auf ihre Schenkel fallen. Zu Verzweiflung und Hilflosigkeit kam jetzt auch noch Distanz ihrem Mann gegenüber hinzu. Marion Wahlberg war in diesem Moment eine sehr einsame Frau. Schweigen senkte sich über die Küche, unterbrochen nur von dem regelmäßigen Ticken einer altmodischen, analogen Wanduhr.

Zwanzig Minuten später ging es Schlag auf Schlag.

Zuerst traf Mike ein, der Sonja im Schlepptau hatte. Dieser Schachzug erwies sich als überaus clever, denn nachdem Dr. Wahlberg kurz die Situation geschildert hatte, zog die Moderatorin die verstörte Frau kurzerhand ins Wohnzimmer und ordnete an, dass einer der Männer Tee machen sollte. Da der Wasserkocher neben der Spüle auf einer Arbeitsfläche stand und somit weit von der Kochinsel entfernt war, schien es unwahrscheinlich, dass dadurch irgendwelche Spuren zerstört werden konnten.

Kaum hatte Wahlberg die beiden Tassen mit Kräutertee gefüllt und ins Wohnzimmer gebracht, klingelte es erneut. Kommissar Bombach sah man an, dass er direkt aus dem Bett kam, denn sein Haar wirkte verstrubbelt und seine Augen waren eindeutig kleiner als sonst. Er nahm überraschend gelassen die Anwesenheit von Mike und Sonja zur Kenntnis, fragte sich aber insgeheim neidisch, wie es möglich war, dass die Moderatorin aussah, als ob sie gerade acht Stunden geschlafen hätte. Er beorderte alle Anwesenden ins Wohnzimmer und übernahm gleich die Regie.

„Bitte schildern Sie noch einmal genau, was passiert ist", bat er Dr. Wahlberg eindringlich.

„Gern. Ich wurde gegen halb drei durch einen lauten Schrei geweckt. Ich dachte natürlich gleich an meine Frau und zog mich schnell an, um hinunterzulaufen und nach ihr zu sehen."

Staller hob den Kopf und sah verwirrt aus. Aber bevor er fragen konnte, lieferte Wahlberg die Erklärung nach.

„Die Wohnung über unserer gehört uns ebenfalls. Ich benutze sie überwiegend als Praxis, verfüge aber auch über zwei private Räume darin, einer davon ist ein Schlafzimmer."

„Okay, Sie kamen also nach unten. War die Tür verschlossen?" Bombach war mehr an den aktuellen Ereignissen interessiert als an den Gepflogenheiten des Ehepaars.

„Verschlossen, aber nicht abgeschlossen. Ich öffnete mit meinem Schlüssel, sah Licht in der Küche und fand meine Frau ohnmächtig auf dem Boden liegen. Ich lagerte ihre Beine hoch und holte einen kalten Lappen. Nach kurzer Zeit erlangte sie dann das Bewusstsein zurück."

„Hast du mir eigentlich ins Gesicht geschlagen?", wollte Marion wissen.

„Geschlagen ist vielleicht zu viel gesagt. Ich musste dich ja irgendwie wach kriegen. Das gelang dann auch recht zügig." Er wandte sich wieder dem Kommissar zu. „Meine Frau war zunächst einige Augenblicke desorientiert und erzählte mir dann die Geschichte, die dazu führte, dass ich Sie angerufen habe."

„Danke. Dann würde ich diesen Teil gerne von Ihnen hören, Frau Wahlberg."

Sie umklammerte ihre Teetasse wie ein Ertrinkender den Rettungsring.

„Ich habe im Bett meiner Tochter gelegen und geschlafen. Plötzlich wurde ich wach, weil ich etwas gehört hatte. Ein Poltern. Aber ich wusste nicht, woher das Geräusch kam."

„Könnte es eine zugezogene Tür gewesen sein?", fragte Staller dazwischen.

Marion drehte langsam den Kopf zu ihm und schien zu überlegen. Dann hellte sich ihr Gesicht plötzlich auf.

„Ja, gut möglich! Jedenfalls ging ich in die Küche, wo seltsamerweise das Licht brannte. Dann fielen mir sofort die Handschuhe und das Bild auf der Kochinsel auf. Ich wollte dort hingehen, glaube ich. Aber dann bin ich wohl ohnmächtig geworden. Und erst wieder zu mir gekommen, als mein Mann mich so unsanft angepackt hat." Sie warf ihm einen verärgerten Blick zu. Er sah aus, als ob er etwas sagen wollte, schwieg dann aber doch.

„Und Sie sind sich sicher, dass das die Handschuhe waren, die Laura bei ihrem Verschwinden getragen hat", wollte Bombach wissen.

Sie nickte.

„Ganz sicher!"

„Die Tür war ganz bestimmt nicht angelehnt oder offen?"

„Auf keinen Fall."

„Tja, dann packen wir mal das große Besteck aus. Ich informiere die Spurensicherung. Dass mir bitte niemand unnötig den Raum verlässt oder irgendetwas anfasst!"

Mit diesen Worten zückte er sein Telefon und wandte sich ab. Er murmelte einige Anweisungen und steckte das Handy danach wieder weg.

„Wenn das der Entführer war", meldete sich Marion Wahlberg wieder zu Wort, „und der muss es ja wohl gewesen sein, denn wie würde man sonst die Handschuhe erklären - was will der Mann damit bewirken? Ich verstehe das einfach nicht!"

Bombach zuckte die Achseln.

„Sie haben doch den Experten im Haus. Fragen Sie Ihren Mann! Wenn einer eine Erklärung weiß, dann vermutlich er."

Dr. Wahlberg atmete tief durch.

„Es wäre schön, wenn wir die Menschen immer begreifen würden. Aber es ist schon schwer genug zu urteilen, wenn man den Betreffenden kennt. Jetzt einfach aufgrund einer einzelnen Handlung die Motive eines Unbekannten zu erklären, das ist auch für einen Psychologen nahezu unmöglich."

„Rede doch nicht so geschwollen drumrum! Es muss doch irgendetwas geben ..." Ihre Stimme brach.

„Ich verstehe ja, dass Sie kein psychologisches Profil des Täters erstellen können. Für den Moment wäre ich auch schon über eine reine Spekulation dankbar. Mir geht es nämlich wie Ihrer Frau: Ich tappe vollständig im Dunkeln. Was bringt einen Entführer dazu, sich bei den Angehörigen seines Opfers einzuschleichen und Spuren zu hinterlassen?" Bombach strich sich über das Haar, ohne eine nachhaltig glättende Wirkung zu erzielen.

„Nun, eine Wohnung ist ein sehr intimer, geschützter Bereich. Wenn ich dort eindringe, übe ich Macht auf die Besitzer aus. Ich zeige ihnen, dass ich ungestraft und nach eigenem Ermessen in ihre Privatsphäre eindringen kann. Wenn ich jetzt auch noch ihre Tochter in der Gewalt habe und dafür einen Beweis liefere, dann demonstriere ich meine Überlegenheit gleich doppelt."

Staller nickte zustimmend.

„Sehr einleuchtend, Dr. Wahlberg. Ich frage mich aber, warum die Zeichnung dazugelegt wurde. Ich unterstelle einmal, dass Laura die erst nach der Entführung angefertigt hat. Könnte das nicht auch so etwas wie ein Lebenszeichen sein?"

„Schon möglich. Das könnte allerdings darauf hinweisen ..."

„... dass es doch zu einer Geldforderung kommen könnte", ergänzte Bombach. „Das ergäbe einen Sinn."

Frau Wahlberg sah auf und ein winziger Hoffnungsschimmer zeigte sich in ihren Augen, die zum ersten Mal nicht stumpf und tot wirkten.

„Heißt das, dass wir eine Chance haben Laura wieder zurückzubekommen?"

Der Kommissar hob beschwichtigend die Hände.

„Bitte, Sie erinnern sich, dass wir uns im Bereich der reinen Spekulation bewegen. Solange wir keinen Kontakt zum Entführer – oder der Entführerin – haben, wissen wir gar nichts."

„Wir können allerdings ebenso wenig irgendetwas ausschließen", fügte Sonja an, die den Eindruck hatte, dass es für die Mutter wichtig war einen Strohhalm zu erkennen, damit sie die Situation durchstehen konnte. Auf einen fragenden Blick von Mike hin machte sie eine abwehrende Handbewegung. Sie ahnte, dass er wenig davon hielt unbegründete Hoffnungen zu wecken. Aber ihr Gespür sagte ihr, dass sie richtig handelte.

Erneut ertönte die Klingel. Das Team der Spurensicherung traf ein und machte sich nach einer kurzen Einführung durch den Kommissar an die Arbeit. Im Sommer wäre es jetzt langsam hell geworden, aber jetzt, Ende November, blieb die Nacht schwarz und undurchdringlich. Das wirkte sich auf die Wartenden aus, die das Wohnzimmer nun nicht mehr verlassen durften. Sonja hatte sich neben Marion Wahlberg auf das Sofa gesetzt und hielt ihre Hand. Gelegentlich flüsterten die beiden einen Moment miteinander. Staller hockte auf einer Tischkante und beobachtete abwechselnd Dr. Wahlberg und dessen Frau. Die Distanz zwischen den Eheleuten war deutlich zu spüren und er fragte sich, ob sie nur auf den emotionalen Stress durch das Verschwinden der Tochter zurückzuführen war oder ob es da noch mehr gab, was die beiden trennte. Jedenfalls hätte er unter normalen Umständen erwartet, dass der Mann bei seiner Frau saß und sie tröstete. Statt dessen tigerte dieser unruhig im Zimmer auf und ab. Er schien die Bewegung zu brauchen, um innere Spannung abzubauen.

Bombach war der Einzige, der gelegentlich den Raum verließ, um sich über die Fortschritte der Spurensuche zu informieren. Nach einem dieser kurzen Ausflüge gab er ein erstes Statement ab.

„Die Kollegen haben ganz sicher festgestellt, dass es keine Einbruchsspuren an der Tür gibt. An den Fenstern übrigens auch nicht. Wenn also jemand in die Wohnung eingedrungen ist, dann hat er – oder sie – einen Schlüssel benutzt. Wer außer Ihnen beiden besitzt einen Hausschlüssel?"

Marion Wahlberg reagierte am schnellsten.

„Nur unsere Putzfrau. Sie kommt aber nur einmal in der Woche, meistens am Montag."

„Gibt es keinen Nachbarn, der einen Schlüssel für Notfälle hat, falls Sie sich einmal aussperren oder zum Blumengießen im Urlaub?"

„Nein", erklärte Dr. Wahlberg bestimmt. „Dadurch, dass wir zwei Wohnungen im Haus haben, sinkt die Chance, dass wir uns aussperren. Tatsächlich ist es noch nie passiert. Und die Blumen gießt unsere Putzfrau, wenn wir mal in Urlaub sind. Ich habe natürlich oben immer einen Schlüssel für unten und umgekehrt."

„Ist der für diese Wohnung denn noch vorhanden?", bohrte Bombach nach.

„Natürlich! Sonst wäre ich ja nicht hineingekommen."

„Stimmt." Der Kommissar klang zerknirscht. Die Frage war ja wohl überflüssig gewesen. Aber er konnte sich auf die ungewöhnliche Uhrzeit berufen, falls sich jemand über seine langsame Hirntätigkeit beschweren sollte. Normalerweise wäre das Mikes Aufgabe gewesen, aber der beschäftigte sich mit dem Naheliegenden.

„Hatte Laura vielleicht einen Schlüssel bei sich?"

„Normalerweise nicht", antwortete die Mutter. „Ich war ja zu Hause und plante auch nicht, noch einmal wegzugehen. Aber ich kann gucken, ob er da ist! " Eilig sprang sie auf.

„Ich gehe mit", bremste Bombach ihren Eifer. „Nur, damit Sie der Spusi nicht ins Gehege kommen."

Nach wenigen Augenblicken stand fest, dass Laura den Schlüssel nicht bei sich gehabt hatte.

„Ehrlich gesagt bin ich jetzt einigermaßen ratlos", räumte der Kommissar ein und schüttelte verständnislos seinen Kopf.

„Gibt es denn sonst irgendwelche Spuren?", wollte Staller wissen.

„Das ist alles nicht so einfach." Bombach hasste es, wenn er so rumeiern musste. Aber im Moment gab es leider nur sehr wenig Neuigkeiten. „Frau Wahlberg, laufen Sie oft mit Straßenschuhen durch die Wohnung?"

„Nein, nie!", antwortete sie wie aus der Pistole geschossen. „Wir ziehen alle immer unsere Schuhe gleich neben der Tür aus. Damit der Holzfußboden geschont wird."

„Und da gibt es keine Ausnahme?" Der Kommissar schaute jetzt Dr. Wahlberg an.

Dieser schüttelte den Kopf.

„Nein, das ist uns in Fleisch und Blut übergegangen. Der Fußboden ist ja auch warm. Selbst unsere Gäste wissen das und halten sich dran."

„Dann könnten wir möglicherweise etwas entdeckt haben. Das Problem ist nur, dass ich nicht glaube, dass es uns richtig weiterbringt."

„Was ist es denn?", erkundigte sich Staller interessiert.

„Kratzspuren, relativ frisch. Im Flur, in der Küche und in der Tür zum Kinderzimmer. Der Verursacher hatte vermutlich ein Steinchen im Profil seiner Schuhe. Das hat winzige Spuren hinterlassen. Aber ob uns das hilft?"

„Zumindest würde es den Beweis liefern, dass sich wirklich jemand Fremdes hier in der Wohnung aufgehalten hat. Was ist mit Fingerabdrücken?"

„Endgültig kann man noch nichts sagen, aber es sieht so aus, als ob unser rätselhafter Besucher Handschuhe getragen hätte. Einige der Abdrücke der Bewohner sind verschmiert. Bis wir das sicher geklärt haben, kann es noch etwas dauern."

Staller quittierte diese Meldung des Kommissars mit missmutigem Brummen.

„Lässt du vorsichtshalber die Telefone überwachen?"

Bombach presste verärgert die Lippen zusammen.

„Hältst du mich für einen Idioten? Selbstverständlich werden die Telefone überwacht. Aber bisher hat sich nichts getan. Diese Geschichte gibt mir mehr als nur ein Rätsel auf!"

Dr. Wahlberg trat ans Fenster und sah hinaus in die Dunkelheit. Seine Gesichtszüge wirkten maskenhaft.

Unten auf dem Spielplatz gegenüber der Hausnummer 31 stand ein Mann. Er verschmolz förmlich mit dem Stamm des Baumes, an dem er lehnte. Sein Blick hing an dem erleuchteten Fenster auf der anderen Straßenseite. Er wunderte sich, wie viele verschiedene Personen in der Wohnung beschäftigt waren und wie oft eine von ihnen den sinnlosen Gang ans Fenster antrat. Sinnlos, weil es absolut nichts zu sehen gab. Aber vielleicht besaß dieser Standort ein wenig tröstliche Intimität. Wer hinaussah, konnte von den anderen nicht gesehen werden.

Der Mann schien den Nieselregen überhaupt nicht zu bemerken und verlagerte sein Gewicht von einem Bein aufs andere. Warum dieser Aufwand dort drüben? Gab es denn niemanden, der ihn verstand? Dabei war es doch so einfach! Er hatte jetzt Laura, weil er es wollte. Weil er es verdient hatte. Und weil es so sein musste. Yin und Yang, eine Frage des Gleichgewichts. Aber das bedeutete doch nicht, dass er deswegen den Wahlbergs etwas Böses wünschte. Das mussten sie doch wissen. Gerade der Doktor! Die Familie würde ihren eigenen Ausgleich finden, irgendwann.

Er hatte sorgfältig überlegt, bis er sich für Laura entschieden hatte. Auch mit der Familie hatte er sich ausführlich beschäftigt. Sie würden es überstehen. Vielleicht nicht zusammen, denn das Verhältnis zwischen den Eltern war nicht so, wie er es für richtig hielt. Gleichgültigkeit und Selbstbezogenheit wurden übertüncht von oberflächlichen Gemeinsamkeiten und bedeutungslosen Ritualen. Der Mann liebte seinen Beruf, seine Bedeutung und seine Eigenständigkeit mehr als seine Frau. Ja, er hatte Laura regelmäßig zur Klavierstunde gefahren oder zum Ballett. Viel lieber aber hatte er in seinem Arbeitszimmer gesessen, gelesen oder geschrieben oder Patienten empfangen. Dann war Laura so weit aus seinem Fokus geraten, dass die Erinnerung an sie vermutlich schon an den Rändern unscharf wurde. Für Dr. Wahlberg war das Mädchen nur ein weiterer Eintrag auf seinem track record: erfolgreicher Seelenklempner, verantwortungsbewusster Gutachter, charmanter Ehemann, guter Vater. Keine wirtschaftlichen Sorgen, gesellschaftliche Anerkennung, Vorbild für jeden, der ihn näher kennenlernte.

Oder eben ein Popanz, dachte der Mann in der Dunkelheit, unfähig zu wahren Gefühlen, in seinem Inneren allen anderen Menschen fern und nur sich selber nahe. Dr. Wahlberg war wie ein Potemkinsches Dorf, eine hohle Fassade mit einem trostlosen Inneren. Vielleicht musste er so sein, wenn er sich anmaßte über andere Menschen urteilen zu können. Das galt es zu akzeptieren. Aber die kleine Laura hatte etwas Besseres verdient. Zuwendung statt Verschwendung. Einen Menschen, der ihr abends Geschichten vorlas, statt ihr einen Spielecomputer zu kaufen. Der ihr über das zart duftende Haar strich und ihr zuraunte, wie hübsch sie doch sei ...

Die Mutter war auch nicht besser. Vermutlich wollte sie aus Laura das Mädchen machen, das sie selbst immer sein wollte. Musikalisch, sportlich, immer perfekt gekleidet und natürlich gesund ernährt. Zucker war böse, Medizin war Chemie, Dreck etwas für wilde Rangen und frühkindliche Förderung der Einstieg in ein Leben zwischen Beruf und besserer Gesellschaft. Das alles führte unweigerlich zum richtigen Job, dem passenden Mann, dem angemessenen Wohnviertel und den wohlgeratenen Kindern, in denen sich der ewige Kreislauf fortsetzen ließ. Fragte die Mutter in diesem Hamsterrad jemals, was ihre Tochter sich wünschte? War es falsch, Laura ein anderes Leben zu ermöglichen? Natürlich nicht! Vielleicht nicht ganz so wohlsituiert, vielleicht nicht ganz so vorhersehbar, aber dafür voller Abenteuer und Liebe.

Und obwohl er die Eltern von Laura verachtete, für ungeeignet hielt und für emotional unterentwickelt, hatte er sich trotzdem der Mühe unterzogen, ihnen einen Hinweis zu hinterlassen, dass Laura lebte und es ihr gut ging. Er konnte nur hoffen, dass sie diese Mühe auch wertschätzten. Notwendig war sein heutiger Einsatz ganz sicher nicht gewesen! Er hatte sich schließlich schon genug Mühe gegeben, das kleine Mädchen möglichst sanft in seine Obhut zu übernehmen. Sie würde natürlich etwas Zeit brauchen, um sich an die neue Situation zu gewöhnen. Kinder waren eben so, dass sie sich wunderbar mit ihrem gewohnten Umfeld arrangierten und auf Veränderungen zunächst irritiert reagierten. Aber Laura war ein tüchtiges, kluges Mädchen und würde schnell begreifen, dass er es gut mit ihr meinte. Bald würde sie ihre leiblichen Eltern vergessen haben und ihm ihre ganze kindliche Zuneigung schenken. Schließlich waren sie sich von Anfang an sympathisch gewesen ...

Er hatte das Mädchen genau studiert und sich danach seinen Plan gebastelt. Lauras größter Wunsch war ein Pony. Aber selbst sie mit ihren acht Jahren sah ein, dass man so ein Tier nicht in seinem Kinderzimmer mitten in der Stadt halten konnte. Deswegen war ihr zweitgrößter Wunsch ein Hund. Am liebsten einer mit ganz viel wuscheligem Fell, in das man sich einkuscheln konnte. Mindestens seit zwei Jahren lag sie ihren Eltern mit diesem Wunsch in den Ohren und schrieb jedes Weihnachten, jeden Geburtstag wieder auf ihren Wunschzettel: einen süßen Hund mit ganz viel Fell. Und jedes Mal hieß es: Das geht nicht, Mama hat eine Tierhaarallergie. Laura wusste zwar nicht, was das bedeutete, aber in jedem Fall verhinderte es, dass sie ihren kleinen vierbeinigen Liebling bekam. Darüber war sie sehr traurig.

Hier hatte der Mann angesetzt. Es war eine Kleinigkeit gewesen, diesen Köter vor dem Supermarkt einfach loszubinden und mitzunehmen. Die doofe Kreatur war sogar dankbar gewesen, dass sie nicht länger allein auf dem Pflaster herumliegen musste, und hatte ihn schwanzwedelnd begleitet. Ein deutliches Zeichen, dass Hunde und ihre Loyalität dem Besitzer gegenüber maßlos überschätzt wurden.

Praktischerweise stand auf demselben Supermarktparkplatz auch noch ein geeigneter Wagen, den er ebenfalls entwendete. Wenn man einen klaren Plan und eine gründliche Herangehensweise besaß, dann gesellte sich das erforderliche Glück fast zwangsläufig hinzu. Selbst der Parkplatz direkt vor dem Haus war frei gewesen. Und damit konnte nun wirklich niemand rechnen.

Der Rest war geradezu lächerlich einfach gewesen. Natürlich wollte Laura den süßen Hund einmal streicheln und war ganz begeistert, als die treulose Töle ihr daraufhin unterwürfig die Hand leckte. Und selbstverständlich war sie ganz begierig darauf die kleinen Welpen zu sehen, die in einem Körbchen im Auto lagen, weil sie noch zu jung zum Spazierengehen waren. Während das Mädchen atemlos durch die geöffnete Schiebetür starrte und das Wageninnere absuchte, war es ein Kinderspiel, ihr das mit Chloroform getränkte Tuch auf Mund und Nase zu drücken. Es hatte alles in allem keine Minute gedauert, da lag das Mädchen bewusstlos im Wagen und er schlängelte sich zwischen den Vordersitzen hinter das Steuer und fuhr los. Der nunmehr nutzlose Hund mit dem wankelmütigen Charakter würde vermutlich innerhalb weniger Minuten einen neuen Menschen gefunden haben, dem er hinterherhecheln konnte. Und wenn nicht, war es auch egal. Es gab sowieso zu viele Köter.

Fakt war: Laura befand sich sicher in seinen Händen. Niemand hatte etwas bemerkt und den gestohlenen Wagen hatte er an anderer Stelle einfach abgestellt, wo er bereits ebenfalls wieder verschwunden war. Er hatte bewusst das Fenster einen Spaltbreit offen gelassen. Mit etwas Glück befand sich der Transporter bereits in der Ukraine oder einem anderen abgelegenen Zipfel dieser Welt, von wo aus er niemals wieder in Erscheinung treten würde.

Er riss sich aus seinen Gedanken und warf einen bewussten Blick auf das Fenster zur Wohnung der Wahlbergs. Die Polizei konnte dort seinetwegen suchen, solange sie wollte. Es gab nichts, was sie auf seine Spur führen konnte. Das Leben hatte ihn in eine harte Schule genommen, aber er hatte sich durchgebissen. Jetzt profitierte er davon. Er bestimmte ab sofort die Spielregeln. Lange genug war er ein Verlierer gewesen, ein Niemand, ein Spielball, der zu schreien schien: Macht doch mit mir, was ihr wollt! Diese Zeiten waren endgültig vorbei. Und er war so froh darüber! Was hatte er doch gelitten in seiner Kindheit ...

Entweder um 12 oder um 13 Uhr war Schulschluss. Er ging gerade in die drit-te Klasse. Im Unterricht fiel er nicht besonders auf. Meistens konnte er die Aufga-ben lösen, die er bekam, manchmal auch nicht. Er war genau dieser Schüler, an den Lehrer sich später kaum erinnern konnten, so als ob es ihn nie gegeben hätte. In allen Fächern stand er auf einer soliden Drei. Er besaß kein einziges Lieblings-fach, in dem er in irgendeiner Weise herausstach. Von sich aus meldete er sich kaum, aber wenn er gefragt wurde, versuchte er stets zu antworten. Auch war er keiner besonderen Gruppe innerhalb der Klasse zugehörig.

Nach der Schlussglocke schulterte er seinen alten Ranzen und machte sich auf den Heimweg. Er hatte meist keine besondere Eile, denn niemand erwartete ihn zu einer bestimmten Zeit. Zu Hause erlitt er nämlich genau das gleiche Schicksal wie in der Schule: Er wurde einfach nicht wahrgenommen. Versuchte er allerdings be-wusst Aufmerksamkeit zu erregen, dann folgte irgendeine Form der Strafe meist auf dem Fuß. Entweder wurde er in sein Zimmer gesperrt, wo er mit viel Glück gegen Abend wieder befreit wurde. Oder seine Mutter warf ihn aus dem Haus und schärfte ihm ein, keinesfalls vor Einbruch der Dunkelheit wieder zu erscheinen. Insgesamt hatte er die Erfahrung gemacht, dass sein Leben umso leichter zu ertra-gen war, je mehr er versuchte sich unsichtbar zu machen.

An diesem Tag schlenderte er also mehr oder weniger ziellos durch das Dorf. Gelegentlich kickte er einen kleinen Stein in den Rinnstein oder blieb stehen, um einem Schmetterling nachzuschauen. Da er ganz am anderen Ende des Ortes, der sich endlos entlang der einzigen Hauptstraße hinzog, wohnte, dauerte der Fußweg oft deutlich mehr als eine halbe Stunde. Heute, bei strahlendem Sonnenschein, war das eine angenehme Zeit.

Als er schließlich vor dem kleinen, ziemlich baufälligen Einfamilienhaus stand, blickte er misstrauisch auf die Tür mit der abblätternden Farbe und die Fenster da-neben mit den nikotingelben Vorhängen. Aber von seiner Mutter war kein Lebens-zeichen zu bemerken. Vielleicht war sie ja gar nicht da. Das kam zwar selten vor, wurde von ihm jedoch stets als Glücksfall empfunden. Dann konnte er gucken, ob er etwas Essbares im Kühlschrank fand, und überhaupt tun und lassen, was er wollte.

Leise öffnete er die Tür, die nicht abgeschlossen war. Das hatte nichts zu be-deuten. Erstens war in dieser ländlichen Gegend weder mit Einbrüchen noch mit anderen größeren Verbrechen zu rechnen und zweitens schien das verwahrloste Haus mit dem bröckelnden, grauen Putz förmlich Armut auszuatmen. Im Flur blieb er stehen und lauschte.

Die Geräusche kamen aus dem Schlafzimmer und wirkten nicht vertraut. Zwei Menschen schienen eine körperliche Auseinandersetzung zu haben, denn abgehackte Wortfetzen wurden von Stöhnen und allerlei undefinierbarem Knarzen und Poltern begleitet. Was sollte er tun? Nachsehen und eventuell eingreifen? Hilfe holen? Aber das würde zu lange dauern. Das Haus war weit vom nächsten Nachbarn entfernt. Möglichst leise stellte er den Ranzen ab und beschloss sich vorsichtig ein genaueres Bild zu machen. Auf Zehenspitzen schlich er näher an die Schlafzimmertür heran, die nicht ganz geschlossen war. Heimlich drückte er ein Auge an den Spalt und linste in den Raum.

Zuerst erkannte er seine Mutter, die seltsamerweise mitten am Tage nackt war. Sie hockte mit dem Rücken zur Tür auf dem Bett und hatte jemanden unter sich, von dem er nur leicht schmutzige Socken und haarige Beine sehen konnte. Dieser Kerl, wer immer er auch war, fand diese Lage wohl nicht so toll, denn er versuchte immer wieder die über ihm hockende Frau abzuwerfen, indem er sich mächtig aufbäumte. Seine Mutter wehrte sich mit aller Kraft dagegen, denn er hörte sie vor Anstrengung keuchen. Gleichzeitig schlug sie immer wieder mit den Fäusten auf den Brustkorb des Mannes unter ihr. Dieser hatte seine Finger in die nackten Pobacken der Reiterin gekrallt. Das war nun selbst in den Augen eines Kindes unlogisch. Auf der einen Seite will der Mann die Last loswerden, auf der anderen Seite hält er sie krampfhaft fest! Was denn nun?

Auch der Mann keuchte wie ein Rennpferd auf der Zielgeraden und stieß immer wieder abgehackte Laute aus, die für den unbeteiligten Zuhörer keinen Sinn ergaben.

Vorsichtig zog sich der kleine Junge von der Schlafzimmertür zurück. Instinktiv begriff er, dass es richtig Ärger geben würde, wenn er jetzt erwischt werden würde. Auch wenn er überhaupt nicht verstand, was dort gerade vor sich ging. Er beschloss zu tun, was er immer versuchte, wenn er irgendwie unsicher war: verschwinden. Sein nächster Gang führte ihn aber erst einmal in die Küche, denn er spürte nagenden Hunger.

Der verging ihm aber schlagartig, als er den Tisch mit dem überquellenden Aschenbecher sah und die alkoholgeschwängerte Luft einsog. Einige leere Bierflaschen und zwei umgeworfene Schnapsgläser legten beredtes Zeugnis ab, was sich hier abgespielt hatte. Er durfte sich seiner Mutter auf keinen Fall nähern. Schon nüchtern war sie eine impulsive und unberechenbare Frau. Wenn sie jedoch trank – und diese Erfahrung hatte er schon zu oft gemacht – verlor sie jegliche Beziehung zur Realität und damit jede Hemmung. Es war zwar möglich, dass sie in ei-

ner melancholischen Stimmung urplötzlich die tiefe Liebe zu ihrem Sohn entdeck-
te, aber ihre unbeholfenen Umarmungen und ihre von scharfem Alkohol und un-
kontrollierbarem Sabbern geprägten Küsse machten ihm Angst. Wahrscheinlicher
war es jedoch, dass sie seine Existenz als Ursache aller Probleme in ihrem Leben
ausmachte und in blindem Hass unkontrolliert auf ihn eindrosch. Einmal hatte sie
sogar eine Wodkaflasche – natürlich eine leere – nach ihm geworfen, die am Tür-
pfosten neben ihm explodierte und ihn mit einem Hagel feinster Splitter über-
schüttete. Nein, in einer solchen Stimmung war es entschieden angezeigt, entwe-
der das Weite zu suchen oder innerhalb des Hauses so unauffällig zu verweilen,
dass sie überhaupt nicht auf den Gedanken kam, dass sie einen Sohn hatte. Am
Abend, wenn sein Vater nach Hause kam, war es wieder sicherer. Obwohl auch
dieser seiner Frau kein Paroli bieten konnte, wenn sie betrunken in Raserei verfiel.
Aber zumindest schaffte er es stets, das Kind aus der Schusslinie zu halten.

Der Junge schlich vorsichtig die wackelige Treppe hinauf, wobei er sich immer
dicht an der Wand hielt, um das Knarren der Stufen zu minimieren. Dies tat er
aus schierer Gewohnheit. In seinem Innersten war er sich jedoch sicher, dass weder
seine Mutter noch der fremde Mann im Moment auf Geräusche im Haus achteten.

Überrascht stellte er fest, dass der feine Regen einen Weg von der Kapuze hinein in seinen Halsausschnitt gefunden hatte. Das eisige Rinnsal holte
ihn aus der Vergangenheit zurück, gerade als ein Mann und eine Frau das
Haus Nummer 31 verließen. Gehörten die auch zur Polizei oder waren es
Gäste der Wahlbergs? Im Grunde war es ihm egal. Es wurde Zeit. Bald
würden die ersten verschlafenen Fußgänger den Bürgersteig bevölkern,
weil sie zur Arbeit mussten. Sie würden sich über einen tropfnassen Besucher des Spielplatzes vor Tagesanbruch wundern. Also löste er sich von
dem Baumstamm, der ihm in den letzten zwei Stunden Halt geboten hatte,
und machte sich auf den Weg. Es war ja nicht weit bis zur nächsten U-
Bahnhaltestelle.

* * *

„Herrschaften, was habt ihr für mich?"

Helmut Zenz eröffnete in seiner bekannt liebenswürdigen Art die Morgenkonferenz von "KM". Wenn es nicht galt, die Sendung vom Vortag zu besprechen, drehte es sich meist um den Stand der Dinge bei den Geschichten, die gerade in Arbeit waren, und um mögliche neue Themen.

„Für meinen Bericht über den Selbstbehauptungskurs für Frauen bei der Polizei habe ich alle Drehgenehmigungen und zwei Zusagen von Protagonistinnen. Die eine ist fast siebzig, extrem gut drauf und könnte auch auf dem Fischmarkt arbeiten. Die andere ist Anfang dreißig und macht den Kurs, weil sie schon mal von zwei Männern vor einem Klub vergewaltigt worden ist."

Isa reagierte wie üblich am schnellsten und ratterte ihre Ergebnisse nur so runter.

„Erzählt die vergewaltigte Tante uns vor der Kamera von dem Vorfall?"

„Wenn wir sie verfremden, ja. Außerdem habe ich ein ganz junges Mädchen, aber da brauche ich noch das Einverständnis der Eltern."

„Keine dicke Mutti mit Spaghetti-Haaren?", erkundigte sich der CvD enttäuscht.

„Tut mir leid, aber alle Teilnehmerinnen sind ziemlich normalgewichtig."

Wenn es sein musste, konnte Isa ihre wahren Gefühle auch zurückhalten. Zenz war ein Kotzbrocken, das wusste sie von Anfang an, denn Sonja hatte es ihr schon vor ihrem Praktikum ganz offen mitgeteilt. Als Chef vom Dienst konnte er ihr das Leben zur Hölle machen, wenn er wollte, und dieses Risiko beabsichtigte sie nicht einzugehen. Also zog sie sich in Situationen wie diesen auf eisige Höflichkeit zurück und fuhr damit bisher ganz gut.

„Na gut. Wir machen die Story. Wann kannst du fertig sein?"

„Die Abschlussprüfung ist in gut drei Wochen. Die müssen wir ja noch mitnehmen."

„Richtig. Aber den Rest kannst du doch vorher drehen und auch schon mal schneiden, sodass du das Show-Catchen nur noch hintendran klöppeln musst, oder?"

Isa nickte.

„Ja, das müsste gehen."

„Dann machen wir das so. Ich will das noch vor Weihnachten im Programm haben. Prügelnde Weiber unterm Christbaum. Das wollen die Menschen doch sehen!" Er meinte das tatsächlich ernst. „Was macht das entführte Mädchen? Mike?"

Staller, der bis auf ziemlich kleine Augen aussah wie immer, berichtete kurz von den Erlebnissen der letzten Nacht.

„Zusammenfassend lässt sich sagen: Wir wissen nichts Neues über den Verbleib von Laura und der geheimnisvolle Besucher von letzter Nacht hat vermutlich keine Spuren, aber dafür umso mehr Fragen hinterlassen."

Zenz kratzte sich den langsam dünn besiedelten Schädel und wusste ausnahmsweise keine bissige Replik.

„Warum sollte jemand das tun? Ich kann keinen Sinn darin erkennen", bemerkte er schließlich nachdenklich. „Könnten es die Eltern selbst gewesen sein? Um sich wichtig zu machen? Immerhin haben sie Euch ja mitten in der Nacht dazugeholt."

„Das glaube ich nicht", warf Sonja ein. „Ich habe mich lange mit der Mutter unterhalten. Sie wirkte völlig verstört und war genauso ratlos wie wir."

„Und Dr. Wahlberg dürfte auch so genügend Aufmerksamkeit bekommen. Wir haben ihn selber schon einige Male als Experten interviewt", ergänzte Staller.

„Aber solange der Täter keine Forderungen stellt, bringt es ihm doch auch nichts, die Sachen von dem Kind in die Wohnung zu bringen. Das ist ein völlig überflüssiges Risiko!"

„Da hast du recht, Helmut. Aber ich kann es im Moment auch nicht erklären. Wir müssen abwarten, ob die Spurensicherung noch etwas herausfindet. Ich bleibe da auf jeden Fall dran", schloss der Reporter die Diskussion ab.

„Sonst noch was?"

Der Chef vom Dienst blickte auffordernd in die Runde.

* * *

„Enrico! Schön, dass du da bist!"

Es war jedes Wochenende das Gleiche. Seine Mutter begrüßte ihn in der Küche, wo sie immer gerade dabei war eines seiner Lieblingsgerichte zu kochen. Er hatte es sich angewöhnt im Flur ausgiebig zu schnuppern und eine kleine Wette mit sich selber zu veranstalten, ob er das Essen erraten könne. Er gewann fast immer. Heute gab es Rouladen mit Rotkohl.

„Mama, du sollst dir doch nicht immer solche Mühe machen!"

„Aber das ist doch keine Mühe für mich. Ich koche eben gerne!"

Auch dieser Dialog wiederholte sich wie die Aufwachszene aus "Und täglich grüßt das Murmeltier". Seine Mutter würde selbst noch sterbenskrank am Herd stehen und deftige Gerichte zubereiten, von denen sie wusste, dass er sie gerne essen würde. Er gab ihr einen Kuss auf die Wange und legte eine Tafel ihrer Lieblingsschokolade auf die Arbeitsplatte.

„Ein kleines Mitbringsel für dich!"

„Ach, das wäre doch nicht nötig gewesen! Außerdem werde ich viel zu dick." Sie wischte sich die Hände an ihrer Schürze ab und rieb sich gerührt die Augen. Was hatte sie nur für einen netten Jungen!

„Du? Dick? Niemals, Mama. Bei der ganzen Hausarbeit, die du leistest, da musst du höchstens aufpassen, dass du nicht zu dünn wirst!" Auch das ein Ritual. Seine Mutter war ziemlich klein, aber mit weiblichen Rundungen, wobei sie von ernsthaftem Übergewicht weit entfernt war. „Ist Papa im Keller?"

„Dreimal darfst du raten!"

„Was baut er denn diesmal?"

„Du weißt doch, was für ein Geheimnis er immer daraus macht. Man darf es erst erfahren, wenn er fertig ist. Letztens hat er ein Vogelhaus gebaut, das war eher ein Vogelhotel! Mehrere Öffnungen, teils mit Stangen davor, ein Einsatz für einen Wasserbehälter, praktisch eine Wellnessoase für meine gefiederten Freunde. Aber der Winter kommt ja auch bald!"

Sein Vater konnte seinen Beruf als Tischler zwar wegen einer Lungenerkrankung nicht mehr ausüben, aber seine Leidenschaft für den Werkstoff Holz war geblieben. Im Keller des Hauses hatte er sich im Laufe der Zeit eine nahezu professionelle Werkstatt eingerichtet und war im Grunde ständig mit irgendwelchen Projekten beschäftigt.

„Wenn du runtergehst und ihn begrüßt, sagst du ihm dann, dass wir in einer halben Stunde essen können? Sonst kriegt er wieder nichts mit."

„Natürlich, Mama!"

So gehörte es sich. Zuerst begrüßte er seine Eltern, dann kamen die Geschwister dran. Als er die Tür zum Keller öffnete, wurde der saubere Geruch nach Sägespänen auffälliger. Vorsichtig zog er den Kopf ein, um ihn sich nicht an der niedrigen Decke zu stoßen. Kräftige, gleichmäßige Hammerschläge bewiesen, dass sein Vater nicht untätig war. Enrico bog um eine letzte Ecke und drückte dann die natürlich selbst gezimmerte Tür zum Bastelkeller auf und steckte zunächst vorsichtig den Kopf hinein.

„Darf ich reinkommen, Papa?"

Sein Vater, der eine blaue Arbeitsjacke trug und einen Stechbeitel in der einen und den Hammer in der anderen Hand hielt, ließ die Arme sinken und zog den Staubschutz vom Mund, den er sicherheitshalber immer trug, wenn er im Keller arbeitete.

„Natürlich, mein Junge!"

Er legte das Werkzeug weg und umarmte seinen Sohn freudig, wobei er ihm kräftig auf die Schulter klopfte.

„Wie geht es dir, Papa?"

„Ach, du weißt doch, schlechten Menschen geht es immer gut!" So antwortete er immer.

„Nein, ernsthaft! Bekommst du genug Luft?"

„Na klar! Die neuen Medikamente helfen ganz wunderbar. Ich fühle mich wie ein junger Spund!" Ein unterdrücktes Husten strafte seine Aussage Lügen, aber es hörte schnell wieder auf. Der Mann gehörte zu der Generation, die niemals zugeben würde, dass es ihr schlecht ginge. Jahrelang hatte er sich noch zur Arbeit geschleppt, obwohl er sich fast die Seele aus dem Leib hustete und nachts ständig nach Luft rang. Fast gewaltsam musste man ihn zum Arzt schleppen, der eine sofortige Reha verordnete, an deren Ende die vorzeitige Rente wegen Berufsunfähigkeit stand. Weil er sich ohne feste Arbeit nutzlos vorkam, fing er an wie besessen am Haus und im Garten zu werkeln. Wöchentlich beschäftigte er sich mit neuen Projekten und Aufgaben. Ruhe kannte er nicht.

„Was baust du gerade?"

Stolz rückte der Vater den großen Holzklotz etwas herum, sodass man von vorne erkennen konnte, dass hier ein Elefant entstand, dessen Rücken abgeflacht war.

„Das wird ein Blumenhocker. Auf den Rücken stellen wir Mamas Zimmeraralie. Das sieht bestimmt nett aus."

„Toll! Wie kommst du nur immer auf diese Ideen? Und ist das nicht zu anstrengend für dich, diese ganze Hämmerei?"

Der Vater lachte verschmitzt. Dabei legte sich sein halbes Gesicht in lustige Fältchen und seine blauen Augen strahlten verschwörerisch.

„Ich verrate dir ein kleines Geheimnis. Das ist Erle! Schön weich. Mit Eiche oder Buche sähe die Sache allerdings anders aus."

„Sehr vernünftig, Papa! Mama lässt übrigens ausrichten, dass das Essen bald fertig ist. Kommst du dann hoch?"

„Aber sicher! Ich werde mir doch nicht ihre Spezial-Rouladen entgehen lassen. Die kann sie nämlich besonders gut!"

„Dann bis gleich! Ich will eben noch Ronny und Jenny begrüßen."

„Mach das, mein Junge. Sie werden sich freuen!"

Während der Vater den Mundschutz wieder heraufzog, sprang Enrico die Treppen hinauf in den ersten Stock. Vor dem Zimmer seines Bruders verharrte er einen Moment und wappnete sich für die Begegnung. Das war wichtig, denn Ronny war verändert aus Afghanistan zurückgekommen. Er zog sich komplett zurück und seine frühere Fröhlichkeit war ihm gänzlich abhandengekommen. Ganze Tage verbrachte er in seinem Zimmer und starrte aus dem Fenster. Bei unerwarteten Geräuschen fuhr er zusammen und manchmal rollte er sich in einer Zimmerecke zusammen, wo er für ein oder zwei Stunden regungslos liegen blieb.

„Ronny? Ich bin's, Enrico. Darf ich reinkommen?" Er klopfte vorsichtig. Erwartungsgemäß hörte er keine Antwort. Trotzdem öffnete er die Tür und steckte zunächst den Kopf hindurch. Ronny lag seitlich auf seinem Bett, wie immer in einer Camouflage-Hose und einem grauen T-Shirt. Er hatte die Hände zwischen die Knie gepresst und starrte an die vertäfelte Wand.

„Hey, wie fühlst du dich heute?" Enrico trat leise ein und näherte sich dem Bett. Aber er hielt sorgsam einen gewissen Abstand. Zu große Nähe beunruhigte seinen Bruder.

„Es geht", murmelte dieser und rührte sich ansonsten nicht.

„Gleich gibt es Essen. Mama hat Rouladen gekocht. Die magst du doch auch!"

„Ist gut."

Dass er überhaupt redete, war ein gutes Zeichen. Es gab Tage, da schwieg er rund um die Uhr, egal, was seine Familie ihn fragte. Offiziell war ihm eine posttraumatische Belastungsstörung attestiert worden, aber niemand hatte sich die Mühe gemacht, den besorgten Eltern zu erklären, was das bedeutete und woher sie kam. Und Ronny selbst verlor über seine Erlebnisse in Afghanistan nicht ein einziges Wort.

„Dann komm doch gleich runter; ich sage noch Jenny Bescheid!"

Enrico vergaß nicht, die Tür hinter sich zu schließen. Das war eine wichtige Regel. Außerdem wurde sein Bruder unruhig, wenn er sich nicht in der Sicherheit eines fest geschlossenen Raumes aufhielt.

Aus Jennys Zimmer ertönte eine unmelodische Männerstimme, die zu einem hämmernden Beat Sprachfetzen ausstieß, die unverständlich, multilingual und dabei mehrheitlich grammatikalisch falsch waren. In letzter Zeit hatte sie sich dem Gangsta-Rap zugewandt, einem Stil, dem Enrico gar nichts abgewinnen konnte. Aber vermutlich brauchte sie einen Weg, ihre Rebellion zu verkünden und ihren Eltern beziehungsweise ihren älteren Brüdern mitzuteilen, dass sie nun kein kleines Kind mehr war. Immerhin nahm sie wenigstens in Bezug auf die Lautstärke Rücksicht.

„Hallo Jenny!" Er sparte sich das Klopfen. Sie würde es sowieso nicht beachten.

„Bruderherz!" Sie kam förmlich angeflogen und warf die Arme um seinen Hals. „Schön dich zu sehen!"

Er versuchte um sie herum zu gucken, aber sie versperrte ihm geschickt den Weg, sodass er den Rest des Zimmers nicht in Augenschein nehmen konnte.

„Ist es wieder so schlimm, dass ich es nicht sehen darf?", fragte er streng. Ihre Neigung, alle Dinge, die sie gerade nicht mehr benötigte, einfach fallen zu lassen, führte dazu, dass ihr Zimmer im Regelfall nicht betretbar war. Zumindest gab es wenig Chancen, einen Blick auf den Bodenbelag – einen flauschigen Teppich, wie er aus der Erinnerung wusste – zu erhaschen.

„Wer Ordnung hält, ist nur zu faul zum Suchen", behauptete sie keck und drängte ihn aus der Tür. „Außerdem gibt es bestimmte Dinge, die nur aus dem Chaos entstehen können. Und überhaupt ist es mein Zimmer und es geht euch gar nichts an, wie es dort aussieht."

„Spätestens dann, wenn die Essensreste unter deinen Klamotten anfangen selbstständig durchs Haus zu wandern, geht es uns alle an", mahnte er, aber er befand sich bereits auf dem Rückzug. Jenny hatte eine derart überbordende Fröhlichkeit, dass man ihr nur schwer böse sein konnte.

„Du wolltest mir bestimmt sagen, dass das Essen fertig ist, richtig?" Er nickte nur. „Was macht Hamburg? Wann lädst du mich endlich mal auf einen richtigen Partyabend ein? Ich versauere hier auf dem Dorf noch total!"

„Werd du erst mal erwachsen und mach dein Abitur! Danach sehen wir weiter. Vorher kommst du mir nur auf dumme Gedanken!" Er wuschelte ihr zärtlich durch die blonden Locken und gab ihr dann einen Klaps. „Na los. Und bring Ronny mit!"

Ein Schatten huschte über ihr Gesicht, aber sie willigte ein.

„Okay. Geh schon mal vor, ich mache nur noch die Musik aus!" Mit diesen Worten schob sie ihn zur Treppe und drehte sich dann zu ihrer Zimmertür um.

Zehn Minuten später saß tatsächlich die gesamte Familie einträchtig um den Esstisch versammelt. Auf selbstgemachten Holzuntersetzern thronten die schlichten weißen Porzellanschüsseln mit Kartoffeln, Rotkohl und den Rouladen, die in einer würzigen Soße schwammen. Teller wurden herumgereicht, Schüsseln ausgetauscht und am Ende hatte jeder von allem etwas abbekommen.

„Guten Appetit!" Die Mutter gab das Startzeichen und bis auf Ronny, der lustlos in seinem Essen herumstocherte, griffen alle beherzt zu.

„Es schmeckt wie immer großartig, Mama!", verkündete Enrico mit halbvollem Mund, während sein Vater zustimmend nickte.

„Das ist schön. Aber nun erzähl doch mal, was hast du in der vergangenen Woche so alles erlebt?"

Da alle anderen sich ja jeden Tag sahen, waren sie begierig zu erfahren, wie Enrico die Zeit in der großen Stadt verbracht hatte. Er erzählte dann oft lustige Begebenheiten aus dem Coffeeshop oder berichtete über besondere Ereignisse, die sich in Hamburg zugetragen hatten. Mal war es die Ankunft eines riesigen Kreuzfahrtschiffes, mal eine Kinopremiere oder eine Sportveranstaltung. Unweigerlich endete dieser Teil der Unterhaltung mit der Frage seiner Mutter, ob er denn endlich eine Frau gefunden habe, die ihm etwas bedeutete.

Heute beschloss er, den üblichen Ablauf etwas zu verändern.

„Eigentlich war es eine ziemlich langweilige, durchschnittliche Woche. Auf der Arbeit ist nichts Außergewöhnliches vorgefallen und außer dem Winterdom ist sonst wenig los in der Stadt. Liegt sicher an der Jahreszeit."

„Aber ...", dehnte Jenny, der aufgefallen war, dass er nur ausholte, um etwas völlig Unerwartetes zu berichten.

„Jetzt unterbrich deinen Bruder doch nicht gleich wieder", rügte die Mutter und auf ihrer Stirn bildete sich eine missbilligende Falte. „Lass ihn in seinem Tempo erzählen."

In der Zwischenzeit hatte sich Enrico eine Gabel Rotkohl in den Mund geschoben und machte nun eine dramatische Pause, bis er hinuntergeschluckt hatte. Dann legte er Messer und Gabel für einen Moment auf den Teller und verschränkte die Hände.

„Eine Sache wäre da allerdings doch noch."

Alle Augen richteten sich auf ihn. Selbst Ronny schaute einmal kurz von seinem Essen hoch.

„Ich habe eine Frau kennengelernt. Es könnte sein, dass ihr in Zukunft öfter von ihr zu hören bekommt."

Erwartungsvoll blickte Enrico in die Runde und wurde nicht enttäuscht. Alle redeten durcheinander, bis auf Ronny natürlich, der wieder zu essen begann.

„Ich freu' mich so für dich, Enrico!"

„Bravo, mein Junge. Sag Bescheid, wenn ich eine Wiege bauen soll!"

„Wer ist sie, wie heißt sie, wie sieht sie aus – nun lass dir doch nicht alles einzeln aus der Nase ziehen!"

„Sie heißt Vivian und arbeitet bei einer Bank. Sehr solide also, wie ihr seht. Sie ist klug, hübsch und vor allem – sie passt zu mir. Das ist schließlich das Wichtigste. Selbstverständlich werde ich sie euch vorstellen, wenn der richtige Moment gekommen ist. Aber so weit sind wir noch nicht. Wir lernen uns ja gerade erst besser kennen. Gebt uns also noch ein bisschen Zeit, ja?"

Der Blick seiner Mutter ruhte ausgesprochen liebevoll auf Enrico.

„Natürlich! Auf uns kommt es ja auch nicht an. Hauptsache, du bist glücklich! Und das sieht man dir an, finde ich."

„Wenn sie bei einer Bank arbeitet, dann ist sie doch bestimmt eine gute Partie. Das schadet auch nicht", fügte der Vater augenzwinkernd hinzu. „Vielleicht wird es dann ja was mit deinem eigenen Café!"

„Wie hast du sie denn kennengelernt?", wollte Jenny neugierig wissen.

„Sie kommt fast jeden Tag vorbei und holt sich einen Kaffee auf dem Weg zur Arbeit. Da ist sie mir aufgefallen. Na ja, der Rest ergibt sich dann ja irgendwie."

„Hast du sie angesprochen?"

„In einem Coffeeshop fangen meist die Kunden an zu reden. Wenn sie die Bestellung aufgeben." Er zwinkerte seiner Schwester zu.

„Mann ey! Ich meine, wer hat denn den ersten Schritt gemacht?"

„Jenny, jetzt sei doch nicht so neugierig", mahnte die Mutter milde.

„Lass nur. Ich bin ein bisschen altmodisch, das weißt du doch. Für mich gehört es sich, dass der Mann den ersten Schritt macht."

Jenny stöhnte theatralisch und verdrehte die Augen.

„Eigentlich ist es ein Wunder, dass du eine abbekommst. So schräg, wie du manchmal in deinen Ansichten bist!"

„Jenny, es reicht!", mischte sich der Vater nun etwas energischer ein. „Enrico hat bestimmte Ansichten und die werden wir tolerieren. Wir lassen dir ja auch deine Meinung. Selbst wenn uns das gelegentlich ziemlich schwerfällt."

„Ach ja? Ihr erzieht doch ständig an mir rum. Dabei bin ich auch schon erwachsen!", maulte sie.

„Fast, Schwesterlein, fast! Noch bist du schließlich siebzehn und damit noch nicht volljährig", erinnerte Enrico sanft.

„Drauf geschissen!"

„Jenny!", rief die Mutter entsetzt.

„Was denn? Ist doch wahr! Immer behandeln mich alle wie ein kleines Kind!"

„Dafür gibt es eine ganz einfache Lösung", erklärte Enrico ruhig. „Wenn du aufhörst dich wie ein Kind zu benehmen, wird man aufhören dich so zu behandeln. Du hast es selber in der Hand. Du könntest beispielsweise damit anfangen dein Zimmer ordentlich zu halten, dann ...."

„Ihr könnt mich alle mal!", brüllte der erzürnte Teenager und warf das Besteck auf den Tisch. „Wenn ihr was von mir wollt: Ich bin in meinem Zimmer. Viel Spaß noch!" Mit diesen Worten stürmte sie wutentbrannt aus dem Raum, nicht ohne die Tür donnernd hinter sich zuzuschlagen.

„Aber ich habe doch noch Vanilleeis mit selbstgemachtem Kompott", rief die Mutter ihr hinterher. Aber Jenny reagierte nicht darauf, sondern stampfte, wie unschwer zu hören war, eilig die Treppe hinauf.

„Sie wird sich wieder beruhigen", orakelte der Vater. „Das tut sie immer. Und was dich und deine Freundin angeht, Enrico: Du weißt, dass ihr hier jederzeit willkommen seid, nicht wahr?"

„Ja, Papa, das weiß ich. Und ich danke dir dafür! Überhaupt bin ich froh, dass ich eine so tolle Familie habe. Auch wenn der eine manchmal gern etwas mehr und die andere dafür etwas weniger reden könnte. Aber ich habe euch alle lieb!"

* * *

„Nanu, was ist denn hier los?"

Michael Staller hatte die Wohnung betreten, seine Jacke aufgehängt, die Schuhe von den Füßen geschleudert und stand nun verwundert in der Tür zum Wohnzimmer. Der Esstisch war festlich gedeckt – und zwar für vier Personen. Ein großer Kerzenleuchter mit fünf Flammen verbreitete heimeliges Licht. Stoffservietten und mehrere Bestecke versprachen ein besonderes kulinarisches Ereignis. Auf der Anrichte stand eine Karaffe Rotwein und atmete still vor sich hin. Außerdem duftete es verführerisch aus der Küche.

„Kati?"

Die Angesprochene ließ sich kurz in der Tür blicken und machte einen äußerst beschäftigten Eindruck. Ihre Ärmel waren aufgekrempelt und sie trug ein umgebundenes Handtuch als Schürzenersatz.

„Hallo Paps! Setz dich doch einfach in den Sessel und entspann dich! Ich habe noch einen Moment in der Küche zu tun, dann bin ich gleich bei dir."

Sie wollte schon wieder verschwinden, aber die Stimme ihres Vaters hielt sie auf.

„Stopp! Was wird das hier, wenn's fertig ist?"

„Wonach sieht es aus – ein feierliches Abendessen?"

„Ja, so weit konnte ich folgen. Aber wieso vier Gedecke?"

„Wer ist denn hier der investigative Journalist? Aber ich gebe dir einen Tipp: Es kommen noch zwei Gäste!"

„Jetzt werd mal nicht schnippisch, Frollein!", drohte Staller scherzhaft. „Nochmal: Was hat das zu bedeuten? Und wer kommt zu Besuch, dein Kumpel Max und sein Freund zum Versöhnungsessen?"

„Das nun doch nicht", lachte Kati. „Lass dich einfach mal überraschen. Auf dem Couchtisch steht ein Portwein als Aperitif. Ich muss - sonst geht da was schief in der Küche!"

Und ehe er weitere Fragen stellen konnte, war sie wieder verschwunden. Ihm blieb also nichts anderes übrig, als ihrem Rat zu folgen und sich mit einem Getränk niederzulassen. Im Geiste ging er mögliche Anlässe für einen derart feierlichen Abend durch, aber ihm fiel nichts Entsprechendes ein. Ja, Kati kochte schon mal gerne etwas aufwendiger – er selbst übrigens auch – aber heute handelte es sich offenbar um mehr als den Wunsch nach einem besonders leckeren Mahl. Wer mochten die zwei Gäste sein?

Während er noch überlegte und damit nicht besonders gut vorankam, läutete es an der Tür.

„Gehst du mal bitte", schallte es aus der Küche herüber. „Ich muss gerade rühren, sonst brennt mir was an!"

Achselzuckend erhob er sich und stellte sein Glas unberührt wieder ab. Nun würde sich die Frage nach den Gästen ja von selbst beantworten.

„Hallo Mike! Lange nicht gesehen, ha, ha. Mmh, das riecht ja köstlich!"

Staller kam gar nicht dazu, seiner Verwunderung Ausdruck zu verleihen, denn Isa drückte ihm wie selbstverständlich ihre Jacke in die Hand und verschwand in der Küche.

„Hallo Isa", rief er ihr etwas irritiert hinterher und da er nicht wusste, was er sonst machen sollte, hängte er ihre Jacke an die Garderobe und ging zurück ins Wohnzimmer. Bevor er wieder unterbrochen werden konnte, nahm er das Glas in die Hand und probierte einen Schluck. Der Port war perfekt temperiert und besonders ausgewogen im Geschmack. Seine dunkelrote Farbe wirkte wie Samt im Schein der Kerzen. Angeregte Unterhaltung drang aus der Küche herüber, unterbrochen von gelegentlichem Gelächter. Isa und Kati hatten ihren Spaß.

Um sich ebenfalls irgendwie nützlich zu machen, beschloss er für eine angemessene musikalische Untermalung zu sorgen. "Vaja con dios" schien ihm der perfekte Hintergrund für eine festliche Mahlzeit zu sein. Dezente

Streicher, ein melancholisches Akkordeon und gedämpfte Bläser unterstrichen die eingängige Stimme der Sängerin. Er lehnte sich mit geschlossenen Augen in den Sessel zurück und hörte einfach nur zu.

Das Stück war noch nicht beendet, als es erneut klingelte. Da ein lautes "Ich geh' schon" aus der Küche ertönte, überließ er es Isa, die Tür zu öffnen. Leises Gemurmel, das wenig später verebbte, zeigte, dass auch der neue Gast in der Küche verschwunden war. Aber da der Reporter jetzt ganz entspannt war, machte er keine Anstalten aufzustehen und den Neuankömmling zu begrüßen. Schließlich war er ja nicht der Gastgeber. Das war eindeutig Kati.

Fast war er der Meinung, dass er kurz eingedöst sein musste, denn der laute Auftritt der Küchenbrigade ließ ihn hochschrecken.

„Auf, auf, es ist angerichtet!", gab Isa im Kasernenhofton von sich. Sie trug eine Porzellanschüssel samt Deckel mithilfe zweier Topflappen und setzte sie auf den Tisch. Ihr folgte Kati mit einem großen Korb voller Baguettestückchen und am Ende der kleinen Prozession kam – Sonja! Sie trug, was eher die Ausnahme war, einen schlichten Rock und ein buntes Oberteil, welches ihr aber außerordentlich gut stand. Wie immer abseits des Fernsehschirms war sie nur sehr dezent geschminkt und hatte ihre blonden Haare lässig hochgesteckt. In der Hand hielt sie eine Flasche Rotwein, die sie ihm entgegenstreckte.

„Hallo Mike! Danke für die Einladung. Das finde ich ja toll, dass du daran gedacht hast!"

„Äh, ja, na klar! Ich nehme dir das mal ab." Er nahm ihr die Flasche aus der Hand und machte eine große Sache daraus, das Etikett zu studieren, etwas mehr zum Licht zu gehen, damit er auch das Kleingedruckte lesen konnte und schließlich den angemessenen Platz für den leckeren südafrikanischen Tropfen zu finden. In Wirklichkeit bemühte er sich jedoch krampfhaft herauszufinden, an was er denn da so zuverlässig gedacht hatte. Geburtstag hatte sie nicht, so viel war sicher. Was könnte es wohl sonst sein?

Bewusst oder unbewusst – Kati kam ihm zu Hilfe.

„Na hör mal, fünf Jahre bei "KM" - das ist doch wirklich etwas ganz Besonderes. Das ist auf jeden Fall ein Grund für eine kleine Feier!"

„Genau", hakte Staller ein, der ein ausgesprochen schnelles Reaktionsvermögen besaß. „Und damit der offizielle Teil auch möglichst schnell abgehandelt ist und wir uns voll und ganz den zu erwartenden Köstlichkeiten widmen können, kommt hier die Rede: Liebe Sonja, ich danke dir ganz herzlich für fünf spannende Jahre, in denen wir viel gemeinsam erleben durften. Und ich freue mich besonders darüber, dass ich nicht nur eine tolle Kollegin und Journalistin, sondern auch eine echte Freundin in dir gefunden habe. Das kommt in unserer Branche nicht so oft vor und ist deshalb umso wertvoller. Und ich hoffe natürlich, dass das auch so bleibt!"

Sonja verfolgte die kleine Ansprache erst abwartend, dann konzentriert und schließlich sogar gerührt. Am Ende trat sie auf ihn zu, legte ihm die Hände auf die Schultern und stellte sich auf die Zehenspitzen. Sie näherte ihren Mund seinem Ohr und raunte: „Ich weiß ganz genau, dass Kati das alles angezettelt hat. Vielleicht noch mit Unterstützung von Isa."

Dann fuhr sie lauter fort: „Aber das hast du trotzdem sehr schön gesagt. Ich danke dir!" Und damit drückte sie ihre Lippen auf seinen Mundwinkel, eine Stelle, die irgendwo in der Mitte zwischen freundschaftlicher Zuneigung und flammender Leidenschaft lag. Mehr durfte sie ihm nicht zumuten. Sonst verschreckte sie ihn.

„Jetzt wäre der ideale Zeitpunkt, um den Ring aus der Hosentasche zu ziehen", kommentierte Isa trocken. „Da das vermutlich nicht passieren wird, sollten wir diese Scampi essen, bevor sie kalt werden."

„Eine sehr gute Idee! Paps, du kannst dich nützlich machen." Kati deutete auf eine geöffnete Flasche Sauvignon blanc aus Neuseeland, die in einem Weinkühler stand. „Der sollte passen, oder?"

Staller begutachtete auch diesen Tropfen und nickte anerkennend. „Perfekt!"

Dann schenkte er allen ein, während Kati die Scampi verteilte, die in einer köstlichen Soße aus Olivenöl und Knoblauch schwammen.

„Sehr gut!", kommentierte Isa, die natürlich gleich probieren musste, kauend. „Dein Zukünftiger wird nicht dürr sterben."

„Sollte ich da etwas wissen?", erkundigte Staller sich interessiert.

„Ich werde dich informieren, wenn es soweit ist."

In Rekordzeit wurde die Schüssel mit der Vorspeise von den vier Schlemmerfreunden geleert, während der Gesprächston ähnlich locker und beschwingt blieb. Dann räumten Isa und Kati ab und präsentierten auf dem Rückweg eine große Kasserolle mit einer Lammkeule, die mit Schafskäse überbacken war. Dazu gab es Rosenkohl und Kartoffeln, sowie eine intensiv nach Knoblauch duftende Soße.

„Gut, dass es noch kein Geruchsfernsehen gibt", lachte Sonja und sog genießerisch den Duft der Hauptspeise ein. „Sonst müsste ich die morgige Sendung wohl absagen."

„Dann mache ich mich auch mal nützlich", versprach Staller im Aufstehen und holte die Karaffe von der Anrichte. „Nehmt ihr alle einen Rotwein?" Es gab keinen Widerspruch.

Wieder reagierte Isa am schnellsten und stöhnte wohlig auf.

„Das Lamm ist unfassbar zart. Und lecker!"

In der Tat hatte sich Kati mal wieder selbst übertroffen. Der Rosenkohl besaß genug Biss, die Soße war sämig und schmeckte nach allerlei mediterranen Kräutern und das Fleisch ließ wirklich keine Wünsche offen. Für einen Moment herrschte Stille bei Tisch und nur gelegentliches Besteckklingen unterbrach die Ruhe.

„Sen-sa-tio-nell!" Sonja kapitulierte als Erste und legte mit einem zufriedenen Seufzer Messer und Gabel beiseite.

„Also ich nehme noch etwas!" Isa konnte essen wie ein Trucker und nahm dabei trotzdem nicht ein Gramm zu. Neben ihrer hohen körperlichen Aktivität musste dabei ein äußerst erfreulicher Stoffwechsel im Spiel sein.

„Was verfolgst du denn im Moment für eine Geschichte?", wollte Kati wissen, die ebenfalls ihren Teller von sich schob.

„Einen Selbstbehauptungskurs für Frauen, veranstaltet von der Hamburger Polizei", nuschelte Isa mit vollem Mund. „Oder wie Zenzi sagen würde: Schlammcatchen mit Uniform. Übrigens macht da eine Freundin von dir mit, Sonja!"

„Wer denn?"

„Vivian. Und sie erzählt mir sogar vor der Kamera von ihrer Vergewaltigung."

„Vivian ist vergewaltigt worden? Das wusste ich ja noch gar nicht!"

„Ja, vor etlichen Jahren. Auf dem Parkplatz einer Dorfdisse. Wieso weißt du nichts davon? Ich dachte, ihr wärt gute Freundinnen?"

„Na ja, wir haben früher mal zusammen Handball gespielt. Aber so richtig eng waren wir dann doch nicht befreundet."

„Du hast Handball gespielt?" Das war Staller definitiv neu.

„Ja, was wundert dich so daran?"

„Äh, nichts. Eigentlich." Der Reporter ahnte, dass er sich auf dünnes Eis begab. „Handballerinnen hatte ich mir immer ein wenig … robuster vorgestellt. Das ist ja doch eine ganz schöne Kampfsportart."

„Blaue Flecken gab es schon regelmäßig", räumte Sonja schmunzelnd ein. Dann wandte sie sich wieder an Isa. „Und Vivi hat wirklich eingewilligt, vor der Kamera von der Vergewaltigung zu erzählen?"

„Wir entscheiden noch, auf welche Weise wir sie verfremden, aber sie erzählt mir die Geschichte, ja."

„Das finde ich sehr mutig", warf Kati ein. „Das ist mit Sicherheit kein Thema, über das man gern redet. Und schon gar nicht öffentlich."

„Was wiederum bedeutet, dass du einen guten Job gemacht hast, Isa. Wie hast du sie dazu bekommen?", wollte Staller wissen.

„Wir waren zusammen was trinken nach dem Übungsabend und haben uns ganz gut unterhalten. Ich hatte von meinen eigenen Erfahrungen erzählt und das hat wohl den Ausschlag gegeben." Isas konnte auch ganz bescheiden sein.

„Wirklich gute Arbeit, Isa", stimmte Sonja Mike zu. „Das erklärt jetzt auch, warum Vivi nie mit einem Freund aufgetaucht ist. Das konnte ich nicht begreifen, denn sie sieht gut aus, ist nett und intelligent; das passt alles. Aber vermutlich konnte sie keinen näher an sich heranlassen nach so einer Erfahrung."

„Wer möchte denn noch Nachtisch?" Mit dieser Frage lenkte Kati den allgemeinen Fokus wieder auf die Speisenfolge.

„Puh, ich glaube, ich muss passen", befürchtete Sonja.

„Papperlapapp, bei Mario kommst du damit auch nicht durch!" Staller nutzte die Gelegenheit, um Wein nachzuschenken. „Wir nehmen natürlich alle welchen. Also, wenn du tatsächlich noch etwas vorbereitet hast." Sein fragender Blick richtete sich an Kati.

„Natürlich, Paps! Sekunde. Isa, hilfst du mir noch mal?"

In Windeseile hatten die beiden den Tisch abgeräumt und kehrten mit einer großen Schüssel und mehreren kleinen Schalen aus der Küche zurück.

„Zabaglione!", verkündete Isa mit dramatischem Tremolo und einer schaurigen Parodie auf Marios Klischee-Italienisch.

„Ach, etwas ganz Leichtes!" Sonjas Stimme troff vor Sarkasmus. „Habt ihr euch gemeinsam für einen Großangriff auf meine Figur entschieden?"

„Deine Figur ist tadellos und Katis Nachtisch im Allgemeinen eine Wucht. Zur Not gibt es medizinische Unterstützung bei der Verdauung", stellte Staller fest.

„Fett und betrunken – so magst du also die Frauen?" Sonja ärgerte ihn nur zu gerne, hielt aber gleichzeitig Kati ihr Schälchen zum Auffüllen hin. Das Dessert hielt, was der Reporter versprochen hatte, und wurde tatsächlich restlos aufgegessen. Kati übernahm die Rolle des Mundschenks und füllte fleißig Rotwein nach. Allerdings bevorzugte sie dabei eindeutig Sonja und ihren Vater. Sie selbst und Isa nippten nur an ihren Gläsern, ohne dass es jemandem auffiel. Außerdem brachte sie Espresso und schließlich eine Literflasche spanischen Brandy samt gewaltigen Kognakschwenkern.

„Die versprochene Verdauungshilfe!", kündigte sie an und füllte großzügig zwei Gläser, die sie vor Staller und Sonja stellte.

„Ihr nicht?", erkundigte sich ihr Vater.

„Im Moment nein, danke. Isa und ich wollen noch schnell die Küche ein bisschen aufräumen. Setzt euch doch gemütlich aufs Sofa!"

„Ich wäre bereit dieses Angebot anzunehmen", ächzte Sonja und erhob sich mit Mühe von ihrem Stuhl. Dann schlurfte sie mit Weinglas und Kognakschwenker zum Sofa und ließ sich stöhnend nieder. „Ich werde mich nie wieder bewegen können!"

„Ach was", widersprach Staller, der ihr folgte. „Der Brandy räumt den Magen ruckzuck auf, du wirst schon sehen!"

„Dein Wort in Gottes Ohr!" Probehalber nahm sie einen Schluck. Einen großen. „Bis jetzt spüre ich noch nichts!"

Unauffällig beschäftigten sich Kati und Isa derweil mit dem Esstisch und verschwanden dann in der Küche. Leises Klappern deutete an, dass sie die ursprüngliche Ordnung wiederherstellten. Staller legte eine neue CD ein und nippte zufrieden an seinem Espresso. Es war schön, dass er mit Sonja einfach sitzen und schweigen konnte, ohne dass es sich komisch anfühlte. Die fünf gemeinsamen Jahre hatten eine ganz besondere Verbindung zwischen ihnen geschaffen. Dafür war er sehr dankbar. Und wenn er, wie jetzt, so wunderbar friedlich und einvernehmlich mit ihr beisammensaß, dann schien es ihm gar nicht mehr unvorstellbar sein Leben ganz mit ihr zu teilen. Sie würde ihm keinen Korb geben, da war er sich ziemlich sicher. Aber trotzdem schreckte er immer wieder zurück, wenn sie Andeutungen in diese Richtung machte oder ihm körperlich nahekam. Vielleicht sollte er seine Haltung dazu einmal überdenken.

„So, die Küche ist wieder klar und alle Spuren des Gelages sind beseitigt", platzte Isa mitten in seine Gedanken hinein. Kati, die ihr ins Wohnzimmer gefolgt war, wischte sich noch die Hände an der Hose trocken.

„Isa und ich machen uns dann mal vom Acker", verkündete sie und konnte sich ein kleines Schmunzeln nicht verkneifen. „Ich schätze, ihr kommt auch ohne uns klar. Ach ja, rechne nicht mit mir heute Nacht. Wir gehen noch irgendwo ein bisschen abzappeln und ich bleibe dann bei Isa."

„Sturmfreie Bude, wenn das nichts ist! Komm Kati, nichts wie weg, bevor die einschläfernde Stimmung dieser beiden Senioren uns noch ansteckt."

Sonja, deren Augen schon kurzfristig geschlossen waren, hob mühsam ein Lid und wollte protestieren. Es reichte dann aber doch nur zu einer abschätzigen Handbewegung. Staller rang sich zumindest noch ein paar vollständige Sätze ab. „Viel Spaß! Und danke für das tolle Essen. Es war großartig. Nur vielleicht ein bisschen viel."

„Das wird schon wieder, Paps!" Lachend dimmte Kati das Licht noch ein wenig und verließ mit Isa fröhlich plaudernd die Wohnung. Im Wohnzimmer knarzte Leonhard Cohen aus den Lautsprecherboxen. Die melancholischen Klänge lagen wie eine weiche, warme Decke über der Szene. Staller schenkte noch einmal Brandy ein und hing dann weiter seinen Gedanken nach. Gelegentlich beobachtete er Sonja, die mit geschlossenen Augen den Kopf an die Sofalehne gelegt hatte. Ihr Gesicht wirkte völlig entspannt und zufrieden im gedämpften Licht.

Er schreckte hoch und schaute verwirrt nach rechts und links. Hatte die plötzliche Stille ihn geweckt?

„Sonja?", fragte er leise. „Schläfst du?"

Keine Reaktion. Er warf einen Blick auf die Uhr und stellte überrascht fest, dass er mindestens schon zwei Stunden geschlafen haben musste. Auch Sonja war auf dem Sofa zur Seite gerutscht und atmete geräuschvoll durch den halb geöffneten Mund. Was sollte er nur mit ihr machen, sie aufwecken? Er entschloss sich dagegen. Vorsichtig griff er ihre zarten Knöchel und zog die Beine hoch aufs Sofa. Nun lag sie halbwegs bequem. Ihr Rock war ein wenig hochgerutscht, aber das wollte er jetzt nicht korrigieren, aus

Angst sie zu wecken. Statt dessen holte er eine flauschige Wolldecke und breitete sie vorsichtig über ihr aus. Nun würde sie zumindest nicht frieren. Einmal beugte er sich noch über sie und drückte ihr einen zärtlichen Kuss auf die Schläfe. Es fühlte sich ganz gut an, fand er. Dann löschte er das Licht und ging ins Badezimmer.

* * *

Der Schatten bewegte sich noch einige Male hinter dem Vorhang, dann herrschte in dem Zimmer offensichtlich Ruhe. Allerdings zeigte ein heller Schimmer an, dass die Bewohnerin noch nicht schlief. Vielleicht gehörte sie zu den Menschen, die regelmäßig vor dem Einschlafen noch ein paar Minuten in einem Buch lasen? Auf jeden Fall führte sie ganz offensichtlich ein eher zurückgezogenes Leben, denn sie hatte ausgerechnet den Samstagabend komplett allein zu Hause verbracht. Wann, wenn nicht heute, sollte eine junge, alleinstehende Frau hinausgehen in das vielfältige Hamburger Nachtleben? Clubs, Kinos, Restaurants – da draußen warteten die unterschiedlichsten Möglichkeiten sich zu amüsieren. Wer mehr der häusliche oder sparsame Typ war, der lud sich aber doch am Wochenende mal Freunde ein – zum Essen, gemeinsamen Spielen oder wenigstens zum Fernsehen. Aber nichts davon war passiert.

Der Mann verschmolz dank seiner dunklen Kleidung förmlich mit der Toreinfahrt, in der er stand. So vor dem sanften Regen geschützt, konnte er geduldig warten. Niemandem fiel auf, wie lange er hier schon stand, denn die wenigen Passanten, die noch unterwegs waren, hasteten mit gesenkten Köpfen ihren jeweiligen Zielen entgegen und warfen keine Blicke nach links oder rechts. Jeder war froh, wenn er der ungemütlichen Witterung entgangen war und Zuflucht im Warmen fand.

Jetzt ging das Licht in ihrem Schlafzimmer aus. Er beschloss, noch eine Viertelstunde verstreichen zu lassen. Während dieser Zeit konnte er die neuen Erkenntnisse einordnen. Ihm gefiel, was er erfahren hatte. Auch er war ein Freund von ruhigen Abenden in der eigenen Wohnung. Die grellen Verlockungen des Nachtlebens versprachen doch lediglich eine oberflächliche Ablenkung. Wahre Bereicherung erfuhr man, wenn man sich in Ruhe und ungestört mit dem Partner beschäftigen konnte. Mann und Frau sollten sich die Gelegenheit zu tiefsinnigen Gesprächen oder auch zu gemeinsamem Schweigen verschaffen. Das schaffte Nähe, das schweißte zusammen. Und sparsam war es auch.

Ein müder Hundebesitzer scheuchte sein Tier von Straßenbaum zu Straßenbaum, wobei er die Kapuze seiner Regenjacke weit ins Gesicht gezogen hatte. Aber der Vierbeiner war offenbar von der mäkeligen Sorte, denn er schnüffelte zwar immer wieder interessiert an Laternenpfählen, Fahrradständern und Baumstämmen, konnte sich jedoch nicht für die geeignete Stelle entscheiden, an der er sein letztes Tagesgeschäft erledigen wollte.

„Nu' mach schon, Benno!", flehte der Hundefreund mit zusammengebissenen Zähnen, als er die Toreinfahrt passierte, ohne den dort postierten Beobachter wahrzunehmen. Benno antwortete zwar nicht, schien aber zu sagen: Hetz mich nicht, sonst wird das nie was. Ich gebe mir doch alle Mühe!

Nach weiteren fünf Minuten warf der wartende Mann einen letzten Blick über die Straße und überquerte sie, nachdem er sichergestellt hatte, dass ihn niemand beobachtete. Geschwind, aber nicht hektisch glitt er in den Hauseingang, schloss die Tür auf und war im nächsten Moment verschwunden. Er sparte sich die Treppenhausbeleuchtung. Schließlich kannte er jede Stufe, jeden Absatz. Im dritten Stock pausierte er einen Moment vor ihrer Wohnungstür. Kein Laut war zu hören. Das Haus lag schlafend da – wie sie. Hoffte er zumindest.

Lautlos öffnete er die Wohnungstür und schlüpfte in den dunklen Flur. Vorsichtig schloss er die Tür hinter sich und horchte erneut. Dann bewegte er sich so sicher, als ob hellster Sonnenschein seinen Weg beleuchten würde. Die Schlafzimmertür war lediglich angelehnt, wie ihm die tastenden Finger zeigten. Er schob seinen Kopf vorsichtig in den Raum und registrierte die tiefen, gleichmäßigen Atemzüge. Vivian Heber lag in tiefem Schlaf.

Erfreulicherweise gab sie keine unangenehmen Geräusche von sich. Manche Menschen schmatzten im Schlaf, stöhnten oder schnarchten. Oder – schlimmer noch – sie knirschten mit den Zähnen! Das hätte er nur schwer ertragen können. Insofern war er froh, dass sie so eine unauffällige Schläferin war. Wobei er bisher ja nur eine Momentaufnahme betrachten konnte. Aber er war schließlich hier, um seine Erfahrungen zu vertiefen.

Unhörbar bewegte er sich im Raum. Durch die Vorhänge drang ganz gedämpft ein wenig Licht von der Straßenbeleuchtung, genug, um sich grob zu orientieren. Aber das reichte ihm nicht. Deshalb ging er zum Fenster und schob den Vorhang einige wenige Zentimeter auseinander. Jetzt drang genügend Helligkeit ins Zimmer, damit er Vivians Gesicht erahnen konnte, aber nicht so viel, dass es sie wecken würde.

Der Stuhl neben ihrem Bett war mit einigen Kleidungsstücken belegt, vermutlich denen, die sie tagsüber getragen hatte. Er erkannte eine dunkelgraue Jogginghose und ein rosa Sweatshirt. Außerdem ein weißes Hemdchen, das sie wohl darunter getragen hatte und schlichte weiße Socken. Gut, solange man keinen Besuch erwartete und nicht vorhatte das Haus zu verlassen, gab es an solch legerer, mit Sicherheit bequemer Kleidung nichts auszusetzen. Außerdem war sie aus Baumwolle, das heißt, sie nahm den Körpergeruch gut auf. Er setzte sich also auf die Kleidung und atmete tief ein. Ja, es handelte sich zweifellos um ihren Geruch. Er fühlte sich ein wenig schwindelig, als ob er einen scharfen Schnaps gekippt hätte und sein Körper ihm signalisieren wollte, dass dieses Getränk gefährlich sei. Aber er fing sich rasch wieder und schloss die Augen, um sich ganz auf seinen Geruchssinn zu konzentrieren. Ihr Duft war betörend.

Als sie sich bewegte und dabei ihre Position veränderte, öffnete er die Augen erneut und betrachtete ihr Gesicht. Eine kleine Falte war auf der Stirn erschienen. Träumte sie gerade? Musste sie sich mit einer schwierigen Frage auseinandersetzen? Er hätte es gerne gewusst, aber das überstieg seine Möglichkeiten.

Zumindest deutete es sich an, dass sie eine klassische Seitenschläferin war, was ihm entgegenkam. Sie drehte ihm nämlich jetzt das Gesicht zu und hätte ihm direkt in die Augen schauen können, wenn sie denn nicht gerade schlafen würde. Spontan beugte er sich so weit vor, dass ihre Nasen sich fast berührten. Er schloss ebenfalls die Augen und atmete tief ihren Schlafgeruch ein. Jetzt, relativ kurz nach dem Einschlafen, roch ihr Atem noch nicht so gammelig, wie er es unzweifelhaft direkt nach dem Aufwachen täte, sondern es dominierte eine leichte Minznote, die vermutlich entweder von ihrer Zahncreme oder einer Mundspülung stammte. Insgesamt war der Eindruck durchaus angenehm. Dazu mischte sich der Duft einer fetthaltigen Nachtcreme, die im Übrigen dazu führte, dass ihre Stirn leicht glänzte, wie er vorher gesehen hatte.

Er zog seinen Kopf wieder ein klein wenig zurück und betrachtete die Schlafende fast zärtlich. Dann nahm er einen Zipfel der Bettdecke, der frei um ihre Schulter lag und zog ihn behutsam Zentimeter für Zentimeter zurück. Zum Vorschein kam ihr Schlaf-Shirt, rot und leicht zerknittert. Als er ihren halben Arm und Teile des Oberkörpers freigelegt hatte, stoppte er seine Bewegung. Dann kniete er sich vor das Bett und legte seinen Kopf auf die Matratze, sodass er in dem Winkel lag, den ihr unter den Kopf geschobener Arm und ihre Brust bildeten. Jetzt war er ihr so nahe, als ob er gemeinsam mit ihr eingeschlafen wäre. Er spürte ihren Atem an seinen Haaren und wenn ihre Brust sich hob, streifte sie ganz leicht seine Nase. Diese Nähe und Intimität berührte ihn in seinem Innersten und hätte ihn beinahe zum Weinen gebracht, wobei er sich nicht sicher war, ob vor Entbehrung oder vor Glück. Aber es spielte keine Rolle, denn er beherrschte sich und beschränkte sich darauf ihren Duft in tiefen Zügen in sich aufzunehmen. Und währenddessen träumte er davon, dass sie bald ihre Nächte nur noch gemeinsam verbringen würden. Dann würde sie wissen, wohin sie gehören würde.

Er wusste es jetzt schon.

* * *

Kommissar Bombach studierte den Bericht der Spurensicherung bereits zum zweiten Male. Dafür, dass sich die Jungs stundenlang in der Wohnung der Wahlbergs beschäftigt hatten, war das Ergebnis bemerkenswert dünn. Wichtigste Erkenntnis: Es gab keine Fingerabdrücke einer unbekannten Person. Verwischte Spuren legten allerdings nahe, dass sich jemand mit Handschuhen in der Wohnung aufgehalten hatte.

Die abgelegten Gegenstände waren ebenfalls genau untersucht worden. Leider mit ähnlichem Erfolg. Auf der Zeichnung befanden sich die Fingerabdrücke von Laura und die Handschuhe gehörten ihr - mehr war nicht zu entdecken.

Das Türschloss wies keine sichtbaren Manipulationen auf – jedenfalls nicht in letzter Zeit. Dass früher hier einmal ein Dietrich zum Einsatz gekommen sein könnte, war nicht auszuschließen. Seit einiger Zeit wurde jedoch ausschließlich ein passender Schlüssel benutzt und es gab keine auffälligen Beschädigungen oder Abriebspuren.

Einziger weiterer Anhaltspunkt waren die Kratzer auf dem Fußboden, die vermutlich von einem im Profil eines Schuhes eingeklemmten Steinchen herrührten. Vierunddreißig dieser winzigen Spuren waren im Holzparkett der Wohnung registriert worden. Zweimal sogar in Verbindung mit einem vage erkennbaren Abdruck. Dies war die einzige Stelle, an der Bombach die Möglichkeit sah, noch einmal nachzuhaken. Er griff zum Telefon, wählte eine Kurzwahl und drückte auf die Lautsprechertaste, um die Hände frei zu behalten.

„Moin, Bombach hier. Ich lese gerade euren Bericht zur Wohnung der Wahlbergs. Ihr habt da zwei Fußabdrücke erwähnt ..."

„Moin Bommel! Fußabdrücke ist ein bisschen viel gesagt. In der Nacht war es ja feucht und von daher sind die ersten beiden Abdrücke in der Wohnung anhand einiger Schmutzränder zu erahnen. Mehr aber auch nicht."

„Was heißt das genau? Können wir das Profil erkennen und reicht das eventuell für einen Vergleich?"

„Vermutlich eher nicht", bedauerte die Stimme aus dem Telefon. „Es handelt sich um einen sehr unvollständigen Abdruck. Wir vermuten, dass es sich um einen Sport- oder Wanderschuh handeln könnte, aber sicher sagen können wir es nicht."

„Wenn ich jetzt einen Schuh bringe – könnt ihr feststellen, ob es dieser war oder nicht?"

„Für individuelle Merkmale reicht die Spur auf keinen Fall aus. Mit viel Glück könnten wir vielleicht bestimmen, dass es sich um das richtige Model handelt. Das war es dann aber auch schon."

„Und die Größe?"

„Da können wir uns mit einer gewissen Wahrscheinlichkeit festlegen, auch wenn wir keinen vollständigen Abdruck sichern konnten. Aber einigermaßen zuverlässige Berechnungen ergeben eine anzunehmende Schuhlänge von 29 Zentimetern."

Manchmal hasste Bombach die Vorsicht seiner Kollegen von der Spurensicherung und der Kriminaltechnik. Sie lebten in einem ständigen Konjunktiv. Konnten sie nicht ein einziges Mal festlegen, dass der Täter 1,85 Meter groß, 83 Kilo schwer und Rechtshänder war?

„Was bedeutet das, welche Schuhgröße hat 29 Zentimeter?"

„Das kann man nicht genau sagen ..."

Natürlich nicht! Es wäre ja auch zu viel verlangt gewesen. „Warum nicht?"

„Je nach Marke fallen die Größen sehr unterschiedlich aus. Viele Sportschuhe werden in Vietnam produziert und verwenden dann größere Nummern als bei uns üblich. Da wird aus einer 44 schnell eine 46."

„Könnte es also auch eine Frau gewesen sein?", fragte Bombach schon ziemlich genervt nach.

„Bei 29 Zentimetern halte ich das für sehr unwahrscheinlich."

„Hurra, ein Lichtblick!"

„Aber natürlich nicht für ausgeschlossen."

Der Kommissar sackte in sich zusammen. „Na gut. Trotzdem danke!" Er drückte das Gespräch weg und murmelte einige unflätige Bemerkungen vor sich hin. Da er über ein Einzelbüro verfügte, kam dabei niemand zu Schaden.

Seufzend wandte er sich wieder den Videos der Überwachungskameras zu. Die Suche nach einem weißen Transporter war nicht wesentlich einfacher als die nach der Stecknadel im Heuhaufen. Zumal nicht sicher war, dass der Wagen überhaupt eine der näher gelegenen Kameras passiert hatte. Und eine flächendeckende Auswertung war definitiv nicht möglich.

Außerdem stellte er beim Betrachten der einzelnen Aufnahmen fest, dass weiße Kastenwagen offenbar gerade recht beliebt waren. Seine Liste, die er handschriftlich führte, war schon jetzt länger, als ihm lieb war. Und er war noch lange nicht durch mit den Kameras.

Einer plötzlichen Eingebung folgend griff er erneut zum Telefon und rief in der zuständigen Abteilung für Autodiebstähle an.

„Moin Kollege! Thomas Bombach, ich brauche mal etwas Hilfe."

Die Stimme am Telefon klang erschöpft, obwohl es erst früher Nachmittag war. Das lag daran, dass Autodiebstahl immer noch Konjunktur hatte, obwohl der Zenit an Fallzahlen überschritten war. Aber der Rückgang erfolgte sehr langsam.

„Was kann ich tun?"

„Könnt ihr filtern, welche weißen Transporter vor dem 11. November gestohlen gemeldet worden sind? Sagen wir, bis eine Woche davor?"

„Eine bestimmte Marke? Sonst irgendwelche Einschränkungen?"

„Nee. Leider nicht."

„Okay, das ist machbar. Kann aber ein bisschen dauern. Wir sind hier nicht gerade überbesetzt."

„Mit dem Ding ist vermutlich ein kleines Mädchen entführt worden. Wäre schön, wenn wir sie noch lebend finden würden."

„Okay, okay, habe verstanden." Der Mann am Telefon kapitulierte offensichtlich. „Ich mache mich gleich daran."

„Danke! Schick es mir per Mail, ja?" Bombach legte befriedigt auf. Dass der Kollege die Dringlichkeit der Angelegenheit nicht nur erkannt hatte, sondern auch sofort an die Arbeit gehen wollte, zeigte ihm, dass es um die Polizei insgesamt doch nicht so schlecht bestellt sein konnte. Das Bild vom faulen Beamten, der nur Dienst nach Vorschrift leistete und in erster Linie am Wohlergehen seines Gummibaums interessiert war, entsprach offensichtlich nicht der Realität.

Jetzt klingelte sein Handy.

„Ja?"

„Klinger hier. Ich überwache die Wohnung der Familie Wahlberg."

Bombach hatte nach längerem Überlegen beschlossen einen Mann vor dem Haus der Familie zu postieren, für den Fall, dass der seltsame Besucher erneut erscheinen würde. Viel versprach der Kommissar sich zwar nicht von dieser Maßnahme, aber da es um die Entführung eines Kindes ging, wollte er jeden Strohhalm nutzen.

„Was gibt es denn?"

„Ein Mann steht schon seit geraumer Zeit gegenüber von Hausnummer 31 und beobachtet den Eingang. Manchmal schaut er auch zu den Fenstern hoch. Allerdings macht er bisher keinerlei Anstalten das Haus zu betreten."

„Was ist das für ein Typ, welchen Eindruck macht er auf dich?"

„Ich glaube, ich kenne ihn. Vermutlich handelt es sich um Gerald Pohl."

„Was? Ich komme sofort!"

Bombach war einerseits froh, dass er seine ungeliebte Bürotätigkeit an dieser Stelle unterbrechen konnte, und andererseits elektrisiert von der Tatsache, dass Pohl die Chuzpe besaß die Wahlbergs zu beobachten. War er also der unheimliche Besucher in der Nacht gewesen? Dann hieß das auch, dass er mit an Sicherheit grenzender Wahrscheinlichkeit Laura in seiner Gewalt hatte. Das galt es zu überprüfen, und zwar sofort!

Bereits eine Viertelstunde später bog der grüne BMW des Kommissars in die Ottersbekallee. Kurz vor der Kreuzung Lutterothstraße fand er einen Parkplatz. Eilig schritt er über die Straße und blieb an der Einmündung "Am Weiher" stehen. Die ziemlich hohe Hecke des Eckgrundstücks verbarg ihn vor frühzeitiger Entdeckung. Angestrengt spähte er an den Zweigen vorbei. Gleich der erste Wagen gehörte zum Kollegen Klinger, den er auch hinter dem Steuer erkannte. Daraus folgerte Bombach, dass Pohl noch vor Ort war, denn andernfalls hätte der Kollege nicht so ruhig hinter dem Steuer gesessen. Pohl selbst konnte er nicht entdecken, vermutlich war dieser hinter einem der dicken Baumstämme auf der anderen Straßenseite verborgen.

Er beschloss zunächst einfach weiterzugehen. Das tat er auch, bis er auf Höhe des Zivilfahnderfahrzeugs war. Dort öffnete er die Beifahrertür und ließ sich auf den Sitz gleiten.

„Na, was ist, ist er noch da?"

Klinger hatte nur einen schnellen Seitenblick auf Bombach geworfen, dann schaute er wieder nach vorne.

„Er steht gleich da hinter dem Baum", sagte er und zeigte auf eine mächtige Linde direkt am Zaun des Spielplatzes. „Manchmal kann man seinen Arm sehen, aber er bewegt sich ziemlich wenig."

„Hat er irgendetwas getan? Telefoniert oder mal über die Straße gegangen, irgendwas?"

„Nein, er steht jetzt da seit einer knappen halben Stunde und beobachtet das Haus. Mehr nicht."

Bombach versuchte sich einen Reim auf dieses Verhalten zu machen, aber es gelang ihm nicht. Er konnte keinen Grund für das rein passive Beobachten erkennen.

„Tja, dann werde ich ihn mal fragen, was das soll. So ganz normal ist das ja nicht. Mir wäre es auch zu ungemütlich, hier so lange rumzustehen."

Es war zwar weitgehend trocken an diesem Tag, aber ein unangenehmer Ostwind pfiff durch die Häuserschluchten und drang durch jede noch so warme Jacke. Bombach schlug den Kragen hoch, nachdem er die schützende Wärme des Wagens verlassen hatte, und überquerte die Straße, wobei er darauf achtete den Baum weiterhin als Sichtschutz zwischen sich und Pohl zu behalten. Er wollte den Mann überraschen.

„Hallo, Herr Pohl! Das ist ja ein Zufall, dass ich Sie ausgerechnet hier treffe!"

Pohls Gesicht ruckte nach rechts und er sah so aus, als ob er sich vor Schreck aus dem Staub machen wollte.

„Das würde ich mir überlegen. Ich bin nicht allein hier." Er deutete auf den dunklen Passat, aus dem Klinger gerade ausstieg und aufmerksam herüberschaute. „Einer von uns beiden holt Sie ganz bestimmt ein."

„Warum sollte ich weglaufen?", maulte Pohl, der sich notgedrungen fügte. „Es ist ja wohl nicht verboten auf öffentlichem Gelände herumzustehen, oder?"

„Das ist es nicht. Aber wenn man eine halbe Stunde bei Eiseskälte den Ort einer Entführung beobachtet, dann wirft das zumindest ein paar Fragen auf."

„Ach ja? Welche denn? Also nicht, dass ich irgendeine davon beantworten müsste. Ich kenne meine Rechte nämlich."

„Davon bin ich überzeugt", seufzte Bombach. „Trotzdem – warum beobachten Sie dieses Haus?"

„Ich stelle mir vor, wie Dr. Wahlberg sich fühlt." Die Antwort kam leise und klang gleichmütig.

„Und? Was meinen Sie?"

Pohl reagierte nicht gleich. Er starrte vor sich hin und schien in sich versunken zu sein. Schließlich hob er den Kopf und schaute Bombach zum ersten Mal in die Augen.

„Er fühlt sich hilflos. Ihm fehlt jegliche Kontrolle. Seine Möglichkeiten die Situation zu beeinflussen sind gleich null. Er muss akzeptieren, was immer kommen mag, und hat keine Chance zu agieren. Das dürfte ziemlich ungewohnt sein für einen Psychologen, meinen Sie nicht?"

„Vermutlich schon, aber warum beschäftigt Sie das?" Bombach hatte den Eindruck, dass das Gespräch nicht ganz so verlief, wie er sich das gewünscht hatte. Bei Pohl war überhaupt kein Schuldbewusstsein zu erkennen.

„Weil es genau die Lage ist, in der ich mich befunden habe. Ich weiß, wie furchtbar das ist. Er wusste es bisher nicht. Aber inzwischen dürfte er eine Ahnung davon haben, wie es sich anfühlt, wenn man vollständig von einer anderen Person abhängig ist. Wenn jemand anderes für einen die Wahl zwischen Himmel und Hölle trifft. Wenn du nur auf den Fingernägeln kauen und warten kannst. Wenn Sekunden zu Stunden werden." Pohls Stimme verlor sich im Nichts, als ob ihm die Kraft für einen weiteren Satz abhandengekommen wäre.

„Und diese Person, von der Dr. Wahlberg abhängig ist, sind Sie das vielleicht, Herr Pohl?"

„Ich?" Pohl lachte bitter. „Nein, so gnädig ist das Schicksal nicht. Aber es ist schon eine Genugtuung, dass es überhaupt so eine Person gibt."

„Sie haben überhaupt kein Mitleid mit der Familie Wahlberg?"

Pohl schaute entsetzt hoch. „Natürlich habe ich Mitleid! Vor allem mit der kleinen Laura. Und mit der Mutter."

„Mit Dr. Wahlberg nicht?"

„Nein. Er hat kein Mitleid verdient." Mit diesen Worten wandte sich Pohl ab und wollte gehen.

„Moment noch!" Bombach hielt den Mann am Ärmel fest. „Warum hat Dr. Wahlberg kein Mitleid verdient?"

Für einen Moment blieb Pohl ihm die Antwort schuldig, aber dann entschloss er sich doch zu sprechen.

„Er spielt Gott", sagte er leise. „Aber darüber macht er sich keine Gedanken. Und genau das ist sein Fehler!"

„Wie meinen Sie das?"

„Finden Sie es selbst heraus, Herr Kommissar. Ich habe schon genug geredet. Außerdem ist es kalt. Ich kann mir keine Fehltage wegen Krankheit erlauben, sonst ist mein Job ganz schnell wieder weg. Vergessen Sie nicht – ich bin schließlich nur der Kinderficker! Schönen Tag noch!"

Bombach schaute dem Mann nach, der im Weggehen den Kragen hochschlug und den Kopf förmlich in die Jacke hineinzog. Er ging leicht vornübergebeugt, als müsse er sich gegen einen Sturm stemmen. Vielleicht wollte er aber auch nur sein Gesicht verbergen. Was hatte er bloß gemeint, als er über Dr. Wahlberg sprach? Eins war jedenfalls klar. Pohl hasste den Mann aus tiefster Seele. Aber hatte er auch dessen Tochter entführt? Auf diese Frage wusste der Kommissar keine Antwort. Ihm war lediglich klar, dass er nicht die Spur eines Beweises besaß, der beispielsweise eine Hausdurchsuchung rechtfertigen würde. Außerdem war vermutlich kein Verbrecher so blöd, sein Entführungsopfer in der eigenen Wohnung zu verstecken. Zumal, wenn er jeden Tag mehrere Stunden zur Arbeit musste.

„Du lässt ihn einfach gehen?" Klinger war nähergetreten und sprach Bombach über den Zaun des Spielplatzes hinweg an.

„Das muss ich wohl. Wir haben nichts gegen ihn in der Hand und das weiß er ganz genau. Es ist merkwürdig, dass er hier so lange steht und das Haus beobachtet, aber verboten ist es nicht."

„Hat er nicht eine Auflage, dass er sich von Kinderspielplätzen fernhalten muss? Als Pädo?"

Bombach zuckte die Schultern.

„Keine Ahnung. Siehst du hier irgendwo ein Kind? Selbst wenn ich ihn wegen irgendeines Formfehlers belangen könnte, was soll's? Ich suche das Mädchen und seinen Entführer. Und bis jetzt gibt es keinen konkreten Hinweis, dass er es war."

„Hast du ihn gefragt, ob er neulich Nacht bei den Wahlbergs eingestiegen ist? Hat er ein Alibi für die Zeit?"

„Ich weiß es nicht. Wohnst du allein?"

Klinger wirkte von diesem plötzlichen Themenwechsel total überrumpelt, antwortete aber trotzdem ganz automatisch. „Ja, warum?"

„Hast du normalerweise für den Zeitraum zwischen Mitternacht und drei Uhr morgens einen Zeugen, dass du im Bett gelegen und geschlafen hast?"

„Manchmal schon." Klinger grinste breit und zwinkerte verschwörerisch. „Bloß, dass ich dann nicht schlafe. Wäre ja Verschwendung."

„Angeber!" Bombach war nicht zu Scherzen aufgelegt. „Als verurteilter Pädophiler schleppst du vermutlich nicht ständig irgendwelche Bräute ab. Bei ihm wäre es eher auffällig, wenn er ein Alibi hätte. Hast du seine Füße gesehen?"

„Bitte?!"

„Pohl hat auffällig kleine Füße. Ich meine, er ist auch nicht besonders groß, aber ich schätze, dass er höchstens Schuhgröße 40 trägt."

„Und Kinder darf man erst ab Größe 45 entführen oder was?" Die ständigen, unvorhersehbaren Themenwechsel irritierten den Zivilfahnder.

„Die Spuren in Wahlbergs Wohnung stammen von Schuhen Größe 44 oder eher noch mehr. Pohl kann nicht dort gewesen sein."

„Ah, verstehe." Klinger blies in seine verfrorenen Hände. „Das bedeutet, dass ich hier noch weiter rumstehen darf, oder?"

„Ganz genau. Aber zumindest kannst du dich ins Auto setzen und bist vor dem Wind geschützt. Ich verschwinde wieder. Ruf mich an, wenn etwas passiert!"

* * *

Sie schwebte scheinbar schwerelos über dem Grund des Sees und fühlte sich frei von jeglichen irdischen Lasten. Überraschenderweise hatte sie keinerlei Probleme zu atmen. War sie ein Fisch? Und musste sich das Wasser nicht entweder warm oder kalt anfühlen? Fragen, die ihr durch den Kopf schossen und im nächsten Moment wieder verschwanden. Vielleicht waren sie nicht so wichtig.

Das Licht! Woher kam plötzlich der helle Schein? Unwillig versuchte sie den Kopf zu bewegen, um dem unbarmherzigen Strahl zu entgehen, aber es gelang ihr nicht. Sie wollte ihren Protest herausschreien, aber obwohl sie spürte, wie sich die Luft in ihren Lungen sammelte, konnte sie sie nicht lautstark ausstoßen.

Zu fühlen, dass ihr Körper da war, aber nicht reagieren zu können, machte ihr Angst. Aber die Angst besaß nicht diese besitzergreifende Macht, die sie allein in einem dunklen Wald zum Schreien bringen würde. Es war keine Panik, als deren Resultat ein greller Blitz durch ihren Körper fahren und ihn in höchste Alarmbereitschaft versetzen würde. Es war mehr so ein dumpfes Unwohlsein, das Gefühl, dass etwas nicht in Ordnung war. Ja, irgendetwas geschah hier, das ihrer bisherigen Vorstellung von Leben so fremd war, dass sie partout keine Erklärung dafür fand.

Eine Hand packte ihre Schulter. Schüttelte sie. Wie eine Puppe wurde sie durchgerüttelt und als die Hand sich entfernte, blieb sie mit seltsam schiefem Kopf liegen. Dafür kamen jetzt Geräusche. Konnte man unter Wasser hören? Atmen, das Rascheln von Kleidung, Schritte. Geklapper von irgendetwas. Sie war sicher, noch niemals unter Wasser etwas klappern gehört zu haben.

Vielleicht war sie ja gar nicht unter Wasser? Passend zu diesem Gedanken hatte sie plötzlich das Gefühl langsam aufzutauchen. Ohne eigenes Bemühen schwebte sie langsam immer höher. Kurz bevor ihr Gesicht die Wasseroberfläche durchstieß, konnte sie mit einem Mal sehen. Verschwommen und diffus erkannte sie einen Kopf. Ein Mensch! Aber warum hatte er kein Gesicht? Alles schien nur weiß zu sein mit drei dunklen Löchern. Ein Teil von ihr wollte lieber wieder herabsinken in die Tiefe des Vergessens. Aber sie schaffte es nicht die Bewegung umzukehren. Gleich würde sie an der Oberfläche sein, gleich …

„Laura, wach auf!"

Die Stimme klang etwas dumpf, was an der Maske liegen musste. Das kleine Mädchen riss die Augen auf und nahm mit einem Mal ihre tatsächliche Umgebung wahr. Sie lag auf einem Bett und der Mann mit der Maske beugte sich über sie. Über den Kopf hatte er die Kapuze eines unförmigen Pullovers gezogen, der seinen Oberkörper so locker umschloss, dass sie gar nicht sagen konnte, ob der Mann dick oder dünn war.

„Los, iss das!"

Normalerweise hätte sie jubelnd zugegriffen, als sie die Papiertüte des Fast-Food-Restaurants erkannte. Derart ungesundes Essen war zu Hause streng geächtet. Ihre einzige Erfahrung mit Burgern stammte von einem Kindergeburtstag, bei dem die wenig einfallsreichen Eltern einer Klassenkameradin die wilde Horde kurzerhand zu McDonalds gefahren und dort mehr oder weniger sich selbst überlassen hatte. Die klebrigen Getränke, soßengetränkten Hamburger und würzigen Pommes frites waren ihr wie eine Offenbarung aus dem Paradies erschienen und hielten keinerlei Vergleich mit den selbst gekochten Biogerichten stand, die ihre Mutter regelmäßig servierte.

Aber heute fühlte sie sich seltsam behäbig, als ob ihr Körper in eine unsichtbare und nur wenig flexible Schicht Klebstoff eingehüllt wäre. Der Befehl von ihrem Gehirn, jetzt den Arm zu heben, verließ ihren Kopf, aber auf dem Weg zur Hand hatte er sich irgendwie verlaufen und der Arm wusste nicht, was er tun sollte.

„Mach schon, sonst wird es kalt!"

Bitte nicht! - wollte sie schreien, aber wieder versagte die Befehlskette. Aber immerhin konnte sie jetzt den Arm ein kleines bisschen heben. Vielleicht war dieser Befehl doch nicht verloren gegangen, sondern hatte nur einen gewaltigen Umweg gemacht. Eine lustige Vorstellung: Der Auftrag an den Arm macht einen kleinen Ausflug in die Beine, sieht sich dort gründlich um, kehrt zurück und versucht es abermals, wobei er im Bauch landet, wo er vorher noch nie war ...

„Herrgott, jetzt stell dich doch nicht so an!"

Bei dem Mann schien die Koordination besser zu klappen. Er hob geradezu zackig die Arme und griff zu. Sie kam sich schrecklich manipuliert vor, denn er hatte sie in Windeseile in eine sitzende Position gebracht, die sie auch ohne Probleme beibehalten konnte. Probehalber öffnete und schloss sie ein paarmal den Mund. Das ging doch ganz prima!

Er stellte den Papiersack neben sie aufs Bett und drehte sich um. „Iss oder lass es bleiben. Mir ist es egal." Dann verschwand er aus ihrem Blickfeld, da sie den Kopf nicht drehen konnte. Aber er war noch im Raum, das entnahm sie den entfernten Geräuschen.

Sie konzentrierte sich jetzt auf die Tüte mit dem Essen. In ihrer Vorstellung durchlebte sie noch einmal den Geburtstag und rief sich den salzigen Geschmack der Pommes frites ins Gedächtnis. Heruntergespült hatte sie diese tatsächlich mit eiskalter und süßer Cola, was ihre Mutter natürlich auch niemals erlaubt hätte. Diese Kombination aus Gewürz und Zucker hatte sie wie ein Intercity überrollt und die Erinnerung schaffte, was ihrem Gehirn nicht gelungen war. Ganz langsam bewegte sie die Hand auf die Tüte zu.

„Siehste, Mädchen, geht doch!" Befriedigt nahm er zur Kenntnis, dass Laura zu essen begann. Zwar wie in Zeitlupe, aber immerhin. Sie konnte verdammt dankbar sein, dass er überhaupt darauf achtete, dass sie regelmäßig Nahrung zu sich nahm. Na ja, ziemlich regelmäßig. Er hatte schließlich nicht immer Zeit. Wenn er da an seine eigene Jugend dachte ...

Zur Schule hatte er ein neutrales Verhältnis. Vielleicht sogar eher positiv. Natürlich war es anstrengend immer aufpassen und lernen zu müssen, aber auf der anderen Seite war die Schule relativ sicher. Die gelegentlichen Raufereien unter Schulkameraden waren harmlos im Vergleich zu den explosionsartigen Wutanfällen seiner Mutter. Wenn sie durchdrehte, wie er es heimlich nannte, dann kannte sie kein Maß und kein Ende. Hemmungslos drosch sie auf alles ein, was ihr in den Weg kam. Sie war eine kleine Frau und zierlich dazu, was nicht verwunderlich war. Schließlich ernährte sie sich in der Hauptsache von Schnaps und Zigaretten.

Trotz ihrer eindeutigen körperlichen Unterlegenheit griff sie jedoch auch seinen Vater an, der ein großer, kräftiger Kerl war und sie um mindestens einen Kopf überragte. Aber sein Vater war ein friedlicher Mensch und seine Mutter eine Furie. Hinzu kam, dass sie jeden Gegenstand zu Hilfe nahm, der ihr als Waffe geeignet schien und den sie heben konnte. Schlimm wurde es, wenn ihr das Brotmesser in die Hände fiel. Dann rannte selbst sein Vater um sein Leben, was vermutlich eine kluge Entscheidung war.

Wie gesagt, die Schule war da sicherer. Und es gab noch einen Vorteil: In der Schule gab es manchmal etwas zu essen. Genau genommen sogar recht oft. Denn jeden Tag wollte irgendeiner seiner Mitschüler das ungeliebte Leberwurstbrot oder den Apfel mit der kleinen Druckstelle wegwerfen. Schnell stellte sich heraus, dass er zuverlässig wie ein Müllschlucker sämtliche Lebensmittel verschlang. Krüsch zu sein war ein Luxus, den er sich nicht leisten konnte. Folglich aß er alles, was die anderen missachteten. Das half ihm, sich körperlich einigermaßen normal zu entwickeln. Denn zu Hause war Schmalhans Küchenmeister und selbst das nur an manchen Tagen. Die übrige Zeit gab es nichts. Das lag nicht an fehlendem Geld, sondern an der Tatsache, dass seine Mutter zunächst darauf achtete, dass die Schnapsvorräte nie zur Neige gingen. Dann kamen Rauchwaren und schließlich Bier. Da sie selber kaum etwas aß, nahm sie vermutlich einfach an, dass feste Nahrung verzichtbar war. Sein Vater beschaffte sich sein Essen offenbar außer Haus, denn er machte einen wohlgenährten Eindruck, obwohl er ihn nur selten essen sah. Vielleicht gab es bei seiner Arbeit eine Kantine.

Eine warme Mahlzeit gab es eigentlich höchstens am Sonntag und auch dann handelte es sich meist um einen wässrigen Eintopf, in dem undefinierbare Fleischstückchen und Gemüsereste herumschwammen. Dazu gab es verkochte Kartoffeln. Manchmal schwamm etwas Zigarettenasche auf dem Essen. Seine Mutter hatte auch beim Kochen meist eine Kippe im Mundwinkel und war zu verkatert, um rechtzeitig abzuaschen. Aber er war nicht wählerisch und aß diese eintönigen Gerichte, ohne zu klagen.

Manchmal fragte er sich, ob sein Vater eigentlich mitbekam, dass sein Kind vollkommen vernachlässigt wurde. Aber vermutlich war der Mann viel zu sehr mit sich selbst beschäftigt und glaubte, seine Pflicht getan zu haben, indem er regelmäßig arbeitete und das Geld anschaffte. Dadurch war er auch selten zu Hause, denn er arbeitete sechs Tage in der Woche und war immer mindestens zehn Stunden fort. Was sein Vater genau machte, konnte er gar nicht sagen. Gespräche waren selten in dieser Familie. Wenn überhaupt, dann hielt seine Mutter Monologe, deren Sinn er meistens nicht verstand. Was damit zusammenhängen könnte, dass diese in unterschiedlichen Stadien der Trunkenheit gehalten wurden und oft gefährlich durch verschiedene Themenbereiche mäanderten. Ganz zu schweigen von der nuscheligen Aussprache, die zwei Gründe hatte. Zum einen lässt die Sprachkompetenz mit zunehmendem Promillewert bekanntlich nach und zum anderen hatte ihr Lebenswandel seine Mutter bereits früh etlicher Zähne beraubt.

Sein Vater tat, was ihm in einer derartigen Situation übrig blieb: Er schwieg. Eisern und so oft wie möglich. Denn jedes Wort konnte das falsche sein und den Vulkan zur Eruption bringen.

Er selbst war ein normales Kind, das demzufolge den Austausch brauchte. Aber seiner Mutter ging er aus dem Weg, so gut er es vermochte und sein Vater hatte das Schweigen zur Weltanschauung erhoben und wandte es auch ihm gegenüber an. Konnte er ihm deswegen einen Vorwurf machen? Er glaubte, nein. Vor allem nicht, wenn er bedachte, was später passiert war. Das Schlimme, wie er es nannte. Das Ereignis, das sein Leben von Grund auf umgekrempelt hatte. Der Abend, den er, wann immer er konnte, in seinem Gedächtnis mit einem grauen Schleier belegte, der gnädig zumindest die Konturen des Geschehens abmilderte. Anders konnte er es nicht ertragen. Noch heute hatte er schreckliche Angst. Angst davor, verrückt zu werden. Oder schlimmer noch: verrückt zu sein.

Mit jedem Bissen ging es Laura etwas besser und sie fühlte sich ein wenig mehr in der Lage ihren Körper wieder zu kontrollieren. Dankbar schlang sie die letzten Reste eines Cheeseburgers hinunter und stopfte sich die übrigen Fritten in den Mund. Es fehlte zwar der Ketchup, aber sie hatte das deutliche Gefühl, dass nicht der rechte Zeitpunkt war, um sich darüber zu beschweren. Dafür war in dem Pappbecher mit Deckel tatsächlich Cola, die zwar nicht mehr eiskalt, aber trotzdem unglaublich lecker war. Der Zucker brachte ihre Lebensgeister endgültig wieder in Schwung und sie konnte sich jetzt sogar vorstellen aufzustehen.

„Na guck mal einer an, das kleine Fressmonster hat alles weggeputzt!"

Es gelang ihr den Kopf zu drehen, sodass sie den Mann in einer Ecke an der Wand stehen sah. Er machte eine ungeduldige Handbewegung.

„Wenn du fertig bist, dann solltest du aufs Klo gehen. Ich will dich nicht beim nächsten Mal vollgepisst vorfinden." Er deutete auf eine Campingtoilette, die vor dem Bett stand.

Unsicher, ob ihr Körper ihr vollständig gehorchen würde, machte sie sich daran vom Bett zu rutschen. Es ging erstaunlich gut. Das Gefühl, unter Wasser eingeschlossen zu sein, war komplett verschwunden. Als sie sich auf ihre Füße stellte, hielten diese nach einem kurzen Wackeln der Belastung stand. Vorsichtig näherte sie sich dem Plastikklotz und las belustigt den Namen. Porta Potti klang komisch für ein Klo. Sie klappte den Deckel hoch und wandte sich dann dem Mann zu.

„Du musst dich aber umdrehen", bestimmte sie. „Sonst kann ich nicht!"

„Glaub mir, du könntest!", brummte er, schaute aber trotzdem zur Wand. Ganz schön keck, das kleine Luder. Verkannte wohl ihre Lage.

Es dauerte einige Zeit, aber dann verkündete ein prasselndes Geräusch, dass die Mission erfolgreich war. Als er sich wieder umdrehte, schloss sie gerade den Knopf ihrer Jeans und drückte den Deckel herab.

„Was ist mit Händewaschen?", fragte sie.

„Es gibt kein Wasser, vergiss es einfach."

„Ich muss mir aber auch die Zähne putzen. Schließlich habe ich etwas gegessen. Danach soll man sich immer die Zähne putzen. Weißt du das etwa nicht?"

„Hast du was an den Ohren? Es gibt kein Wasser! Dir werden schon nicht gleich die Beißer rausfallen."

Jetzt hatte er das Bild seiner Mutter vor Augen, die mit weit offenem Mund gähnte und dabei mehr Lücken im Gebiss als Zähne präsentierte. Und die verbliebenen Kameraden waren auch nicht gerade in Bestform. Die privilegierteren waren noch gelb von Nikotin. Die übrigen tendierten zu Schwarz. Sie sah aus wie ein Monster, das nicht ganz fertig geworden war.

„Außerdem hast du keine Zahnbürste. Ich dachte immer, dass Kinder froh sind, wenn sie mal nicht Zähne putzen müssen."

„Wenn man gesunde und hübsche Zähne behalten will, dann muss man sie regelmäßig putzen. Ich bekomme später auch mal eine Spange!" Das Mädchen klang regelrecht stolz. „Du musst eine Zahnbürste kaufen. Und Kinderzahncreme!"

„Ich muss gar nichts. Hier, iss ein Bonbon zum Nachtisch!"

Süßigkeiten gehörten zu den Seltenheiten im Hause Wahlberg und wenn, dann in Form von Bio-Dinkelkeksen mit Agavensirup. Von daher griff Laura mit leuchtenden Augen zu und stopfte sich das pralinenartige Ding in den Mund.

„Das schmeckt aber gar nicht nach Süßigkeit", beschwerte sie sich.

„Es gibt aber nichts anderes. Also halt die Klappe und iss!"

Sie gehorchte und legte sich wieder auf das Bett. Erstaunlicherweise fühlte sie sich wieder müde. Hatte sie nicht gerade furchtbar lange geschlafen? Auch das Denken fiel ihr schwerer. Sollte sie nicht noch Zähne putzen? Sie wollte aufstehen, aber ihr Körper gehorchte nicht so, wie sie das wollte.

Der Mann mit der Maske beobachtete das kleine Mädchen befriedigt. Sie würde ihm keinen Ärger machen.

* * *

„Hoppel, hier ist Mike. Ich brauche mal deine Hilfe!"

Staller saß in seinem Büro, das Telefon am Ohr, und hatte die Füße über eine Ecke des Schreibtischs gelegt. Diese Haltung war zwar vielleicht nicht besonders rückenfreundlich, aber dafür bequem. Sein Lieblingsbecher mit dem Totenkopfsymbol und dem Wappen von St. Pauli war mit frischem Kaffee gefüllt und dampfte noch.

„Was liegt denn an? Brauchst du ein neues Auto? Ich hätte einen günstigen Camaro, wirklich wunderschön! Schnurrt wie ein Kätzchen. Nicht so ein oller Reisbrenner wie deiner."

Hoppel, von dem niemand so recht wusste, wie sein richtiger Name lautete, war ein begnadeter Autoschrauber, der einen schwunghaften Handel mit Gebrauchtwagen betrieb. Dabei ging er nicht immer nur den ganz legalen Weg, sondern er kaufte auch schon mal ein Auto mit zweifelhaften oder gar fehlenden Papieren. Außerdem kannte er Gott und die Welt in dem sich ständig verändernden Kosmos der Autofreaks. Darunter auch diejenigen, die sich nicht mit dem Kauf von Wagen aufhielten, sondern sie sich schlicht "beschafften".

„Danke für das Angebot, aber du weißt, wie sehr ich meinen Pajero liebe. Es geht mir mehr um eine Information."

„Aha. Was willst du denn wissen?"

„Ich suche einen hellen, vermutlich weißen Transporter, der wahrscheinlich irgendwann in den letzten zwei, drei Wochen geklaut worden ist."

„Willst du auf Kurierfahrer umschulen und brauchst eine preiswerte Grundausstattung?"

„Eigentlich gefällt mir mein derzeitiger Job noch ganz gut. Und mit dem hängt meine Frage auch zusammen. Da ist ein Mädchen verschleppt worden. Sie ist erst acht. Und eventuell wurde sie mit diesem Transporter entführt."

Hoppel pfiff durch die Zähne.

„Mehr hast du nicht? Eventuell, wahrscheinlich, vermutlich ist ein bisschen dünn. Geht es nicht etwas genauer?"

„Tut mir leid. Mit ziemlicher Sicherheit war kein Firmenaufdruck auf dem Wagen. Aber das war es dann wirklich."

„Und du hast auch keine Ahnung, aus welcher Ecke der Entführer kommt?"

„Wie meinst du das?"

„Autoschieber sind in der Regel Spezialisten. Die probieren nicht plötzlich mal was Neues aus, zum Beispiel 'ne Entführung. Es sei denn, dafür wären, sagen wir mal, die Russen verantwortlich. Die sind breit aufgestellt. Waffen, Drogen, Erpressung – die machen alles. Und nebenbei schaffen sie auch noch ein paar Nobelkarossen in den Osten."

Der Reporter dachte einen Moment über diese Information nach. Genau genommen war überhaupt nicht sicher, dass der Entführer Verbindungen zur Automafia hatte. Möglicherweise hatte er den Wagen geklaut, Laura entführt und sich später des Transporters wieder entledigt. Vielleicht stand er ja auch seit Tagen unbemerkt in einem einsamen Waldweg? Trotzdem, ein paar Nachforschungen würden nicht schaden.

„Ich verstehe, was du sagen willst, Hoppel. Kannst du dich trotzdem mal umhören, ob jemand so einen Wagen bekommen hat? Es gibt verdammt wenig Anhaltspunkte und wenn wir zumindest herausfinden könnten, dass das Mädchen wirklich in dem Transporter entführt wurde, dann hätten wir einen ersten Ansatz."

Der Gesprächspartner klang zögerlich. „Mal angenommen, ich finde die Karre. Dann hat derjenige, der ihn hat, aber ein Problem, oder?"

„Nicht, wenn er nichts mit der Entführung zu tun hat. Und falls doch, dann bekommt er völlig zurecht ein Problem, findest du nicht auch?"

Hoppel grunzte etwas, das entfernt nach Zustimmung klang. „Okay, ich höre mich mal um. Versprechen kann ich nichts, das weißt du ja."

„Schon gut. Aber mach ein bisschen Dampf. Ich schätze, dass die Kleine momentan keine gute Zeit hat. Hast du nicht selber eine Tochter? Dann müsstest du dich eigentlich ganz gut in die Situation hineinversetzen können."

„Ich hab' doch schon gesagt, dass ich dir helfe. Wenn ich etwas herausfinde, melde ich mich." Hoppel legte grußlos auf.

Staller strich den letzten Namen von seiner kurzen Liste und legte das Telefon beiseite. Mehr konnte er im Moment nicht tun. Er hatte alle Kontakte zur Szene mit ähnlich verlaufenden Gesprächen auf die Spur des weißen Wagens gesetzt. Wenn dieser tatsächlich in irgendeiner Werkstatt stand und auf den Transport ins Ausland wartete, dann bestand eine gute Chance, dass er darüber informiert wurde. Bis dahin musste er abwarten. Er griff sich den Kaffeebecher und nahm einen Schluck. Was konnte er sonst noch versuchen, um das Rätsel von Lauras Verschwinden zu lösen? Um besser nachdenken zu können, schloss er die Augen.

„Montagmittag und die Woche will kein Ende nehmen?"

Staller schrak hoch, als er die neckende Bemerkung von Sonja vernahm. „Ich denke nach."

„Vielleicht darüber, warum du mich verdreht auf deinem Sofa pennen lässt?" Jetzt troff der Honig geradezu aus ihrer Stimme und erreichte den beabsichtigen Effekt: Der Reporter war irritiert.

„Nein, eigentlich nicht. Aber was war denn daran verkehrt? Immerhin habe ich dich zugedeckt. Und überhaupt – so verdreht hast du gar nicht gelegen!" Er fühlte sich, als ob er sich rechtfertigen müsste, und ärgerte sich darüber.

„Mir tut aber der Nacken weh! Und ich finde, dass du mir zum Ausgleich eine kleine Massage schuldest." Mit diesen Worten schob sie seine Beine von der Schreibtischecke und nahm selbst dort Platz, indem sie ihm den Rücken zuwandte. „Nachdenken kannst du auch dabei. Also los, worauf wartest du noch?"

Er war so perplex, dass er brav aufstand und hinter sie trat. Als er die Hände gehoben und ihre Haare zur Seite geschoben hatte, fiel ihm auf, dass er perfekt manipuliert worden war und wollte schon wieder aufhören. Aber dann hatte er das Gefühl, dass er dabei erst recht blöd aussah, und legte die Fingerspitzen sanft auf ihren Nacken.

„Dann leg mal los!", ermutigte sie ihn.

Während er zunächst vorsichtig von oben nach unten über ihre Nackenmuskulatur strich, wurde er sich der Intimität dieser Bewegungen bewusst. Er spürte ihre warme, trockene Haut, er roch den Duft ihres Haares und er registrierte ihren lebendigen, schlanken Körper direkt vor sich. Außerdem bewunderte er die Selbstverständlichkeit, mit der sie sich ihm so nah präsentierte. Dieser doch eigentlich ganz normale Vorgang der Massage bekam dadurch einen Hauch von Hingabe und Sinnlichkeit. Sie überließ sich seinen Händen voller Vertrauen mit einer freudigen Erwartung. Dabei beschäftigte er sich mit einem Körperteil, an dem er mit nur ganz geringen Veränderungen seines Drucks statt Entspannung den Tod bringen konnte.

Fast entsetzt zwang er sich, seinen Gedankengang zu beenden. Auf was für eigenartige Ideen kam er hier eigentlich?

„He, nicht aufhören! Das ist schön, was du da machst!"

„Sorry, hab' mich wohl in meinen Überlegungen verloren." Schuldbewusst nahm er seine Arbeit wieder auf und drückte nun etwas fester auf die seitliche Nackenmuskulatur. Verspannungen konnte er jedoch nicht spüren. Er ließ seine Fingerspitzen jetzt kreisen und dabei langsam auf und ab wandern.

„Mmh, das machst du gut", schnurrte sie zufrieden.

Er bearbeitete sie weiter und ließ seine Gedanken in eine andere Richtung schweifen. Sie hatten noch gar nicht über die Nacht bei den Wahlbergs gesprochen. Ihm war die Tatsache seltsam vorgekommen, dass das Ehepaar fast getrennt in einem Haus zu leben schien.

„Du hast dich doch neulich länger mit der Frau von Dr. Wahlberg unterhalten. Was hat sie für einen Eindruck auf dich gemacht?"

Sonja rief sich das verhärmte Gesicht der Frau, ihre leeren Augen und ihre Spannungslosigkeit ins Gedächtnis.

„Ich glaube, sie fühlt sich sehr allein angesichts der ungeklärten Situation. Die Tochter ist verschwunden, aber der Mann ist irgendwie auch weg."

„Wegen der zwei Wohnungen?"

„Nein. Das ist wohl eher die Folge als die Ursache. Die Frau ist emotional komplett erschöpft. Ich würde sagen, dass sie eigentlich längst zusammengebrochen wäre, wenn ihr Mann ihr nicht irgendwelche Medikamente gäbe. Dabei wäre sein Mitgefühl viel wichtiger als seine Pillen."

„Glaubst du denn, dass ihn die Sorge um seine Tochter kalt lässt?"

Sie dachte einen Moment über die Frage nach und schüttelte dann den Kopf. „Er hat eine andere Art damit umzugehen. Schließlich ist er in jeder Hinsicht Profi. Ich glaube, dass er den Gedanken verdrängt, dass er Laura vielleicht nie wiedersieht. Statt dessen grübelt er über den Täter, die Motive und den Tathergang. Damit abstrahiert er die persönliche Belastung zu einem Fall, wie er ihn praktisch jede Woche auf dem Tisch liegen hat. Es gibt ein Problem und er sucht die Lösung. Typisch Mann halt!"

„Ich weiß nicht, was daran jetzt grundsätzlich verkehrt sein soll", entgegnete Staller. „Wir tun doch auch nichts anderes!"

„Natürlich nicht. Aber wir sind auch nicht die Eltern. Was würdest du tun, wenn Kati entführt würde?"

Jetzt war es an ihm nachzudenken. Das beschäftigte ihn so sehr, dass er sogar die Massage einstellte. Sonja verzichtete diesmal auf einen Protest und drehte sich auf dem Schreibtisch herum, sodass sie ihn anschauen konnte.

„Ich denke, ich würde jedes Mittel ausschöpfen, um sie zurückzubekommen", antwortete er schließlich.

„Okay, das ist natürlich klar. Ich habe die Frage nicht gut gestellt. Was ich meinte war, wie würdest du dich fühlen?"

„Ich wäre am Boden zerstört, nehme ich an. Außerdem würde ich mich sicher fragen, ob ich irgendetwas getan habe, was diese Situation ermöglicht oder befördert hat. Auf jeden Fall aber würde ich keine Ruhe finden, bevor ich Kati wiederbekommen hätte. Das ist sicher."

„Aber neben allem Aktivismus wärst du eben auch emotional schwer angeschlagen, das habe ich doch richtig verstanden, oder?"

Er nickte. „Ja, sicher."

„Würde ich das spüren können oder fände das nur ganz tief in dir drinnen statt?"

Dieses Mal überlegte er so lange, dass sie schon dachte, sie wäre ihm wieder zu nahe getreten, aber schließlich fing er doch noch zu reden an.

„Ich weiß es nicht genau. Aber wenn es jemand spüren könnte, dann wären das Bommel und du. Und außerdem ..." Er brach ab und sah einige Augenblicke vor sich auf den Boden. „Nein, anders! Damals, als das mit Chrissie passiert ist ..., da war ich ganz allein mit all den Fragen und Zweifeln. Und das war furchtbar. So etwas würde ich nicht noch einmal erleben wollen."

Chrissie, seine frühere Frau, war vor gut sieben Jahren unheilbar an Krebs erkrankt. Als sie es partout nicht mehr aushalten konnte, fasste sie den Entschluss, ihrem Leben ein Ende zu setzen. Weil sie alleine aber schon zu schwach dazu war, brauchte sie Stallers Hilfe. So hatten sie es verabredet. Deshalb half er ihr über das Geländer der Dachterrasse ihrer damaligen Wohnung. Die widersprüchlichen Bilder – auf der einen Seite ihr dankbares Gesicht beim Abschiedskuss, auf der anderen Seite der grausam zerschmetterte Körper unten auf der Straße – zerrissen seine Seele auch heute noch.

Er hatte den letzten Satz sehr leise gesprochen und hob erst nach einer längeren Zeit und sehr zögerlich seinen Kopf. Dann suchte er ihre Augen. Ihr Blick war ernst, zärtlich und sehr, sehr intensiv. Sie machte nicht den Fehler dieses Thema weiter zu vertiefen. Ihre Finger schoben sich nur zwischen seine und sie flüsterte fast, als sie einen einzigen Satz sagte.

„Danke für dein Vertrauen."

Er sah den feuchten Glanz in ihren Augen und spürte, wie ein erstes Steinchen der Mauer, die bei aller Freundschaft zwischen ihnen stand, zu bröckeln begann. Das fühlte sich überraschenderweise gut an.

Dann löste er sich von ihr und setzte die begonnene Unterhaltung fort.

„Was für ein Verhältnis haben Dr. Wahlberg und seine Frau deiner Meinung nach?"

„Schwer zu sagen. Sie befinden sich ja gerade in einer Ausnahmesituation. Da wirkt möglicherweise vieles anders, als es ist." Sonja kämpfte mit der passenden Formulierung. „Ich finde sie ziemlich distanziert. Anstatt einander Trost und Halt zu geben, puzzeln sie jeweils alleine vor sich hin. Er zieht sich auf seinen professionellen Standpunkt zurück – vielleicht, um sich selbst zu schützen – und sie ist in ein schwarzes Loch gefallen und bräuchte seine Hilfe."

Er verstand, was sie meinte, denn seine Eindrücke ähnelten den ihren.

„Es wirkt so, als ob die Tochter die Hauptbasis ihrer Beziehung war. Und ohne Laura werden die fehlenden Gemeinsamkeiten offensichtlich", fuhr Sonja fort.

„Also der Klassiker: Das Kind soll die Partnerschaft retten und als Kitt dienen. Nur, dass es in diesem Fall ausnahmsweise sogar funktioniert hat. Die Familie hatte sich arrangiert. Bis Laura verschwunden ist. Jetzt bröckelt die Fassade."

„Warum interessierst du dich so eingehend für die Familienverhältnisse der Wahlbergs?", fragte Sonja.

„Weil ich immer noch an dem Mysterium knabbere, wie der Mensch in die Wohnung eingedrungen ist, ohne irgendwelche Spuren zu hinterlassen - außer den Schuhabdrücken."

„Was hat das damit zu tun?"

Staller wirkte unsicher. „Ich weiß nicht. Aber die einfachste Erklärung wäre doch, dass Dr. Wahlberg es selbst war. Er hat den Schlüssel, er hält sich im Haus in der Wohnung darüber auf – er ist die natürlichste Lösung."

„Aber warum sollte er das getan haben?"

„Tja, das ist das Problem. Die Frage kann ich auch nicht beantworten."

* * *

Als er die Wohnung betrat, fühlte es sich für ihn bereits vertraut an. Er registrierte dieses Gefühl mit Befriedigung und warf einen schnellen Blick durch den Flur. Automatisch glich er das, was er sah, mit dem Bild in seiner Gedächtnisbibliothek ab. Nur Kleinigkeiten waren verändert. Eine weitere Jacke hing an der Garderobe und ein Paar Sportschuhe stand neben der Tür. Vielleicht war Vivian gestern laufen gewesen und lüftete vernünftigerweise ihre Schuhe erst aus, bevor sie sie in den Schrank stellte.

Mit Schwung nahm er seine graue Umhängetasche von der Schulter und klemmte sie sich unter den Arm, während er in die Küche ging. Es wurde Zeit, dass er sich häuslich niederließ. Er stellte die Tasche auf den kleinen Tisch und holte einen großen roten Apfel heraus, den er in die Obstschale legte. Er mochte diese Sorte und vielleicht bekam er ja Appetit darauf. Dann würde er sich freuen, dass einer zur Verfügung stand.

In der Küche registrierte er ebenfalls sehr wenige Veränderungen. Das hing in erster Linie mit der makellosen Ordnung zusammen, auf die Vivian offensichtlich großen Wert legte. Wo wenig herumlag, wurde seine Erinnerung so gut wie gar nicht gefordert.

Sein nächster Gang führte ihn ins Wohnzimmer. Auch hier galt es, Spuren zu hinterlassen, die anzeigten, dass er sich hier jetzt auch ein Stück weit zu Hause fühlte. Auf den Zeitschriftenstapel legte er ein Magazin, das sich mit Campingplätzen in Skandinavien beschäftigte. Zu den Büchern im Regal stellte er einen Band seines Lieblingsschriftstellers Kafka. Auch wenn er sich nicht sicher war, ob er ihn hundertprozentig verstand, gehörte er seiner Meinung nach in jeden Haushalt. Zu guter Letzt förderte er noch eine CD aus seiner Tasche zutage. Diese hatte ihm einige Schwierigkeiten bereitet, denn er selbst hörte Musik nur gestreamt aus dem Internet. So hatte er schließlich einen Sampler mit den schönsten Pop-Balladen neu gekauft und mitgebracht. Das war zwar nicht seine Lieblingsmusik, aber als Hintergrund für einen kuscheligen Abend zu zweit bestens geeignet. Er schob die CD zwischen die anderen über der Musikanlage und sah sich befriedigt um. Spontan änderte er noch das Arrangement der beiden Sofakissen. Wenn sie dichter zusammen lagen, lud das dazu ein, dass man enger aneinander rückte. Und das war es doch, was junge Paare sich wünschten, nicht wahr?

Er ließ die Tasche im Wohnzimmer liegen und freute sich auf seinen Besuch im Badezimmer. Dieser Raum bot noch einmal tiefste Einblicke in die Privatsphäre seiner Benutzerin. Der Inhalt eines Spiegelschrankes sagte mehr über einen Menschen aus als all die nutzlosen Beiträge in sozialen Medien, in denen heute fast alle täglich Intimitäten aus dem Alltag posteten, gerne von Bildern begleitet.

Der erste Blick ins Bad vermittelte den gleichen Eindruck wie der Rest der Wohnung. Hier war ein extrem ordentlicher Mensch bestrebt, jeden Gedanken an Chaos zu ersticken. Auf der Ablage über dem Waschbecken stand eine elektrische Zahnbürste, daneben eine Tube Zahnpasta und daneben lag eine Haarbürste. Zum Glück gab es keine wirren Haufen von Schminkutensilien, Cremes und Haarbändern, wie er sie schon bei anderen Frauen im Badezimmer gesehen hatte. Eine benutzte sogar einen ganzen Korb, in dem das Angebot eines mittleren Drogeriemarktes unordentlich zusammengeworfen war. Schrecklich!

Ein dreiteiliger Spiegelschrank und ein größerer Wandschrank verbargen all die Dinge, die Frauen nun mal für die tägliche Hygiene benötigten, gnädig vor den Blicken des Betrachters. Er wusste schon, bevor er sich den einzelnen Türen zuwandte, dass auch im Inneren Klarheit und Übersichtlichkeit vorherrschten. Und er wurde nicht enttäuscht.

Vivian bewahrte ihre Handtücher nach Farben sortiert und korrekt gefaltet auf. Das Blumenmuster gefiel ihm nicht so ganz, aber diese Geschmacksfrage besaß für ihn keinen hohen Stellenwert. Wichtiger war, dass sie Kosmetika nur sparsam und gezielt einsetzte und nicht die Farbpalette eines kleinen Malerbetriebes vorrätig hielt. Bei einigen Pflegeprodukten war er sich nicht sicher, wofür sie gut und ob sie erforderlich sein mochten, aber er besaß genügend Großzügigkeit, ihr zu unterstellen, dass sie sie mit Bedacht ausgewählt hatte.

Ein Teil des Spiegelschranks war, wie es oft vorkam, mit Medikamenten belegt. Hier fand sich im Grunde nur das, was auch für eine gute Reiseapotheke empfohlen wurde. Vivian schien insgesamt gesund zu sein und keine Tabletten regelmäßig nehmen zu müssen. Mit Ausnahme der Pille, die ganz vorne lag, damit sie nicht übersehen wurde. Das fiel für ihn unter Frauenkram, über den er nicht lange nachdachte. Ebenso die beiden Kartons mit Monatshygiene in den Größen normal und mini, was auch immer das bedeuten mochte. Er hasste alles, was mit Blut zu tun hatte, und verdrängte die dazugehörigen Bilder rigoros aus seiner Vorstellung.

Etwas irritiert reagierte er auf einen Gegenstand, den er in der Schublade des Wandschranks fand. Erst als er auf Knopfdruck zu vibrieren begann, konnte er Vivian und dieses Gerät in einen Zusammenhang bringen. In seiner Vorstellung passten seine Auserwählte und ein Sexspielzeug nicht zusammen, aber er war bereit zuzugestehen, dass sie von seiner Wahl bisher ja nichts wusste. Fasziniert hörte er dem hektischen Brummen einen Moment zu und hielt sich dann spontan den Vibrator an die Wange. Das Gefühl war nicht unangenehm, wohl aber der Gedanke, wofür dieses Ding gemacht war. Er schaltete es aus und zog es unter seiner Nase entlang. Außer einem sehr schwachen Duft nach Seife konnte er nichts bemerken. Achselzuckend legte er den Dildo wieder zurück. Sie würde ihn nicht mehr lange brauchen.

Damit war seine Untersuchung von Vivians Wohnung abgeschlossen. Mochte es auch noch einen Kellerraum oder ein Stück Dachboden geben, wo irgendwelche Dinge von ihr lagerten, das spielte keine Rolle. Er hatte alle wesentlichen Informationen gesammelt, die er brauchte, und er war mit dem Ergebnis seiner Recherche zufrieden. Vivian hatte gewissermaßen die Probe bestanden, und zwar mit Bravour. Sein erster Eindruck hatte sich bestätigt: Sie war die ideale Partnerin für ihn. Nachdem alle wichtigen Fragen geklärt waren, konnte er jetzt zum nächsten Punkt auf seiner Liste kommen. Er war nun mal ein systematischer Mensch.

Sollte er ihr bereits ein eindeutiges Zeichen hinterlassen? Bei aller Planung gestattete er sich doch hin und wieder ein klein wenig Spontaneität. Er überlegte kurz und entschied sich dann dagegen. Es würde sie möglicherweise an diesem Punkt ihrer Beziehung überfordern. Er durfte nicht vergessen, dass er einen beträchtlichen Vorsprung besaß. Er wusste bereits, wie ihre gemeinsame Zukunft aussehen würde.

Sie nicht.

* * *

„Mike, ich habe einen weißen Transporter gefunden!"

Die kratzige Stimme von Hoppel machte eine Namensnennung überflüssig. Unzählige Zigaretten und ebenso viele Schnäpse, in Verbindung mit ständigem Anschreien gegen laute Maschinen, hatten ein Timbre erzeugt, das weitgehend einzigartig war.

„Das ist aber mal eine gute Nachricht!" Staller setzte sich an seinem Schreibtisch gerade hin und suchte nach einem Zettel. „Wo denn?"

„Hast du was zu schreiben?"

„Moment!" Der Reporter fand schließlich auch noch einen Kugelschreiber. „Kann losgehen!"

Der Autoexperte diktierte eine Adresse.

„Weißt du noch etwas über den Wagen? Wann und wo er aufgetaucht ist?"

„Zu viele Fragen wären verdächtig gewesen. Ich verlasse mich darauf, dass du mich nicht in die Pfanne haust!"

„Natürlich nicht, Hoppel. Ich danke dir!"

Staller beendete das Telefonat und überlegte, ob er Bombach informieren sollte. Aber er entschied sich dagegen. Noch gab es keinerlei Anhaltspunkte, dass es sich um den Transporter handelte, mit dem Laura entführt worden war. Er würde selbst zunächst versuchen weitere Einzelheiten herauszubekommen. Zufrieden über die Entwicklung schnappte er sich seine Jacke und den Autoschlüssel.

Eine halbe Stunde später hatte er den Stadtrand erreicht und wunderte sich wieder einmal darüber, wie nahtlos die Großstadt in eine dörfliche Umgebung überging. Am Rande von Rahlstedt standen sich die wild bewachsene Fläche des ehemaligen Truppenübungsplatzes Höltigbaum und die wie Pilze aus dem Boden schießenden Gewerbegebiete gegenüber. Jenseits der A1 befand man sich auf dem Dorf, auch wenn selbst hier das Gewerbe seine klebrigen Fühler hungrig ausstreckte und Landgewinnung auf eine ganz eigene Art betrieb. Aber in Braak stemmte man sich ziemlich erfolgreich gegen die Urbanisierung. Im Braaker Krug wurden wie immer großartige Bratkartoffelgerichte serviert und im Dorf kannte man sich.

Kurz dahinter fand Staller die angegebene Adresse. Ein einzelnes Haus, das schon bessere Zeiten gesehen hatte, und eine Halle, die vermutlich früher als Scheune oder Stall gedient hatte, wurden durch einen breiten, gepflasterten Platz getrennt. Auf den ersten Blick war der aktuelle Zweck dieses Anwesens zu erkennen. Etliche Schrottkisten in unterschiedlichen Stadien der Zerlegung, einige ältere Durchschnittsautos und zwei vergleichsweise auffällige Exemplare bewiesen klar, dass hier ein echter Hinterhofschrauber am Werk war. Die beiden besonderen Autos waren ein alter Alfa Romeo Spider in Rot, der auf den ersten Blick komplett restauriert wirkte. Allerdings wurde bei diesem Modell sehr häufig der endlose Rost mit Spachtelmasse und Farbe bekämpft, sodass der erste Anschein trügen konnte. Der andere Wagen war ein Jeep Renegade mit blitzenden Chromfelgen und ebensolchem Kuhfänger vor dem Kühlergrill.

Der Reporter parkte seinen Pajero neben einem Metallcontainer mit undefinierbaren Ersatzteilen und fand, dass sich der Wagen ganz passabel in die Gesamtkulisse einfügte. Dann machte er sich auf den Weg, um den Besitzer dieser sogenannten Werkstatt ausfindig zu machen. Das nervtötende Kreischen einer Flex wies ihm dabei den Weg.

Durch eine in ein größeres Rolltor eingelassene Tür betrat er die Halle, woraufhin der Geräuschpegel noch einmal zunahm. Auf einer Hebebühne war ein alter Mercedes Modell W123 so weit hochgefahren, dass der Mann, der die laute Höllenmaschine bediente, bequem den rostigen Kotflügel bearbeiten konnte.

„Moin!", brüllte Staller in den großzügigen Raum hinein, doch der Kerl im Overall, der ihm den Rücken zuwandte, reagierte nicht. Was möglicherweise an den großen orangefarbenen Ohrenschützern lag, mit denen er sich seine zukünftige Hörfähigkeit zu erhalten suchte. Dem Reporter blieb nichts anderes übrig, als näher heranzutreten und dem Mann auf die Schulter zu klopfen. Dieser zuckte nicht etwa zusammen, sondern betätigte einen Schalter an seiner Flex, worauf der Krach langsam verebbte. Dann zog er den Gehörschutz herunter und drehte sich um. Von seinem Gesicht war nicht viel zu erkennen, denn eine große Schutzbrille verdeckte die wenigen Zentimeter, die nicht von einem gewaltigen schwarzen Vollbart besetzt waren.

„Ja, was gibt's?" Offensichtlich war er diese Art der Kontaktaufnahme gewohnt.

„Moin!", wiederholte Staller höflich und fügte des besseren Gesprächsflusses wegen gleich hinzu: „Ich interessiere mich für ein Auto."

„Aha." Besonders kommunikativ schien Schwarzbart nicht zu sein. Aber immerhin schob er nun auch die Brille auf die Stirn und ließ dabei zwei von Krähenfüßen umgebene Äuglein sehen, die den Reporter misstrauisch musterten.

„Mike Staller", stellte dieser sich vor und streckte auffordernd die Rechte aus.

Schwarzbart wischte alibimäßig seine Hand am ehemals roten Overall ab und schlug ein. „Ich bin Nico." Einen Nachnamen zu nennen hielt er offensichtlich für unnötig. Dafür verlieh er der Unterbrechung seiner Arbeit einen Sinn, indem er sich eine Zigarette aus einer zerknitterten Packung fingerte und sie mit einem ölverschmierten Feuerzeug anzündete.

„Viel Arbeit, hm?" Staller versuchte noch, ein Gefühl für sein Gegenüber zu entwickeln. Normalerweise war es eine seiner Stärken, sich auf jeden Gesprächspartner perfekt einstellen zu können, aber dieser Nico gab ihm einige Rätsel auf.

„Besser als keine." Der Schrauber erwies sich als ein ausgesprochener Philosoph des Alltags.

„Auch wahr." Jetzt entschied sich der Reporter dafür, Nico mit dessen eigenen Waffen zu schlagen, und ließ den Halbsatz im Raum verklingen. Gleichzeitig schaute er sich in aller Gemütsruhe um. Eine weitere Hebebühne lag momentan verwaist da, etliche Regale an den Wänden enthielten Boxen mit Kleinteilen, Ölkanister, Lappen und all das Zeug, was ein Autoschrauber so brauchte. Zwei Werkzeugwagen starrten zwar vor Dreck, waren aber offensichtlich gut bestückt. Im Hintergrund stand ein mittelgroßer Kompressor. Eine undurchsichtige Plastikplane, vielleicht von einem LKW, fungierte als Raumteiler und verbarg den rechten Teil der Halle vor neugierigen Blicken. Sollte sich der weiße Transporter tatsächlich hier befinden, stand er vermutlich hinter dieser Plane.

„Was denn für ein Auto?" Der Trick funktionierte.

„Ich suche einen Transporter. Möglichst weiß oder jedenfalls hell."

„Hm."

„Kannst du so etwas besorgen?"

Nico strich sich bedächtig seinen wilden Bart und stieß eine gewaltige Rauchwolke aus. „Wie kommst du überhaupt auf mich? Ich kenne dich nicht."

„Ach, ein Kumpel hat mal ein Auto bei dir gekauft. Einen Golf. Schon länger her", improvisierte Staller munter drauflos. „Der war ziemlich günstig, weil die Originalpapiere, äh, wie soll ich sagen? Unauffindbar waren."

„So." Nico schien ausführlich mit seiner Kippe beschäftigt zu sein. Nachdem er sie sorgfältig ausgetreten hatte, legte er den Kopf schief und musterte seinen Kunden eindringlich. „Wie viel willst du denn anlegen?"

„Kommt aufs Alter an."

„Ziemlich neu. Zwanzigtausend Kilometer. Wär' das was?"

„Klingt interessant. Mit Papieren oder ohne?" Staller wartete gespannt auf die Antwort.

„Mit. Allerdings nicht original."

„Aber gut?"

Der Schrauber nickte nur.

„Ist der Wagen sauber? Ich will keine Karre, mit der schon jemand 'ne Bank ausgeraubt hat."

„Ist ein Zufallsfund vom Straßenrand."

„Was immer das heißt. Kann ich ihn sehen?"

Nico schien einen Moment zu zweifeln, nickte dann aber. „Komm mit."
Staller folgte ihm tatsächlich in Richtung der großen Plane. Sie mussten
einen Zickzackkurs gehen, denn überall standen oder lagen Autoteile, Reifen oder Kisten und Kartons herum. Von der teilweise fast klinischen Sauberkeit moderner Autohäuser war diese Halle so weit entfernt wie die Erde
vom Mond.

„Hier! Ist aber noch nichts dran gemacht." Der Schrauber hatte die Plane beiseite gezogen und präsentierte einen ziemlich neu aussehenden Opel
Vivaro in Weiß. Staller trat näher und spürte, wie seine Nerven vibrierten.
Äußerlich entsprach der Wagen exakt der Beschreibung des alten Herrn
Berger. Keine Aufschrift, keine hinteren Fenster. Dafür seitliche Schiebetüren.

„Kann ich mal reinsehen?"

„Klar." Nico öffnete einen Flügel der Hecktür. Staller frohlockte. Der
Laderaum war nicht komplett vom Fahrerhaus getrennt, sondern es gab
einen schmalen Durchgang in der Mitte. Damit ließ sich erklären, warum
Berger niemanden gesehen hatte, der einstieg, und auch keinen Menschen
hinter dem Steuer.

„Er ist völlig in Ordnung. Braucht nur ein paar neue Schlösser. Papiere
dauern ebenfalls einige Tage."

Staller nickte beiläufig, während er angestrengt nachdachte. Die Chance, dass dies der Wagen war, mit dem Laura entführt wurde, war zweifelsfrei vorhanden. Er musste gründlich von der Spurensicherung untersucht
werden. Wenn das Mädchen darin gewesen war, dann ließe sich das mit
großer Wahrscheinlichkeit nachweisen. Es war an der Zeit, den Kommissar
einzubeziehen.

„Tja Nico, das ist jetzt blöd. Der Wagen ist nämlich NICHT sauber. Er
wird offiziell gesucht, weil darin ein kleines Mädchen entführt wurde."
Gut, das war ein bisschen dick aufgetragen, aber im Wesentlichen stimmte
es.

„Bist du ein Bulle?" Nico stand der Mund offen, sodass inmitten des
schwarzen Gebüschs in seinem Gesicht eine dunkelrote Rose erblühte.

„Sagen wir es so: Ich bin die Vorhut. Und du hast jetzt genau eine Minute Zeit mich zu überzeugen, dass du nur ein kleiner Autodieb bist und
kein Entführer!" Der Reporter hielt jetzt das Gesprächstempo bewusst

hoch, weil er glaubte, dass er so am ehesten ein paar Dinge erfahren konnte. Und die Reaktion des Schraubers gab ihm recht.

„Um Himmels willen! Ich entführe doch keine kleinen Mädchen! So was ist doch krank."

„Wie bist du dann an den Wagen gekommen?"

„Sag ich doch: ein Zufallsfund. Er stand in der Nähe des Verkehrsamtes und die Scheibe auf der Fahrerseite war nicht ganz zu. Ich hab' mal einen Blick reingeworfen und gesehen, dass die Karre offen war und offensichtlich kurzgeschlossen wurde. Irgendwer hat die geklaut und dann stehen gelassen."

„Und dann?"

„Hab' ich meinen Abschlepper geholt und den Wagen aufgeladen. Der sah ja sonst noch top aus."

„Mit dem Abschleppwagen hast du ihn dann hierher gebracht und in der Halle versteckt?"

„Klar. Er ließ sich ja nicht abschließen." Nico antwortete jetzt völlig spontan und in überraschend fließenden Sätzen. Staller neigte dazu ihm Glauben zu schenken, fragte aber trotzdem noch einmal eindringlich nach.

„Du bist sicher, dass du dir nicht in Eimsbüttel erst noch ein kleines Mädchen gegriffen hast?"

„Echt nicht! Das könnte ich gar nicht!" Die Verzweiflung über diese Vorstellung stand ihm deutlich ins Gesicht geschrieben. Nein, dieser schmuddelige Schrauber war bestimmt ein Schlitzohr und bereit, das eine oder andere Gesetz etwas großzügig auszulegen, aber ein abgebrühter Entführer war er nicht.

„Okay, ich glaube dir mal. Folgendes werden wir jetzt machen: Ich benachrichtige jetzt die Spurensicherung und die werden den Transporter genauestens unter die Lupe nehmen. Wenn sich deine Geschichte bestätigt, kommst du vermutlich mit einem blauen Auge davon. Wenn nicht ..." Staller ließ das Ende des Satzes bewusst offen.

Nico schluckte und fummelte nach seiner Zigarettenschachtel. Seine Finger zitterten so sehr, dass er Mühe hatte sein Feuerzeug zu betätigen. Als der Glimmstängel schließlich brannte, sog der angstfüllte Mann wie ein Ertrinkender an dem filterlosen Ende.

Staller wählte Bombachs Nummer und wartete auf die brummige Stimme des Kommissars.

„Bommel? Komm doch mal schnell mit dem großen Besteck nach Braak." Er nannte die genaue Adresse. „In der Halle dort steht ein weißer Transporter. Könnte gut sein, dass Laura da dringesteckt hat."

* * *

Die gute Nachricht lautete: Die Duschen waren warm. Ansonsten zeigten sie die üblichen Schwächen der Sanitäranlagen in Sporthallen. Der dünne Strahl bewässerte die Darunterstehenden unzureichend und jeweils nur für wenige Sekunden. Dann galt es erneut auf den Knopf zu drücken, was schwerfiel, wenn der ganze Kopf mit Shampoo eingeseift war und man mit geschlossenen Augen blind in der Gegend herumdrückte.

Isa und Vivian waren allein. Die übrigen Teilnehmer des Selbstbehauptungskurses verzichteten offensichtlich auf eine gründliche Reinigung und waren bereits verschwunden. Vivian warf gelegentlich kurze Seitenblicke und bewunderte Isas Körper.

„Du bist ja unglaublich durchtrainiert!"

Isa nahm eine Bodybuilder-Pose ein und blies spaßeshalber die Backen auf.

„In letzter Zeit habe ich nicht mehr viel gemacht. Aber davor hab' ich mich richtig reingehauen, das stimmt schon. Wenn die Grundlagen vorhanden sind, kann man auch mal ein bisschen schlampen."

Vivian prüfte ihren eigenen Körper im Vergleich und befand, dass sie äußerst schlecht abschnitt. Zwar schleppte sie kaum überflüssige Pfunde mit sich herum, aber von klar definierten Muskelsträngen konnte keine Rede sein. Probeweise spannte sie den Bizeps an, aber die entstehende Beule war eher unbedeutend. Die beiden Frauen mussten lachen.

„Damit werde ich wohl bei der Abschlussprüfung niemanden beeindrucken können", seufzte Vivian.

„Es geht erst einmal nicht um reine Kraft. Am Anfang muss die Entschlossenheit stehen deinen Körper einzusetzen. Damit hast du noch Schwierigkeiten, oder?"

„Leider ja. Ich habe einfach Hemmungen jemanden zu schlagen oder zu treten. Mit den Trainern geht es vielleicht noch. Da weiß ich, dass sie das von mir erwarten und dass nichts passiert. Aber wenn bei der Prüfung Unbekannte auftauchen, dann bin ich mir nicht sicher, ob ich mich wirklich wehren kann."

Isa spülte sich die Haare aus. „Was meinst du, woran liegt das?"

„Ich weiß es nicht. Vielleicht habe ich Angst, den Gegner damit erst recht aggressiv zu machen."

„Wenn das so ist, dann unterstellst du aber von vorneherein, dass du die Unterlegene bist. Warum?"

Vivian zuckte mit den Schultern. „Frauen sind nun mal den meisten Männern körperlich unterlegen."

„Möglich. Oder sogar wahrscheinlich. Aber du sollst ja den Feind nicht töten, sondern nur so lange aufhalten, dass du weglaufen oder Hilfe rufen kannst."

„Das klingt ja gut. Aber ich kann nicht so richtig daran glauben. Das ist vermutlich mein Problem."

„Deswegen bekommst du bei diesem Kurs ständig die Gelegenheit dich auszuprobieren. Du musst aufhören, dich als Frau mit der Opferrolle abzufinden. Wenn dir ein fremder Kerl an die Titten fasst, dann hat er den Tritt in die Eier mehr als verdient!"

„Im Prinzip schon, aber ..."

„Nichts, aber! Hau ihn weg!" Isa deutete ein paar kräftige Schläge an. „Tschakka, du schaffst das!"

„Ich weiß ja, dass du recht hast", räumte Vivian ein. Dann wechselte sie abrupt das Thema. „Wollen wir gleich noch etwas trinken? Ich lade dich ein!"

„Gutes Argument", lachte Isa und antwortete dann ernst: „Klar, gerne!"

Eine Viertelstunde später saßen sie in der gleichen Ecke des Lokals gegenüber der Halle wie beim letzten Mal. Nur, dass Isa heute ein Alsterwasser vor sich stehen hatte.

„Bin mit der Bahn da", erklärte sie und nahm einen großen Schluck. Genießerisch wischte sie sich anschließend den Schaum vom Mund. „Lecker!"

Vivian spielte mit ihrem Glas, in dem sich wieder Apfelschorle befand, und sah so aus, als ob sie mit sich kämpfte.

„Du hast doch was auf dem Herzen. Raus damit!"

„Ich bin unsicher. Wahrscheinlich hältst du mich für eine blöde Kuh mit fortgeschrittener Paranoia."

„Das klingt schon mal interessant. Willst du es nicht einfach drauf ankommen lassen?", entgegnete Isa mit einem Lachen.

„Na gut." Vivian hatte einen Entschluss gefasst und setzte sich unwillkürlich aufrechter hin. „Du weißt, ich wohne allein und hatte auch keinen Besuch in den letzten Tagen. Außerdem hat niemand außer mir einen Schlüssel zur Wohnung."

Hier machte sie eine kleine Pause. Isa schaute sie weiterhin erwartungsvoll an, ohne zu sprechen.

„Als ich heute nach der Arbeit nach Hause kam, da hatte ich das ganz konkrete Gefühl, dass jemand in meiner Wohnung gewesen ist."

„Hast du eine Ahnung, wie dieses Gefühl zustande kam?"

„Genau genommen war es nicht bloß ein Gefühl."

„Sondern?"

„Das hört sich jetzt bestimmt komplett bescheuert an, aber ich kann es nicht ändern. Es waren Dinge in der Wohnung, die am Morgen noch nicht da waren."

„Ein Einbrecher, der nichts geklaut, sondern etwas mitgebracht hat?" Isa war tatsächlich verdutzt. „Was denn?"

„Bei einer Sache bin ich mir nicht sicher. In der Küche steht eine Obstschale mit Äpfeln. Da war einer mehr drauf. Glaube ich."

„Hm. Da kann man sich aber leicht täuschen. Wenn man zum Beispiel eigentlich einen essen wollte und sich dann doch anders entschieden hat."

„Das stimmt natürlich. So habe ich auch gedacht. Aber der andere Gegenstand war eindeutig."

„Nämlich?"

„Im Wohnzimmer habe ich einen Stapel mit Zeitschriften liegen. Obenauf lag ein Magazin für Camping in Skandinavien. So eins habe ich noch nie vorher gesehen und würde ich auch nie kaufen. Ich fahre zum Skilaufen nach Österreich oder in die Schweiz und im Sommer fliege ich irgendwo ans Meer. Aber Camping? Im Leben nicht! Und schon gar nicht in Skandinavien. Ich hasse Mücken!"

„Hoppla, das ist allerdings seltsam. Wäre es möglich, dass irgendjemand das vor längerer Zeit mal vergessen hat und du nur im Tran den Stapel umsortiert hast?"

„Das kann ich mir einfach nicht vorstellen. Ich kenne niemanden, der zum Campen fährt. Und ich sortiere auch nicht ständig an meinen Zeitschriften rum."

Isa stützte ihr Kinn auf beide Hände. „Also eine andere Erklärung fällt mir nicht ein."

„Ich habe mir natürlich auch den Kopf zerbrochen, aber ich weiß auch nicht weiter. Nur die Konsequenz ist ziemlich beunruhigend: Wenn ich es nicht war – dann ist jemand anderes in meiner Wohnung gewesen."

„Das klingt erst mal logisch, nur: warum? Warum, zum Teufel, sollte jemand irgendwo einbrechen und dann einen Apfel und eine Zeitschrift ablegen und wieder gehen? Hast du geguckt, ob irgendwas fehlt? Besitzt du Schmuck oder irgendetwas anderes Wertvolles?"

„Soweit ich weiß, fehlt nichts. Und ich besitze auch keinen teuren Schmuck, Uhren oder irgendwas von besonderem Wert."

Isa, die über eine große Fantasie verfügte, hatte noch eine Idee. „Bewahrst du vielleicht irgendwelche Informationen in deiner Wohnung auf aus deinem Job? Insidertipps für Aktienhandel oder so was?"

Jetzt war es an Vivian zu lachen. „Nein, auf keinen Fall! Das wäre sowieso nicht erlaubt. Vom Job ist nix in der Wohnung, außer Verdienstabrechnungen von mir und so Zeugs."

„Dann bin ich auch am Ende mit meiner Weisheit", gestand Isa ein.

„Mag ja sein, dass ich überreagiere, aber … das beunruhigt mich wirklich sehr. Ich meine – das ist meine Wohnung. Mein Schutzraum. Da kommen nur die rein, die ich drin haben will. Wenn man dann das Gefühl hat, dass doch jemand Fremdes dort einfach eingedrungen ist …"

„Verstehe ich vollkommen", unterbrach Isa sie. „Ich habe einen Vorschlag. Wir fahren jetzt gemeinsam hin und du schaust noch einmal ganz genau nach, ob nicht doch etwas fehlt. Oder ob schon wieder etwas Neues dort ist. Dann könnte ich, wenn du dich damit besser fühlst, bei dir übernachten. Und morgen erkundige ich mich in der Redaktion, was man da machen kann."

„Würdest du das wirklich tun? Das wäre toll! Ich habe auch ein wirklich bequemes Sofa. Und so, wie du austeilen kannst, würde ich mich bedeutend sicherer fühlen."

„Klar, kein Thema! Dann lass uns doch gleich los. Bist du mit dem Auto hier?" Als Vivian nickte, setzte Isa ihr Alster an und leerte das restliche halbe Glas mit durstigen Zügen. „Na dann los – tschakka!"

Als die beiden Frauen durch das Treppenhaus zu der Wohnung im zweiten Stock hinaufgestiegen waren und Vivian zum Schlüssel griff, hielt Isa sie zurück.

„Lass erst mal das Schloss angucken, ob da jemand mit einem Dietrich dran war!"

„Auf die Idee wäre ich gar nicht gekommen", antwortete Vivian und beobachtete gespannt, wie Isa das Schloss von allen Seiten inspizierte.

„Hm, ich bin zwar kein Fachmann, aber äußerlich kann ich da nix erkennen. Keine Kratzer am Metall, keine Spuren am Rahmen; alles sieht ganz normal aus. Und du bist sicher, dass niemand sonst einen Schlüssel hat? Oder kann es sein, dass die Hausverwaltung die Heizung ablesen wollte und du den Termin vergessen hast?"

„Nein und nein." Vivian klang sehr sicher. „Wollen wir jetzt reingehen?"

„Gib mir mal den Schlüssel. Nur für den Fall, dass einer hinter der Tür steht. Der kann schon mal den Krankenwagen rufen", meinte Isa mit einem Zwinkern. Vivian überließ ihr den Schlüssel nur zu gern. Denn tief in ihrem Inneren fühlte sie sich keinesfalls so unbeschwert wie Isa, die, ohne zu zögern, die Wohnung betrat und einen schnellen Rundgang machte.

„Keiner da", berichtete sie, als sie in den Flur zurückkehrte. „Jetzt bist du dran! Schau mal, ob sich was verändert hat im Vergleich zu vorhin."

Vivians Inspektion der Wohnung dauerte bedeutend länger und war wesentlich gründlicher. Das Ergebnis blieb trotzdem das gleiche.

„Nein, hier ist alles so, wie ich es hinterlassen hatte. Glaube ich zumindest. Komm, leg doch erst mal ab!"

„Was ich ganz vergessen hatte", bemerkte Isa, während sie ihre Jacke auszog und an die Garderobe hängte, „ist, dass man natürlich auch nach Fingerabdrücken suchen könnte. Aber da käme die Polizei ins Spiel und die rührt sich in deinem Fall garantiert noch nicht."

„Ich bin ja schon dankbar, dass ich nicht allein in der Wohnung bleiben muss. Ich meine, gerade über Nacht. Diese Vorstellung, dass ich aufwache und irgendein Typ steht bei mir im Zimmer ...". Sie schüttelte sich angeekelt. „Da kommen sofort Gedanken an früher in mir hoch und ich fühle mich komplett hilflos."

„Das soll heute nicht das Problem sein", stellte Isa fest und folgte ihrer Gastgeberin in die Küche. „Ich schlage vor, dass wir irgendetwas für deine Entspannung machen. Hast du ein Glas Wein oder so?"

Vivian kicherte. „Eine Flasche Sekt habe ich im Kühlschrank. Die müssten wir aber austrinken, sonst wird sie schal."

„Na hör mal, das werden wir doch wohl hinbekommen! Gib mal her, ich mach' sie auf!" Isa beschäftigte sich mit dem Drahtbügelverschluss und ließ kurz darauf den Korken demonstrativ knallen, während Vivian eilig Gläser bereitstellte.

„Nix passiert! Wer kann, der kann", kommentierte Isa selbstbewusst und schenkte ihnen beiden ein.

„Komm, wir setzen uns ins Wohnzimmer", schlug Vivian vor und nahm ihr Glas in die Hand.

„Ist mir recht!" Isa folgte ihr bereitwillig. „Ich bin heute ganz schön rumgerannt. Ein bisschen Füße hochlegen klingt herrlich."

Vivian stellte ihr Glas auf den Tisch und trat an den Schrank. „Musik?"

„Klar! Bin gespannt auf deinen Geschmack."

„Da bin ich nicht besonders festgelegt. Aber es muss flott sein. Ein Balladentyp bin ich jedenfalls nicht." Sie fuhr mit dem Finger an den CDs entlang und murmelte die Interpreten vor sich hin. Plötzlich stutzte sie.

„Moment mal, was ist das denn? Die schönsten Pop-Balladen? Das ist nie und nimmer meine CD!" Entsetzt zog sie die Hülle aus dem Regal und hielt sie Isa hin. „Die habe ich noch nie gesehen!"

„Hat die vielleicht mal jemand zu einer Party mitgebracht und dann vergessen?" Isa hatte die Füße aufs Sofa gelegt und nippte an ihrem Glas.

„Ganz sicher nicht."

„Dann ist es also ein weiteres Mitbringsel von deinem geheimnisvollen Besucher! Vielleicht solltest du eine komplette Bestandsaufnahme machen. Was mag er noch alles hier deponiert haben?"

„Ich wüsste vor allem gerne, warum?" Vivian öffnete ziellos einige Schranktüren und inspizierte den Inhalt, ohne jedoch fündig zu werden. Dann ging sie das Regal mit den Buchrücken durch, wobei sie wieder den Finger zu Hilfe nahm. Ungefähr auf der Hälfte stoppte sie und schloss für einen Moment die Augen. Das konnte doch nur ein Albtraum sein! Mit zitternden Fingern zog sie das Buch hervor.

„Hier! Kafka. Ausgeschlossen, dass dieses Buch mir gehört. Ich musste in der Schule eine Besprechung über eines von Kafkas Werken halten. Furchtbar! Ich habe die Aufgabe gehasst, das Buch und Kafka persönlich auch noch!"

„Zeig mal!" Isa ließ sich das Buch geben und inspizierte es genau. „Zumindest ist es ein paar Male gelesen worden. Der Rücken ist schon ein wenig aufgebogen. Jedenfalls ist es nicht neu gekauft worden."

Vivian warf einige hektische Blicke um sich und machte sich daran, den Rest der Wohnzimmerwand zu untersuchen. Aber sie fand keine weiteren, ihr unbekannten Gegenstände. Schließlich setzte sie sich sehr verunsichert zu Isa auf die Couch und stürzte ein halbes Glas Sekt herunter.

„Ein Apfel – eventuell. Eine Zeitschrift, eine CD und ein Buch. Klingelt es irgendwie bei dir, wenn du über diese Zusammenstellung von Gegenständen nachdenkst?" Isa schien keineswegs beunruhigt, sondern lediglich interessiert.

„Das sind alles ganz alltägliche Dinge. Bis auf den Apfel haben sie im weitesten Sinne mit Kultur zu tun. Aber sonst? Ich habe keinen blassen Schimmer, was das soll."

„Hast du vielleicht Freunde, von denen einer Kafka und Balladen mag und gerne Campingurlaub macht? Vielleicht ist es ja einfach ein heimlicher Verehrer!"

„Das kann ich mir nicht vorstellen. Ich habe zwar einige Freunde, aber niemand von denen interessiert sich in der Weise für mich."

„Och, das kann schon sein. Er muss es ja nicht unbedingt heraushängen lassen. Vielleicht ist er schüchtern."

Vivian schüttelte vehement den Kopf. „Nein, das glaube ich einfach nicht. Außerdem sind die meisten meiner Freunde liiert."

Isa machte einen kleinen Ausflug in die Küche und kam mit der Flasche wieder.

„Jetzt weiß ich wirklich nicht mehr weiter. Vielleicht kann Mike mir morgen helfen. Der hat die meiste Erfahrung. Hier, trink noch einen Schluck! Das Zeug muss ja irgendwie weg."

Die beiden Frauen leerten in der nächsten Stunde gemeinsam die Flasche, wobei Isa sich Mühe gab, ihre neue Freundin von den seltsamen Geschehnissen abzulenken. Schließlich ertappten sie sich beide bei verstecktem Gähnen und beschlossen ins Bett zu gehen. Vivian half Isa die Couch für die Nacht herzurichten und fünfzehn Minuten später war es dunkel in der Wohnung.

Nachdem sie zunächst überraschend gut eingeschlafen war – ob wegen des ungewohnten Alkohols oder wegen der beruhigenden Anwesenheit ihres Gastes – schreckte Vivian plötzlich hoch. War da ein Geräusch in der Wohnung gewesen? Die Leuchtziffern ihres Weckers zeigten an, dass es gerade mal zwei Uhr war. Angestrengt horchte sie in die Dunkelheit. Aber je mehr sie sich anstrengte, desto unsicherer wurde sie. Sie konnte den Puls in ihrem Kopf pochen hören und das Blut rauschte in ihren Ohren. Da! Das war doch ein Knacken! Schlich sich jemand durch den Flur? Sie spürte, wie eine Welle der Panik durch ihren Körper raste, die sich gleich nicht mehr kontrollieren ließ. In ihrer Vorstellung tastete sich ein Mann mit siegesgewissem Grinsen in Richtung ihrer Schlafzimmertür vor. Ein Mann, der sich, ohne zu zögern, nehmen würde, was immer er wollte. Der sie erniedrigen und benutzen und nachher wie ein gebrauchtes Kleidungsstück liegen lassen würde. All ihre unterdrückten Ängste aus der Vergangenheit krochen hervor wie Motten aus einer alten Kleiderkiste auf dem Dachboden. Ihr Mund füllte sich mit dem scharfen, sauren Geschmack, den sie um alles in der Welt gerne vergessen würde. Es fehlte nicht mehr viel und sie würde zu würgen beginnen, spätestens, wenn die Tür zu ihrem Zimmer aufgestoßen würde und das Monster an ihr Bett trat.

Das Rauschen der Toilettenspülung unterbrach ihre Gedankengänge abrupt und holte sie in die Realität zurück. Plötzlich spürte sie, dass sie alle ihre Muskeln angespannt hatte und mit klauenartigen Händen die Zipfel ihrer Bettdecke umklammerte. Mit einiger Mühe zwang sie sich, die Anspannung zu lösen. Isa war offensichtlich wachgeworden und hatte das Bad benutzt. Die viele Flüssigkeit zu später Stunde forderte ihren Tribut. Mit zitternden Fingern strich sich Vivian die Haare aus der Stirn und fühlte dabei den kalten Schweiß. Erleichtert stieß sie den angehaltenen Atem aus und spürte, wie sich ihr hämmernder Puls langsam beruhigte. In Gedanken schalt sie sich ein dummes Huhn. Alles war gut und sie war nicht allein.

Trotzdem brauchte sie eine Ewigkeit, bis sie wieder einschlafen konnte.

* * *

Für Thomas Bombach begann der Tag mit einem besonders hohen Aktenaufkommen. Normalerweise hätte ihn das in eine mittlere Depression getrieben, aber heute verschlang er geradezu die diversen Berichte und Notizen.

Der Grund für seine ungewöhnlich gute Laune lag in der Tatsache, dass die KTU ihm inoffiziell und vorab mitgeteilt hatte, dass aller Wahrscheinlichkeit nach tatsächlich Spuren von Laura in dem weißen Transporter sichergestellt worden waren, den er auf Stallers Anruf hin unter die Lupe genommen hatte. Das bedeutete, dass es erste konkrete Hinweise darauf gab, wie das Mädchen verschwunden war.

Leider gab es natürlich auch noch jede Menge anderer Spuren. Der Wagen gehörte einem freiberuflichen Kurierfahrer, wie der Kommissar inzwischen festgestellt hatte, und wurde sowohl privat als auch geschäftlich genutzt. Das bedeutete eine Vielzahl von Fingerabdrücken. Nico, der Autoschrauber, hatte ebenfalls Spuren hinterlassen und falls der Entführer keine Handschuhe getragen hatte, so waren seine Abdrücke zumindest nicht registriert.

Die Überwachung der Wohnung von Familie Wahlberg hatte keinerlei weitere Ergebnisse erbracht und es stellte sich langsam die Frage, inwieweit er weiterhin das Personal abstellen wollte, um diesen Ort unter Beobachtung zu halten. Jeder Ermittler wurde dringend gebraucht und die Kollegen schoben einen ganzen Mount Everest an Überstunden vor sich her. Seufzend traf Bombach eine Entscheidung und berief den Wachtposten ab. Falls sich nun in den nächsten Stunden vor Ort etwas tun würde, müsste er sich zwar höchstpersönlich in den Allerwertesten beißen, aber das Risiko musste er eingehen.

Dafür befand er, dass er die neuen Entwicklungen persönlich mit Familie Wahlberg besprechen sollte. Er musste sie schließlich darüber informieren, dass er den Beobachter abgezogen hatte.

Eine halbe Stunde später saß der Kommissar im Wohnzimmer der Wahlbergs einer leicht entrückt wirkenden Frau und einer dampfenden Tasse Kaffee gegenüber.

„Ist Ihr Mann vielleicht auch da? Dann muss ich nicht alles doppelt erzählen."

„Ja, natürlich." Mit fahrigen Bewegungen griff sie zum Telefon und drückte eine Kurzwahltaste. „Markus? Kommst du mal? Hier ist der Herr von der Polizei."

Bombach registrierte interessiert, dass neben der Begrüßung auch eine Verabschiedung in dem Telefonat fehlte. Die Kommunikation hätte auch auf Twitter stattfinden können. Was das wohl über die Beziehung des Ehepaares aussagte? Wenn er sich mit Gaby unterhielt, dann klang das jedenfalls anders. Auch am Telefon.

„Hallo Herr Bombach!" Dr. Wahlberg betrat mit eiligem Schritt den Raum und streckte eine Hand aus, die der Kommissar stumm ergriff und schüttelte, denn der Mann redete gleich weiter. „Haben Sie irgendwelche Neuigkeiten von Laura? Eine Spur? Irgendeinen Hinweis, dass sie noch lebt?"

„Wir wissen zumindest, auf welchem Wege sie verschleppt wurde. Es ist uns gelungen einen Wagen sicherzustellen, in dem Laura nachweislich transportiert wurde."

Das Ehepaar wechselte einen Blick, in dem aufkeimende Hoffnung zu erkennen war, deshalb beeilte sich Bombach fortzufahren.

„Das sagt leider nichts darüber aus, wo und in welchem Zustand sie jetzt gerade ist. Aber es ist ein Anfang. Immerhin."

„Wissen Sie, wem der Wagen gehört?" Dr. Wahlberg schoss seine drängenden Fragen professionell ab.

„Ja, es handelt sich um einen Kurierfahrer aus Hamburg."

„Haben Sie ihn bereits vernommen?"

„Nein, noch nicht."

„Warum denn nicht? Er ist der Entführer unserer Tochter! Ist er flüchtig?"

Der Kommissar seufzte.

„So einfach ist es leider nicht. Der Wagen wurde als gestohlen gemeldet. Und zwar bevor Laura entführt wurde."

„Das kann doch ein Trick gewesen sein!"

„Theoretisch ja. Praktisch ist es so gut wie ausgeschlossen."

„Warum?"

„Der Transporter wurde von der Frau des Besitzers als gestohlen gemeldet. Sie hatte ihn auf dem Parkplatz eines Supermarktes abgestellt und war einkaufen. Als sie zurückkam, war der Wagen weg. Ihr Mann lag mit einer Magen-Darm-Grippe im Bett."

„Das heißt …?"

Bombach räusperte sich und trank einen Schluck Kaffee.

„Wir müssen davon ausgehen, dass sich der unbekannte Täter gezielt ein Fahrzeug besorgt hat. Der Wagen wird natürlich genauestens auf Spuren untersucht, aber bis zum jetzigen Zeitpunkt gibt es keinerlei konkrete Hinweise. Entweder hat er Handschuhe benutzt oder seine Fingerabdrücke sind nicht registriert."

Das Fragenfeuerwerk des Vaters brach zusammen wie ein erlöschender Scheiterhaufen. Dr. Wahlberg starrte stumm vor sich hin und seine Frau, die nicht aussah, als ob sie dem Verlauf des Gesprächs komplett folgen konnte, behielt ihren versteinerten Gesichtsausdruck bei.

„Wir versuchen alles in unserer Macht Stehende", versprach der Kommissar. „Ich weiß, dass Sie sich eine umfassendere Information gewünscht hätten, aber ehrlich gesagt bin ich schon froh, dass wir überhaupt einen kleinen Faden in der Hand halten. Dem folgen wir jetzt mit allen Mitteln."

Marion Wahlberg schüttelte den Kopf. Es wurde nicht klar, ob sie Bombach nicht glaubte oder ob sie einfach verzweifelt darüber war, dass das Schicksal ihrer Tochter nach wie vor völlig ungewiss war. Dr. Wahlberg hob schließlich den Kopf und fragte mit leiser Stimme: „Gibt es sonst noch irgendetwas?"

„Allerdings", antwortete der Kommissar. „Ich habe den Posten vor Ihrem Haus abgezogen. Es scheint nicht mehr damit zu rechnen zu sein, dass der geheimnisvolle Besucher ein weiteres Mal erscheint. Die Telefonüberwachung bleibt natürlich bestehen, für den Fall, dass der Entführer eine Lösegeldforderung stellt."

„Ist es dafür nicht ein bisschen zu spät?", brach es aus Lauras Vater heraus.

„Das kann man so nicht sagen. Wir wissen bisher einfach zu wenig über den Mann – oder die Frau." Bombach fiel etwas ein. „Sagt Ihnen der Name Gerald Pohl etwas?"

„Sicher. Der Pädophile. Hat ein paar Jahre abgesessen und ist unglücklicherweise wieder auf freiem Fuß. Warum? Hat er etwas mit Lauras Entführung zu tun?" Die Augen von Dr. Wahlberg blitzten zornig.

„Vermutlich nicht. Aber er hat lange Zeit vor Ihrem Hauseingang gestanden und die Wohnung beobachtet. Außerdem scheint er Sie aus tiefstem Herzen zu hassen. Was für einen Grund könnte er dafür haben?"

„Pohl ist jemand, der höchst erfolgreich verbergen kann, was wirklich in ihm vorgeht. Ich war Gutachter in seinem Prozess und habe ihn dabei sehr gründlich studiert. Er ist hochintelligent und anpassungsfähig. Meiner Meinung nach stellt er immer noch eine Gefährdung für sein Umfeld dar und hätte niemals entlassen werden dürfen. Und das habe ich auch sehr deutlich gemacht, als er den entsprechenden Antrag gestellt hat. Leider hat er andere Gutachter erfolgreich hinters Licht geführt. Dieser Mann ist nicht der harmlose und unscheinbare Kerl, für den er sich ausgibt. In der Verkleidung eines Biedermanns steckt ein Monster, glauben Sie mir."

Gespannt beobachtete Bombach, wie sich der Psychiater mehr und mehr in Rage redete. Diese Information erklärte Pohls Hass sehr gut. Aber würde dieser so weit gehen, dass er Laura entführte?

„Haben Sie ihn vernommen? Seine Wohnung durchsucht? Sein Alibi für die Tatzeit überprüft?"

„Wir haben uns mit ihm beschäftigt, ja. Interessanterweise sind Sie nicht der einzige Mensch, der ihn nicht mag. Ein anonymer Hinweis hat uns auf seine Spur gebracht. Und gerade eben frage ich mich, ob Sie das vielleicht waren, Dr. Wahlberg?"

Der Angesprochene schüttelte energisch den Kopf.

„Wenn ich Pohl im Verdacht gehabt hätte, dann hätte ich mich bestimmt nicht anonym geäußert. Aber an ihn hatte ich bis eben nicht gedacht. Warum glauben Sie, dass er nicht in Frage kommt?"

„Es gibt verschiedene Gründe. Einer davon ist, dass Pohl nicht in Ihrer Wohnung gewesen sein kann, denn die Fußabdrücke, die wir gefunden haben, passen nicht. Die Abdrücke weisen auf mindestens Schuhgröße 44 hin und Pohl hat höchstens 40."

„Er könnte ja bewusst zu große Schuhe getragen haben", wandte Marion Wahlberg ein. „Als Täuschung."

„Vier bis fünf Nummern zu groß? Das funktioniert nicht. Nicht mal mit mehreren Socken. Der Unterschied ist einfach zu enorm. Aber das ist nicht der einzige Grund."

„Was sonst?", erkundigte sich Dr. Wahlberg.

„Ein sehr überzeugendes Argument", erklärte der Kommissar. „Pohl hat keinen Führerschein. Er kann den Wagen also nicht gefahren haben."

„Vielleicht hatte er ja Komplizen?"

„Möglich, aber nicht wahrscheinlich. Zum einen ist Pohl ein ausgesprochener Einzelgänger. Und außerdem hat der Zeuge Berger ja nur eine Person in der Umgebung des Wagens gesehen. Oder genauer gesagt: Er hat niemanden gesehen, aber der Transporter fuhr ja dann weg, das heißt, dass es einen Fahrer gegeben haben muss."

„Halten Sie den alten Mann für glaubwürdig?" Dr. Wahlberg blickte missbilligend in die Ferne. „Nicht, dass er bewusst lügen würde. Aber wie steht es um seine Sehkraft und sein Gedächtnis?"

„Herr Berger ist ganz gut beieinander. Ich halte seine Aussage für weitgehend brauchbar. Aber natürlich behalten wir Pohl im Auge."

„Was tun Sie eigentlich konkret, um meine Tochter zu finden?", wollte Marion Wahlberg wissen. In ihrer Stimme klang keine Anklage mit und sie wirkte ganz ruhig und gleichmütig. Möglicherweise hatte ihr Mann ihr ein Beruhigungsmittel verabreicht.

„Der Wagen wird weiterhin genauestens untersucht. Vielleicht ergeben sich daraus doch noch irgendwelche Hinweise. Außerdem prüfen wir, ob er von einer Verkehrsüberwachungskamera erfasst worden ist. Das könnte uns die Richtung zeigen, in die er gefahren ist. Glauben Sie mir – wir versuchen alles Menschenmögliche." Bombach war sich bewusst, dass seine Aufzählung ziemlich mager klang. Aber was sollte er machen? Solange sich der Entführer nicht meldete, blieben ihm kaum Alternativen.

* * *

„Mike? Darf ich dich kurz stören?"

Staller warf einen überraschten Blick auf die Gestalt in der offenen Tür, die schüchtern gegen den Rahmen geklopft hatte.

„Wer sind Sie? Und was machen Sie in Isas Körper?"

„Hä?"

Der Reporter lachte und deutete auf seinen Besucherstuhl.

„Nun setz dich schon. Ich bin es nicht gewohnt, dass du zaghaft anklopfst und dann in der Tür wartest, bis du angesprochen wirst. Normalerweise stürmst du rein wie ein Sondereinsatzkommando."

Die Praktikantin betrat den Raum und hockte sich mit vorgebeugtem Oberkörper auf die Stuhlkante. Obwohl ihre Haltung äußerste Spannung signalisierte, schwieg sie weiterhin.

„Was ist denn los? Wo bleibt der Wortschwall? Du hast doch irgendetwas auf dem Herzen. Dann mal raus damit!"

Isa versuchte ein beleidigtes Gesicht zu machen, stellte dann aber fest, dass diese Attitüde in die verkehrte Richtung führte, und gab auf.

„Ich weiß nicht, was du für ein Bild von mir hast! Aber in einem hast du recht – ich habe ein Problem. Oder vielmehr nicht ich, sondern eine Freundin."

„Handelt es sich also um etwas Privates?"

Nach kurzer Überlegung schüttelte Isa den Kopf.

„Nein, eigentlich nicht. Eine meiner Protagonistinnen aus dem Selbstbehauptungskurs hat etwas sehr Eigenartiges erlebt. Jemand ist in ihre Wohnung eingedrungen und hat dort Gegenstände hinterlassen."

„Was für Dinge waren das?"

„Ganz alltägliche. Eine CD, ein Buch, eine Zeitschrift."

Staller runzelte die Stirn.

„Warum sollte derjenige das tun?"

„Keine Ahnung! Ich habe mir schon alle möglichen Szenarien vorgestellt, aber mir fällt keine sinnvolle Erklärung ein."

„Hat diese Frau eine Ahnung, wer der Eindringling sein könnte?"

„Null! Auch ihr ist die Angelegenheit völlig unerklärlich."

„Besteht die Chance, dass sie sich irrt? Dass sie vergessen hat, dass diese Dinge eigentlich ihr gehören?"

„Das habe ich auch vermutet. Aber sie ist sich ausgesprochen sicher. Und zumindest in einem Fall finde ich das auch einleuchtend. Eine Zeitschrift über ein Thema, das mich kein bisschen interessiert – das ist zu auffällig. Die vergesse ich nicht so einfach."

„Hat noch jemand einen Schlüssel zu der Wohnung? Eine Freundin, ein Ex-Freund, ein Partner?"

„Eben nicht, das ist es ja. Die Situation sieht so aus, dass ein offensichtlich Fremder sich Zutritt zu der Wohnung verschafft hat. Auf welche Weise auch immer. Sie kann sich auch nicht erinnern einen Schlüssel verloren zu haben."

„Was genau möchtest du denn nun von mir?"

„Vivian ist sehr ängstlich. Das liegt vermutlich daran, dass sie früher einmal vergewaltigt worden ist und die Sache nicht richtig verarbeitet hat. Ich habe letzte Nacht bei ihr geschlafen, aber das geht auch nicht jeden Tag. Sie weiß nicht, was sie ändern kann, damit sie sich wieder sicher in der eigenen Wohnung fühlt."

„Wie wäre es, wenn sie einfach das Schloss austauscht?"

„Es gibt mehrere Wohnungen in dem Haus. Eine zentrale Schließanlage auszutauschen ist recht aufwendig und nicht gerade billig." Isa wirkte ratlos.

„Verstehe." Staller dachte nach. „Theoretisch könnte man natürlich einen Personenschutz organisieren. Aber das würde auch nicht billiger."

„Ich habe keine Ahnung, wozu ich ihr raten soll. Deswegen bin ich zu dir gekommen. Ich hatte gehofft, dass du vielleicht eine Idee hast, wie man ihr helfen kann."

„Es wäre natürlich möglich eine Überwachungskamera zu installieren", sagte der Reporter langsam. „Eine, die sich bei Bewegung einschaltet und den Eindringling filmt. Man könnte es sogar so einrichten, dass sie das Material nicht nur auf der eingebauten Karte speichert, sondern gleichzeitig an eine bestimmte Adresse versendet. Nur für den unwahrscheinlichen Fall, dass der Einbrecher die Kamera findet. Die sind teilweise heutzutage schon winzig."

Die Praktikantin klatschte in die Hände.

„Das ist eine tolle Idee, Mike! Haben wir so ein Equipment hier bei "KM"? Könnten wir das vielleicht gleich bei Vivian einbauen? Hast du Zeit?"

Staller lachte schallend.

„Das ist die Isa, die ich kenne! Nix mit vielleicht und irgendwann, sondern alles und sofort! Aber ich muss dich enttäuschen. Leider habe ich die entsprechenden Gerätschaften nicht in der Schreibtischschublade."

Die Begeisterung wich aus Isas Gesicht und blitzartig zog Enttäuschung auf wie Nebel in einem Bergtal.

„Oh", meinte sie bedrückt. „Und was heißt das? Sind die Sachen teuer oder schwer zu besorgen?"

„Ganz so schlimm ist es nicht. Mein Freund Mohammed hat vermutlich einen ganzen Schrank voll mit solchen Kameras. Ich denke mal, dass er uns eine leihen würde."

Mohammed, dessen Nachname weitgehend unbekannt war, betrieb eine Sicherheitsfirma in Billstedt und arbeitete seit langem mit dem Kriminalmagazin zusammen. Wann immer die Journalisten technische Gimmicks oder auch professionelle personelle Unterstützung bei gefährlichen Einsätzen brauchten, sprang der Libanese mit Rat und Tat ein. Seine Entlohnung blieb stets sehr gering, dafür wurde seine Firma im Abspann als Berater oder technischer Support erwähnt. Diese Vereinbarung nützte beiden Seiten und bestand seit Jahren.

„Würdest du ihn fragen, ob wir eine bekommen können? Und mir dann auch beim Einbau helfen? Ich fürchte, mir fehlt ein bisschen die Erfahrung damit."

Jetzt war es erneut an Staller, überrascht zu sein.

„Den letzten Satz hat wieder diese fremde Person gesprochen, die deinen Körper übernommen hat, oder?" Dann wurde er ernst. „Ich rufe Mohammed gleich an und gehe fest davon aus, dass er das entsprechende Equipment für mich hat. Wann kommt deine Bekannte denn nach Hause?"

Isa warf einen schnellen Blick auf ihre Armbanduhr.

„In gut einer Stunde. Meinst du, wir könnten den Kram heute noch installieren?"

„Moment!" Der Reporter griff zum Telefon und führte ein erfreulich kurzes Gespräch. Dabei kam ihm zugute, dass er die Durchwahl des Libanesen kannte und überhaupt eine äußerst bevorzugte Behandlung erfuhr. Innerhalb von zwei Minuten hatte er sein Anliegen vorgebracht und eine Verabredung getroffen. Isa, die gespannt zugehört hatte, sah ausgesprochen zufrieden aus.

„Also, du hast das meiste ja gehört. Die Kamera mit allem Drum und Dran liegt in ein paar Minuten für uns zur Abholung bereit. Wenn du das übernehmen kannst, bringe ich hier noch ein paar Dinge zu Ende und dann können wir meinetwegen zu deiner Freundin fahren. Der Aufbau und die Einrichtung sollten in einer halben Stunde erledigt sein."

„Danke! Vielen, vielen Dank!" Isa sprang auf und beugte sich spontan über den Schreibtisch, um Mike auf die Wange zu küssen. „Ich hole dich dann hier wieder ab!"

Staller sah der davoneilenden Praktikantin vergnügt hinterher. Isas Fähigkeit zur Begeisterung war wie immer grenzenlos.

Vivian warf einen letzten prüfenden Blick auf ihre Wohnung. Sie war froh, dass es sie nur wenige Minuten gekostet hatte, alles halbwegs präsentabel herzurichten. Spontaner Besuch war eine Herausforderung, der sie sich nur ungern stellte, aber die Situation rechtfertigte zweifelsfrei ungewöhnliche Maßnahmen. Außerdem würde ihre neue Freundin Isa ja dabei sein. In ihrer Gegenwart fühlte sie sich überraschenderweise immer ausgesprochen sicher. Seltsam, wenn sie bedachte, dass das Mädel noch so jung war. Andererseits – wer so zulangen konnte, der vermittelte leicht Vertrauen. Was der Mann, der Isa begleiten würde, wohl für ein Typ war? Bestimmt entweder ein Bürohengst oder ein Nerd. Aus der Bank kannte sie beide Typen zur Genüge. Die Schreibtischtäter waren latent übergewichtig und schwammig. Immer sehr fokussiert, dankbar für wiederkehrende Abläufe und penibel in ihrem Auftreten und ihrer Arbeit. Die Nerds waren technikgläubig, ein bisschen langweilig und wirkten manchmal, als ob bei ihnen ein unauffälliges Schräubchen etwas zu locker saß.

Das Klingeln an der Wohnungstür riss sie aus ihren müßigen Überlegungen. Es klang energisch, langanhaltend und eilig. Das musste Isa sein. Sie verbarg ein Lächeln und öffnete die Tür.

Staller, der sich einen Pappkarton mit dem Equipment unter den linken Arm geklemmt hatte, registrierte, dass die Frau, die ihm öffnete, für einen Moment zu erstarren schien. Ihr Mund öffnete sich zu einem erstaunten "O" und ihre Augenbrauen zogen sich ängstlich zusammen. Schon fürchtete er, dass sie ihm die Tür wieder vor der Nase zuschlagen würde, da trat Isa hinter ihm hervor und nahm in ihrer impulsiven Art die Frau in den Arm.

„Hi Viv! Das ist Mike. Du kennst ihn bestimmt aus dem Fernsehen. Er ist quasi so etwas wie mein Chef im Moment, aber zum Glück lässt er es nicht so heraushängen. Die Überwachungskamera war seine Idee. Ich hatte dir ja gesagt, dass er uns helfen würde." Sie plapperte wie ein Hamster auf Speed und fuhr gleich fort. „Mike, das ist Vivian. Komm doch endlich rein!"

Staller konnte sich ein Schmunzeln nicht verkneifen und trat ein, nachdem Isa die Hausherrin einfach in den Flur geschoben hatte.

Vivian konnte den Blick nicht von ihrem Gast wenden. Wie hatte sie sich so irren können! Hoch aufgeschossen stand er vor ihr und in seinen freundlichen blauen Augen stritten sich Humor und Schalk um die Oberhand. Sein jungenhaftes Grinsen ließ ihn jünger erscheinen, dabei hatte er die Vierzig mit Sicherheit schon überschritten. Seine Figur war schlank, aber durchaus sportlich. Die gesamte Aura schien zu schreien: Wenn du bei mir bist, bist du sicher!

Mit einiger Mühe riss sich Vivian zusammen. Ihre Knie schienen einen überraschenden Schwächeanfall erlitten zu haben. Es war unklar, ob sie sie noch zuverlässig tragen würden. Außerdem musste sie irgendwann im Laufe des Tages eine Achterbahn gegessen haben, denn die fuhr in ihrem Bauch gerade ganz langsam einen Looping. Und zwar so, dass es spannend und aufregend war. Nicht die unangenehme Variante.

„Äh, komm doch rein!" Ein selten dämlicher Satz, wenn man bedachte, dass der Mann bereits im Flur stand. „Ich bin Vivian." Zweiter Patzer. Isa hatte sie doch schon vorgestellt. Ob es ihr wohl noch gelang einen einzigen sinnvollen Satz zusammenzubringen? „Schön, dass du da bist!" Okay, dagegen war nichts einzuwenden. Vielleicht gab es doch einen Weg zurück in die Normalität.

Isa runzelte skeptisch die Stirn.

„Hast du schon wieder einen Sekt geköpft? Du wirkst ein wenig durcheinander."

„Bitte? Natürlich nicht!" Vivian kam sich plötzlich vor wie ein kleines Mädchen. „Es ist nur … na ja, das geht alles nicht spurlos an mir vorbei. Ich weiß, dass ich albern bin, aber ich kann es doch nicht ändern." Dieser Satz war so wahr, dass er eingerahmt werden konnte, fand sie.

„Isa hat mir erzählt, dass du einen Anlass hast, besonders sensibel auf diese Verletzung deiner Privatsphäre zu reagieren. Es gibt also keinen Grund sich zu schämen."

Mein Gott, verständnisvoll ist er auch noch, dachte sie und fühlte den bescheidenen Rest ihres Körpers dahinschmelzen. Ob ich ihm gleich hier einen Antrag machen kann?

„Ich habe eine Knopflochkamera mitgebracht. Die Optik ist vom Rest der Kamera getrennt und dementsprechend winzig. Sie funktioniert wie ein Bewegungsmelder und schaltet sich automatisch ein. Die Bilder werden auf einer Speicherkarte abgelegt und parallel dazu als Liveschaltung ins Internet gesendet, wo sie auf einem Server zusätzlich gespeichert werden. Natürlich nicht öffentlich. Niemand ohne Zugangsberechtigung kann sie einsehen."

Seine Stimme war hypnotisch, stellte sie fest, denn sie wünschte sich, dass er pausenlos weiterredete. Tief und männlich, aber trotzdem sanft. Mit Telefonsex würde er ein Vermögen machen können. Wenn sie sich vorstellte, was er ihr alles ins Ohr flüstern würde …

Plötzlich wurde ihr bewusst, dass niemand mehr sprach und ihre beiden Gäste sie fragend anschauten. Offensichtlich erwarteten sie eine Antwort von ihr. Aber was war die Frage gewesen? Sie fühlte sich ertappt und errötete prompt. Na toll! Sie fantasierte hier vor sich hin wie ein liebeskranker Teenager und hätte das nur noch deutlicher machen können, wenn sie ein großes Plakat aufgehängt hätte.

„Entschuldigt bitte, ich war einen Moment nicht ganz bei der Sache. Ich habe noch mitbekommen, wie die Kamera funktioniert, aber dann hatte ich wohl einen Aussetzer. Was wolltet ihr wissen?"

„Ob du einverstanden bist, dass wir die Kamera auf die Wohnungstür ausrichten und sie hier im Flur auf der Garderobe anbringen", erklärte Isa kopfschüttelnd. „Mann, du bist ja richtig neben der Spur!"

„Tut mir wirklich leid!" Vivian war ernsthaft zerknirscht. „Flur klingt prima. Macht einfach das, was ihr für das Beste haltet. Ich verstehe ja sowieso nichts davon."

Staller unterzog die Garderobe einer eingehenden Untersuchung und nickte befriedigt. Ja, das würde gehen!

„Ist es möglich, dass diese Lederjacke hier hängenbleibt oder musst du sie anziehen?"

„Äh, kein Problem. Ich habe genügend andere Jacken." Immerhin hatte sie diesmal zeitnah und inhaltlich passend geantwortet. Vielleicht war sie doch in der Lage zurück zur Realität zu finden.

„Prima! Dann werde ich dort die Kamera installieren!"

Staller machte sich geschickt an die Arbeit. Die winzige Optik befestigte er so am Kragen, dass sie auf die Tür gerichtet war. Dank der Weitwinkelfunktion war es kein Problem – vermutlich wurde der halbe Raum erfasst. Den Rest der Technik versteckte er in der Innentasche der Jacke, wodurch die Kabelverbindung praktisch unsichtbar war. Innerhalb von fünf Minuten war die Videoüberwachung eingerichtet und er stellte den nun leeren Karton auf den Fußboden.

„Hast du einen Rechner oder einen Laptop in der Wohnung?", fragte er Vivian.

„Ja, klar, im Wohnzimmer!"

„Schaltest du ihn bitte mal ein?"

„Natürlich." Sie verschwand und befolgte seine Anweisung.

Staller wandte sich an Isa, die seine Arbeit aufmerksam verfolgt hatte.

„Gehst du mal vor die Tür? Lass sie angelehnt und wenn ich Bescheid sage, dann kommst du einfach rein, okay? Damit testen wir das Ganze mal."

„Geht klar! Ich finde das ziemlich aufregend." Dann beugte sie ihren Kopf ihm entgegen und flüsterte: „Ich glaube, du hast hier jemanden mächtig beeindruckt. Viv ist ja völlig hin und weg von dir!"

Der Reporter sah konsterniert zu, wie Isa durch die Tür verschwand. Wie kam sie denn jetzt auf die Idee? Er hatte doch kaum ein Wort mit der Hausherrin ausgetauscht und schon gar nicht mit ihr geflirtet. Warum sollte sie also beeindruckt sein? Sicher, sie war ein wenig seltsam in ihrem Auftreten, aber das war bestimmt der Angst und der seltsamen Situation geschuldet. Isa hatte manchmal aber auch merkwürdige Gedanken!

„So, der Laptop ist hochgefahren", klang es aus dem Wohnzimmer.

„Gut, ich schalte die Kamera jetzt ein." Staller schob den entsprechenden Knopf zur Seite und ging ebenfalls ins Wohnzimmer. Vivian erwartete ihn dort auf dem Sofa, während der Rechner aufgeklappt auf dem Tisch stand.

„Moment noch, Isa!", rief er laut und setzte sich vor den Bildschirm. Mit flinken Fingern rief er eine Adresse im Internet auf und wartete einen Augenblick, bis die Verbindung hergestellt war. Als das Symbol für ein Video erschien, nickte er zufrieden.

„Wenn Isa gleich die Wohnung betritt, sollte die Kamera anspringen und wir können das Bild hier überprüfen", erklärte er. „Bereit?"

Vivian fühlte sich so dicht neben ihm sitzend nicht stark genug für ein Wort und nickte nur. Zu allem Überfluss roch der Mann auch noch gut! Sie musste sich stark zusammenreißen, um sich nicht mit geschlossenen Augen an seine Schulter zu lehnen. Meine Güte, wie lange war es her, dass sie einen Mann so wahrgenommen hatte? Sie wusste es nicht mehr.

„Du kannst jetzt reinkommen!", rief er Richtung Wohnungstür. Gespannt beobachtete er den Bildschirm. Dieser flackerte kurz und dann erschien gestochen scharf die Ansicht des Flurs. Sie beobachteten, wie Isa in normalem Tempo den Raum betrat und sich einmal umschaute. Dadurch, dass die Kamera etwa auf ihrer Kopfhöhe angebracht war, wirkte das Bild erstaunlich realistisch. Klar und deutlich war zu sehen, wie Isa der Kamera die Zunge herausstreckte und dann die Tür schloss. Danach ging sie auf die Kamera zu und wurde entsprechend größer, bis sie aus dem Bild verschwunden war und im Türrahmen zum Wohnzimmer auftauchte.

„Na, klappt's?"

„Perfekt", stellte Staller zufrieden fest. „Jetzt läuft die Kamera noch dreißig Sekunden weiter und dann schaltet sie sich automatisch ab. So lange, bis wieder jemand den Bewegungsmelder auslöst."

Gespannt beobachteten die drei den Bildschirm, der nach einer gefühlten Ewigkeit schwarz wurde.

„Genau dreißig Sekunden", freute sich Staller, der auf die Uhr geschaut hatte.

„Ich probiere mal, ob es auch von hier geht", meinte Isa und begab sich zurück in den Flur, worauf prompt das Bild auf dem Laptop erneut erschien.

„Das ist ja toll", staunte Vivian. „Und die Qualität ist unglaublich gut!"

„Ja, die Zeiten von verpixelten Bildern aus Tankstellenüberwachungsanlagen sind vorbei, auf denen man mit Mühe und Not sehen konnte, ob ein Mann oder eine Frau gezeigt werden. Heute senden die meisten dieser Minikameras in HD oder gar gleich in 4 K."

„Vielen, vielen Dank!" Vivian warf ihrem Nebenmann ein schüchternes Lächeln zu. Mehr traute sie sich nicht, damit sie nicht gleich wieder wie ein verliebter Teenie auftrat. „Kann ich euch eigentlich etwas anbieten? Einen Kaffee vielleicht?"

Staller schaute fragend zu Isa hinüber, die gerade wieder ins Wohnzimmer kam.

„Musst du noch zurück ins Büro?"

„Nö. Für heute ist Feierabend. Ich hätte aber lieber ein Wasser."

„Ein Kaffee wäre prima", stellte der Reporter fest.

„Kommt sofort!" Vivian sprang auf und eilte in die Küche.

Isa setzte sich auf einen Sessel und grinste Staller frech an. „Oder hätte ich euch lieber alleinlassen sollen?"

Irritiert runzelte er die Stirn. „Wie kommst du darauf?"

„Könnte ja sein, dass du noch etwas … Privates mit Viv besprechen möchtest. Es kann dir doch nicht entgangen sein, wie sie dich anschaut."

„Wie schaut sie mich denn an?"

Isa betrachtete ihn lange und prüfend. Aus der Küche drang derweil das Klappern von Geschirr.

„Du merkst das echt nicht, oder?"

„Was?", fragte Staller leicht genervt.

„Rote Bäckchen, glänzende Augen, hektische Atmung – sagt dir das irgendwas?"

„Keine Ahnung. Fieber? Was soll die Rätselstunde eigentlich?"

Isa schlug theatralisch die Hände vors Gesicht.

„Du bist und bleibst ein hoffnungsloser Fall. Eigentlich hab' ich immer gedacht, du tust nur so doof. Aber mittlerweile habe ich den Eindruck, dass du wirklich nichts merkst!"

Staller, dem langsam, aber sicher der Geduldsfaden riss, beugte sich beschwörend vor.

„Dunkel ist deiner Rede Sinn, Mädchen", deklamierte er. „Falls du mir etwas mitteilen möchtest, könntest du versuchen es in leicht verständliche Worte zu kleiden und deine wolkigen Worthülsen mit knackigem Sinn erfüllen?"

Jetzt musste Isa lachen.

„Das sagt mir der Richtige! Aber – um es auch für dich glasklar und einfach zu machen – die gute Viv ist gerade ganz offensichtlich von Amors Pfeil getroffen worden. Es fehlt nur noch ein Hauch und sie fängt an zu sabbern!"

Ärgerlich schüttelte er den Kopf.

„Erstens finde ich deine Formulierung etwas respektlos deiner Freundin gegenüber und zweitens bildest du dir da garantiert etwas ein. Außerdem: Reicht es nicht, dass ihr euch alle verschworen habt, um mich mit Sonja zu verkuppeln? Muss jetzt noch eine völlig Unschuldige herhalten?" Bevor er weiter reden konnte, schaltete sich die Kamera im Flur wieder ein. Der Bildschirm wurde hell und Isa und Staller konnten beobachten, wie Vivian mit einem Becher Kaffee in der Hand in den Flur trat. Vor der Garderobe machte sie kurz halt und warf offensichtlich einen prüfenden Blick in den Spiegel, denn sie zupfte zunächst ihre Frisur zurecht und zog danach den Kragen ihrer Bluse ein wenig auseinander. Dann warf sie ihrem Spiegelbild ein strahlendes Lächeln zu und machte sich auf den weiteren Weg.

Staller, der sich wie ein Voyeur vorkam, warf Isa einen beschwörenden Blick zu, der dieses Mal jedoch überflüssig war. Sie hielt ganz freiwillig den Mund, allerdings spielte ein verstecktes Lächeln um ihre Lippen. Einen klareren Beweis für ihre Theorie konnte es nicht geben und für den, der immer noch zweifelte, war die Situation verlässlich auf Band aufgezeichnet.

„Möchtest du Milch oder Zucker dazu?", fragte Vivian und stellte den Becher vor Staller auf den Glastisch. Dafür musste sie sich ein wenig bücken, was den Blick auf ihr Dekolleté freigab.

„Äh, danke. Also: nein, danke. Ich mag ihn am liebsten schwarz." Er konnte die unterdrückte Heiterkeit bei Isa förmlich spüren und das trug nicht dazu bei, dass er sich wohler fühlte in der Situation.

„Dann hole ich noch dein Wasser", bemerkte Vivian zu Isa und verschwand abermals.

„Kein Wort!", zischte der Reporter und funkelte die Praktikantin böse an.

„Ich hatte ü-ber-haupt nicht die Absicht." Der Triumph war allerdings auch so in ihren blitzenden Augen zu erkennen. Sie hatte recht und er wusste das jetzt auch. Und sie wusste, dass er es wusste. Ein Traum! Selbstzufrieden streckte sie die Beine aus und genoss die Situation in vollen Zügen.

„So, hier ist das Wasser", flötete Vivian, die ein Holztablett trug, auf dem sich eine Flasche Selter, zwei Gläser und eine kleine Schale mit Keksen befanden. Sie stellte das Arrangement auf den Tisch und beschäftigte sich damit, die Gläser zu verteilen und vollzuschenken. Natürlich musste sie sich dazu herunterbeugen und ebenso natürlich sorgte sie dafür, dass dies in Richtung ihres außergewöhnlich attraktiven Gastes geschah. Dieser jedoch blickte verlegen auf den Bildschirm des Laptops vor sich und versuchte nicht auf ihr Dekolleté zu starren.

„Mögt ihr vielleicht auch einen Keks? Sie sind zwar nicht selbstgebacken, aber trotzdem sehr lecker. Oder vielleicht gerade deswegen!" Ihr Lachen wirkte äußerst sympathisch.

„Na los, Mike, lang zu! Du kannst es doch vertragen." Isa kaschierte diese Zweideutigkeit geschickt mit einem harmlosen Gesichtsausdruck.

„Hast du irgendeine Ahnung, wer die Person ist, die hier eindringt, oder wie sie an einen Schlüssel gekommen sein könnte?", wechselte Staller resolut das Thema und nahm sich tatsächlich einen Keks.

„Ich habe mir schon ein paarmal den Kopf zerbrochen, aber ich habe nicht die leiseste Ahnung. Vor allem wüsste ich gerne, warum das geschieht. Es kann sich doch nur um einen Menschen handeln, der ziemlich krank im Kopf ist!"

„Auf jeden Fall scheint er – oder sie, obwohl ich daran nicht glaube – deinen Tagesrhythmus zu kennen. Denn er erscheint ja wohl nur in deiner Abwesenheit."

„Daran habe ich noch gar nicht gedacht!", staunte Vivian und starrte ihren Gast bewundernd an. „Du meinst, es ist jemand, den ich kenne?"

„Zumindest ein Mensch, der dich kennt. Es muss aber keinesfalls ein enger Bekannter sein. Es könnte sich um den Zeitungsjungen handeln, den Postboten oder jemanden, der dich jeden Tag in die Bank gehen sieht."

Vor Vivians Augen drehten sich die Bilder wie in einer aus dem Ruder gelaufenen Diashow.

„Das sind aber immer noch sehr, sehr viele Personen, die in Frage kommen." Sie machte eine kleine Pause und ihr Gesicht umwölkte sich. „Ich weiß, das es blöd klingt, aber ich habe einfach Angst. In seiner eigenen Wohnung sollten sich nur die Leute aufhalten, die man dort auch haben will."

„Das ist doch völlig verständlich", beruhigte Staller sie. „Aber ich habe die Hoffnung noch nicht aufgegeben, dass es eine andere Erklärung für die Gegenstände gibt. Vielleicht hat doch mal ein Besucher etwas vergessen und du hast es nur erst jetzt gemerkt."

Vivian blieb skeptisch, sagte aber nichts. Dafür mischte Isa sich wieder ein. „Mit der Kamera werden wir ja schnell herausfinden, ob es deinen unheimlichen Besucher gibt oder nicht. Dann geht es dir sicher wieder besser!"

Der Reporter trank seinen Becher aus und stellte ihn auf den Tisch. Die Aufgabe war erledigt und bevor es noch zu irgendwelchen unerwarteten Gefühlskatastrophen kam, wollte er lieber das Feld räumen.

„So, dann will ich mal wieder. Kommst du mit, Isa, oder bleibst du noch?"

Die Praktikantin überlegte nur einen kurzen Moment, dann stand sie ebenfalls auf. Es hätte ihr zwar Spaß gemacht, Vivian noch ein wenig über die Wirkung auszuquetschen, die Staller auf sie ausgeübt hatte, aber darauf würde sie heute verzichten. Einen letzten Spruch konnte sie sich allerdings doch nicht verkneifen.

„Ich komme mit. Viv, denk dran, dass du heute Nacht nicht nackt über den Flur rennst! Sonst kann Mike bestimmt nicht schlafen!" Befriedigt nahm sie zur Kenntnis, dass beide sie entsetzt anstarrten. „Gehen wir?"

* * *

Der Mann im Kapuzenpullover steckte den Schlüssel in das moderne Schloss, das die altertümliche und verwitterte Kellertür sicherte. Mit einem widerwilligen Quietschen öffnete sie sich nach innen und er betrat den dämmrigen Raum. Es roch muffig, als ob sich Feuchtigkeit in den rohen Wänden festgesetzt hätte. Einzelne Schimmelflecken unterstrichen diesen Eindruck. Das schlichte Bett verstärkte die Anmutung eines Verlieses noch und das kleine Bündel Mensch auf der geblümten Decke lag bewegungslos. Allerdings verrieten die leichten, aber regelmäßigen Atemzüge, dass das Kind am Leben war.

Er betrachtete es mit einem Blick, der aus vielen Facetten bestand. Mitleid mit der misslichen Lage des Mädchens gehörte nicht dazu. Dafür eine Vorfreude, die mit Gier gemischt war. Dieses Geschöpf war ihm auf Gedeih und Verderb ausgeliefert und er genoss die Macht, die er besaß, in vollen Zügen. Er allein bestimmte ihr Geschick und wenn es ihm gefiel, würde er ihr Leben auslöschen, wie er eine Mücke an der Wand zerquetschte, und es gab niemanden, der irgendetwas dagegen tun konnte.

Wobei dies natürlich nicht seine Intention war. Er hatte andere Pläne gemacht. Aber manchmal mussten Pläne geändert werden, das hatte er in seinem Leben schon oft erfahren. Menschen verhielten sich nicht immer so, wie es sinnvoll gewesen wäre. Damit musste man immer rechnen. Und wenn es so kam, dann galt es zu improvisieren. Er mochte das nicht besonders gern, denn er wusste die kalte Logik eines ausgeklügelten Plans zu schätzen. Wenn er eine Prozedur Punkt für Punkt entwickelte, dabei mögliche Variablen einkalkulierte und sein Vorgehen minutiös festlegte, dann fühlte er sich, wie Gott sich gefühlt haben musste, als er bemerkte, dass sich das Wasser tatsächlich vom Land trennte. Dann fühlten sich die Dinge RICHTIG an. Er wusste zu jedem Zeitpunkt, was als Nächstes passieren würde und beherrschte die Lage. In solchen Fällen kam es zu dem bestmöglichen Ende.

Leider stand seinen Vorhaben gelegentlich der irrationale Trieb der Menschen entgegen, sich wider besseres Wissen für das Falsche zu entscheiden. Er hielt sich selber für einen geduldigen Mann, der offen und bereitwillig kommunizierte, was seine Pläne waren und welche Folgen Widerstände bedeuten würden. Diese Konsequenzen waren meist endgültiger Natur, sodass selbst der Dümmste einsehen musste, dass es wenig sinnvoll war, auf einer abweichenden Meinung zu beharren. Trotzdem kam das immer wieder vor. Allerdings nie zweimal bei der gleichen Person.

Bei dem kleinen Mädchen auf dem Bett hoffte er geradezu, dass sie sich klug verhalten würde. Sie war so wunderbar für seine Pläne geeignet und er hatte sich große Mühe gegeben, diese Situation so herbeizuführen, wie sie jetzt bestand. Es wäre wirklich schade, wenn seine Mühe vergebens gewesen sein würde.

Mit einem Kopfschütteln wischte er diesen Gedankengang beiseite. Er besaß großen Respekt vor der Fähigkeit von Kindern, eine Lage nüchtern zu analysieren und dann kluge und richtige Entscheidungen zu treffen, selbst wenn sie den derzeitigen Erfahrungshorizont weit überschritten. Das Mädchen würde sehr schnell einsehen, dass er eine unglaubliche Bereicherung für sie war, und ihr altes Leben vergessen. Da war er sich ganz sicher. Erwachsene bedeuteten manchmal eine Enttäuschung. Kinder waren rein und vorurteilsfrei. Sie wollten leben. Der Rest würde sich finden.

Er beschloss sich einen kleinen Vorschuss auf das Kommende zu holen. Heute Nacht brauchte er etwas Wärme. Er legte sich auf das Bett, hob ihren

Kopf ein wenig an, sodass er seinen Arm unter ihren Hals schieben konnte und zog sie zu sich heran. Er spürte, wie sich ihr Gesichtchen in tiefem Vertrauen an seine Brust drückte. Sie gehörte zu ihm. Er würde sie beschützen. Um jeden Preis. Oh, ja.

Während die Gedanken in seinem Kopf Karussell fuhren, synchronisierte er unbewusst seinen Atem mit dem des kleinen Mädchens. Sein Körper erschlaffte und das letzte Gefühl, das er wahrnahm, war: endlich Frieden!

Der Tag war elend kalt gewesen. Und lang.

Als er mittags gegen ein Uhr von der Schule nach Hause gekommen war, hatte er seine Mutter in der Küche gefunden. Sie hing auf einem klapprigen Stuhl, der Kopf war ihr auf die Brust gesunken. Ein ganz und gar undamenhaftes Schnarchen verriet ihren Zustand: Sie war wieder einmal sturzbetrunken. Der große Aschenbecher, wie immer gut gefüllt, war von ihrer letzten Zigarette, die sie offenbar achtlos hineingeworfen hatte, in ein langsam glimmendes Glutnest verwandelt worden. Beißender Rauch hing in der Küche und reizte seine Atemwege. Mühsam verbiss er sich das Husten, während er der Einfachheit halber Wasser in den Aschenbecher goss. Es zischte, qualmte kurzfristig noch mehr und stank erbärmlich. Aber zumindest war die Gefahr eines Feuers gebannt. Seine Mutter schien von den Geschehnissen nichts mitzubekommen, denn sie schnorchelte unbeeindruckt weiter. Als er vorsichtig den Kühlschrank öffnete, weil er Hunger hatte, klirrten die in der Tür stehenden Bierflaschen laut. Dieses Geräusch hatte eine magische Wirkung. Urplötzlich öffnete seine Mutter die Augen und setzte sich auf. Klein waren sie und blutunterlaufen, aber wach. Und bösartig. Ging ihr nichtsnutziger Bengel da etwa an ihr Bier? Mit einem empörten Grunzen stemmte sie sich aus dem Stuhl hoch und blieb schwankend stehen. Zu einer verständlichen Kommunikation war sie nicht fähig, aber er erkannte das Böse, wenn er es sah. Die Mordlust in ihrem Blick war unmissverständlich und so nahm er die Beine in die Hand, bevor sie sich eine Waffe verschaffen konnte. Er nahm sich nicht einmal die Zeit seine Jacke von der Garderobe zu nehmen, aus Angst, dass der Zorn den Alkohol überraschend schnell aus ihrem Hirn vertreiben würde. Wie ein gehetzter Hase stürmte er aus dem Haus und merkte erst, als er im Wald in Sicherheit war, dass er nur mit einem dünnen Pullover bekleidet in den bitterkalten Frühwintertag hinausgelaufen war. Aber ihm blieb jetzt keine andere Wahl, als auszuharren, bis sein Vater nach Hause kam. Dann konnte er sich etwas sicherer fühlen.

Stunde um Stunde verbrachte er im Wald, halbwegs geschützt vor dem durchdringenden Ostwind, aber trotzdem bibbernd vor Kälte. Es herrschten zwar noch keine Minusgrade, aber sein Körper fühlte sich trotzdem beinahe taub an. Der nagende Hunger half auch nicht dabei den äußeren Bedingungen zu trotzen. In regelmäßigen Abständen versuchte er sein Blut mit gezielten Bewegungen zu schnellerer Zirkulation anzuregen, aber er spürte, wie die Erschöpfung nach ihm griff wie eine Krake mit gierigen Tentakeln. Die früh einbrechende Dunkelheit trug ihren Teil zu seinem Unbehagen bei. Er wusste nicht, ob es hier gefährliche Tiere gab, die einen kleinen Jungen als willkommene Abwechslung auf dem Speiseplan ansehen würden. Füchse und Wildschweine gab es bestimmt. Und was war mit Wölfen? Unbehaglich versuchte er diese Überlegungen zurückzudrängen.

Eine Uhr besaß er nicht, aber gerade deswegen war sein Zeitgefühl ziemlich gut ausgeprägt. Etwa eine Stunde nach Einbruch der Dunkelheit kam sein Vater zu dieser Jahreszeit von der Arbeit. Sicherheitshalber wollte er noch einen Puffer von einer weiteren halben Stunde einbauen. Es war ihm unerträglich, sich vorzustellen, dass er alleine mit seiner Mutter in dem kleinen, verkommenen Haus sein würde.

Schließlich war es sein Körper, der gegen einen weiteren Aufschub votierte. Seine Zähne schlugen haltlos aufeinander und seine Hände erschienen ihm taub. Wenn er sich jetzt nicht auf den Weg machte, konnte er sich im Grunde gleich hier hinlegen und auf den Tod durch Erfrieren warten. Vielleicht war das nicht einmal die schlechteste Lösung. Aber nein! Er wollte leben, das spürte er. Zitternd erhob er sich aus der Mulde, in die er sich gekauert hatte und streckte probehalber Arme und Beine. Ein Gefühl wie tausend Stecknadeln schoss durch seine Glieder und er musste die Zähne zusammenbeißen, um nicht laut aufzuschreien. Stockend und taumelnd machte er sich auf den Weg. Es waren höchstens fünfhundert Meter, die er zurücklegen musste, aber selbst die waren für seinen entkräfteten Körper fast zu viel.

Nach der Hälfte ging es etwas besser, aber dafür meinte er seinen Magen durchdringend knurren zu hören. Hoffentlich war sein Vater schon angekommen und hatte Mama ins Bett verfrachtet. An Tagen, an denen sie schon mittags sternhagelvoll war, hielt sie oft gerade bis zum frühen Abend durch, um dann wie ein Stein zwölf Stunden zu schlafen. Vielleicht konnten er und Papa sogar zusammen etwas zu Abend essen – fast wie in einer richtigen Familie.

Sein Herz hüpfte vor Freude, als er das alte, rostige Fahrrad seines Vaters neben der Haustür lehnen sah. Ein Glück! Nun konnte er beruhigt zurückkehren.

Aus der Küche drang Licht. Vermutlich saß Papa jetzt dort, trank eine Flasche Fei-
erabendbier – eine, nie mehr! – und wartete auf ihn.

Aus reiner Vorsicht trat er zunächst unter das Fenster, um einen prüfenden
Blick in die Küche zu werfen. Was er sah, ließ seine Hoffnung blitzartig wieder
sinken. Sein Vater und seine Mutter saßen gemeinsam am Tisch. Vor ihr das ge-
wohnte Ensemble aus Schnapsflasche, Bierflaschen und kleinem Glas, dazu der
ewig überquellende Aschenbecher. Vor ihm stand nicht einmal sein Feierabendbier,
sondern ein leeres Saftglas. Manchmal, wenn sie Angst hatte, dass die Vorräte zur
Neige gehen könnten, dann durfte sein Vater nicht einmal sein eines Bier trinken.

Mama führte, wie üblich, das Wort, während Papa schwieg. Wahrscheinlich
hielt sie eine ihrer Tiraden, die er geduldig an sich abperlen ließ wie eine Dschun-
gelpflanze den tropischen Regenguss am Abend. Sie brauchte keinen Stichwortge-
ber, sondern schwadronierte ohne Punkt und Komma vor sich hin.

Draußen vor dem Fenster sank ihm das Herz in die Hose. Die Vorstellung von
einem gemütlichen Abend mit seinem Papa platzte wie eine Seifenblase. Jetzt blieb
ihm nur übrig, sich möglichst unauffällig ins Haus und in sein Zimmer im oberen
Stockwerk zu schleichen. Zum Abendbrot gab es also wieder einmal nichts ohne
Soße, wie er es nannte. Denn in die Küche würden ihn keine zehn Pferde bringen.
Aller Erfahrung nach würde es spätestens in einer Stunde zum Streit kommen
und seine Anwesenheit würde vermutlich diesen Zeitraum extrem verkürzen. Er
wusste nicht warum, aber sein Anblick ließ die eh schon sehr flinke Sicherung sei-
ner Mama regelrecht explodieren.

Als er gerade beschlossen hatte, dass er den Versuch wagen würde das Haus zu
betreten, änderte sich die Situation in der Küche in Windeseile. Sein Papa griff
nach einer der Flaschen auf dem Tisch, um sich offenbar doch noch sein Feier-
abendbier zu gönnen. Was dann passierte, geschah in einer solchen Geschwindig-
keit, dass das überraschte Gehirn des kleinen Betrachters kaum folgen konnte. Sei-
ne Mama, gerade mal knapp 1,60 Meter groß und 45 Kilo schwer, sprang auf und
schmetterte Papa den großen Glasaschenbecher mitten ins Gesicht. Das Geräusch
der splitternden Zähne war durch die dünne Einfachverglasung bis nach draußen
zu hören und jagte dem Jungen einen eiskalten Schauer über den ganzen Körper.
Seine Haut erblühte in dicken Beulen, aus denen aufgestellte Haare wie Draht her-
ausragten. Obwohl er von den Ereignissen zutiefst verstört und angeekelt war,
konnte er den Blick nicht von seinen Eltern wenden.

Papa, der mehr als doppelt so viel wog wie Mama, riss die Hände vors Gesicht
und heulte auf. Blut schoss aus seiner gebrochenen Nase und strömte über seine

Finger. Mit fragenden Augen schaute er Mama an und versuchte sich aufzurappeln. Diese an sich völlig harmlose Bewegung war sein zweiter Fehler. Als er sich einigermaßen aufgerichtet hatte und auf schwankenden Beinen einen unsicheren Stand gefunden hatte, riss Mama in einer fließenden Bewegung, die niemand der völlig betrunkenen Frau zugetraut hätte, ein schmales Tranchiermesser von der Spüle und rammte es Papa unterhalb der Brust mitten in den Bauch. Verwundert nahm er die Hände vom Gesicht und senkte den Kopf, ohne dass er zu begreifen schien, was ihm gerade widerfahren war. Verständnislos sah er zu, wie sie das Messer aus seinem Bauch herauszog und erneut mit unglaublicher Kraft zustieß. Aus der ersten Wunde erblühte derweil eine Rose aus Blut auf seinem Arbeitshemd. Die Situation wurde zusehends unwirklicher, als Mama wie ein Berserker wieder und wieder zustach, während sein Papa scheinbar willenlos zusah, wie sein Lebenssaft an immer mehr Stellen aus seinem Körper rann.

Dem Jungen vor dem Fenster war es nicht mehr möglich zusammenhängend zu denken. Der Schock hielt den sowieso schon geschwächten Körper in seinen eisigen Klauen und purer Instinkt übernahm die Herrschaft über einen Verstand, der sich vorübergehend in sich selbst zurückgezogen hatte. Mit einem stummen Schrei auf den Lippen rannte das traumatisierte Kind in das Haus und bog, ohne zu zögern, in die Küche ab. Dort fiel sein Blick in die brechenden Augen seines Vaters, der Sekundenbruchteile später wie ein gefällter Baum auf den hölzernen Küchenboden krachte. Mama stand mit erhobenem Arm, das Messer noch in der Faust, da wie eine grausame Rachegöttin und sah einfach nur zu.

Wie in Trance ergriff der Junge eine der Bierflaschen vom Tisch und hob sie hoch über seinen Kopf. Wenn er zu langsam war oder wenn seine Mama sich zu früh umdrehte, dann würde er seinem Vater in den Tod folgen, das wusste er bestimmt. Und dass sein Vater nicht mehr lebte, daran hegte er keinen Zweifel. Bewegungslos lag er auf dem Boden und stöhnte nicht einmal mehr. Wenn nur noch ein Funken Kraft in ihm gewesen wäre, würde er versuchen sein Kind zu schützen, das war ganz sicher.

Mit all der Körperkraft, zu der ein achtjähriger Junge fähig ist, ließ er die Flasche herabsausen. Da er selbst noch erheblich kleiner als seine Mutter war, beschrieb die Flasche lediglich einen Viertelkreis, bevor sie auf ihrem Hinterkopf auftraf. Es klang dumpf und er war überrascht, dass das Glas nicht zersplitterte. Zitternd sprang er einen Schritt zurück und wartete ängstlich ab, was passieren würde. War seine Mama vielleicht unverwundbar? Oder vom Alkohol so betäubt, dass sie keinerlei Schmerz verspürte? Denn zunächst geschah – nichts.

Mit vor Panik weit aufgerissenen Augen beobachtete er, wie sie sich ganz langsam umdrehte. Seine Finger krallten sich um den Flaschenhals, seine einzige Waffe. Mama machte einen Schritt auf ihn zu und holte mit dem blutigen Messer aus. Aber bevor er realisierte, dass er wie paralysiert dastand und ihrem Angriff nicht würde ausweichen können, sah er, dass sich ihre Augen ganz langsam verdrehten. Sie hielt in ihrer Bewegung inne und schien eine Ewigkeit auf der Stelle zu verharren. Er merkte nicht, wie warmer Urin aus seiner Blase schoss und an seinem Bein herablief. Fasziniert betrachtete er die Hand von Mama, die das Messer hielt. Finger um Finger löste sich aus der Erstarrung, bis die Waffe mit einem empörten Klirren auf dem Fußboden auftraf, wo die Klinge prompt abbrach. Wie in Zeitlupe schien die Körperspannung der Frau, die ihn geboren hatte, in sich zusammenzusinken. Und wie bei der Sprengung eines Fabrikgebäudes, die er einmal gesehen hatte, setzte der Zusammenbruch ganz langsam ein, um sich dann wie von Geisterhand immer mehr zu beschleunigen. Erst gaben die Knie minimal nach, dann sanken die Arme an die Körperseite und schließlich kippte die ganze Frau wie eine Bahnschranke nach hinten. Im Fallen schien der Körper zu beschleunigen und als sie mit dem Hinterkopf – genau an der Stelle, wo er sie vorher mit der Flasche getroffen hatte – auf die Ecke des Küchentischs schlug, war das Geräusch dieses Mal wesentlich eindrucksvoller. Kein Muskel stützte mehr ihren Kopf und deshalb ruckte dieser beim Aufprall mit einem grässlichen Knacken nach vorn. Kurz darauf lag Mama auf dem Küchenboden und rührte sich nicht mehr.

Instinktiv registrierte er, dass die unmittelbare Gefahr vorüber war. Die Flasche entglitt seinen Händen und rollte auf den Boden, wo sie den unordentlichen Eindruck der Küche nur unwesentlich verstärkte. Er ließ seine Augen einmal, zweimal zwischen seinem Papa und seiner Mama hin und her wandern und begriff, dass es hier nichts mehr zu tun gab. Urplötzlich rollte die Erschöpfung, physisch wie emotional, über ihn hinweg wie ein Tsunami. Seine Gliedmaßen schienen Zentner zu wiegen und er war nicht sicher, ob er überhaupt einen Schritt schaffen würde. Der Hunger war wie weggeblasen, aber seine Zunge klebte am Gaumen wie ein alter Kaugummi unter der Schulbank. Unbeholfen stolperte er zwei Schritte vorwärts und griff nach dem Wasserglas auf dem Tisch. Mit beiden Händen hob er es mühevoll an die Lippen und stellte fest, dass er am ganzen Körper zitterte wie Espenlaub. Er konzentrierte sich so sehr er konnte darauf, nicht alles zu verschütten und trank gierig die klare Flüssigkeit. Erst als er das Glas fast bis zur Neige geleert hatte, bemerkte er, dass das Getränk wie Feuer in seinem Mund brannte. Eine Welle von Ekel überfiel ihn und er musste seinen Körper *zwingen, nicht alles gleich wieder auszuwürgen. Er wusste, dass er keinesfalls auf seine Eltern kotzen dürfte. Das war einfach nicht angemessen.*

Nach einigen Sekunden stellte er fest, dass der Schnaps zwar widerlich geschmeckt hatte, aber trotzdem hilfreich war. Erstens vertrieb er die unbarmherzige Kälte, die sich bis ins Mark seines jungen Körpers vorgearbeitet hatte. Und zweitens gab er ihm die Kraft, diesen Schauplatz des Grauens zu verlassen. Er drehte sich um, ging durch den Flur, tappte die Treppe hinauf und betrat sein Zimmer. Ohne auch nur die Schuhe auszuziehen, warf er sich auf sein Bett und zog die Decke bis über die Ohren. Gnädigerweise blieb er davon verschont, dass Millionen widerstreitender Gedanken in seinem Kopf kreisten wie ein wütender Bienenschwarm. Kaum dass er das Kissen berührte, schaltete sein Verstand sich einfach ab und reine Schwärze umfing das Kind. Nur der verzerrte Gesichtsausdruck kündete von dem unvorstellbaren Leid, das ihm in der vergangenen Stunde widerfahren war.

* * *

„Thomas! Thomas, wach auf!"

Bleischwer lag der Schlaf auf seinen Lidern und er knurrte nur etwas Unwilliges.

„Thomas, nun werd doch wach! Ich fürchte, es geht los!" Die Stimme von Gaby Bombach war drängend und schaffte es mit der letzten Information, die Schutzmauer um das Unterbewusstsein ihres Mannes zu durchbrechen.

„Es geht los? Warum? Wieso? Es ist doch noch nicht so weit!" Mit einem Ruck setzte er sich auf, schaltete das Licht ein und rieb sich die brennenden Augen.

„Schatz, du hast es doch auch gehört: Bei Zwillingen ist vieles einfach anders. Außerdem wären es auch nur noch drei Wochen." Gabys Gesicht verzerrte sich kurz.

„Um Gottes willen, es geht wirklich los!" Der Groschen war zwar langsam gefallen, aber jetzt war die Nachricht bei Thomas Bombach erfolgreich eingesickert. „Soll ich heißes Wasser machen?"

„Nein, du Schaf!" Sie musste trotz der immer wieder auftretenden, ziehenden Schmerzen lachen. „Zieh dich lieber an und hol den Notfallkoffer. Wir fahren in die Klinik!"

„Puh, da bin ich aber beruhigt. Irgendwie fühle ich mich als Geburtshelfer überfordert."

„Ich bin auch froh, wenn ich in den Händen von Profis bin. Hilf mir mal hoch!" Die normalerweise schlanke und sportliche Gaby hatte nach 37 Wochen Schwangerschaft mit Zwillingen eine gewisse optische Nähe zu einem Wal bekommen. Das führte automatisch zu einer arg eingeschränkten Beweglichkeit, was besonders beim Aufstehen langsam lästig wurde.

„Natürlich, sofort!" Er schoss geradezu aus dem Bett und umrundete elegant das Fußende. Soweit zumindest sein Plan. Allerdings war seine Koordination noch auf ihr früheres, deutlich geräumigeres Schlafzimmer eingestellt. Das hatten sie zugunsten ihres Nachwuchses verlassen und sich im ehemaligen Nähzimmer einquartiert. Dieses verfügte über deutlich eingeschränkte Laufwege und so fand sich Bombach nach zwei Metern laut aufheulend auf dem Fußboden wieder, wobei er mit beiden Händen seinen rechten Fuß umklammerte.

„Alles in Ordnung mit dir?", erkundigte sich seine besorgte Gattin.

„Ich glaube, ich habe mir den kleinen Zeh gebrochen", presste er zwischen den zusammengebissenen Zähnen hervor. Gleichzeitig warf er einer unschuldigen Kommode bitterböse Blicke zu. „Geht bestimmt gleich wieder!"

Als sie daraufhin vernehmlich stöhnte, kam er überraschend schnell wieder auf die Beine. Mit ein wenig Mühe zog er ihre Füße herum, sodass sie nun quer im Bett lag. Dann zog er sie an den Armen in eine halb sitzende Position.

„Auf drei!", befahl er und legte ihre Hände um seinen Hals. „Eins … zwei … drei!"

Mit einem Ruck richtete er sich auf und zog gleichzeitig Gaby in die Höhe. Diese Übung hatten sie inzwischen perfektioniert. Eingeführt wurde sie in der gleichen Woche, in der sie beschlossen hatte, ihre hübschen Schuhe kurzfristig durch praktische, aber hässliche Slipper zu ersetzen.

„Alles klar?"

Sie nickte lächelnd und gab ihm einen schnellen Kuss. Dabei stieß sie ihn mit dem Bauch zurück, sodass die Berührung ihrer Lippen sehr flüchtig blieb. „Huch! Wird aber auch Zeit, dass die Kiepe da wegkommt."

Zehn Minuten später saßen sie in Bombachs grünem BMW. Zur Sicherheit hatten sie das dazugehörige Szenario bereits einige Male im Kopf durchgespielt. Diese Routine kam ihnen jetzt zugute.

„Dann mal los! Aber ohne Blaulicht!"

Exakt zwei Stunden später bog der Kommissar erneut auf die Auffahrt vor seinem Haus ein und stellte den Motor aus.

„Es tut mir unendlich leid", bekannte eine sehr zerknirscht wirkende Gaby.

„Braucht es doch nicht!"

„Ich hatte wirklich keine Ahnung ..."

„Natürlich nicht. Woher denn auch?", beruhigte er sie. Aber vergeblich.

„Als Mutter sollte ich ein Gespür für so etwas haben. Ich verstehe überhaupt nicht, wie das passieren konnte!"

Er drehte sich zu ihr hin und ergriff ihre Hand.

„Es sind deine ersten Kinder. Woher solltest du wissen, wie sich Wehen anfühlen?"

„Aber ich habe völlig umsonst deinen Nachtschlaf ruiniert!"

„Das werden die beiden Kameraden da drin ...", er klopfte zärtlich auf ihren gewaltigen Bauch, „... vermutlich demnächst öfter mal machen. Da kommt es auf einmal mehr oder weniger wirklich nicht an!"

Liebevoll betrachtete sie ihren Ehemann.

„Spüre ich da gerade, wie jemand mit seinen Aufgaben wächst?"

Er zuckte die Schultern.

„Sagen wir es so: Ich bin mit dem Problem ein wenig vertraut."

Jetzt wurde ihr Blick zunehmend skeptischer.

„Moment! Gibt es da irgendwelche Dinge in deinem Leben, von denen ich bisher nichts wusste?"

Er lächelte verschmitzt.

„Es gibt immer Dinge, von denen der Partner nichts weiß. Und speziell in diesem Fall ist das ganz sicher auch besser so!"

„Thomas Bombach! Schau mich an! Was verheimlichst du vor mir?" Ihr Gesicht hatte sich deutlich gerötet und ihre Stimme klang einen Tick schrill.

„Soll ich es dir wirklich sagen?"

„Ich muss es wissen!"

„Na gut", lenkte er ein. „Ich bekomme von Rosenkohl auch immer schlimme Blähungen."

Einen Augenblick starrte sie ihn entgeistert an, dann prustete sie los.

„Mein Gott, war das peinlich! Da hockt dieser Arzt zwischen meinen Beinen und dann pfffft! ... und weg waren die Schmerzen!"

Er konnte nicht anders und stimmte in ihr fröhliches Wiehern mit ein.

* * *

„Nanu, musst du heute gar nicht arbeiten?"

Enricos Mutter wischte sich die Hände an der Schürze ab, damit sie ihren Sohn umarmen konnte.

„Ich habe mir ausnahmsweise freigenommen", grinste er und drückte ihr einen Kuss auf die Stirn.

„Und da fährst du extra zu uns raus? Wie lieb von dir!"

„Ist doch Ehrensache. Bist du ganz allein?"

„Ronny ist beim Arzt und Papa hat ihn hingefahren. Zwischendurch will er in den Baumarkt, irgendwelche Dinge besorgen. Und Jenny ist natürlich in der Schule."

„Na, das trifft sich."

„Wie meinst du das?"

„Ich habe eine Überraschung für euch. Allerdings muss ich dafür ein paar Vorbereitungen treffen. Deshalb ist es schön, dass nicht alle da sind. Damit es auch wirklich eine Überraschung wird!"

Sie hatte in der Zwischenzeit wieder begonnen den Abwasch zu erledigen. Es war ihr persönlicher Ehrgeiz auf eine Spülmaschine zu verzichten. Ein solches Gerät hätte ihre Hausfrauenehre gekränkt. Sie war nämlich der Meinung, dass sie schneller und besser das Geschirr reinigen konnte als jede Spülmaschine.

„Das klingt ja spannend! Verrätst du es denn mir schon mal?"

Er zwinkerte ihr verschwörerisch zu.

„Nur, wenn du versprichst, dass du niemandem etwas sagst, abgemacht?"

Sie nickte eifrig und zog mit der Hand einen imaginären Reißverschluss über ihren Lippen zu.

„Kein Wort – zu niemandem!"

„Also gut." Er beugte sich zu ihr herunter und begann unnötigerweise zu flüstern. Schließlich war außer ihnen kein Mensch im Haus. Aber die gewisperten Worte gewannen spürbar an Dramatik.

„Bei meinem nächsten Besuch werde ich wohl meine Freundin mitbringen! Dafür muss ich noch ein bisschen umbauen und meine Single-Bude schick machen."

„Natürlich! Ach, wie ich mich für dich freue, mein Junge! Soll ich dir beim Aufräumen und Saubermachen helfen?"

Er trat hinter sie und umarmte sie vorsichtig.

„Auf keinen Fall! Du weißt doch: Mein Zimmer – meine Angelegenheit!"

„Selbstverständlich, Enrico. Das habe ich doch immer respektiert. Ich wollte dir nur meine Hilfe anbieten!"

„Weiß ich doch, Muttchen! Aber du schuftest hier schon so viel – da musst du nicht auch noch hinter mir herräumen. Ich mach' das schon. Dauert auch nicht lange. Aber nicht vergessen: kein Wort zu den anderen!" Er legte beschwörend den Finger auf die Lippen.

„In Ordnung! Wenn du etwas brauchst, sagst du Bescheid, nicht wahr?"

„Mach ich!"

Im ersten Stock vor seinem alten Zimmer angelangt, zog er den Schlüssel aus der Hosentasche und sperrte auf. Das war eine reine Vorsichtsmaßnahme, obwohl er vermutete, dass die Familie seinen Wunsch nach Privatsphäre respektierte. Lediglich Jenny wäre es zuzutrauen sein Reich unerlaubt zu betreten, und auch nur, um ihn zu ärgern. Sein Vater würde sich mit dem simplen Schloss keine Minute lang aufhalten, käme aber niemals auf die Idee hier einzudringen. Seine Mutter sowieso nicht. Gut, bei Ronny konnte man nie genau wissen, was in seinem traumatisierten Kopf vorging. Bei klarem Verstand würde er gewiss nicht das Zimmer seines Bruders betreten.

Entsprechend Enricos Vorstellungen war das Zimmer makellos sauber und picobello aufgeräumt. Von daher war sein Einsatz definitiv nicht erforderlich. Aber es gab trotzdem gewisse Dinge, die er tun musste. Der erste Besuch einer Frau in seinem ehemaligen Kinderzimmer sollte gut vorbereitet sein. Es galt zu vermeiden, dass sie hier irgendetwas fand, das sie verstörte. Oder, dass sie sich auch nur unwohl fühlte. Ihm war es zwar nicht bewusst, aber unterschwellig ahnte er, dass das Leben ihm keine unendliche Zahl an Möglichkeiten in dieser Hinsicht anbieten würde. Der erste Schuss sollte also besser sitzen. Außerdem war er es gewohnt, dass er die Dinge, die er verfolgte, auch umsetzen konnte. Eine halbe Stunde würde reichen. Dann hätte er alles für sie vorbereitet.

„Bist du schon fertig, Enrico?"

Er war zurück in der Küche, wo seine Mutter damit beschäftigt war Kartoffeln zu schälen.

„Na klar. Es gab gar nicht so viel zu tun. Aber du kennst mich ja. Ich möchte eben, dass alles perfekt ist!"

„Oh ja, so ist mein Junge! Dafür habe ich dich schon immer bewundert, dass du so ordentlich und so zielstrebig bist. Das musst du von deinem Vater geerbt haben!"

„Ein bisschen wird von dir wohl auch dabei sein", lächelte er. „Kann ich dir hier noch helfen?"

Sie reagierte geradezu beleidigt.

„Die paar Kartoffeln werde ich ja wohl noch alleine geschält bekommen. So weit kommt das noch! Bleibst du denn zum Essen?"

„Leider nicht. Ich muss noch ein paar andere Dinge erledigen und heute Abend treffe ich mich dann mit Vivian. Da werde ich sie fragen, ob sie Lust hat meine Familie kennenzulernen."

„Warum sollte sie nicht? Hier beißt doch niemand. Und einen besseren Fang als dich kann sie überhaupt nicht machen. Das hat sie bestimmt auch selber schon gemerkt!"

Er lachte ein bisschen verlegen.

„Na, ich weiß ja nicht. "

„Papperlapapp! Es reicht, wenn ich es weiß. Du bist fleißig, ehrlich, ordentlich und siehst gut aus! Ganz bestimmt wirst du ein wunderbarer Ehemann und ein toller Vater."

„Hättest du denn gerne ein Enkelchen? Ich meine, manche Frauen bekommen dann ja das Gefühl, sie wären alt oder so. Also nicht, dass das jetzt schon ein Thema bei uns wäre ... "

Seine Mutter legte das Kartoffelschälmesser weg und sah ihn ernst an.

„Ob du Kinder haben möchtest oder nicht, das geht doch nur dich etwas an. Und Vivian, deine Freundin. Was deine Eltern darüber denken, ist dagegen völlig unwichtig. Aber da du mich nun mal gefragt hast: Ja, ich würde mich freuen, wenn noch mal Babygeschrei durchs Haus klingt!"

„Muttchen, du bist die Beste!" Spontan ging er auf sie zu und umarmte sie kräftig. „Dann will ich mir mal Mühe geben, dass ich es nicht versaue mit Vivian."

„Da mache ich mir überhaupt keine Sorgen! Sag ihr, ich freue mich sehr darauf sie kennenzulernen."

* * *

Marion Wahlberg stromerte ziellos durch die schmalen Straßen ihres Quartiers. In der gefühlten Enge ihrer Wohnung hatte sie einfach keine Luft mehr bekommen. Die Ungewissheit über das Schicksal ihrer Tochter schnürte ihr die Kehle zu und lag wie ein Albdruck auf ihrer Brust. Markus hatte sich in der oberen Wohnung verschanzt und erschien immer seltener. Sie wusste nicht, womit er sich beschäftigte. Ob er wohl arbeitete? Sie hätte ihn gebraucht. Wobei – das war nicht ganz richtig. Sie hätte jemanden gebraucht, der sie einfach nur im Arm hielt und mit seiner Nähe Trost bot. Das konnte Markus nicht. Er war, trotz seiner ganzen Kenntnisse über die Psychologie, ein typischer Mann. Seine Rezepte waren Reden und Handeln. Permanent versuchte er sie dazu zu bringen, ihren Gefühlen Ausdruck zu verleihen. Dabei war das doch offensichtlich und bedurfte keiner besonderen Erwähnung. Alternativ drängte er ihr Medikamente auf. Pillen, die sie müde machten, ruhig stellten und innerlich abstumpften. Das wollte sie nicht. Ein Arm um ihre Schultern, ein Kopf an ihrer Wange oder überhaupt nur ein zärtlicher, mitfühlender Blick – das würde ihr helfen. Aber das konnte ihr Mann, der professionelle Seelenklempner, der gesuchte Experte, einfach nicht. Schade eigentlich.

Die fahle Wintersonne, die sich langsam aufs Untergehen vorbereitete, täuschte eine Wärme vor, die es eigentlich nicht gab. Trotzdem vermittelte sie ein Bild von Leben. Marion drückte das kleine rote Nilpferd an sich, das Laura immer auf ihrem Bett liegen hatte. Diese kleinen Erinnerungsstücke an ihre Tochter besaßen etwas Tröstliches und boten einen Halt, den sie bitter benötigte. Den Spielplatz hatte sie schon bewusst umgangen, denn der Anblick der fröhlich umherhüpfenden Kinder, die das letzte freundliche Tageslicht genossen, war ihr im Moment unerträglich. Aber es tat gut den Körper zu bewegen und die verhältnismäßig klare und frische Winterluft tief einzuatmen. Also setzte sie einfach immer weiter einen Fuß vor den anderen und gestattete ihren Gedanken, im eigenen Tempo durch ihren Kopf zu wandern.

„Frau Wahlberg? Entschuldigen Sie bitte, dass ich Sie einfach so anspreche."

Die Stimme klang wohlmoduliert, ausgesprochen höflich und wenig aufdringlich. Aus ihren Tagträumereien gerissen, drehte sie sich um und blickte den Sprecher an. Sie hatte erwartet einen Bekannten zu erblicken, aber der Mann, den sie verwirrt musterte, sagte ihr gar nichts. Seine gesamte Erscheinung war allerdings so unauffällig und durchschnittlich, dass sie es für möglich hielt, dass sie sich irrte.

„Kennen wir uns?"

„Nein. Ich möchte Sie auch gar nicht lange belästigen. Es ist mir nur ein Anliegen, Ihnen mein tief empfundenes Mitgefühl auszudrücken. Das mit Ihrer Tochter tut mir sehr, sehr leid! Ich kann mir gut vorstellen, was im Moment in Ihnen vorgeht und möchte Ihnen einfach nur sagen, dass ich mir von Herzen wünsche, dass diese Geschichte ein positives Ende nimmt." Er senkte seinen Blick zu Boden und seine Stimme verebbte.

Marion Wahlberg wusste nicht, wie sie reagieren sollte. Einerseits hielt sie es für unpassend, von einem Wildfremden auf das vielleicht persönlichste Thema eines Menschen angesprochen zu werden, andererseits empfand sie den Mann als durchaus aufrichtig und fühlte, wie der ernsthafte Zuspruch ihr Herz erreichte.

„Vielen Dank, aber wie kommen Sie auf die Idee ...?"

Er unterbrach sie mit einer entschuldigenden Geste.

„Ich weiß, ich weiß. Es gehört sich nicht, Sie einfach mitten auf der Straße darauf anzusprechen. Aber ich sehe, wie traurig Sie sind und spüre, dass Sie sich gerade sehr alleingelassen fühlen. Da habe ich gedacht ... also, da musste ich es Ihnen einfach sagen. Entschuldigen Sie bitte nochmals. Ich lasse Sie jetzt in Ruhe!" Er hob den Blick noch einmal kurz und schaute ihr in die Augen, dann wollte er sich umdrehen, um in die andere Richtung zu verschwinden.

„Warten Sie!" Spontan griff sie nach seinem Ärmel und hielt ihn fest. „Wie kommen Sie auf die Idee, dass ich mich alleingelassen fühle?"

Er blieb stehen und musterte sie nachdenklich. Er schien sich die Antwort gründlich zu überlegen. Dann hatte er offenbar einen Entschluss gefasst.

„Ich kenne Ihren Mann. Dr. Wahlberg ist ein ausgewiesener Experte auf seinem Fachgebiet. Leider hinken seine menschlichen Fähigkeiten hinter seiner wissenschaftlichen Reputation erheblich hinterher. Er besitzt in meinen Augen keinerlei Empathie."

„Das ist eine ... sehr harte Einschätzung." Sie zögerte ebenfalls. „Wie kommen Sie darauf?"

„Hat er Sie in der Zeit, seit Ihre Tochter verschwunden ist, mal in den Arm genommen?" Forschend schaute er sie an und wartete einen Moment. Als keine Reaktion erfolgte, nickte er bekräftigend und fuhr fort. „Sehen Sie? Das wäre aber das, was nötig wäre. Und menschlich. Dafür bin ich mir sicher, dass er Ihnen jede Menge Pillen anbietet. Das ist sein Rezept gegen alles. Chemie statt Empathie. Glauben Sie mir, ich weiß, wovon ich rede!"

„Sind Sie ein Patient von ihm?"

„Wenn man so will. Allerdings nicht freiwillig. Ihr Mann trägt zumindest teilweise die Verantwortung dafür, dass ich durch die Hölle gegangen bin und heute noch gehe. Ich bin ein Paria, ein Ausgestoßener und werde es mein Leben lang bleiben. Deshalb kann ich für ihn kein Mitleid aufbringen. Er merkt jetzt gerade selber, wie es ist, wenn andere über sein Leben entscheiden. Allerdings bezweifle ich, dass ihn das zu einem besseren Menschen macht." Bei diesen Worten blitzte in seinen so freundlich-sanften Augen für einen Moment glühender Zorn auf. Dann zog er seinen Arm behutsam zurück, den sie immer noch festhielt, und nickte ihr freundlich zu. „Guten Abend, Frau Wahlberg. Ihnen hingegen wünsche ich alles Gute!"

Erschüttert schaute sie dem grau gekleideten Mann mit den hängenden Schultern nach, der auf überraschend kleinen Füßen eilig davonschritt. Schon nach wenigen Metern schien er irgendwie mit der Umgebung zu verschmelzen und wurde quasi unsichtbar. Seine Worte verwirrten sie zutiefst. Hatte sie zuerst sein so aufrichtiges und ernst gemeintes Mitgefühl in ihrem Innersten berührt, wurde dann dieser Eindruck von dem abgrundtiefen Hass gegenüber ihrem Ehemann überdeckt. Wie gut kannte sie Markus eigentlich? Was hatte er dem Mann angetan, das solche archaischen Gefühle auslöste?

Plötzlich kam ihr eine Erkenntnis. Dieser fremde Mann musste Gerald Pohl sein, über den letztens ihr Mann und der Kommissar gesprochen hatten. Wann war das gewesen, gestern? Es fiel ihr zunehmend schwerer, Daten und Personen im Gedächtnis zu behalten. Vermutlich hing das mit den Tabletten zusammen, die Markus ihr regelmäßig gab. Sie nahm sich vor damit aufzuhören. Es war furchtbar, wie ihr das Leben entglitt und einer grauen, gedämpften Scheinwirklichkeit wich. Sie versuchte krampfhaft sich zusammenzureißen. Erinnere dich! Markus hatte Pohl verdächtigt, aber der Polizist hatte erklärt, dass das nicht stimmen konnte. Warum, hatte sie vergessen, aber sie war geneigt dem Kommissar zuzustimmen. Ihr Instinkt sagte ihr, dass Pohl so etwas nicht tun könnte. Trotzdem war sein Verhalten ziemlich seltsam, fand sie.

Sie fühlte sich müde und durcheinander. Mit irgendjemandem müsste sie das eben Erlebte besprechen, aber Markus schien ihr aus verschiedenen Gründen ungeeignet. Der Kommissar kam ebenfalls nicht in Frage. Es galt schließlich nicht irgendwelche Fakten zu bewerten, sondern sie hatte nur ein komisches Gefühl nach diesem Gespräch.

Spontan fiel ihr die Frau vom Fernsehen ein, die neulich in der Nacht aufgetaucht war. Sie hatte sich rührend um sie gekümmert und einfach zugehört. Außerdem hatte sie ihr eine Visitenkarte in die Hand gedrückt. Vielleicht war es eine gute Idee mit ihr zu sprechen. Sonja Delft, so hieß sie! Dass ihr der Name eingefallen war, schien ein günstiges Zeichen zu sein.

Marion Wahlberg straffte ihre Schultern und wandte sich heimwärts. Sie würde ein Telefonat führen und herausfinden, was die seltsame Begegnung mit Pohl zu bedeuten hatte. Mit zügigem Schritt eilte sie voran. Es tat gut, das eigene Leben wieder in die Hand zu nehmen.

* * *

„Guten Abend, meine Damen und Herren!"

Die angenehme und wohlbekannte Stimme der Tagesschau-Sprecherin klang gut hörbar aus den Lautsprechern.

„Die erkennt man auch mit geschlossenen Augen", stellte Vivian fest, die mit Isa zusammen im Tonstudio von "KM" saß. Paganini, der Toningenieur und Sounddesigner, grinste nur.

„Warte mal ab!" Er drehte mit atemberaubender Geschwindigkeit an seinen Knöpfen und Reglern. Anschließend drückte er erneut die Starttaste.

„Guten Abend, meine Damen und Herren!"

Der Text war identisch, aber diesmal klang der Ton so, als ob die Worte von einem Mann gesprochen wurden. Außerdem dauerte es länger, bis die Begrüßung beendet war.

„Unglaublich!" Vivian war merklich beeindruckt.

„Und das war nur eine einzige Möglichkeit die Stimme zu verfremden. Es gibt noch unzählige andere", erklärte der Tonmann.

„Du musst dir also überhaupt keine Sorgen machen", bemerkte Isa. „Wenn Paganini dich bearbeitet hat, würde nicht einmal deine eigene Mutter dich an der Stimme erkennen. Stimmst du mir zu?"

„Ganz bestimmt! Ich kann selbstverständlich auch noch den gesamten Sprachduktus verändern, indem ich gezielt Pausen setze oder vorhandene Unterbrechungen zusammenziehe. Ganz zu schweigen von meiner Lieblingsbeschäftigung für meine Kollegen hier. Bei den meisten muss ich nämlich aus wüstem Gestammel überhaupt erst mal einen verständlichen Sprechertext basteln." Er zwinkerte den beiden Frauen zu.

„Wegen der Stimme wird dich also garantiert niemand erkennen. Aber zu einem guten Interview gehört natürlich auch ein Bild. Kannst du uns ein paar Beispiele von Leuten zeigen, die unerkannt bleiben sollten?"

Eigentlich war Paganini nur für den Ton zuständig, aber in den unendlichen Weiten seiner Festplatten fand sich immer auch noch jede Menge Bildmaterial von bereits bearbeiteten Beiträgen.

„Einen Moment." Sein Stift flog über eine Art übergroßes Mousepad und auf den Bildschirmen sausten Bilder vorbei. „Ah, hier zum Beispiel!"

Der Filmausschnitt zeigte eine Frau, die auf einem Stuhl im Garten saß und offensichtlich interviewt wurde. Alles sah ganz normal aus, bis auf das Gesicht, das grob verpixelt war.

„Huh, das schaut aus wie ein Verbrecherfoto!" Vivian schüttelte sich.

„Stimmt, diese Methode wird oft bei Gerichtsverhandlungen benutzt", räumte Paganini ein und zauberte weiter mit seinem Stift. Nach kurzer Zeit erschien ein Mensch, der vor einem hellen Scheinwerfer saß. Ob Mann oder Frau, das war nicht zu erkennen.

„Gegenlicht! Das verfremdet so stark, dass du im Grunde genommen nur die Konturen erkennen kannst. Hat den Nachteil, dass du keinerlei Mundbewegungen sehen kannst. Deshalb gibt es keine Kontrolle, ob der gesprochene Text wirklich original ist", erklärte Isa routiniert. In der kurzen Zeit bei "KM" hatte sie sich enorm viel Wissen angeeignet.

„Das sieht auch ziemlich doof aus", befand Vivian.

Abermals flogen verschiedene Filmausschnitte über den Monitor.

„Das hier ist ästhetisch und trotzdem bleibt die Person anonym." Paganini zeigte auf einen Mann, genauer gesagt auf einen Schnurrbart. Zu sehen war ein halber Mund in bildfüllendem Format. Das wirkte ein bisschen irritierend, weil es für den Zuschauer ungewohnt war, aber nicht abstoßend. Für einen Zwischenschnitt sprang das Bild zurück, bis man eine komplette Interviewszene sah: Ein Reporter, der zur Kamera gewandt einen Mann ansprach, den man nur von hinten sah und folglich nicht erkannte, zumal er einen langen Mantel und einen Hut trug.

„Die Sachen waren von uns und normalerweise trug der Typ so etwas nicht", ergänzte Isa, die sich an die Geschichte erinnerte. „Er bleibt also völlig unerkannt."

Abermals wechselte die Perspektive. Ein Auge füllte den Monitor. In dieser unglaublichen Größe und Schärfe ergab sich keinerlei Wiedererkennungswert, denn der Mensch ist es nicht gewohnt, derart detaillierte Beobachtungen mit seiner Erinnerung zu verknüpfen. Eine auffällig große Nase erkennt man erst im Verhältnis zum restlichen Gesicht wieder. Für sich allein betrachtet, bleibt sie nicht im Gedächtnis haften.

„So etwas könnte ich mir bei unserem Interview vorstellen", schlug Isa vor. „Wir nehmen Details groß auf und schneiden neutrale Totale oder Hände im Schoß dazwischen. Gerade bei der sehr persönlichen Geschichte, die du erzählst, finde ich es wichtig, etwas vom Gesicht zu sehen. Das wirkt viel authentischer als diese blöden Verpixelungen."

„Und du bist sicher, dass man mich nicht identifizieren kann? Ich meine, wenn jemand von meiner Arbeit mich erkennt, dann würde ich im Boden versinken."

„Keine Sorge! Wir können ein paar Probeaufnahmen machen und dann kannst du selber entscheiden, ob du erkennbar bist. Aber ich kann dir jetzt schon versichern, dass niemand darauf kommt, dass du das bist."

„Das ist echt spannend hier! Ich kann gut verstehen, warum du dich für die Arbeit einer Journalistin interessierst. Das sind alles so Dinge, die einem normalen Menschen total fremd sind."

„Na, ich wette, dass mir das bei deiner Arbeit aber mindestens genauso gehen würde", grinste Isa.

„Die Damen und Herren aus der Redaktion mögen ja ein spannendes und abwechslungsreiches Leben führen. Aber das geschieht alles auf dem Rücken von uns armen Schweinen, die sie hier im Dunkeln halten und die die ganze Arbeit machen müssen!", klagte Paganini und machte ein verzweifeltes Gesicht.

„Glaub ihm kein Wort!" Isa winkte ab. „Paganini liebt seinen geregelten Tagesablauf hier im Keller über alles. Manchmal glaube ich, dass er hinten im Nebenraum seinen Sarg stehen hat, in dem er nach Feierabend schläft. Er ist mit seinen Maschinen geradezu verheiratet. Vermutlich würdest du ihm die größte Freude machen, wenn du ihm statt eines romantischen Dinners zu zweit eine zusätzliche Festplatte schenktest."

„Zumindest hält eine Festplatte bedeutend länger", stellte der Toningenieur trocken fest. „Und meines Wissens werden romantische Dinner nicht vom Lieferservice gebracht."

„Siehst du? Er will gar nicht hier raus!"

„Ihr würdet mich doch auch nicht lassen!" Paganini schaffte es, vollkommen hoffnungslos zu klingen.

„Das bildest du dir nur ein." Zu Vivian gewandt fuhr sie fort: „Paganini fühlt sich in seinem Tonstudio wohl wie die Sau in der Suhle. Das Genörgel ist nur für die Galerie. Die schlimmste Strafe für ihn wäre ein dreiwöchiger Urlaub."

„Urlaub? Was ist das nun schon wieder?"

Zwei Stockwerke höher saß Staller bei Sonja im Büro und hörte konzentriert zu. Die Moderatorin hatte ihn zu sich geholt, weil sie ihre Erlebnisse vom vergangenen Nachmittag berichten wollte.

„Marion Wahlberg hat mich angerufen und gebeten zu ihr zu kommen. Sie klang ... hm ... verunsichert. Am Telefon hat sie nur gesagt, dass es um ihre Tochter ginge."

Staller zog verwundert die Augenbrauen hoch, unterbrach Sonja jedoch nicht.

„Ihr Mann war wie gewöhnlich nicht da. Sie wirkte aber etwas präsenter als bei unserem letzten Besuch. Nicht so abwesend. Verstehst du, was ich meine?"

Er nickte. „Ich denke schon. Vielleicht weil sie initiativ geworden ist, indem sie sich an dich gewandt hat."

„Jedenfalls erzählte sie mir, dass sie auf der Straße angesprochen worden sei. Von Gerald Pohl offenbar."

„Oh, das ist bemerkenswert! Obwohl es mich nicht wirklich überrascht, wenn ich genauer drüber nachdenke." Bombach hatte ihm von seinem Gespräch mit Pohl vor dem Hause der Wahlbergs erzählt.

„Wieso habe ich den Eindruck, dass du schon wieder mehr weißt als ich?", beschwerte sie sich.

„Im Interesse des Betriebsklimas beantworte ich die Frage lieber nicht" versetzte Staller mit einem spitzbübischen Grinsen. Sie musterte ihn skeptisch, setzte dann aber ihren Bericht fort.

„Pohl hat ihr sein Mitgefühl ausgesprochen und seiner Hoffnung Ausdruck verliehen, dass Laura gesund zurückkehren möge. Und dann hat er gesagt, dass er ihrem Mann diese Ungewissheit und Angst von Herzen gönnen würde."

Staller pfiff tonlos vor sich hin. „Starker Tobak!"

„Die gute Frau war verständlicherweise völlig durcheinander, denn sie fand beide Aussagen überzeugend und glaubwürdig. Sie fragt sich aber, ob Pohl nun etwas mit Lauras Entführung zu tun hat oder nicht."

„Tja, das ist eine gute Frage. Bommel hat sie sich auch schon gestellt."

„Und?"

Er zuckte die Schultern.

„Es gibt keine klaren Beweise für oder gegen eine Beteiligung Pohls an der Tat. Ein Alibi hat er nicht. Aber es gibt auch keine Spuren von ihm. Weder im Wagen noch in der Wohnung der Wahlbergs. Im Gegenteil: Die Fußspuren in der Wohnung sind rund fünf Nummern größer als Pohls Füße."

„Das muss nicht zwangsläufig etwas heißen."

„Richtig. Aber für einen Durchsuchungsbeschluss bräuchte der Staatsanwalt natürlich ein paar handfeste Indizien. Die gibt es jedoch nicht. Und die Unschuldsvermutung gilt auch für verurteilte Pädophile."

„Also gibt es nichts, was man tun könnte, um Pohl auf den Zahn zu fühlen?"

„Offiziell? Nein. Ich habe aber zumindest eine Erklärung gefunden, warum er auf Dr. Wahlberg so schlecht zu sprechen ist."

Sonja blickte ihn gespannt an.

„Wahlberg war Gutachter in Pohls Prozess und hat ihm ein dauerhaftes und hohes Gefährdungspotenzial bescheinigt. Er war der Meinung, dass Pohl nach seiner Gefängnisstrafe in die Sicherungsverwahrung überführt werden müsste. Wenn es nach Wahlberg gegangen wäre, dann wäre Pohl auf ewig weggesperrt worden."

„Wieso ist er dann auf freiem Fuß?"

„Es hat zwei weitere Gutachten gegeben. Beide am Ende von Pohls Haftstrafe. Und beide positiv in Pohls Sinne."

„Und deshalb ist er freigekommen?"

„Ganz genau."

Sonja stand von ihrem Schreibtischstuhl auf und trat ans Fenster.

„Deshalb hasst Pohl also Dr. Wahlberg. Das verstehe ich sogar. Aber zwei Fragen bleiben für mich. Reicht dieser Hass aus, um die kleine Laura zu entführen? Und warum spricht er Marion Wahlberg an und gibt sich so mitfühlend?"

„Das wird schwer zu beantworten sein."

Sonja überlegte.

„Vielleicht sieht er Parallelen zwischen sich und der Frau."

Jetzt war Staller ernsthaft erstaunt. „Das musst du mir erklären!"

„Hast du nicht auch das Gefühl, dass sie in der Beziehung ... wie soll ich das mal formulieren? ... die zweite Geige spielt? Dass er sie dominiert?"

„Möglich wäre das. Aber dafür kenne ich beide zu wenig. Und sie überhaupt nur aus dieser Ausnahmesituation heraus."

„Aber angenommen, das wäre so. Dann solidarisiert sich Pohl mit jemandem, der ihm selbst ähnelt. Bleibt die Frage: Tut er das, weil er Laura tatsächlich entführt hat? Und wünscht er das Leid, das er damit hervorruft, nur Dr. Wahlberg, ihr aber nicht?"

Staller machte eine vage Geste mit beiden Händen.

„Ich habe keine Ahnung. Aber natürlich kann ich mal versuchen mit Pohl zu reden. Vielleicht sagt er mir ja mehr als Bommel."

Bevor sie dieses Thema weiter vertiefen konnten, klopfte es kurz an der Tür, die fast im gleichen Moment aufflog. Isa stürmte hinein, Vivian im Schlepptau.

„Hallo Sonja! Oh, und hallo Mike! Störe ich etwa? Viv und ich haben gerade unser Interview besprochen und da dachte ich, wir sagen mal guten Tag!"

„Na dann: Guten Tag!" Sonja hatte vom Fenster aus, an dem sie immer noch stand, den kürzeren Weg und umarmte ihre Freundin herzlich. „Dass ich dich noch mal beruflich sehe, hätte ich nun nicht gedacht!"

„Man sieht sich doch immer zweimal", konterte Isa schlagfertig. „In diesem Fall halt einmal privat und einmal im Job."

Vivian löste sich aus der Umarmung und warf einen schüchternen Blick zu Staller, der sich lediglich auf seinem Stuhl umgedreht hatte. „Hallo Mike!" Der Reporter winkte freundlich zurück.

„Ihr kennt euch?" Überrascht blickte Sonja von einem zum anderen.

„Na klar, Mike war doch vorgestern bei Viv und hat eine Kamera installiert. Hast du wenigstens heute Nacht für ihn getanzt?" Isa konnte es mal wieder nicht lassen.

„Bitte?" Die Moderatorin verstand kein Wort.

Vivian wurde dezent rosa im Gesicht, sagte jedoch nichts, denn Isa und Mike redeten gleichzeitig.

„Hör auf mit dem Blödsinn, Isa!"

„Los Mike, uns kannst du es doch sagen!"

Sonja ahnte, dass Isa hier wieder versuchte alle zu veräppeln und deutete mit beiden Händen das große "T" für Time-out in die Luft.

„Wenn hier alle gleichzeitig plappern, bekomme ich überhaupt nichts mit. Ich bitte um Aufklärung, und zwar nacheinander, wenn es geht."

Jetzt sah Vivian ihre Chance gekommen.

„Mir ist etwas ganz Seltsames passiert", erklärte sie. „Irgendjemand hat sich Zutritt zu meiner Wohnung verschafft. Das hat mich ziemlich verängstigt. Eine Nacht ist Isa bei mir geblieben, aber das ging ja nicht ständig. Deshalb hat Mike netterweise eine Überwachungskamera eingebaut, damit wir sehen können, wer sich da in meine Wohnung schleicht."

„Was?" Sonja war entsetzt. „Wurde etwas geklaut?"

„Eben nicht. Im Gegenteil! Derjenige hat sogar ein paar Sachen dagelassen."

Da die Moderatorin immer noch ziemlich verständnislos guckte, erklärte Isa nun den gesamten Sachverhalt noch einmal gründlich.

„Das finde ich allerdings sehr seltsam. Und du bist ganz sicher, was diese Sachen angeht, die dir unbekannt vorkommen?"

„Das fragt natürlich jeder, aber kein Bekannter von mir interessiert sich für Camping. Diese Zeitschrift ist ein eindeutiger Beweis dafür, dass jemand Fremdes in meiner Wohnung war. Gibt es denn schon Bilder?", wandte sich Vivian an Staller.

„Nur von dir. Bis jetzt warst du allein in deiner Wohnung."

„Aber ich bilde mir das wirklich nicht ein. Das müsst ihr mir glauben!" Ihre Stimme klang verzweifelt.

„Niemand denkt, dass du uns etwas vormachst", entschied Isa gewohnt resolut. „Und mit der Überwachungskamera werden wir bald Klarheit gewinnen."

„Außerdem ist es absolut nachvollziehbar, dass du dir Sorgen machst. Ich hätte auch Angst, wenn Fremde in meine Wohnung eindringen würden. Was ich nicht begreife, ist, warum dieser Mensch das macht!" Sonja wirkte etwas ratlos.

„Genau! Ich kann das auch überhaupt nicht nachvollziehen. Ich meine – ich besitze nichts, das sich zu stehlen lohnte."

„Vielleicht denkt er ja, dass du eine Geheimnisträgerin bist und sucht nach Möglichkeiten dich zu kompromittieren, damit du ihm die nächsten Firmenfusionen verrätst oder so. Und er macht dann mit Aktiengeschäften einen Riesenreibach!" Isa verfügte über eine schier unbegrenzte Fantasie und liebte komplizierte Verschwörungstheorien.

„Ich glaube ja immer noch, dass diese Campingzeitschrift und der Rest der Dinge auf einem stinknormalen Weg in die Wohnung von Vivian gelangt sind und wir die Erklärung dafür bloß nicht gefunden haben. Und ich schätze, dass mit jedem Tag, an dem die Kamera keine Eindringlinge zeigt, die Wahrscheinlichkeit für meine Annahme steigt. Mach dir also keine allzu großen Sorgen", beruhigte Staller den aufgeregten Gast.

„Danke für deine verständnisvollen Worte!" Vivian strahlte ihn aus ihren hübschen, bernsteinfarbenen Augen an. „Du schaffst es, dass ich mich gleich etwas besser fühle."

Interessiert beobachtete Sonja ihre Freundin. Die geröteten Wangen, der beschleunigte Atem, der Blick, der sich nicht von Mike lösen wollte – das war ganz ungewöhnlich für Vivian, die normalerweise in Anwesenheit von interessanten Männern mit der Umgebung zu verschmelzen schien und alles vermied, was die Aufmerksamkeit auf sie lenken könnte. Vor dem Hintergrund der Vergewaltigung war das natürlich nachvollziehbar. Stallers hypnotische Anziehungskraft auf andere Menschen, speziell Frauen, schien jedoch auch in diesem Fall Wirkung zu zeigen. Konnte es sein, dass die spröde Vivi sich ein bisschen in den charismatischen Reporter verguckt hatte?

Dieser bekam wie immer nichts von solch subtilen Strömungen der ihn umgebenden Weiblichkeit mit und fragte freundlich: „Hast du dir extra heute freigenommen?"

Vivian warf einen Blick auf ihre Uhr und schrak zusammen.

„Ach du liebe Zeit! Nein, wir haben Gleitzeit und ich kann schon mal etwas später kommen. Aber ich hätte nicht gedacht, dass es schon so spät ist. Ich sollte mich dringend auf den Weg machen. Jetzt hast du mich schon zum zweiten Mal gerettet!" Sie schenkte Staller ein strahlendes Lächeln.

„Ich begleite dich noch", sagte Isa schnell. „Da wären noch ein paar Fragen zu klären. Aber das können wir auch unterwegs machen."

„Willst du dich etwa vor Zenzis beliebter Morgenkonferenz drücken?", fragte der Reporter mit gespielter Strenge.

„Auf keinen Fall!" Isa sprach im Brustton der Überzeugung. „Sollte ich allerdings überraschenderweise doch zu spät kommen, dann entschuldigt mich bitte. Ich habe ein wichtiges Infogespräch wegen meines Beitrags."

„Ich habe so ein Gefühl, als ob du es nicht rechtzeitig schaffen wirst", lachte Sonja. „Aber wir werden es Helmut erklären. Und jetzt ab mit euch! Vivi, ich wünsche dir, dass Mike recht hat und die ganze Sache ein blinder Alarm ist!"

„Danke, Sonja." Und mit Blick auf Staller fügte sie hinzu: „Du meldest dich doch, wenn du irgendetwas herausbekommen hast, nicht wahr?"

„Klar", versprach dieser. „Mach's gut!"

Während Isa schon verschwand, hing Vivians Blick noch an Mike – als ob sie sich nicht trennen konnte, wie Sonja aufmerksam registrierte. Staller selbst hingegen hatte sich wieder herumgedreht und dem vorherigen Thema zugewandt.

„Ich bin mal gespannt, was Pohl zu sagen hat. Also falls er überhaupt mit mir redet."

Die Moderatorin schüttelte konsterniert den Kopf. Lenkte er jetzt bewusst ab? Oder schwebte er in solch unerreichbaren Sphären, dass er tatsächlich nicht mitbekam, was um ihn herum geschah?

„Mike?"

„Ja?"

„Was hast du mit Vivi angestellt?"

„Bitte? Gar nichts, natürlich!" Sein unschuldiger Blick sprach Bände. „Warum?"

„Weil das erwiesene Mauerblümchen, die schüchterne Maid, Miss "beachtet-mich-gar-nicht", dich mit Blicken verschlingt, zartrosa Bäckchen vor Aufregung hat und am liebsten allein mit dir auf einer einsamen Insel wäre!"

Er richtete beide Hände in einer flehenden Geste zum Himmel. „Nicht du auch noch! Was habe ich denn getan, dass ich so gestraft werde?"

„Wieso?"

„Isa nervt mich auch schon mit dem vermeintlichen Liebesgesäusel eurer Freundin. Dabei kann ich überhaupt nichts dafür. Ich bin lediglich ganz normal nett zu ihr gewesen."

„Das kann bei dir ja schon reichen, damit eine Frau um den Verstand gebracht wird", schmunzelte Sonja.

„Gibt es mit deinem Verstand auch ein Problem?", erkundigte er sich prophylaktisch.

„Och, dem geht es ganz gut, glaube ich. Danke der Nachfrage!"

„Da! Zu dir bin ich doch auch nett. Also liegt es schon mal nicht an mir!", stellte er zufrieden fest.

„Nett? Na ja … manchmal vielleicht."

Er kniff skeptisch ein Auge zu. „Sag mal … kann es vielleicht sein, dass du ein wenig eifersüchtig bist?"

„Eifersüchtig? Ich? Auf keinen Fall!" Sie tat empört. „Warum auch? So, und jetzt sollten wir weiter über Gerald Pohl reden, finde ich."

Isa und Vivian hatten in der Zwischenzeit das Gebäude von "KM" gemeinsam verlassen und sich auf den Weg zu Vivians Bank gemacht. Natürlich gab es noch eine Vielzahl von Fragen zu klären und so plauderten die beiden munter vor sich hin. Da es ein vergleichsweise schöner Tag war – kalt, aber sonnig – fanden sie den Fußweg ganz angenehm.

„Da vorne hole ich mir normalerweise immer meinen Kaffee!" Vivian deutete auf die Front des Coffeeshops.

„Na, dann nichts wie rein! Ich könnte auch einen vertragen." Isa wartete die Reaktion ihrer Freundin gar nicht erst ab, sondern betrat den Laden. Ausnahmsweise waren sie ganz alleine am Tresen, lediglich an den Tischen saßen einige Gäste.

„Hallo, was darf's sein?" Der junge Mann hinter der Theke lächelte sie freundlich, aber unverbindlich an. Irgendwie schien seine Zugewandtheit aufgesetzt. Vielleicht lag es daran, dass die braunen Augen nicht von seinem Lächeln erfasst wurden. Sie lagen wie ein unergründlicher See in seinem Gesicht und wirkten leblos. Außerdem trug er unter der Lippe am Kinn eine unregelmäßige Narbe, die ihm einen etwas martialischen Ausdruck verlieh.

„Einen mittleren Latte ohne alles bitte."

„Für?"

„Isa."

Der junge Mann drehte sich um und machte sich an seiner Maschine zu schaffen, während Isa nach passendem Kleingeld suchte. Inzwischen war Vivian ebenfalls herangetreten und behauptete: „Hier gibt es echt den besten Kaffee in der Innenstadt!"

Bei diesen Worten drehte sich der Barista abrupt um und goss prompt etwas Milch daneben.

„Hallo Vivian, ich habe dich schon vermisst heute Morgen!"

Seine Stimme klang nun anders, fand Isa. Auch der Blick hatte sich plötzlich gewandelt. Die etwas gruseligen Augen leuchteten mit einem Mal freundlich. War das der ganz normale Unterschied, den der Mann zwischen Stamm- und Laufkundschaft machte, oder steckte mehr dahinter? Aber wenn sie ihrem Radar traute – und das tat sie stets –, dann empfand dieser Barista etwas für Vivian.

„Ich weiß, Enrico, ich bin spät. Aber ich habe ja zum Glück Gleitzeit."

Gedankenverloren, ja geradezu gleichgültig übergab er Isa den gefüllten Kaffeebecher und strich das Geld, das sie ihm hinhielt, ein, ohne genau hinzusehen. Seine Augen hielt er dabei auf Vivian gerichtet.

„Wie immer?"

„Ja, bitte!"

Sofort machte er sich an der futuristischen Kaffeemaschine zu schaffen. Seine Bewegungen wirkten energiegeladener, ja geradezu begeistert. Isa zog sich ein wenig von der Theke zurück und beobachtete die Szenerie weiterhin interessiert und auch ein wenig amüsiert. Vivian hatte sich in Mike verguckt – ohne Erfolgschancen vermutlich – und dieser Barista himmelte zweifellos Vivian an. Auch diese Liaison durfte lediglich auf Wunschdenken basieren.

Enrico hatte sich die ganze Nacht über hin und her gewälzt und versucht einen Plan zu schmieden. Er musste Vivian jetzt endlich ansprechen! Leider standen diesem Vorhaben ein ziemlich gering ausgeprägtes Selbstwertgefühl und eine tiefe Schüchternheit im Wege. Im Geiste war er unzählige Formulierungen durchgegangen und hatte sie im Grunde alle als ungeeignet wieder verworfen. Er war nun mal nicht der Typ, der mit einem leichten Scherz Gelächter und damit Sympathie hervorrief. Allerdings konnte er sie ja auch schlecht mit der Frage überfallen, ob sie ihn heiraten wolle. Selbst wenn das sein Ziel war. Wie sehr bewunderte und beneidete er seine Kolleginnen und Kollegen, die ohne erkennbare Mühe und Überwindung jeden halbwegs ansprechenden Gast zum Ziel eines kleinen Flirts machten und dabei übrigens nicht selten Telefonnummern austauschten. Er selbst hatte zwar keine Probleme den Kunden freundlich entgegenzutreten, aber er verließ niemals die Ebene zwischen Dienstleister und Gast.

Während er die Milch über den Espresso kippte, trat er sich selbst innerlich in den Allerwertesten. Er hatte Vivian schließlich bereits zu Hause angekündigt! Er musste etwas tun. Jetzt!

Mit dem fertigen Getränk in der Hand drehte er sich zum Tresen um, wo Vivian geduldig wartete und dabei freundlich lächelte. Sie mochte ihn doch auch! Er richtete sich bewusst auf und hielt ihr den Becher entgegen. „Hier, bitte! Äh, was ich dich noch fragen wollte ...", er stockte kurz, riss sich aber gleich wieder zusammen und redete einfach weiter, bevor ihn der Mut verließ. „Also, ich wollte dich fragen, ob ich dir mal einen Kaffee spendieren darf?"

Vivian, die sich gerade in Gedanken auf das Bild von Mike und dessen warmen Blick konzentrierte, hatte nur mit halbem Ohr zugehört.

„Was? Oh, klar, natürlich! Vielen Dank, das ist sehr nett von dir! Tschüss!" Mit diesen Worten und einem weiteren, eher automatisch wirkenden Lächeln drehte sie sich um und machte sich auf den Weg zur Tür. Isa folgte ihr und musste sich mühsam das Lachen verkneifen.

Enrico stand wie versteinert hinter seiner Theke und beobachtete, wie die beiden Frauen den Coffeeshop verließen. Meine Güte, was war er für ein Idiot! Wie konnte man nur eine so einfache Angelegenheit wie die Einladung zu einem gemeinsamen Kaffee derart versauen? Gern hätte er sich jetzt selber eine runtergehauen, aber er hatte so ein Gefühl, dass die übrigen Gäste das nicht verstanden hätten. Außerdem war er der Meinung, dass er sich für einen Tag genug blamiert hatte. Sauer auf sich selbst ergriff er einen Lappen und begann energisch die Arbeitsfläche zu wienern. Wo blieb der Kundenansturm, wenn man ihn nötig hatte? Er wäre für jede Abwechslung dankbar. Wenn er sich nur nicht weiter mit seinem persönlichen Versagen auseinandersetzen müsste!

Draußen vor der Tür holte Isa Vivian nach wenigen Schritten ein.

„Sag mal, was war das denn da drinnen?"

„Wie bitte? Was meinst du denn?"

„Na, die Einladung zum Kaffee!"

„Wieso? Was war damit? Hätte ich das nicht annehmen dürfen? Ich meine, ich bin immerhin praktisch täglich da. Da kann man doch mal etwas ausgegeben bekommen."

„Du hast das wirklich nicht begriffen, oder?" Isa hätte sich gerne theatralisch an den Kopf gefasst, aber einerseits trug sie ein Handy und den Kaffeebecher in den Händen und andererseits wirkte Vivian immer noch ziemlich entrückt und hätte diese Geste vermutlich nicht einmal wahrgenommen.

„Was habe ich nicht begriffen? War das Angebot nicht ernst gemeint?" Zumindest entsetzt aufstöhnen konnte Isa auch ohne freie Hände.

„Himmel, Vivian! Dieser Enrico hat dich um ein Date gebeten! Er wollte mit dir zusammen einen Kaffee trinken gehen. Und es hätte bestimmt auch ein Cocktail sein können!"

Die Bankerin blieb wie vom Schlag getroffen stehen. Ihr ganzes Gesicht schien sich um das große "O" des offenstehenden Mundes in die Länge zu ziehen.

„Nein! Ernsthaft?"

Isa nickte nur.

„Oh Gott, ist das peinlich! Ich glaube, ich kann nie wieder dort einen Kaffee kaufen. Da würde ich ja im Boden versinken!" Sie schien zutiefst entsetzt.

Isa hingegen musste jetzt wieder lachen.

„Geschichten, wie sie nur das Leben schreibt! Wenn das in einem Film vorkäme, würden alle aufjaulen, dass so etwas doch total unrealistisch sei."

„Was soll ich denn jetzt nur machen?"

„Geh halt das nächste Mal hin und lade ihn auf einen Kaffee ein. Aber bitte in einem anderen Laden, ja?"

„Du liebe Güte! Aber ich will mich doch gar nicht mit ihm treffen! Enrico ist bestimmt ein lieber Kerl, aber so gar nicht mein Typ."

„Lass mich raten: Mike ist aber dein Typ, habe ich recht?" Bevor sie sich bremsen konnte, hatte Isa die Frage schon gestellt. Und die Antwort benötigte sie eigentlich nicht mehr, denn ihre Freundin erglühte sofort in zartem Rosa.

„Merkt man das etwa?"

„Nur wenn man sehen oder hören kann", grinste Isa.

„Na toll! Heute ist Tag des Fettnäpfchens und mir hat es wieder keiner gesagt. Meinst du, dass er es auch mitbekommen hat?"

Das brachte die selbsternannte investigative Journalistin in gewisse Schwierigkeiten. Schließlich war sie es gewesen, die den in dieser Hinsicht taub-blinden Reporter informiert hatte.

„Nun ja, das war kaum zu übersehen", lavierte sie sich ungewohnt diplomatisch aus der Bredouille.

„Großartig! Und da er vermutlich an jedem Finger fünf Verehrerinnen hat, habe ich mich offensichtlich erfolgreich zum Deppen gemacht. War ja klar! Einmal in meinem Leben gefällt mir ein Kerl und prompt fahre ich es gegen die Wand. Könnte sich bitte ein großes Loch im Raum-Zeit-Kontinuum auftun und mich verschlucken? Danke!" Vivian klang bitter.

„Ach komm, sei nicht so streng mit dir! Du weißt doch: Manchmal verliert man und manchmal gewinnen die anderen."

* * *

Seine Augen brannten vom ausgiebigen Betrachten der Bilder der angeforderten Überwachungskameras. Immerhin wusste er nun, wonach er suchte. Aber bisher hatte Kommissar Bombach den weißen Transporter, mit dem Laura entführt wurde, noch auf keinem Film gesehen.

Dass er wieder einmal unausgeschlafen war, machte die Sache nicht besser. Allerdings konnte und wollte er Gaby keinen Vorwurf machen. Sie schlief wahrscheinlich dank ihres Bauchumfangs Marke "ich bin zwei Öltanks" noch schlechter als er. Zumindest ließ ihr unruhiges nächtliches Rumoren das vermuten.

Er streckte sich ausgiebig und rieb seine Augen. Dann klickte er seufzend den nächsten Film an und starrte auf den Bildschirm. Eine nicht enden wollende Flut von Fahrzeugen schob sich bei jeder Ampelphase über die Kreuzung. Er hatte sich für ein Zeitfenster von dreißig Minuten entschieden, das er für realistisch hielt. Hatte der Entführer jedoch beschlossen seinen Erfolg erst mal mit einer ausführlichen Mahlzeit in einem Restaurant zu feiern, dann würde er den müden Augen Bombachs entgehen.

Alle paar Minuten stoppte er den Film, weil er einen Transporter erkannte, der möglicherweise in Frage kam und den er genauer betrachten musste, aber bisher hatte sich noch jeder als Niete erwiesen. Ein tief empfundenes Gähnen drang an die Oberfläche und trübte für einen Moment seinen Blick. Halt! War da nicht gerade in diesem Moment...? Der Kommissar stoppte die Aufzeichnung, spulte ein wenig zurück und wiederholte die Sequenz. Ein weißer Transporter ohne Firmenaufdruck – so viel war klar. Allerdings war das Nummernschild nicht zu entziffern und ob man den Fahrer erkennen konnte, wussten die Götter. Hier war fachmännisches Knowhow gefragt und er war sich nicht zu schade in diesem Fall die Hilfe seines Freundes in Anspruch zu nehmen. Deshalb tippte er schnell die vertraute Nummer.

„Mike? Ich habe vielleicht eine Aufnahme des Transporters. Leider ist das Bild nicht klar und ziemlich klein. Da kannst du doch was machen, oder?" Die Antwort fiel offenbar positiv aus, denn Bombach fuhr fort: „Gut, ich packe das Zeug ein und fahre gleich los. In einer halben Stunde bin ich bei dir! Die Sache muss aber vorläufig unter uns bleiben, damit das klar ist."

Der letzte Satz war im Grunde genommen überflüssig, denn der Reporter war sich zwar keines schmutzigen Tricks zu schade, um an sendbares Material zu kommen, aber nur, wenn dadurch die Ermittlungen nicht gestört wurden.

Wenig später saßen der Kommissar und Staller in den Katakomben von "KM" in einem winzigen Schneideraum, der aber trotzdem technisch vollständig ausgestattet war.

„Einen engeren Hühnerkäfig konntest du wohl nicht organisieren, was?", beklagte sich Bombach.

„Es mag dir vielleicht entgangen sein, aber in diesem Haus wird tatsächlich gearbeitet. Wir müssen nämlich zweimal pro Woche liefern und können uns nicht die fetten Beamtenärsche platt sitzen wie ihr."

„Als fett würde ich meinen zarten Popo nun gerade nicht bezeichnen", entgegnete der Kommissar, der zwischen Schneidetisch und Wand einen etwas eingeklemmten Eindruck machte. „Ich möchte mir gar nicht vorstellen, was hier für eine Luft herrschte, wenn auch noch ein Cutter dabei wäre."

„Das ist einer der Gründe, warum wir im Schneideraum 3 gelandet sind. Unsere Schnipselmänner sind damit beschäftigt Beiträge zu erstellen. Außerdem habe ich mir gedacht, dass jedes Paar Augen, das die Bilder nicht sieht, dir recht wäre. Übrigens ist der Raum voll klimatisiert. Du musst dir über die Sauerstoffsättigung deines Lebenssaftes keinerlei Sorgen machen."

„Kennst du dich mit dem Kram hier denn überhaupt aus?"

„Im Gegensatz zu eurer Truppe von Fachidioten legt man im Fernsehgeschäft durchaus Wert auf breite Kenntnisse und Fähigkeiten. Ich möchte jetzt nicht behaupten, dass ich einen ganzen Film ohne Probleme schneiden könnte - und vor allem nicht so flott wie die Kollegen - aber ein Bildchen aufblasen, das werde ich wohl noch hinbekommen."

Staller hatte den Film an die angegebene Stelle gespult und klickte sich jetzt Bild für Bild an die Stelle heran, wo der Transporter am besten zu sehen war.

„Die Qualität ist nicht so berauschend", gestand Bombach ein.

„Das kann man wohl sagen! Wie alt ist die Kamera, mit der das aufgenommen wurde, zwanzig Jahre?"

„Ich habe keine Ahnung, aber ganz neu dürfte sie nicht sein."

„Vielleicht sollte mal jemand der Polizei erklären, dass Super 8 nicht mehr dem technischen Stand der Dinge entspricht", frotzelte Staller.

„Sehr witzig! Vielleicht sollte mal jemand der Bürgerschaft mitteilen, dass die Polizei weniger modische Designertrainingsanzüge braucht, sondern Kevlarwesten und technisches Equipment."

Staller prallte förmlich zurück. Er hatte es mit einer achtfachen Vergrößerung versucht, aber das Ergebnis stellte keinerlei Verbesserung dar. Das Auto war zwar nun riesig groß, bestand aber lediglich aus etwa zwölf Pixelbausteinen, die es extrem unwirklich und beliebig aussehen ließen.

„Hupps! Das war wohl etwas übertrieben."

„Sieht aus wie ein schlechter Comic", stimmte der Kommissar zu.

Der Reporter halbierte die Vergrößerung, korrigierte mehrmals die Position des Ausschnitts und prüfte nochmals eine Veränderung des Zooms in beide Richtungen. Am Ende seiner Bemühungen stand ein Bild, das zwar eindeutig das beste aller vorhandenen war, die beiden Betrachter aber trotzdem nicht voranbrachte.

„Oh." Bombach klang nicht nur enttäuscht, er war es auch. „Ja, nach Marke und Modell könnte das unser Wagen sein. Aber weder kann ich das Nummernschild klar erkennen, noch habe ich eine Idee, ob ein Mann oder ein Gorilla hinter dem Steuer sitzt." Zu sehen war nämlich lediglich ein verwischter Schatten.

„Ich muss ausnahmsweise zugeben, dass du bis hierhin recht hast." Staller klang zwar nicht so unzufrieden wie sein Freund, aber auch nicht gerade euphorisch.

„Tja, trotzdem danke, dass du es versucht hast! Hätte ja sein können, dass es klappt. Mit einer besseren Aufnahme vielleicht ...“

„Setz dich wieder hin, Bommel! Das war doch nur die Aufwärmübung. Jetzt lasse ich mal die elektronischen Helferlein aus dem Stall. Und danach können wir entscheiden, ob das Ganze ein Schlag ins Wasser war oder nicht.“ Staller markierte den Bereich um das Nummernschild herum und öffnete ein Dropdown-Menü. Dort klickte er einige Befehle und lehnte sich dann entspannt zurück.

„Was passiert jetzt?“

„Ich lasse arbeiten“, grinste der Reporter. „Das kennst du vielleicht von deiner Knipse: automatische Bildverbesserung. Ist in diesem Programm natürlich etwas professioneller. Mal schauen, was dabei rauskommt.“

Fasziniert hing Bombach am Monitor, auf dem in Windeseile Veränderungen stattfanden. Helligkeit, Schärfe und Kontrast der entsprechenden Stelle wechselten so blitzartig, dass aus dem Standbild fast ein kleiner Film zu entstehen schien. Allerdings verhinderte dieses Tempo auch, dass man ein Gefühl dafür bekam, in welchem Maße das Ergebnis vom Ursprungsbild abweichen würde. Um so überraschender war der Eindruck, als die Bewegung plötzlich endete und das anfängliche Foto wieder gezeigt wurde – nur völlig verändert. Staller nickt zufrieden und sah seinen Freund an.

„Na, damit kannst du arbeiten, oder?“

„Unglaublich“, zeigte sich dieser beeindruckt. „Die Nummer ist eindeutig lesbar. Das ist unser Wagen! Jetzt haben wir eine echte Spur.“

„Der Uhrzeit und dem Standort der Kamera nach war unser Mann etwa eine Viertelstunde nach der Entführung auf dem Weg nach Osten.“

„Kannst du mit dem Fahrer ähnlich vorgehen und deine Zauberfunktion laufen lassen?“

„Im Prinzip ja“, stimmte der Reporter zu. „Aber die Ausgangslage ist deutlich komplizierter. Leider.“

„Warum?“

„Das Nummernschild ist eine klare Angelegenheit in Schwarz und Weiß, die lediglich durch die schlechte Auflösung des Bildes unleserlich war. Der Computer rechnet da ein bisschen rum und ergänzt die fehlenden Informationen streng logisch. Der Fahrer hingegen ist durch die schräge Windschutzscheibe aufgenommen. Die ganze Spiegelung auf der Scheibe macht es unglaublich schwer, das Bild dahinter seriös zu bearbeiten.“

„Okay, das verstehe ich. Versuchst du es trotzdem?"

„Na, was denkst du wohl? Natürlich!"

Diesmal dauerte es deutlich länger, da Staller immer wieder eingreifen musste, wenn der Rechner auf Abwege geriet. Doch schließlich, nach langen Minuten und etlichen Neustarts, lag das finale Ergebnis vor.

„Besser wird es nicht mehr", seufzte der Reporter und legte den Kopf etwas schief, um eine andere Perspektive auszuprobieren.

„Stimmt. Tja, was sagt uns dieser Ausschnitt?"

„Also, was ich mit Sicherheit sagen kann, Bommel: Das ist kein Gorilla hinter dem Lenkrad, sondern ein Mann."

„Ja, da kann ich dir beipflichten. Und er ist allein im Wagen, denn der Beifahrerplatz ist leer. Also kann Pohl schon mal nicht verantwortlich für die Entführung sein", schlussfolgerte der Kommissar.

„Ganz so klar liegt der Fall leider nicht", korrigierte Staller. „Er könnte ja im Laderaum bei Laura sein und muss nicht zwangsläufig vorne sitzen."

„Auch wieder wahr. Aber ansonsten … hm, schwer."

„Das Schwarze hier …", Staller zeigte mit dem Stift auf einen Bildausschnitt, „… ist entweder eine Kapuze oder ziemlich dunkles Haar. Genau unterscheiden kann man das nicht."

„Der Fahrer trägt keine Brille."

„Einen Bart hat er auch nicht."

„Was würdest du zum Alter sagen, Mike?"

„Ein richtig alter Mann ist das nicht. Vielleicht zwischen zwanzig und vierzig?"

„Sehe ich auch so. Zur Größe kann man gar nichts sagen, schließlich sitzt der Kerl. Vom Gesicht her tippe ich auf einen eher durchschnittlichen Körperbau. Nicht dürr, aber auch nicht korpulent."

„Ja, und er trägt irgendeinen dunklen Pullover oder Hoodie oder eine Jacke. Prima, damit haben wir den Kreis der potenziellen Täter ja auf ein paar Millionen eingegrenzt. Ich freu' mich!" Staller klang etwas bitter. „Tut mir leid, dass ich dir nicht mehr helfen kann!"

„Du kannst ja nichts für die lausige technische Qualität der Aufnahme. Ich stelle mir gerade vor, wie unsere Lage im Falle einer digitalen Aufzeichnung in Full HD aussähe."

„Besser, Bommel. Sehr viel besser. Dann könnte ich dem Kerl jetzt Tipps geben, welche Hautpflege für ihn die beste wäre."

* * *

Etwas gehetzt schloss er die Wohnungstür hinter sich und blieb mit dem Gesicht zum Eingang stehen, die Stirn an das Holz gepresst. Die Schritte, die von oben kamen, wurden lauter und verebbten dann langsam. Wer auch immer da aus dem Stockwerk über Vivian weggegangen war – er oder sie hatten ihn nicht gesehen. Gut so!

Einige Augenblicke verharrte er noch in der gleichen Position und spürte, wie sich sein Atem langsam beruhigte. Als er das Gefühl hatte sich wieder völlig unter Kontrolle zu haben, drehte er sich um und ließ seinen Blick schweifen. Gleichzeitig öffnete er den entsprechenden Ordner in seiner phänomenalen Gedächtnisbibliothek und glich die Bilder blitzschnell ab. Diesmal lag keinerlei Post auf dem Sideboard. Die Küchentür war geschlossen. Ein anderes Paar Schuhe stand unterhalb der Garderobe, dafür hing die gleiche Jacke dort. Außerdem … sein Auge blieb an der Jacke hängen. Etwas stimmte nicht! Aber was?

Verwirrt begann er seinen Rundblick von neuem. Er war es nicht gewohnt, dass sein akribisches Vorstellungsvermögen ihn im Stich ließ. Und eine reine Fehlermeldung - *„hier stimmt was nicht!"* - ohne die dezidierte Angabe des Punktes, der abwich, betrachtete er bereits als Versagen. Also wiederholte er den Vorgang in der Hoffnung, dass bei einem zweiten Durchlauf die Problemstelle klar zutage treten würde. Ähnliches versuchten Computerbenutzer auf der ganzen Welt jeden Tag, die bei einem unerklärlichen Fehler entweder ihre Rechner neu starteten oder ihre Router für dreißig Sekunden vom Stromnetz nahmen.

Zweiter Anlauf! Die Post, die Tür, die Schuhe, die Jacke. Die Jacke? Irgendetwas stimmte nicht mit der Jacke, genau genommen mit dem Kragen. Aber was? Immerhin war er ein kleines Stück weiter und konnte nunmehr innerlich spezielle Filter setzen, um das Problem unter Kontrolle zu bekommen. Er rief einfach alle Bilder auf, die er von der Jacke abgespeichert hatte und verglich sie. Dauerte nur eine Sekunde länger und würde erfahrungsgemäß zu 99 Prozent eine Lösung anbieten.

Die Jacke an der Garderobe, Vivian, die die Jacke trug, die Jacke, die vorher schon mal am gleichen Haken gehangen hatte. Schwerpunkt: der Kragen!

Mit diesen drei Bildern hatte er die Aufgabe im Nu gelöst. Es war nicht einmal erforderlich mit Rastern zu arbeiten, ein Trick, der es ihm ermöglichte selbst kleinste Ausschnitte exakt zu vergleichen. Jetzt, da er gesehen hatte, was anders war, hielt er den Unterschied für so auffällig wie einen Tanklastzug im Sandkasten eines Kindergartens. Wenn er dort stand, war er nicht zu übersehen, ob man wollte oder nicht.

Mit drei großen Schritten trat er an die Garderobe heran und unterzog den Kragen der Lederjacke einer genauen Untersuchung. Er hob ihn an, fand das dünne Kabel und verfolgte es mit den Fingern bis in die Innentasche. Dort war ein etwa streichholzheftchengroßer Gegenstand verborgen, den er hervorzog. Als Erstes löste er die Steckverbindung des Kabels. Nun konnte er den Kragen noch einmal in aller Ruhe inspizieren. Mit dem Ergebnis seiner Untersuchung war er nicht glücklich. Jemand hatte eine Miniaturkamera installiert, die ihn vielleicht, vielleicht aber auch nicht, gefilmt hatte. Das konnte ihm allerdings egal sein. Mit einem überlegenen Lächeln öffnete er das Gehäuse des Aufnahmeteils und fand die Speicherkarte, die er vorsichtig herauslöste und in seine Tasche steckte. Natürlich konnte niemand damit rechnen, dass er ein Meister der Beobachtung und der Erinnerung war. Was auch immer aufgezeichnet worden war – es befand sich jetzt in seinem Besitz. Trotzdem hatte diese Entdeckung weitreichende Konsequenzen, die er möglichst schnell durchdenken musste. Dafür brauchte er Ruhe, Entspannung und eine positive Umgebung. Ohne zu zögern, begab er sich ins Schlafzimmer und legte sich auf ihr Bett. Dann schloss er die Augen. Ob er es wollte oder nicht, es war Zeit für Plan B. Und dabei durften ihm keine Fehler unterlaufen.

* * *

„Tag, Herr Pohl!"

Der Angesprochene fuhr herum und starrte den Sprecher mit weit aufgerissenen Augen an. „Wer sind Sie und was wollen Sie von mir?"

„Mein Name ist Mike Staller. Ich arbeite für "KM – Das Kriminalmagazin". Hätten Sie etwas dagegen, wenn ich Sie ein Stück begleite?"

Der Reporter hatte geduldig vor dem Gebäude gewartet, bis Pohl Feierabend hatte und den Heimweg antreten wollte. Zum Glück war es ausnahmsweise trocken, sodass das müßige Rumstehen lediglich zu leicht kalten Füßen geführt hatte.

„Ah, jetzt erkenne ich Sie! Warum wollen Sie mit mir reden?"

Staller entschied sich für die Wahrheit. „Ich weiß von Ihrem Gespräch mit Frau Wahlberg. Die Mutter von Laura war ziemlich verwirrt. Ich würde ihr gern einige der Fragen, die sie sich stellt, beantworten, weil sie es im Moment schwer genug hat, auch ohne über Ihr Verhalten grübeln zu müssen."

Pohl schien einen Augenblick nachzudenken, dann machte er eine einladende Bewegung mit dem Kopf.

„Kommen Sie, ich muss da lang! Was wollen Sie wissen?"

Der Reporter überlegte sich seine Worte sorgfältig.

„Ich verstehe, warum Sie Dr. Wahlberg hassen. Sie schreiben ihm den größten Teil der Schuld an Ihrem Urteil zu, stimmt's?"

Pohl nickte lediglich.

„Das macht es für mich nachvollziehbar, wenn auch nicht verständlich, dass Sie ihm die traurige Situation mit seiner Tochter quasi als Vergeltung gönnen."

„Was ist daran so unverständlich? Dieser Mann hat mein Leben ruiniert! Ihm verdanke ich, dass die Welt mich als perversen Kinderficker betrachtet, obwohl ich diese Kids nie angerührt habe!" Die letzten Worte schrie er fast heraus.

„Ich erinnere mich, dass Sie darauf im Prozess immer wieder hingewiesen haben. Und auch daran, dass man Ihnen nicht geglaubt hat."

„Natürlich nicht! Wenn ein öffentlich bestellter Gutachter das Gerücht in die Welt setzt, dass ich ein gemeingefährliches Tier sei, dann ist es mit meiner Glaubwürdigkeit logischerweise nicht besonders weit her."

„Aber warum sollte Dr. Wahlberg an einer krassen Fehleinschätzung festhalten wollen?"

Pohl seufzte. „Das habe ich mich auch gefragt. Wieder und immer wieder. Ich habe keine Ahnung. Im Knast hatte ich genügend Gelegenheit mich über ähnliche Fälle zu informieren und ich kann nur sagen: Ich habe ihm keinen Anlass dazu gegeben."

„Aber was war mit den Aussagen der Kinder? Haben die Ihre Version der Ereignisse denn nicht unterstützt?"

„Gerade im Interesse dieser Kinder habe ich ja alles zugegeben, damit sie nicht offiziell befragt werden müssen. Wahlberg hat natürlich mit ihnen geredet. Und dann hat er behauptet, dass sie für mich lügen würden. Weil sie mich ja eigentlich mochten."

Staller untersuchte diese Bemerkungen im Inneren schnell auf ihren Wahrheitsgehalt. Er erinnerte sich, dass die Kinder nicht so traumatisiert wirkten, wie man es vermuten musste, wenn sie wirklich vergewaltigt worden wären. Der Prozess war sehr kompliziert gewesen und am Ende tatsächlich nur dank des Geständnisses erfolgreich abgeschlossen worden. Die Indizien waren letztlich unzureichend geblieben.

„Sie meinen also, dass Sie eigentlich kooperativ waren, um die Kinder zu schützen. Im Gegenzug sollte die Anklage nicht auf Vergewaltigung lauten. Und Dr. Wahlberg hat dann seinen Teil des Deals nicht eingehalten?"

„Ganz genau. Er hat in seinem Gutachten erklärt, dass ich nur ein Teilgeständnis abgelegt hätte, um meinen Arsch zu retten. Seine Untersuchung der Kinder würde das bestätigen. Und damit war ich weg vom Fenster."

Für einige Meter blieben beide stumm. Durch den Kamineffekt zwischen den Häuserzeilen blies ihnen ein unangenehmer Wind entgegen. Was im Hochsommer Hamburgs großes Plus war, die stetige frische Brise, die meistens eine bleierne Schwüle verhinderte, konnte im Winter eine ziemliche Herausforderung sein. Entsprechend wenig Fußgänger waren unterwegs.

„Sie sind schon etliche Jahre in dem Geschäft", nahm Pohl die Unterhaltung wieder auf. „Sie wissen, was im Knast mit Menschen wie mir passiert."

Staller schlug den Kragen seiner Jacke hoch und nickte. „Klar, Sie sind Freiwild."

„Genau. Ich brauche Ihnen also nichts von den täglichen Erniedrigungen, den Drohungen und den Vergewaltigungen zu erzählen. Was ich nicht erwartet hatte, war, dass das auch nach meiner Haft nie aufhört."

„Was meinen Sie?"

„Abgerissene Briefkästen, beschmierte Türen und Wände, Plakate mit meinem Foto und einem Aufdruck "Kinderficker, verpiss dich!" - wo immer ich hinkomme, mein Ruf ist mir schon voraus. Fünfmal bin ich schon zusammengeschlagen worden, einfach so, aus heiterem Himmel."

„Haben Sie keine Anzeige erstattet?"

„Damit mir ein Bulle unter vier Augen erzählt, was ER mit mir machen würde, wenn er mich allein treffen würde? Bevor er die Anzeige zerreißt und in den Papierkorb wirft?"

„Das ist Ihnen passiert?"

„Einmal. Danach habe ich mir die Anzeigen geschenkt. Hat ja eh keinen Sinn."

„Verstehe." Das tat Staller wirklich, denn er glaubte Pohl diese Geschichte. „Warum haben Sie Frau Wahlberg angesprochen?"

Der Mann zuckte mit den Schultern. „Sie sah so traurig aus. Das hat mir leid getan."

„Und glauben Sie, dass Dr. Wahlberg nicht traurig ist?"

„Ich will schwer hoffen, dass er traurig ist. Obwohl ich befürchte, dass ihm eine derart menschliche Gefühlsregung eher fremd ist."

Staller beobachtete seinen Gesprächspartner intensiv von der Seite. Er hatte die beiden Sätze so leicht dahingesprochen, als ob es ums Wetter oder etwas ähnlich Belangloses gegangen wäre. Die nächste Frage war nun die Entscheidende.

„Herr Pohl, haben Sie irgendetwas mit der Entführung von Laura Wahlberg zu tun?"

Der Gefragte schüttelte zweimal den Kopf.

„Sind Sie ganz sicher?"

Pohl blieb stehen. Dann drehte er sich langsam zur Seite und musterte den Reporter von unten herauf.

„Das Ehrenwort eines verurteilten Kinderschänders zählt nichts in diesen Zeiten! Sie haben eine Frage gestellt, ich habe sie beantwortet. Wir können diesen Vorgang noch einige Male wiederholen, das ändert aber nichts an den Fakten. Jetzt liegt es an Ihnen, ob Sie dem Ex-Knacki und Persversling Glauben schenken wollen oder nicht. Ich habe darauf keinerlei Einfluss. Von daher betrachte ich unser Gespräch als beendet. Einen schönen Tag noch, Herr Staller!"

Verblüfft beobachtete der Reporter, wie die graue Gestalt mit den hängenden Schultern ihren Weg fortsetzte, ohne sich nur ein einziges Mal umzuschauen. Sein Instinkt sagte ihm, dass Pohl die Wahrheit sprach. Der Mann war verbittert, vom Leben und von den Menschen enttäuscht und darüber hinaus zutiefst einsam. Eines Gewaltverbrechens war er in Stallers Augen nicht fähig. Auch wenn er seinen Gutachter mit jeder Faser seiner Seele verabscheute. Aber dessen Tochter gewaltsam entführen und in Gefangenschaft halten? Nein, das schien nicht Pohls Naturell zu entsprechen. Entgegen seiner Strafakte wirkte der Mann geradezu sanft. War das eine Errungenschaft der modernen Medizin und einer medikamentösen Therapie zu verdanken? Oder war Pohl nie das Monster gewesen, zu dem ihn die Medien mehrheitlich gemacht hatten?

Was, wenn er unschuldig war?

Ein leichter Nieselregen setzte ein.

* * *

Vivian fummelte den Hausschlüssel aus ihrer Handtasche und rammte ihn förmlich ins Schloss. Der Vormittag mit Isa hatte Spaß gemacht, aber ihr Zeitplan war dadurch doch erheblich durcheinander geraten. In der Bank hatte sich natürlich kurz bevor sie gehen wollte noch ein Problem ergeben, das auf keinen Fall bis morgen warten konnte. Obwohl sie sich unglaublich beeilt hatte, war sie jetzt extrem unter Zeitdruck. Wenn sie jetzt noch pünktlich zum Selbstbehauptungskurs kommen wollte – und das wollte sie unbedingt – dann würde sie sich höllisch sputen müssen. An Abendessen war überhaupt nicht zu denken und selbst fürs Umziehen war es eigentlich zu spät. Sie würde einfach ihre Tasche packen, etwas Wasser und eine Banane einstecken und praktisch auf dem Absatz wieder kehrt machen. Mit viel Glück würde sie es gerade rechtzeitig schaffen.

Ihr Schlüsselbund flog auf das Sideboard und ihre Pumps kickte sie ausnahmsweise mehr zufällig Richtung Garderobe. Die Jacke behielt sie lieber gleich an, das sparte noch einmal dreißig Sekunden.

Hektisch eilte sie ins Schlafzimmer, wo sie sich ihre Sporttasche schnappte. Zum Glück war das Duschzeug bereits drin. Hastig warf sie die

Sportklamotten obendrauf. Ohne die Tasche zu schließen, rannte sie in die Küche. Bis jetzt klappte alles reibungslos. Sie begann zu hoffen, dass sie doch noch pünktlich sein würde.

Sie hätte schwören können, dass in der Küche noch eine Banane gelegen hatte, aber offensichtlich hatte sie sich geirrt. Zwei Äpfel langweilten sich in der Obstschale mit einer Orange, aber Banane war aus. Irritiert starrte sie auf den Tisch und versuchte sich zu erinnern, wann sie das Obst gegessen haben mochte. Aber in der Hektik gelang es ihr nicht sich zu konzentrieren. Es war keine Banane da und damit basta. Nahm sie halt einen Apfel. War nicht so gut wie Banane, aber hey! - immerhin etwas zu essen.

Der Mann im schwarzen Hoodie mit der übergezogenen Kapuze stand hinter der angelehnten Wohnzimmertür und linste durch den Spalt. Die Interpretation dessen, was er sah, fiel nicht besonders schwer. Vivian hatte noch etwas vor und war zu spät. Dabei handelte es sich offensichtlich um irgendeine sportliche Aktivität. Zum Essen reichte die Zeit nicht mehr, denn er beobachtete, wie sie einen Apfel in ihre Sporttasche warf, bevor sie eine Flasche Wasser aus dem Kühlschrank holte. Bestimmt hätte sie lieber eine Banane gehabt, aber die letzte hatte er vorhin verspeist. Wenn sie den Abfalleimer unter der Spüle geöffnet hätte, hätte sie die Schale gefunden.

Dank seiner Sneaker und einem guten Körpergefühl machte er keinerlei Geräusch, als er sich durch die nur halb geöffnete Wohnzimmertür wand und mit wenigen Schritten den Flur durchquerte. Seine Augen hielt er dabei fest auf Vivian gerichtet, für den Fall, dass sie sich vorzeitig umdrehen würde. Aber das tat sie nicht. Sie starrte weiterhin auf die Obstschale und schien nachzudenken. Gut so, das erleichterte ihm das weitere Vorgehen.

Buchstäblich in der letzten Sekunde bekam sie den Eindruck, dass etwas nicht stimmte. Sie wusste nicht, ob es ein Geräusch gewesen war oder ein Luftzug. Jedenfalls wirbelte sie herum, in höchstem Maße alarmiert. Was sie sah, brachte ihren Herzschlag auf der Stelle ins Stocken. Da war er wieder! Der Mann aus der Disco! Er trug den gleichen dunklen Kapuzenpullover, der das Gesicht weitgehend verbarg. Im nächsten Moment würde er seinen Reißverschluss öffnen und dann …

Er war bereit gewesen ihren Schrei zu unterbinden, aber mit dem, was jetzt geschah, hatte er nicht gerechnet. Für Sekundenbruchteile schaute er in ihre riesigen, panikerfüllten Augen. Dann sah er, wie sie sie verdrehte, bis nur noch das Weiße zu sehen war. Einen Wimpernschlag später riss er die Hände nach vorn und konnte im letzten Moment verhindern, dass sie der Länge nach auf den Fußboden schlug. Kopfschüttelnd und so sanft wie möglich nahm er sie auf die Arme und trug sie zu ihrem Bett ins Schlafzimmer, wo er sich davon überzeugte, dass ihr Puls kräftig und gleichmäßig, wenn auch sehr schnell schlug. Ihre Augen waren immer noch verdreht, wie er feststellte, als er eins ihrer Lider nach oben zog, um zu überprüfen, ob sie die Ohnmacht vielleicht nur simulierte. Das war offenbar nicht der Fall. Trotzdem entschied er sich für einige Sicherheitsvorkehrungen. Aus seiner eigenen Tasche, die er aus dem Wohnzimmer geholt hatte, zog er eine Rolle Gaffertape. Dieses Gewebeklebeband war eine der praktischsten Erfindungen aller Zeiten. Man konnte damit Boote abdichten, Zelte flicken oder Stoffdächer von Cabrios reparieren. Außerdem eignete es sich hervorragend dafür, Menschen bewegungsunfähig zu machen. Ein paarmal um Hand- und Fußgelenke gewickelt, fesselte es selbst stärkste Männer zuverlässig. In weniger als einer Minute hatte er dafür gesorgt, dass Vivian ihn nicht hinterrücks angreifen würde, sobald sie wieder erwachte. Ein weiterer Streifen quer über ihren Mund hielt sie zudem ruhig.

Nachdem er dieser Sorge ledig war, konnte er sich dem nächsten Abschnitt seines Plans zuwenden. Seine exzellente Kenntnis ihrer Wohnung erleichterte ihm die Arbeit erheblich. Er suchte sich zwei größere Reisetaschen und stellte sie aufs Bett neben die bewusstlose Vivian.

„Ich würde dich an der Auswahl beteiligen, aber du ziehst es ja vor, den sterbenden Schwan zu mimen", erklärte er nicht unfreundlich. „Du musst dich also auf meinen guten Geschmack verlassen!"

Er öffnete sämtliche Schranktüren und begann zu packen. Zunächst stapelte er Unterwäsche, Strümpfe und T-Shirts auf dem Bett, wobei der Platz allmählich knapp wurde. Dann entschied er sich für Hosen, Pullover und eine einzige, etwas schickere Bluse. Nach einem kurzen Kontrollblick auf die gefesselte Frau verschwand er im Badezimmer, wo er ihre Kulturtasche mit den Utensilien füllte, die er für notwendig erachtete. Am Ende seiner Suche lag das Bett komplett voll mit Dingen, die mindestens für einen vierzehntägigen Urlaub reichen würden. Er hatte an alles gedacht, sogar an

Hausschuhe und ein paar Kuschelsocken für kalte Abende. Akribisch machte er sich nun daran, alle Dinge sorgfältig in den Reisetaschen unterzubringen. Schuhe und unempfindliche Teile wanderten nach unten, Unterwäsche und die Bluse, die er vorsichtig und akkurat gefaltet hatte, kamen obenauf. Zum Schluss zog er die Reißverschlüsse zu. Fertig.

„Du entschuldigst mich für den Moment? Ich bringe die Taschen schon mal in den Wagen. Dann haben wir es nachher etwas einfacher." Er ging zur Tür.

Die Bewusstlose zeigte erwartungsgemäß keinerlei Reaktion und blieb regungslos liegen. Nach wenigen Minuten erschien der Mann wieder und seufzte.

„Du hast aber einen tiefen Schlaf! Na, ja, wir haben keine Eile. Draußen ist sowieso noch ein bisschen zu viel los. Warten wir also noch ein wenig."

Er legte sich neben Vivian aufs Bett und schob seine Hände unter den Kopf.

„Weißt du, eigentlich finde ich es ganz schön, dass wir endlich einmal Zeit zum Reden haben. Kannst du dir vorstellen, dass ich ein bisschen Angst vor dem Moment hatte?" Er drehte den Kopf und sah ihr ins Gesicht. Da sie nach wie vor bewusstlos zu sein schien, reagierte sie jedoch nicht.

„Blöd von mir, oder? Ich weiß ja, dass du die Richtige für mich bist. Das Schicksal hat uns füreinander bestimmt, das siehst du doch auch so, oder?"

Weiterhin keine Reaktion.

„Ich habe mir das so gedacht: Zuerst lernen wir uns noch besser kennen. Das gilt mehr für dich als für mich. Ich kenne dich ja schon in- und auswendig. Da habe ich einen Vorteil. Danach entscheiden wir gemeinsam, wo wir leben wollen. Wir könnten natürlich mein Elternhaus ausbauen, dann hätten wir genügend Platz, aber ich bin eigentlich der Meinung, dass man sich abnabeln sollte, wenn man eine eigene Familie gründet."

Er wandte sich ihr erneut zu und strich ihr zärtlich eine Haarsträhne aus dem Gesicht.

„Was meinst du – zwei Kinder wären doch toll, oder? Ein Junge und ein Mädchen. Alina und Tom! Ich habe mir das alles schon genau überlegt. Du kannst natürlich auch Vorschläge für die Namen machen, aber ich denke, am Ende wirst du mir zustimmen können."

Ihre Lider flatterten leicht, beruhigten sich dann aber wieder.

„Ich habe gleich gemerkt, dass du anders als die anderen bist. Du verstehst mich! Wenn du mir deine Geschichte erzählt hast, dann werde ich begreifen, warum das so ist. Ich bin jedenfalls ganz sicher, dass du mich nicht enttäuschen wirst. Diesmal wird alles gut gehen!"

Er drehte sich wieder auf den Rücken und starrte an die Decke. Deshalb sah er nicht, wie sie vorsichtig ein Auge ganz leicht öffnete und zur Seite schielte. Wie ein Pfeil schoss abgrundtiefer Hass aus ihrem Blick. Aber sie musste einsehen, dass ihr momentan im wahrsten Sinne des Wortes die Hände gebunden waren. Was ging nur in diesem Kerl vor? Glaubte er den Unsinn selber, den er da redete? Er musste komplett irre sein und das machte ihr mehr Angst, als sie sich eingestehen konnte.

Der Mann warf einen Blick auf seine Armbanduhr und seufzte zufrieden. Es war noch reichlich Zeit. Plan B klappte bisher wie am Schnürchen.

* * *

Am Anfang des Kurses hatte Isa noch vermutet, dass Vivian wegen ihres morgendlichen Treffens bei "KM" so viel länger arbeiten musste, dass sie zu spät kam. Aber im Laufe der Veranstaltung wuchsen bei ihr immer mehr Zweifel. So lange würde man in keiner Bank arbeiten! Zeit sich Sorgen zu machen hatte sie allerdings nicht, denn heute war einer der geplanten Drehtage und sie hatte alle Hände voll zu tun ihr Kamerateam zu beaufsichtigen und interessante Bilder zu kreieren. Vorläufiger Höhepunkt war ein Einsatz des jungen Mädchens, bei dem es den fast doppelt so schweren Trainer so gekonnt durch die Luft wirbelte, dass es aussah, als ob die Schwerkraft für einen Moment außer Kraft gesetzt wäre.

Alle waren informiert und zogen begeistert mit. Trotzdem – Fernsehaufnahmen kosteten immer mehr Zeit, als man dachte, und so war die eigentliche Übungsdauer schon um eine halbe Stunde überschritten, als der Kameramann nickte und den Daumen hob. Er hatte alle Bilder, die sie vorher besprochen hatten und war mit der Ausbeute jetzt zufrieden.

„Dann machen wir jetzt noch Interviews", bat Isa und holte ihre drei "Opfer" zusammen. Ein Trainer und zwei Teilnehmerinnen waren vorgesehen und standen auch zur Verfügung. Zum Glück war für Vivian sowieso der zweite Drehtag vorgesehen gewesen, sodass ihr Fehlen nicht schlimm war. Nun musste die Praktikantin dafür sorgen, dass ihre Interviewpartner möglichst locker und natürlich plauderten, was keine einfache Aufgabe war. Zwar ließen sich verpatzte Passagen wiederholen, aber die Kursteilnehmerinnen waren schließlich keine Schauspielerinnen. Deshalb dauerte es eine weitere Stunde, bis die Interviewserie im Kasten war. Zweimal wurde zwischendurch die Kameraposition gewechselt, damit jedes Interview sein individuelles Hintergrundbild bekam.

„Ich danke euch allen ganz herzlich", schloss Isa aus vollstem Herzen ihren Arbeitstag ab. „Ihr wart wunderbar, alle zusammen!" Jetzt, nachdem die letzte Klappe gefallen war, merkte sie erst, wie anstrengend diese hoch konzentrierte Tätigkeit für sie gewesen war. Als Anfängerin stand sie dermaßen unter Strom, dass sie nun förmlich in sich zusammenfiel. Es war natürlich ganz wichtig, dass sie wirklich keine Frage, keine Einstellung und keinen Aspekt vergessen hatte, denn sonst würde sie später im Schnitt ein langes Gesicht machen. Und mal eben für einen einzigen O-Ton noch einmal das Team rauszujagen war so teuer, dass Zenzi ihr die Ohren langziehen würde.

„Können wir einpacken?", fragte der Tonassistent, der immer noch den Mischer umgehängt hatte und die Tonangel mit sich herumtrug.

„Ihr könnt! Ich sage das magische Wort: Drehschluss! Schönen Feierabend euch beiden!" Sie selbst wurde noch von ihren Protagonisten umlagert, die ebenfalls erleichtert waren, dass sie ihre Aufgabe gemeistert hatten und nun noch die Gelegenheit nutzten, tausend Fragen zur Entstehung eines Fernsehbeitrags zu stellen. Und da sie kostenfrei und bereitwillig mitgearbeitet hatten, fühlte Isa sich genötigt, wirklich auch alle Fragen zu beantworten.

Schließlich saß sie aber doch frisch geduscht in ihrem Wagen und dachte wieder an Vivian. Komisch, dass sie nicht mehr gekommen war. Spontan wählte sie ihre Nummer, auch wenn es mittlerweile nach elf war. Nach mehrmaligem Klingeln schaltete sich die Mailbox ein. Schlief ihre Freundin etwa schon? Das kam ihr alles etwas seltsam vor. Aber was sollte sie tun? Nach kurzem Überlegen wählte sie eine andere Nummer.

„Mike, entschuldige die späte Störung. Hier ist Isa."

Staller war offensichtlich noch wach und schien ihr den Anruf nicht übel zu nehmen.

„Was gibt's?"

„Vivian ist heute nicht beim Kurs gewesen. Dabei wusste sie, dass ich heute drehen wollte. Das beunruhigt mich. Denn ans Telefon geht sie auch nicht."

„Und was soll ich jetzt tun?"

„Kannst du mal nachgucken, ob die Kamera angesprungen ist? Irgendwie habe ich ein blödes Gefühl."

„Das ist natürlich eine Idee. Moment!"

Nervös wartend hörte Isa, wie der Reporter maschinengewehrartig auf eine Tastatur einhämmerte. Nach einer kleinen Pause ertönte seine Stimme erneut und klang sehr besorgt. „Scheiße!"

„Was ist denn?" Isa konnte ja nicht sehen, was sich auf seinem Bildschirm abspielte.

„Ein Mann ist zu erkennen. Und ganz offensichtlich hat er die Kamera entdeckt, denn die Aufnahme bricht plötzlich ab. Heute Abend um viertel nach sieben. Treffen wir uns bei Vivian?"

Isa stimmte zu.

„In zehn Minuten, vor ihrer Tür!" Grußlos legte er auf.

Die Praktikantin atmete dreimal tief ein und aus und schloss für einen Moment die Augen. Hoffentlich war Vivian nichts passiert! Dann startete sie den Motor.

„Himmelherrgott! Sieh halt zu, wie du deine Scheißkarre da rausbekommst!"

Staller unterdrückte den Impuls die Hupe zu betätigen. Das Wohnmobil rangierte noch einmal vor und zurück, dann hatte es sich aus der engen Parklücke befreit und fuhr vorsichtig davon. Der Reporter warf einen schnellen Blick auf die Hausnummern und beschloss die freie Parklücke gleich selber zu nutzen. Die paar Meter würde er auch zu Fuß gehen können. Als er gerade seinen Wagen abschloss und losgehen wollte, rief ihn von hinten Isa halblaut an, die offensichtlich noch ein kleines Stück weiter entfernt geparkt hatte.

„Komm", sagte er nur und eilte zur Hausnummer 27. Mittlerweile war es kurz vor halb zwölf und die Straße lag einsam und verlassen da. Es regnete zwar gerade nicht, aber die Luft war feucht und eine ungemütliche

Kälte kroch durch die Kleidung. Wer jetzt hier draußen nichts zu suchen hatte, der kuschelte sich vermutlich freudig unter seine Bettdecke. Erwartungsgemäß war die Tür verschlossen. Isa drückte auf den Klingelknopf von Vivians Wohnung. Dann noch einmal, länger. Nichts passierte.

„Was machen wir denn jetzt?"

Staller blickte einmal die Straße hinauf und hinunter. Kein Mensch war zu sehen.

„Wir gehen rein", beschloss er und holte einen schmalen Metallstreifen aus der Tasche. „Hoffentlich ist nicht abgeschlossen, dann geht es schneller."

„Glück gehabt", stellte Isa wenige Sekunden später fest, als die Eingangstür nach innen schwang. Sie eilte hinter Staller her, der mit großen Schritten die Treppen hinaufsprang und sich dabei bemühte möglichst wenig Lärm zu machen.

„Alles ganz normal!" Sie deutete auf Vivians Wohnungstür. „Soll ich nochmal klingeln?"

„Mach ruhig! Nur für den Fall, dass der Knopf unten defekt ist."

Das Schrillen der Türglocke war im stillen Hausflur deutlich zu hören. Aber keinerlei Schritte hinter der Tür deuteten darauf hin, dass die Bewohnerin ihren Besuch einlassen würde.

„Dann drück noch mal die Daumen", bat der Reporter und zauberte erneut den Metallstreifen hervor. Auch dieses Mal gelang es ihm, den Türschnapper zu erwischen und zurückzudrücken. Mit einem leisen Klicken öffnete sich die Tür. Im Flur dahinter war es dunkel.

„Und wenn sie schon schläft?", flüsterte Isa unwillkürlich.

„Dann werden wir das gleich herausfinden." Staller betrat den Flur und schaltete das Licht ein.

„Da, ihr Schlafzimmer!" Sie zeigte auf die halb offene Tür.

„Hm. Also ich schlafe bei geschlossener Tür." Er näherte sich dem Raum und steckte vorsichtig den Kopf hinein. Dann schaltete er auch dort das Licht ein. „Nichts!"

Relativ schnell hatten sie die übersichtliche Wohnung kontrolliert. Keine Spur von der Bewohnerin.

„Vielleicht war sie noch gar nicht zu Hause?", mutmaßte Isa.

„Glaube ich nicht." Er deutete auf die unordentlich vor der Garderobe liegenden Pumps. „Wenn ich mich nicht irre, dann hatte sie diese Schuhe heute Morgen bei uns an."

„Das stimmt!" Sie war beeindruckt. „Ich hätte nicht gedacht, dass du dir so etwas merkst, alle Achtung!"

Er untersuchte die Lederjacke, an der die Kamera befestigt war. Als er das Aufnahmeteil kontrollierte, furchte er seine Stirn sorgenvoll. „Jemand hat die Speicherkarte entfernt. Vermutlich derjenige, der auf dem letzten Bild zu sehen war."

„Und was bedeutet das?"

„Ich weiß es nicht genau. Aber ich fürchte, dass deine Freundin in Schwierigkeiten steckt."

„Was können wir denn jetzt tun?"

Er seufzte. „Offiziell nicht viel. Es gibt keine Kampfspuren und auch sonst keine Anzeichen, dass Vivian gegen ihren Willen verschleppt wurde. Die Polizei wird dankend abwinken."

„Aber irgendwas müssen wir doch machen?"

„Erst sehen wir uns mal etwas genauer um. Vielleicht finden wir ja noch ein paar Anhaltspunkte." Er hielt Isa, die gleich loslegen wollte, am Ärmel fest. „Zieh die an!" Er zog ein Paar Einmalhandschuhe aus der Tasche.

„Das bedeutet, dass du schon damit rechnest, dass hier ein Verbrechen geschehen ist, oder?"

„Ich glaube jedenfalls nicht, dass sie spontan beschlossen hat in Urlaub zu fahren. Schauen wir, was wir herausfinden können."

Zehn Minuten später hatten sie die Wohnung oberflächlich untersucht und zogen sich zur Beratung ins Wohnzimmer zurück.

„Ich kenne mich mit ihren Klamotten natürlich nicht gut genug aus, aber ich würde sagen, da fehlt eine ganze Menge. Ob sie doch in Urlaub gefahren ist?" Isa klang ziemlich verunsichert.

„Und dann hätte sie dir heute Morgen nichts davon gesagt? Das halte ich für extrem unwahrscheinlich. Der spontane Typ scheint sie mir ja nicht zu sein. Außerdem vergiss nicht den Kerl, der die Kamera entdeckt hat."

„Ich weiß nicht. Ich finde das alles furchtbar verwirrend. Soll ich mir nun Sorgen machen? Oder mische ich mich völlig unnötig in das Leben anderer Leute ein?"

Staller griff in seine Tasche. „Das habe ich im Papierkorb neben dem Bett gefunden. Was bedeutet das für dich?"

Isa betrachtete die verklebten Reste lange und ausführlich. Dann schüttelte sie verwirrt den Kopf. „Panzerband? Damit kann man so gut wie alles reparieren oder befestigen. Ich habe keinen Schimmer!"

„Es eignet sich aber auch sehr gut, um jemanden zu fesseln oder ihm den Mund zu verkleben", ergänzte Staller.

„Aber warum sollte man es dann schon in der Wohnung wieder lösen? Dann kann derjenige – oder diejenige in diesem Fall – ja weglaufen oder um Hilfe rufen?"

„Das ist natürlich richtig. Wirst du hingegen mit jemandem beobachtet, der gefesselt und geknebelt ist, dann dürfte das einige unerwünschte Fragen aufwerfen."

„Auch wieder wahr. Wo stehen wir also?", fragte Isa ratlos.

„Was die Fakten angeht: auf ziemlich dünnem Eis. Wir haben nachgewiesenermaßen einen vermutlich unerwünschten Besucher in Vivians Wohnung. Wen wir nicht haben, das ist sie selbst. Es fehlen vermutlich Sachen für einen mittleren Urlaub, insbesondere auch Zahnbürste und Zahnpasta. Außerdem liegt benutztes Gaffertape im Papierkorb, das man untersuchen könnte, ob sie damit gefesselt war." Staller hatte an den Fingern mitgezählt.

„Und was glaubst du, was passiert ist?"

Er zögerte einen Moment, antwortete dann aber einigermaßen bestimmt.

„Ich vermute, dass dieser Kerl, den wir auf dem Band haben, derselbe ist, der schon ein paarmal in ihrer Wohnung war. Aus irgendwelchen Gründen stalkt er sie. Vielleicht ein Ex-Freund? Jedenfalls hat er, so unwahrscheinlich mir das auch erscheint, die Kamera entdeckt. Er weiß also, dass sie etwas gemerkt hat. Daraufhin hat er reagieren müssen. So wie ich es sehe, hat er Vivian mitgenommen. Und zwar ziemlich sicher gegen ihren Willen."

„Bleibt die Frage, was er mit ihr vorhat?"

Staller schnaubte kurz.

„Wenn wir das wüssten! Allerdings habe ich die Hoffnung, dass er nicht weiß, dass wir von ihm wissen."

„Warum nicht?"

„Er hat die Speicherkarte von der Kamera mitgehen lassen. Aber er ahnt nicht, dass es ein Back-up davon im Netz gibt."

„Zeig doch mal, vielleicht kenne ich ihn ja", bat Isa.

Staller klappte den Laptop auf, der immer noch auf dem Wohnzimmertisch stand, und startete ihn. Nachdem der Rechner hochgefahren war, tippte er die Adresszeile in den Browser und wartete. Als die Verbindung stand klickte er auf das letzte Icon.

„Bitte sehr!"

Fasziniert beobachtete die junge Frau das kurze Video. Als der Kopf des Mannes in Großaufnahme zu sehen war, stutzte sie sichtlich.

„Was ist?", fragte Staller, dem ihre Reaktion nicht entgangen war.

„Moment!" Sie drückte eine Taste für die erneute Wiedergabe und verfolgte die kurze Filmsequenz erneut mit voller Konzentration. An der Stelle, an der der Kopf größtmöglich im Bild war, drückte sie die Stopp-Taste. Dann zeigte sie auf den Mann.

„Ich kenne den Kerl", stellte sie sachlich fest.

„Was?" Mike hatte ja mit vielem gerechnet, aber nicht damit. „Woher? Wer ist das?"

„Der arbeitet in einem Coffeeshop, in den Viv regelmäßig geht. Wir waren heute Vormittag gemeinsam dort. Der Typ ist scharf auf sie."

„Woher weißt du das?"

„Er wollte sie auf ein Getränk einladen, aber sie ist in der Beziehung fast noch stoffeliger als du und hat es komplett versemmelt." Dann erzählte sie die Begebenheit ausführlich.

Staller, der den Part bezüglich seiner eigenen Unzulänglichkeit in Flirtfragen heldenhaft überging, hörte interessiert zu.

„Dieser Typ wollte sie also daten und hat statt dessen die Kohle für seinen Kaffee nicht bekommen? Großer Gott, das ist zwar saukomisch, aber deswegen entführt man doch niemanden!"

Isa machte eine unsichere Bewegung mit der Hand.

„Ich weiß nicht. Der Kerl wirkte schon irgendwie seltsam. Er hat wohl seinen ganzen Mut zusammengenommen, um sie zu fragen. Dass er dann so abblitzt – vielleicht hat ihm das einen Knacks gegeben."

Der Reporter dachte nach.

„Wenn er tatsächlich derjenige ist, der schon ein paarmal in ihrer Wohnung war, dann könnte er wirklich ein bisschen gestört sein. Und dann hat ihm die Abweisung den Weg für eine normale Annäherung verbaut. Klingt zumindest möglich."

„Enrico!", rief Isa plötzlich. „Er heißt Enrico. Viv hat ihn mit Namen angesprochen. Sie ist wohl Stammkundin bei ihm."

„Dann haben wir einen Ansatzpunkt. Morgen gehen wir in den Laden und schauen mal, was dieser Enrico so zu erzählen hat."

„Wenn er denn da ist", schränkte Isa düster ein. „Er kann ja schlecht Viv entführen und dann ganz normal zur Arbeit gehen."

„Theoretisch schon. Aber die Spekulation bringt uns nicht weiter. Wir werden wohl oder übel bis morgen warten müssen. Für heute hat der Laden schon geschlossen."

„Und die Polizei?"

„Dürfte immer noch nicht besonders interessiert sein. Selbst wenn dieser Enrico etwas mit Vivians Verschwinden zu tun hat – wer sagt, dass sie nicht freiwillig mit ihm gegangen ist?"

„Er ist nicht ihr Typ!"

„Sagt wer? Du?"

„Nein, das hat sie mir selbst gesagt. Heute Vormittag. Nach der Peinlichkeit mit der Einladung zum Kaffee."

„Kann ja alles sein. Aber für die Polizei reicht das trotzdem nicht. Sie könnte ja ihre Meinung geändert haben."

„Also können wir jetzt überhaupt nichts tun?"

„Nicht, dass ich wüsste. Außer ins Bett zu gehen. Morgen sehen wir weiter!"

* * *

Das Ehrfurcht einflößende Messer lag mahnend auf der Ablage des Armaturenbretts, aber blieb für sie unerreichbar. Mit an die Armlehnen gefesselten Händen war ihr Bewegungsradius exakt bei null. Immerhin hatte er darauf verzichtet ihren Mund erneut zu verkleben, wofür sie dankbar war. Frei atmen zu können war schon mal viel wert. Sie prüfte in Gedanken die Optionen für ihre Füße, kam aber zu dem Schluss, dass sie auch damit ihre Situation nicht verbessern konnte. Möglicherweise gelang es ihr einen Fuß zum Lenkrad zu bewegen, aber ob sie damit etwas erreichen würde, durfte arg bezweifelt werden. Außerdem musste er nur den Arm ausstrecken, dann hatte er das Messer wieder in der Hand. Die Klinge hatte sich kühl und scharf an ihrem Hals angefühlt, als sie gemeinsam zu dem Wohnmobil gegangen waren. Sie hatte definitiv keine Lust gehabt etwas Verrücktes zu probieren.

„Was hast du vor mit mir?", fragte sie leise und konnte ein Zittern nicht aus ihrer Stimme fernhalten.

„Das klingt so dramatisch! Als ob ich ein Finsterling wäre, der dich zu irgendetwas zwingt. Du kommst erst mal mit zu mir und dann sehen wir weiter, was passiert. Es ist doch wie eine Verabredung. Da weiß man auch vorher nicht genau, was geschehen wird. Ich bin ein bisschen aufgeregt. Du auch?" Er klang ungeachtet der Tageszeit munter, ja fast euphorisch. Sie hatte das Gefühl, dass diese positive Stimmung jederzeit kippen konnte, und sie wurde sofort in dieser Annahme bestätigt.

„Antwortest du bitte, wenn ich dich etwas frage!" Seine Stimme hatte erheblich an Schärfe zugelegt.

„Äh, ja, natürlich. Ich bin auch aufgeregt." Außerdem litt sie Todesängste. Aber vermutlich wäre es nicht klug, dieses zuzugeben. Überhaupt war es bestimmt vernünftig, wenn sie ihm möglichst wenig in sein Spiel hineinpfuschte. Sie hatte eine vage Ahnung, dass er wenig Skrupel besaß, das Messer gegen sie einzusetzen.

„Hast du schon zu Abend gegessen?" Er war zurück bei einem leichten Plauderton. Für den Moment war das eine gute Nachricht.

„Nein. Ich habe aber auch keinen Hunger."

„Vernünftig. So spät zu essen ist auch nicht gesund. Ich wusste, dass du so denkst. Das ist der Grund, warum ich dich ausgewählt habe. Wir sind wie Seelenverwandte!"

An dieser Stelle hätte sie gerne vehement widersprochen, hielt aber lieber den Mund. Stattdessen nickte sie einfach, was für den Augenblick zu genügen schien.

Draußen wurde es zunehmend dunkler, als sie die Stadtgrenze von Hamburg hinter sich ließen. Sie fuhren in östliche Richtung auf der A24. Er ließ es gemächlich angehen und trödelte mit 90 km/h auf der rechten Spur herum. Es herrschte nicht mehr viel Verkehr und auch sonst fehlten Spuren menschlicher Anwesenheit, denn rechts und links der Autobahn gab es mittlerweile nur Gegend zu sehen.

„So, jetzt ist es nicht mehr weit!"

Nach ihrer Schätzung mussten sie sich knapp hinter der ehemaligen Grenze befinden. Ihre Chancen Hilfe zu bekommen sanken stetig und in zunehmendem Tempo. Aber was sollte sie machen?

„Unsere erste gemeinsame Nacht!" Er lächelte sie aufmunternd an. „Ich habe mir lange vorgestellt, wie sie wohl werden würde. Und irgendwie ist es jetzt ganz anders gekommen. Aber ich finde, das macht nichts. Wir haben alle Zeit der Welt. Ich bin jetzt zum Beispiel ziemlich müde. Du auch?"

Sie nickte, obwohl Schlaf das Letzte war, an das sie gerade denken konnte.

„Das kann ich gut verstehen. Für dich war es bestimmt auch ein langer Tag. Und man lernt schließlich nicht jeden Abend die Liebe seines Lebens kennen, oder?"

Sie war sich nicht sicher, ob er eine Antwort erwartete oder ob die Frage rein rhetorisch gemeint war. Vorsichtshalber schüttelte sie verneinend den Kopf. Doch er redete einfach weiter, ohne auf sie zu achten.

„Meine Familie wird schon schlafen. Mama und Papa stehen sozusagen mit den Hühnern auf. Bei denen brauche ich nach 21 Uhr nicht mehr anzurufen. Du wirst sie heute also nicht mehr kennenlernen. Aber ich kann dir versichern, dass sie schon sehr gespannt auf dich sind und sich mächtig auf dich freuen!"

„Wissen sie, dass du mich heute mitbringst?", wagte sie zu fragen.

„Sagen wir so: Ich habe dich zwar angekündigt, aber den Tag noch offen gelassen. Ich wusste ja nicht, ob es dir heute passen würde."

Was redete er da bloß? Als ob sie irgendeine Form von Mitspracherecht gehabt hätte! Sie fragte sich wirklich, wie es um seine Wahrnehmung der Realität bestellt war. Wollte er nur für sie einen Anschein von Freiwilligkeit aufrechterhalten oder war sein Verhalten Teil einer beginnenden Gehirnwäsche, an deren Ende sie womöglich selbst der Überzeugung sein sollte, dass er und sie ein echtes Paar waren? Ihr schwirrte der Kopf und sie machte ihre Angst und die späte Stunde gleichermaßen für ihre Konfusion verantwortlich.

„Leben deine Eltern allein?"

„Nein, mein Bruder und meine kleine Schwester wohnen ebenfalls noch dort. Jenny ist unser Nesthäkchen, ein bisschen frech, aber meistens ganz lieb. Ronny ist ...", er hielt kurz inne und überlegte sich genau, wie er sich ausdrücken sollte. Dann flüsterte er verschwörerisch in ihre Richtung: „Ronny ist ein bisschen SELTSAM!"

Trotz ihrer Angst verspürte sie einen inneren Drang zu lachen, widerstand ihm jedoch tapfer. Sie war sich ziemlich sicher, dass es ihm überhaupt nicht gefallen würde, wenn sie sich über seinen seltsamen Bruder amüsierte.

„Weißt du, er ist Soldat! Also – er war Soldat. Jedenfalls ist er in Afghanistan gewesen. Dort muss er ziemlich schreckliche Dinge gesehen haben. Seit er wieder zurück ist, verhält er sich meistens sehr eigenartig. Ich glaube, er ist ein bisschen verrückt!"

Jetzt musste sie sich buchstäblich auf die Innenseite der Wangen beißen, um nicht loszuprusten. Die Formulierung "ein bisschen verrückt" aus dem Munde dieses Irren, dieses Psychopathen – denn für nichts anderes hielt sie ihn – das war eigentlich zu viel für sie.

„Was meinst du denn mit "er verhält sich eigenartig", kannst du mir das sagen?", fragte sie, als sie wieder halbwegs Herrin ihrer Stimmbänder war.

„Ach, er liegt fast den ganzen Tag auf seinem Bett und redet praktisch niemals. Dafür quatscht Jenny um so mehr."

„Und die schlafen auch beide schon?"

„Ronny verlässt sein Zimmer nur zu den Mahlzeiten. Und Jenny würde sicher gerne abends noch losziehen, aber erstens sind meine Eltern da streng, was ich sehr gut finde, und zweitens – na ja, bei uns ist nicht viel los. Wir wohnen in einem ganz kleinen Dorf und da auch noch ein bisschen außerhalb. Viele Leute sind außerdem weggezogen. Ich glaube, fast die Hälfte der Häuser steht leer. Da kann man abends nicht weggehen."

Na großartig, dachte Vivian. Allein in der einsamen Hölle des ehemaligen Zonenrandgebietes. Ihre Hoffnungen auf Hilfe hatten den Nullpunkt erreicht. Bei allem, was in seinem Kopf verkehrt zu laufen schien, besaß er trotzdem einen beängstigenden Grad von Organisiertheit.

„Fährst du denn jeden Tag von hier nach Hamburg?"

„Nein!" Er lachte hell. „Das könnte ja kein Mensch bezahlen. Ich habe auch eine kleine Wohnung in der Stadt. Eine ganz kleine."

„Und warum sind wir nicht dorthin gefahren?" In dem Augenblick, als der Satz heraus war, bereute sie ihn schon. Das war vermutlich genau die Art kritischer Nachfrage, die er nicht schätzte. Aber es ging noch einmal gut.

„Das hab ich dir doch gesagt, Dummerchen! Damit meine Eltern dich kennenlernen können."

„Klar. Das hatte ich … vergessen. Tut mir leid!" Sie atmete innerlich auf. Das war knapp gewesen.

„Du musst müde sein. Deswegen verzeihe ich dir. Außerdem …", er schielte auf seine Armbanduhr, „… es ist zwar schon nach zwölf, aber ich denke, dass wir das gestrige Datum als unseren Kennenlerntag nehmen, oder? Wir sind ja schon die ganze Zeit zusammen."

„Natürlich", beeilte sie sich zuzustimmen.

„Gut, das wäre geklärt."

Im Laufe des Gesprächs war er bereits von der Autobahn abgefahren und fuhr auf einer unbelebten Bundesstraße in nördliche Richtung. Soweit sie es bei der herrschenden Dunkelheit beurteilen konnte, fuhren sie zwischen abgeernteten Feldern und Wiesen fern jeglicher menschlichen Behausung dahin. Nicht einmal ein einsamer Bauernhof war zu erkennen. Dann bog er abermals ab. Die neue Straße zeichnete sich durch Abwesenheit eines Mittelstreifens und einen sehr schlechten Allgemeinzustand aus.

„Ist es noch weit?"

Daraufhin tätschelte er ihr tatsächlich beruhigend das Knie, zog aber seine Hand schnell wieder zurück, als er bemerkte, wie sie zusammenfuhr.

„Ganz ruhig, Kleines, dir passiert doch nichts! Oder hast du etwa Angst vor mir?"

Sie schüttelte heftig den Kopf.

„Das wäre ja auch ausgesprochen unpassend, nicht wahr? Wir sind gleich da. Vielleicht noch zwei Kilometer. Ich kann verstehen, dass du langsam ins Bett möchtest."

Da beurteilte er sie allerdings ganz falsch. Sie konnte sich nichts Schlimmeres vorstellen, als sich mit ihm in einem Haus oder gar in einem Zimmer aufzuhalten. Wenn er sie irgendwie berühren würde, müsste sie schreien, da war sie sich ziemlich sicher. Welche Auswirkungen das auf ihn haben würde, mochte sie sich nicht ausmalen. Aber sie hielt es für relativ wahrscheinlich, dass er komplett ausrasten würde.

Er bog abermals ab. Die neue Straße war eigentlich nur ein Weg. Sollte ihnen ein Fahrzeug entgegenkommen, mussten beide sehr vorsichtig mit zwei Rädern auf das angrenzende Feld ausweichen und hoffen, dass sie sich nicht festfuhren. Die Scheinwerfer huschten über etliche Birken und Erlen, die sich zu einem kleinen, kahlen Wäldchen gruppiert hatten. Brombeerranken und herumliegendes Totholz erweckten einen unordentlichen, sehr naturbelassenen Eindruck. Hier hatte seit längerer Zeit kein Mensch in die Natur eingegriffen.

Das Wohnmobil reduzierte die sowieso schon sehr niedrige Geschwindigkeit ein weiteres Mal. Auf der linken Seite tat sich eine Lücke im Bewuchs am Straßenrand auf. Er schlug das Lenkrad vorsichtig ein und die Scheinwerfer tasteten sich in einen unbefestigten und außerdem ungepflegten Weg. Nach zwei relativ engen Kurven erfassten die Lichter einen dunklen Schatten, der möglicherweise ein Haus darstellte. Er hielt kurz an und zeigte nach vorn.

„Wir sind da", erklärte er stolz.

Angestrengt starrte sie durch die Windschutzscheibe.

„Schön", flüsterte sie dann.

Das Haus wirkte wie direkt aus einem Horrorfilm entlehnt. Die Feuchtigkeit der Nacht hing in unterschiedlichen Schwaden drohend in der Luft und reflektierte Teile des Scheinwerferlichts. An anderen Stellen schien die Dunkelheit des völlig unbeleuchteten Gebäudes jede Helligkeit einfach zu verschlucken. Zu erkennen war jedenfalls nicht viel, zumal die schmale Sichel des zunehmenden Mondes ständig von dichten Wolkenfetzen, die vom kräftigen Wind über den Himmel getrieben wurden, verdeckt wurde. Nur ganz selten verirrte sich ein Strahl durch eine Lücke, trug aber zur Beleuchtung der Szenerie nichts Bedeutendes bei. Eine Tür des Nebengebäudes auf der linken Seite schlug gelegentlich im Wind auf und zu.

„Wie ich es mir gedacht habe: alles schläft", stellte er fest und setzte das Wohnmobil wieder in Bewegung. Zu ihrer Überraschung steuerte er das Fahrzeug um die Garage oder die Scheune herum, was den Aufbau ganz erheblich zum Schwanken brachte. Hier konnte von einem Weg keine Rede mehr sein. Erst hinter dem Gebäude stellte er den Motor aus. Sie befanden sich auf einem wild bewachsenen Stück Land, das vor langer Zeit vielleicht eine Rasenfläche gewesen sein mochte.

„Endstation, alles aussteigen!", grinste er sie an. Dann ergriff er das Messer aus der Ablage im Armaturenbrett und wandte sich ihr zu. In einem ersten Reflex wollte sie zurückweichen, was ihr aber mit den an die Armlehnen gefesselten Händen nicht gelang.

„Hey, ich muss dich losschneiden. Sonst wird das nichts mit dem Aussteigen, das verstehst du doch, oder?"

Mit zwei geschickten Schnitten löste er ihre Fesseln. Instinktiv rieb sie sich die Handgelenke und blieb zunächst sitzen. Zurecht, wie sie feststellte, denn er beugte sich mit dem Messer in der Hand zu ihr herüber.

„Wir sind hier weit weg vom nächsten bewohnten Haus. Niemand wird uns also stören. Und ich hoffe, dass du dir Mühe gibst meine Eltern nicht zu wecken. Sie sind nicht mehr ganz jung und nicht mehr ganz gesund, also brauchen sie ihren Schlaf. Das respektierst du, nicht wahr?"

„Na-natürlich", stammelte sie und bemühte sich krampfhaft, nicht auf das Messer zu starren wie ein Kaninchen auf die Schlange. „Gehen wir rein?"

„Ja, mein Schatz!" Er sprang aus dem Wagen und umrundete die Motorhaube, bevor sie sich überhaupt rühren konnte. Dann hatte er die Beifahrertür geöffnet. „Wenn wir das nächste Mal kommen, werde ich dich über die Schwelle tragen. Für heute musst du noch selber gehen."

Dankbar stützte sie sich auf seinen ausgestreckten Arm. Sie war sich nicht sicher, ob ihre Beine ihr gehorchen würden.

„Wie stehst du übrigens zu der Regel "kein Sex vor dem dritten Date"? Nur so interessehalber?"

Sie war wieder einmal total perplex. Seine Gedankensprünge hätten sie in der geschützten Atmosphäre einer Bar oder eines Restaurants schon überfordert. Hier, in der äußerst eigenartigen und beängstigenden Situation ihrer Entführung, kam sie überhaupt nicht damit klar.

„Äh, da habe ich mir ehrlich gesagt noch keine Gedanken drüber gemacht."

Jetzt war es an ihm, überrascht zu gucken. Spontan blieb er stehen und wandte sich ihr zu. „Aber du hast doch schon, ... ich meine, ... du bist doch keine Jungfrau mehr, oder?"

Sie schüttelte verwirrt den Kopf.

„Nein, ... nein, natürlich nicht. Ich bin schließlich kein Teenager mehr. Obwohl, ..." Sie verstummte. Nach der Vergewaltigung hatte es genau zwei sexuelle Kontakte gegeben. Beide konnte man nicht direkt ein Fiasko nennen, aber weit davon entfernt war es nicht gewesen. Sie hatte niemals darüber geredet, was sie erlebt hatte. Und vielleicht genau deswegen kam unweigerlich der Punkt, an dem sich die Gesichter ihrer damaligen Peiniger über das des Mannes schoben, der in diesem Moment das Bett mit ihr teilte. Einmal hatte sie ihren Partner gebeten, sie sofort zu verlassen. Er hatte dies auch getan, aber sein Gesichtsausdruck erklärte sehr eindeutig, dass er sie für eine neurotische Pute hielt. Den anderen hatte sie gewähren lassen. Das Ergebnis war unter dem Strich jedoch ähnlich. Nach diesem Abend hatte sie ihn nie wiedergesehen.

„Also ich bin eher altmodisch. Mir gefällt es, die Dinge ruhig angehen zu lassen. Das wollte ich dir nur sagen, für den Fall, dass du enttäuscht wärst, weil … na ja, weil ich dich nicht gleich anfasse."

Ungläubig starrte sie in sein Gesicht. Sie verstand diesen Kerl einfach nicht. Er hatte kein Problem damit, die Angebetete seines Herzens zu stalken und mit roher Gewalt zu entführen, aber dann entschuldigte er sich praktisch dafür, dass er nicht gleich mit ihr ins Bett stieg? Sie spürte, wie ein irres Gelächter in ihr emporstieg, und bemühte sich verzweifelt diesen Impuls zu kontrollieren.

„Was ist? Wieso guckst du so komisch?"

Mit größter Anstrengung gelang es ihr halbwegs normal zu klingen. „Ich bin auch ziemlich altmodisch, glaube ich. Vielleicht sogar noch mehr als du. Also: kein Problem!"

„Mehr als ich? Meinst du vielleicht, dass du generell gegen Sex vor der Ehe bist?" Er machte ein ziemlich dummes Gesicht, korrigierte sich aber sofort. „Quatsch, du hast ja gesagt, dass du keine Jungfrau mehr bist. Oder warst du schon einmal verheiratet?"

„Nein und ehrlich gesagt hatte ich das auch nicht vor." Autsch! Das gehörte bestimmt auch zu den Informationen, die er nicht bekommen wollte. Unter halb gesenkten Augenlidern versuchte sie seine Reaktion zu entschlüsseln. Wieder einmal wurde sie überrascht.

„Natürlich nicht! Da wusstest du ja auch noch nicht, dass du es mit mir zu tun bekommen würdest. Jetzt ist natürlich alles anders!"

„Das kann man wohl sagen", bekräftigte sie in dem Wissen, dass er es nicht so verstehen würde, wie sie es gemeint hatte.

„Dann ist ja alles gut! Komm, lass uns reingehen!"

* * *

„Danke, dass Sie so schnell gekommen sind, Herr Kommissar!"

Bombach schüttelte die ausgestreckte Hand Dr. Wahlbergs und trat ins Wohnzimmer, wo dessen Frau auf dem Sofa saß und wie immer etwas entrückt wirkte.

„Hallo Frau Wahlberg!"

Sie nickte nur und machte keinerlei Anstalten etwas sagen zu wollen. Vielleicht stand sie wieder oder immer noch unter Medikamenten.

„Was gibt es denn, was Sie mir so dringend zeigen wollten?", fragte Bombach interessiert und nahm in einem Sessel Platz.

„Heute Morgen ging ich wie gewohnt an den Briefkasten. Außer einigen Rechnungen und der üblichen Werbung fand ich diesen Umschlag" erklärte Dr. Wahlberg und händigte dem Kommissar das Corpus Delicti aus.

„Danke!"

Der Umschlag war braun, im Format DIN A5 und lediglich mit den Worten "An Herrn Dr. Wahlberg" beschriftet. Er war nicht frankiert und trug erwartungsgemäß auch keinen Absender. Außerdem verfügte er über einen selbstklebenden Verschluss, der allerdings ganz offensichtlich schon geöffnet worden war.

„Bitte schauen Sie ruhig hinein. Ich habe mir den Inhalt einmal angesehen und dann in den Umschlag zurückgesteckt."

Der Kommissar nickte und öffnete den Umschlag. Er warf einen ausführlichen Blick hinein, bevor er den Inhalt hervorzog. Dabei handelte es sich um zwei Fotos ohne weiteres Begleitschreiben. Er legte sie vor sich auf den Wohnzimmertisch und starrte sie lange an. Dann drehte er sie um, stellte aber fest, dass sie keine Aufschrift trugen.

„Das war alles. Nur die beiden Fotos, ohne jeden Kommentar", erklärte Dr. Wahlberg ungefragt.

„Interessant!"

An dieser Stelle mischte sich Frau Wahlberg erstmalig in die Unterhaltung ein.

„Ist das alles, was Ihnen dazu einfällt? Interessant? Sie sehen dort den klaren Beweis, dass meine Tochter entführt worden ist, und Sie finden das lediglich interessant? Was sind Sie nur für ein Mensch!"

Dr. Wahlberg machte eine entschuldigende Geste. „Meine Frau ..."

Bombach winkte ab. „Ich verstehe Ihre Frau ja. Nach all der Ungewissheit und den Vermutungen gibt es nun einen Beleg dessen, was passiert ist. Er deckt sich in den wesentlichen Punkten mit dem, was wir bereits herausgefunden haben. Was interessant daran ist, ist die Tatsache, dass es praktisch kaum neue Anhaltspunkte gibt."

Er drehte die Bilder zu Frau Wahlberg hin und zeigte auf das erste.

„Schauen Sie! Man erkennt Ihre Tochter sehr gut, auch wenn die Aufnahme offensichtlich aus einiger Entfernung gemacht wurde. Sie streichelt gerade den Hund, der auch noch gut zu sehen ist. Aber der Mann neben dem Auto steht exakt mit dem Rücken zur Kamera und ist leicht gebückt. Durch die weite Kleidung lässt sich auch seine Figur nicht deutlich beurteilen."

Marion Wahlberg starrte auf das Bild. Ob und was sie davon wahrnahm, konnte man nicht sagen, denn ihr Gesicht blieb ausdruckslos.

„Auf dem zweiten Foto", erklärte der Kommissar geduldig weiter, „da sieht man, wie Laura durch die Schiebetür in das Fahrzeug steigt. Sie ist im Profil klar und deutlich zu erkennen, aber sie verdeckt den Mann, der die Tür für sie geöffnet hat. Für mich ist das klare Absicht. Vermutlich gibt es eine ganze Serie von Bildern und diese beiden wurden bewusst ausgewählt, weil sie so gut wie nichts über den Mann aussagen."

„Heißt das, dass die Aufnahmen aus dem Umfeld der Täter selbst stammen? Quasi als erste Kontaktaufnahme in Vorbereitung einer Lösegeldforderung?" Dr. Wahlberg klang wie immer kühl, beherrscht und professionell.

„Das ist zumindest eine Möglichkeit."

„Bedeutet das, dass Laura noch lebt?", wollte Marion Wahlberg wissen.

„Ein schlüssiger Beweis ist es natürlich nicht. Die Aufnahmen sind über zwei Wochen alt. Niemand weiß, was in der Zwischenzeit geschehen ist. Aber wenn die Fotos von den Tätern stammen, dann steigen die Chancen, dass Laura noch lebt. Gab es seither irgendeine Kontaktaufnahme? Ein Unbekannter im Hausflur oder auf der Straße? Ein Anrufer, der wieder aufgelegt hat?"

„Als ich beim Briefkasten war, kam gerade Frau Schulze vom Einkaufen zurück. Sonst habe ich niemanden gesehen. Anrufe habe ich noch keine bekommen heute. Du, Marion?"

Lauras Mutter war zurück in ihre Sprachlosigkeit gesunken und schüttelte lediglich den Kopf. Ihre Finger krallten sich um ein benutztes Papiertaschentuch, aber andere Lebenszeichen gab sie nicht von sich.

„Ich nehme die Fotos mit und lasse sie genauer untersuchen. Viel verspreche ich mir nicht davon, aber ich möchte keine Möglichkeit außer Acht lassen. Fingerabdrücke werden wir wohl nicht finden, aber vielleicht gibt es irgendeinen anderen Anhaltspunkt, der uns weiterhelfen könnte. Zum Beispiel der Drucker, auf dem die Bilder ausgedruckt wurden."

„Natürlich. Und unsere Telefone werden nach wie vor überwacht?"

„Selbstverständlich, Dr. Wahlberg. Sollten sich die Entführer melden, wissen wir es sofort. Ist noch etwas? Sie sehen so nachdenklich aus."

„Ich war ja von Anfang an der Meinung, dass Pohl hinter der Sache steckt. Sie haben mir das ausgeredet, weil Ihr Zeuge nur einen Entführer gesehen hat, der ja nicht Pohl sein konnte, weil dieser keinen Führerschein hat. Wenn jetzt ein Komplize diese Fotos schickt – was spricht dagegen, dass es sich bei dem um Gerald Pohl handelt?"

„Zunächst nichts", räumte Bombach ein. „Diese Bilder eröffnen einige Möglichkeiten. Wir werden sie alle überprüfen, da können Sie sicher sein. Auch Herrn Pohl werden wir uns noch einmal vornehmen. Aber als Beweis für eine Täterschaft dienen sie bisher nicht."

„Ich glaube nicht, dass dieser Mann unsere Tochter entführt hat", murmelte Marion Wahlberg vor sich hin.

„Schatz, es kommt hier nicht auf weibliche Intuition an. Der Kommissar arbeitet mit Fakten. Pohl ist ein wegen ähnlicher Taten verurteilter Verbrecher, der eigentlich nicht frei herumlaufen dürfte."

„Warum sind Sie eigentlich so sicher, dass von Pohl eine so große Gefahr ausgeht? Ich meine, immerhin hat es, neben Ihrem, zwei weitere Gutachten gegeben und beide sind zu einer weitaus positiveren Einschätzung Pohls gelangt. Glauben Sie, dass Ihre Kollegen weniger von ihrem Job verstehen als Sie?"

„Das nicht. Aber es läuft doch so: Das zweite Gutachten wurde von Pohls Anwalt in Auftrag gegeben. Der Kollege kann doch gar nicht mehr objektiv sein. Wenn er zu oft gegen seinen Auftraggeber entscheidet, wird er keine Jobs mehr bekommen."

„Das bedeutet aber doch, dass der dritte Gutachter wieder vom Gericht bestellt wurde. Nach Ihrer Vorstellung sichert das doch eine größere Objektivität."

„Das ist zwar richtig, aber an dieser Stelle kommt die Raffinesse von Pohl ins Spiel. Ich kenne diesen Mann sehr lange und habe viele, viele Stunden mit ihm verbracht. Für den dritten Gutachter waren das nur ein paar Sitzungen. Ich bin überzeugt, dass Pohl sich für eine gewisse Zeit hervorragend verstellen und auch einen Profi an der Nase herumführen kann."

Marion Wahlberg schüttelte trotzig den Kopf.

„Lämmchen, du bist zu gut für diese Welt", urteilte ihr Mann ziemlich scharf. „Du kannst dir einfach nicht vorstellen, zu welchen Dingen der nette Nachbar oder die Frau aus dem Supermarkt fähig sind. Ich schon! Denn ich habe täglich mit diesen Leuten zu tun. Und ich weiß, wie harmlos sie wirken können, wenn sie das wollen. Genau so einer ist Gerald Pohl."

„Wie gesagt, wir werden alle Möglichkeiten genauestens überprüfen, Dr. Wahlberg." Der Kommissar packte die Fotos wieder zurück in den Umschlag und steckte diesen in seine Jacke. „Wenn wir etwas herausgefunden haben, setzen wir uns natürlich sofort mit Ihnen in Verbindung."

„Danke, Herr Kommissar! Ich hoffe so sehr, dass wir unsere Kleine heil wiederbekommen."

„Natürlich! Ich finde alleine hinaus." Bombach nickte Marion Wahlberg freundlich zu, war sich aber nicht sicher, ob sie es überhaupt bemerkte. Lämmchen! Manche Leute hatten höchst irritierende Kosenamen füreinander.

* * *

Staller betrat den Coffeeshop und war zunächst überrascht, wie viel Betrieb hier herrschte. Drei Baristi hatten alle Hände voll zu tun, die Wünsche der Gäste im Laden zu erfüllen. Die Türen öffneten und schlossen sich unaufhörlich, denn der Großteil der Kundschaft wollte sein Heißgetränk mitnehmen. Das Zischen und Rattern der großen Kaffeemaschinen erfüllte den Raum mit einer ganz eigenen Melodie und überdeckte teilweise die dezente Musikuntermalung. An den Tischen saßen ganze drei Leute, von denen sich einer hinter einer Zeitung versteckte, während die anderen beiden ausdauernd auf ihre Mobiltelefone starrten und gelegentlich mit dem charakteristischen Wischen eine neue Seite öffneten.

„Was darf es sein?"

„Einen ganz normalen schwarzen Kaffee, bitte. Zum hier Trinken."

Der Angestellte, ein hoch aufgeschossener blonder Jüngling, zog überrascht eine Augenbraue nach oben, sagte jedoch nichts. Hier im Herzen der Kaffeespezialitätenwelt war das eine geradezu spleenige Bestellung. Aber der Kunde war König – natürlich.

„Kommt sofort!"

In Rekordzeit hatte Staller ein kleines Tablett mit einem dampfenden Becher samt obligatorischem Keks vor sich stehen. Da er bereits das ungeduldige Räuspern des Nächsten hinter sich in der Schlange hörte, verzichtete der Reporter für den Moment auf die Fragen, die ihm auf der Seele brannten und nahm an einem der freien Tische Platz. Von dort beobachtete er, wie die drei Bedienungen mit knappen, ökonomischen Bewegungen Bestellung um Bestellung abarbeiteten, bis sich der Ansturm ein wenig gelegt hatte. Dann machte sich der blonde Jüngling mit einem Lappen in der Hand daran, die Tische abzuwischen. Als er in Hörweite war, sprach Staller ihn an.

„Entschuldigung, darf ich dich etwas fragen?"

Der Blonde nickte freundlich und trat näher an den Tisch heran.

„Klar, worum geht's?"

„Hat Enrico heute frei?"

„Ja, warum?"

„Ich hatte gehofft ihn hier zu treffen. Wollte ihn was fragen. Wird er denn morgen wieder hier sein?"

„Ehrlich gesagt, weiß ich das nicht. Er ist ja für die Dienstpläne verantwortlich. Die gelten normalerweise immer für eine Woche im Voraus. Ich kenne nur meine eigenen Zeiten."

„Hm, das ist schade. Habt ihr nicht irgendwo hinten einen Plan hängen, wo du mal nachschauen könntest? Es wäre wirklich wichtig, dass ich mit ihm spreche."

„Worum geht es denn?"

Staller sah sich vorsichtig um und beugte sich dann über den Tisch.

„Ganz blöde Geschichte. Ich hatte mich mit einer Freundin von ihm verabredet. War ein toller Abend und wir haben uns prima verstanden. Ich wollte sie anrufen, aber mir ist das Handy geklaut worden. Tja, und nun hoffe ich, dass er mir die Nummer geben kann."

„Warum rufst du ihn dann nicht einfach an?"

„Wie denn? Mein Handy ist doch weg!" Der Reporter machte erfolgreich ein Schafsgesicht. „Sag jetzt kein Wort über Datensicherung! Ich habe mir selber im Geiste schon mehrfach in den Allerwertesten getreten."

„Verstehe." Der Barista grinste mitfühlend. „Das passiert dir nur einmal. Ich werde mal gucken, was ich machen kann!"

Zufrieden beobachtete Staller, wie der Junge in der Küche hinter der Theke verschwand. Es dauerte fast zwei Minuten, dann erschien er wieder. In der Hand hielt er einen kleinen gelben Zettel.

„Tja, Pech gehabt! Enrico ist den Rest der Woche nicht mehr hier. Hat sich Urlaub genommen. Aber ich habe dir seine Nummern aufgeschrieben. Das hier oben ist die Privatnummer und darunter mobil. Ich hoffe, du erreichst ihn, bevor die Frau sauer wird und sich einen anderen sucht!"

„Das hoffe ich auch", seufzte der Reporter, äußerst zufrieden mit dem Ergebnis. Er zog einen Zehner aus der Hosentasche. „Vielen Dank für deine Hilfe. Hier, bisschen Tip! Reich wirst du hier vermutlich ja nicht werden."

„Das stimmt leider. Danke – und viel Glück!"

Zehn Minuten später eilte Staller im Gebäude von "KM" durch den Flur und drückte innerlich die Daumen, dass er nicht ausgerechnet dem Chef vom Dienst über den Weg lief. Wegen seiner Recherche hatte er nämlich die obligatorische Morgenkonferenz geschwänzt, was Helmut Zenz vermutlich geärgert hatte. Zum Glück war vom ungeliebten Kollegen nichts zu sehen und Mike erreichte unbemerkt sein Büro.

Er verzichtete darauf sich einen Kaffee zu holen – er wollte sein Glück nicht überstrapazieren. Statt dessen begann er seine Erkundigungen ganz klassisch mit der Rückwärtssuche im Telefonbuch. Zu seiner großen Freude gehörte der gute Enrico nicht zu den klassischen Datenverbergern, sondern ließ sich ganz leicht finden. Enrico Lorenz, Perthesweg 6, an der Grenze zwischen Hasselbrook und Hamm, unweit vom Horner Kreisel. Das bot eine willkommene Gelegenheit das Büro gleich wieder zu verlassen. Der junge Mann würde ihm sein Eindringen in Vivians Wohnung erklären müssen und im Idealfall auch gleich den Aufenthaltsort der Vermissten preisgeben. Schlimmstenfalls würde er ein frisches Liebespaar aufschrecken, aber um diese Peinlichkeit würde er sich kümmern, wenn es soweit war.

„Und? Was hast du herausgefunden?"

Staller zuckte zusammen. Mit der ihr eigenen dezenten Eleganz einer Abrissbirne hatte Isa sein Zimmer betreten. Anklopfen, falls es denn stattgefunden hatte, und Aufreißen der Tür, die ungebremst gegen die Wand knallte, waren eins.

„Kannst du nicht einmal ein Zimmer betreten wie eine zurückhaltende junge Dame und nicht wie ein Sondereinsatzkommando? Ich muss langsam auf mein Herz achten!"

„Blödsinn! Deinem Herzen geht es ausgezeichnet und außerdem habe ich geklopft."

„So?", fragte der Reporter zweifelnd. „Das muss im Knall der Tür untergegangen sein."

„Also, was ist nun? Weißt du etwas über den Mann auf der Videoaufnahme, den liebestrunkenen Kaffeekoch Enrico?"

„Jepp. Name, Adresse und bei der Arbeit war er nicht. Hat er auch für den Rest der Woche nicht vor."

„Worauf warten wir dann noch?"

„Wir?" Staller legte seine Stirn in zweifelnde Falten.

„Wer denn sonst? Ich muss doch an der Sache dranbleiben. Schließlich ist Viv eine wichtige Protagonistin für meinen nächsten Film."

Diese Tatsache ließ sich nicht leugnen. Außerdem war nicht damit zu rechnen, dass der Besuch bei dem jungen Mann besonders gefährlich sein würde. Also zierte sich der Reporter nur noch pro forma.

„Hat dir Zenzi keine anderen Aufgaben aufgetragen? Das würde mich nämlich sehr wundern!"

„Ich habe ihm gesagt, dass meine Interviewpartnerin vermutlich entführt wurde und wir ein Video davon haben. Ich habe dich damit entschuldigt, dass du schon den Entführer suchst. Jetzt soll ich dir helfen. Sagt Helmut." Sie grinste ihn breit an.

„Du schreckst aber auch vor nichts zurück! Wir haben also ein Video von der Entführung, so, so."

„Was? Das stimmt doch so ungefähr. Wir haben ein Bild des mutmaßlichen Entführers. Das ist verdammt viel mehr als in den meisten Fällen!"

„Okay, da muss ich dir recht geben. Dann komm halt mit!"

Isa machte einen kleinen Luftsprung und reckte die linke Faust in die Höhe. „Los, greifen wir uns das Schwein!"

„Immer mit der Ruhe. Noch wissen wir nicht, was der Knabe gemacht hat."

„Aber bald. Bist du endlich soweit?"

* * *

Thomas Bombach wartete in dem ihm schon bekannten Besucherraum, bis der Vorgesetzte Gerald Pohl hereinführte.

„Hallo Herr Pohl!"

„Sie schon wieder", kam die Antwort, die zwischen mürrisch und schicksalsergeben pendelte.

„Ich lasse Sie dann mal allein", verabschiedete sich der dritte Mann und zog die Tür leise hinter sich zu.

„Was wollen Sie mir dieses Mal anhängen?", fragte Pohl und nahm auf dem Stuhl Platz, der am weitesten von Bombach entfernt war. Seine Augen ruhten auf der Tischplatte, etwa dreißig Zentimeter vom Rand entfernt. „Ist noch ein Kind verschwunden?"

„Nein, diesmal nicht." Der Kommissar bemühte sich um einen ruhigen, neutralen Ton, obwohl ihm die feindselige Attitüde auf die Nerven ging. Wer sich den Opfern einer Straftat derart näherte, wie Pohl das mit Frau Wahlberg getan hatte, der durfte sich nicht beschweren, wenn ihm ein paar Fragen gestellt wurden.

„Warum sind Sie dann hier? Meine Vorgesetzten werden es nicht zu schätzen wissen, wenn ich regelmäßig meinen Arbeitsplatz verlassen muss, weil die Polizei mit mir reden will."

„Ich kann Sie auch aufs Präsidium bestellen, wenn Ihnen das lieber ist", grollte Bombach, dem langsam der Geduldsfaden riss.

„Wenn Sie schon mal hier sind, dann stellen Sie doch einfach Ihre Fragen."

„Gut. Kooperation hilft Ihnen auch eher weiter, glauben Sie mir. Ich würde gerne mal Ihr Mobiltelefon sehen."

„Haben Sie einen entsprechenden richterlichen Beschluss?"

„Nein, den habe ich nicht. Noch nicht. Sollte er jedoch erforderlich sein, dann kann ich ihn innerhalb von zwei Stunden besorgen. Diese Zeit würden Sie dann allerdings unter Bewachung auf meiner Dienststelle verbringen. Wenn Ihnen das lieber ist ..."

Mürrisch griff Pohl in die Innentasche seiner Jacke und schob sein Telefon kommentarlos in die Mitte des Tisches. Bombach griff zu, drückte eine Taste und schob es zurück.

„Entsperren, wenn es Ihnen nicht zu viel ausmacht."

Widerwillig nahm Pohl das Gerät, tippte eine vierstellige Nummer ein und legte es wieder auf den Tisch.

„Vielen Dank." Der Kommissar blieb eisern höflich. Etwa eine Minute tippte und wischte er sich durch das Menü des Telefons, dann hellte sich seine Miene schlagartig auf. Er drehte den Bildschirm so, dass Pohl ihn sehen konnte und zeigte ihm das Foto.

„Ja, und?", fragte dieser.

„Dieses Bild dokumentiert die Entführung von Laura Wahlberg." Bombach wischte über den Bildschirm und zeigte das zweite Foto, auf dem Laura in den Wagen stieg.

„Ich kann da keine Entführung erkennen", knurrte Pohl. „Ein Mann und ein Mädchen stehen vor einem Auto, dann steigt das Kind ein. Freiwillig, wie es aussieht."

„Warum haben Sie den Wahlbergs die Ausdrucke von den Fotos in den Briefkasten gesteckt?"

„Ach, habe ich das?"

„Herr Pohl, bitte versuchen Sie nicht mich für dumm zu verkaufen. Die Bilder sind exakt identisch und es kostet unsere Kriminaltechniker höchstens zwei, drei Stunden, dann können wir auch genau sagen, auf welchem Gerät Sie die Bilder ausgedruckt haben. Von daher können Sie es ruhig gleich zugeben."

„Selbst wenn das so wäre – und beachten Sie bitte den Konjunktiv! - dann wäre das ganz sicher kein Verbrechen."

„Das kommt darauf an, Herr Pohl. Die Tatsache, dass Sie die Bilder von Lauras Entführung den Wahlbergs, nicht aber der Polizei gegeben haben, wäre eine Unterschlagung von Beweismaterial", behauptete Bombach, der eventuelle juristische Finessen nonchalant ignorierte, mit tiefster Überzeugung in der Stimme. „Schlimmer wird es aber noch, wenn ich herausfände, dass Sie als Auftraggeber an der Entführung beteiligt waren."

„Bin ich aber nicht."

Der Kommissar beugte sich vor und fixierte sein Gegenüber mit bohrendem Blick.

„Wie weit sind Sie bereit für Ihren Hass zu gehen, Herr Pohl? Welches Risiko nehmen Sie auf sich, um Dr. Wahlberg leiden zu sehen? Das sind die Fragen, die ich mir stellen muss. Und ich fürchte, die Antwort wird Ihnen nicht gefallen."

Pohl, der kurz aufgeschaut und dann den Blick mürrisch wieder auf die Tischplatte gesenkt hatte, stand auf und stemmte die Fäuste auf den Tisch.

„War es das? Kann ich wieder an meine Arbeit?"

Bombach stand ebenfalls auf, das Telefon immer noch in der Hand.

„Meinetwegen. Aber denken Sie immer daran: Sie haben sich höchstselbst auf der Liste meiner Verdächtigen weit nach vorne gebracht. Ich habe ein Auge auf Sie!"

Gerald Pohl ignorierte diese Warnung und streckte seine rechte Hand aus.

„Mein Handy!"

„Das können Sie sich morgen auf dem Präsidium abholen. Bis dahin behalte ich es. Als wichtiges Beweismittel, falls Sie eine Begründung brauchen." Der Kommissar hob das Telefon einmal demonstrativ in die Höhe, bevor er es aufreizend langsam in seine Jackentasche schob.

„Tun Sie, was Sie nicht lassen können", zischte Pohl böse. „Es wird Ihnen nicht weiterhelfen, das sage ich Ihnen gleich."

„Das werden wir ja sehen." Bombach richtete sich auf und schob beide Hände in die Jackentaschen. Dann beobachtete er den unscheinbaren Mann, der offensichtlich vor Wut kochte, aber keine andere Wahl hatte, als sich umzudrehen und den Raum zu verlassen. Immerhin warf er die Tür mit unnötiger Kraft zu, sodass ein lauter Knall den kleinen Raum erbeben ließ.

„Getroffene Hunde beißen – oder wie heißt das?", murmelte der Kommissar vor sich hin. „Mal sehen, was wir noch so alles auf dem Telefon finden."

* * *

„Da vorne muss es sein!"

Isa deutete auf einen langgestreckten Häuserblock mit fünf Stockwerken. Direkt gegenüber befand sich praktischerweise ein freier Parkplatz, in den Staller seinen alten Pajero geschickt hineinsteuerte.

„Wie gehen wir vor?"

Der Reporter sah aus dem Seitenfenster, bevor er antwortete. Hausnummer 6 lag ganz am Anfang des Blockes. Die Fassade wirkte düster, aber gepflegt. Weiße Fenster kontrastierten die extrem dunklen Klinker und die Haustür setzte in kräftigem Hellblau einen farblichen Akzent. Der schmale Weg zum Eingang war von angeschlossenen Fahrrädern gesäumt.

„Wir klingeln. Und hoffen, dass der gute Enrico uns öffnet."

„Aber was ist, wenn er nicht aufmacht? Weil er zum Beispiel gar nicht da ist?"

„Das sehen wir dann. Ich kann schließlich nicht hellsehen", grinste Staller und öffnete seine Tür. „Improvisieren kann ich."

Isa beeilte sich ihm zu folgen und hatte ihn bald eingeholt. Die Haustür stellte keine Klippe dar, denn sie ließ sich einfach aufdrücken.

„Vierter Stock!", merkte Isa wichtigtuerisch an, doch der Reporter nickte nur kurz. Auch er hatte die Reihe von Klingelschildern inspiziert. Mit großen Schritten eilte er durch das Treppenhaus. Immer zwei Stufen auf einmal nehmend erreichte er nach kurzer Zeit den entsprechenden Absatz. Sein Atem hatte sich nur minimal beschleunigt. Die regelmäßigen Laufrunden zahlten sich wieder einmal aus.

„Hier muss es sein", flüsterte Isa, die relativ mühelos mit ihm Schritt gehalten hatte. Das Namensschild war aus poliertem Aluminium und direkt auf das Türblatt geklebt. "E. Lorenz" stand darauf zu lesen.

Staller zögerte nicht, sondern drückte prompt auf die Klingel. Ein melodischer Zweiklang war aus dem Inneren der Wohnung zu vernehmen.

„Komm schon, mach auf!", murmelte Isa und biss sich vor Spannung auf den linken Daumennagel. Doch hinter der Tür blieb alles ruhig.

„Dann eben nochmal!" Der Reporter drückte ein weiteres Mal auf die Klingel und lauschte dem Geräusch hinterher. Nachdem der Ton verklungen war, herrschte wieder absolute Stille.

„Und jetzt?"

„Aller guten Dinge sind drei", befand Staller und entschied sich für eine etwas aufdringlichere Art des Läutens. Aber auch der sechsfache Gong verhallte ohne eine Reaktion aus dem Inneren.

„Er scheint nicht da zu sein."

„Oder er möchte gerade keinen Besuch. Zum Beispiel, weil er eine gefesselte Frau auf dem Bett liegen hat. Das schafft andere Prioritäten."

„Was meinst du damit?"

„Ich möchte gerne wissen, ob Vivian hier ist. Oder eine Spur von ihr."

„Aber wie willst du das herausbekommen?"

„Auf eine Weise, die Bommel kriminell nennen würde", grinste der Reporter und zog sein Zauberwerkzeug aus der Tasche. „Ich persönlich bevorzuge die Bezeichnung investigativ."

Gespannt beobachtete Isa, wie er den flachen Metallstreifen zwischen Tür und Rahmen schob. Beim dritten Versuch klickte es und die Falle, wie der Türschnapper korrekterweise genannt wurde, wich zurück. Der Zugang zur Wohnung war frei.

„Bleib einen Moment hier! Ich möchte zuerst sehen, ob wir alleine sind." Staller wartete keine Antwort ab, sondern betrat die Wohnung so leise wie möglich.

Isa trat an die Treppe heran und warf einen raschen Blick nach oben und unten. Aber niemand war zu hören oder zu sehen. Entweder waren die übrigen Bewohner bei der Arbeit oder sie blieben in ihren Wohnungen. Bisher war ihr Eindringen unbemerkt geblieben.

„Komm, da ist niemand zu Hause!" Staller war nach erstaunlich kurzer Zeit wieder an der Tür und öffnete sie jetzt ganz. Isa zögerte kurz, schlüpfte dann aber ohne eine Erwiderung hinein. Hastig drückte sie die Tür hinter sich zu. Dann sah sie sich neugierig um.

„Die Wohnung ist eher übersichtlich", erklärte Staller.

Sie standen in einem schmalen Flur, von dem insgesamt drei Türen abgingen. Die erste gleich links stand offen und verriet auf den ersten Blick, wofür der Raum gedacht war. Es handelte sich um eine ziemlich winzige Küche, die nichtsdestotrotz Platz für einen schmalen Tisch mit zwei Hockern bot. Theoretisch war es also möglich, hier eine Mahlzeit einzunehmen. Praktisch konnte man aber nur einen der Sitzplätze nutzen, denn der andere stand direkt vor dem Kühlschrank und somit mitten im Weg.

„Da ist ja meine Küche noch größer!", staunte Isa.

„Ja, der ideale Platz für ein Paar oder gar eine Familie ist das hier nicht", stimmte Staller zu. „Der Rest der Bude passt allerdings zur Küche."

Das Badezimmer war ein fensterloses Loch von etwas mehr als zwei Quadratmetern. Dank optimaler Raumausnutzung war es allerdings gelungen, trotzdem Dusche, WC, Waschtisch und sogar einen kleinen Schrank unterzubringen. Allerdings konnte man, wenn man wollte, von der Toilette aus direkt die Füße ins Duschbecken stellen.

„Wenigstens kann man sich im Bad nicht verlaufen", stellte Isa sachlich fest. „Meine Güte, es ist ja praktisch unmöglich sich darin umzudrehen!"

„Och, dafür kann man sich vom Klo aus die Zähne über dem Waschbecken putzen. Das ist doch irgendwie ökonomisch. Dafür ist übrigens der Wohnraum geradezu opulent ausgefallen."

Gegenüber vom Bad führte eine Tür mit Glasfüllung in den eigentlichen Wohnraum. Es handelte sich nur um ein Zimmer, das aber dank seiner L-Form den Schlaftrakt vom Wohnbereich aus teilweise verbarg. Die Einrichtung war schlicht und fast spärlich zu nennen, was für das Raumgefühl jedoch positive Auswirkungen mit sich brachte. Ein Zweiersofa mit kleinem Tisch stand links vom Fenster, während rechts ein längeres Sideboard drei Funktionen auf einmal erfüllte. Es diente als Raumteiler zum Schlafbereich, es bot eine Menge Stauraum und es beherbergte einen größeren Flachbildfernseher, der zusätzlich die beiden Raumteile voneinander abgrenzte.

„Praktisch", gab Isa zu. „Wenn du im Bett fernsehen willst, drehst du den Bildschirm einfach um."

Im Schlafbereich standen neben einem französischen Bett nur noch ein Zeitschriftenständer, ein Stuhl, sowie ein ziemlich wuchtiger Schrank, der fast eine ganze Wand einnahm. Auffällig war, dass nirgendwo irgendwelche Gegenstände herumlagen. Das Bett war akkurat gemacht und mit einer Tagesdecke abgedeckt. Keine Pflanze, kein Glas und kein Buch lagen herum. Darüber hinaus machte die Wohnung einen überaus sauberen Eindruck.

„Entweder hat unser Enrico einen Putz- und Ordnungsfimmel oder er verbringt hier sehr wenig Zeit", mutmaßte Staller. „Die Wohnung wirkt so steril wie ein Möbelhaus."

„Was jetzt?", fragte Isa enttäuscht. „Viv ist nicht hier und es sieht auch nicht so aus, als ob sie je hier gewesen wäre. Enrico ist ebenfalls weg, den können wir also nicht fragen. Was machen wir nun?"

„Wenn wir schon mal hier sind, möchte ich mich wenigstens ein bisschen umschauen. Vielleicht finden wir ja einen Hinweis darauf, wo Enrico hin ist."

„Du meinst ..., du willst seine Sachen durchsuchen?"

„Du klingst schon wie Bommel", beschwerte sich der Reporter. „Ich will doch nicht an den Sparstrumpf unseres Kaffee-Bocuses. Es interessiert mich einfach, was das für ein Typ ist. Und vergiss nicht: Er ist auch in eine fremde Wohnung eingedrungen. Das haben wir sogar auf Band."

„Stimmt auch wieder." Isa war überzeugt. „Wo fangen wir an?"

„Nimm du dir das Sideboard vor. Ich beschäftige mich mit dem Monsterschrank. Ein ausnehmend hässliches Teil übrigens." Seine Augen glitten mit Unbehagen über die riesige Front aus Nussbaum.

„Wonach suchen wir denn eigentlich?"

„Hinweise auf seinen Aufenthaltsort. Hat er vielleicht einen Urlaub gebucht? Gibt es Verwandte, die er besuchen könnte? Irgendetwas, das auf Vivian hinweist. Und schließlich alles, was ungewöhnlich ist. Drogen, Medikamente, Bargeld oder Schuldscheine – lass deiner Fantasie freien Lauf."

„Okay, gut!" War Isa anfänglich noch unsicher über ihr Tun gewesen, geriet sie jetzt langsam in ein richtiges Jagdfieber. Wenn es etwas zu sehen gab, das ihr helfen würde Vivian aufzuspüren, dann würde sie es finden!

Staller arbeitete sich vom Bett aus langsam in Richtung des Fensters vor. Kleidung, Wäsche und Schuhe brachten keinerlei Erkenntnisgewinn. Enrico besaß wenig Überflüssiges und sein Stil konnte allenfalls mit "vernünftig" beschrieben werden. Er legte keinen Wert auf Marken, wohl aber auf Qualität. Die Gesamtmenge an Kleidungsstücken erschien selbst für einen sparsamen Menschen knapp bemessen. Außerdem waren die einzelnen Fächer im Schrank teilweise nicht einmal zur Hälfte gefüllt. Das konnte natürlich mehrere Gründe haben. Vielleicht befand sich ein Teil der Sachen in der Wäsche. Oder Enrico gehörte tatsächlich zu den Minimalisten. Und der dritte mögliche Grund war: Er war wirklich in den Urlaub gefahren. Mit Vivian?

„Isa, hältst du es für möglich, dass deine Freundin sich doch für diesen Enrico erwärmen könnte? Weil er sie beispielsweise spontan zu einem Urlaub eingeladen hat?"

Die Angesprochene zog ihren Kopf aus einem Fach des Sideboards und erwog diese Frage gründlich. Dann schüttelte sie den Kopf.

„Das halte ich für ausgeschlossen."

„Wieso bist du dir da so sicher? Vielleicht hat er ihr zwei Tickets in die Karibik unter die Nase gehalten und sie damit überzeugt."

Sie schwenkte verneinend ihren Zeigefinger. „Das wäre nur einem einzigen Menschen gelungen."

„Nämlich wem?"

„Na, dir natürlich!" Sie wehrte seinen aufkeimenden Einspruch vehement ab. „Stopp, ich weiß, was du sagen willst! Aber ich bilde mir das nicht ein. Sie hat sich selbst dazu geäußert."

Verständnislos blickte er sie an.

„Sie hat was?"

„Sie hat zugegeben, dass du ziemlich genau ihrem Beuteschema entsprichst. Geh mal davon aus, dass sie dich nicht von der Bettkante schubsen würde."

Der sonst so redegewandte Reporter gab für einen Moment den Karpfen, denn er öffnete und schloss mehrmals den Mund, ohne dabei Substanzielles von sich zu geben.

„Allerdings würde sie mich vermutlich umbringen, wenn sie wüsste, dass ich es dir erzähle. Es war ihr ein wenig peinlich, dass sie so leicht zu durchschauen war."

Mit etwas Mühe gelang es Staller die Herrschaft über seine Sprechwerkzeuge zurückzuerlangen.

„Du hältst es also für unmöglich, dass sie freiwillig mit ihm weggefahren ist?"

„Nicht mit Enrico." Sie antwortete entschieden. „Davon abgesehen halte ich sie sowieso nicht für den Typ, der spontan mal eben eine Woche Urlaub macht."

„Gut, danke." Er wandte sich wieder dem Traum in Nussbaum zu und öffnete nunmehr ein Fach, bei dem eine größere Tür von oben nach unten gezogen werden musste. Es entstand ein improvisierter Schreibtisch. Hinter der Klappe befanden sich eine Reihe Schubladen und zwei Regalböden. Aber das war nicht das Auffälligste.

„Holla, die Waldfee", murmelte der Reporter und zog sich den Stuhl heran. Dann setzte er sich ganz langsam hin, ohne den Blick vom Inneren des Schrankes zu wenden.

„Was ist denn? Hast du was gefunden?"

„Das kann man wohl sagen."

Isa tauchte wieder hinter ihrem Sideboard auf und trat neben Mike, der immer noch wie gebannt in den Schrank starrte. „Ach du Scheiße!"

„Wenn das mal nicht ein klitzekleines bisschen obsessiv ist."

Das Innenleben des Faches erinnerte an einen Schrein oder einen Altar. Vivian war allgegenwärtig. Fotos in nahezu jeder Lebenslage waren an jede freie Fläche auf dem oberen Regal geklebt. Bilder vom Joggen, beim Einkauf und beim Verlassen der Bank. Penibel beschriftete Zettel erläuterten Tagesabläufe, Orte und Personen, zu denen sie Kontakt hatte. Es gab sogar Zeichnungen, die sie nackt zeigten. Allerdings waren diese nicht sonderlich gelungen.

„Wie lange mag das schon gehen?", fragte Isa erschüttert.

„In ein paar Tagen oder selbst Wochen bekommt man das nicht hin. Schau mal, da ist ein Bild von ihr beim Laufen mit kurzer Hose! Das ist mitten im Sommer - der Typ stalkt sie seit Monaten!"

„Scheiße!" Isa war bewusst, dass sie sich wiederholte, aber anders konnte sie ihre Gefühlswelt nicht ausdrücken. „Das ist doch krank!"

„Das sehe ich genauso. Die Frage ist nur – wie krank? Krank genug, um sie in seine Gewalt zu bringen? Wie reagiert er, wenn er nicht bekommt, was er will? Oder geht es nur darum, aus der Ferne seine Leidenschaft auszuleben? Du hast den Kerl wenigstens einmal gesehen. Was ist er für ein Typ?"

Isa tat sich schwer mit einer Antwort. Normalerweise redete sie erst und dachte dann nach. Aber in diesem Fall war ihr klar, dass es vielleicht sogar um das Leben von Vivian gehen könnte.

„Er wirkte eher schüchtern. Auch ein bisschen unbeholfen. So, als ob er keine großen Erfahrungen im Umgang mit Frauen hätte."

„Eine späte Jungfrau?"

„Könnte sein. Oder jemand, der von der Jugendliebe enttäuscht wurde und das nie richtig überwunden hat."

„Wie steht es um seine Bildung?"

„Blöd ist er auf keinen Fall. Vielleicht kein Akademiker, aber bestimmt eine ordentliche Schulbildung. Wahrscheinlich sogar Abitur. Er drückt sich sehr gepflegt aus."

Staller ließ Isa keine Zeit groß zu überlegen und feuerte gleich die nächste Frage ab. Ihm war bewusst, dass sie Enrico nur einmal für eine Minute gehört und gesehen hatte, aber er vertraute auf ihre weibliche Intuition. „Was ist dein Gesamteindruck von ihm? Wie würdest du ihn beschreiben?"

„Einzelgänger, ein bisschen einsam – vielleicht hat er keine Familie mehr. Oder er kommt aus einer anderen Stadt. Unauffällig, kein Lautsprecher oder Mittelpunkttyp. Von der Art her könnte er auch ein Beamter sein. Alles muss seinen geregelten Gang gehen, seine Ordnung haben und planbar sein." Ihr fiel auf, welch wilde Spekulationen sie gerade vom Stapel ließ, und sie bemühte sich darum, ihre Aussagen ins rechte Licht zu rücken. „Aber das muss alles überhaupt nicht stimmen. Ich habe ja kaum mit ihm geredet."

„Ich weiß. Aber du kennst das ja: Es gibt keine zweite Chance für den ersten Eindruck!" Er wandte sich wieder der Bildersammlung zu. „Diese Aufnahmen und Notizen bestätigen viel von dem, was du gesagt hast. Wenn er sie wirklich seit Monaten verfolgt, weil er sie irgendwie anziehend findet – warum hat er sie dann noch nie angesprochen?"

Sie antwortete nicht, darum fuhr er fort: „Weil deine Einschätzung von ihm zumindest im Kern richtig ist."

Isa unterzog den Schrein einer genaueren Untersuchung. Bild für Bild betrachtete sie systematisch und versuchte jedes Foto in einen Zusammenhang zu bringen. Plötzlich stutzte sie.

„Schau dir das mal an!", meinte sie und zeigte auf eine Fotografie, die ganz vorne an der Seite hing und deshalb vermutlich neueren Datums war. „Das ist doch Vivian in ihrem eigenen Schlafzimmer!"

Der Reporter steckte seinen Kopf in den Schrank und untersuchte das Bild sorgfältig.

„Könnte sein. Man sieht nicht viel vom Raum, aber das da hinten ...", er deutete auf einen dunklen Schatten, „... könnte tatsächlich der Vorhang vor dem Fenster ihres Schlafzimmers sein."

„Das hieße ja ...".

„... dass unser unheimlicher Besucher nicht nur in Vivians Abwesenheit in ihrer Wohnung war. Wie es aussieht, hat er vor ihrem Bett gestanden und sie beim Schlafen geknipst."

„Dann hat der Knabe aber wirklich ernsthaft ein paar Schrauben locker. Wie leicht hätte sie aufwachen und ihn entdecken können! Was hätte er denn dann gemacht, sie umgebracht?"

Staller zuckte die Achseln. Es war sehr schwer, den Geisteszustand von Enrico halbwegs seriös einzuschätzen.

„Und noch etwas: Warum ist das zweite Regal komplett leer?"

„Ich habe keine Ahnung. Vielleicht hatte er nicht mehr Material. Lass uns mal weiter suchen. Wir sind ja offensichtlich auf dem richtigen Weg."

„Reicht das denn jetzt nicht mal langsam, um die Polizei einzuschalten? Du könntest wenigstens mal ein inoffizielles Infogespräch mit Thomas führen!" Isa hatte sich natürlich schon möglichst viele Fachbegriffe aus ihrem neuen Lieblingsthema, dem investigativen Journalismus, angewöhnt und gebrauchte sie oft und gern.

„Könnte ich schon. Und würde mir anhören dürfen, dass die Erkenntnisse, die ich aus dem unerlaubten Eindringen in eine fremde Wohnung gewonnen habe, keinerlei Beweiskraft besitzen. Gefolgt von einer inquisitorischen Befragung, warum ich unter die Einbrecher gegangen sei."

„Ich meine mich zu erinnern, dass die Tür offen stand und nur noch aufgedrückt werden musste", bot Isa als Hilfe an.

„Lass mal. Solche Schlupflöcher hebe ich mir lieber für den Fall auf, dass ich sie wirklich brauche. Nein, für die Polizei haben wir einfach nicht genug Material. Es ist ja immer noch möglich, dass Vivians Verschwinden ganz unabhängig von Enrico stattgefunden hat."

„Glaubst du das wirklich?"

„Nein, nicht ernsthaft", antwortete Staller düster. „Los, vielleicht finden wir ja noch etwas, was uns weiter bringt."

Beide wandten sich wieder ihren jeweiligen Aufgaben zu und durchforsteten die Besitztümer von Enrico so gründlich wie möglich.

Nach wenigen Minuten war es wieder Staller, der fündig wurde. In einem weiteren Schrankfach befand sich nichts, außer vier gerahmten Fotografien von je einer Person. Das Bild eines grauhaarigen Mannes war neben dem einer gut fünfzigjährigen Frau aufgestellt, auf der anderen Seite sah man ein recht junges Mädchen sowie einen Jüngling Anfang zwanzig, der eine Art Tarnuniform trug. Abgesehen von diesen Fotos war das Regal leer.

„Was hältst du hiervon, Isa?", fragte er.

Die Praktikantin trat herbei und musterte die Bilder für einen Moment.

„Familienfotos?", überlegte sie dann. „Vater und Mutter vielleicht. Und möglicherweise Geschwister. Oder Bruder beziehungsweise Schwester mit Partner."

„Gut möglich", stimmte der Reporter zu. „Aber warum auf vier einzelnen Fotos? Warum sind nicht wenigstens die Eltern gemeinsam auf einem Bild?"

„Vielleicht sind sie geschieden?"

„Könnte natürlich sein. Trotzdem kommt mir das komisch vor. Wenn man sich Familienfotos in den Schrank stellt, dann nimmt man doch irgendeins, wo mal alle zusammen drauf sind. Es ergibt sich doch immer eine Gelegenheit dafür. Geburtstag oder Weihnachten zum Beispiel. Außerdem guckt keiner richtig in die Kamera."

„Dann ist Enrico eben nicht gerade der geborene Fotograf. Außerdem war der Tipp mit der Familie auch nur eine Vermutung. Das muss ja nicht stimmen."

„Hm." Staller klang unzufrieden. „Hast du noch etwas gefunden?"

Isa schüttelte enttäuscht den Kopf.

„Ein paar Bücher, ein bisschen Geschirr und ansonsten nichts Persönliches. Alles penibel eingeräumt und ordentlich."

„Okay, dann schau du dich doch in der Küche um. Ich sehe mir noch das letzte Schrankfach an und nehme mir dann das Bad vor."

„Verlauf dich nicht darin", schmunzelte die Praktikantin und verschwand Richtung Küche.

Der letzte Teil des Schrankes enthielt nur Bettwäsche und Handtücher. Trotzdem räumte Staller alles einzeln heraus und untersuchte jedes Teil genau. Allerdings förderte er dabei keine versteckten Gegenstände oder Unterlagen zutage. Missmutig verstaute er alle Dinge wieder möglichst genau wie vorher.

Im Bad fiel ihm diesmal die bis auf einen Zahnputzbecher leere Ablage über dem Waschbecken auf. Auch wenn ihm mittlerweile klar war, dass der Wohnungsbesitzer ein sehr ordentlicher Typ war, hätte er zumindest Zahnbürste und Zahnpasta griffbereit erwartet. Ob er selbst diese Dinge vor den Augen eventueller Besucher im Schrank verstecken wollte?

Der Schrank beherbergte eine kleine Auswahl an Putzmitteln, die typischen Drogerieartikel, die sich in jedem Haushalt fanden, sowie eine Hausapotheke. Auch diese wies keinerlei Besonderheiten in Form spezieller Medikamente auf. Was fehlte, war auf jeden Fall eine Zahnbürste.

Nachdenklich beendete der Reporter seine Untersuchung und wandte sich der Küche zu, in der Isa ebenfalls gerade die letzte Schranktüre öffnete.

„Und?"

„Nichts, nur Küchenkram. Aber der Kühlschrank wirkt ungewöhnlich aufgeräumt."

„Wieso? Der Typ hat doch seine ganze Bude picobello in Schuss."

„Nee, so meine ich das nicht." Sie öffnete die Kühlschranktür. „Guck! Hier gibt es keinerlei verderbliche Lebensmittel. Keine Butter oder Margarine, keinen Aufschnitt, Käse oder auch nur Marmelade. Nichts. Nur unangebrochene Getränke, Senf, Ketchup und so Zeugs."

„Und was sagt dir das?"

„Entweder er isst hier so gut wie nie oder er ist ganz geplant verschwunden. Urlaub wäre eine Erklärung."

„Jedenfalls ist das alles hier sehr, sehr merkwürdig", fasste Staller zusammen. „Ich würde unserem Freund wahnsinnig gerne ein paar Fragen stellen, aber für den Moment scheint er sich ja in Luft aufgelöst zu haben."

„Was machen wir also?"

„Wir gehen. Zurück ins Büro. Und dann überlegen wir uns, was wir tun können."

* * *

Es fiel ihr schwer sich zu orientieren. Das lag zum einen an der unge-wohnten Umgebung und zum anderen an der absoluten Dunkelheit, die herrschte, obwohl es nach ihrem Gefühl schon lange heller Tag sein muss-te. Andererseits war sie sich nicht sicher, wie sehr sie ihrem eigenen Emp-finden trauen konnte.

Irgendwann gestern – oder heute Morgen – hatte er sie ins Haus ver-frachtet und in dieses Zimmer geschafft. Anstatt das Licht einzuschalten, hatte er lediglich ein Teelicht entzündet, das zudem in einem dunklen Glas stand und dessen schwacher Schimmer bereits nach einem Meter der vor-herrschenden Schwärze des Raumes unterlag. Schemenhaft war das Bett zu erkennen gewesen, auf das er sie gebettet hatte. Mit geschickten Griffen war es ihm gelungen, einen Arm von ihr mittels zweier Kabelbinder am Bettgestell zu fixieren, bevor sie auch nur darüber nachdenken konnte, ob sie sich wehren sollte. Das war ein Glück gewesen, denn sie war sich ziem-lich sicher, dass er auf jede Art von Widerstand mit roher Gewalt reagiert hätte. So hatte er sie lediglich gefragt, ob sie noch einmal zur Toilette müss-te, was sie verneint hatte. Als ob sie in seinem Beisein die Hose herunterlas-sen wollte!

Was dann kam, hatte sie allerdings mindestens ebenso erschreckt wie ein Schlag ins Gesicht. Er hatte sich zu ihr herabgebeugt und einen zarten Kuss auf ihre Stirn gehaucht. „Schlaf gut, meine Süße", hatte er gemurmelt, sich das Teelicht gegriffen und war verschwunden. Seine Schritte waren nach wenigen Sekunden verklungen.

Jetzt, nachdem sie aus einem unruhigen Schlummer erwacht war, stellte sie verschiedene Dinge fest, obwohl sie nicht die Hand vor Augen sehen konnte, wie ein praktischer Versuch mit dem freien Arm ergab. Erstens: Ihr war schrecklich kalt. Zwar hatte sie sich die schwere Steppdecke so gut es ging um den Körper gewickelt, aber trotzdem fühlten sich ihre Glieder klamm und steif an. Den Versuch die Decke höher zu ziehen beendete sie angewidert, denn ein ekelhafter Geruch nach Schimmel stieg ihr in die Nase. Die Bettdecke roch, als ob sie über Jahre in einem feuchten, ungeheiz-ten Keller aufbewahrt worden wäre. Zweitens: Es musste schon spät sein, denn ihre Blase meldete sich nun doch recht nachdrücklich. Für dieses Pro-blem gab es allerdings im Moment keine Lösung. Sie würde sich unter kei-nen Umständen in die Hose machen, schwor sie sich. Irgendwann würde er ja wohl wieder erscheinen. Drittens: Es war still. Viel zu still, um genau zu sein. Sie war sich ganz sicher, dass es mindestens sieben oder acht Uhr sein musste, vielleicht sogar später. Was war mit seinen Eltern, die angeblich mit den Hühnern aufstanden? Musste die Schwester nicht irgendwann zur Schule? Und was war mit Enrico selbst? Mit aller Konzentration lauschte sie, bis das Blut in ihren Ohren rauschte. Aber ein Lebenszeichen eines anderen Menschen konnte sie nicht wahrnehmen.

Gab es irgendeine Möglichkeit sich aus dieser misslichen Lage zu befreien? Immerhin war ja nur ein Arm von ihr am Bett befestigt! Vorsichtig schwang sie ihre Füße über die Bettkante, bis sie in einer sitzenden Position angelangt war. Ihr rechtes Handgelenk blieb in stetigem Kontakt zum Bettpfosten. Nun griff sie mit der linken Hand um ihren Körper herum und tastete ihren Arm entlang. Da war der Kabelbinder um das Handgelenk. Er war so eng zusammengezogen, dass sie nur mit Mühe einen Finger darunter schieben konnte. Kein Gedanke daran, ihn über die Hand abzustreifen. In diesen ersten war der zweite Kabelbinder geschlungen, der um das Bettgestell führte. Dieser besaß einiges Spiel, denn sie konnte die Hand hoch und runter bewegen. War es vielleicht möglich, den Kabelbinder über den Bettpfosten zu schieben, sodass sie frei kam? Voller Hoffnung befühlte sie das Kopfgestell, nur um nach wenigen Sekunden zurück in tiefe Verzweiflung zu stürzen. Natürlich handelte es sich nicht um einen einfachen Bettpfosten, sondern um ein geschlossenes Quadrat aus Metallstangen. Sie konnte den Kabelbinder zwar immer weiterschieben, aber es fehlte an einem Ausweg. Bestenfalls konnte sie vom einen zum anderen Bettpfosten wechseln. Enttäuscht hielt sie inne. „Denk nach!", schrie sie sich innerlich an.

Ein plötzliches Geräusch schreckte sie auf. Was war das? Eine Reihe schneller, kratzender Töne. Woher kamen sie, von der Tür? Und was war das? Vielleicht ein Tier? Womöglich eine Maus oder gar eine Ratte! Panisch zog sie die Füße wieder auf das Bett. Hier herauf konnte so ein Tier doch sicherlich nicht gelangen. Oder doch? Sie presste die linke Faust vor ihren Mund und unterdrückte ein Wimmern. In der totalen Dunkelheit und ihrer Bewegungsfreiheit beraubt, verursachten selbst vergleichsweise harmlose Auslöser einen Zustand, der zwischen nackter Angst und blinder Panik schwankte. Ihre Lippen begannen unkontrolliert zu zucken und sie zog schützend die Knie an den Leib. Dann begannen ihre Zähne zu klappern.

Das unterband sie, indem sie sie fest zusammenbiss. Sonst würde sie nicht hören können, wo sich das Tier – wenn es denn eines war – gerade befand. Inzwischen hatte sich Stille wieder wie ein dickes Federbett über das Haus gesenkt. Ihre eigenen, hektischen Atemzüge waren das einzige Geräusch. Langsam beruhigte sie sich wieder. Wie albern sie doch war! Mit ein wenig eigenem Krach hätte sie das Tier bestimmt vertrieben. Und außerdem hatte es vermutlich mindestens ebenso viel Angst vor ihr, wie sie vor ihm.

Aber auch ohne äußeren Anlass klopfte der nächste Grund zur Panik schon an die Tür zu ihrem Bewusstsein. Was war eigentlich, wenn Enrico nicht wiederkam? Würde sie hier elend verhungern oder verdursten? War der Raum vielleicht schallisoliert, sodass seine Eltern sie überhaupt nicht hören konnten? Und – weiter gedacht – handelte es sich hier denn wirklich um sein Elternhaus oder hatte er sie in eines der verlassenen Häuser gebracht, von denen er erzählt hatte, womöglich Kilometer vom nächsten Ort entfernt? Sollte sie versuchen mit Schreien auf sich aufmerksam zu machen? Wenn er allerdings doch noch im Haus war, würde er ihr dies sicherlich äußerst übel nehmen.

Das brachte sie auf den nächsten Gedanken. Was hatte er eigentlich mit ihr vor? Offensichtlich war sie ja die Auserwählte seines Herzens. Ebenso offensichtlich handelte es sich dabei um eine Einbahnstraße. Was würde passieren, wenn er begriff, dass sie ihn niemals erhören würde? Er konnte sie schließlich schlecht ein Leben lang als Gefangene behandeln. Möglicherweise war er ein bisschen zurückgeblieben und handelte wie ein kleines Kind, das sein Lieblingsspielzeug eine Weile täglich mit sich herumschleppte, es dann aber irgendwo einfach liegenließ, wenn es das Interesse verloren hatte. Sollte sie darauf hoffen? Sein oft irrationales Verhalten mochte in diese Richtung deuten.

Bevor sie sich weitere Gedanken zu diesem Thema machen konnte, erklangen entfernte Schritte, die langsam lauter wurden. Direkt vor der Tür hörte das Geräusch auf. Dann – so seltsam das auch war – klopfte es sanft.

„Vivian?" Die Stimme wirkte gedämpft, so als ob der Sprecher sie nicht wecken wollte. „Hörst du mich?"

Sie erwog für einen kurzen Moment, einfach so zu tun, als ob sie noch schlafe. Aber der Druck auf ihrer Blase war ein überzeugendes Gegenargument.

„Ja, ich bin wach." Zu ihrer Überraschung klang ihre Stimme fest und geradezu munter. Sie beschloss einfach intuitiv zu handeln.

„Oh, schön!" Ein Schlüssel wurde im Schloss herumgedreht. Es klang schwergängig. Vermutlich war hier selten abgeschlossen worden. Enrico ging offenbar sehr auf Nummer sicher. Die Armfessel war eigentlich ausreichend, um sie an der Flucht zu hindern. Als die Tür sich öffnete, drang aus dem Flur ein klein wenig Tageslicht in den Raum. Sie hatte sich also nicht getäuscht, es war bereits hell.

„Hast du gut geschlafen?" Seine Worte kamen freundlich und zuvorkommend wie von einem guten Bekannten oder Verwandten.

„Es ging. Ein bisschen kalt war es." Tatsächlich hatte sie gegen ihre Erwartung weite Teile der Nacht durchgeschlafen.

„Och, das tut mir aber leid! Dabei habe ich dir doch extra die dicke Decke gegeben. Na ja, so ist das halt mit euch Mädchen: Ihr friert eben leichter als wir."

Sein lockerer Umgangston deutete darauf hin, dass er sich entspannt und sicher fühlte, dachte sie. Vermutlich würde es ihr überhaupt nichts nützen, wenn sie jetzt um Hilfe schrie.

„Was geschieht jetzt mit mir?"

Er lachte lauthals.

„Du klingst ja wie in einem melodramatischen Film! Bist du die Tochter des Kommandanten eines Forts, die von Indianern geraubt und in deren Lager gebracht wurde und jetzt an einen Pfahl gebunden ist?"

Das traf die Situation ziemlich gut, fand sie. Vor allem angesichts ihrer Handfessel.

„Ich meine, was machen wir als Nächstes?", verbesserte sie sich.

„Ich könnte mir vorstellen, dass du mal Pipi musst und dich auch etwas frisch machen möchtest, habe ich recht?"

Pipi müssen? Die Formulierung jagte ihr einen Schauer über den Rücken, ohne dass sie wusste, warum. In der Sache allerdings stimmte sie ihm zu.

„Das wäre großartig. Zeigst du mir das Bad?"

„Deine ganzen Sachen sind noch im Wohnmobil. Ich bringe dich dorthin. Das ist das Einfachste. Du findest dort alles, was du brauchst. Komm!"

„Ich kann nicht."

„Ja, aber warum denn nicht?"

„Du hast mir den Arm ans Bett gebunden!"

Er schlug sich die flache Hand vor die Stirn. An und für sich hätte diese Bewegung extrem theatralisch und unnatürlich gewirkt, aber er führte sie durchaus überzeugend aus.

„Ich Trottelgesicht! Das habe ich ja glatt vergessen. Natürlich kannst du so nicht kommen. Einen Moment, meine Liebe!" Er schritt in den Raum hinein und zog das schon bekannte scharfe Messer aus einer Lederscheide, die an seinem Gürtel befestigt war. Rücksichtsvollerweise setzte er die Klinge nicht an ihrem Handgelenk, sondern an der zweiten Schlaufe um den Bettpfosten an. Ein kurzer Ruck und ihr Arm war frei.

„Danke." Eigentlich war dieser Reflex der Höflichkeit total unangebracht, fand sie, aber sie spürte in diesem Moment tatsächlich eine gewisse Dankbarkeit.

„Aber gerne doch", entgegnete er und half ihr auf die Beine. „Gehen wir!"

Sie taumelte kurz, fing sich aber schnell. Er stabilisierte sie mit einer Hand an ihrem Ellenbogen und lockerte seinen Griff auch nicht, als sie wieder sicher ging. Dabei hatte sie momentan keinerlei Gedanken an eine mögliche Flucht verschwendet.

„Hier entlang!" Er führte sie links in einen kurzen Flur, der an der Seitentür endete, durch die sie in der Nacht das Haus auch betreten hatten. Sie bemühte sich ihre Umgebung bewusst wahrzunehmen, aber ein paar kahle Wände und die altertümliche, verwitterte Holztür boten wenig Anhaltspunkte. Der obere Teil bestand aus einer ziemlich schmuddeligen Glasscheibe, auf der Fliegendreck und Spinnweben über die Herrschaft stritten.

Draußen herrschte trübes, aber trockenes Wetter. Dicke Wolken verbargen die Sonne und ein kräftiger Wind blies ihr die Haare aus dem Gesicht. Das Wohnmobil stand noch da, wo sie es verlassen hatten, und auch sonst deutete nichts auf die Anwesenheit anderer Menschen hin. Irgendwo zeterte ein Spatz.

„So, immer hinein in die gute Stube!" Er öffnete ihr die Seitentür zum hinteren Teil des Wagens. „Du findest sicher alles. Lass dir ruhig Zeit. Ich schaue mal nach meinen Eltern. Wenn du fertig bist, wirst du sie kennenlernen. Und damit du nicht deine glücklichen Gedanken verlierst, schließe ich hinter dir wieder ab. Ein Auge habe ich trotzdem auf dich. Du sollst ja nicht unnötig auf mich warten müssen. Zieh einfach den Vorhang von dem Fenster zurück, dann hole ich dich!"

Sie stieg die zwei Stufen hinauf, die ins Innere des Wohnmobils führten und hörte, wie sich der Schlüssel im Schloss drehte. Für den Moment zählte nur die nächste Toilette, also sah sie sich kurz um. Korrekterweise nahm sie an, dass die einzige Tür den Sanitärbereich verbarg. Hastig trat sie ein und war überrascht, ein zwar winziges, aber komplettes Badezimmer vorzufinden. Bevor sie sich anderen Fragen zuwandte, benutzte sie die einfache und erfreulicherweise saubere Toilette. Nach einer gefühlten Ewigkeit seufzte sie zufrieden auf und sah sich um. Ein kleines Waschbecken befand sich praktisch unmittelbar vor ihrer Nase und neben ihr gab es eine richtige Dusche – allerdings wesentlich enger als bei ihr zu Hause. Mit einem derartigen Luxus hatte sie nicht gerechnet.

Unschlüssig, ob sie nur kurz das Gesicht unter den Wasserhahn halten sollte, wusch sie sich zunächst nur die Hände und untersuchte dann den Rest des Wohnmobils. Eine gemütliche Sitzecke mit bequemen Polstern und einem schmalen Tisch, sowie eine kleine Küchenzeile mit Herd, Spüle und Kühlschrank und etliche Schränke und Klappen ergaben ein zwar beengtes, aber gemütliches Bild. Über der Fahrerkabine befand sich ein Alkoven, in dem zwei Personen schlafen konnten. Allerdings wäre es hilfreich, wenn diese sich mögen würden, denn wie überall im Wagen war auch dort der Platz begrenzt.

Im Gang zwischen Sitzgruppe und Küche stand ihre Tasche. Dahinter war ein Durchgang zur Fahrerkabine. Plötzlich kam ihr eine Idee. Enrico hatte zwar die Seitentür abgeschlossen, aber die vorderen Türen mussten doch von innen zu öffnen sein. Vielleicht konnte sie auf der dem Haus abgewandten Seite hinausschlüpfen und sich unbemerkt davonstehlen? Ihr war klar, dass sie sich hier überhaupt nicht auskannte und es möglicherweise eine Zeit dauern würde, bis sie jemanden gefunden hatte, den sie um Hilfe bitten konnte, aber was war die Alternative? Die Gedanken schwirrten durch ihren Kopf wie hungrige Wespen um die Auslage einer Bäckerei und sie hatte das unbestimmte Gefühl, nicht besonders klar und effektiv denken zu können. Wie sah ihre unmittelbare Zukunft aus? Würde sie in diesem abgelegenen Haus als Gefangene festgehalten werden? Waren seine Eltern genauso verrückt wie Enrico? Und was hatte es mit diesem Wohnmobil auf sich? Möglicherweise war er einfach ein Campingfreund. Das belegte ja auch die Zeitschrift, die er in ihre Wohnung gebracht hatte. Ärgerlich schreckte sie aus ihren Überlegungen auf. Die Zeit verstrich und sie stand hier herum und konnte keine Entscheidungen treffen. Wenn sie noch lange zögerte, würde er vermutlich zurück sein und ihre Flucht vereiteln.

Entschlossen schob sie ihre Tasche auf die Seite und zwängte sich durch den Übergang zur Fahrerkabine. Hastig blickte sie aus dem linken Fenster. Nach etwa fünf Metern begann ein lockeres Buschwerk, welches ihr vermutlich leidlichen Sichtschutz bieten würde. Bestimmt würde sie es unbemerkt bis zur Straße schaffen. Dort musste sie dann sehen, wie es weiterging. Bei ihrer Ankunft in der Nacht war es zu dunkel gewesen, um die Umgebung einschätzen zu können. Aber wenn sie sich recht erinnerte, dann wechselten sich kleine Waldstücke, Felder und dicht bewachsene Knicks regelmäßig ab. Sie musste es einfach versuchen!

Bevor sie die Fahrertür nach dem Riegel untersuchen wollte, warf sie sicherheitshalber einen Blick durch die andere Scheibe auf das Haus. Sofort erstarrte sie in ihrer Bewegung. Alle aufgekeimte Hoffnung, alle Entschlossenheit zur Flucht versickerten wie ein sparsamer Sommerregen auf trockenem Sand. Enrico stand an die Seitentür gelehnt und winkte ihr fröhlich zu. Kein Gedanke, dass sie sich unbemerkt entfernen konnte! Sie zwang sich zu einem gequälten Lächeln und winkte zurück. Mit den Händen versuchte sie pantomimisch anzudeuten, dass sie jetzt unter die Dusche gehen würde. Er nickte zustimmend und zeigte ihr sogar seinen hochgereckten Daumen zum Zeichen seines Einverständnisses.

Zurück im Wohnbereich überfiel sie Enttäuschung wie ein eisiger Guss. Sie sank auf eine der Bänke, schlug die Hände vor das Gesicht und fühlte sich entsetzlich hilflos und allein. Dann zog sie ihre Tasche heran und suchte mechanisch nach ihrer Kulturtasche und neuer Wäsche. Wieder im Bad nahm sie dankbar zur Kenntnis, dass sich die Tür von innen abschließen ließ. Ohne diese Möglichkeit hätte sie es nicht fertiggebracht sich nackt auszuziehen.

Eine Viertelstunde später war sie frisch geduscht und wieder angezogen. Sogar einen Föhn hatte sie gefunden, sodass sie sich die Haare trocknen konnte. Eine Frisur herzustellen war zwar ohne ihre gewohnten Pflegeprodukte nicht möglich, aber auf ihr Äußeres kam es in dieser Situation ja wohl nicht an. Von daher zog sie einfach ein Haargummi über ihre spannungslosen Fransen und versuchte tapfer ihrem Spiegelbild Mut zuzulächeln. Es sah eher aus wie eine Grimasse, fand sie. Überhaupt sah sie aus wie ein Zombie. Aber das war vermutlich kein Wunder. Dann trat sie verabredungsgemäß ans Fenster, zog den Vorhang zurück und machte Enrico ein Zeichen.

Erfreut nahm er zur Kenntnis, dass sie keine der Frauen war, die Stunden im Badezimmer zubrachten. Körperpflege, auch gründliche, war wichtig, aber das ewige Getüdel mit Pinseln, Döschen, Creme und Farbe war so überflüssig wie ein Loch im Kopf. Und wenn er sie so ansah, nachdem er die Tür aufgeschlossen hatte, dann leuchtete ihre natürliche Schönheit heller als die jeder angemalten Modetussi. Verliebt lächelte er sie an.

„Du siehst wunderbar aus!"

Sie rang sich ein Lächeln ab und stieg die Stufen herunter.

„Vielen Dank."

In seiner Vorstellung beobachtete er, wie eine wunderschöne Frau majestätisch die Freitreppe eines Herrenhauses herabschritt. Ein Diadem auf dem Haupt, ein Ballkleid um den schlanken Körper und filigrane Tanzschuhe an den Füßen – ihm stockte fast der Atem, wenn er sie so sah.

Vivian betrachtete nun zum ersten Mal die Fassade des Hauses bei Licht und reagierte einigermaßen schockiert. Zumindest von dieser Seite wirkte der Bau extrem heruntergekommen und geradezu unbewohnt. Die Holzrahmen der Fenster waren völlig vernachlässigt. Man konnte die ursprüngliche Farbe nicht mehr erkennen und sie glaubte sogar Faulstellen und Löcher zu erkennen. Das Dach schien aus alten Eternitplatten zu bestehen und von Moos überwuchert zu sein. Auch die Steine machten einen äußerst reparaturbedürftigen Eindruck. Aber möglicherweise handelte es sich bei dem Teil des Hauses, den sie sehen konnte, um einen Anbau, der weniger Beachtung fand als das Haupthaus. Ein Grund dafür konnte darin liegen, dass es sich hier um die Rückseite des Gebäudes handelte.

„Komm, lass mich dich meiner Mutter vorstellen! Sie ist schon so gespannt darauf dich endlich kennenzulernen. Ich habe ihr natürlich schon ganz viel von dir erzählt."

„Ach ja?", antwortete sie automatisch. „Was denn genau?"

„Na ja, wie du aussiehst, was du arbeitest und wofür du dich interessierst. Sie findet es zum Beispiel sehr gut, dass du so sportlich bist! Sie gehört ja zu einer Generation, bei der das noch nicht so verbreitet war."

„Ist sie denn schon so alt?" Sie hielt es für eine gute Idee, ihn reden zu lassen. Außerdem konnte jede Information, die sie sammelte, irgendwann eine Hilfe sein.

„Nein, das nicht. Aber ich habe ja schon gesagt, dass unsere Familie ein bisschen altmodisch ist. Bei uns war die Frau fürs Haus und die Küche zuständig. Da blieb keine Zeit für Joggen oder gar Fitnessstudio. Außerdem wäre das vermutlich auch zu teuer gewesen."

Das erklärte vielleicht den verwahrlosten Zustand des Hauses. Eventuell fehlte einfach das Geld, um die nötigen Instandsetzungen zu finanzieren.

„Glaubst du, deine Mutter wird mich mögen?"

Er strich ihr beruhigend über den Arm, was ihr eine heftige Gänsehaut bescherte.

„Keine Sorge. Sie wird dich lieben, vertrau mir!" Er nahm ihre Hand und führte sie zur Tür. „Na los! Lassen wir sie nicht länger warten."

Sie folgte ihm durch die nun schon vertraute Seitentür. Diesmal schritten sie an ihrem Zimmer vorbei und um die Ecke. Wieder wunderte sie sich über den kahlen und heruntergekommenen Zustand des Flurs. Er schritt jetzt voran und öffnete eine weitere Tür. Zunächst blieb er im Rahmen stehen und verdeckte ihr so den Blick.

„Mama, ich möchte dir gerne meine Freundin Vivian vorstellen. Ich bin sehr froh, dass ihr euch heute endlich kennenlernt!" Dann trat er einen Schritt zur Seite in den Raum hinein und winkte ihr aufmunternd zu. „Vivian, das ist meine Mutter!"

Als er den Türrahmen freigegeben hatte, konnte sie einen uralten und sehr einfachen Küchenschrank erkennen. Aus der Düsternis des Flures heraus wirkte er schmuddelig und wie unbenutzt. Zögernd trat sie einen Schritt vorwärts und stand nun selbst im Türrahmen. Ein schneller Blick durch den linken Teil der Küche verwirrte sie zunehmend. Überall waren Dreck und Spinnweben zu sehen. Auf den wenigen Möbelstücken lag teilweise dicker Staub. Eine nackte Birne hing in einer Fassung an der Decke. Das Fenster war fast blind vor Fliegendreck. In der Mitte der Küche stand ein billiger Tisch, von dem sie nur die linke Hälfte sehen konnte, denn den Rest verdeckte er noch mit seinem Körper.

„Wo ist deine Mutter? Ich kann sie gar nicht sehen?", fragte sie langsam und wie in Trance.

„Du musst schon richtig reinkommen", lächelte er und zog sie an sich heran. Dann deutete er auf die rechte Seite des Küchentischs. „Da steht mein Muttchen doch!"

Vivians Blick folgte seinem ausgestreckten Arm fast mit Widerwillen und etwas in ihrem Gehirn stellte den Dienst ein. Sie nahm nur zwei blasse, absolut ausdruckslose Augen wahr und eine Wolke grauen Haares. Den Rest des Bildes weigerte sich ihr Verstand zu akzeptieren. Sie war auch nicht mehr in der Lage, ihre Taktik im Umgang mit dem Entführer zu verfolgen, sondern reagierte instinktiv, wie ein Wild, das den Jäger gewittert hat. Aber es gelang ihr nicht mehr, dem Fluchtreflex zu folgen. Sie stieß einen einzigen schrillen Schrei aus, dann senkte sich gnädige Dunkelheit wie ein schützender Mantel über sie.

* * *

„Ach, lässt du dich auch mal wieder hier blicken?"

Der Mann, mit dem sich Staller im Flur der Redaktion von "KM" konfrontiert sah, erinnerte der Gesichtsfarbe nach an Uli Hoeneß bei einer Niederlage der Bayern gegen 1860 München. Helmut Zenz versprühte mehr Speichel als sonst beim Sprechen und die zornige Ader an seiner Schläfe klopfte, als ob sein letztes Stündlein geschlagen hätte. Unklar war nur, ob ein Infarkt oder ein Hirnschlag ihm zuerst den Rest geben würden.

„Was für eine Laus ist dir denn über die Leber gelaufen?"

„In mein Büro. Sofort!"

Kopfschüttelnd folgte Staller dem zornbebenden Chef vom Dienst. Zenzi war zwar bekannt für seine Ausfälle, aber so erregt war er schon lange nicht mehr gewesen. Zumal kein offensichtlicher Grund vorzuliegen schien.

Im Büro angelangt hieb der CvD einige Kombinationen in die Tasten seines Laptops und drehte ihn dann so, dass der Reporter den Bildschirm sehen konnte.

„Warum haben die das und wir nicht?", bellte er und zeigte auf die Online-Ausgabe der größten Hamburger Zeitung. Dort war das Bild zu sehen, wie Lauras Entführer das Mädchen in den Transporter steigen ließ.

„Oha!" Staller, der das Bild noch nicht kannte, klickte auf das zweite Foto und las die kurze Bildunterschrift, die lediglich erklärte, was auch zu sehen war.

„Ist das alles? Oha? Warum muss ich so etwas bei der Konkurrenz sehen? Ich denke, deine Kontakte zur Polizei sind so gut?"

Der Reporter überlegte einen Moment. Dann fragte er: „Haben andere Zeitungen das Bild auch?"

Zenz schüttelte den Kopf.

„Dann kommt das Foto nicht von der Polizei." Staller sprach betont ruhig und war sich seiner Sache sicher. „Außerdem stehen da keine Fotocredits. Die Bilder sind der Zeitung also zugespielt worden. Woher sie allerdings stammen, kann ich nicht sagen."

Dem CvD war der Wind aus den Segeln genommen worden, aber da er nicht dazu neigte sich schnell zu beruhigen, grollte er weiter.

„Kann schon sein, aber das ist dein Fall! Und anstatt dich reinzuhängen und mir solch exklusives Material zu liefern, bist du irgendwo in der Weltgeschichte unterwegs und recherchierst verschwundene Frauen, die vermutlich einfach mit einem Kerl nach Malle geflogen sind und sich das Hirn aus dem Schädel vögeln!"

„Exklusivität ist ein gutes Stichwort, Helmut." Staller zückte sein Telefon und zeigte einige Fotos, die er von dem Schrankfach bei Enrico gemacht hatte. „Mit diesem Typen ist Vivian bestimmt nicht in den Urlaub gefahren. Der hat sie über Monate gestalkt und ist mehrfach in ihrer Wohnung gewesen. Das habe ich sogar auf Video. Diese Geschichte haben wir so exklusiv, dass noch nicht einmal die Polizei davon weiß."

Zenz runzelte die Stirn. Jetzt, da seine journalistische Kompetenz gefordert war, schaltete er schnell wieder in einen Modus, bei dem sein Gehirn sachlich und strukturiert arbeitete.

„Die Polizei würde ja vermutlich auch noch gar nichts unternehmen, solange auf dem Video nicht zu sehen ist, wie er sie entführt. Was ist deiner Meinung nach passiert?"

„Dieser Enrico hat definitiv nicht alle Latten am Zaun. Gestern Morgen hat er versucht Vivian anzubaggern und ist gescheitert. Abends war er in der Wohnung und in der Nacht ist sie verschwunden. Er übrigens auch. Ich vermute, er hat sie verschleppt und wir müssen dringend herausfinden, wohin. Ansonsten finden wir mit Pech irgendwann nur ihre Leiche."

„Das wäre für uns doch nicht das Schlechteste", bemerkte der CvD gewohnt zynisch. „Was willst du tun?"

„Wir müssen mit äußerstem Tempo Einzelheiten über den Kerl recherchieren. Was ist er für ein Typ, was hat er für eine Vergangenheit und vor allem: Hat er einen Schrebergarten, einen Campingplatz oder eine Ferienwohnung, wo er Vivian verstecken könnte?"

„Gut. Du bekommst vierundzwanzig Stunden. Die Praktikantin hast du dir eh schon unter den Nagel gerissen und Sonja kann dir auch helfen; ihr arbeitet ja gut zusammen. Aber bleib zwischendurch auch am Ball bei der Entführung von dem Mädchen. Das Foto ist morgen garantiert der Aufmacher! Und die Kollegen werden öffentlich die Frage stellen, ob es nicht vom Täter stammt."

„Ja, natürlich. Ich frag' mal, wo sie es her haben."

„Und mach die Tür zu, wenn du gehst!" Zenz hasste offene Bürotüren.

Fünf Minuten später saßen Sonja, Isa und der Reporter in seinem Büro hinter dampfenden Kaffeebechern. Staller brachte die Moderatorin in seiner bekannt präzisen und klaren Art auf den neuesten Stand.

„Hast du noch irgendwelche Fragen?"

Sonja schüttelte den Kopf.

„Ich denke, so weit habe ich alles verstanden. Aber wo willst du jetzt ansetzen?"

„Wir teilen uns die Arbeit auf. Du übernimmst alles, was mit Vivian zusammenhängt. Hat sie ihren Arbeitgeber kontaktiert oder ist sie einfach weggeblieben? Gibt es Orte, die sie regelmäßig aufsucht? Was sagen Freunde und Bekannte? Dieser Enrico hat sie so ausgiebig verfolgt, dass er ziemlich alles über sie weiß. Er könnte also auch eine Örtlichkeit nutzen, die nur zu ihr in einer Beziehung steht."

„Alles klar, dann weiß ich Bescheid!" Die Moderatorin notierte sich einige Stichworte auf einem kleinen Zettel.

„Und was ist meine Aufgabe?", fragte Isa ungeduldig.

„Du gehst als erstes Kaffee trinken", grinste Staller.

„Das ist nicht dein Ernst!", zeterte die überengagierte Praktikantin los. „Ich habe weder bisher einen Fehler gemacht noch bin ich zu blöd, um ein paar Recherchen am Telefon zu starten. Und gefährlich ist momentan ja wohl erst recht nichts!"

„Chill mal deine Basis", neckte sie der Reporter. „Den Kaffee trinkst du in dem Laden, in dem Enrico arbeitet. Und dann denkst du dir eine hübsche Geschichte aus und versuchst seine Kollegen ein bisschen auszuhorchen. Vielleicht kommt dabei ja etwas Brauchbares herum."

„Oh", machte Isa kleinlaut. „Klar, das erledige ich. Gute Idee."

„Denk aber daran, dass du auf keinen Fall behauptest, dass Enrico Vivian entführt habe! Auch für ihn gilt mangels stichhaltiger Beweise die Unschuldsvermutung. Du musst dir also einen anderen Dreh suchen."

„Ich könnte vorgeben, dass Viv mit ihm abgehauen ist und ich sie unbedingt finden muss. Und ob jemand weiß, wo er stecken könnte."

„Ja, so in etwa müsste es funktionieren."

„Und worum kümmerst du dich?"

„Ich muss zuerst ein paar Anrufe im Fall Laura erledigen und dann versuche ich die offiziellen Quellen anzuzapfen. Und da, wo es erforderlich ist, muss Bommel mir helfen. Aber das wird er sicher tun."

Sonja trank ihren Becher aus und stand auf.

„Dann los! Vierundzwanzig Stunden sind eine verdammt kurze Zeitspanne, um diese Aufgabe zu stemmen. Aber wir haben schon oft Dinge geschafft, die auf den ersten Blick unmöglich erschienen."

„Das ist der richtige spirit! Außerdem brauchen wir nur einen begründeten Anhaltspunkt, dann bekommen wir auch mehr Zeit."

„Ich bin schon weg", rief Isa, deren Wangen vor Aufregung gerötet waren und sprang zur Tür. „Wenn ich was habe, melde ich mich sofort!" Und schon war sie verschwunden und man hörte sie den Flur entlangeilen.

Sonja schaute ihr schmunzelnd hinterher und ging dann zurück zum Schreibtisch. Sie stellte sich hinter Staller und legte ihm die Hände auf die Schultern.

„Das ist eine der Eigenschaften, die ich an dir liebe", sagte sie leise.

Von ihren Fingern festgehalten, konnte er sie nicht anschauen.

„Was meinst du?", fragte er irritiert.

„Dass du dich um die Geschichte mit Vivian kümmerst, obwohl du gar nicht weißt, ob dabei für "KM" etwas rausspringt." Sie beugte sich zu ihm herab und drückte ihm einen sanften Kuss auf die Schläfe.

„Einer muss es ja machen, oder?"

„Wir sollten uns beeilen. Ich hoffe, wir finden sie, bevor etwas passiert. Wenn etwas ist – ich bin in meinem Büro und häng' mich ans Telefon." Mit einem letzten, liebevollen Druck auf seine Schultern löste sie sich von ihm und verließ den Raum. Angerührt sah er ihr nach.

* * *

„Himmel, Gesäß und Nähgarn!"

Bombach fluchte aus tiefstem Herzen. Vor ihm auf dem Bildschirm erschien das Foto von Lauras Entführung in voller Größe und gestochen scharf. Wie, zum Teufel, hatte Pohl das gemacht? Wütend griff der Kommissar zum Telefon und wählte die Nummer der Kriminaltechnik. Hartnäckig nervte er die überarbeiteten Kollegen dort, bis er den Mann an der Strippe hatte, der gerade das Mobiltelefon von Pohl bearbeitete.

„Bombach hier, moin. Ich weiß, dass ich euch nicht auf den Sack gehen soll mit Nachfragen, aber diese ist echt wichtig. Kannst du mal nachsehen, ob, wann und wie in den letzten Tagen Bilder von dem Telefon versandt worden sind?"

Der Kollege am anderen Ende der Leitung gab zwar einige nicht druckreife Bemerkungen von sich, führte aber schließlich den Auftrag trotzdem aus. Bombach trommelte mit den Fingern einen äußerst dynamischen Rhythmus auf die Schreibtischplatte und wartete notgedrungen. Überraschenderweise kam die Antwort ziemlich flott.

„Heute Morgen ganz früh sind zwei Fotos an einen Redakteur unserer Lieblingszeitung mit den vier Buchstaben gemailt worden. Sie zeigen einen Mann und ein Mädchen neben einem Wagen."

„Danke, das reicht mir schon. Wenn du noch interessante Dinge herausfindest ..."

„… dann melde ich mich spätestens gestern, ich weiß! War's das? Dann könnte ich nämlich in Ruhe weiterarbeiten!"

„Schon gut. Danke dir!"

Bombach starrte auf das Foto und versuchte sich einen Reim auf das Geschehene zu machen. Dass Pohl die Bilder dem von ihm gehassten Dr. Wahlberg schickte, damit dieser wusste, dass sich seine Tochter in der Hand eines Entführers befand – so weit, so gut. Aber warum sollten sie auch noch in der Zeitung erscheinen? Denn das war unweigerlich zu erwarten. Der Fall der kleinen Laura war immer noch sehr präsent und die Fotos hielten die Geschichte mit Sicherheit über weitere Tage am Leben.

Auch sonst begriff der Kommissar die Rolle des Pädophilen immer noch nicht. Es konnte doch kein Zufall sein, dass er diese Bilder geschossen hatte! Aber steckte er tatsächlich als Drahtzieher hinter der Entführung? Ein entsprechendes Motiv besaß er ja. Rache an Wahlberg – eigentlich sogar ein Klassiker. Es fiel Bombach aber schwer sich vorzustellen, wie der sanfte kleine Mann einen Komplizen anwarb, einen Plan ausbaldowerte und dann kaltblütig die eigentliche Tat dokumentierte. Außerdem blieb die Frage, wie die Geschichte weitergehen sollte. Ging es doch um Lösegeld? Dafür war eigentlich schon zu viel Zeit verstrichen. Oder drehte es sich darum, die Tage der Ungewissheit möglichst lange auszudehnen und sich am Leid des Vaters zu erfreuen? In jedem Falle musste es einen Plan geben, in welcher Form die Entführung enden sollte. Würde man Laura einfach freilassen? Mit jedem Tag, den sie in der Gewalt ihrer Entführer verbrachte, stieg die Wahrscheinlichkeit, dass sie sich irgendwelche Dinge merkte, die später die Täter überführen konnten. Dieses Risiko war eigentlich zu hoch. Insofern war der Tod des kleinen Mädchens im Grunde unausweichlich. Diese Gedanken fand Bombach zwar entsetzlich bedrückend, konnte sich ihrer Logik jedoch nicht entziehen. Mitten in diese düsteren Überlegungen hinein klingelte das Telefon.

„Wenn du jetzt mit einem deiner müden Witzchen rüberkommst, dann hast du einen ganz schlechten Zeitpunkt erwischt!"

Die Stimmung von Staller war definitiv weder leicht noch heiter.

„Das trifft sich, Bommel. Mir ist aus verschiedenen Gründen gerade gar nicht zum Lachen zumute. Zwei Dinge. Erstens: Weißt du, wie die BILD an Fotos von Lauras Entführung kommt?"

„Ich weiß sogar, wer sie geschossen hat", unterbrach der Kommissar grollend.

„Tatsächlich?" Jetzt war der Reporter ernsthaft überrascht. „Wer denn?"

„Unser ach so harmloser und angeblich unschuldiger Gerald Pohl!"

Am anderen Ende der Leitung blieb es für einen Moment still.

„Pohl?", klang es dann zögerlich. „Heißt das, dass er tatsächlich an der Entführung beteiligt ist?"

„Wenn ich das nur wüsste!"

„Zufällig wird er die Bilder ja wohl nicht geknipst haben!"

„In erster Linie hat er sie mal bei Dr. Wahlberg in den Briefkasten gesteckt. Also zumindest ist sehr stark zu vermuten, dass Pohl das war. Beweise habe ich noch keine. Aber die Bilder sind mit seinem Handy fotografiert."

Wieder brauchte Staller einen Moment, bis er seine Gedanken sortiert hatte.

„Unabhängig davon, ob Pohl in seinem Fall schuldig war oder zu Unrecht verurteilt wurde, wie er selbst behauptet – Organisation und Durchführung einer solchen Entführung sind ein anderes Kaliber. Das traue ich ihm nicht zu."

„Aber vielleicht spekuliert er genau darauf. Du weißt nicht, mit wem er im Knast Kontakt hatte. Er wäre nicht der Erste, der krimineller wieder rausgeht, als er reingekommen ist."

„Im Prinzip hast du recht. Aber als Kinderschänder bist du selbst im Knast unterste Schublade. Da gewinnst du keine neuen Freunde."

„Stimmt schon, Mike. Aber ich habe im Moment keinen anderen Strohhalm, an den ich mich klammern kann. Es gibt sonst keine Nachricht, keine Lösegeldforderung und keine weiteren Zeugen – einfach nichts!"

„Das ist wirklich extrem wenig. Aber ich habe auch keine zündende Idee."

„Na, wenn du das schon sagst! Was war die andere Sache? Du hattest doch mehr als ein Anliegen."

Staller berichtete kurz die Fakten rund um das Verschwinden von Vivian und die entsprechenden Schlüsse, die er gezogen hatte. Bevor er seine Bitte formulieren konnte, wurde er vom Kommissar unterbrochen.

„Wie genau bist du denn in die Wohnung von diesem Enrico gekommen? Vermutlich illegal, wie du das so gerne machst. Dir ist schon klar, dass nichts, was du dort entdeckt hast, vor Gericht zugelassen würde?"

„Mir geht es nicht um Beweisführung. Es ist klar, dass dein Verein bei der momentanen Faktenlage keinen Finger rühren würde. Deswegen haben wir euch ja gar nicht gefragt. Trotzdem glaube ich fest, dass Vivian nicht freiwillig mit diesem Kerl unterwegs ist."

„Und was willst du jetzt von mir?"

„Es geht um Zeit. Ich kann eine Menge Dinge selbst recherchieren. Aber alles, was durch eure Datenbanken geht, kannst du schneller besorgen. Tu mir den Gefallen und lass den Mann mal für mich durchlaufen." Stallers Worte klangen ernst und überzeugend.

„Was du da von mir verlangst, ist ..."

„... ungesetzlich, ja, ich weiß. Aber du kennst mich wohl lang genug, um zu wissen, dass ich eine solche Bitte nicht ohne ernstzunehmenden Grund ausspreche. Ich möchte nicht, dass der Frau etwas passiert. Sie hat in ihrem Leben schon eine Vergewaltigung erlebt. Ich finde, das reicht."

„Also kennst du sie persönlich?"

„Ja, aber was spielt das für eine Rolle?"

„Im Grunde keine. Reine Neugier. Also los, dann diktier mal!"

Staller übermittelte Namen und Adresse und wies dann noch einmal auf den Zeitfaktor hin.

„Hab' ich schon verstanden, Mike. Ich melde mich!" Dann legte er auf und dachte noch einmal über das Gehörte nach. Instinktiv neigte er dazu dem Reporter recht zu geben. In diesem Fall gab es Handlungsbedarf, auch wenn die Polizei offiziell noch nicht tätig werden konnte. Die entsprechenden Auskünfte würde er schnell erlangen und es tat gut, mal wieder etwas bewegen zu können und nicht – wie bei der Entführung von Laura – nur passiv zu reagieren.

* * *

„Danke, dass Sie sofort Zeit für mich haben!"

Staller betrat die Wohnung, in der Dr. Wahlberg seine Patienten und andere berufliche Besucher empfing. Der Stil war sehr schlicht mit klaren Farben und Formen. Einige Bilder moderner Künstler zierten die Wände. Eine Garderobe aus gebürstetem Aluminium war bis auf eine Jacke leer. Ein Aquarium im Flur verursachte leise Geräusche.

„Aber gerne doch. Kommen Sie, wir gehen in mein Arbeitszimmer!"

Staller hängte seine Jacke an die Garderobe und folgte Wahlberg in einen großen, hellen Raum mit geölten Fußbodendielen. Vor einer ganzen Wand voller gefüllter Bücherregale stand ein altmodischer Schreibtisch aus dunklem Holz. Der Stuhl dahinter hingegen war hochmodern und ergonomisch geformt. Der Mix aus Alt und Neu passte aber überraschend gut zusammen. Auf der anderen Seite des Arbeitsplatzes befand sich ein schlichter Besucherstuhl.

„Nehmen Sie Platz! Möchten Sie einen Kaffee?" Dr. Wahlberg deutete auf den ultramodernen Vollautomaten, der auf einem Sideboard stand.

„Oh, da kann ich schlecht nein sagen", lächelte der Reporter. „Eine eindeutige Schwäche von mir."

„Es gibt Schlimmeres, würde ich sagen. Latte, Cappuccino, Milchkaffee?"

„Schlicht und schwarz, bitte!"

Während das Mahlwerk die Kaffeebohnen verarbeitete, stellte Wahlberg einen Becher bereit.

„Worum geht es denn, Herr Staller?"

„Zunächst wollte ich noch sagen, dass ich von den Bildern gehört habe, die Sie im Briefkasten gefunden haben. Ich hoffe sehr, dass sie die Ermittlungen vorantreiben werden."

Wahlberg drückte einige Knöpfe und stellte nun ein Glas unter den Auslass der Kaffeemaschine, bevor er antwortete.

„Dieser Pohl traut sich wirklich was! Wie perfide, die Entführung selber zu dokumentieren. Dann wartet er so lange ab, bis die Ungewissheit fast nicht mehr auszuhalten ist, ja man beinahe froh wäre, wenn Lauras Leiche gefunden würde, damit man endlich weiß, woran man ist – und dann schickt er die Fotos!"

„Sie sind also fest davon überzeugt, dass Pohl hinter der Entführung steckt?"

„Wer denn sonst? Außerdem glaube ich nicht an Zufälle. Selbst wenn er jeden Tag hier vorbeikommt, weil er in der Nähe arbeitet – die Chance, dass er den Entführer bei der Arbeit ablichten kann, geht doch gegen null." Er nahm die beiden Kaffee, trat zum Schreibtisch und setzte sich.

„Ach, Sie wussten, wo er arbeitet?"

„Nun, normalerweise interessiere ich mich nicht für ehemalige Patienten. Das würde zum einen meine zeitlichen Möglichkeiten übersteigen und zum anderen einen Grad der emotionalen Verbindung darstellen, der für meine Arbeit kontraproduktiv wäre, nicht wahr? Aber in seinem Fall habe ich eine Ausnahme gemacht."

„Warum?"

„Weil ich befürchtet habe, dass so etwas Ähnliches passiert. Aber reden wir nicht von mir. Wie kann ich Ihnen helfen?"

„Ich bräuchte Ihre Einschätzung einer Person beziehungsweise einer besonderen Situation, in der sich die Person befindet." Staller skizzierte die Geschehnisse rund um Enrico und Vivian, ohne deren Namen zu nennen, wobei er auch ihre Vergangenheit kurz anriss. Dann zog er sein Mobiltelefon hervor und zeigte dem Arzt die Bilder von dem Schrein aus Enricos Wohnung. „Mal angenommen, er hat sie in seiner Gewalt – denn alles deutet darauf hin – was hat er mit ihr vor?"

Dr. Wahlberg lehnte sich zurück und trank einen Schluck von seinem Kaffee.

„Ein einvernehmliches Verschwinden schließen Sie aus?"

„Ja. Die Frau hat sich dahingehend eindeutig geäußert."

„Hm, lassen Sie mich nachdenken. Ich projiziere alle meine Wünsche auf eine Person. Die Beschäftigung mit dem Objekt meiner Begierde wird geradezu obsessiv. Aber ich handele ausschließlich aus dem Hintergrund. Ich beobachte, überwache, recherchiere." Er schloss die Augen und legte die Fingerspitzen an die Schläfen. „Mein größter Wunsch ist es die Kontrolle zu erlangen. Aber ich vertraue nicht auf die üblichen Methoden wie eine offene Ansprache, Flirten und eine Verabredung. Ich habe Angst vor dem Scheitern, vor Ablehnung. Ich bin schüchtern oder traue mir nichts zu. Aber warum?" Er brach ab und starrte versonnen auf den Schreibtisch.

„Das klingt alles sehr einleuchtend und nachvollziehbar." Staller war überrascht, wie sehr der Psychiater sich in die Rolle Enricos hineinversetzte. Auch diese Unterbrechung schien er gar nicht zu registrieren, denn er fuhr nach kurzem Zögern einfach fort.

„Ich muss erfahren haben, dass mein Einfluss auf die Geschehnisse im Leben nicht viel zählt. Ein Kindheitserlebnis? Vielleicht ein Trauma? Möglicherweise ein Schicksalsschlag! Es könnte sich um eine Trennung handeln, eventuell sogar um Tod. Jedenfalls ein schmerzhafter Verlust, gegen den ich machtlos war. Jemand aus der Familie oder eine erste Liebe. Ein Mensch, der mir nahe stand, ist fort. Und seither quält mich die Sorge, dass es mir wieder und wieder passieren könnte, ohne dass ich etwas dagegen zu tun vermöchte." Wahlberg nickte wiederholt.

Staller beobachtete den Arzt konzentriert und ohne ihn zu unterbrechen. Das Mienenspiel von Wahlberg spiegelte eine andere Person wider. Er betrachtete seine Zielperson nicht, er war Enrico. Interessanterweise schien auch die Psychologie verschiedene Herangehensweisen an ein Problem zu kennen, ähnlich wie die Schauspielkunst. Hier wurde er Zeuge einer ganz eigenartigen Methode, die er so noch nie erlebt hatte, dachte der Reporter und wartete gespannt.

„Um sicher sein zu können, brauche ich Kontrolle. Wenn ich nach einer Verabredung frage, riskiere ich unkalkulierbar Ablehnung. Bestimme ich hingegen einseitig die Umstände unseres Zusammentreffens, besteht mein Risiko darin, dass ich bei einer Übertretung des Gesetzes erwischt werde. Diesen Faktor kann ich persönlich beeinflussen. Im Dunkel der Nacht, in der Einsamkeit, abseits von Zeugen habe ich die uneingeschränkte Kontrolle. Wenn ich meine Handlungen fremder Beobachtung entziehen kann, dann bin ich so lange sicher, wie ich mich versteckt halten kann."

„Aber was ist mit Vivian?"

„Wenn ich die vollständige Kontrolle über mein Objekt der Begierde habe, dann steigen die Chancen, dass ich meine Ziele verwirklichen kann. Ich bin überzeugend – so lange mir niemand ins Handwerk pfuschen kann. Also werde ich versuchen sie zu umgarnen und auf meine Seite zu ziehen. Vielleicht gelingt es mir ja. Schließlich kommen keine Dritten ins Spiel."

„Was ist, wenn die Auserwählte sein Spiel aber nicht mitspielt?"

„Ich habe mir solche Mühe gegeben. Mein Plan war aufwendig und hat mich viel Zeit, möglicherweise auch Geld gekostet. Für SIE habe ich so getan, als ob ihre Meinung auch etwas zählt. Ich habe versucht, sie zu überzeugen, habe argumentiert und erklärt. Wenn sie das nicht versteht, dann ist sie uneinsichtig und undankbar. Dann habe ich mich vielleicht getäuscht und sie war all den Aufwand gar nicht wert! Wie überaus ärgerlich! Das würde mich wütend machen. Sehr wütend!"

„Und was geschähe dann?"

„Ich muss mich schützen! Es ist MEIN Spiel. Wenn sie nicht einsieht, was gut für sie ist, dann wäre sie auch imstande mir zu schaden. Womöglich erzählt sie jemandem von mir. Dabei kämen bestimmt auch ein paar Dinge zur Sprache, die man mir negativ auslegen würde. Es gibt zu wenige Menschen, die mich verstehen. Ich muss auf jeden Fall verhindern, dass sie über das reden kann, was ich mit ihr gemacht habe."

„Was bedeutet das konkret?", fragte Staller, der die Antwort aber schon kannte.

„Sie muss verschwinden. Niemals darf sie in der Lage sein, mir zu schaden. Ich habe bestimmt eine neue Chance. In ihr habe ich mich einfach geirrt. Das kann passieren. Sogar mir! Aber jetzt geht es darum, dass ich weitermachen kann. Es gibt nur eine Lösung, die dauerhaft funktionieren kann. Ich muss sie töten." Die letzten Worte kamen leise, aber bestimmt aus dem Mund des Arztes.

Staller holte tief Luft. Die Situation war geradezu beängstigend gewesen. Er fühlte sich, als ob er mit dem Täter selbst gesprochen hätte. Auch Wahlberg wirkte erschöpft und trank gierig aus seinem Glas.

„Danke Herr Doktor. Das war sehr beeindruckend."

„Finden Sie? Nun, damit wir uns nicht missverstehen: Dies war eine Interpretation von mir, beruhend auf einer sehr dünnen Faktenlage. Aufgrund meiner großen Erfahrung in solchen Fragen denke ich, dass diese Einschätzung mit einer gewissen Wahrscheinlichkeit weitgehend zutrifft. Eine Sicherheit gibt es allerdings nicht. Weitere, neue und gesicherte Fakten könnten das Bild in die eine oder andere Richtung beeinflussen."

„Natürlich. Ich würde Sie auch niemals auf diese Beurteilung festnageln. Mir geht es lediglich um eine Einschätzung der Situation. Die Beweislage für ein Verbrechen ist dünn, weswegen die Polizei noch keine Ermittlungen aufnehmen würde. Im Moment sammle ich auf eigene Faust Informationen und versuche die verschwundene Frau aufzuspüren."

„Haben Sie bei den Fotos und Unterlagen über sie irgendwelche Hinweise gefunden, die auf ihren Verbleib schließen ließen?"

„Nein, leider gar nichts. Überhaupt scheint der mögliche Täter wie eine Schimäre. Seine Wohnung birgt nahezu keine persönlichen Dinge. Mit Ausnahme von ein paar Fotos, die möglicherweise seine Familie zeigen. Es wirkt fast so, als ob dort niemand lebt."

„Vermutlich zieht er sich immer mehr in seine eigene, eine Scheinwelt zurück. Das unterstützt meine Theorie eines traumatischen Erlebnisses. Mit der realen Welt hat er Schwierigkeiten. Ist die Wohnung sehr ordentlich?"

„Allerdings. Perfekt aufgeräumt und blitzblank geputzt. Hat das eine Bedeutung?"

„Es deutet auf einen hohen Grad von Organisiertheit. Eigentlich wäre zu erwarten, dass seine reale Welt chaotisch wäre. Unordentlich, vernachlässigt. Weil er ja den Schwerpunkt seines Lebens in eine Fantasiewelt verlegt, die für ihn besser funktioniert. Aber weil er intelligent ist und strukturiert denken kann, vermeidet er in der realen Welt negativ aufzufallen. Das macht ihn zu einem gefährlichen Gegner. Er wird nicht viele Fehler machen."

Der Reporter seufzte tief.

„Den Eindruck hatte ich auch schon gewonnen. Eine Frage habe ich noch. Können Sie etwas zum Zeitfenster sagen? Konkret gefragt: Wie lange wird er die Frau wohl am Leben lassen? Denn dass sie bei seinen Vorstellungen mitmacht, ist ja wohl eher nicht zu erwarten."

So spontan und sicher Dr. Wahlberg sich bisher geäußert hatte, so zögerlich kam seine Antwort auf diese Frage.

„Das ist ganz schwierig zu beantworten. So viele unterschiedliche Faktoren spielen dabei eine Rolle. Gibt es bestimmte Verhaltensweisen, die ihn in irgendeiner Weise antriggern? Ist sie bereit, sich zumindest teilweise auf sein Spiel einzulassen, weil sie spürt, dass ihr das das Leben retten könnte? Wie sicher fühlt er sich in seinem Schlupfwinkel? Und natürlich auch: Wie lange kann er sich und sie dem realen Leben entziehen, ohne Verdacht zu wecken? Letzteres ist auf jeden Fall ein limitierender Faktor."

Staller trank den letzten Schluck des ausgezeichneten Kaffees und stellte den Becher dann auf den Schreibtisch.

„Vielen Dank, Herr Doktor! Sie haben mir sehr geholfen. Angesichts Ihrer persönlichen Lage finde ich das absolut außergewöhnlich!"

„Ach wissen Sie – mir tut es gut mich manchmal abzulenken. Wenn meine Gedanken immer nur um Laura kreisen würden, würde ich den Verstand verlieren. Ich weiß zwar alles über den Umgang mit Hilflosigkeit, aber wenn ich selber in dieser Situation stecke, dann bin ich genauso ratlos wie jeder andere auch."

Staller stand auf und drückte Wahlberg die Hand.

„Ich hoffe wirklich, dass Sie bald gute Nachrichten bekommen! Bleiben Sie ruhig sitzen, ich finde alleine hinaus."

* * *

Die ungewöhnliche Runde bestand aus Sonja, Isa und Thomas Bombach und tagte trotz dessen momentaner Abwesenheit in Stallers Büro. Das heißt, genaugenommen plauderte man lediglich ein wenig, wobei der Kommissar sich mehr dem Teller mit Keksen als dem Gespräch widmete. Man hatte sich verabredet auf den Reporter zu warten, damit nicht alles wiederholt werden musste.

„Was macht Gaby? Müsste es nicht bald soweit sein?", fragte Sonja interessiert.

Bombach bemühte sich genügend Freiraum im Mund für ein paar unfallfreie Sätze zu schaffen, was ihm auch gelang.

„Nach einem blinden Alarm scheint etwas Ruhe eingekehrt zu sein. Vermutlich machen die beiden Racker das absichtlich und kommen per Express, wenn gerade niemand damit rechnet. Aber Gaby geht es gut."

„Kann es sein, dass du ein bisschen co-schwanger bist?", fragte Isa frech und ließ ihren Blick über seine leicht weichgezeichneten Körperkonturen schweifen.

„Pass mal auf, dass ich dich nicht verhafte", brummte der Kommissar gutmütig und nahm sich noch einen Keks. „Wo ist denn der Oberschnüffler eigentlich?"

„Er war bei Dr. Wahlberg, weil er sich dessen Einschätzung über den Kerl und die Situation anhören wollte", erklärte die Moderatorin. „Er ist aber bereits auf dem Rückweg und müsste jeden Moment eintreffen."

Wie aufs Stichwort wurde die Tür aufgerissen und mit gewohnt raumgreifenden Schritten näherte sich der Angesprochene.

„Da seid ihr ja schon alle! Dann lasst uns mal zügig loslegen. Bommel, was hast du herausgefunden?" Er schnappte sich den letzten freien Stuhl, drehte ihn herum und setzte sich so, dass er die Arme auf die Lehne stützen konnte.

„Erst einmal: Dieser Enrico ist strafrechtlich bisher nicht in Erscheinung getreten. Er ist absolut sauber, es gibt nicht einmal Verkehrsvergehen."

„Hm, das hilft uns nicht wirklich weiter. So, wie du klingst, gibt es noch ein "aber", habe ich recht?"

„Richtig. Inwieweit euch das etwas nützt, weiß ich allerdings auch nicht. Jedenfalls habe ich meine Nachforschungen ein bisschen ausgedehnt und bin tatsächlich fündig geworden. Es gibt einen Fall, in dem der Name Enrico Lorenz auftaucht, allerdings nicht als Beschuldigter."

Die drei Journalisten hingen förmlich an Bombachs Lippen und warteten ungeduldig auf die weitere Erklärung.

„Dieser Fall trug sich im ehemaligen Zonengrenzgebiet zu, irgendwo im Nirgendwo, und zwar vor über zwanzig Jahren."

„Aber da kann Enrico höchstens zehn gewesen sein!", platzte Isa dazwischen.

„Acht, um genau zu sein", führte der Kommissar aus.

„Was ist damals passiert?", erkundigte sich Sonja.

„Es gab einen zweifachen Todesfall. Betroffen waren die Eltern von Enrico Lorenz."

„Ein Unfall?", wollte Staller wissen.

„Wie man's nimmt. Der Postbote sah damals zwei Leichen durch das Küchenfenster und alarmierte die Kollegen. Diese fanden außer den toten Eltern noch das Kind, das im ersten Stock in seinem Bett lag und schlief."

„Und wie sind die Eltern ums Leben gekommen?"

„Ganz genau konnte das nie geklärt werden. Fest steht, dass die Mutter den Vater umgebracht hat. Sie hat ihm erst einen schweren Aschenbecher ins Gesicht geschlagen und ihn dann mit etlichen Messerstichen in den Bauch getötet. All das unter erheblichem Alkoholeinfluss. Im Falle einer Anklage hätte sie auf Schuldunfähigkeit plädieren können."

„Aber das spielte keine Rolle, denn sie war ja auch tot, oder?", fragte Sonja dazwischen. „Was ist mit ihr geschehen?"

„Tja, da werden die Erklärungen der Ermittler etwas schwammig. Todesursache war Genickbruch, zugezogen durch einen Sturz auf die Tischkante. Ein Schädeltrauma war auch noch dabei."

„Aber das ist doch ganz klar und eindeutig", wandte Staller ein. „Sie bringt den Mann um, wird bewusstlos – warum auch immer – und fällt unglücklich. Das ist nicht das erste Mal."

„Im Prinzip ist das richtig. Unklar ist jedoch der Zeitraum zwischen dem Angriff auf den Mann und ihrem Tod. Den Spuren zufolge stand sie bei der Messerattacke mit dem Rücken zur Tür. Aufgefunden wurde sie jedoch mit dem Gesicht zum Eingang."

„Hm", überlegte der Reporter. „Das bedeutet, dass möglicherweise ein Zeuge zugegen war, oder? Er versucht den Mord zu verhindern und macht die Frau auf sich aufmerksam. Vielleicht will er ihr sogar das Messer abnehmen."

„Oder sie geht damit auf ihn los. Möglicherweise hat er sie dann weggestoßen und damit ihren Tod herbeigeführt. Dieser Teil des Falles blieb ungeklärt. Allerdings gibt es keine Spuren eines eventuellen Zeugen." Bombach war merklich unzufrieden.

„Und was ist mit dem Jungen? Hat er irgendetwas gesehen oder gehört?"

„Auch das ist eigenartig. Der Junge lag mit Schuhen im Bett, komplett unter der Decke vergraben, und roch nach Alkohol und Urin. Offensichtlich hatte er sich eingenässt."

„Hat er denn etwas ausgesagt?"

„Er hat eisern geschwiegen. Vielleicht stand er unter Schock. Aber er hat wohl wochenlang kein Wort gesprochen. Und als er schließlich langsam wieder anfing zu reden, hat er sofort zugemacht, wenn die Sprache auf die Mordnacht kam."

„Irgendwie verständlich", fand Isa.

„Auf jeden Fall", bekräftigte Sonja. „Könnte er denn … ich meine, wäre es vorstellbar, dass er …?"

„Dass er die Mutter gestoßen hat? Klingt unwahrscheinlich, selbst wenn sie relativ klein und zierlich war. Aber immerhin hielt sie ein Messer in der Hand und hatte gerade bewiesen, dass sie nicht zögert es auch zu benutzen. Mit acht Jahren läuft man in einer solchen Situation doch weg, oder?"

„Normalerweise schon", stimmte der Reporter zu. „Aber wenn du gerade gesehen hast, wie deine Mutter deinen Vater umbringt und sie jetzt mit dem Messer in der Hand auf dich zukommt – handelst du dann rational? Oder reagierst du in Todesangst einfach instinktiv und verteidigst dein Leben?"

„Ausgeschlossen ist das nicht", stellte Bombach fest. „Jedenfalls werden wir es nie genau herausfinden. Die Kollegen haben es schließlich als Mord und anschließenden Unfall beschrieben und die Akte geschlossen. Der Junge kam zunächst ins Heim, da es keine weiteren Verwandten gab. Schließlich hat ihn eine Pflegefamilie aus Hamburg in ihre Obhut genommen."

„Das ist hochinteressant, was du da herausgefunden hast, Bommel. Vor allem, weil es unfassbar gut zu dem passt, was Wahlberg mir erzählt hat." Staller berichtete von seinem Gespräch mit dem Arzt.

„Da hätten wir ja gleich das Trauma, das Dr. Wahlberg vermutet hat, und den Verlust gibt es direkt dazu!", staunte Sonja.

„Was bedeutet das nun für Vivian, wenn wir mal annehmen, dass sie sich in der Gewalt von Enrico befindet?" Der Reporter stellte die Frage einfach in den Raum.

„Er sucht sich eine neue Familie – eine eigene", schlug Isa vor.

„Weiß man etwas über die Pflegefamilie, in die er gekommen ist?", fragte Sonja Bombach.

„In der Kürze der Zeit habe ich nicht mehr herausfinden können, außer dass er direkt nach der Schule dort ausgezogen ist."

„Klingt nicht so, als ob es dort toll war für ihn. Oder ist das üblich?"

„Ehrlich gesagt, Isa, weiß ich das nicht." Sonja blickte Hilfe suchend zu Mike, aber der schüttelte ebenfalls ratlos den Kopf.

„Wir sollten dem nachgehen, das erscheint mir relevant", stellte er fest. „Machst du das?"

Die Moderatorin nickte.

„Den Namen der Familie und die Adresse habe ich", versicherte der Kommissar.

„Was meinst du, Bommel? Tritt dein Verein jetzt auf den Plan oder reichen die Verdachtsmomente noch nicht aus?"

Der Angesprochene ließ sich Zeit mit der Antwort.

„Mein Bauchgefühl sagt, dass da etwas faul ist. Aber faktisch gibt es keinerlei Belege dafür. Jeder Mensch hat das Recht auf freie Wahl seines Aufenthaltsortes und das schließt sogar spurloses Verschwinden mit ein. Wir dürfen nicht ermitteln. Jedenfalls nicht auf dieser Grundlage."

„Ich habe übrigens in Vivis Bank angerufen. Laut ihrer Kollegin hat sie sich gemeldet und um eine Woche Urlaub gebeten - wegen einer unaufschiebbaren Familienangelegenheit. Was das genau wäre, hat sie wohl nicht gesagt. Aber da sie eine sehr korrekte und zuverlässige Mitarbeiterin ist und außerdem die Situation dies ermöglicht, hat man dem Antrag stattgegeben."

„Siehst du? Damit sind mir die Hände gebunden", wandte sich Bombach an den Reporter. „Sie ist ganz offiziell und mit einer nachvollziehbaren Begründung verschwunden."

„Wobei niemand weiß, ob ihr nicht während des Telefonats eine Knarre an den Kopf gehalten wurde", ergänzte Isa wütend.

„Was hast du eigentlich von Enricos Kollegen erfahren können?", lenkte Staller ab.

Isa wirkte plötzlich geknickt.

„Das war ein ziemlicher Schuss in den Ofen. Anscheinend arbeiten da fast ausschließlich Aushilfen. Die wussten alle praktisch nichts von ihm. Er stellt die Dienstpläne zusammen, ist nett und höflich, aber total distanziert. Sämtliche Kommunikation beschäftigt sich nur mit dem Job. Immerhin gibt es einen Lichtblick: Ich habe seine Handynummer bekommen!"

„Ach, die habe ich schon. Trotzdem, gute Arbeit! Bommel ist raus, bleiben wir drei. Viele Möglichkeiten haben wir nicht und die Zeit wird langsam knapp. Was machen wir also?"

„Ich könnte Enricos Daten durch das Netz jagen. Suchmaschinen, Social Media, Datenbanken – alles, was geht."

„Gute Idee, Isa! Sonja, du kümmerst dich um die Pflegefamilie. Hat er noch Kontakt, wie war das Verhältnis zueinander und vor allem: Gibt es einen Ort, an den er sich zurückziehen würde und wo er nicht auffällt?"

„Mach ich. Thomas, gibst du mir die Adresse?"

Der Kommissar nickte bereitwillig und suchte sich einen Zettel.

„Wenn du gerade dabei bist, Bommel, dann gib mir auch eine Adresse. Nämlich die von dem Elternhaus. Wenn das halbwegs einsam liegt und heute ihm gehört, dann wäre das eine Option."

„Was hast du vor?" Bombach bekritzelte auch für Staller einen Zettel.

„Was man als Reporter halt so macht: rausfahren, recherchieren, gucken, Fragen stellen. Kann ja ein kompletter Holzweg sein, aber solange ich keine anderen Möglichkeiten habe, muss ich nehmen, was es gibt."

„Aber was ist, wenn sich Enrico tatsächlich mit Vivian dort versteckt? Womöglich ist er bewaffnet! Und niemand weiß, ob er nicht völlig unzurechnungsfähig ist." Sonja klang ernsthaft besorgt.

„Ich werde bestimmt nicht ins offene Messer laufen", versuchte sich der Reporter an einem Scherz, ruderte aber schnell zurück, als er sah, dass die Moderatorin ihn böse anschaute. „Na hör mal! Meinst du, ich klopfe da an und frage fröhlich, ob er vielleicht eine Freundin entführt hat? Ich peile die Lage und wenn es irgendwelche Unklarheiten gibt, dann warte ich auf die Kavallerie."

„Die aber bekanntlich nicht eingreifen kann", warf Isa ein.

„Ein Foto von der gefesselten Vivian würde unseren Musterpolizisten hier vielleicht überzeugen. Eine persönliche Bitte um Hilfe übrigens auch."

„Du bist heute ungewöhnlich milde mir gegenüber, geht es dir gut?", fragte Bombach misstrauisch.

„Du hast mir gegen deine Überzeugung mit der Überprüfung von Enrico geholfen, obwohl bei dir wegen Laura der Baum brennt. Ein bisschen Lob und Zuspruch hast du dir verdient!"

„Wer ist dieser Mann?" Hilfe suchend schaute der Kommissar Sonja und Isa an. „Er sieht aus wie Mike, aber er verhält sich komplett anders."

Staller deutete auf den leeren Teller auf dem Besprechungstisch.

„Du hingegen benimmst dich komplett wie immer. Oder wo sind alle diese Kekse geblieben?"

„Ich hab' mich getäuscht!" Bombach hielt entschuldigend die Hände in die Höhe. „Du bist es doch. Sollte ich mich jetzt freuen oder eher ärgern?"

* * *

Dr. Markus Wahlberg stand einen knappen Meter vom Fenster entfernt und starrte auf den gegenüberliegenden Fußweg. Halb hinter dem Vorhang verborgen, war er von der Straße aus nicht zu erkennen. Nachdenklich beobachtete er den Mann mit der Schirmmütze unter der Kapuze einer

Regenjacke. Unbeeindruckt von dem stetigen Nieselregen stand er dort, teils von einem Baum verdeckt, und tat – nichts. Und das mindestens seit zwanzig Minuten, denn seit exakt dieser Zeit verfolgte der Arzt dieses Nichtstun.

Wer war der Mann wohl? Die weite Kleidung und die doppelte Kopfbedeckung erschwerten es, auch nur die Figur zu bestimmen, geschweige denn Gesichtszüge zu erkennen. Er rührte sich nicht von der Stelle und schien im Laufe der Zeit mit dem Stamm des Baumes förmlich zu verschmelzen. Niemand nahm Notiz von ihm, wobei aufgrund der Witterung auch nicht viele Menschen unterwegs waren.

War es Zufall, dass er dort wartete? Oder steckte eine bestimmte Absicht dahinter? Konnte es sich bei dem Mann um Pohl handeln? Dann ging es vielleicht um Laura! Aber dann würde er doch sicherlich Kontakt mit ihm aufnehmen und nicht endlos im Regen stehen, ohne zu wissen, ob er überhaupt bemerkt wurde.

Wahlberg rieb sich mit den Händen das Gesicht. Er registrierte, dass sein Gedankenkarussell Fahrt aufnahm. Diese Nacht würde er schlecht schlafen. Vielleicht war es besser, die einsame Gestalt zu ignorieren. Sollte er sich doch einen Schnupfen holen da draußen! Mit einem Ruck riss der Arzt sich los und begab sich zurück an seinen Schreibtisch. Arbeit lenkte ihn immer ab, also griff er sich eine Akte und begann sie zu studieren. Aber nach wenigen Minuten stellte er fest, dass er sich einfach nicht konzentrieren konnte. Statt dessen dachte er ständig darüber nach, ob der Mann wohl immer noch an der Straße ausharrte.

Schließlich hielt Wahlberg es nicht mehr aus. Obwohl er sich über sich selbst ärgerte, erhob er sich und trat wieder an das Fenster heran. Es überraschte ihn nicht, dass sich das Szenario kein bisschen geändert hatte. Spontan fasste er einen Entschluss. Wenn es Pohl war, dann legte dieser es vielleicht darauf an ihn zu zermürben. Aber nicht mit mir, dachte der Arzt und suchte sich einen Regenmantel. Eine Konfrontation würde möglicherweise keine Lösung bringen, aber Erleichterung. Er konnte seinen Ärger ausdrücken, Fragen stellen und notfalls sogar mit der Polizei drohen. Aktion vor Reaktion! Eilig zog er sich feste Schuhe an und sprang die Treppe hinab.

Hinter der Haustür hielt er einen Moment inne, um sich zu sammeln. Drei tiefe, ruhige Atemzüge stellten sein inneres Gleichgewicht wieder her.

Es half auch, dass er sich auf der Handlungsebene wusste. Er drückte die Schultern nach hinten, zog die Tür auf und ging zügig, jedoch ohne Hast bis zum Bürgersteig. Dann warf er einen Blick über die Straße und suchte den Mann neben dem Baum.

Der Baum stand noch da.

Der Mann war verschwunden.

* * *

Der alte Pajero produzierte ein deutlich hörbares Fahrgeräusch, obwohl Staller die Tachonadel stets unter 120 hielt. Aber der Geländewagen war eben keine Reiselimousine. Da er aber mit unglaublicher Zuverlässigkeit seinen Dienst tat und auch abseits befestigter Wege unbeirrt seine Spur hielt, sah der Reporter keinen Sinn darin sich von dem langjährigen Begleiter zu trennen. Außerdem hätte er den Wagen vor einem eventuellen Verkauf aufräumen müssen, eine Hürde, die er für unüberwindlich hielt. Und er beruhigte sein Umweltgewissen gerne damit, dass er nicht ständig ein neues Auto kaufte.

Während er im dichten Verkehr auf der Autobahn Richtung Osten fuhr, versuchte er sich vorzustellen, in welcher Situation sich Vivian wohl gerade befinden mochte. Die Einschätzung von Dr. Wahlberg übertraf seine eigenen Befürchtungen noch weit und verursachte etliche Sorgenfalten auf seiner Stirn. War dieser Enrico wirklich so verrückt, dass er die Frau töten würde, falls sie sich ihm nicht fügte? Zwischen Stalking und Entführung lag schon ein großer Zwischenraum. Nur wenige Stalker würden diese Kluft überspringen. Aber zwischen Kidnapping und Mord klaffte eine noch größere Lücke. Außerdem war der Mann ja augenscheinlich in Vivian verliebt. Wie viele Schaltkreise im Oberstübchen mussten defekt sein, damit man tötet, wen man liebt? Andererseits war die Erklärung des Arztes ziemlich einleuchtend. Enrico war vermutlich intelligent und bestrebt die Kontrolle zu behalten. Wenn er eingesehen hatte, dass er die Frau nicht überzeugen konnte, dann wurde sie von der Angebeteten zur Gefahr. Und im Zweifel würde er sicher mehr Wert darauf legen sich selber zu schützen.

Emma, sein Navigationsgerät, forderte den Reporter nunmehr auf, die A24 zu verlassen und auf die Landstraße einzubiegen. Die Umgebung war eindeutig landwirtschaftlich geprägt, das hatte sich auch fast dreißig Jahre nach der Wende nicht geändert. Wenn gerade Frühling gewesen wäre, hätte man zumindest die versprochenen blühenden Landschaften gesehen. Nun bestimmten abgeerntete Felder und karge Weiden das Bild. Die Dörfer, die er durchquerte, waren klein, nicht besonders ansehnlich und wirkten verlassen. Lediglich auffällig sanierte Dächer bewiesen, dass auch hier Fördertöpfe angezapft worden waren. Interessant war, dass kaum Menschen auf der Straße zu sehen waren.

Kurz darauf bog er erneut ab und folgte einer Straße, die nur noch durch die Natur führte. Vereinzelte Knicks und kleine Baumgruppen lenkten das Auge von den ansonsten schier unendlich erscheinenden Feldern kurzzeitig ab. Jetzt machte sich auch der Geländewagen bezahlt, denn die Straße bestand mehr aus Schlaglöchern als aus Asphalt und wölbte sich gefährlich an den Rändern. Staller hielt das Lenkrad fest in den Händen und fuhr weiter zur Mitte. In Ermangelung jeglichen Verkehrs war dies gefahrlos möglich. Falls er gedacht hatte, dass sich die Situation nicht mehr verschlimmern konnte, so sah er sich drei Abbiegungen später getäuscht. Ja, dies war wohl noch eine offizielle Straße. Aber sowohl Zustand als auch Breite sagten aus, dass sie vermutlich ausschließlich von einem gelegentlich zu seinen Feldern fahrenden Landwirt genutzt wurde.

Ausgerechnet jetzt, da Staller praktisch die gesamte Straßenbreite brauchte, tauchte in einiger Entfernung aus einer Kurve ein Fahrzeug auf. Nicht etwa ein Trecker, was noch verständlich gewesen wäre, nein, es handelte sich um ein Wohnmobil! Der Schaalsee mochte als Urlaubsziel für Camper noch attraktiv sein, aber der war ein ganzes Stück entfernt und sicherlich über geeignetere Straßen erreichbar. Außerdem war die Jahreszeit nun wirklich nicht mehr für den Aufenthalt in freier Natur geeignet. Aber vielleicht war das auch so ein Trend. Man sah ja in letzter Zeit immer mehr Campingmobile auf den Straßen.

Vorsichtig reduzierte der Reporter seine sowieso schon geringe Geschwindigkeit und steuerte fast vollständig auf den unebenen Seitenstreifen. Ihm fiel das erheblich leichter als dem schwerfälligen Wohnmobil. Trotzdem kam er fast zum Stillstand. Das entgegenkommende Fahrzeug fuhr ebenfalls sehr langsam und musste auch mit zwei Rädern die Straße verlassen. Staller lachte auf, als er das Hamburger Nummernschild erkannte. Natürlich einer dieser Städter, die ganz versessen darauf waren das Abenteuer auf dem Land zu suchen. Womöglich mit Hipsterbart und Dutt! Als die beiden Fahrzeuge sich begegneten, versuchte der Reporter in den anderen Wagen hineinzusehen, um seine Vermutung zu bestätigen. Aber er erkannte nur eine dunkel gekleidete Gestalt, deren Gesicht im Schatten einer Schirmmütze lag. Ein Bart war allerdings nicht zu erkennen. Na gut, hatte er sich halt getäuscht!

Enrico konzentrierte sich auf die Fahrbahn und war dankbar, dass der blaue Geländewagen großzügig Platz machte. Vermutlich ein Jäger, denn wer sonst sollte sich wohl auf diese absolut abgelegene Straße verirren! Gut, dass er dafür gesorgt hatte, dass er allein im Führerhaus saß. Wie schnell war ein Zeichen gegeben, das möglicherweise Schwierigkeiten heraufbeschworen hätte. Die Kooperation von Vivian ließ noch etwas zu wünschen übrig. Aber das war akzeptabel, denn er musste ihr eine gewisse Zeitspanne zubilligen, um sich mit der neuen Situation vertraut zu machen. Es war verständlich, dass sie sich in Anwesenheit seiner Eltern gehemmt gefühlt hatte. Im umgekehrten Falle wäre ihm das bestimmt nicht anders gegangen. Außerdem hatte er das schon vorausgeahnt und deshalb den Plan geschmiedet, den er jetzt auszuführen begann. Wenn man eine neue Familie gründete, dann war es nur fair, dass man dies auf einem neutralen Terrain begann, um beiden einen gleichberechtigten Start zu ermöglichen. Am heutigen Ziel würde Vivian sicher viel gelöster sein. Er freute sich schon auf ihren gemeinsamen Abend. Und auf die Überraschung, die er noch für sie hatte!

Als die beiden Fahrzeuge sich glücklich und ohne Zwischenfall passiert hatten, warf Enrico einen kurzen Blick in den Rückspiegel. Der Geländewagen steuerte behutsam wieder in die Mitte der Straße und beschleunigte. Jedenfalls soweit, wie die ausgefahrene Straße es zuließ. Aber irgendetwas irritierte ihn an dem Fahrzeug. Eine innere Warnlampe begann zu leuchten und Enrico tauchte nach einem kurzen Blick auf die Straße vor ihm, die verlassen und gerade durch die Felder führte, in das mächtige Archiv seiner Erinnerungen ein. Mit der Geschwindigkeit eines Hochleistungscomputers scannte er abgespeicherte Bilder in seinem Kopf auf Übereinstimmungen. Wegen der schieren Masse an Daten dauerte es einen kleinen Moment, aber dann sprang das Motiv wie bei einer Diashow auf die Leinwand. Als er die Wohnung von Vivian verlassen hatte, kostete es ihn einige Versuche, bis er das Wohnmobil ausgeparkt hatte. Hinter ihm wartete dieser oder zumindest ein exakt identischer Geländewagen, der anschließend in die frei gewordene Lücke fuhr.

Theoretisch konnte es sich um einen Zufall handeln. Er beobachtete nun, da seine Überprüfung abgeschlossen war, wieder konzentriert den Rückspiegel. Der blaue Wagen bog um die Kurve und war somit seinen Blicken entzogen. Entweder es handelte sich nicht um denselben Pajero wie den in Vivians Straße, dann war es ungefährlich. Oder es war derselbe, aber das Treffen hier war rein zufällig. Auch kein Problem. Wenn allerdings der Fahrer, aus welchen Gründen auch immer, ihn verfolgte und dabei auch noch so clever vorging, zunächst scheinbar unbeirrt weiterzufahren, dann bedeutete dies möglicherweise Schwierigkeiten. Enrico suchte die vor ihm liegende Straße ab und fand in etwa dreihundert Metern Entfernung das, was er sich gewünscht hatte: ein kleines, aber dicht gewachsenes Gehölz, in das ein holperiger Wirtschaftsweg hineinführte. Er fuhr zunächst ein Stück daran vorbei und setzte dann rückwärts in die Einfahrt. Zuvor vergewisserte er sich im Rückspiegel, dass nicht etwa der Pajero in der Ferne wieder auftauchte. Der Weg machte einige verschlungene Kurven, was die Fahrt erschwerte, aber dafür sorgte, dass das Wohnmobil schon nach kurzer Zeit von der Straße kaum mehr zu sehen war. Enrico stellte den Motor ab, öffnete das Fenster und lauschte gespannt.

Als Staller um die Kurve gefahren war und sein Navi ihm mitteilte, dass er sein Ziel fast erreicht hatte, war er so damit beschäftigt die Gegend abzusuchen, dass er die Begegnung auf der Straße schon wieder vergessen hatte. In ihm brach das Jagdfieber aus. Mit ganz viel Glück würde er den Mann und vor allem Vivian in diesem Versteck finden. Das Haus, das jeden Moment auftauchen musste, lag so einsam, dass es der ideale Aufenthaltsort für einen Entführer und sein Opfer war.

Im ersten Anlauf fuhr er glatt an der unauffälligen Einfahrt vorbei, ohne sie zu bemerken. Erst als Emma ihn nachdrücklich aufforderte bei der nächsten Gelegenheit zu wenden, stellte er fest, dass er zu weit gefahren war. Andererseits hielt er es für keine gute Idee, einfach auf das Grundstück zu fahren, falls die beiden sich tatsächlich im Haus aufhielten. Deshalb lenkte er den Pajero auf einen Feldweg, der links abbog und fuhr etwa hundert Meter hinein. Dann lag linker Hand eine Weide, deren Tor offen stand. Nach einem kurzen, prüfenden Blick auf den Untergrund, der hinlänglich trocken und fest erschien, fuhr er vorsichtig weiter, bis er auf ein dürftiges Wäldchen stieß, in dem er das Haus vermutete. Dort stieg er aus, drückte die Tür leise zu und lauschte. Außer ein paar Krähen und dem Wind, der leise in den Bäumen rauschte, war nichts zu hören. Er würde sich zu Fuß durch das Gebüsch zwängen und versuchen das Haus unbemerkt von hinten zu erreichen.

Während er vorsichtig einen Fuß vor den anderen setzte, überlegte er, wie er weiter vorgehen sollte, für den Fall, dass er Enrico und Vivian hier finden würde. Es kam ein bisschen auf die Umstände an. Wenn Vivian eindeutig gefangen gehalten wurde, war die Sache klar. Dann konnte er die Polizei rufen und ihr die Angelegenheit überlassen. Aber was war, wenn sie mehr oder weniger frei herumlief? Hier in der absoluten Einöde stellte das vermutlich kein Risiko für den Entführer dar.

Er schob diese Gedanken beiseite und konzentrierte sich lieber auf das Gelände. Es würde niemandem helfen, wenn er sich tölpelhaft anstellte und ebenfalls überwältigt wurde. Gelegentlich blieb er stehen, um zu lauschen, aber er konnte keinerlei menschliche Geräusche ausmachen. Vor ihm lichtete sich jetzt das Gebüsch und er konnte ein Haus, sowie ein halb davon verdecktes Nebengebäude erkennen. Der Zustand war kurz gesagt erbärmlich. Bröckelnder Putz, vergammelte Fenster und ein Dach, dessen billige Platten etliche Löcher und Risse aufwiesen, soweit man das unter dem dichten Bewuchs aus Moos überhaupt erkennen konnte. Die Regenrinnen waren verbeult, abgerissen oder fehlten gleich ganz. Dichtes Unkraut umgab das Gebäude und der fortgeschrittene Zustand der Verwahrlosung war nicht zu leugnen. Insgesamt wirkte das Anwesen so, als ob es seit Jahren oder gar Jahrzehnten leer stand.

Trotzdem trat er nicht gleich aus dem Gebüsch hervor. Es war ja möglich, dass nur ein Teil des Hauses bewohnt wurde. Unter Umständen war es tatsächlich unbewohnt und Enrico hatte es gerade deshalb ausgewählt. Darum schlich der Reporter gebückt und vorsichtig um die Lichtung herum, wobei er immer auf eine ausreichende Deckung achtete. Hinter dem Nebengebäude schien zumindest jemand vor einiger Zeit gemäht zu haben, denn dort stand das Unkraut weniger hoch. Ganz verlassen war das Anwesen also nicht. Ein Grund mehr, keine unnötigen Risiken einzugehen. Stück für Stück arbeitete sich Staller einmal um das gesamte Haus herum. Auf Höhe der verwilderten Auffahrt entfernte er sich extra weiter vom Gebäude, damit er auf keinen Fall die Aufmerksamkeit der eventuellen Bewohner erregen konnte. Aber soweit er das beurteilen konnte, blieb er unbemerkt. Außerdem fand er keine Anzeichen, dass sich jemand im Haus aufhielt. Hier, unter Bäumen, setzte bereits langsam eine schwache Dämmerung ein, was durch das trübe Wetter noch unterstützt wurde. Sollte sich jemand im Haus befinden, dann wäre zu erwarten, dass irgendwo ein Lichtschimmer zu erkennen wäre. Doch alles schien duster. War seine Annahme verkehrt gewesen? Es sah jedenfalls nicht so aus, als ob die Gesuchten hier zu finden wären.

Nachdem er das gesamte Gebäude einmal umrundet hatte, musste er sich langsam entscheiden, was er tun wollte. Unverrichteter Dinge wieder abzuziehen, ohne sich Gewissheit verschafft zu haben, entsprach nicht seinem Naturell. Also beschloss er, wenigstens einen Blick durch die Fenster zu werfen. Wenn er sich von der Rückseite des Hauses näherte, schien ihm das Risiko überschaubar. Außerdem konnte er das Nebengebäude als zusätzliche Deckung nutzen. Kaum hatte er den Plan gefasst, begann er ihn schon auszuführen. Mit wenigen, raschen Sprüngen überquerte er die freie Fläche und schmiegte sich an die Wand des Nebengebäudes. Dort tastete er sich langsam vor, bis er das Haus betrachten konnte. Auffällig war vor allem eine kleine Tür, vermutlich ein Nebeneingang. Sollte er nicht versuchen dorthin zu gelangen?

Wieder setzte er den Gedanken sofort um. Acht weitere entschlossene Sprünge brachten ihn an die Rückwand des Hauses, zwischen der Tür und einem schmutzigen Fenster. Bis hierher schien niemand von seiner Anwesenheit Notiz zu nehmen. Vielleicht, weil keiner da war? Er lauschte ein weiteres Mal angestrengt, aber alles blieb still. Millimeterweise schob er sich an der Wand entlang, bis er ganz vorsichtig von der Seite einen Blick durch das Fenster werfen konnte. Wobei – genauer gesagt konnte er nur einen Blick auf das Fenster werfen und nicht hindurch. Spinnweben, Fliegendreck und uralter Staub verhinderten den Einblick in das Haus. Entweder handelte es sich um einen ungenutzten Abstellraum oder das Haus war wirklich seit Ewigkeiten unbewohnt.

Er wandte sich zurück zu der Tür und musterte das Schloss. Eine altmodische Metallklinke ragte ihm rostverkrustet entgegen. Das darunterliegende Schlüsselloch war für einen dieser uralten Schlüssel mit breitem Bart gedacht, die man notfalls durch einen beliebigen Haken ersetzen konnte. Die Tür ging nach außen auf und war vermutlich sogar unverschlossen. Sollte er?

Noch einmal lauschte er ganz intensiv, indem er sein Ohr an das Holz presste. Aus dem Inneren des Hauses war kein Laut zu hören. Er musste sich überzeugen, dass niemand hier war und dafür war dieser Nebeneingang perfekt geeignet. Prüfend betrachtete er die Türangeln. Auch sie waren von Rost überzogen, was darauf schließen ließ, dass sie sich nicht geräuschlos bewegen lassen würden. Die beste Methode war vermutlich, die Tür mit einem schnellen Ruck zu öffnen und dann offen stehen zu lassen. Bei langsamen Bewegungen würde das Quietschen kein Ende nehmen.

Nach einem letzten prüfenden Blick in alle Richtungen fasste er die Klinke an, zählte innerlich bis drei und öffnete die Tür mit einem Ruck. Fast gleichzeitig machte er einen Schritt nach vorn, um in den engen Flur, der vor ihm lag, einzutreten. Im nächsten Moment jedoch krachte ihm eine schwere Last in den Rücken und er fiel von unsichtbarer Hand gestoßen in den Hauseingang. Sein Kopf prallte seitlich auf etwas Hartes und er verlor sofort das Bewusstsein. In dieser Sekunde begann in der Tasche sein Handy zu klingeln.

* * *

Die Villa in Wandsbeks bester Lage erstrahlte in einem dezenten Hellgrau und war von einem gepflegten Garten mit alten Rhododendren und sorgfältig gestutzten Hecken umgeben. Durch ein schmiedeeisernes Tor gelangte man auf einen gekiesten Weg, der von keinerlei Unkraut behelligt wurde. Sonja Delft war dankbar, dass sie robuste Schnürstiefel trug, denn in Pumps wäre ihr das Gehen sicher schwerer gefallen. Mit Bewunderung fiel ihr Blick auf einen kleinen Gartenteich, in dem ein Brunnen munter sprudelte. Das gesamte Anwesen strahlte eine dezente, hanseatisch-zurückhaltende Eleganz aus und vermittelte auf durchaus subtile Weise den Anschein eines beachtlichen Wohlstands. Als sie die erste der acht

Treppenstufen aus Granit zur Haustür emporstieg, öffnete sich die große Holztür und ein grauhaariger Mann erschien.

„Herr Piel? Sonja Delft, wir hatten telefoniert!"

„Natürlich. Ich grüße Sie! Haben Sie gut hergefunden?" Der Mann klang wie ein alternder Schauspieler und wirkte etwas der realen Welt entrückt.

„Danke, ja. Guten Tag! Schön, dass Sie einen Moment Zeit für mich haben", antwortete sie und schüttelte die dargebotene Hand. Sein Händedruck war angenehm kühl und fest, ohne zu schmerzen. Zu einer grauen Popelinehose trug er ein dunkelblaues Sakko, ein hellblaues Hemd und anstelle einer Krawatte einen Seidenschal, der ihm einen leichten Anflug von Boheme verlieh.

„Kommen Sie bitte herein", bat er und führte sie in eine Art Salon. Eine große Bücherwand und ein Klavier beherrschten den Raum. Dazu gab es zierliche Sitzmöbel um einen runden Tisch, Unmengen an Dekostücken und einen gewaltigen Kronleuchter.

„Hübsch haben Sie es hier", bemerkte sie und sah sich um. Ein Durchgang in das benachbarte Zimmer war im Moment mit einer breiten, zweiflügeligen Schiebetür verschlossen.

„Kann ich Ihnen etwas anbieten, einen Tee vielleicht oder einen Sherry?"

„Danke, nein! Ich möchte Ihnen nicht mehr Zeit stehlen als unbedingt nötig!" Es gelang ihr einigermaßen leicht, sich ihrem Gesprächspartner anzupassen, der so ganz anders wirkte, als sie sich einen Pflegevater vorgestellt hatte. Er erinnerte sie entfernt an einen englischen Landadligen, der vielleicht ein kleines Gut in Cornwall bewirtschaftete.

„Was kann ich also für Sie tun?" Er setzte sich ihr gegenüber auf ein Stühlchen, das für seine imposante Erscheinung etwas zu fragil wirkte, und sah sie erwartungsvoll an.

„Es geht um einen Ihrer früheren Zöglinge, Enrico Lorenz."

Er seufzte unmerklich.

„Rico! Ja, das ist lange her. Aber ich erinnere mich natürlich gut an ihn. Furchtbare Geschichte. Was ist mit ihm? Es geht ihm doch hoffentlich gut?"

„Soweit ich weiß, ja", reagierte Sonja geschickt. „Allerdings ist er verschwunden."

„Nanu!" Piel reagierte irritiert. „Das ist aber so gar nicht seine Art. Enrico war schon immer sehr an geregelten Abläufen interessiert. Ein richtiges Gewohnheitstier, könnte man sagen. Dinge hatten an ihrem Platz zu sein und Veränderungen gegenüber war er nicht sehr aufgeschlossen. Heute würde man ihn vermutlich auf Autismus testen. Es gibt ja so viele neumodische Krankheiten, aber die sollen ja bloß verhindern, dass man sich mit den Eigenheiten eines Menschen beschäftigt. Da werden schnell ein paar Pillen verschrieben und schon muss das Kind wieder funktionieren!"

Grundsätzlich sympathisierte Sonja mit seiner Einstellung, aber sie wünschte sich doch noch ein paar mehr Einzelheiten über Enrico.

„Was können Sie mir denn zu seiner Vorgeschichte sagen?"

„Nun, das war natürlich alles sehr schlimm. Er wurde im Hause seiner Eltern gefunden, die es irgendwie geschafft haben sich gegenseitig umzubringen. Also zumindest waren sie beide tot, und zwar durch Gewalteinwirkung. Ich weiß nicht, ob und was Enrico davon mit angesehen hat, aber er war ganz klar schwer traumatisiert. Überhaupt scheinen Alkohol und Gewalt in seinem Elternhaus an der Tagesordnung gewesen zu sein."

„Hat er in seinem späteren Leben irgendetwas davon übernommen?"

Er dachte einen Moment nach.

„Es gibt ja zwei wesentliche Möglichkeiten mit solchen Erfahrungen umzugehen", erklärte er schließlich. „Entweder folgt man dem bekannten Muster oder man schlägt ins Gegenteil um. Ich habe ihn nie auch nur einen Tropfen Alkohol trinken sehen. Von daher vermute ich ganz stark, dass er zur zweiten Gruppe gehört."

„Trauen Sie ihm zu, dass er Gewalt ausübt, zum Beispiel gegen Frauen?"

Jetzt stutzte Piel. Die Wendung, die das Gespräch nahm, war ihm unangenehm.

„Warum fragen Sie das? Wirft man ihm etwas vor?"

Sonja entschied sich für weitgehende Offenheit.

„Er ist nicht allein verschwunden. Vermutlich befindet sich eine Frau bei ihm und wir gehen davon aus, dass sie ihn nicht freiwillig begleitet."

„Sie meinen, er hat sie verschleppt?", fragte er ungläubig.

Der altertümliche Ausdruck passte zu ihm.

„Wir wissen leider nicht genau, was passiert ist. Aber wir wissen, dass Enrico diese Frau über Monate beobachtet hat. Jede Einzelheit ihres Lebens hat er verfolgt und dokumentiert. Und er hat sich sogar Zugang zu ihrer Wohnung verschafft."

Diese Information musste erst einmal sacken. Bestürzt verschränkte Piel die Finger und knetete sie unbewusst. Seine Augen wirkten abwesend und er schien ganz in der Vergangenheit versunken.

„Als Enrico sechzehn Jahre alt war", begann er schließlich, „gab es da ein Mädchen aus seiner Klasse, in das er sich wohl verliebt hatte. Aber anstatt sie anzusprechen und sich zu verabreden, hat er sie nur beobachtet. Er versuchte auch nach der Schule immer dort zu sein, wo sie gerade war. Dabei hat er sich ihr allerdings nie genähert."

„Das ist für einen Jungen dieses Alters ein ziemlich seltsames Verhalten", fand Sonja. „Wie haben Sie das bemerkt?"

„Er hat Aufzeichnungen über ihre Tagespläne geführt. Recht akribisch, wie ich sagen muss. Ich habe sie zufällig entdeckt. Allerdings habe ich nie mit ihm darüber gesprochen, da ich annahm, dass es ihm erheblich peinlich sein würde." Er wandte sich Sonja direkt zu und wurde lebhaft. „Sein Vorgehen war sicherlich befremdlich, aber es hat doch niemandem geschadet! Er hat sie weder bedrängt, noch hat sie sich je über ihn beschwert. Kinder und Jugendliche in der Pubertät benehmen sich nun mal oft so, dass wir Erwachsenen sie nicht verstehen! Und erst recht, wenn sie ein derartiges Schicksal erlitten haben."

„Das stimmt schon." Sonja versuchte den erregten Mann zu beruhigen. „Aber – wie soll ich es ausdrücken? Bestimmte Muster wiederholen sich eben. Und manchmal entwickeln sie sich auch weiter. Ich bin jetzt mehr denn je überzeugt, dass Enrico für das Verschwinden der jungen Frau verantwortlich ist."

„Das wäre ja schrecklich!" Piel war sein Entsetzen deutlich anzumerken. Verschwunden war die Attitüde des Grandseigneurs und übrig blieb ein verunsicherter Mann, der sich vermutlich gerade fragte, was er in der Vergangenheit falsch gemacht hatte.

„Wenn Sie sagen, dass er stark traumatisiert war, heißt das, dass er psychologische Betreuung bekommen hat?" Sie versuchte dem Gespräch eine neue Wendung zu geben.

„Wir haben Enrico erst ein halbes Jahr nach dem Ereignis bekommen, da er zunächst in einem Jugendheim untergebracht war. Als er zu uns kam, brauchten wir eine ganze Zeit, in der wir ihn erst einmal kennenlernen mussten. Nach ungefähr drei Monaten haben wir festgestellt, dass er unter mehr als nur den üblichen Eingewöhnungsschwierigkeiten litt. Danach haben wir psychologische Unterstützung beantragt und auch bekommen. Er ist erst jede Woche und dann noch längere Zeit in größeren Abständen zur Therapie gegangen."

„Und was ist dabei herausgekommen?"

Er hob bedauernd die Hände.

„Wir sind nicht besonders detailliert über die Inhalte der Therapiesitzungen informiert worden. Das hatte etwas damit zu tun, dass Vertrauen aufgebaut werden sollte. Im Grunde ging es darum, Enrico Handwerkszeug mitzugeben, wie er mit den Situationen umgehen kann, in denen die Erinnerung an die schrecklichen Erlebnisse ihn überwältigt."

„Wissen Sie noch, bei wem er in Behandlung war?"

„Das lief über das Jugendamt. Den Namen des Psychologen weiß ich nicht mehr. Da müsste ich in die Unterlagen schauen. Aber die habe ich nicht hier. Das ist alles auch schon so lange her! Wir haben unsere Arbeit aus Altersgründen ja schon vor zehn Jahren aufgegeben."

„Enrico ist gleich nach der Schule bei Ihnen ausgezogen. Ist das üblich so?"

„Nicht unbedingt. Er hätte auf jeden Fall noch einige Zeit bleiben können, zumindest bis zum Ende seiner Ausbildung. Aber er wollte unbedingt auf eigenen Füßen stehen. Soweit ich weiß, hat er allerdings gleich gearbeitet."

„Hatten Sie denn noch Kontakt zu ihm?"

„Nein, im Grunde nicht. Einmal haben wir zu Weihnachten eine Karte von ihm bekommen. Es ginge ihm gut, schrieb er. Das war alles."

„Machen das alle Ihre Pflegekinder so?" Sonja fand einen solch harten Schnitt nach über zehn Jahren des Zusammenlebens etwas befremdlich.

„Oh nein, zum Glück nicht! Mit vielen halten wir noch regelmäßigen Kontakt und einige kommen uns sogar häufig besuchen und stellen uns ihre Partner vor. Aber es gibt auch Kinder – und zu denen gehörte Rico – die einfach einen eigenen Neuanfang brauchen. Das kann auch ein gutes Zeichen sein. Denn es bedeutet, dass sie gelernt haben das Leben selbstständig und ohne Unterstützung zu meistern."

„Wie ist das denn für Sie? Ich meine, in so langer Zeit entwickelt man doch eine emotionale Bindung oder betrachten Sie Ihre Arbeit rein professionell?"

„Nein, diese Bindung besteht ganz sicher. Aber auch die ist unterschiedlich ausgeprägt. Menschen wie Rico wahren grundsätzlich eine größere Distanz. Sie bestimmen selbst den Grad der Nähe, den sie zulassen. Das müssen wir natürlich akzeptieren."

Rein gefühlsmäßig mochte Sonja diesen etwas seltsamen Mann, der sich ungeachtet seines kühlen Auftretens viel, und offenbar mit Empathie, mit seinen Schutzbefohlenen zu beschäftigen schien. Trotzdem musste sie noch eine persönliche Frage klären.

„Entschuldigen Sie bitte meine direkte Art, aber warum haben Sie diese Kinder aufgenommen? Es sieht nicht so aus, als ob es aus finanziellen Erwägungen geschehen sei, oder haben Sie all dies hier mit Pflegschaften verdient?"

Er reagierte ganz gegen ihre Erwartung mit einem amüsierten Lachen.

„Man zahlt zwar nicht gerade drauf, aber so üppig ist die Alimentierung dann doch nicht. Nein, meine Frau und ich hatten uns immer Kinder gewünscht. Unglücklicherweise waren uns keine eigenen vergönnt. Da haben wir uns entschlossen die aufzunehmen, mit denen es das Schicksal nicht so gut gemeint hat. Und mit einer einzigen Ausnahme sind wir nie enttäuscht worden."

„Auch nicht von Enrico?"

Er schüttelte vehement den Kopf.

„Nein, bestimmt nicht. Während seiner Zeit bei uns nicht und auch nicht später. Sehen Sie, soweit ich weiß, führt er seit über zehn Jahren ein selbstbestimmtes, unabhängiges und vor allem unauffälliges Leben. Jedenfalls habe ich bisher nichts Gegenteiliges gehört. Und was Ihren Verdacht angeht: Bisher ist nichts bewiesen, oder?"

Jetzt schüttelte sie den Kopf. Und er nickte daraufhin.

„Na, bitte. Ich bin ein großer Freund der Unschuldsvermutung."

„Würden Sie mir trotzdem einen Gefallen tun? Könnten Sie in den Unterlagen den Namen von Enricos Therapeuten heraussuchen? Sie würden mir damit sehr helfen."

„Ich bezweifle, dass er Ihnen etwas sagen wird. Das widerspräche vermutlich seiner ärztlichen Schweigepflicht. Aber ich werde gerne für Sie mal nachschauen."

Sonja stand auf. Mehr konnte sie nicht erwarten.

„Danke, Herr Piel! Sie waren sehr entgegenkommend. Rufen Sie mich an, wenn Sie den Namen gefunden haben?"

„Natürlich. Ich wünsche mir, dass diese Frau schnell wieder auftaucht. Vielleicht gibt es ja eine ganz einfache Erklärung für ihr Verschwinden!"

„Ja, vielleicht." Sie schüttelte ihm ernst die Hand. Innerlich rechnete sie allerdings eher damit, dass sich ihr Verdacht bestätigte. Das merkwürdige Verhalten des jungen Enrico zeigte zu viele Parallelen zum aktuellen Geschehen.

* * *

Mit hohem Tempo brauste der dunkelgrüne BMW über die A24 in östliche Richtung. Zu beunruhigt war Bombach, dass er nun schon zum dritten Mal auf Stallers Mailbox gelandet war. Es gehörte sozusagen zum Berufsethos des Reporters, dass er Nachrichten umgehend beantwortete. Ein so langes Schweigen war ungewöhnlich und angesichts seines Vorhabens geradezu alarmierend. Jedenfalls veranlasste ein Bauchgefühl den Kommissar, sich eiligst auf den Weg zu seinem Freund zu machen, auch wenn seine Befugnisse als Polizist natürlich an der Hamburger Landesgrenze vorerst endeten.

„Musst du so schleichen auf der linken Spur?", motzte er einen Kleinwagenfahrer an, der nach dem Überholen wohl vergessen hatte, dass auf Deutschlands Straßen ein Rechtsfahrgebot herrschte. „Sieh zu, dass du Land gewinnst!"

Der betreffende Fahrer behielt seine 110 Stundenkilometer ebenso stur bei wie die Fahrspur. Erst zwei Kilometer später warf er mal einen Blick in den Rückspiegel und erschrak derartig, dass er kurz das Lenkrad verriss. Jedenfalls gab er endlich die linke Spur frei.

„Arschloch", formulierte Bombach mit überdeutlichen Lippenbewegungen wenig fein und ergänzte das mit der abschätzigen Bemerkung "Opa!"

Der ältere Mann schüttelte pikiert den Kopf, als der schwere BMW heftig beschleunigend an ihm vorbeischoss. Immer in Eile, diese jungen Leute, und Rücksicht war ein Fremdwort für sie!

Die weitere Fahrt verlief trotz dichteren Verkehrs relativ zügig und der Kommissar bog bald auf die B195 ab. Die gut ausgebaute Straße erlaubte ihm weiterhin eine flotte Fahrt, die ihn an einer größeren Kiesgrube vorbeiführte. Doch schon wenige Minuten später, nachdem er seinem Navi folgend dreimal abgebogen war, musste er das Tempo drastisch reduzieren. Nachdem ihn das dritte Schlagloch wieder von seinem Sitz gehoben hatte und er Angst um die Stoßdämpfer seines Wagens bekam, drosselte er die Geschwindigkeit noch weiter. Und er dachte immer, die Hamburger Straßen wären schlecht!

„Biegen Sie links ab", befahl die angenehme Frauenstimme aus den Lautsprechern und Bombach bremste skeptisch fast bis zum Stillstand ab. Das störte niemanden, denn er befand sich allein auf der Straße.

„Das soll die richtige Straße sein? Das ist doch eher ein Feldweg!" Aber ein Blick auf das Display des Navigationsgerätes bewies ihm, dass er hier richtig war. Zögernd drehte er das Lenkrad und fuhr langsam wieder an. In einem knappen Kilometer würde er sein Ziel erreicht haben.

Wie vor ihm auch Staller übersah er die unscheinbare Einfahrt und fuhr einfach daran vorbei. Auf der Suche nach Orientierung ließ er die Blicke links und rechts der Straße schweifen und entdeckte dabei einen blauen Fleck mitten zwischen Büschen und Bäumen, der dort so nicht hinpasste. Das musste der Pajero des Reporters sein!

Der Kommissar machte sich nicht die Mühe einen Feldweg zu suchen, sondern stellte den BMW einfach am Straßenrand ab. Dann begab er sich quer über die Wiese, sprang über einen Entwässerungsgraben und zwängte sich durch das Unterholz eines Knicks, bis er den Geländewagen erreichte. Dieser war abgeschlossen und leer. Wo also war der Reporter? Weit konnte er ja nicht sein.

Bombach bewegte sich auf das vor ihm liegende Wäldchen zu und nahm befriedigt zur Kenntnis, dass einige Pflanzen niedergetreten oder abgeknickt waren. Der Reporter war kein Winnetou, sondern hinterließ deutlich sichtbare Spuren, was in diesem Fall durchaus praktisch war. Vor allem führte keine Spur wieder zurück, was bedeutete, dass Staller wohl noch vor Ort sein musste.

Als der Kommissar durch das lichter werdende Gebüsch zum ersten Mal das Haus erblickte, erschrak er. In einer solchen Bruchbude musste man ja Angst bekommen, dass einem das Dach auf den Kopf fiel! Auch das Nebengebäude machte keinen besseren Eindruck. Ob dort tatsächlich Leute lebten?

Er folgte dem Rand der Lichtung ebenso vorsichtig wie Staller, immer dabei das Haus unter Beobachtung haltend. Nach kurzer Zeit hielt er inne. Eine Seitentür stand offen, davor lag ein undefinierbarer, aber großer Gegenstand und daneben – was war das? Es sah aus wie ein menschliches Bein. Lag dort etwa jemand?

Ohne lange zu überlegen, stürmte Bombach los. Er erreichte die Person und sah seine schlimmsten Befürchtungen bestätigt. Es war Mike Staller und er rührte sich nicht.

* * *

Enttäuscht stützte Isa ihren Kopf in beide Hände. Die Ergebnisse ihrer Netzrecherche nach Enrico Lorenz waren derart erbärmlich, dass sie sich geradezu unfähig vorkam. Facebook, Twitter, Instagram, Snapchat – alles Fehlanzeige. Wenn es ihn in einem dieser Netzwerke gab, dann höchstens unter einem Fantasienamen. Auch Suchmaschinen warfen höchstens einen Bauunternehmer aus, der natürlich ein ganz anderer Mann war.

Was konnte sie also tun? Jetzt ärgerte sie sich, dass alle anderen unterwegs waren. Selbst wenn weder Mike noch Sonja etwas erreichen sollten – zumindest waren sie aktiv, sprachen mit Menschen und untersuchten Orte. Sie hingegen saß am Schreibtisch, fühlte sich gescheitert und wusste nicht, wie sie produktiv zum Gelingen des Unterfangens beitragen sollte.

„Hallo Isa", erklang es plötzlich hinter ihr. „Wieso sind denn alle ausgeflogen?"

Sie schrak auf und drehte sich um. So konzentriert hatte sie nachgedacht, dass sie nicht gehört hatte, dass jemand den Raum betreten hatte.

„Hannes", rief sie erfreut, „ich denke, du bist beim NDR in der News-Redaktion!"

Hannes war der Volontär von "KM". Zu einer guten Ausbildung gehörte es, dass man neben seiner Stammredaktion auch verschiedene andere Stationen durchlief, um möglichst breit gefächerte Erfahrungen zu sammeln.

„Bin ich ja auch. Aber ich hatte eben einen Dreh im Rathaus und da dachte ich, ich schau' mal schnell vorbei. Wie geht's dir und was machst du gerade?"

„Dich schickt der Himmel!", jubelte die Verzweifelte und schilderte die aktuelle Situation rund um das Verschwinden von Vivian. „Sonja spricht mit den Pflegeeltern von diesem Enrico, Mike ist auf dem Weg zu dessen Elternhaus und ich bin gerade bei der Suche im Netz total gescheitert und hab' keine Ahnung, was ich jetzt tun könnte. Hast du vielleicht einen Tipp für mich?"

Hannes rieb sich nachdenklich das Kinn.

„Ihr habt den Verdacht, dass Enrico diese Vivian entführt und irgendwo hingebracht hat, wo er sie jetzt versteckt hält, richtig?"

„Ja, genau."

„Mike und Sonja versuchen herauszufinden, ob und wo es einen geeigneten Ort geben könnte, denn in Enricos Wohnung sind sie nicht." Der Volontär war voll konzentriert.

Isa nickte nur.

„Dann stellt sich mir die Frage, womit sie unterwegs sind. Es ist ja ein bisschen auffällig, eine Entführte mit Bus und Bahn zu transportieren. Außerdem muss er ja auch schon von ihrer Wohnung irgendwie weggekommen sein. Dann wäre es doch interessant zu wissen, was für ein Auto er hat."

„Aber wie finde ich das heraus? Das Verkehrsamt wird mir doch diese Auskunft nicht geben, oder?"

„Dir vielleicht nicht", grinste Hannes. „Aber mir!"

„Aha." Die Praktikantin blieb skeptisch. „Und wie soll das gehen?"

„Na, dann pass mal gut auf!" Hannes hämmerte kurz auf der Tastatur ihres Keyboards herum und suchte eine Telefonnummer, die er dann in Isas Tischtelefon eintippte und auf Lautsprecher stellte.

„Straßenverkehrsamt Hamburg, mein Name ist Mahnke, was kann ich für Sie tun?", ertönte eine routinierte weibliche Stimme.

„Hallo Frau Mahnke, hier ist Hannes von der Hamburg-Mannheimer Versicherung, Abteilung Risikorecherche. Wir haben hier einen Verdachtsfall auf mehrfachen Versicherungsbetrug und ermitteln das aktuelle Fahrzeug des Verursachers. Könnten Sie mir da netterweise weiterhelfen?" Hannes klang geschäftsmäßig, aber freundlich und fügte Namen und Adresse von Enrico dazu.

„Einen Moment, bitte." Frau Mahnke zog offensichtlich ihren Computer zurate. Es dauerte vielleicht zwanzig Sekunden, dann fuhr sie fort. Enrico Lorenz, da haben wir ihn. Ein Motorroller, Kennzeichen HH – KS – 297."

„Das ist das einzige auf ihn zugelassene Fahrzeug? Kein PKW, Transporter oder Wohnmobil?"

„Nein, nur der Roller."

„Wunderbar, dann hat sich der Fall erledigt. Ich danke Ihnen sehr, Frau Mahnke! Schönen Tag noch!" Hannes legte auf und schaute sich zufrieden nach Isa um, die vor Begeisterung in die Hände klatschte.

„Das ist ja toll! Wie bist du denn auf die Idee gekommen?"

„Im Grunde hat Mike mir das beigebracht. Wenn ich eine Information brauche, die ich als Journalist eigentlich nicht bekomme, dann muss ich mir überlegen, wer sie denn einholen könnte. Natürlich darf man das nicht missbrauchen."

„Irre! Funktioniert das immer?"

„Immer nicht. Aber oft genug. Manchmal wollen die Ansprechpartner zurückrufen. Dann darfst du dich natürlich nicht mit "KM" melden. Das wäre dann ungeschickt."

„Allerdings ist das Ergebnis deiner sensationellen Recherche nicht sehr hilfreich. Eine Entführung auf einem Roller ...?"

„Das muss nicht schlecht sein. Er könnte sich ja ein Fahrzeug gemietet haben. Die Recherche bei den Autovermietungen überlasse ich dann allerdings dir. Ich habe heute noch mehr zu tun", lachte der Volontär.

„Gute Idee! Das könnte allerdings einige Zeit dauern, so viele Vermietungen, wie es gibt!"

„Kleiner Tipp noch: fang mit denen dicht bei seiner Wohnung oder seinem Arbeitsplatz an. Normalerweise sind Menschen bequem und suchen sich was in der Nähe."

„Danke Hannes, du bist ein Schatz!" Spontan küsste sie ihn auf die Wange. „Ich mach' mich gleich an die Arbeit."

„Viel Erfolg dabei! Und grüß Sonja und Mike von mir. Hoffentlich findet ihr die Frau. Klingt nach einer echt spannenden Story!" Mit diesen Worten winkte Hannes noch einmal, was Isa aber schon nicht mehr wahrnahm, und ging zur Tür.

Die Praktikantin rief derweil eine Karte mit den Stationen der Autovermietungen auf und machte sich eifrig Notizen. Ihr war schnell klar, dass es eine echte Suche nach der Nadel im Heuhaufen war, aber zumindest hatte sie eine sinnvolle Beschäftigung. Wenn er sich natürlich ein Auto von einem Kumpel geliehen hatte, dann war ihre gesamte Arbeit für die Katz. Vielleicht hatte sie jedoch Glück. Wenn sie bei der Rückkehr von Sonja und Mike berichten könnte, mit welchem Fahrzeug Enrico unterwegs war, dann hatte sie einen wichtigen Schritt zur Lösung des Falls beigetragen. Als ihre erste Liste bereits 25 Namen und Adressen umfasste, griff sie mit Feuereifer zum Telefonhörer.

* * *

„Mike, um Himmels willen!"

Bombach kniete neben Staller im Staub und tastete vorsichtig nach dessen Halsschlagader. Das Blut um den Kopf herum ließ böse Vorahnungen aufkeimen. Sollte das Undenkbare tatsächlich geschehen sein? Der Reporter lebte für seinen Job, war stets furchtlos und bereit zu handeln. Keinerlei Widrigkeiten konnten ihn von einer Geschichte abbringen, wenn sie einmal sein Interesse geweckt hatte. Dabei war er aber kein Draufgänger, der sich blindlings und ohne ein Auge für die lauernden Gefahren in ein Abenteuer stürzte, sondern er ging stets überlegt und mit wachem Verstand vor. Überflüssige Risiken mied er – nicht zuletzt, weil er sich seiner jungen Tochter verpflichtet fühlte. Was war Staller hier passiert?

Mit unendlicher Erleichterung spürte Bombach den regelmäßigen und kräftigen Pulsschlag bei seinem Freund. Offensichtlich war er nur bewusstlos. Vorsichtig drehte der Kommissar den spannungslosen Körper auf den Rücken. Dabei wurde die Kopfwunde auf Höhe der Schläfe sichtbar. So wie es aussah, handelte es sich um eine Platzwunde, die zwar zunächst kräftig geblutet hatte, jetzt allerdings schon ein wenig verkrustet war.

„Mike, wach auf!"

Mitleidslos versetzte Bombach dem Bewusstlosen einige harmlose Schläge auf die Wangen. Erfreulicherweise begannen die Lider des Reporters zunächst leicht zu flattern und hoben sich dann. Es war zu sehen, dass es den Liegenden ziemliche Mühe kostete, seinen Blick zu fokussieren. Wenig später kam die endgültige Bestätigung, dass Staller im Wesentlichen wohlauf war.

„Gibt es einen besonderen Grund, dass du mich bewusstlos schlägst, Bommel, hab' ich dir etwa die letzte Frikadelle in der Kantine vor der Nase weggeschnappt?" Seine Stimme klang halbwegs normal und kräftig, was ein weiteres gutes Zeichen war.

„Ich hätte sicherlich hundertfachen Grund, aber ich war's nicht", antwortete der Kommissar und verbarg seine Erleichterung nicht. „Mensch Mike, wenn ich dir nicht zufällig nachgefahren wäre … was machst du bloß?"

Staller setzte sich mit einiger Mühe auf und fasste sich an den Kopf. Angewidert betrachtete er daraufhin seine Finger, die mit Blut beschmiert waren.

„Irgendwer hat mich von hinten erwischt. Ziemlich heftig. Ich muss wie eine Bahnschranke nach vorn gefallen sein und hab mir dann den Kopf gestoßen. Wie spät ist es?"

„Gleich drei Uhr."

Der Reporter spitzte die Lippen, um zu pfeifen, stellte den Versuch aber gleich mit schmerzverzerrtem Gesicht wieder ein. Offenbar zog diese Bewegung an den Wundrändern.

„Dann war ich aber eine ganze Zeit weg. Hilf mir mal hoch!"

Mit etwas Mühe gelang es Bombach seinen Freund wieder auf die Beine zu bringen.

„Ist dir schwindelig? Vielleicht hast du eine Gehirnerschütterung!"

„Wo nichts ist, kann man auch nichts erschüttern", grinste Staller und bewegte probehalber die Schultern. „Der Rücken fühlt sich allerdings so an, als ob ein Trecker drübergefahren wäre."

Bombach deutete nach draußen vor die Tür.

„Trecker trifft es nicht ganz. Aber dieser Hackklotz könnte verantwortlich gewesen sein, was meinst du?"

„Jedenfalls lag der da nicht, als ich hineingegangen bin. Wer hat mir den denn ins Kreuz geworfen? Ich bin mir eigentlich sicher, dass hier niemand war außer mir."

„Dann gucken wir uns die Sache doch mal an", schlug der Kommissar vor und trat ins Freie. Aufmerksam ließ er seine Blicke über die Umgebung schweifen und dann auch nach oben. „Aha! Sieh mal einer an, da wollte aber jemand, dass keiner in das Haus geht!"

Der Reporter war ihm gefolgt und sah ebenfalls nach oben.

„Ah, jetzt verstehe ich. Ich habe die Tür sehr zügig aufgerissen, um zu vermeiden, dass sie quietscht. Deshalb war ich schon einen halben Schritt im Haus, als das Trumm mich erwischt hat. Normalerweise hätte es mir wohl auf den Schädel fallen sollen, was bedeutend ungesünder gewesen wäre."

Die Konstruktion war leicht zu durchschauen, wenn man sie denn beachtete. Der Holzklotz hatte auf dem steilen Dach gelegen, von einem Brett gesichert. Ein äußerst stabiler und fast unsichtbarer Nylonfaden verband das Brett mit der Tür. Wenn man sie öffnete, wurde das Brett herabgerissen und der Klotz konnte fallen. Dass sich die Tür dadurch etwas schwerfälliger bewegte, würde angesichts der rostigen Angeln niemandem auffallen.

„Ich sag's ja immer wieder: Mit den Doofen ist Gott!", stellte Bombach fest. „Mensch Mike, du musst einen ziemlich fitten Schutzengel haben."

„Jeder bekommt, was er verdient", murmelte Staller und drehte vorsichtig den Kopf in alle Richtungen. Das Ergebnis dieser Untersuchung schien ihn zufriedenzustellen, denn er trat wieder in das Haus. „Kommst du?"

„Bitte?!" Der Kommissar traute seinen Ohren nicht. „Hör mal, du gehörst ins Krankenhaus! Und was du hier gerade anzettelst, ist Hausfriedensbruch."

„Krankenhaus ist abgesagt. Für den Rest reicht ein Pflaster. Aber das kann noch warten. Möchtest du nicht wissen, warum jemand ein leerstehendes Abbruchhaus mit einer tödlichen Falle sichert?"

„Ja, aber ..."

„Dann gib mir wenigstens deine Taschenlampe. Ich möchte ungern in ein weiteres Spielzeug dieser Art laufen." Der Reporter streckte fordernd die Hand aus.

„Ach, was soll's!" Bombach streckte die Waffen. „Geh aus dem Weg. Wer weiß, ob du wirklich klar denken und anständig reagieren kannst. Das ist ja schon im Normalfall recht zweifelhaft." Da es im Haus bereits ziemlich dunkel war, zückte er seine Lampe und bald schoss ein heller Strahl durch den Flur. „Bleib wenigstens hinter mir, wenn du schon nicht draußen wartest!"

Erwartungsgemäß schloss sich Staller seinem Freund sofort an. Der Lichtstrahl der Lampe wanderte systematisch von rechts nach links und von unten nach oben, aber er offenbarte im Moment lediglich einen verdreckten und vernachlässigten Gang, von dem zwei Türen abgingen, die sie für den Augenblick ignorierten.

„Wir gehen zuerst zum Haupteingang. Wenn irgendwo eine weitere Falle zu erwarten ist, dann bestimmt dort." Unwillkürlich flüsterte der Kommissar. Staller nickte bloß und so schlichen sie vorsichtig und langsam weiter den Gang entlang, der sich in eine ziemlich schmale Diele öffnete. Im Durchgang blieb Bombach stehen und leuchtete sorgfältig den ganzen Raum ab. Direkt neben ihm befand sich ein Lichtschalter an der Wand, den er probehalber betätigte. Aber nichts passierte. Die nackte Glühbirne an der Decke blieb dunkel.

Auf der rechten Seite stand nur eine alte, marode Garderobe. Des Weiteren zweigten zwei Türen ab und eine ausgetretene Treppe führte in den ersten Stock. Überall dominierten Spinnweben und Fliegendreck. Der Holzfußboden war ausgetreten und staubig.

„Alles wirkt verlassen, aber auf dem Boden sind Fußspuren zu erkennen. Wer läuft denn durch so eine Bruchbude?"

„Jemand, der etwas Wertvolles zu verstecken hat. Etwas, das kein anderer sehen darf. Daher auch die Sicherheitsvorkehrungen."

„Aber hier kann ich keine Falle erkennen. Vielleicht, weil die Vordertür ein Schloss hat?"

„Nicht so voreilig. Gib mir mal die Lampe!" Staller nahm sie dem Kommissar aus der Hand, fokussierte den Lichtstrahl so weit wie möglich und leuchtete gewissenhaft die Tür ab. „Na bitte!"

„Was hast du entdeckt?" Bombach konnte nichts Verdächtiges erkennen.

„Schau mal auf die Wand neben der Türklinke! Siehst du den Haken dort? Und direkt in der Ecke sehe ich noch zwei, alle auf gleicher Höhe."

„Ja und? Was soll das bedeuten?"

„Menschen neigen dazu Dinge zu wiederholen. Die Haustür geht nach innen auf, also kann man nichts außen installieren. Ich behaupte, dass abermals ein Nylonfaden im Spiel ist. Da es sonst keine Verstecke gibt, droht die Gefahr dieses Mal von der Garderobe."

„Mit deinen Augen ist jedenfalls alles in Ordnung, Mike", stellte der Kommissar fest. „Dann wollen wir uns das exklusive Möbel doch mal genau anschauen."

Vorsichtig näherten sich die beiden Männer dem Eingang, weiterhin sorgfältig ihren Weg ableuchtend. Vor der Garderobe blieben sie stehen. Deutlich war nun der Nylonfaden zu erkennen, der außen an dem Holzmöbel entlang verlief und immer wieder durch Schraubhaken mit Ringen führte. Oben auf der Ablage über der Garderobe befand sich ein würfelförmiges Objekt aus einzelnen Holzstreifen. Im Inneren war ein Gegenstand verborgen. Die beiden Männer traten näher heran, um ihn gründlicher in Augenschein nehmen zu können. Als der Strahl der Lampe zwischen zwei der Holzstreifen auf den elliptischen Gegenstand fiel, prallte der Kommissar entsetzt zurück.

„Heilige Scheiße!", presste er zwischen zusammengebissenen Zähnen heraus.

„Komm mal lieber nicht gegen den Faden, sonst wird aus uns ziemlich schnell ein Berg Gehacktes. Aus dir natürlich ein größerer", warnte Staller.

Mit der Taschenlampe in der Hand verfolgte er den Faden vom Sicherungsstift der Granate bis zu einer Schraube in der Eingangstür. Dort war er mit einer Schlaufe eingehängt. Sehr vorsichtig zog er die Schlaufe über den Schraubenkopf, während der Kommissar mit angehaltenem Atem stocksteif auf der Stelle stand. Seine Augen blieben wie magnetisiert an der Holzbox auf der Garderobe haften.

„Entspann dich, Bommel. Du wirst deine Vaterschaft noch erleben!"

„Das ist …, das ist …"

„… eine handelsübliche Handgranate, jawohl. Solange man den Sicherungsstift allerdings nicht zieht, ist sie vergleichsweise ungefährlich. Du darfst also wieder ausatmen."

Mit einem erleichterten Zischen entließ der Kommissar die überschüssige Luft aus seinem Körper, was zur Folge hatte, dass sich sein Bauch ein gutes Stück vorwölbte.

„Na, ist es nicht bald soweit?", fragte der Reporter und tätschelte freundschaftlich die Plauze.

„Bist du eigentlich so cool oder tust du nur so?"

„Keine Sorge, ich höre überhaupt nicht wieder auf meinem Schöpfer zu danken, dass ich durch den Hintereingang hineingekommen bin. Bis ich hier vorne begriffen hätte, was los ist, wäre ich glatt zerrissen worden."

„Langsam fange ich an zu glauben, dass wir recht interessante Dinge in diesem Haus finden werden."

„Ich denke auch, dass die Vorsichtsmaßnahmen für ein paar Flaschen Schnaps etwas übertrieben wären. Allerdings bin ich auch etwas unglücklich, denn ich vermute, dass Vivian und Enrico nicht mehr hier sind."

„Wo fangen wir also an?"

„Vielleicht gleich da", schlug Staller vor und öffnete die erste Tür mit Schwung.

„Bist du verrückt?", brüllte Bombach und zerrte seinen Freund zurück, aber nichts passierte.

„Was hast du denn? Jeder, der hier hereinwollte, ist doch längst tot. Es ergibt nun wirklich keinen Sinn, jeden Raum einzeln zu sichern, wenn man die Eingänge präpariert hat. Schau mal, das könnte eine Küche gewesen sein." Er zeigte auf den klapprigen Tisch und den alten Küchenschrank.

„Das war der Raum, in dem damals das Verbrechen passiert ist", bemerkte Bombach düster. „Das Dunkle da neben dem Tisch könnte ein alter Blutfleck sein."

„Tja, dann hat man sich im vergangenen Vierteljahrhundert aber nicht sehr um Sauberkeit bemüht. Schauen wir uns doch mal um!" Mit großen Schritten betrat der Reporter den Raum. Es sah wirklich so aus, als ob sich hier seit Ewigkeiten nichts verändert hätte.

„Bis jetzt kann ich nichts entdecken, was derartige Vorsichtsmaßnahmen erfordert. Hier stehen nur ein paar uralte Möbel."

„Erstens gibt es noch mehr Räume und zweitens darfst du die Fenster nicht vergessen." Staller deutete auf die verdreckten Scheiben. „Viel kann man zwar nicht erkennen, aber wenn hier zum Beispiel etwas Wertvolles im Raum wäre, könnte man es von draußen vermutlich sehen. Schauen wir also mal hinter die Kulissen."

Die erste Schranktür ließ sich nur mühsam öffnen. Vermutlich hatten Temperaturschwankungen und Feuchtigkeit das Holz verzogen und sie

314

war nie benutzt worden. Zum Vorschein kamen ein paar alte Teller und Tassen aus weißem Porzellan, die sehr schmutzig waren, obwohl sie im Schrank standen.

„Langweilig", stellte Bombach fest. „Wenn du eine Kaffeekanne findest, dann schau mal rein. Da hat meine Oma immer das Geld drin aufbewahrt."

„Vielleicht hier", mutmaßte Staller und öffnete die nächste Tür. Diese leistete deutlich weniger Widerstand, war also vermutlich in letzter Zeit öfter bewegt worden. Im dahinter liegenden Schrankfach war der Mittelboden entfernt worden, sodass ein recht üppiger Stauraum entstanden war, der von einem großen Glasgefäß fast ausgefüllt wurde.

„Was haben wir denn da?", fragte sich der Reporter und zog das Glas hervor, damit er es besser in Augenschein nehmen konnte. Es war mit einer klaren Flüssigkeit gefüllt und enthielt einen großen, runden Gegenstand, den er nicht erkennen konnte, da er von einer Wolke grauer Fäden umgeben war. Interessiert stellte er es auf den Küchentisch und drehte es, um von der anderen Seite eine bessere Perspektive zu bekommen.

„Was zum Teufel …?!" Ihm versagte die Sprache. Durch die Drehung waren die grauen Fäden noch einmal in Bewegung gekommen, aber langsam sanken sie wieder herab und gaben den Blick auf das Objekt in dem Glas frei. Jetzt gab es keinerlei Unklarheiten mehr. In dem Glas befand sich ein Kopf. Der Kopf einer älteren Frau, genauer gesagt.

„Der ist doch nicht echt, oder?" Der Kommissar hoffte auf einen Scherz. Staller hob den breiten Glasdeckel ein wenig an und schnupperte an dem Gefäß.

„Ich denke doch. Riecht wie in der Pathologie."

Bombach schüttelte den Kopf, um ihn freizubekommen. Zu viele Gedanken überfielen ihn auf einmal.

„Neben etwa fünfzig anderen Fragen: Wo ist der Rest?"

„Ich ergänze um: Wer ist das und wie kam sie ums Leben? Hat hier jemand seine verblichene Oma konserviert, was illegal genug wäre, oder haben wir den Beweis eines Mordes vor Augen?"

„Außerdem weiß doch kein normaler Mensch, wie man solche Präparate ansetzt. Abgesehen davon wird man bestimmt nicht alle Zutaten dafür einfach im Drogeriemarkt kaufen können."

„Zu diesen beiden Punkten kann ich sofort eine Antwort geben, Bommel. Sie lautet: das Internet. Dort findest du Anleitungen zum Herstellen der verschiedenen Lösungen und kannst die einzelnen Bestandteile kaufen. Schauen wir uns mal weiter um?"

„Ich bin mir nicht sicher, ob ich das wirklich will, aber ich muss wohl. Seit einer guten Viertelstunde ist das hier ein Fall für die Polizei. Auch ohne Entführung."

„Dann herzlich willkommen an Bord, lieber Freund. Nehmen wir gleich die nächste Tür?"

Der Kommissar nickte mit traurigem Gesicht und verließ vorerst die Küche. Vorsichtshalber leuchtete er die zweite Tür im Flur gründlich ab, fand aber keinerlei Hinweise auf eine weitere Überraschung. Trotzdem stieß er die Tür zunächst weit auf, ohne über die Schwelle zu treten. Nichts passierte.

„Scheint sauber zu sein."

Staller drängte sich an seinem Freund vorbei und betrat den Raum. Beherrscht wurde er von einer mächtigen Couchgarnitur, deren Stoff man nicht mehr genau beschreiben konnte, denn er war, vermutlich von Mäusen oder Ratten, nahezu zerfressen. Der Farbton war irgendwo zwischen dunkelbeige und hellbraun anzusiedeln und jagte den beiden Männern Schauder über den Rücken. Ein Tisch mit gekachelter Oberfläche und ein mächtiger Schrank vervollständigten die Einrichtung.

„Müssen wir?" Der Kommissar wirkte angewidert.

„Es bleibt uns wohl nichts anderes übrig. Zumindest werden wir hier nicht die restlichen Teile von Oma Möpp finden. Es sei denn, sie sind ebenfalls eingelegt." Staller zog die Luft hörbar durch die Nase. Es roch modrig und schimmlig, wie es in einem lange ungenutzten und ungeheizten Raum nicht anders zu erwarten war, aber nicht nach Verwesung.

„Also gut", seufzte Bombach. „Du links, ich rechts."

Gemeinsam machten sie sich daran den großen Schrank zu durchsuchen. Weitere Funde förderten sie jedoch zu ihrer großen Erleichterung nicht zutage.

„Immer noch furchtbar genug", urteilte der Reporter mit Blick auf die scheußliche Blumentapete, „aber wenigstens leichenfrei. Man ist ja schon für kleine Dinge dankbar."

„Man soll aber auch den Tag nicht vor dem Abend loben", unkte der Kommissar. „Irgendwo muss der Rest der Dame ja geblieben sein. Gehen wir nach oben!"

Gemeinsam bestiegen sie die Treppe, wobei sie gelegentlich eine durchgetretene Holzstufe übersteigen mussten. Eines schönen Tages in nicht allzu ferner Zukunft würde die Stiege einfach zusammenbrechen. Heute würde sie wohl noch halten, hoffte Bombach, der vorausschritt.

„Wenn sie dich aushält, kann ich eigentlich unbesorgt hinterhergehen", grinste Staller, der trotzdem sicherheitshalber seinen Weg dicht am Rande suchte, wo er größere Stabilität vermutete.

„Ein weiterer Flur, diesmal mit drei Türen", stellte Bombach fest, der die erneute Anspielung auf sein Gewicht klugerweise überging.

„Meine Damen und Herren, ich präsentiere ihnen voller Stolz das Prunkstück dieser Wohnung, nämlich das ...", Staller riss die erste Tür auf und warf einen Blick in den Raum, „... Badezimmer! Wobei es sich um das Spitzenmodell des Jahres 1952 handelt."

Ein schneller Rundumblick in dem überraschend kleinen Raum verriet, dass es hier kein Versteck für irgendwelche Überraschungen gab. Das Waschbecken hatte einen Sprung und verfügte über zwei Hähne zum Auf- und Zudrehen. Das WC überzeugte mit einem hochflorigen Vorleger von undefinierbarer Farbe und als Prunkstück verfügte dieser Wellnesstempel sogar über eine Badewanne aus Emaille. Über ihr thronte ein riesiger Boiler, aus dem ein Wasserhahn direkt in die Wanne ragte. Sofern man das überhaupt unter dem allgegenwärtigen Dreck beurteilen konnte, waren die Fliesen in einem blassen Gelb gehalten.

„Pipifarbene Kacheln, irgendwie passend", urteilte der Reporter. „Keine Blutflecken, keine Leichenteile, kein Grund zur Beschwerde."

„Das sehe ich aber ganz anders", brummte Bombach. „Als Richter wäre ich bereit diese Umgebung als mildernden Umstand zu betrachten. Eine derartige Ansammlung von Scheußlichkeiten habe ich in meinem Leben noch nie gesehen!"

„Du bist ja auch ein Kind der Wohlstandsgesellschaft. Meine Großmutter, die Deutschland allein und mit eigenen Händen aufgebaut hat, wenn man ihren Erzählungen glauben darf, hat immer gesagt: Wir hatten damals ja auch gar nichts und unsere Verwandten im Osten davon nur die Hälfte!"

„Ach von der hast du deine Sprüche! Das erklärt natürlich so einiges. "

„Möchtest du Tür zwei mit dem Auto dahinter oder lieber Tür drei und zwanzigtausend Euro? Aber Achtung: Hinter einer der beiden könnte auch der Zonk lauern!"

Mit flehendem Blick wandte sich Bombach an seinen Freund. „Wäre es eventuell im Bereich des Möglichen, dass wir uns einfach diese Räume anschauen? So ganz ohne Kommentar und den ebenso verzweifelten wie vergeblichen Versuch witzig zu sein?"

Staller zuckte die Schultern und öffnete stumm die nächste Tür. Hinter ihr verbarg sich ein ehemaliges Kinderzimmer, allerdings im Vergleich zu heute sehr karg und schlicht. Ein Bett, ein wackeliger Schreibtisch mit Stuhl davor, ein schmaler Schrank und eine undefinierbare Truhe bildeten die gesamte Einrichtung. Außer einem nur mit Mühe als solchem erkennbaren Stofftier war keinerlei Spielzeug zu sehen, sodass man nicht einmal sagen konnte, ob hier ein Junge oder ein Mädchen gelebt hatte.

„Ich nehme den Schrank", bestimmte Staller und setzte sich in Bewegung. Als er die rechte Tür öffnete, huschte ein aufgestörtes Tier hervor, von dem er nicht sicher war, ob es sich um eine Maus oder um eine Ratte gehandelt hatte. Mit flinken Bewegungen sauste es aus dem Raum. Der Inhalt des Schrankes bestand aus Kleidungsstücken und Wäsche. Bevor er die linke Tür öffnete, trat der Reporter etwas zurück. Er hatte wenig Lust, dass ihm eine Ratte auf die Schulter sprang. Aber nichts geschah. Ein schneller Blick verriet, dass außer Kleidung und einigen Spielsachen nichts in diesem Teil des Schrankes versteckt war.

„Unter dem Bett ist nichts", ächzte Bombach, der sich mühsam von den Knien erhob. „Außer Unmengen Staub und Dreck. Trotzdem ist das eher eine gute Nachricht." Damit wandte er sich der Kiste zu und öffnete die Schlösser. Dann hob er den Deckel an und lehnte ihn an die Wand.

„Scheiße!", knurrte Staller ebenso knapp wie treffend. Neben ein paar anderen Dingen stand ein weiterer großer Glasbehälter in der Truhe. Vorsichtig hob er ihn heraus und stellte ihn auf den Schreibtisch. Dann drehte er ihn ein wenig, damit man den Inhalt besser sehen konnte.

„Nummer zwei", stellte der Kommissar bitter fest. „Und wieder keine Spur vom Rest des Körpers."

Im Glas schwamm der Kopf eines jungen Mannes mit militärisch kurzem Haar. Als weitere Besonderheit trug er Ansätze eines Bartes und einen Ring im linken Ohrläppchen.

„Was ist das für ein Muster?", fragte sich der Reporter laut. „Eine alte Frau und ein junger Mann. Es muss einen Zusammenhang zwischen ihnen geben."

„Das muss übrigens das Zimmer sein, in dem damals der Junge gefunden wurde", bemerkte Bombach nachdenklich. „Viel scheint sich seitdem nicht verändert zu haben."

„Eher gar nichts. Komm weiter!"

Der letzte Raum im ersten Stock unterschied sich insofern von den übrigen, als dass er einen deutlich saubereren Eindruck machte. Zumindest gab es hier keine Spinnweben und keinen jahrealten Fliegendreck.

„Nanu, Mike, hier scheint sich noch vor Kurzem jemand aufgehalten zu haben", wunderte sich Bombach und deutete auf ein schlichtes Bettgestell mit Matratze, auf der ordentlich ausgebreitet ein Schlafsack lag.

„Ja, und zwar kein Obdachloser, der sich über ein unbewohntes Haus als Winterquartier freut." Er deutete auf einige akkurat gefaltete Kleidungsstücke auf einem Regal. „Ob das Enrico war?"

„Das wird die Spurensicherung herausfinden", entschied der Kommissar entschlossen. „Sobald wir hier alles gesehen haben, werde ich die Kollegen informieren. Da es hier keine weiteren Möbel mehr gibt, können wir wohl nach unten gehen und den Rest der Wohnung untersuchen."

„Einen Moment noch. Gib mir mal die Lampe, bitte!"

Staller richtete den Lichtkegel auf eine Stelle der Wand unterhalb einer Dachschräge. Hier schien sich eine kleine Abseite zu befinden, die allerdings schwer zu erkennen war, da die Tür mit der identischen Tapete verkleidet war. Nur der schmale Schlüssel im Schloss bot einen entsprechenden Hinweis.

„Lass dort bitte nicht die restlichen Körperteile liegen", flehte Bombach mit Inbrunst.

„Gleich wissen wir mehr." Der Reporter öffnete die Tür und steckte vorsichtig erst den Arm mit der Lampe und dann den Kopf in die Öffnung. „Hier ist etwas! Nimm mir mal die Lampe ab", klang es dumpf. Dann reichte er die Taschenlampe nach hinten.

Stumm und mit bösen Vorahnungen verfolgte der Kommissar, wie sich sein Freund mit einem schwereren Gegenstand abmühte. Endlich hatte er sich aus der engen Öffnung befreit. Ohne einen Kommentar stellte er den inzwischen dritten Glasbehälter auf den Holzfußboden. Lange blonde Locken waberten durch das Glas und fanden nur langsam zur Ruhe, aber schließlich gaben sie doch ein Gesicht frei. Das Gesicht eines jungen Mädchens.

„Oh Gott!" Bombach verlor fast die Beherrschung. „Das muss ein irrer Serientäter sein! Das Mädchen ist höchstens 16. Wer macht so etwas?"

„Tja – und warum?" Auch Staller hatte jede Neigung zu seinen üblichen Scherzen verloren. Die vorgefundene Realität war zu niederschmetternd. Er hatte wenig Lust dazu, aber er wusste, dass sie auch den Rest des Hauses absuchen mussten.

„Gehen wir als Nächstes in den Keller", schlug Bombach vor. „Und ich hoffe ganz stark, dass wir da nur jede Menge Altglas, Rattennester und vergilbte Zeitungen finden."

„Einverstanden. In allen Punkten."

Schweigend begaben sie sich in den Keller. Beide mussten auf der Treppe den Kopf einziehen, um ihn sich nicht zu stoßen. Sie folgten einem leeren Gang, der an einer weiteren Tür endete. Hier unten drang überhaupt kein Tageslicht herein, sodass sie nur auf den Schein der Taschenlampe angewiesen waren. Entsprechend unsicher und langsam arbeiteten sie sich voran.

„Einer muss es ja machen", seufzte der Reporter und schob die Tür auf. Sie gelangten in eine altertümliche Werkstatt mit einem großen Tisch in der Mitte. Ringsum an den Wänden hingen uralte, zum Teil verrostete Werkzeuge, aber die nahmen sie gar nicht wahr. In diesem Raum mussten sie nicht lange suchen. Direkt vor ihnen, mitten auf dem Tisch, stand ein vierter Behälter. Aus blauen Augen, die von einem vergilbt wirkenden Weiß umgeben waren, schien sie ein Greis anzustarren, dessen Gesichtszüge eingefallen und hager aussahen.

„Das wäre dann Nummer vier. Ich weiß nicht, ob ich noch mehr ertrage, Mike!"

„Vier Menschen! Die muss doch einer vermisst haben!" Auch der Reporter rang um Fassung. „Wenigstens ist Vivian nicht darunter."

Rasch untersuchten sie den Rest des Kellers, der ihnen aber keine neuen Aufschlüsse brachte.

„Zwei Räume im Erdgeschoss noch", erinnerte Bombach mit dumpfer Stimme.

„Vergiss nicht die Garage oder was immer das für ein Nebengebäude ist."

Gemeinsam stiegen sie die einfache Treppe wieder hinauf und durchquerten den Flur zum Nebeneingang. Vor der ersten Tür blieben sie stehen, wie um Kraft zu sammeln.

„Es nützt ja nix." Dieses Mal stieß der Kommissar die Tür auf und trat zögernd ein. Außer einem Bett schien das Zimmer nichts zu beherbergen, was immerhin eine Erleichterung war. Trotzdem untersuchten sie die Wände gründlich nach weiteren Abseiten, fanden jedoch keine.

„Was ist das denn?", fragte Staller plötzlich und zeigte auf das Kopfende des Bettes.

„Was meinst du denn?"

„Da links am Bettgestell. Leuchte dort einmal hin! Da hängt etwas. Ein Kabelbinder!"

„Warum sollte man sich einen Kabelbinder ans Bett hängen, Mike?"

„Bestimmt nicht zur Zierde. Aber als Fessel ist so ein Ding ziemlich wirkungsvoll. Im Grunde ersetzt es die Handschellen."

„Ich schaue auch gelegentlich amerikanische Krimis", grummelte Bombach, der sich ärgerte, dass er die Frage gestellt hatte. „Aber was ist mit der Hand passiert? Hat er die abgehackt? Dann müsste hier Blut zu sehen sein."

„Natürlich nicht. Um das Handgelenk war ein weiterer Kabelbinder befestigt."

Diese Erklärung leuchtete dem Kommissar ein.

„Bleibt aber die Frage: Wen von unseren vier Funden hat er hier vorher gefesselt?"

„So stark würde ich das nicht eingrenzen. Es könnte auch Vivian gewesen sein."

„Also auch ein Fall für die Spusi. Wenn die Frau hier gewesen ist, werden wir es ziemlich schnell herausfinden. Letzter Raum, auf geht's!"

Das übriggebliebene Zimmer war zwar etwas üppiger möbliert – unter anderem mit einem transportablen Campingklo – aber es barg keine weiteren Toten. Die beiden Freunde empfanden das als Erleichterung.

Vor dem Nebengebäude suchten sie vorsichtshalber noch einmal gründlich nach Spuren, die auf eine weitere Falle hinweisen konnten, fanden jedoch nichts. Die Tür war abgeschlossen, ihr morsches Holz gab aber beim ersten kräftigen Tritt des Reporters nach. Neben einigen Gartengeräten standen hier ein großer, selbstgebauter Tisch und an den Wänden grobe Regale. Darin Kästen und Kartons mit irgendwelchen Unterlagen und Papieren und einer Menge Krimskrams. Sie untersuchten sie nur oberflächlich, denn für die entsprechenden Glasgefäße waren sie allesamt zu klein. Trotzdem fanden sie noch eine entscheidende Spur.

„Sieh mal da!" Staller deutete in eine Ecke. „37-prozentiges Formalin, Chloralhydrat, Glycerin, Kaliumacetat – da hast du alles, was du zum Konservieren der Köpfe brauchst. Das soll sich die Spurensicherung auch genau anschauen."

„Woher weißt du solche Dinge?", fragte Bombach neugierig.

„Das ist mein Job", stellte der Reporter sachlich fest. „In diesem Fall habe ich, als der Hype mit den Münster-Tatorten auf dem Höhepunkt war, mal einen Pathologen porträtiert, damit die Zuschauer erfahren, was die echten Boernes so machen. War ein bisschen schwer zu filmen, aber ich hab' eine Menge gelernt."

„Sollte dein Beruf doch zu irgendetwas gut sein? Aber egal – ich rufe dann mal die Kollegen an." Der Kommissar zückte sein Mobiltelefon.

„Kennst du etwa die Nummer der für diese Einöde zuständigen Dienstelle auswendig?"

„Nö, natürlich nicht. Ich rufe das LKA in Leezen an. Die werden den Fall sowieso an sich ziehen. Außerdem gibt es bei denen ein kriminaltechnisches Institut. Das werden sie brauchen." Er wählte eine Nummer.

Staller zog sich ein wenig zurück und telefonierte ebenfalls. Sein Anruf ging an Sonja mit der Bitte, sich um die Organisation eines Kamerateams zu kümmern. Unabhängig von der bisher ungeklärten Verbindung zum Verschwinden von Vivian handelte es sich hier um ein Verbrechen, das bundesweit Schlagzeilen machen würde. Exklusivbilder vom Tatort würden "KM" natürlich sehr nützlich sein.

Nachdem beide ihre Gespräche beendet hatten, sahen sie sich an.

„Willst du dir nicht wenigstens das Blut aus dem Gesicht waschen?"

„Wo denn? Vielleicht in dem Campingklo? Ich verzichte dankend!"

„Wie wäre es mit einem der Waschbecken?"

„Wasser und Strom sind abgestellt. Telefon hat es vermutlich hier nie gegeben. Wir sind nicht in Hamburg. Lass uns lieber das umliegende Gelände wenigstens flüchtig absuchen. Irgendwo müssen die restlichen Körper doch sein! Bald ist es dafür nämlich zu dunkel."

Tatsächlich brach die Abenddämmerung jetzt zügig herein. In spätestens einer halben Stunde würde es dunkel sein.

„Meinst du, wir müssen uns auch hier draußen auf Selbstschussanlagen und Tretminen einstellen, Mike?"

„Warum?" Der Reporter hob fragend die Arme. „Die einzigen Tretminen hier draußen stammen vermutlich von Rehen oder streunenden Hunden." Er trat aus dem Nebengebäude und umrundete es, wobei er den Blick fest auf den Boden gerichtet hielt. Bombach, der ihm mit einigen Metern Abstand folgte, behielt eher den Rand des Gebüschs im Auge.

„Schau mal!" Die Stimme von Staller klang aufgeregt. „Das sind doch Reifenspuren! Hier ist vor Kurzem jemand gefahren. Das Gras ist ja noch niedergedrückt. Das muss ganz frisch sein und außerdem war es ein großes Fahrzeug mit Zwillingsreifen hinten … oh nein!" Er schlug sich vor die Stirn, verzog aber sofort schmerzverzerrt das Gesicht.

„Was ist, hast du dir weh getan?"

„Ja – nein! Das ist es nicht. Auf dem Weg hierher ist mir ein Wohnmobil entgegengekommen. Am Steuer saß ein Mann. Schwer zu erkennen, mit Basecap und dunkler Kleidung. Das war nicht einmal einen Kilometer von hier entfernt!"

„Du meinst …?"

„Das muss Enrico gewesen sein! Wie viele Wohnmobile fahren um diese Jahreszeit wohl hier herum? Außerdem war es ein Hamburger Kennzeichen."

„War die Frau denn auch im Wagen?"

„Nicht im Führerhaus jedenfalls. Aber das heißt nichts. Vermutlich lag sie gefesselt hinten drin. Oh, Mann! Wenn ich mir überlege, dass ich den Wagen problemlos hätte stoppen können!" Der Reporter war außer sich vor Ärger über sich selbst.

„Kannst du dich an die ganze Nummer erinnern?"

„Nein. Hamburg ist sicher. Der Rest … keine Ahnung. Eher lang, aber das bringt uns nicht weiter. Ich Idiot!"

„Mike, reg dich doch nicht auf! Woher hättest du das ahnen sollen? Immerhin scheint das zu bedeuten, dass die Frau noch lebt. Denn sonst hätten wir sie ja hier gefunden."

Bevor der Reporter weiter auf sich schimpfen konnte, klingelte sein Handy. Er riss es ans Ohr und rief: „Sonja, alles auf dem Weg? - Oh, hallo

Isa. Hör mal, ich hab' gerade überhaupt keine Zeit …, was? Doch, natürlich ist das wichtig! … aha …, ja, nochmal, bitte! Okay, danke dir. Super Arbeit!" Er beendete das Telefonat und drehte sich hastig zu seinem Freund um. Seine Miene hatte sich bedeutend verändert, selbst sein übliches jungenhaftes Grinsen schien zurückzukehren.

„Jetzt du wieder, Bommel! Ruf deine Kumpel vom LKA noch einmal an. Sie sollen eine Fahndung rausgeben. Wohnmobil, Hamburger Kennzeichen ZR – 4475. Das hat Enrico nämlich gemietet."

„Woher …?"

„Frag jetzt nicht! Die Information stimmt. Es ist zwei Stunden her, dass ich ihn hier getroffen habe. Daraus muss man doch irgendwie berechnen können, wo der Kerl gerade ist!"

„So einfach ist das zwar nicht, aber wir schreiben ihn einfach bundesweit zur Fahndung aus. Das müsste relativ schnell zu machen sein." Der Kommissar drückte auf die Wahlwiederholung und führte ein knappes, aber klares Telefonat. „Erledigt. Geht schnellstmöglich raus."

„Super, Bommel! Erzähl es nicht weiter, aber manchmal seid ihr doch ganz nützlich!"

Eine halbe Stunde später erlebte das heruntergekommene Haus den größten Menschenauflauf seit dem Mordfall vor knapp einem Vierteljahrhundert. Fast zeitgleich erschienen die Ermittler des Landeskriminalamtes mitsamt der Spurensicherung, sowie Eddys weißer Kombi und Sonja im Produktionswagen von "KM – Das Kriminalmagazin". Große Scheinwerfer der Polizei tauchten das Anwesen in gleißendes Licht und verliehen ihm einen zusätzlichen gruseligen Touch. Nach kurzem Disput bekam der Kameramann die Erlaubnis Aufnahmen zu machen, sofern er gewisse Regeln beachtete. Eddy als absoluter Profi seines Fachs hatte keine Mühe sich den Anweisungen der Polizisten anzupassen. Nach einigen Außenaufnahmen, die sehr effektvoll waren, begleitete er die Männer der Spusi, ebenfalls in einen weißen Schutzanzug gekleidet, durch die Eingangstür, nachdem ein Experte die Handgranate auf der Garderobe entfernt und gesichert hatte.

Erst jetzt hatten Sonja und Staller Gelegenheit sich zu begrüßen.

„Mike, du siehst ja furchtbar aus! Was ist passiert?"

„Ach, ich war nur ein bisschen ungeschickt und bin hingefallen. Sieht schlimmer aus, als es ist. Ist nur eine kleine Platzwunde."

Die Moderatorin stellte sich auf die Zehenspitzen und inspizierte seine Schläfe.

„Das muss wenigstens saubergemacht werden, sonst gibt es eine Infektion. Los, setz dich ins Auto!"

Staller war von ihrem rigorosen Ton so beeindruckt, dass er sich widerstandslos zu Sonjas Wagen führen ließ, wo er brav auf dem Beifahrersitz Platz nahm, während sie im Kofferraum und auf den Rücksitzen herumkramte und schließlich mit einer Flasche Wasser und einigen Tüchern wieder auftauchte.

„Das ist nicht perfekt, aber besser als nichts. Halt mal still jetzt!"

Ein paar Mal verzog der Reporter schmerzerfüllt das Gesicht, während sie möglichst vorsichtig das Blut abtupfte und den Dreck aus der Wunde spülte.

„Es fängt wieder ein wenig an zu bluten. Eigentlich müssten wir einen Verband anlegen."

„Das hört auch wieder auf. Danke dir für deine Mühe!"

Sie schaute ihn liebevoll an und wollte ihn gerade in den Arm nehmen, als Bombach erschien, der mangels eigener Zuständigkeit die Verantwortung an die Kollegen aus Mecklenburg-Vorpommern übergeben hatte. Nachdem diese alle Informationen bekommen hatten, hatten sie ihn höflich, aber doch bestimmt weggeschickt. Auch er fand erst jetzt Zeit Sonja zu begrüßen.

„Das hast du gut hinbekommen, Sonja! Mike, du siehst ja wieder aus wie ein Mensch! Tut's noch weh?"

Der Reporter winkte ab.

„Außerdem hast du verdammtes Glück gehabt. Du könntest genauso gut tot sein!"

Staller versuchte ihm verzweifelt Zeichen zu machen, dass er den Mund halten sollte, aber es war schon zu spät.

„Darf ich mal erfahren, was hier wirklich los war? Zwischen ungeschickt hinfallen und fast tot sein liegt doch ein gewisser Unterschied!"

In den nächsten Minuten brachten die beiden Sonja auf den neuesten Stand.

„Vier Tote? Das ist ja furchtbar! Und was mag mit den Körpern geschehen sein?"

„Die Kollegen haben eine Hundertschaft angefordert, die hier morgen alles absuchen wird, wenn man wieder etwas sehen kann. Vermutlich hat er sie irgendwo in der Nähe verscharrt."

Die Moderatorin lieferte sogleich einen Beweis ihrer Scharfsinnigkeit. „Das bedeutet aber, dass Vivian in höchster Lebensgefahr ist. Was auch immer der Typ mit ihr vorhat – ihr Ende soll sie ja wohl in einem Glas mit Präparationsflüssigkeit finden. Stellt sich nur die Frage, wie viel Zeit uns noch bleibt sie zu befreien!"

„Dank Isa wissen wir ja, wie er unterwegs ist. Das hat sie wirklich großartig gemacht. Ich bin richtig stolz auf sie", stellte Staller fest.

„Was habt ihr jetzt vor?", wollte Bombach wissen. „Ich werde noch hier bleiben, denn auf diese Weise erfahre ich am ehesten, ob sich etwas Neues ergeben hat. Bis mich eine Info auf dem Dienstweg erreicht hat, vergeht einfach zu viel Zeit. Die Kollegen sind zum Glück ganz kooperativ, weil der Entführungsfall in meine Zuständigkeit gehört."

„Ich würde gerne bald zurückfahren, denn jetzt kann ich etwas Druck auf den Pflegevater machen. Er soll mir den Therapeuten nennen, der Enrico wegen seiner Traumatisierung behandelt hat. Der müsste uns doch weiterhelfen können."

„Da hast du recht, Sonja", stimmte der Reporter zu. „Ich denke, ich fahre auch erst einmal zurück. Umziehen und eine Dusche wären nicht schlecht. Eddy kommt alleine klar. Der ist das gewohnt. Wahrscheinlich freut er sich, dass das LKA ihn so dicht ranlässt."

„Die Kollegen werden hier bestimmt noch die ganze Nacht verbringen. Bis das ganze Zeug hier überprüft und die Spuren gesichert sind, das dauert. Wenn ihr morgen früh wiederkommt, ist immer noch Zeit für Interviews. Falls die Jungs denn etwas zu sagen haben."

„Wir könnten Isa herschicken als Unterstützung für Eddy und seinen Assi. Sie kann für Kaffee und Verpflegung sorgen und bekommt gleichzeitig einen richtig spannenden Außendreh mit. Das macht ihr bestimmt Spaß!", schlug Sonja vor.

„Gute Idee. Bommel, amüsier dich schön! Ruf mich an, wenn du etwas über das Wohnmobil weißt. Und danke nochmal, dass du mich geweckt hast!"

Die Runde löste sich auf. Sonja startete als Erste, Bombach spazierte in Richtung des Kommandofahrzeugs des LKA und Staller informierte noch schnell Eddys Assistenten, der für den Ton verantwortlich war und momentan nichts zu tun hatte. Dann stapfte der Reporter durch das Gebüsch, um zu seinem Wagen zurückzukehren. Eine Menge Arbeit wartete auf ihn.

* * *

Nach einer längeren Fahrt über Nebenstraßen steuerte er das Wohnmobil in einen kleinen Feldweg und fuhr dort so weit, bis er durch dichtes Buschwerk vor neugierigen Blicken geschützt war. Diese Vorsichtsmaßnahme schien angesichts der Schwärze der Nacht übertrieben, aber er ging gern auf Nummer sicher.

Er schaltete Motor und Scheinwerfer aus und genoss die plötzliche Stille. Jetzt hatte er die Gelegenheit noch einmal gründlich nachzudenken und seine Pläne einer letzten Überprüfung zu unterziehen. Der Fahrer des Geländewagens, der ihm so bekannt vorgekommen war, war nicht wieder aufgetaucht. Es handelte sich offensichtlich um einen Zufall. Von dieser Seite drohte also keine Gefahr. Vivian hatte eine Woche Urlaub und ihr Fehlen beim Sport oder anderen Veranstaltungen würde höchstens ein paar Fragen aufwerfen, aber keinen Verdacht erregen. Er selbst hatte sich freigenommen und einen Kollegen damit betraut, eventuelle Probleme bei den Schichtbesetzungen zu regeln. Auch von dieser Seite drohten somit keine Schwierigkeiten. Und was ihren Aufenthaltsort betraf – angesichts der Jahreszeit war er perfekt gewählt und entsprach allen seinen Anforderungen.

Zufrieden warf Enrico einen Blick nach hinten. Vivian saß noch genauso am Tisch, wie er sie verlassen hatte. Alles andere hätte ihn allerdings auch gewundert, denn dieses Mal war er großzügiger mit den Kabelbindern umgegangen. Viel Spielraum war ihr nicht geblieben. Außerdem war ihr Mund mit Gafferband verklebt, was er allerdings mit einem Schal kaschiert hatte, für den Fall, dass sich doch einmal ein Vorhang verschob und einen Blick von außen durch das Fenster gestatten würde. Vermutlich völlig überflüssig, aber: Sicherheit ging vor. Und bald würde all dieses aufhören können! Er war sich ganz sicher, dass sie verstehen würde, wie sehr er sie liebte, wenn sie erst erkannte, was er alles für sie getan hatte. Dann würde ihr gar nichts anderes übrig bleiben, als ihn ebenfalls zu lieben.

* * *

„Kann mir irgendjemand mal erklären, was hier eigentlich läuft?"

Es war bereits nach 21 Uhr, als Helmut Zenz in Sonjas Büro stürmte und ganz offensichtlich wieder einmal äußerst schlechte Laune hatte. Sonja und Mike saßen sich an ihrem Schreibtisch gegenüber und beratschlagten eifrig ihr weiteres Vorgehen.

„Du bist noch hier? Ich dachte, du wärst längst zu Hause?", fragte Sonja und machte ein überraschtes Gesicht.

„Zufälligerweise bin ich der Chef vom Dienst in diesem Laden und koordiniere deshalb die Arbeit aller. Das fällt mir allerdings etwas schwerer, wenn ich ein Kamerateam an die Arbeit schicken will und dann feststelle, dass es gar nicht da ist!"

„Sorry, Helmut, das geht auf mich! Ich habe es schlicht vergessen dir Bescheid zu sagen. Es war ein bisschen turbulent dort draußen." Staller drehte sich um und grinste den CvD aus einem zugeschwollenen Auge an. Die Wange zeigte deutliche Zeichen von Abschürfungen und ein Teil der Haare an der Schläfe war wegrasiert worden. Dafür prangten dort drei schmale Pflasterstreifen, mit denen die Wunde geklebt worden war.

„Mein Gott, Mike!" Zenz wirkte ernsthaft schockiert, was ungewöhnlich war. „Was ist denn mit dir passiert? Hast du Klitschko gefragt, ob er schwul sei?" Seinen Sinn für Humor teilte er mit recht wenigen Menschen.

„Ich bin hingefallen. Der Aufprall war ein bisschen rau. Ist aber alles nicht so schlimm. Dafür haben wir einen ziemlich spektakulären Fall am Haken. Genau da sind Eddy und sein Assi jetzt auch dran. Und zwar exklusiv."

„Erzähl!" Zenz zog sich unaufgefordert den letzten Stuhl heran und lehnte sich gespannt nach vorn. Staller berichtete in groben Zügen den Fund der vier präparierten Menschenköpfe und den Zusammenhang mit der verschwundenen Frau.

„Ein irrer Serienkiller? Mensch Mike, eine größere Freude hättest du mir ja gar nicht machen können! Das ist ..., mir fehlen fast die Worte ..., das ist großartig! Die letzten beiden Sendungen waren arg staubig. Uns fehlt ein aktueller Knaller, der auch mal ein paar Schlagzeilen produziert. Da kommt das gerade recht!"

„Wir sollten uns unbedingt so lange bedeckt halten, bis die Fahndung nach diesem Kerl erfolgreich war. Momentan gondelt der mit seinem Wohnmobil und der Frau durch die Lande und weiß noch nicht, dass wir sein Nest ausgeräumt haben. Ich weiß ja, dass du gelegentlich den Print-Kollegen was durchsteckst. Lass das in diesem Fall bitte sein. Es geht um das Leben der Frau!"

„Ihr wart wirklich allein am Tatort?"

„Bis zu unserer Abfahrt, ja", bestätigte Sonja.

„Ich glaube kaum, dass das LKA sich noch Medien dazu holt", ergänzte der Reporter.

„Na, dann haben wir ja keinen Grund etwas zu übereilen. Das LKA wird irgendwann eine Pressemitteilung herausgeben, aber das wird frühestens morgen sein. Wir haben also noch Luft. Ich halte die Füße still." Zenz war es ansonsten durchaus zuzutrauen, dass er die Gefahr für Vivian ignorierte, um daraus Kapital für "KM" zu schlagen.

„Okay. Wir besprechen gerade unser weiteres Vorgehen." Staller hoffte, dass die Neugierde des CvD erst einmal befriedigt war, aber er täuschte sich.

„Gut. Was wollt ihr tun?"

Sonja und Mike wechselten einen Blick.

„Wir sind am Therapeuten von diesem Typen dran. Vielleicht kann der uns helfen. Immerhin hat dieser Enrico eine verdammt verkorkste Vergangenheit. Den Mord an den eigenen Eltern mitzubekommen – das ist harter Tobak."

„Der Therapeut wird im Zweifel nichts sagen. Arztgeheimnis und so. Aber wir könnten einen Experten mit den Infos füttern und um eine Stellungnahme bitten. Vielleicht den Wahlberg? Der kann pointierte Aussagen machen."

„Helmut, hier geht es nicht in erster Linie um einen O-Ton für den Beitrag. Wir müssen die Frau befreien, wenn es irgend geht!"

„Klar, verstehe." Zenz verstand natürlich nicht, denn er sah die Dinge einfach anders. Er verstand sich als Journalist, nicht als Sozialarbeiter oder Weltretter. „Dann sagt mir nur noch, wie lange unser Team vermutlich blockiert ist!"

„Auf jeden Fall so lange, dass sie danach nichts anderes mehr anfangen können. Es wird ganz sicher spät werden. Außerdem schlage ich vor, dass sie sich irgendwo ein Hotel nehmen und dort bleiben. Morgen durchkämmt eine Hundertschaft die Gegend nach den Leichen."

„Na gut, ich kümmere mich um Ersatz. Und dann gehe ich nach Hause. Haltet mich ab sofort ständig auf dem Laufenden, ja?"

„Machen wir", versprach Sonja. „Gute Nacht, Helmut!"

„Ja, mal sehen." Mit diesen Worten verschwand der CvD, wobei er den Stuhl natürlich mitten im Raum stehen ließ.

„Pffff", machte Staller. „Unser lieber Zenzi wieder. Empathisch wie eine tiefgekühlte Schweinehälfte. Aber Schwamm drüber. Es gibt ein paar Dinge, die wir noch tun könnten."

„Ein leckeres Essen und eine lange Nachtruhe gehören vermutlich nicht dazu?", fragte Sonja und unterdrückte ein Gähnen.

„Nein. Oder jedenfalls später."

„Wer hat dich eigentlich so schnell und so professionell verarztet?"

„Ich hab' einen Nachbarn im Flur getroffen. Der ist Arzt."

„Ach, und auf den hörst du? Von mir wolltest du nicht einmal ein Pflaster!" Sie klang beleidigt.

„Er hatte ein Betäubungsgewehr", behauptete der Reporter und wurde sofort wieder ernst. „Was ist mit dem Pflegevater?"

„Ich habe ihm angedeutet, was mit Enrico los ist. Er wollte sich sofort um den Namen des Therapeuten kümmern. Ich habe ihm gesagt, dass er mich zu jeder Zeit auf dem Handy anrufen kann."

„Gut. Ich möchte noch einmal zu Enrico in die Wohnung. Jetzt, da wir wissen, worum es geht, schaue ich vielleicht mit anderen Augen auf die Dinge."

„Du bist so süß! Was du eigentlich meinst, ist doch, dass du noch einmal da nachgucken willst, wo Isa gesucht hat!"

„Meinetwegen. Immerhin ist ihre Erfahrung noch recht überschaubar. Die Sache mit dem Wohnmobil hat sie allerdings grandios hinbekommen."

„Ja, das war toll. Hast du was dagegen, wenn ich mitkomme? Vier Augen sehen mehr als zwei und außerdem habe ich nichts mehr zu tun, als auf den Anruf von Piel zu warten."

„Na dann – lass uns los!"

* * *

Kurz hinter Eckernförde vermied er die Bundesstraße 203 und nutzte lieber die nachts und außerhalb der Saison fast völlig unbefahrene L26 über Waabs und Großwaabs. Abgesehen von einigen kleinen Gütern schien die Gegend menschenleer. Endlose Felder erstreckten sich rechts und links der schmalen Straße und dämmerten im frühwinterlichen Koma der nächsten Bewirtschaftungsperiode entgegen. Er liebte die Weite und die Einsamkeit, deshalb hatte er das Ziel bewusst ausgewählt. Aus Rücksicht auf Vivian war die Ostsee ganz in der Nähe. Viele Frauen hatten ein seltsames Verlangen nach Wasser. Daran sollte es nicht scheitern. Nicht in diesem ersten, wichtigen Urlaub!

Am Ende der Straße bog er rechts auf die K61, die ihn direkt an sein Ziel führen würde. Gut, dass er alles akribisch geplant hatte und deshalb auch mitten in der Nacht den richtigen Platz ansteuern würde. Am Kreisel vor dem Yachtzentrum Damp bog er ein letztes Mal rechts ab und erreichte nach wenigen hundert Metern den Wohnmobilparkplatz. Hier orientierte er sich kurz und fand dann den verabredeten Stellplatz ganz hinten in der Ecke. Hier hatte er Zugang zu Strom, Deckung durch einen kleinen Wall und eine Reihe Bäume und war von den fünf anderen Fahrzeugen ziemlich weit entfernt. Diese schätzten nämlich die Nähe zu dem kleinen Laden und den Sanitäranlagen und parkten deshalb deutlich weiter vorne.

Geschickt rangierte er den großen Wagen rückwärts in die beste Position und erledigte dann routiniert die notwendigen Arbeiten, um für einen längeren Aufenthalt gerüstet zu sein. Nach wenigen Minuten war er zurück und meldete freudestrahlend: „So, mein Schatz, alles ist bereit. Jetzt kann unser Urlaub richtig beginnen!"

Vivian, die immer noch gefesselt und geknebelt war, gab verständlicherweise keine Antwort. In ihren Augen spiegelte sich jedoch die Angst vor dem, was sie mit diesem Irren noch erleben mochte. Enrico übersah dies jedoch völlig und befreite sie zunächst von dem Klebeband.

„Wir sind am Ziel und morgen wirst du das Meer sehen! Ich verlasse mich auf dich, dass du keine Dummheiten machst. Camper lieben ihre Ruhe, weißt du? Und du wirst doch nicht laut schreien, oder?" Wie zufällig erschien bei diesen Worten das Messer in seiner Hand. Sie schluckte schwer und schüttelte den Kopf. Dann probierte sie zu sprechen.

„Wo sind wir?"

„An der Ostsee. Magst du Wasser? Natürlich magst du es. Wenn du versprichst ein braves Mädchen zu sein, schneide ich dich jetzt los."

„Ja bitte!" Ihre Position war zwar nicht direkt schmerzhaft, aber nach Stunden in unveränderter Haltung sehr unbequem. Nachdem er die Kabelbinder durchtrennt hatte, streckte sie Arme und Beine einige Male und versuchte den Kreislauf zu aktivieren. „Kann ich …?"

„Natürlich! Du weißt ja, wo es ist."

Eingeschlossen in die winzige Sanitärkabine dachte sie fieberhaft nach. Offensichtlich hatte er eine Art Campingplatz angesteuert. Das hieß, dass hier ziemlich sicher auch andere Leute vor Ort waren. Allerdings nicht viele, wie sie vermutete. Die Jahreszeit dürfte nur die hartgesottensten Freiluftfanatiker zum Urlaub im Wohnmobil animieren. Wegzulaufen und auf fremde Hilfe zu bauen, ohne mit den äußeren Umständen vertraut zu sein, war bestimmt keine gute Idee. Vielleicht konnte sie morgen etwas über ihre Umgebung in Erfahrung bringen. Für den Moment schien sie nicht in konkreter Lebensgefahr zu schweben. Sie würde also kooperieren. Zumindest für einen Tag.

„Ich habe eine Bitte", erklärte Enrico, als sie wieder im Wohnbereich erschien. „Würdest du vorne auf dem Beifahrersitz Platz nehmen und nicht gucken? Ich habe da eine Überraschung für dich, aber du sollst sie noch nicht sehen."

„Klar, mach' ich!" Sie zwängte sich in die Fahrerkabine und setzte sich rechts auf den Platz. Hinter ihr wurde eine Gardine vorgezogen und dann rumpelte es oben im Alkoven und hinterher im Wohnbereich. Aber sie interessierte sich sowieso mehr für den Blick aus dem Fenster. Was sie sah, enttäuschte sie. Die nahezu vollständige Dunkelheit bewies, dass um sie herum keine anderen Fahrzeuge standen. Erst deutlich weiter entfernt zeigten einige Lichtschimmer, dass sie nicht allein waren. Selbst wenn sie es bis dorthin schaffen würde, dürfte die Neigung der Urlauber eine unbekannte, hysterische Person einzulassen eher gering sein.

Noch weiter entfernt erkannte sie die Neonreklame eines Restaurants. Eindeutig außerhalb ihrer Reichweite. Ein Gefühl sagte ihr, dass sie nur einen Fluchtversuch bekommen würde, und der musste sitzen. Der teilweise so höflich erscheinende Entführer besaß einen Januskopf und sein zweites Gesicht war eine Fratze des Bösen. Wenn sie sich an die Bilder aus dem schrecklichen Haus zurückerinnerte, drohte sie erneut eine Ohnmacht zu umfangen. Dieser ekelhafte Anblick des Frauenkopfes im Glas würde sie ihr Leben lang verfolgen und ihr Albträume bescheren, da war sie sicher. Hatte Enrico die Frau umgebracht? Zuzutrauen war es ihm. Aber vielleicht war alles ja ganz anders. Hoffte sie.

„Schatz? Bist du schon eingeschlafen da vorn?"

Ein eisiger Schauer lief ihr über den Rücken. Sollte sie lebend aus dieser Situation herauskommen – was ihr eher unsicher erschien – und sollte sie danach irgendwann einen Partner finden, auf den sie sich einlassen könnte – jetzt sank die Wahrscheinlichkeit gegen null – dann durfte der sie unter keinen Umständen jemals "Schatz" nennen. Dieser Kosename war für sie auf Lebzeiten verbrannt.

„Schatz?"

„Alles klar, ich bin noch wach. Ich war nur gerade in Gedanken, entschuldige!" Ohne dass sie es beeinflussen konnte, entstand vor ihren Augen das Bild von Mike Staller, der sie freundlich anlächelte. Seine blauen Augen strahlten Vertrauen und Stärke aus und die Fältchen in den Augenwinkeln zeugten von Humor. Die Vorstellung, von seinen kräftigen Armen umfangen zu werden, verlieh ihr Sicherheit. Das war zwar eine verbotene Träumerei, aber besondere Situationen erlaubten spezielle Verhaltensweisen. Wenn der Gedanke an den Reporter ihr half den Verstand zu behalten, dann war das so in Ordnung. Fand sie.

„Deine Überraschung ist jetzt soweit vorbereitet!"

Ihr wurde abwechselnd heiß und kalt. Wie sollte sie mit dem Unvorhersehbaren umgehen? Was präsentierte dieser Mann ihr als Nächstes? Noch mehr Menschenköpfe im Glas? Einen Priester, der sie hier und jetzt trauen würde? Oder hatte er sich nur nackt ausgezogen, um sich das zu holen, worauf er die ganze Zeit aus war? Sie fühlte, wie sich kalter Schweiß wie ein ekliger Umschlag auf ihr Gesicht legte, und die Haare auf ihren Armen standen hoch.

„Was soll ich tun?" Selbst ihre Stimme klang nach Horrorfilm in ihren Ohren.

„Du kannst jetzt wieder reinkommen. Aber mach die Augen erst auf, wenn du im Raum stehst, ja?"

„Ist gut, ich versuch's." Mit zittrigen Beinen stand sie auf. Hoffentlich hatte er nur die Campingversion eines Candle-Light-Dinners vorbereitet. Das war so ziemlich das Äußerste, was sie noch ertragen konnte. Glaubte sie.

„Kommst du?"

„Ich bin schon unterwegs! Dauert halt länger, wegen der geschlossenen Augen." Sie hatte tatsächlich die Lider fest zusammengekniffen. Weniger, weil sie seinem Wunsch entsprechen wollte, als vielmehr, damit sie den Zeitpunkt möglichst weit nach hinten schieben konnte, an dem sie die "Überraschung" sehen musste. Zögernd tastete sie nach dem Vorhang und schob ihn beiseite. Mit unsicherem Schritt trat sie in den Wohnbereich und richtete sich vorsichtig auf. Offensichtlich hatte sie den Bereich des Alkovens hinter sich, denn sie stieß nirgendwo an.

„Gib mir deine Hand." Er griff nach ihr. „Jetzt kannst du die Augen aufmachen. Tadaa – deine Überraschung!"

Zögernd hob sie die Lider und schaute auf die Sitzgruppe. Innerlich hatte sie sich so gut wie möglich und mithilfe von Stallers Bild gewappnet. Nur nicht schreien! hatte sie sich eingehämmert und das hielt sie auch ein. Aber was sie sah, war so unglaublich, dass ihr Verstand nicht in der Lage war die optische Information korrekt zu verarbeiten. Ihre Beine versagten den Dienst und sie brach stumm zusammen.

* * *

Nachdem Staller sich wie schon zuvor ohne Probleme Zutritt zu Enricos Wohnung verschafft hatte, führte er zunächst Sonja kurz herum, um sich dann hauptsächlich dem Sideboard zu widmen, das Isa bei ihrem ersten Besuch überprüft hatte. Während er systematisch Fach für Fach durchstöberte, ging Sonja eher ziellos vor und warf nur hin und wieder einen genaueren Blick in irgendeine Ecke. Der Schrein mit den Bildern und Informationen über Vivian beschäftigte sie etwas länger.

„Was für ein kaputter Typ", murmelte sie vor sich hin und zog drei Zeitschriften aus dem Zeitungsständer. Ein Reise-Spezial Australien, ein Reportagemagazin und eine Ausgabe des "Spiegel", die schon etwas älter war. Spontan kam sie sich vor wie im Wartezimmer einer Arztpraxis. Irgendetwas in den Tiefen ihres Gehirns war von der Themenauswahl irritiert, aber sie wusste nicht, wieso. Kopfschüttelnd wandte sie sich der Küche zu. Vielleicht würde die Erleuchtung eher kommen, wenn sie sich mit etwas ganz anderem beschäftigte. Prompt und passend klingelte ihr Mobiltelefon.

„Herr Piel? Guten Abend! Nein, natürlich ist es nicht zu spät!" Sie lauschte einige Sekunden und sagte dann langsam: „Nein, danke. Die Adresse kenne ich. Haben Sie vielen Dank für Ihre Mühe. Gute Nacht, Herr Piel."

Staller hatte das Klingeln gehört und kam gerade rechtzeitig in die Küche, um zu sehen, wie sie nachdenklich das Telefon wegsteckte.

„Und? Gibt es etwas Neues?"

„Ja. Ich weiß allerdings nicht, was ich davon halten soll."

„Was ist denn los? War das der Pflegevater von Enrico?"

Sie nickte.

„Er hat den Namen des Therapeuten herausgefunden. Dreimal darfst du raten, wer das ist!"

Staller überlegte ein paar Sekunden, dann öffnete er erstaunt den Mund.

„Sag nicht, Dr. Wahlberg!"

„Genau der." Sonja schüttelte verwirrt den Kopf. „Wenn das kein Zufall ist – was bedeutet das dann?"

„Das kann ich beim besten Willen nicht sagen." Der Reporter konnte ihre Irritation genau nachfühlen, wusste mit dieser Empfindung aber ebenfalls nichts anzufangen.

„Ha! Jetzt fällt es mir wieder ein!" Ihre Miene heiterte sich augenblicklich auf.

„Ein Zusammenhang zwischen Enrico und Dr. Wahlberg?"

„Nein, was mich bei den Zeitschriften gestört hat. Du hast doch erzählt, dass er bei Vivian ein Campingmagazin deponiert hat."

„Ja, das ist richtig."

„Jetzt ist er mit einem Wohnmobil unterwegs und wir wissen nicht, wohin. Vielleicht würde uns die Zeitschrift einen Hinweis geben!"

„Geniale Idee! Ich wollte sowieso auch noch einmal in Vivians Wohnung. Wir brauchen irgendwas zum DNA-Abgleich. Ich vermute nämlich, dass sie diejenige war, die von Enrico mit Kabelbindern ans Bett gefesselt wurde."

„Und was machen wir mit Dr. Wahlberg?"

Staller schaute auf die Uhr.

„Kurz nach zehn. Nicht gerade die vornehmste Zeit, aber wir haben schließlich auch noch keinen Feierabend. Ich rufe ihn an und versuche ein Treffen zu organisieren." Der Reporter zückte sein Telefon und führte ein kurzes Gespräch.

„Was sagt er?", fragte Sonja.

„Wir können anschließend noch vorbeikommen. Dann wollen wir uns mal beeilen!"

Eine Viertelstunde später öffnete Staller Vivians Wohnungstür, ohne dass neugierige Nachbarn Notiz davon nahmen.

„Zwei Einbrüche in einer Stunde – du könntest Karriere auf dem Gebiet machen", schmunzelte Sonja, als sie die Tür hinter ihnen schloss.

„Seit die Menschen ihre Türen mit Sprengfallen sichern, denke ich über eine berufliche Veränderung nach. Wir leben in einer schlechten Welt!", klagte der Reporter.

„Tut es noch weh?" erkundigte sich die Moderatorin und fuhr mit den Fingerspitzen sanft über sein Gesicht.

„Die Wunde ist okay. Der Rücken zwickt etwas. Da, wo mich der Klotz getroffen hat. Aber zum Jammern ist keine Zeit. Schaust du im Bad, ob du irgendwas findest, wo ihre DNA dran sein müsste? Ich kümmere mich um die Zeitschrift."

„Klar!"

Staller ging ins Wohnzimmer und fand die Zeitschrift nach wie vor oben auf dem Stapel liegend. Er setzte sich aufs Sofa und betrachtete das Titelblatt. Ein Wohnwagengespann, ein Strandbild, ein Zugfahrzeug und ein Campingplatz. Ziemlich nichtssagend, fand er. Vielleicht bot das Inhaltsverzeichnis einen Anhaltspunkt. Er studierte es sorgfältig, aber auch diese Lektüre löste bei ihm nichts aus. Seufzend machte er sich daran das Heft durchzublättern und hatte sich schon fast damit abgefunden, dass seine Mühe vergeblich gewesen war, als er eine Seite aufschlug, aus der ein Stück ausgeschnitten worden war. Anhand der Platzierung mutmaßte er, dass es sich um eine Werbeanzeige gehandelt haben musste. Warum war sie ausgeschnitten worden? Um das herauszufinden, brauchte er das komplette Heft.

„Ich glaube, ich habe, was wir brauchen!" Sonja erschien im Wohnzimmer und hielt eine Haarbürste in der Hand. „Hier sind ein paar Haare drin, die von Vivi stammen müssten. Hast du auch etwas gefunden?"

„Vielleicht. Schau mal, aus der Zeitschrift ist eine Annonce ausgeschnitten. Ich bräuchte jetzt die gleiche Ausgabe noch einmal in vollständig. Vielleicht hilft uns das weiter."

„Wer weiß, wie lange es dauert, bis wir einen Kiosk gefunden haben, der noch offen hat. Probier doch mal, ob du sie als E-Paper kaufen kannst", schlug die Moderatorin vor.

„Herr, schmeiß Hirn vom Himmel!", stöhnte der Reporter. „Meins hat wohl doch etwas abbekommen heute Nachmittag. Da hätte ich auch selber drauf kommen können!" Er zog sich den Laptop heran, der noch auf dem Wohnzimmertisch stand, und tippte nach kurzer Wartezeit einige Stichworte in die Suchleiste.

„Da haben wir es schon." Er öffnete die Website der Zeitschrift.

„Und?" Sonja war ganz aufgeregt.

„Als E-Paper kaufen, bingo!" Mit einigen Klicks schloss er den Kauf ab und startete den Download. Eine knappe Minute später war er im Besitz der Information, die er gesucht hatte und strahlte die Moderatorin an.

„Volltreffer, würde ich sagen! Ein Wohnmobilpark an der Ostsee. Um diese Jahreszeit vermutlich nur von ganz wenigen Verrückten frequentiert. Einer davon ist hoffentlich unser Freund Enrico."

„Was machen wir denn jetzt? Gibst du Thomas Bescheid?"

Staller überlegte einen Moment.

„Es ist relativ spät am Abend. Wenn er tatsächlich mit Vivian dorthin gefahren ist, dann bleibt er ja mindestens die Nacht über da. Wir haben also noch etwas Zeit. Lass uns schnell zu Dr. Wahlberg fahren. Vielleicht kann er uns noch ein paar wichtige Informationen liefern."

„Und dann?"

„Dann fahren wir in erster Linie mal selbst zu diesem Platz. Bevor wir ein Riesenfass aufmachen, sollten wir uns zumindest vergewissern, dass Enrico überhaupt dort hingefahren ist."

„Planst du einen deiner Alleingänge?"

Der Reporter schüttelte vehement den Kopf.

„Auf keinen Fall! Der Typ scheint ja keinerlei Skrupel zu haben. Wir dürfen nicht vergessen, dass er Vivian in seiner Gewalt hat. Aber wenn wir schon einen großen Auftritt dort haben – und damit meine ich das SEK – dann fände ich es ganz schön, wenn Eddy auch dabei sein könnte."

„Auf jeden Fall wäre es nur fair. Schließlich haben wir die beiden auch gefunden."

„Dann los! Und – vergiss die Bürste. Die brauchen wir nicht mehr!"

„Du bist dir ziemlich sicher, dass wir die zwei tatsächlich in diesem Wohnmobilpark finden, oder?"

„Mein Gefühl sagt mir, dass sie dort sind. Es ist, bei allem Unverständnis für den Kerl und seine Absichten, ein ziemlich logischer Ort. Er sucht die Abgeschiedenheit. Sein Haus ist irgendwo im Nirgendwo, er konnte offensichtlich tun und lassen, was er wollte, und niemand hat es mitbekommen. Wenn er wirklich der Meinung ist, dass er Vivian für sich einnehmen kann, dann braucht er einen Platz, an dem er möglichst ungestört ist, aber der trotzdem angenehm ist."

„Ich sehe eine lange Nacht ohne Schlaf und ohne gutes Essen auf uns zu kommen", klagte Sonja.

„Wir haben doch uns, das muss reichen", deklamierte Staller melodramatisch und griff nach seinen Autoschlüsseln. „Fahren wir? Oder soll ich dich zu Hause absetzen, damit du deinen Schönheitsschlaf bekommst?"

* * *

Als Bombach seinen Wagen auf der Auffahrt parkte, lag sein Haus komplett im Dunkeln. Offensichtlich schlief Gaby schon. Dementsprechend leise schloss er die Tür auf und bemühte sich auch weiterhin möglichst kein Geräusch zu machen. Bevor er die Küche ansteuerte, denn sein nagender Hunger würde ihn nicht schlafen lassen, warf er noch einen schnellen Blick ins Wohnzimmer. Der nicht unbeträchtliche Berg auf der Couch verriet, wo seine Frau vor laufendem Fernseher in Morpheus' Arme gesunken war. Kein Wunder, denn sie wachte nunmehr fast jede Nacht mehrmals auf und hatte oft Schwierigkeiten wieder einzuschlafen. Das war einer der Nachteile, wenn die Geburt von Zwillingen unmittelbar bevorstand. Mit einem liebevollen Blick auf seine Frau nahm er eine weiche Fleecedecke und breitete sie vorsichtig über ihr aus.

In der Küche fiel ihm die Entscheidung leicht. Da seine Begabung fürs Kochen derart ausgeprägt war, dass er sogar das Kaffeewasser anbrennen lassen konnte, wählte er zwei Scheiben Bauernbrot, die er dick mit Butter bestrich und mit saftigem Katenschinken und mehreren Gewürzgurken zur Mahlzeit aufwertete. Dazu nahm er sich ein großes Glas Milch. Irgendwie hatten die ungewöhnlichen Essgelüste der Schwangeren auf ihn abgefärbt. Mit der Fernbedienung dämpfte er die Lautstärke des TV-Gerätes ein wenig und sank ächzend in einen Sessel. Der Tag war lang und anstrengend gewesen.

Mit Genuss biss er immer wieder in sein Brot und verfolgte die Tagesthemen nur mit halber Aufmerksamkeit. Als seine Gedanken kurz zurückschweiften zum Schauplatz des heutigen Geschehens, rief er sich unwillig zur Ordnung. Er würde sowieso lernen müssen die Erlebnisse aus seinem Job vor der heimischen Haustür abzustreifen. Da konnte er genauso gut heute damit anfangen. Er hatte sich seinen Feierabend verdient.

* * *

„Guten Abend, Dr. Wahlberg! Danke, dass Sie so spät noch Zeit für uns finden." Staller schüttelte dem Arzt die Hand.

„Ach wissen Sie, ich schlafe in diesen Tagen sowieso nicht gut. Von daher bin ich froh über jede Ablenkung." Er begrüßte auch Sonja freundlich und lud sie ein Platz zu nehmen. „Kann ich Ihnen etwas anbieten? Vielleicht ein Glas Rotwein?"

„Ich würde wahnsinnig gern noch so einen leckeren Kaffee trinken, wie ich ihn heute Morgen schon hatte. Unsere Nacht könnte noch lang werden."

Sonja schloss sich an und der Doktor machte sich an seiner Maschine zu schaffen. Innerhalb weniger Minuten hatten beide einen dampfenden Becher vor sich stehen, während Wahlberg sich etwas Rotwein aus einer Karaffe nachschenkte.

„Sie erinnern sich an unser Gespräch?"

„Selbstverständlich, Herr Staller. Hat sich in diesem Zusammenhang etwas Neues ergeben?"

„Das kann man wohl sagen. Ich möchte mit einer Frage beginnen, die Ihnen seltsam vorkommen mag. Erinnert sie der Mann, über den wir gesprochen haben, an einen Ihrer Patienten?"

Versonnen schwenkte Dr. Wahlberg sein Glas und beobachtete den entstehenden Weinwirbel. Dann roch er ausführlich an der Öffnung und nahm einen kleinen Schluck, den er mehrfach im Munde herumwälzte, bevor er ihn schließlich hinunterschluckte und zufrieden seufzte.

„Nein, tut mir leid, da fällt mir niemand ein. Warum fragen Sie?"

„Sagt Ihnen der Name Enrico Lorenz etwas?", hakte der Reporter nach und ignorierte die Zwischenfrage. Diesmal kam die Antwort schneller.

„Ja. Das ist ein Patient von mir. Was ist mit ihm?"

Auch jetzt antwortete Staller nicht, sondern zog nur bedeutungsvoll die Augenbrauen hoch.

„Wollen Sie damit sagen ... Enrico Lorenz hält eine Frau gefangen? Er soll sie aus ihrer Wohnung entführt und irgendwohin verschleppt haben? Sind Sie sicher?"

Der Reporter nickte ernst.

„Und das ist noch nicht alles." Er gab einen kurzen Abriss über sein nachmittägliches Abenteuer und die grausigen Funde, die sie in dem einsamen Haus gemacht hatten. Dr. Wahlberg hörte mit steigender Unruhe zu.

„Vier menschliche Schädel in Formalin eingelegt, sagen Sie? Und was ist mit den restlichen Leichen?"

„Wir haben noch keine Ahnung. Die Polizei wird morgen das Gelände nach Gräbern absuchen."

„Du meine Güte!" Er verbarg das Gesicht hinter seinen Händen. Schließlich rieb er sich fest die Schläfen und Wangen und stand auf. Er trat an das dunkle Fenster und starrte in die Nacht hinaus.

„Können Sie sich vorstellen, dass Ihr Patient zu solchen Taten fähig ist?", fragte Sonja leise.

Der Arzt reagierte lange Zeit nicht und schien zu überlegen. Schließlich drehte er sich um und sah seinen Besuchern ins Gesicht.

„Ich bin der Meinung, dass jeder Mensch grundsätzlich zu allem fähig ist, solange die entsprechenden Umstände vorliegen. Sie – ich – jeder von uns wäre in der Lage einen Menschen zu töten. Es kommt nur auf die passende Situation an. Für den einen reicht schon ein Rempler eines Unbekannten in der Menge. Wenn ich eine niedrige Hemmschwelle zur Gewalt habe und womöglich unter Drogen stehe, dann reicht dieser minimale Auslöser aus. Ich ziehe ein Messer, drehe mich um und steche diesen respektlosen Kerl einfach ab. Wenn ich mich dann einfach ruhig entferne, komme ich damit vielleicht sogar durch."

Sonja, die Wahlberg noch nicht so gut kannte, war fasziniert, wie dieser Mann in einer anderen Welt zu versinken und seine Besucher überhaupt nicht mehr wahrzunehmen schien.

„Menschen mit einer größeren Tötungshemmung", fuhr er fort, „brauchen ein komplexeres Szenario. Aber wenn man es schafft, die Welt, mit der sie vertraut sind, auf den Kopf zu stellen, ihnen nur den einen Ausweg lässt und ihnen das erforderliche Mittel zur Verfügung stellt, dann werden auch sie schießen, um zu töten."

„Was meinen Sie damit?", fragte Sonja nach.

„Nehmen Sie einen braven Familienvater, sagen wir: einen Religionslehrer. Nicht gerade der typische Mörder. Jetzt das Setting: Die Familie wird entführt, der Mann sitzt mit auf den Rücken gefesselten Händen auf einem Stuhl und muss mit ansehen, wie der Entführer seine Frau vergewaltigt und ihr die Kehle durchschneidet. Dann geht er raus und holt die sechzehnjährige Tochter rein. Er bedroht sie mit einem Revolver, fesselt auch ihre Arme und dann legt er die Waffe auf einen Tisch. Der Gefesselte kann sie ja nicht erreichen. Der Entführer beginnt dem Mädchen die Kleider vom Leib zu reißen. In diesem Moment gelingt es dem Vater seine Fesseln an einer scharfen Kante des Stuhls zu zerschneiden. Vor ihm liegt die Waffe und der Entführer lässt gerade seine Hose herunter, um die Tochter ebenfalls zu vergewaltigen. Was wird der Vater wohl tun?"

Die Moderatorin schwieg betreten. Durch ihren Job waren ihr Situationen wie die beschriebene näher als anderen Menschen, aber trotzdem fühlte sie gerade, wie eine schwere Beklemmung von ihr Besitz nahm.

„Wir verstehen das Beispiel", mischte sich Staller ein. „Die Frage war aber, ob Ihrer Meinung nach Enrico Lorenz – und zwar aus eigenem Antrieb – fähig wäre, einen Menschen zu entführen und zu töten."

Wahlberg griff erneut nach seinem Weinglas, beließ es dieses Mal aber bei einer ausführlichen Geruchsprobe.

„Enrico Lorenz ist, wie Sie zweifellos bereits wissen, schon in der frühen Kindheit mit dem gewaltsamen Tod konfrontiert worden. Der Mord an seinem Vater, den er sehr geliebt hat, und der gleichzeitige und ungeklärte Tod seiner Mutter sind geeignet, Teil eines Szenarios zu sein, das an sich friedliebende und harmlose Menschen zu Mördern machen kann. Insofern – vorstellbar wäre es."

„Das klingt für mich sehr theoretisch und eher vage", hakte der Reporter nach. „Sie haben viele Stunden in Sitzungen mit Enrico verbracht und das über einen langen Zeitraum. Können Sie uns nicht ein bisschen mehr sagen?"

„Vergessen Sie bitte nicht, dass es eine ärztliche Schweigepflicht gibt. Ich nehme die Verantwortung meinen Patienten gegenüber sehr ernst."

Staller verzog das Gesicht und war sichtlich verärgert. Doch bevor er sich äußern konnte, begann Sonja leise, aber eindringlich zu reden.

„Ich verstehe Ihre Position als Arzt. Wenn es nur um die vier Toten in seinem Elternhaus ginge, dann hätten wir Sie bestimmt nicht um diese Zeit belästigt. Denen ist nämlich nicht mehr zu helfen. Aber genau in diesem Moment ist eine junge Frau in seiner Gewalt. Er hat sie schon eine Nacht mit Kabelbindern an ein Bett gefesselt. Sie ist als Jugendliche bereits von zwei jungen Männern vergewaltigt worden. Wir wissen nicht, was Enrico mit ihr vorhat oder bereits getan hat. Aber wir sind ziemlich sicher, dass sie noch lebt. Noch." Sie überließ es dem Arzt, seine eigenen Schlüsse aus dem Gesagten zu ziehen und schaute ihn nur bittend an.

Der Reporter mischte sich nicht ein, sondern beobachtete gespannt, wie Wahlberg mit sich zu kämpfen schien. Schließlich hatte er eine Entscheidung getroffen und hob den Kopf.

„Es spricht sehr viel dafür, dass Enrico, wenn auch unbeabsichtigt, den Tod seiner Mutter verschuldet hat. Er kam dazu, als sie seinen Vater erstach. Aus Angst, dass er selbst das nächste Opfer sein würde, hat er ihr mit einer Flasche auf den Schädel geschlagen. Dieser Schlag war keinesfalls tödlich. Sie drehte sich zu ihm um und stolperte. Immerhin war sie sturzbetrunken. Dann fiel sie mit dem Hinterkopf auf die Tischkante und war sofort tot. Enrico war damals gerade acht Jahre alt."

„Weiß die Polizei davon?", fragte Staller ernst.

„Nein. Es handelt sich hierbei auch nicht um gesicherte Fakten, sondern um ein Bild des Tathergangs, das Stück für Stück und erst viel später entstanden ist. Vermutlich ist Ihnen der Begriff des hyperthymestischen Syndroms nicht geläufig?"

Die beiden Journalisten schüttelten einmütig den Kopf.

„Beim hyperthymestischen Syndrom ist der Betroffene in der Lage eigene Erlebnisse außerordentlich detailliert und lange in der Erinnerung zu behalten."

„So ähnlich wie bei einem fotografischen Gedächtnis?", warf Staller ein.

„Dieser Begriff ist zwar sehr umstritten und existiert im Wortsinn eigentlich nicht, aber er kommt der Sache nahe. Enrico Lorenz behält seine Erlebnisse so klar und vielschichtig im Gedächtnis wie niemand sonst, den ich kenne."

„Heißt das, er konnte den Tathergang von damals exakt schildern?"

Dr. Wahlberg nahm erst einen winzigen Schluck Rotwein, bevor er antwortete.

„Sagen wir es so: Ich bin mir ziemlich sicher, dass er es könnte. Auf der anderen Seite sind Mord und Totschlag für ein Kind derart traumatische Erfahrungen, dass viele andere Faktoren ebenfalls eine Rolle spielen. Ich habe Enricos besondere Fähigkeit erst Jahre später entdeckt und dann versucht, mit ihm noch einmal in die Vergangenheit zurückzugehen."

„War das erfolgreich?", fragte Sonja.

„Ich denke, dass er aus Angst vor möglichen Konsequenzen den Speicherort für diese Informationen sehr gut abgesichert hat. Ich habe mir die Ereignisse dieses Abends mühsam aus einzelnen Puzzlestückchen, die er immer mal geliefert hat, zusammengesetzt."

„Ich verstehe." Staller empfand einen gewissen Zeitdruck, auch wenn er die Ausführungen des Psychiaters hoch spannend fand. „Was wir wissen müssten: Warum entführt Enrico eine Frau und was wird er mit ihr anstellen? Und das alles in dem Bewusstsein, dass er bereits vier Menschen ermordet hat."

„Ist das zweifelsfrei bewiesen?"

„Dafür ist es zu früh. Aber es fällt sehr schwer, an eine andere Erklärung zu glauben. Möglicherweise hält die Spurensicherung inzwischen den Beweis in Händen."

Der Arzt akzeptierte dies.

„Enrico hatte das Glück, dass er in eine für ihn sehr gute Pflegefamilie gekommen ist. Deshalb ist er vor Alkohol und Drogen bewahrt geblieben und konnte in diesem stabilen Umfeld eine halbwegs normale Entwicklung nehmen, die es ihm erlaubt hat das Leben zu meistern. Nach außen hin zumindest. Abgeschlossene Schulbildung, ein anständiger Job, das selbstbestimmte Leben in der eigenen Wohnung. Es darf bezweifelt werden, ob er das erreicht hätte, wenn seine Herkunftsfamilie weiterbestanden hätte."

„Was ist also schiefgelaufen, dass er angefangen hat Menschen zu töten?", unterbrach der Reporter.

„Vielleicht müssen wir zwischen funktionaler und emotionaler Entwicklung unterscheiden", überlegte Dr. Wahlberg. „Äußerlich hat er den gesellschaftlich akzeptierten Standards entsprochen. Er lebte unauffällig und angepasst. In ihm drin dürfte es anders aussehen. Dort bestehen erhebliche Defizite. Wenn man unterstellt, dass die ersten Jahre seiner Kindheit nicht durch Wärme und Liebe geprägt waren, was bei einer alkoholkranken Mutter nicht verwundert, dann sehen wir ein bindungsloses Kind, das sich vermutlich nichts mehr gewünscht hat als eine ganz normale, durchschnittliche Familie."

„Und die sucht er sich jetzt?", wollte Sonja wissen.

„Das wäre zumindest eine Möglichkeit."

Staller hatte plötzlich eine Idee.

„Die vier Toten waren ein Mann um die sechzig, eine etwa gleichaltrige Frau, vielleicht fünf Jahre jünger, ein junger Mann um die dreißig und ein Mädchen, vielleicht knapp zwanzig Jahre alt. Hat er da versucht, sich eine neue Herkunftsfamilie zu verschaffen?"

„Auch das ist nicht auszuschließen. Aus den Gesprächen mit ihm weiß ich zumindest, dass er sich Geschwister gewünscht hätte."

„Aber warum hat er seine neue Familie umgebracht? Wenn es doch das war, was er sich gewünscht hat?" Sonja wirkte ratlos.

„Es stellt sich natürlich die Frage, ob diese neue Familie sich das auch so gewünscht hat. Das Szenario wirkt auf mich eher umgekehrt: Enrico entwickelt ein Wunschmodell und versucht es mit Leben zu füllen. Er merkt schnell, dass das nicht funktioniert, und überträgt sein reales Modell in eine Fantasiewelt. Die Personen dienen dann nur noch als Kulisse. Und da er sie nicht wieder in ihren eigenen Alltag entlassen kann, müssen sie sterben. Denn sonst würden sie ihn verraten. So, wie wir das heute Morgen auch schon besprochen hatten."

„Sagen wir also, dass der Versuch eine Herkunftsfamilie nach seinen Wünschen zu erschaffen gescheitert ist. Hat er daraus gelernt und geht seinen zweiten Versuch mit einer eigenen Familie etwas anders an?", lenkte der Reporter die Aufmerksamkeit wieder auf die aktuelle Situation.

„Wir wissen nicht, wie er bei den vier Toten vorgegangen ist. Handelt es sich dabei um eine Familie oder um vier Einzelpersonen? In jedem Fall ist das Setting extrem komplex und die Erfolgschancen sind dementsprechend gering. Bei einer einzigen Person ist das anders. Das reicht von echter Sympathie bis hin zu den Möglichkeiten des Stockholm-Syndroms. Aber das kann niemand vorhersagen."

„Mal angenommen, man könnte ihn finden. Würde er die Geisel freigeben? Oder würde er mit unkalkulierbarer Gewalt reagieren?", fragte Staller eindringlich.

„Das ist aus der Ferne unmöglich zu sagen. Sie erinnern sich an meine Einstellung zu jedermanns Befähigung zum Mord. Aber ich entnehme Ihren Äußerungen, dass Sie eine Idee haben, wo Sie ihn finden könnten, habe ich recht?"

Der Reporter zögerte einen Moment und nickte dann.

„Und jetzt überlegen Sie, wie Sie die Frau da herausbekommen?"

„Er ist mit ihr in einem Wohnmobil unterwegs. Ich habe die Hoffnung, dieses finden und isolieren zu können. Die Polizei wird dafür sorgen, dass er keine Fluchtchance bekommt. Aber ich möchte jede Möglichkeit ausschöpfen, damit die Frau am Leben bleibt."

Dr. Wahlberg trank entschlossen sein Glas leer und stellte es mit Schwung ab.

„Aus der Entfernung kann ich keine hinreichende Einschätzung vornehmen. In solchen Fällen hängt so viel von der aktuellen Lage ab. Lassen Sie mich mitkommen! Vor Ort kann ich vielleicht helfen. Zumindest habe ich einen Draht zu ihm, wenn es zu einer Verhandlungssituation kommen sollte."

Sonja und Staller schauten sich fragend an. Der Reporter nickte leicht.

„Das ist sehr entgegenkommend von Ihnen, Dr. Wahlberg. Aber stellen Sie sich auf eine lange Nacht ein!"

„Immer noch besser, als im Bett zu liegen und nicht schlafen zu können. Ich hole mir nur etwas Warmes zum Anziehen."

Als sie allein im Zimmer waren, fragte Sonja: „Hältst du das für den richtigen Weg?"

„Immerhin kann ich Bommel dadurch die Nachtruhe stören", grinste Staller. „Ja, ich glaube, dass es ein Vorteil wäre, wenn Enricos Therapeut mit vor Ort ist. Die Polizei schickt im Zweifel ein Sondereinsatzkommando. Die Jungs haben zwar eine Menge drauf – aber was ist, wenn er seine Türen ebenfalls mit irgendwelchen Fallen sichert? Dann würde Vivian womöglich verletzt."

Sonja atmete tief durch.

„Wollen wir hoffen, dass alles gut geht. Rufst du Thomas an?"

* * *

Das nervtötende Klingeln hörte nicht auf. Bombach öffnete mühsam ein Auge und versuchte sich zu orientieren. Er lag im Wohnzimmer auf einem Sessel und der Fernseher lief. Als der unförmige Berg auf dem Sofa sich bewegte, kam der Kommissar ganz zu sich und beeilte sich ans Telefon zu gehen, bevor Gaby endgültig aufwachte.

„Was willst du mitten in der Nacht? Du hättest beinahe die junge Mutter geweckt!"

„Hat Gaby deine Abwesenheit für eine flotte Entbindung genutzt? Clever von ihr!", klang es vergnügt aus dem Lautsprecher.

„Nochmal: Was gibt es? Ich habe auch schon geschlafen."

„Bestimmt auf dem Sessel vor dem Fernseher." Aber Staller wurde sofort ernst. „Ich weiß ziemlich sicher, wo Enrico und Vivian gerade sind."

Das wirkte wie ein starker Kaffee auf den Polizisten. Sofort klang er munter und konzentriert.

„Wo denn?"

„Auf einem Wohnmobilplatz in Damp an der Ostsee."

„Und woher willst du das wissen?"

Der Reporter erklärte es ihm.

„Eine ausgeschnittene Anzeige? Könnte hinhauen. Vielleicht sollte ich die Kollegen informieren."

„Mach mal. Sonja und ich fahren da auch gleich hin."

„He, Augenblick mal, was geht euch das an?"

„Bommel! Erstens haben wir uns schon mit dem Fall beschäftigt, als er für dich noch gar keiner war. Und zweitens bringen wir Dr. Wahlberg mit."

„Warum das denn?"

„Er ist Enricos Therapeut. Und zwar seit Jahren. Das könnte helfen, oder?"

Dagegen konnte der Kommissar nichts vorbringen. Trotzdem gab er seinem Freund eine Warnung mit auf den Weg.

„Fang da nichts an, ehe nicht das SEK vor Ort ist!"

„Na, das kann ja noch dauern. Wo sitzt das nächste, in Eutin? Und dann noch die länderübergreifenden Kompetenzfragen … wann wollt ihr am Start sein, nächste Woche?"

„Sehr witzig!", brummte Bombach. „Ich fahre auch gleich los und regele den Rest von unterwegs. Sonst machst du doch bloß wieder Unsinn! Tschüss!"

Über der Decke erschien das verschlafene Gesicht von Gaby.

„Hast du mich so lieb zugedeckt?"

„Ja. Ich dachte, wenn du gerade mal schläfst, wollte ich dich nicht wecken. Tut mir leid, dass Mike jetzt angerufen hat." Er beugte sich über sie und küsste sie zärtlich. „Hast du vor in den nächsten acht Stunden niederzukommen?"

Sie lachte über seine Wortwahl.

„Hochkommen wäre aktuell das Problem. Hilf mir mal, bitte."

Mit einiger Mühe gelang es ihm sie aufzurichten und ächzend erhob sie sich vom Sofa.

„Du musst noch einmal weg, stimmt's?"

Er nickte traurig.

„Ich fahre nur ungern weiter weg, aber es geht um einen ziemlich ernsten Fall, bei dem das Leben einer Frau in Gefahr ist. Sie wurde entführt. Von einem Mann, der bereits vier Menschen ermordet hat."

„Und was machst du dann noch hier?" Gaby verbarg ihr Erstaunen. Ihr Mann verheimlichte sonst absolut jede Information über seine Arbeit vor ihr, was sie fast wahnsinnig machte, da sie oft Angst um ihn hatte. Ein Anschlag mit einem Molotowcocktail auf ihr Haus vor einigen Jahren war der Grund dafür. Und jetzt rückte er so viele Details raus? „Geh und erledige deine Pflicht als edler Ritter. Aber versprich mir, dass du ebenfalls aufs SEK wartest!"

„Versprochen! Dafür behältst du unsere Söhne in dir, bis ich zurück bin, ja?"

Sie lachte fröhlich.

„Ich werde sehen, was ich tun kann. Pass auf dich auf!" Mit ihrem besten Watschelgang folgte sie ihm bis zur Haustür, wo sie ihn am Ärmel zupfte. „Küss mich! So viel Zeit muss sein."

Nachdem er diese angenehme Aufgabe ausführlich erledigt hatte, trat er in die Nacht und winkte ihr zum Abschied noch einmal zu.

* * *

Mit wenig mehr als Leerlaufdrehzahl rollte der alte Pajero von Michael Staller auf den verlassenen Platz vor der geschlossenen Gaststätte. Das griechische Restaurant mochte während der Saison aus allen Nähten platzen, aber jetzt im Winter lohnte sich der Betrieb für eine Handvoll Camper nicht.

Staller stellte den Motor aus und löschte das Licht. Einige sparsame Leuchten markierten den Weg zum Sanitärtrakt, ansonsten lag der Platz in völliger Dunkelheit. Jetzt, um zwei Uhr in der Nacht, herrschte außerdem tiefe Stille, wenn man von dem ganz leisen Grundrauschen der Ostsee im Wind absah. Der Strand war schließlich nur etwa 300 Meter Luftlinie entfernt.

Auf dem Rücksitz war Dr. Wahlberg während der Fahrt eingedöst. Er wachte auch jetzt nicht auf, was dem Reporter durchaus recht war. Staller dehnte die verkrampften Muskeln, soweit das hinter dem Lenkrad möglich war und wandte sich gedämpft an Sonja: „Ich gehe mal überprüfen, ob das

Wohnmobil tatsächlich auf dem Platz steht. Nicht, dass wir hier ein Riesen-fass aufmachen und Enrico ist gar nicht hier."

„Willst du das nicht lieber dem SEK überlassen?"

„Würde ich ja. Aber die sind noch nicht hier. Und wer weiß, wie lange das noch dauert, bis sie kommen. Ich will den Kerl ja nicht überwältigen. Nur mal gucken. Außerdem schläft garantiert alles."

„Aber du bist vorsichtig, ja?"

„Na sicher", versprach Staller und warf ihr eine kleine Kusshand zu.

„Pass gut auf den Doc auf. Und hab ein Auge auf Bommel und seine Ver-stärkung! Nicht, dass die hier mit Musik und Beleuchtung auf den Platz ra-sen."

„Geht klar!"

Behutsam drückte er die Autotür zu, um jedes überflüssige Geräusch zu vermeiden. Dann ging er ein Stück zurück, wobei er die in der Nähe des Waschraums geparkten Wohnmobile zunächst ignorierte. Wenn Enrico vor Ort war, dann hatte er sich bestimmt eine etwas abgelegenere Stelle ge-sucht. Solange er auf Asphalt unterwegs war, stellte die tiefe Dunkelheit kein Problem für den Reporter dar. Als er den Rand des eigentlichen Ab-stellplatzes erreicht hatte, zog er eine schmale Taschenlampe hervor und schaltete sie kurz zur Orientierung ein, wobei er den Strahl mit den Fingern begrenzte. Zwei parallele, befestigte Wege führten nach Süden, von denen jeweils rechts und links Stellflächen für die Camper abgingen. Auf den ers-ten Metern standen keine Wagen. Hinter dem zweiten Weg lag noch ein Grasstreifen, der von einer Reihe Büsche und Bäume begrenzt wurde. Das war für seine Absichten ideal. Er begab sich hinter den Gehölzstreifen und hatte den eigentlichen Platz somit verlassen. Aufgrund der Jahreszeit konn-te er aber trotzdem durch die Zweige sehen, obwohl er selbst ziemlich ver-deckt war. Leise schlich er weiter und ließ nur gelegentlich und sehr vor-sichtig einen Lichtstrahl aufblitzen. Etwa zehn Standplätze hatte er bereits abgeschritten, ohne ein einziges Wohnmobil zu entdecken. Aber er war nicht beunruhigt. Noch war er erst halb um den Platz herumgegangen.

Drei Minuten später drang er sehr behutsam in das Gebüsch ein. Auf dem allerletzten Platz stand ein mittelgroßer Camper, der rückwärts einge-parkt worden war. Staller näherte sich ihm nun vom Heck und konnte da-her relativ sicher sein, dass er nicht bemerkt werden würde, selbst wenn die Bewohner wach wären, wofür es keinerlei Anzeichen gab. Alles war dunkel und es herrschte tiefe Stille.

Gebückt huschte er heran, bis er unmittelbar hinter dem Wagen stand. Mit einem kurzen Taschenlampeneinsatz vergewisserte er sich, dass das Kennzeichen das erwartete war. Er hatte Enrico und hoffentlich auch Vivian gefunden!

Vorsichtig spähte er auf beiden Seiten des Campers entlang, konnte aber nichts Auffälliges entdecken. Er hatte gehofft, vielleicht zwei Paar Schuhe vor dem kleinen Tritt an der Eingangstür zu finden, aber ihm fiel sofort ein, dass das natürlich Quatsch war. Es konnte jederzeit regnen oder schneien und selbst wenn nicht, dann war die Nacht trotzdem reichlich feucht.

Gerade wollte er sich wieder unauffällig davonschleichen, als er eine weibliche Stimme hörte. Redete Vivian im Schlaf? Es handelte sich um ein unverständliches Gemurmel ohne erkennbaren Sinn. Mit angehaltenem Atem lauschte er, ob sich der Vorfall wiederholte. Und richtig – abermals klangen einige Wortfetzen aus dem Wohnmobil. Aber auch sie waren zusammenhanglos und wurden zudem nach wenigen Sekunden von einem einsetzenden Schnarchen übertönt. Immerhin konnte er als Information mitnehmen, dass sich mindestens zwei Personen im Camper aufhielten, die in tiefem Schlaf zu liegen schienen. Das war doch schon mal besser als nichts.

Wenige Minuten später stand er wieder vor seinem eigenen Wagen und öffnete geräuschlos die Tür.

„Ist Enrico hier?", fragte Sonja halblaut mit angespannter Stimme.

„Alles in bester Ordnung", bestätigte Staller. „Hast du was von Bommel gehört?"

Sie schüttelte nur den Kopf.

„Gut, dann rufe ich ihn mal an." Er zog den Kopf wieder aus dem Pajero, um den Arzt nicht zu wecken, und spazierte einige Schritte zur Seite, bevor er die vertraute Nummer wählte.

„Wo bist du, Bommel?"

„Ich habe gerade das wunderschöne, aber etwas verschlafene Holzdorf passiert. In meinem Schlepptau befindet sich das SEK und wir sind in spätestens fünf Minuten da."

„Kein Grund zur Hektik. Unser Kunde samt Begleitung hat sich entspannt in Morpheus' Arme geworfen. Sein Wagen steht ganz allein am Ende des Platzes. Ihr haltet am besten vor dem ersten Gebäude, da kann er euch nicht sehen. Und vielleicht fahrt ihr nicht mit quietschenden Reifen vor."

„Danke für diesen unheimlich hilfreichen Hinweis. Bis gleich. Und – keine Alleingänge, ist das klar?"

„Ist ja gut."

Der Reporter ging zu seinem Wagen zurück und manövrierte ihn so, dass seine Front in die Richtung zeigte, aus der die Polizei kommen musste. Nach kaum vier Minuten erkannte er tatsächlich die Scheinwerfer von drei Wagen, die ihm entgegenkamen. Er blendete zweimal kurz auf, um seinen Standort zu verraten. Im Nu waren die Wagen herangebraust und kurz darauf sah sich Staller von acht schwarz gekleideten Gestalten und seinem Freund Bombach umringt. Nach kurzer Vorstellungsrunde erkundigte sich der Einsatzleiter der Gruppe militärisch knapp: „Wie ist die aktuelle Lage?"

Unbefangen antwortete Staller: „Das Wohnmobil steht isoliert am südwestlichen Ende des Platzes. Mindestens 200 Meter Abstand zum nächsten Fahrzeug. Vor fünf Minuten lag dort alles in tiefstem Schlaf. Alles heißt in diesem Fall mindestens zwei Personen, davon eine Frau. Vermutlich also Vivian und Enrico Lorenz."

„Sie waren dort?"

„Hinter dem Platz verläuft ein dicht bewachsener Knick. Man kommt ungesehen bis auf fünf Meter an den Camper heran. Ich habe Schnarchen gehört und eine weibliche Stimme, die im Schlaf geredet hat."

Wortlos wählte der Einsatzleiter zwei seiner Leute aus und deutete in die Richtung, in der das Wohnmobil stehen musste. Sofort glitten die beiden Männer in die Dunkelheit.

„Nach der aktuellen Lagebeurteilung treffen wir uns im Kommandofahrzeug", wandte sich der Mann daraufhin an Bombach. „Dann planen wir unser Vorgehen."

„Ich wäre gerne dabei", bemerkte Staller in ruhigem Ton. „Bei mir ist der langjährige Therapeut des Täters. Außerdem verfüge ich über verschiedene Informationen, die sowohl den Täter als auch das Entführungsopfer betreffen."

Der SEK-Chef bedachte Bombach mit einem fragenden Blick, woraufhin dieser unmerklich nickte. „Also gut. Bringen Sie den Doc mit. Wir treffen uns in fünf Minuten dort." Er deutete auf den größeren der beiden Transporter und stapfte davon. Seine Männer folgten ihm.

„Ich weiß nicht, wieso ich mich darauf einlasse", beschwerte sich Bombach.

„Weil du dir von meiner Unterstützung etwas versprichst", erklärte ihm der Reporter. „Und meistens liegst du damit ja auch richtig."

„So haben wir aber nicht gewettet!", zeterte der Kommissar erbost, als in diesem Moment der wohlbekannte weiße Kombi mit abgeblendeten Scheinwerfern auf das Gelände bog und neben Stallers Wagen zum Stehen kam. „Oh nein – nicht die auch noch!"

Isa sprang aus dem Wagen und rief begeistert, aber wenigstens mit gedämpfter Stimme: „Das ist so aufregend! Ich war noch nie bei einem SEK-Einsatz dabei!"

„Und das wird auch so bleiben", brummte Bombach verärgert. „Das ist hier doch kein Familienausflug!"

„Sie wird uns nicht in die Quere kommen. Ich rede mit ihr." Energisch nahm der Reporter die hellwache Praktikantin an die Hand und ging mit ihr einige Schritte zur Seite. Eindringlich redete er auf sie ein. Mehrmals schien sie widersprechen zu wollen, aber schließlich nickte sie. Danach schlich sie mit gesenktem Haupt zu dem weißen Kombi zurück.

„Wie hast du Isa bloß gebremst? Das ist doch eigentlich gar nicht machbar!"

„Tja, Bommel, Hummeln können schließlich auch fliegen, obwohl das physikalisch unmöglich ist. Komm, die fünf Minuten sind um! Ich hole nur noch schnell Dr. Wahlberg."

In dem fahrbaren Kommandostand ging es verhältnismäßig eng zu. Schmidt, wie sich der Chef der Einheit nannte, was nicht unbedingt der Realität entsprechen musste, trug einen Knopf im Ohr und lauschte konzentriert. Dann sprach er in ein Funkmikro: „Ich schalte jetzt ein." Daraufhin drückte er zwei Knöpfe und auf den Monitoren im Wagen wurden zwei unterschiedliche Perspektiven des Wohnmobils sichtbar. Die Qualität war natürlich äußerst begrenzt, aber dafür, dass stockdunkle Nacht herrschte, war das Fahrzeug recht gut erkennbar.

„Ton?", fragte er nach und betätigte einen Drehknopf. Aus einem Lautsprecher erklang zunächst ein leises Rauschen, dann hörte man entfernt jemanden schnarchen. „Funktioniert. Rückzug!"

Dr. Wahlberg, der an die Schiebetür gelehnt alles genau beobachtete, wirkte beeindruckt.

„Wir haben zwei Nachtsichtkameras rechts und links im Gehölz installiert. In die Lüftung des Wohnmobils hängt außerdem ein empfindliches Mikrofon. Jetzt können wir unser Vorgehen planen und verpassen trotzdem nichts."

„Die Tatsache, dass der Entführer schläft, deutet auf ein niedriges Stresslevel hin", erklärte der Arzt. „Das ist doch gut. Wäre das nicht eine ausgezeichnete Ausgangsbasis für einen schnellen Zugriff?"

Schmidt winkte ab.

„Der Täter hat bereits Spreng- und ähnliche Fallen eingesetzt. Wer weiß, wie er den Camper gesichert hat. Wir haben keine Erkenntnisse über die genaue Lage im Fahrzeug. Zu gefährlich für das Leben der Geisel."

„Wie ist dann Ihr Plan?", erkundigte sich Bombach.

„Informationen sammeln. Wir brauchen mehr Details. Ist er bewaffnet? Hat er Sprengstoff dabei? Ist er bereit die Geisel zu töten oder selbst zu sterben? Was sagen Sie als sein Doc dazu?"

Wahlberg lieferte zunächst einen kurzen Abriss der Geschichte von Enrico. Staller und Bombach ergänzten dann die Einzelheiten ihrer Erlebnisse im Elternhaus des Geiselnehmers.

„Scheiße." Schmidt kommentierte das verhältnismäßig emotionslos, sprach aber danach in sein Mikro: „Adler eins an alle: Täter möglicherweise bewaffnet und auf jeden Fall gefährlich. Kein, wiederhole, kein unnötiges Risiko eingehen." Dann wandte er sich an die Anwesenden im Kommandostand.

„Ich werde einen Scharfschützen in Position bringen, sobald sich Leben in dem Fahrzeug zeigt."

„Ist das nicht ein bisschen überzogen? Außerdem brauchen Sie dafür doch eine Ermächtigung, oder?" Dr. Wahlberg wirkte etwas schockiert.

„Garantieren Sie mir, dass der Täter die Geisel nicht hinrichtet?", fragte Schmidt und wirkte mit einem Mal müde. „Und die Entscheidungen treffe ich hier alleine."

„Entschuldigung, ich wollte Ihre Kompetenz nicht in Frage stellen", ruderte der Arzt zurück. „Es kommt mir nur so ... brachial vor. Immerhin kenne ich Herrn Lorenz seit Jahren. Er ist ein durchaus vernünftiger junger Mann."

„Ein junger Mann, der bereits vier Menschen umgebracht hat, wenn ich dem Kollegen Bombach Glauben schenken darf. Können Sie ihn überzeugen, dass er die Geisel gehen lässt?"

Wahlberg überlegte.

„Unser Verhältnis ist vertrauensvoll. Wenn ich ihm erkläre, dass er seine Lage nur verschlimmert, wenn er nicht aufgibt, dann würde er mir vermutlich Glauben schenken. Allerdings ..."

„Was?"

„Ich versuche es mal unkompliziert auszudrücken. Wenn er sich selber erfolgreich eingeredet hat, dass diese Frau aus freien Stücken mit ihm kommt, dann wird er ein solches Polizeiaufgebot als ungerecht empfinden. Das könnte ihn provozieren, weil er dadurch seinen Plan gefährdet sieht."

„Und was ist sein Plan?" Der Kommandeur klang inzwischen ziemlich genervt.

„Er will eine Familie. Seine eigene. Damit würde er sich von der Vergangenheit abnabeln und möglicherweise seinen Frieden finden."

„Soll das heißen, dass Sie vorschlagen das SEK abzuziehen?", mischte Bombach sich jetzt ein.

„Nun, zumindest halte ich eine demonstrative Präsentation geballter Polizeimacht für kontraproduktiv. Wenn er die Tür von seinem Wohnmobil aufmacht und in die Mündung eines Scharfschützengewehrs blickt, dann könnten ihm die Sicherungen durchbrennen. Ihn daraufhin einfach zu erschießen, hält ja wohl hoffentlich niemand hier für eine Lösung."

„Haben Sie auch noch etwas beizutragen?", erkundigte sich Schmidt barsch bei dem Reporter.

„Was das Opfer betrifft, ist es möglicherweise von Bedeutung, dass die junge Frau bereits früher von zwei Männern vergewaltigt worden ist. Diese Tat hat sie verschwiegen und zu verdrängen gesucht. Sie macht zwar gerade einen Selbstbehauptungskurs mit, aber es ist damit zu rechnen, dass sie in einer Stresssituation den Anweisungen des Täters Folge leisten wird. Sie ist nicht der Typ für Widerstand. Vermutlich steht sie momentan ziemlich unter Schock. Außerdem hat sie sich bei ihrem Arbeitgeber gemeldet und eine Woche Urlaub beantragt. Ob freiwillig oder unter Zwang, weiß ich nicht."

„Okay. Sonst noch was?" Allgemeines Kopfschütteln. „Gut, die Hintergrundinfos sind zufriedenstellend. Was fehlt, sind Erkenntnisse über die Lage im Fahrzeug. Wir halten uns bereit den Wagen zu umzingeln, sobald sich dort etwas rührt. Dabei bleiben wir möglichst ungesehen, bis wir genauer wissen, was da drinnen vor sich geht. Sobald es hell genug ist, versuchen wir auch mit den Kameras zu arbeiten. Vielleicht bekommen wir zu sehen, wie die Lage der Geisel ist. Sollte es vorher eine Lageänderung geben, werden wir entsprechend flexibel reagieren. Ich werde meine Männer jetzt instruieren." Der Einsatzleiter agierte hochprofessionell und überlegt. Und zum guten Schluss wurde er sogar menschlich. „Ruhen Sie sich etwas aus, wenn es geht. Es ist jetzt halb drei in der Nacht – bis es hell wird, dauert es noch mindestens fünf Stunden. Sollte sich etwas ereignen, lasse ich Ihnen Bescheid sagen." Mit diesen Worten händigte er dem Kommissar und dem Reporter je ein Funkgerät aus.

Staller, Bombach und Dr. Wahlberg verließen den Kommandowagen. Draußen stutzte der Kommissar.

„Hat dein Team dich etwa im Stich gelassen? Und dein Auto haben sie gleich mitgenommen?"

„Im Gegensatz zu dir haben wir Fernsehfuzzis immer was zu tun. Vielleicht kannst du Dr. Wahlberg und mir vorübergehend Asyl in deinem Dienstwagen gewähren. Hier draußen ist es doch etwas frisch auf die Dauer."

„Es bleibt mir ja wohl nichts anderes übrig."

Soweit das mit drei Erwachsenen möglich war, machten sie es sich im BMW des Kommissars gemütlich. Gelegentlich beobachteten sie, wie einer von Schmidts Männern kurz zum Kommandowagen kam, aber sonst verrann die Zeit so zäh wie Kuchenteig. Nach zwanzig Minuten ereignete sich doch etwas: Stallers Pajero rollte mit niedriger Drehzahl wieder auf das Gelände und nahm seine frühere Position ein.

„Ist ihnen doch noch aufgefallen, dass sie dich vergessen haben?"

„Ich bin mir ziemlich sicher, dass gerade du sehr glücklich über das sein wirst, was gleich passiert, Bommel!"

Beladen mit etlichen voluminösen Papiertaschen stiegen Sonja und Isa aus dem Wagen und kamen näher. Staller stieg aus.

„Leider nur Mäcces", bedauerte Sonja. „Gar nicht so einfach, um diese Zeit Essen und Getränke zu besorgen."

„Bommel wird's egal sein und ich bin sowieso hauptsächlich an frischem Kaffee interessiert."

„Ist alles da!", verkündete Isa und reichte zwei Tüten in den BMW, die Bommel mit einem kindlichen Strahlen entgegennahm.

„Danke, das war ausnahmsweise mal eine gute Idee von dir, Mike!"

„Freut mich, dass ich deinen Geschmack getroffen habe! Wir ziehen uns mal in mein Auto zurück, dann haben wir alle mehr Platz."

Die nächste halbe Stunde verlief wieder komplett ereignislos, sah man davon ab, dass die Berge von Essen tatsächlich komplett vernichtet wurden. Guter Appetit der Beteiligten und die Langeweile trugen wohl zu gleichen Teilen dazu bei. Plötzlich knackte es im Funkgerät.

„Größeres Fahrzeug trifft ein, vermutlich Wohnmobil ... positiv, es ist ein Wohnmobil. Biegt auf den Platz und ist jetzt außer Sicht. Was hat das zu bedeuten?"

„Ich schätze, jetzt bin ich dem Einsatzleiter eine Erklärung schuldig", grinste Staller und stieg abermals aus. „Ich werd's ihm mal persönlich sagen."

Vor der Tür zum Kommandostand wurde der Reporter von Bombach eingeholt.

„Bitte sag, dass du nicht dafür verantwortlich bist", flehte er.

„Komm mit rein, dann muss ich es nur einmal erklären." Gemeinsam kletterten sie in den Wagen.

„Was hat es mit dem Fahrzeug auf sich?", fragte Schmidt erneut.

„Das kann ich erklären", entgegnete Staller ruhig. „Wir haben es gemietet. Mein Team parkt es so, dass es in angemessenem Abstand gegenüber dem Camper des Geiselnehmers steht. Wenn Sie wollen, können Sie einen Ihrer Männer ebenfalls dort postieren. Dann haben Sie das Zielobjekt von allen Seiten unter Beobachtung."

Schmidt runzelte zunächst ärgerlich die Stirn, überlegte sich seine Reaktion allerdings noch einmal.

„Ich halte grundsätzlich nichts von Alleingängen von Zivilisten. Aber diese Idee ist gut. Sie hätten Sie vorher mit mir besprechen können", erwiderte er mit mildem Tadel.

„Tut mir leid, das habe ich vergessen", log der Reporter ungerührt.

Bombach musste sich förmlich auf die Zunge beißen, um einen Kommentar zu unterdrücken.

„Ist ja nun nicht mehr zu ändern. Und es erweitert unsere Optionen wirklich." Er griff zum Mikrofon. „Adler eins für Adler sechs. Der neue Camper gehört zu uns. Mach's dir gemütlich."

„Ansonsten irgendetwas Neues?", wollte Bombach wissen.

„Nichts. Wir warten weiter. Schlafen Sie noch ein bisschen."

Die beiden verstanden den Wink und traten wieder ins Freie. Jetzt, in der tiefsten Nacht, hatte sich die Temperatur dem Gefrierpunkt merklich angenähert. Von Schlaf konnte also selbst im geschützten Auto keine Rede sein. Außerdem hielt sie die Anspannung wach.

„Du hast diesen Camper doch nur besorgt, damit deine Kamera gut steht!"

„Das ist natürlich ein angenehmer Nebeneffekt", räumte Staller mit einem Zwinkern ein. „Aber der Nutzen für das SEK ist unbestreitbar. Sonst hätte Schmidt mich vermutlich hier rausgeworfen."

Die nächste Zeit verrann ebenso ereignislos wie ungemütlich. Alle hatten sich wieder in ihre Fahrzeuge zurückgezogen und versuchten etwas Ruhe zu finden, woran sie die langsam in die Knochen kriechende Kälte hinderte. Lediglich Isa schien auf dem Rücksitz von Stallers Pajero entspannt zu schlafen. Sie hatte sich allerdings auch auf dem Sitz zusammengerollt und die Knie unter ihre Jacke gezogen. Der Reporter kämpfte seit langer Zeit mal wieder mit dem Wunsch nach einer Zigarette. Sonja hatte ihre Lehne nach hinten gekippt und döste mit geschlossenen Augen.

Im Fahrzeug des SEK war es deutlich gemütlicher, denn eine Standheizung sorgte für angenehmere Temperaturen. Allerdings verursachte die Wärme zusammen mit der Langeweile eine gewisse Schläfrigkeit. Selbst der disziplinierte Schmidt kämpfte schwer gegen den aufkeimenden Wunsch, den Kopf auf die Arme zu legen und wegzudämmern.

Ein plötzliches Geräusch elektrisierte ihn jedoch. Es kam aus dem überwachten Wohnmobil und klang wie eine weibliche Stimme im Halbschlaf. Schmidt fuhr hoch und drehte den Lautstärkeregler etwas weiter auf. Angestrengt horchte er, aber es blieb zunächst bei den sanften Klängen regelmäßigen Schnarchens. Doch dann ertönte die Stimme erneut. Schwer klang sie, fast bleiern, wie von jemandem, der nach einem langen, anstrengenden

Tag eingeschlafen ist und kurz darauf wieder geweckt wird. Oder wie die Stimme eines frisch Operierten, der erst teilweise aus der Narkose erwacht ist.

„Mama?"

Der Einsatzleiter kroch fast in den Lautsprecher. Das Wort war nicht wirklich verständlich gewesen, aber er glaubte "Mama" verstanden zu haben. Das wäre für eine Frau über dreißig ziemlich ungewöhnlich.

„Mama, ich hab' Durst!" Es hörte sich drängender an, mehr wie "Du-hurst". Aber es war diesmal recht eindeutig zu verstehen gewesen. Außerdem deutete der Klang der Stimme auf ein Kind und nicht auf eine erwachsene Frau. Ganz offensichtlich hielt sich eine weitere Person in dem Wohnmobil auf.

„Adler eins an alle. Dritte Person im Wagen ausgemacht. Vermutlich ein Kind. Wahrscheinlich eine weitere Geisel. Erbitte Bestätigung, sobald möglich!"

Schmidt lauschte weiterhin konzentriert, aber die nächsten Geräusche, die er wahrnahm, kamen von der Tür des Kommandostands. In einer rekordverdächtigen Zeit hatten es die vertrauten drei ins Zentrum des Geschehens geschafft.

„Woher stammt die Information, die Sie gerade durchgegeben haben?", stellte Staller die erste Frage.

„Mikro", antwortete Schmidt lakonisch.

„Was hat das Kind gesagt?" Bombach wollte nicht zurückstehen.

„Mama – und Mama, ich hab' Durst. Das erste Wort noch unverständlich, danach war es recht eindeutig. Wenn jetzt alle den Mund halten würden, verpassen wir es nicht, wenn noch mehr kommt."

Dr. Wahlberg hatte sowieso nicht vor zu reden und die übrigen beiden erkannten den Sinn der Anweisung des Einsatzleiters. Gemeinsam starrten sie gebannt auf den Lautsprecher, aber wie so oft passierte genau dann nichts, wenn man sich sehnlichst das Gegenteil wünschte. Minuten verrannen zäh wie klebrige Lakritze. Möglicherweise hatte das Kind tatsächlich im Schlaf gesprochen und dabei niemanden geweckt. Der Kommissar und der Reporter warfen sich einen Blick zu und zuckten die Schultern. Sie konnten nichts tun. Es galt einfach abzuwarten. In zwei Stunden würde die Dämmerung einsetzen und ihnen einen ersten Blick auf das Wohnmobil ermöglichen. Spätestens dann mussten die Dinge ins Rollen geraten.

Dreißig ereignislose Minuten später ging die Tür erneut auf. Schmidt drehte sich missmutig um und wollte schon etwas Unfreundliches bellen, als er sah, dass Sonja und Isa große Tabletts mit Kaffee vor sich hertrugen.

„Wir dachten, da eh niemand mehr schlafen kann, würde so ein heißer Kaffee allen guttun", lächelte Sonja den Einsatzleiter an, der sich ihrem Charme nicht entziehen konnte.

„Gute Idee", grunzte er geradezu verbindlich und nahm dankbar einen der Becher. Er kam allerdings nicht gleich dazu etwas zu trinken, denn in diesem Moment tönte erneut eine Stimme aus dem Lautsprecher.

„Mama? Wo bleibst du denn? Ich hab' Angst!"

Obwohl im Kommandostand mittlerweile so viele Leute standen, dass man sich kaum noch bewegen konnte, war es beim ersten Knackser aus dem Lautsprecher totenstill geworden. Kaum waren die wenigen Worte verklungen, war es Dr. Wahlberg, der sich zu Wort meldete, zunächst mit einem Stöhnen.

„Laura! Das ist meine Tochter. Verdammt, das Schwein hat meine Tochter in seiner Gewalt." Seine Stimme verebbte wie eine kleine Welle, die sich am Strand totgelaufen hatte und langsam zurück ins Meer schwappte.

„Wie bitte?" Schmidt drehte sich langsam um und wirkte verstört. „Was hat Ihre Tochter mit diesem Fall zu tun?"

„Na, sie wurde doch entführt!"

Schmidt war zwar ein erfahrener Polizeibeamter, aber in den frühen Morgenstunden und mit etlichen fehlenden Informationen dümpelte er auf dem Pfad der Erkenntnis herum wie ein Schiff mit zerrissenen Segeln und gebrochenem Ruder.

„Wenn ich vielleicht etwas Licht in das Dunkel bringen dürfte", schlug Bombach vor und briefte den Einsatzleiter mit Stallers Unterstützung gründlich. „Was wir bisher nicht wussten oder auch nur ahnten, ist, dass ein und derselbe Entführer für beide verschwundenen Personen zuständig ist. Das ist jetzt ganz neu."

„Aha", antwortete Schmidt mechanisch und instruierte zunächst seine Kollegen. „Adler eins an alle! Zweites Entführungsopfer positiv identifiziert. Es handelt sich um ein achtjähriges Mädchen, das schon einige Tage in der Gewalt des Täters ist. Zustand unbekannt."

Bei den letzten Worten zuckte ein Schatten über Dr. Wahlbergs Gesicht.

„Wie gehen Sie denn jetzt vor?", fragte er bang.

Schmidt antwortete betont sachlich und unbeteiligt.

„Es gibt zwei Möglichkeiten. Variante A: Wir handeln proaktiv, solange die Dunkelheit dies gefahrlos erlaubt. Das bedeutet: Zugriff vor Sonnenaufgang. Das Risiko besteht darin, dass wir nicht wissen, ob der Täter das Wohnmobil gesichert hat oder vielleicht einen Sprengstoffgürtel trägt, was in letzter Zeit ja vermehrt in Mode kommt. Warum sollte diese Taktik unseren muslimischen Kriminellen vorbehalten sein?"

„Und die andere Möglichkeit?" Dr. Wahlberg klang alles andere als fröhlich, angesichts der beschriebenen Gefahr.

„Variante B bedeutet, dass wir versuchen erst weitergehende Informationen zu beschaffen, bevor wir eine Lösung anstreben. Dafür müssen wir abwarten, bis es hell genug ist, damit wir etwas sehen können. Nachteil: Es ist überhaupt nicht gesagt, auch bei Tageslicht nicht, dass wir von außen entscheidende Erkenntnisse gewinnen können, um daraus eine Strategie zu entwickeln, die mehr Erfolg verspricht als ein sofortiger Zugriff."

„Irgendwann muss der Kerl doch mal das Wohnmobil verlassen! Und dann ... Sie haben doch Scharfschützen ..."

Schmidt nickte mit geschürzten Lippen energisch.

„Ja, das kenne ich. Persönliche Betroffenheit erleichtert die Zustimmung zum Schießbefehl enorm. Damit kein Missverständnis aufkommt: Diese Entscheidung treffe ausschließlich ich, und zwar nur dann, wenn sich eine Person in akuter Lebensgefahr befindet. Haben wir uns da verstanden?"

Ein ziemlich eingeschüchterter Dr. Wahlberg zog es vor lediglich zu nicken.

„Wir warten!", befahl der Einsatzleiter nach kurzem Zögern.

* * *

Im Wohnmobil versuchte Vivian verzweifelt eine Position zu finden, in der sie wenigstens halbwegs komfortabel liegen konnte. Ihr Entführer war wieder auf Nummer sicher gegangen und hatte beide Arme mit Kabelbindern fixiert. Die ganze Nacht hatte sie mehr oder weniger auf dem Rücken gelegen - mit über dem Kopf befestigten Handgelenken. Zwar waren ihre Hände nicht eingeschlafen und auch die schmalen Plastikstreifen schmerzten nicht sonderlich, aber es war einfach schrecklich unbequem. Deswegen war sie auch aus ihrem Halbschlaf aufgewacht, als das Mädchen im Alkoven zu reden begonnen hatte. Enrico hingegen lag neben ihr und schnarchte leise und offensichtlich völlig entspannt vor sich hin.

Vivians Gedanken wanderten zurück zu dem vergangenen Abend. Die angekündigte "Überraschung" entpuppte sich als etwa achtjähriges Mädchen, das entweder behindert war oder unter Drogen stand. Jedenfalls saß es seltsam unbeseelt auf einem Polster und machte keinerlei Anstalten, aus eigenem Antrieb handeln zu wollen. Der leblose Blick fiel auf einen Punkt irgendwo auf dem Boden des Wohnmobils und die Hände des Kindes lagen schlapp neben dem Körper. Die Kleidung wirkte überraschenderweise passend, denn Jogginganzug und Camping traten häufig gemeinsam auf.

Enrico hatte erklärt, dass das Mädchen ihre Verbindung komplett machen würde. Ganz kurz kam ihr dabei eine Erinnerung an frühere Spiele. Vater, Mutter, Kind – das hatte immer Spaß gemacht. Die aktuelle Version 2.0 hingegen machte ihr lediglich Angst, denn sie ließ das Maß des Wahnsinns, den sie bei Enrico vermutete, in neue und ungeahnte Höhen schnellen. Wie konnte er glauben, diese Farce zum richtigen Leben zu machen? Im besten Falle ließ sich diese Ersatzrealität vielleicht einige Tage durchhalten. Aber irgendwann musste ihr Verschwinden auffallen. Irgendwann käme die Polizei ins Spiel. Und dann? Vivian glaubte nicht daran, dass ihr Entführer einfach aufgeben würde. Dafür war er zu fanatisch, zu überzeugt, dass er das Richtige tat. Er würde sein Fantasieleben mit allen Mitteln verteidigen. Bis zum Tod. Seinem und ihrem.

Plötzlich schien in ihrem Hirn etwas einzurasten. Sie kannte das Mädchen! Es musste Laura sein, die vor einigen Tagen entführt worden war; das hatte sie doch im Fernsehen verfolgt! Vielleicht war die Polizei allein aus diesem Grund Enrico bereits auf der Spur. Jetzt wusste Vivian, was sie tun musste.

* * *

„Ich gehe mal nach unserem Team schauen", warf Staller beiläufig in den Kommandostand. „Dann ist hier auch mehr Platz."

Da es noch stockdunkel war und außerdem im Wagen des Entführers weiterhin tiefe Stille herrschte, hatte Schmidt keine grundsätzlichen Einwände. Trotzdem gab er dem Reporter eine Mahnung mit auf den Weg.

„Sehen Sie zu, dass Sie keine Aufmerksamkeit erregen. Alles muss ganz natürlich aussehen. Wir wissen ja nicht, ob der Kerl vielleicht eine Kameraüberwachung eingerichtet hat."

„Dann wäre ihr Mann, der das Mikro angebracht hat, aber auch schon aufgefallen", konterte Staller und verließ lässig winkend den Transporter. Draußen blieb er einen Moment stehen, um sich an die Dunkelheit zu gewöhnen. Als er sich wenigstens halbwegs orientieren konnte, ging er los. Aus dem Camper seines Teams drang gedämpftes Licht, das ihm den Weg wies. Klugerweise hatte Eddy die Vorhänge aber zugezogen, sodass man nicht erkennen konnte, was innen vorging. Für den unbeteiligten Beobachter handelte es sich bei den Insassen einfach um Frühaufsteher oder Menschen mit seniler Bettflucht. Der Reporter schlug einen kleinen Bogen, um dem Wohnmobil des Entführers unauffällig etwas näher zu kommen. Aber neue Erkenntnis brachte ihm das nicht, außer dass dort weiterhin alles dunkel und ruhig blieb. Also wandte er sich dem Teamfahrzeug zu und betrat es durch die schmale Seitentür. Er grüßte Eddy und seinen Assistenten mit einem kurzen Nicken und stellte sich dem schwarz gekleideten Polizisten vom SEK vor, der durch einen Spalt im Vorhang das Zielobjekt konsequent beobachtete, ungeachtet der Tatsache, dass er es kaum erahnen konnte. Langsam zerrte das Warten an den Nerven.

* * *

„Guten Morgen Enrico, hast du gut geschlafen?"

Der Angesprochene öffnete die Augen und lächelte warm.

„So hatte ich mir das vorgestellt", seufzte er wohlig und streckte sich. Dann schaltete er eine kleine Nachtlampe an.

„Das würde ich auch gerne mal tun", stellte Vivian fest und ruckte probehalber an den Kabelbindern. „Sehr bequem ist das nicht. Und wenn du wirklich möchtest, dass aus uns ein Paar wird, dann kannst du mich nicht ständig anbinden. Willst du eine Partnerin oder ein Opfer?"

Er drehte sich auf die Seite, stützte seinen Kopf auf die Hand und musterte sie ausgiebig. Schon befürchtete sie, dass sie den Bogen überspannt hätte, als sich seine Mundwinkel ganz leicht nach oben zogen und seine Augen zu glänzen begannen.

„Du hast recht", räumte er ein, als ob ihm dieser Gedanke gerade selbst gekommen wäre. „Das ist gut. Sehr gut sogar!"

Es kostete sie ziemliche Mühe keine Miene zu verziehen, als er unter sein Kopfkissen griff und das schon bekannte Messer hervorzog. Geschickt durchtrennte er die Kabelbinder, ohne ihr dabei wehzutun. Mit einem dankbaren Seufzer nahm sie die Hände herunter und massierte ihre Handgelenke.

„Viel besser", stellte sie fest. „Ich gehe zuerst ins Bad, okay? Du musst müde sein von der Fahrt."

„Kein bisschen. Das liegt an dir!" Sein Lächeln war authentisch und entwaffnend. Ganz offensichtlich war er gerade richtig glücklich. Sie bemühte sich ebenfalls um ein freundliches Gesicht, was ihr offenbar gelang, denn er ergriff zärtlich ihre Oberarme, als sie versuchte über ihn hinwegzusteigen, damit sie aus dem Bett herauskam.

„Es ist schön, dass du da bist", flüsterte er.

„Finde ich auch", gab sie zurück. Mit einiger Überwindung gelang es ihr seine Wange zu streicheln, bevor sie sich aus seinem Griff löste und die winzige Nasszelle ansteuerte. Dort angekommen, verspürte sie als Erstes den Drang sich gründlich die Hände zu waschen. Dabei warf sie einen prüfenden Blick in den Spiegel. Außer ihrer ziemlich desolaten Haarpracht wirkte sie relativ normal, fand sie. Das war wichtig. Wenn sie ihn täuschen wollte, dann musste sie überzeugend wirken.

Knappe zehn Minuten später war sie frisch geduscht und fertig angezogen. Mit einem letzten aufmunternden Blick in den Spiegel trat sie zurück in den Wohnraum. Enrico hatte in der Zwischenzeit das Bett wieder in die Sitzgruppe zurückverwandelt. Das Mädchen lag offensichtlich immer noch schlafend im Alkoven.

„Badezimmer ist frei", flötete sie. Da sie nie mit einem Mann zusammengewohnt hatte, wusste sie nicht genau, wie man sich in einer solchen

Situation verhielt, aber sie baute voll auf ihre Intuition. „Ich räume hier inzwischen ein wenig auf."

Die Enge des Campers führte dazu, dass er sie berühren musste, wenn er an ihr vorbeiwollte. Das Gefühl war entsetzlich unangenehm, aber sie zwang sich dazu nicht auszuweichen. Er hingegen schien es zu genießen, denn er schob sich langsam und umständlich an ihr vorbei. Von der Badezimmertür aus warf er ihr eine Kusshand zu. Spontan fing sie sie mit der Rechten auf und führte sie an ihren Mund. Sein Gesicht verriet ihr, dass ihm die Geste gefiel.

Während im Bad das Wasser rauschte, versuchte sie sich so schnell wie möglich einen Überblick über die Gegebenheiten zu verschaffen. Ein rascher Blick in die überschaubaren Stauräume ergab, dass er das Unternehmen generalstabsmäßig vorbereitet hatte. Lebensmittel, Ausrüstung – alles war da. Wenn sie wollten, dann waren sie völlig autark. Das entsprach allerdings nicht ihren Plänen. Sie musste versuchen sein Vertrauen so weit zu gewinnen, dass sie sich aus der Isolation lösten und in die Öffentlichkeit gingen. Dann hätte sie eine Chance.

Ein rascher Blick aus allen Fenstern war nicht gerade tröstlich. Im allerersten Grau der Morgendämmerung erkannte sie lediglich einen schwachen Lichtschein aus einem anderen Wohnmobil, das bestimmt fünfzig Meter entfernt stand. Ob noch weitere Fahrzeuge auf dem Platz parkten, war wegen der noch herrschenden Dunkelheit ungewiss.

Viel zu früh hörte sie das Klappern des Schlosses. Wie putzig, dass er sich im Bad einschloss, dachte sie und griff blitzschnell nach einem Lappen, mit dem sie über die Kunststoffflächen des Mobiliars wischte.

„Wo Menschen schlafen, ist immer Staub", bemerkte sie leichthin. „Schrecklich, oder?"

„Gut, dass du ihn gleich bekämpfst", entgegnete er anerkennend. „Aber das habe ich natürlich gewusst. Möchtest du frühstücken?"

Ein gutes Zeichen! Er bestimmte nicht mehr allein den Ablauf, sondern befragte sie nach ihrer Meinung. Ob er eine Planänderung ebenfalls akzeptieren würde? Sie musste die selbstverständlichsten Dinge im Umgang mit ihm einfach ausprobieren.

„Wie weit ist das Meer entfernt?"

„Ein paar hundert Meter vielleicht. Warum?"

„Ich würde gern einen Spaziergang machen." Atemlos harrte sie seiner Reaktion. Er warf einen nachdenklichen Blick Richtung Alkoven und schien unentschlossen. Sie fuhr tapfer fort: „Ein Sonnenaufgang am Meer! Das wäre doch der passende, romantische Start in den Urlaub, findest du nicht auch?"

Die Falten auf seiner Stirn glätteten sich und er lächelte wieder. Das machte ihn jünger und fast sympathisch.

„Das stimmt natürlich! Wir werden uns immer daran erinnern können. Laura schläft bestimmt noch länger. Aber zieh dich warm an, am Meer ist es immer frisch!"

* * *

Im Kommandowagen war dieser Dialog nahezu vollständig zu verstehen. Schmidt, dessen Gesicht deutliche Zeichen der Übernächtigung zeigte, wirkte von einer Sekunde auf die andere plötzlich hellwach.

„Adler eins an alle: Zielperson verlässt gleich mit einer der Geiseln den Wagen. Lasst euch nicht sehen und bleibt einsatzbereit. Anweisungen folgen."

Bombach, der sich mittlerweile auf einen Stuhl neben den Einsatzleiter gesetzt hatte, kreiste mit den Schultern, was ein furchtbares Knacken zur Folge hatte.

„Wollen Sie einen Zugriff versuchen?"

Schmidt machte eine vage Handbewegung.

„Schwierig. Wenn sie zum Meer wollen, dann bewegen sie sich von meinen Männern weg. Bis die den Täter erreicht haben, kann er längst eine Waffe bereithalten und die Geisel bedrohen. Dann haben wir nichts gewonnen, aber er weiß, dass wir hier sind. Ich muss außerdem davon ausgehen, dass er bereit ist selbst zu sterben. Von daher: eher kein Zugriff."

„Meinen Sie, dass es etwas nützt, wenn ich mit ihm rede?", fragte Dr. Wahlberg von hinten.

„Gleiches Problem. Bringt im Zweifel nichts, außer dass er Bescheid weiß, dass hier irgendetwas faul ist aus seiner Sicht."

„Heißt das, wir schauen einfach zu, wie der Entführer mit seiner Geisel einen Spaziergang macht, und unternehmen gar nichts?" Isa ließ sich auch von dem autoritären Gehabe des Einsatzleiters und seinem martialischen Äußeren nicht einschüchtern.

„Wir sammeln Informationen, also unternehmen wir etwas", schnauzte Schmidt. „Die helfen uns zu einem geeigneten Zeitpunkt aktiv zu werden. Und jetzt: Zivilisten raus! Das ist hier ein Einsatz und keine Podiumsdiskussion. Und wehe, einer von euch lässt sich blicken!"

Sonja, Isa und Dr. Wahlberg setzten sich in Bewegung, wurden aber noch einmal von Schmidt aufgehalten.

„Der Doc kann bleiben. Vielleicht kann er etwas über den Zustand des Täters sagen. Wir werden ihn mit Sicherheit wenigstens kurz in der Kamera sehen können."

Draußen vor dem Transporter schimpfte Isa los.

„Was fällt diesem arroganten Arschloch eigentlich ein? Er benutzt Zivilisten ja wie ein Schimpfwort!"

Sonja lächelte still in sich hinein. Ihr war klar, dass Isa verstanden hatte, dass sie einen Fehler gemacht hatte. Als stille Beobachter mochten sie im Kommandostand geduldet worden sein, aber die Einmischung war keine gute Idee gewesen. Schmidt hatte nur dafür gesorgt, dass er vernünftig arbeiten konnte. Es gab keinerlei Rechte für sie als Journalisten, den Einsatz aus nächster Nähe verfolgen zu können.

„Wir warten, bis Enrico und Vivi außer Sicht sind, und gehen dann zu Mike. Das wird zwar vermutlich eng, aber wir sind dicht dran. Und da kann Schmidt uns nicht rausschmeißen."

Gemeinsam umrundeten sie das Gebäude, in dem sich das geschlossene Restaurant befand und warteten an der letzten Ecke. Ganz langsam besserte sich die Sicht und sie konnten die Wohnmobile erahnen. Wieder einmal wurde ihre Geduld geprüft. Wieder konnten sie nur warten.

Im Kommandostand verlor Schmidt kein Wort über den Vorfall. Gebannt starrte er auf seine Monitore.

„Wir zeichnen das auf. Sie können sich das dann in Ruhe ansehen, Doc. Wenn Sie aber spontan etwas erkennen – immer raus damit. Wir brauchen jede Information, die wir kriegen können."

Drei Augenpaare wichen nicht von dem langsam deutlicher werdenden Bild ab. Moderne, lichtstarke Kameras vermittelten den Eindruck, als ob es schon wesentlich heller wäre. Die Tür des Campers war gut zu erkennen.

„Jetzt!"

Die Tür öffnete sich und eine weibliche Gestalt erschien. Vivian trug eine dicke Jacke und einen Schal, der mehrfach um ihren Hals gewickelt war.

„Adler eins an alle: Wir beobachten nur!"

Vivian trat die zwei Stufen herunter auf das Gras. Dort blieb sie stehen. Dann folgte ihr Enrico, ebenfalls warm eingepackt. Er hielt sich direkt hinter Vivian und schien mit ihr zu reden.

„Er wirkt recht entspannt", behauptete Dr. Wahlberg. „Das zweite Wohnmobil scheint ihn nicht zu interessieren. Meiner Meinung nach ahnt er unsere Anwesenheit nicht."

„Das wäre ja auch eine Katastrophe", meinte Schmidt. „Das Verhältnis zwischen Geisel und Entführer – können Sie was dazu sagen?"

„Es ist überraschend selbstverständlich. Die Geisel zeigt keine Angst. Möglicherweise ein Anhaltspunkt für das Stockholm-Syndrom. Wir wissen schließlich nicht, was der Täter mit ihr besprochen hat. Vielleicht konnte er eine Art Komplizenschaft herstellen. Wir gegen den Rest der Welt."

Auf dem Monitor war zu sehen, dass die beiden Personen dicht nebeneinander über den Platz nach Osten gingen, dem Meer entgegen.

„Adler drei für Adler eins: Die halten Händchen!", klang es überrascht aus dem Lautsprecher des Funkgeräts.

„Vielleicht will er sie am Weglaufen hindern", mutmaßte Schmidt.

„Oder die Geisel spielt sein Spiel mit. Sie schafft eine Atmosphäre von Harmonie, weil sie sich davon Vorteile verspricht", schlug Bombach vor.

„Auch möglich", räumte der Einsatzleiter ein.

Die Kamera folgte den beiden Gestalten, die sich von ihr wegbewegten und langsam kleiner wurden. Das Tempo war für einen Spaziergang relativ flott. Entweder war ihnen kalt oder der Entführer wollte möglichst schnell aus dem Sichtbereich des neuen Campers verschwinden. Nach etwa hundertfünfzig Metern erreichte das Paar einen Gehölzgürtel, der den südlichen Teil einer Wasserskianlage umgab und verschwand außer Sicht.

„Er nimmt einen Umweg zum Wasser, damit er auf keinen Fall jemandem begegnet." Schmidt hatte sich auf einem Laptop über die Örtlichkeit gründlich informiert. „Was ist denn jetzt los?"

Auf dem Monitor war Staller zu erkennen, der mit weiten Sätzen zu dem Wohnmobil von Enrico rannte.

„Adler eins für Adler sechs: Was, zum Teufel, passiert da?", bellte Schmidt in sein Mikro.

„Der Reporter hat gesagt, dass er sich mal die Beine vertreten muss", kam die Antwort.

„Natürlich! Mike kocht sein eigenes Süppchen! Hätte ich mir auch denken können", murmelte Bombach fast unhörbar und starrte gebannt auf den Bildschirm. Dort sah man, wie der Reporter die Tür öffnete und im Wohnmobil verschwand. Zwei Minuten passierte gar nichts, dann öffnete sich die Tür erneut. Staller erschien wieder im Bild und mühte sich sichtlich den schmalen Einstieg zu passieren. Über der Schulter trug er eine große Last. Als er endlich draußen war, achtete er darauf die Tür wieder ordentlich zu verschließen.

„Das ist Laura! Er hat meine Tochter geholt!" Dr. Wahlberg schrie es fast und sprang auf. Er hatte es so eilig zur Tür zu gelangen, dass er dabei den Stuhl umwarf.

„Adler eins an alle: Die zweite Geisel ist befreit. Situation weiter beobachten und einsatzbereit bleiben!" Dann drehte sich Schmidt zu Bombach um. „Himmelherrgott! Nie mehr im Leben lasse ich einen einzigen Zivilisten auch nur in die Nähe eines Einsatzortes! Was denkt sich dieser Kasper eigentlich?"

„Haben Sie Kinder?", fragte Bombach ruhig.

„Nein, aber ..."

„Mike hat eine Tochter, auch wenn sie schon ziemlich erwachsen ist. Das ändert vielleicht die Sichtweise. Ich bekomme übrigens jeden Moment Zwillinge", fügte der Kommissar stolz hinzu.

„Wie schön", antwortete der Einsatzleiter matt. Im nächsten Moment wurde die Tür zum Kommandostand aufgerissen und Staller trat ein. Er sah sich kurz um und registrierte, dass Schmidt tief Luft holte.

„Bevor Sie lospoltern, möchte ich mich für mein eigenmächtiges Verhalten entschuldigen! Aber ich bin sicher, dass Sie mich zurückgehalten hätten, wenn ich es mit Ihnen abgesprochen hätte. Die Situation ist wie folgt:

Das Mädchen war nicht gefesselt und der Wagen war offen. Sie steht unter irgendwelchen Drogen, ist aber nicht bewusstlos. Das heißt, sie hätte den Wagen aus eigener Kraft verlassen können. Wenn alle Ihre Männer verborgen bleiben, merkt Enrico nicht, dass er überwacht wird. - Und jetzt können Sie mich anschreien, wenn Sie wollen." Staller stellte den Stuhl von Dr. Wahlberg wieder auf und setzte sich.

Schmidt, der inzwischen wieder ausatmen musste, schüttelte den Kopf wie jemand, der gegen die Ohnmacht ankämpft, was im übertragenen Sinne durchaus zutraf.

„Wir reden später", grollte er. „Was ist denn da nun schon wieder los?"

Die zweite Kamera wurde auf den Camper von Stallers Team geschwenkt. Man sah, wie zwei Frauen leicht geduckt und ziemlich eilig aus dem Hintergrund herbeigerannt kamen und anschließend in dem Wagen verschwanden.

„Äh, das sind meine Kolleginnen. Vermutlich suchen sie mich. Eigentlich hatte ich erwartet, sie hier bei Ihnen zu finden."

Der Einsatzleiter alterte minütlich. Die Furchen um seine Augen glichen Gräben und mit steifen Fingern rieb er seine Schläfen, die plötzlich entsetzlich schmerzten.

„Die musste ich rauswerfen", brummte er, „die wollten mit mir den Einsatz diskutieren."

„Isa?", fragte der Reporter mitleidig. Bombach nickte.

„Adler eins an alle: Lage unverändert. Geisel zwei hätte sich selbst befreien können. Wir spielen das so, als ob sie weggelaufen wäre. Wenn der Täter sie suchen sollte, ergibt sich vielleicht die Möglichkeit ihn zu überwältigen. Kein Schusswaffengebrauch ohne ausdrückliche Anweisung!" Die lange Rede hatte Schmidt offenbar die letzten Kräfte gekostet, denn er legte erschöpft den Kopf auf die Arme.

„Wo sind Wahlberg und seine Tochter?", wollte der Kommissar wissen.

„Ich habe ihnen die Schlüssel zu meinem Wagen gegeben. Er fährt Laura nach Eckernförde in die Klinik."

„Was mag mit ihr sein?"

„Keine Ahnung. Ich kenne keine Droge, die diese Symptome hervorruft. Sie hat keine Kontrolle über ihre Gliedmaßen. Aber du kannst sie hinsetzen und dann bleibt sie so. Für einen Entführer natürlich praktisch."

„Adler drei an alle: Zielpersonen kehren zurück." Kamera eins zeigte sehr langbrennweitig Enrico und Vivian, die genauso zurückkamen, wie sie gegangen waren, nämlich Hand in Hand.

„Adler eins an alle: Beobachten und bereithalten. Kritischer Punkt ist, wenn sie im Wagen entdecken, dass Geisel zwei verschwunden ist." Schmidt hatte sich wieder aufgerappelt und fixierte den Monitor. Mittlerweile sah das Bild ganz wunderbar aus, obwohl es noch nicht vollständig hell war.

„Ich bin nur froh, dass du jetzt hier im Wagen sitzt. Dann kannst du wenigstens keine weiteren Eigenmächtigkeiten anfangen." Bombach klang erleichtert.

„Genau! Sie verlassen auf keinen Fall diesen Wagen!", fügte Schmidt hinzu.

„Kein Problem. Das ist jetzt Ihre Party!" Staller lehnte sich zurück und verschränkte die Arme vor der Brust.

Im Wohnmobil des Teams hatten sich Sonja und Isa in die Fahrerkabine begeben, damit es hinten nicht noch voller wurde. Eddy hatte die Rettungsaktion von Staller natürlich gedreht und hockte neben seiner Kamera, bereit, jederzeit an die Arbeit zu gehen. Dazu musste er lediglich die Gardine ein kleines Stück zur Seite schieben. Der SEK-Mann hockte auf einer Bank und spähte seitlich am Vorhang vorbei.

„Sie kommen zurück", meldete Isa nach hinten, denn sie saß auf der Seite, die der Wasserskianlage zugewandt war. Langsam kamen die beiden Gestalten näher.

* * *

„Der Sonnenaufgang über dem Wasser war wunderschön", befand Vivian. „Aber es ist ziemlich kalt mit dem Wind! Jetzt freue ich mich auf ein heißes Getränk!"

„Deinen Lieblingskaffee kann ich dir hier allerdings nicht zubereiten", grinste Enrico, der völlig entspannt wirkte. Die Viertelstunde am Meer gehörte zu den besten Zeiten seines Lebens. Das Rauschen der kleinen Wellen, die Schreie der Möwen und der Geruch nach Tang waren für sich gesehen schon toll. Aber das alles mit einem Menschen zu teilen, der ihm freundlich zugewandt schien, das war das Größte! Sie hatten Kiesel ins Wasser geworfen, Muscheln gesucht und sich gemeinsam gegen den Wind gestemmt. So hatte er es sich immer erträumt. Zum ersten Mal seit ewiger Zeit fühlte er sich unbeschwert und geradezu glücklich.

„Ich nehme zur Not sogar Instantkaffee", lachte Vivian, die sich um die Wahl der Getränke nun wirklich nicht sorgte. Viel wichtiger war, dass ihr Plan aufzugehen schien. Enrico fasste Vertrauen zu ihr. Vielleicht würde seine Aufmerksamkeit im entscheidenden Augenblick nachlassen, wenn sie auf Menschen trafen.

„Guck mal, unsere Nachbarn sind auch schon wach!" Er deutete auf den neuen Camper, dem sie sich bis auf zehn Meter genähert hatten. Durch das Beifahrerfenster war ein Mädchen oder eine junge Frau zu sehen.

„Lauter Frühaufsteher heute", stellte Vivian fest und schaute zu dem Wohnmobil herüber. „Dabei sind die doch erst nach uns gekommen, oder?"

„Jedenfalls standen sie noch nicht dort, als wir kamen."

Die Frau schaute jetzt zu ihnen herüber und winkte einen fröhlichen Morgengruß. Vivian stutzte, denn irgendwie kam ihr das Gesicht bekannt vor. Während sie fieberhaft überlegte, winkte sie spontan zurück und fragte gleichzeitig leichthin: „Macht man das so? Grüßen sich Camper gegenseitig, so wie Motorradfahrer?"

„Sieht ganz so aus", antwortete Enrico, der sich viel zu sehr auf seine Begleiterin konzentrierte, als dass er irgendwelche Gedanken an Fremde verschwenden würde. Er konnte ihren Puls am Handgelenk spüren und empfand ihre Nähe wie eine unermessliche Energiequelle. Jetzt würde er alles nachholen, was ihm im Leben bisher verwehrt geblieben war.

Vivian warf einen letzten Blick auf die junge Frau, die jetzt das Fenster öffnete und dadurch besser zu sehen war, und plötzlich fiel der Groschen. Isa! Hier und in einem Wohnmobil! Das konnte kein Zufall sein; das bedeutete, dass die Praktikantin irgendwie mitbekommen haben musste, was passiert war.

„Was ist?", fragte Enrico plötzlich mit aufkeimendem Misstrauen.

„Hast du das nicht gehört?" Vivian reagierte ganz automatisch. „Mein Magen hat ganz laut geknurrt. Oh Gott, ist das peinlich!"

Enrico sah sie an und war sofort wieder völlig beruhigt.

„Das ist doch nicht peinlich! Es ist ja nicht so, dass du im Bett gepupst hättest." Er kicherte albern. „Na los, wir werden dich schon satt bekommen!"

Sie erreichten ihr Wohnmobil und Vivian blieb hinter Enrico stehen, der nach dem Türschloss griff. Sie drehte sich um und sah, dass Isa die Tür zu ihrem Camper geöffnet hatte.

„Tschakka, du schaffst das!" Ein Motivationsschrei, der über den gesamten Platz brandete wie Donner über das Meer. Vivian überlegte nicht, sondern überließ sich ganz ihrem Instinkt.

* * *

Im Transporter der Einsatzleitung war von dem Gebrüll nichts zu hören gewesen, deswegen traf die Entwicklung vor dem betreffenden Wohnmobil die Beobachter am Bildschirm vollkommen unvorbereitet. Selbst Schmidt, der sonst immer auf der Höhe war und einen passenden Kommentar hatte, sah mit offenem Mund zu, was sich in etwa zweihundert Metern Entfernung abspielte. Als der Entführer offensichtlich damit beschäftigt war die Tür zum Camper zu öffnen, griff die Frau von hinten um seinen Kopf, packte den Unterkiefer und stemmte das Knie in seinen Rücken. Mit einem gewaltigen Ruck riss sie den Kopf nach hinten und sprang zur Seite, um nicht mit umgeworfen zu werden. Der Entführer hatte keine Chance und fiel zu Boden wie eine Bahnschranke. Während Vivian mit vor ihr Gesicht gepressten Fäusten einfach nur dastand und ungläubig auf den im Moment hilflos am Boden Liegenden starrte, erschien Isa, versetzte dem Mann noch einen Tritt dorthin, wo es besonders weh tat, und schnappte sich dann die Entsetzte. Mit schnellen Schritten zerrte die Praktikantin ihre Freundin aus dem Bild, offensichtlich zum Camper des Teams.

„Zugriff!"

Schmidt hatte seine Handlungsfähigkeit zurückgewonnen und röhrte das eine Wort förmlich in sein Mikrofon. Zwei der schwarz gekleideten Männer mit Gesichtsmasken warfen sich Sekunden später auf den Entführer, der allerdings keinerlei Anstalten machte sich zu wehren, während zwei weitere mit gezogenen Waffen absicherten.

„Respekt!" Staller zeigte sich beeindruckt. „Das hätte ich Vivian nicht zugetraut."

„Isas Einsatz scheint dich nicht zu verwundern", bemerkte der Kommissar.

„Du kennst sie doch nun auch schon lange genug. Das ist halt ihre impulsive Art. Und in diesem Fall hat es sehr geholfen die Situation gefahrlos aufzulösen. Soll ich ihr jetzt böse sein?"

„Bist du vielleicht nicht überrascht, weil du das Ganze genau so eingefädelt und mit ihr abgesprochen hast?"

„Großes Ehrenwort, Bommel. Wenn ich dafür verantwortlich gewesen wäre, dann hätte ich nicht hier weit ab vom Schuss gesessen. Das ist ganz allein auf ihrem Mist gewachsen!"

Schmidt musste derweil hilflos auf dem Monitor mit ansehen, dass Eddy mit der Kamera auf der Schulter angerannt kam und eifrig filmte, wie der Rest der SEK-Männer das Wohnmobil sicherte und Enrico abtransportierte, der beim Gehen sichtlich Unterstützung benötigte.

„Dieser Einsatz ist ein einziger Albtraum!", stöhnte er. „Ich will, dass nicht einer meiner Männer eine Sekunde lang auf einem Fernsehbild unmaskiert zu sehen ist, oder ich reiße Ihnen persönlich den Arsch auf. Ist das klar?"

„Natürlich", versicherte Staller nonchalant. „Ich werde mich doch an die Regeln halten! Dafür bin ich bekannt."

„Die einen sagen so, die anderen so", murmelte Bombach.

„An die Regeln halten? Sie hätten um ein Haar eine offizielle SEK-Aktion torpediert! Seien Sie bloß froh, wenn ich Sie nicht rankriege wegen Behinderung von Polizeiarbeit!" Schmidt schäumte geradezu.

„Was heißt denn hier Behinderung? Wenn ich es recht sehe, haben meine Kollegin und ich dafür gesorgt, dass die Geiseln unverletzt befreit worden sind. Das würde ich nicht unbedingt als Behinderung bezeichnen. Aber wir können uns gerne noch mal unsere Bänder anschauen, wenn Sie da Zweifel haben ..."

„Gehen Sie einfach! Lassen Sie mich in Ruhe meine Arbeit machen. Bitte!", flehte der Einsatzleiter geradezu.

„Kein Problem! Die Geisel nehme ich allerdings mit. Psychologische Betreuung und so. Wenn Sie ihre Aussage brauchen, wenden Sie sich gerne an mich!" Staller holte eine seiner Visitenkarten aus der Tasche und legte sie vor Schmidt auf den Tisch. „Schönen Tag noch!" Damit verließ er ziemlich vergnügt den Transporter.

„Müssen Sie immer mit dem auskommen?", fragte der Einsatzleiter Bombach.

„Jeden Tag", bestätigte dieser düster. „Aber abgesehen von seiner penetranten Art macht er kaum Fehler. Das macht alles nur noch schlimmer." Dann verabschiedete der Kommissar sich ebenfalls. Schließlich befand er sich in Schleswig-Holstein und war gewissermaßen nur geduldet. Die gute Nachricht dabei war aber, dass der ganze Papierkram an Schmidt hängenblieb und er einfach nach Hause fahren konnte. Etwas getröstet trottete er hinter Staller her, den er draußen am Telefon fand.

„Alles prima", verkündete der Reporter und steckte sein Handy weg. „Beeil dich ein bisschen."

„Warum?"

„Du darfst Sonja und mich nach Eckernförde fahren. Dort holen wir meinen Wagen ab. Danach kannst du Wahlberg und Laura nach Hause bringen."

„Und wenn ich keine Lust habe für dich den Chauffeur zu spielen?"

„Dann darfst du auch nicht zum Brunch zu Mario kommen. Ich habe schon alles arrangiert. In zwei Stunden geht's los. Das wird knapp genug!"

„Okay, wo ist Sonja? Wir wollen doch keine Zeit vertrödeln!" Bombach klatschte aufmunternd in die Hände. Essen bei Mario war nichts, was man leichtfertig aufs Spiel setzte.

* * *

Das Hinterzimmer von Marios Restaurant sah heute anders aus, weil eine ganze Wand von zusammengeschobenen Tischen ausgefüllt wurde, die mit einem opulenten Büfett bedeckt waren. Flache Schalen mit Antipasti, warm und kalt, dampfende Schüsseln mit Suppe, Gemüse und Pasta, frisches Obst, Fleisch, Fisch und natürlich die obligatorische Dessertplatte –

der sizilianische Lieblingswirt von Staller hatte mal wieder alle Register gezogen. Jetzt hüpfte er wie ein überdimensionaler Flummi zwischen seinen Gästen herum und sorgte für eine zügige Erfüllung aller Getränkewünsche. Angesichts der frühen Tageszeit dominierten Kaffeespezialitäten und Antialkoholisches.

Der Reporter und die meisten der übrigen Anwesenden sahen ziemlich übernächtigt aus. Kaum einer hatte mehr als eine oder zwei Stunden geruht und die Anstrengungen der vergangenen Stunden waren in Form scharfer Gräben in die Gesichter gemeißelt. Lediglich Vivian und Isa wirkten erstaunlich frisch. Erstere, weil sie zum einen die Nacht über geschlafen hatte und zum anderen tobte noch das Adrenalin in ihrem Körper. Bei Isa lag es schlicht an der Jugend.

Anrührend wirkte die Familie Wahlberg. Das Ehepaar hatte sich am Rande der Gesellschaft platziert und flankierte die kleine Laura, die erstaunlicherweise aufrecht am Tisch saß und selbstständig eine Orange aß.

„Wie kommt es, dass sie so schnell wieder auf den Beinen ist?", wisperte Sonja in Stallers Ohr.

„Das Zauberwort lautet Bulbocapnin", erklärte dieser. „Es ist ein Alkaloid und hemmt die willkürlichen und reflektorischen Bewegungen der Muskulatur. Damit wirkt es wie eine unsichtbare Fessel. Sobald die Wirkung verfliegt, kann sich das Opfer wieder frei bewegen."

„Wie kommt Enrico an so etwas? Ich meine – derartige Gifte kauft man doch nicht an der Straßenecke?"

„Die kann man mit ein wenig Geschick selber herstellen. Das Gift kommt in ganz alltäglichen Pflanzen vor. Tränende Herzen stehen in vielen Gärten und Lerchensporn findet man in den meisten Wäldern. Er hat das Gift extrahiert und zu einer Art Bonbons verarbeitet. Nach einigen Stunden lässt die Wirkung dann nach."

Dr. Wahlberg hatte den Rest der Unterhaltung mitbekommen und mischte sich jetzt ein.

„Auf dem Weg ins Krankenhaus hat Laura schon begonnen sich zu bewegen. Als wir ankamen, war sie in der Lage selbst hineinzugehen. Und ein weiterer Vorteil ist, dass sie nicht mehr genau weiß, was passiert ist. Das macht die Verarbeitung leichter."

Marion Wahlberg, die während der ganzen Zeit immer wieder ihre Tochter anfasste, als ob sie sich überzeugen müsste, dass sie wirklich da war, wandte sich an den Reporter.

„Mein Mann hat mir erzählt, dass sie Laura aus dem Wohnmobil geholt haben. Vielen Dank! Das war sehr mutig von Ihnen."

„Das stimmt", lachte Staller. „Aber nur, weil ich mir damit den Zorn des Einsatzleiters zugezogen habe. Schön, dass es ihr wieder besser geht!"

„Die eigentliche Heldin ist Viv", verkündete Isa mit vollem Mund. „Sie hat es endlich geschafft, ihre Hemmungen zu überwinden und den Kerl so richtig aufs Kreuz zu legen. Das war ganz großes Kino!"

„Aber nur, weil du mich so angebrüllt hast, dass ich gar nicht erst nachdenken konnte. Sonst hätte ich mich garantiert nicht getraut."

„Egal. Hauptsache du hast ihm ordentlich einen eingeschenkt. Warum hat der Typ eigentlich Laura entführt? Wollte er Lösegeld?"

Vivian wusste die Antwort auf diese Frage.

„Das hat er mir erklärt. Sie sollte unser Kind sein. Das war seine Vorstellung von der Familie, die er sich gewünscht hatte."

„Aber das hätte doch alles nie funktioniert!", wandte Sonja ein. „Wo und wie hätte er denn mit dieser sogenannten Familie leben wollen? Er wäre doch ganz schnell aufgeflogen."

„Falsche Papiere, Ausland – unmöglich ist das nicht." Auch Bombach war nicht ganz klar zu verstehen, denn er aß parallel mit Hingabe. Gaby, die neben ihm saß und ihren mächtigen Leib mit beiden Händen umfasste, verzog kurz das Gesicht, lächelte aber gleich wieder. „Ich hoffe nur, dass du keine solchen Pläne hast und dich absetzen willst."

„Es gibt übrigens einen Grund dafür, dass es ausgerechnet Laura getroffen hat", unterbrach Staller das eheliche Geplänkel. Damit erreichte er, dass alle anderen Gespräche verstummten und die Augen der Versammelten erwartungsvoll an seinen Lippen hingen. „Verantwortlich dafür ist Gerald Pohl."

Die Reaktion ließ nichts zu wünschen übrig. Alle riefen erstaunt durcheinander, am lautesten Dr. Wahlberg.

„Hab' ich es doch gewusst!", schimpfte er. „Vielleicht wird der Kerl dann ja jetzt endlich dauerhaft weggesperrt."

„Das glaube ich nicht. Wie sollte der Vorwurf lauten? Er hat Ihre Wohnung observiert, wann immer er Zeit hatte. Dabei ist ihm Enrico aufgefallen, der wieder zu Therapiestunden gekommen war. Irgendwann hat er ihn angesprochen und ausgeforscht. Er hat schnell gemerkt, dass mit ihm etwas nicht stimmte. Und dann hat er Enrico ganz subtil Laura ans Herz gelegt. Aber ihm das nachzuweisen dürfte schwer werden."

„Woher weißt du das?", fragte Bombach perplex.

„Ich habe es vermutet und Pohl dann auf den Kopf zugesagt. Er hat es nicht bestritten."

„Was wäre denn, wenn dieser Enrico eine Aussage machen würde?", erkundigte sich Dr. Wahlberg, der so schnell nicht aufgab.

„Eine schwierige Frage", überlegte Staller. „Sie sind der Psychiater. Der Kerl hat vier Menschen umgebracht. Das wird man ihm nachweisen können. Diese vier sollten seine Herkunftsfamilie ersetzen, was ja offensichtlich nicht so geklappt hat, wie er das wollte. Dann hat er Laura und Vivian entführt, um eine eigene Familie zu besitzen. Wir konnten sie befreien, bevor Schlimmeres passiert ist. Wie schätzen Sie die Glaubwürdigkeit seiner Aussagen ein?"

Dr. Wahlberg senkte den Blick.

„Bei Enrico habe ich einen klaren Fehler gemacht", gab er leise zu. „Ich habe die Gefahr, die von ihm ausging, nicht erkannt. Dafür habe ich mit meiner Familie bezahlen müssen." Seine Frau warf ihm einen überrachten Blick zu. Vermutlich war sie es nicht gewohnt, dass er einen Irrtum einräumte.

„Jedenfalls rechne ich nicht damit, dass Enrico in den Knast geht. Meines Erachtens führt sein Weg in eine psychiatrische Einrichtung. Ob er die jemals wieder verlassen wird, muss die Zukunft zeigen, aber ich habe da meine Zweifel." Der Reporter war ungewohnt ernst. „Bei Enrico sind seine Fantasien und die Realität derart vermischt, dass jede Aussage von ihm juristisch angreifbar wäre. Pohl hat ihn offenbar durchschaut und benutzt. Inwieweit das strafbar war, ist die Frage, aber belangt werden wird er nicht dafür."

„Mir ist das auch ziemlich egal", stellte Marion Wahlberg fest. „Ich habe meine Tochter wieder und sie ist gesund. Mehr interessiert mich ehrlich gesagt nicht."

Gaby Bombach holte mit zusammengepressten Lippen tief Luft.

„Wo wir gerade beim Thema Familie sind: Ich schätze, dass meine sich gerade vergrößern möchte!"

Der Kommissar attackierte ungerührt eine hauchdünne Kalbsbratenscheibe. Er schien die Worte seiner Frau nicht einmal gehört zu haben.

„Bommel, du Stiesel! Soll ich Mario um heißes Wasser und saubere Tücher bitten oder fährst du Gaby jetzt mal ins Krankenhaus?"

Der Angesprochene warf einen sehnsüchtigen Blick auf die riesige Dessertauswahl, von der er noch nicht gekostet hatte, und brummte mürrisch: „Für meinen Geschmack drückst du mir heute zu viele Chauffeurdienste auf!" Als er den Seitenblick seiner Frau spürte, beeilte er sich hinzuzufügen: „Ich fahre den Wagen direkt vor den Eingang. Mike bringt dich dann raus!" Mit Bedauern legte er seine Serviette neben den Teller und stürmte hinaus. Gaby lachte und stöhnte kurz darauf noch einmal auf.

„Können wir noch irgendetwas für dich tun?", fragte Staller besorgt.

„Allerdings", antwortete die werdende Zwillingsmutter. „Packt mir einen Teller mit Nachtisch ein. Sonst mault Thomas mich die ganze Geburt über an!"